Oya Baydar

Das Judasbaumtor

Oya Baydar

Das Judasbaumtor

Roman

Aus dem Türkischen
von Monika Demirel

Ullstein

Die Originalausgabe erschien 2004
unter dem Titel *Erguvan Kapısı* im Verlag Can Yayınları, Istanbul.

Der Verlag dankt dem Ministerium für Kultur und Tourismus
der Republik Türkei für die Förderung der vorliegenden
Übersetzung im Rahmen des TEDA-Projekts.

ISBN 978-3-550-08868-1

Gesetzt aus der Bembo
bei Pinkuin Satz und Datentechnik, Berlin
Druck und Bindearbeiten: Bercker, Kevelaer
Printed in Germany

Judasbäume

Um die verlorene Seele der Stadt zu retten,
schreitet er durch ein geheimes verfallenes Tor,
das Judasbaumtor,
auf seinem Haupt die Krone aus purpurnen Judasblüten,
gewandet in Purpur,
purpurfarben seine Wunden,
folgt er dem Schatten eines leugnenden Mönchs
auf dem Weg zur Heiligen Weisheit.

I

Vor vielen Jahrhunderten schrieb ein byzantinischer Mönch, dessen Augen beim Vervielfältigen heiliger Texte ihr Licht verloren hatten, in einem Kloster geheimnisvolle Zeilen, um seinen Spaß mit der Geschichte zu treiben oder vielleicht auch, um sich gegen das Schicksal aufzulehnen. Auf den Spuren jener Zeilen war ich in die Stadt meiner Kindheit zurückgekehrt, um das Judasbaumtor zu suchen.

Für meinen Vater war sie die Stadt, »aus der wir vertrieben wurden«, und nicht die, »aus der wir weggezogen waren«. »Sie ist unsere wahre Heimat, das Land unserer Vorfahren«, pflegte er zu sagen. »Als sie kamen, waren wir bereits seit zweitausend Jahren dort.«

Sie, das waren die muslimischen Türken, über die wir im Geschichtsunterricht zwar ein wenig ängstlich, aber mit umso mehr Bewunderung erfuhren, dass sie die Schiffe Mehmet des Eroberers über Land zum Goldenen Horn gebracht und den türkischen Traum durch die völlige Zerstörung Byzanz' verwirklicht hatten; die Kunden meines Vaters, der Freundeskreis meiner Mutter, unsere Nachbarn, meine Freunde aus der Kindheit, der Schule, von der Büyükada, aus dem Viertel.

Als wir am Pier in Karaköy an Bord des unter britischer Flagge fahrenden Schiffes gingen, das unsere kleine Familie in die Neue Welt bringen sollte, war ich vierzehn Jahre alt. Der Sommer ging zu Ende. Das weiße Leinenkleid meiner Mutter betonte das dunkelblaue Funkeln ihrer schwarzen Haare und Augen. Sie winkte Tante Irene und Onkel Dimitri zu, während sie sich bemühte, die kleine Mariana zu zügeln, die auf die Reling zu klettern versuchte. An jedem Finger ihrer zarten Hände, die in weißen Spitzenhandschuhen steckten, funkelten Ringe mit Rubinen, Diamanten, Smaragden und Jadesteinen. Mit dem weißen Seidentaschentuch, das er stets in der linken Tasche seines eleganten dunklen Leinenjacketts trug, fuhr sich mein Vater über die Augen, wobei er so tat, als würde er über seine Brillengläser wischen. Auch meine Tante Irene hielt ein rosafarbenes Taschentuch in der Hand, das sie mal an die Nase, mal an die Augen führte. Ich erinnere mich daran, wie es mich innerlich zerriss und ich Nebelschleier vor den Augen hatte, als die Pfeife des Dampfers zweimal kurz und einmal lang ertönte und der Anker gehievt wurde. Was lässt ein Heranwachsender, dem gerade der erste Flaum wächst, beim Wegzug aus einer Stadt zurück, was nimmt er mit? Welche Geschmäcker, Gerüche, welche Farben, welche Erinnerungen?

Istanbul, das war der Geruch nach Holzspänen, Harz, Politur, Aloe, gebratenem Fisch, Algen, Jasmin. Es bedeutete Rosen mit gelben Blütenballen, Mimosen und Jasmin der Büyükada, die purpurnen Judasbäume im Hain von Beylerbeyi, die wohlriechenden rosaroten Erdbeeren der Hänge über Arnavutköy. Sammeltaxis, die am Taksim-Platz abfuhren in Richtung Teşvikiye, die schummrige Kühle des Gedeckten Bazars, den appetitanregenden Rauch des Köftegrills Sultanahmet, den Geruch in der Blumenpassage – eine Mischung aus gebratenen Muscheln, gegrilltem Lammdarm, Bier und einem Hauch von öffentlicher Toilette – und auch die bittere Erinnerung an eine nicht offenbarte Kindheitsliebe zu einem kleinen Mädchen mit langem blonden Haar und bauschigem Rock.

Der Grund dafür, dass wir nicht mit dem Flugzeug, sondern mit dem Schiff reisten, waren wohl die unzähligen Koffer und vor allem jene schwere Truhe, für die mein Vater nach eigener Aussage jedem, angefangen von den Zollbeamten bis hin zum Schiffspersonal, erhebliche Trinkgelder gezahlt hatte, damit sie am Zoll nicht geöffnet würde. Einige unserer Sachen, wertvolle Bücher, ja sogar einen Teil unserer Kleidung hatten wir bei meiner Tante Irene zurückgelassen. Aber jeder besaß Dinge, von denen er sich nicht trennen wollte: meine Mutter ihre diversen Kleidungsstücke, die in berühmten Pariser Modehäusern gekauft worden waren, ihre Mäntel, Pelze, das mit Perlen und Pailletten bestickte Brautkleid, über dessen Schleier sie stolz erzählte, dass er allein vier Kilo wog; die Schmuckschatulle mit Perlmuttintarsien, das geschnitzte antike Nähkästchen, das Porzellantafelservice aus Limoges, chinesische Vasen und wertvoller Zierrat.

Für meinen Vater waren es seine Dokumente, die einen ganzen Koffer füllten, seine vierundzwanzigbändige Anthologie der griechischen Klassiker von 1897, auf die er besonders stolz war, weil nur er eine vollständige Ausgabe besaß. Außerdem gab es Hutschachteln, einen Koffer voller Familienfotos und äußerst wertvolle Gemälde, die aus ihren Rahmen entfernt und tief unten in den größten

Koffern sorgfältig versteckt worden waren, unter anderem Werke von Şeker Ahmet Paşa, Ajvasovski, Fausto Zonaro und ein Matisse, der sich später als Fälschung entpuppte. Schließlich gab es da noch Marianas und meine Spielsachen und Kleidung, feinste persische Seidenteppiche, indische Gebetsteppiche, einen ausgestopften Pfau, ebenfalls unten im Koffer zwischen Kleidungsstücken verstaute Fragmente byzantinischer Mosaike, von Ausgrabungen stammende verzierte Tontöpfe, Marmorstatuetten und noch viele andere Dinge mehr: kostbare Gegenstände, deren Wert meine Kinderaugen damals nicht ermessen konnten, die aber auch in Amerika die Wahrung unseres gewohnten Lebensstandards sicherstellten; wir mussten nicht einmal den Schmuck meiner Mutter verkaufen.

Mein Vater stammte aus einer Familie von Antiquitätenhändlern. Unsere Sommervilla auf der Büyükada und die Wohnung in Nişantaşı waren voller antiker Gegenstände. Manchmal konfiszierte meine Mutter ein Stück, das er mit nach Hause brachte, mit den Worten: »Das darfst du niemals verkaufen.« Mein Vater, ein glatzköpfiger Mann von kleiner, untersetzter Statur, der bereits in die Jahre gekommen war, versuchte seiner jungen und schönen Gattin seine Liebe zu beweisen, indem er ihr die kostbarsten Antiquitäten zu Füßen legte. Ich erinnere mich an sein Restaurationsatelier, an das Lager im Flohmarkt von Kuledibi und an sein Antiquitätengeschäft im Gedeckten Bazar. Mein Vater wollte immer, dass ich nach Beginn der Schulferien an einigen Wochentagen im Laden oder im Atelier mithalf, damit ich mich an die Arbeit gewöhnte. Donnerstags ging es stets nach Kuledibi. Ich trat durch das grob gezimmerte Tor des Flohmarkts, das nicht preisgab, welche geheimen Schätze und Schönheiten hier schlummerten.

Vaters Atelier, in dem er alte Möbel restaurierte und das er auch als Versteck für kostbare Stücke benutzte, die er von Antiquitätenschmugglern aus allen Teilen Anatoliens zusammentrug, lag in der linken Ecke des kleinen Innenhofs. Ikonen und Mosaike, antikes Tongeschirr, Öllampen, Marmortafeln, Statuen, die in Troja, Ephesus, in vielen anderen Ruinenstädten, deren Namen ich nicht kannte, und natürlich auch in Istanbul ausgegraben worden waren, wurden in dem stets abgeschlossenen Raum mit geheimem Eingang aufbewahrt, der sich hinter dem Lager mit den Restaurierungsstücken befand.

Die Geheimnisse jenes Raums, zu dem, wie ich glaubte, nur mein Vater einen Schlüssel besaß, entdeckte ich, als ich zwölf Jahre alt war. An einem Tag, an dem ich wegen des Schülerkulturkreises spät aus der Schule kam und vergessen hatte, dass mein Vater nach Anatolien gereist war, um Ware einzukaufen, sah ich in Kuledibi vorbei, um mit ihm gemeinsam nach Hause zu gehen. Ich liebte diesen Ort, den Geruch nach Politur und Holz, die Meister, die während der Arbeit Volkslieder sangen, die Lehrlinge, die ein wenig kräftiger gebaut waren als ich, und ganz besonders die Bilder, Gemälde und Ikonen. Es war noch nicht Feierabend, aber die Eingangstür, die sogar im Winter immer halb offen stand, um den Geruch nach Sägemehl und Politur zu mildern, war geschlossen. Keines der vertrauten Geräusche war zu hören, weder die Lieder der Arbeiter noch deren Hammerschläge, weder das Raspeln der Hobel noch das Rühren der Metalllöffel in den Teegläsern. Es war einer jener Wintertage, an denen es früh dunkel wurde und kaum Leute unterwegs waren. Die meisten Läden hatten bereits geschlossen, in unserem Atelier aber wurde stets erst spät Feierabend gemacht, unabhängig davon, ob mein Vater dort war oder nicht. Plötzlich überkam mich das Gefühl, dass etwas nicht stimmte. Mit leichtem Herzklopfen entschloss ich mich, die Tür aufzubrechen. Ich stemmte mich mit voller Kraft dagegen, und die nicht richtig verschlossene Flügeltür sprang auf. Drinnen herrschte Halbdunkel, keine Menschenseele war zu sehen. Von einem seltsamen, unüberwindlichen Drang getrieben, bewegte ich mich auf Zehenspitzen auf den antiken Schrank zu, der den Eingang zum Geheimzimmer verbarg. Der Schrank war zur Seite geschoben und die Schiebetür dahinter einige Fingerbreit geöffnet. Bemüht, keinerlei Geräusche zu machen, spähte ich durch den Spalt. Im Halbdunkel des letzten Tageslichts, das durch die eisenvergitterten Milchglasfenster fiel, erblickte ich auf einem alten Sofa eine splitternackte Frau und einen über sie gebeugten Mann. Die Frau war schöner und betörender als alle Ikonen, antiken Zierfiguren, Statuen und jedes Gemälde. Im schummrigen Licht leuchtete ihr weißer Körper noch intensiver. Im ersten Moment hielt ich sie für eine antike Marmorstatue, doch dann erkannte ich meine Mutter. Sie stöhnte, bewegte ihre marmornen Hüften und flehte den Mann an: »Tiefer, noch tiefer.« Wie gebannt stand ich da, unfähig, mich von der Stelle zu rühren. Ich hörte, wie er sagte: »Du Schlampe, steckt ihn dir dein Mann, diese Tunte, nicht tief genug rein?« Ich wollte zuschauen, plötzlich aber wurde mir so übel, als müsste ich mich übergeben. Ich hielt mir eine Hand vor den Mund und versuchte, lautlos hinauszugelangen. Dabei stieß ich eine Vase um. Kaum war ich draußen, erbrach ich mich und begann wie wild zu laufen. Atemlos rannte ich die Yüksekkaldırım-Straße zum Tünel hinauf und sprang auf die vorbeifahrende Straßenbahn. Ich glühte am ganzen Körper; mir war, als würde eine Schlange in meinen Magen gleiten und sich wieder zu meinem Mund hinaufschlängeln. Um ein Haar hätte ich mich abermals übergeben; ich stieg an der ersten Haltestelle aus und rannte nach Hause. Dem Dienstmädchen, das mir die Tür öffnete, sagte ich, mir sei in der Schule schlecht geworden. Ich legte mich in meinem Schulkittel ins Bett und zog mir die Decke über den Kopf. Der nackte Körper meiner Mutter war die schönste Statue, die mir je im Geschäft meines Vaters begegnet war, und ihr seltsam strahlendes Gesicht, das sie dem Mann entgegenreckte, war heiliger und ausdrucksvoller als alle Mariendarstellungen, die ich je gesehen hatte.

Wenn ich meine Mutter nicht mit jenem gutaussehenden Hemşiner Schreinermeister mit den grünen Augen ertappt hätte, der auch der Liebling meines Vater war, wäre ich wahrscheinlich nicht Jahre später nach Istanbul zurückgekehrt, um das Judasbaumtor zu suchen. Tiefe Verbindungen zwischen Erinnerungen, Geschehnissen und Gefühlen, die man auf den ersten Blick nicht erkennt und die bedeutungslos erscheinen, eine chaotische Welt, die durch diffuse Kindheitserinnerungen in unserem Unterbewusstsein geschaffen worden ist, Vorbestimmungen, die wir für freie Entscheidungen halten … Meine Lebenslinie verlief von den tiefen, mystischen Blicken der Ikonen und dem gleichsam marmornen Venuskörper meiner Mutter zur byzantinischen Kunst, reichte von der Ablehnung des vom Antiquitätenschmuggel lebenden Vaterberufs bis zur Byzantologie und führte mich schließlich an das Judasbaumtor.

Ich kenne jedes einzelne Tor jeder einzelnen Mauer Konstantinopels, von den Stadtwällen Byzantions bis hin zu denen, die unter Theodosius II. erbaut worden sind. Während ich unterrichtete, stellte ich mir oft folgende

Frage: »Wozu nutzt das alles, warum befasse ich mich mit alldem? Nehmen wir einmal an, ich habe meine persönlichen Gründe und fixen Ideen, aber was haben diese jungen Leute davon, in einer Welt, die sich auf das Jahr 2000 zubewegt, etwas über die Tore Konstantinopels zu erfahren?« Dennoch machte mir meine Arbeit Spaß. Ich liebte es, noch nicht datierte Ikonen unter die Lupe zu nehmen, die erste Untersuchung an einem jüngst entdeckten Mosaik vorzunehmen, an unverhofftem Ort auf eine Handschrift zu stoßen und tagelang mit der Hoffnung zu arbeiten, Licht in eine Geschichte zu bringen, die mehr auf Legenden denn auf Wahrheiten beruhte. All das bereitete mir beinahe sexuelle Lust. Meine amerikanische Frau, die ich während des Kunstgeschichtsstudiums in New York kennengelernt und noch als Student geheiratet hatte, sagte mir einmal, als sie sich über mein Desinteresse ihr gegenüber beschwerte: »Bei all dem Liebesspiel mit deinen Ikonen und Handschriften bleibt dir für mich weder Zeit noch Energie.« Einige Jahre später verliebte sie sich denn auch in einen Italiener und verließ mich. Ich denke, sie hatte recht.

Sexualität spielte in meinem Leben nie eine wichtige Rolle. Ich bin zwar kerngesund, aber noch nie habe ich zu den Männern gehört, deren Gedanken ständig um ihren Penis kreisen. Das einzige Bild, das mich seit meinen ersten feuchten Träumen bis heute sexuell erregt, ist der im Halbdunkel glänzende Körper meiner Mutter und ihr Stöhnen: »Tiefer, noch tiefer.« Als Kind schämte ich mich dermaßen dafür, dass ich eines Morgens nach einem solchen Traum mein vermeintlich für diese Sünde verantwortliches Organ am liebsten an der Wurzel abgeschnitten hätte.

Vielleicht liebte ich meine Arbeit auch deswegen. Indem

ich einen winzigen Teil der Geheimnisse enthüllte, die in den Tiefen der Vergangenheit verborgen waren, vermittelte ich mir das Gefühl, mich von meinen Sünden zu reinigen. Ich fand Seelenfrieden in den Ikonen, die fern waren von Körperlichkeit und Trieben, in religiösen Texten, die Leidenschaften in enge Formen pressten, in Gedichten eines Glaubens, an den ich mich nicht gebunden fühlte. Eines Tages, als ich mich zu Forschungszwecken in Alexandria befand, landete ich in einem seltsamen Laden am Fleischmarkt, wo das Blut der frisch geschlachteten Tiere auf den Boden tropfte, die Innereien an Eisenhaken aufgehängt waren und es nach Blut und Kadavern roch. In einem der geheimen Räume des Ladens, in dem mit Pailletten verzierte Bauchtanzkleider, Gauklerkostüme, Tamburine, verschiedenste Musikinstrumente und Räuchergefäße verkauft wurden, aus denen die Gerüche von tausendundeins Geheimnissen aufstiegen, stöberte ich in den byzantinischen Handschriften, die auf dem Boden herumlagen, und stieß dabei auf jenes Gedicht. Im Gegensatz zu vergleichbaren Texten war es in einem Griechisch verfasst, das der in Byzanz gesprochenen Umgangssprache stark ähnelte. Höchstwahrscheinlich hatte man es heimlich in den Haupttext eingearbeitet, der zu einem der authentischsten Werke der byzantinischen Literatur, *Die Lebensgeschichten der Heiligen*, gehörte. Es schien, als handele es sich um eine Täuschung, eine Falle, eine geheime und geheimnisvolle Botschaft, gerichtet an eine Zukunft, Tausende von Jahren entfernt. Die Sprache, der Stil, der Inhalt, ja sogar die Kalligraphie des Gedichts unterschieden sich vom Haupttext auf dem Pergament; es passte nicht in die üblichen Raster. Es war ein Gedicht, wie ich ihm in der von Schablonen, Formalismus und Wiederholungen geprägten byzantinischen Literatur bis dahin noch nicht begegnet war. Die Schrift war merkwürdig; es handelte sich wohl um ein Werk aus der frühen Periode, in der man von großen, runden zu kleinen Buchstaben übergegangen war. Ich konnte nicht genau entziffern, was nach den ersten zwei Zeilen kam, doch spürte ich, dass in dem Gedicht ein Geheimnis steckte, das ich nicht zu lösen vermochte. Ich erinnerte mich an einen Satz unseres Professors für Alte Sprachen in Dumbarton Oaks: »In der kunsthistorischen Forschung, vor allem beim Entschlüsseln der Sprache, ist Gespür wichtiger als alles andere.« Mein Gespür sagte mir, dass die Enthüllung des Geheimnisses, das in diesem Gedicht steckte, nicht nur meine akademische Karriere, sondern auch mein Leben wesentlich beeinflussen würde. Vielleicht befiel mich dieses seltsame Gefühl, weil ich mit meiner Arbeit, der ich seit Tagen unter primitiven Bedingungen in stickigen und staubigen Archivräumen nachging, nicht so vorankam, wie ich es mir wünschte, vielleicht auch wegen der drückenden Hitze in Alexandria. Womöglich lag es an dem Kummer, der mich überkam, weil ich mit ansehen musste, wie die legendäre Stadt aus Lawrence Durrells Romanzyklus *Das Alexandria-Quartett* allmählich hoffnungslos unter Trümmern und Bergen von Müll verfaulte. Was immer auch der Grund gewesen sein mochte – beim Entschlüsseln der Zeile »schreitet er durch ein geheimes, verfallenes Tor, das Judasbaumtor« wurde mir klar, dass ich mich auf die Suche nach diesem Tor begeben würde.

Die Adresse des Ladens – er lag an einem der Märkte, die einer von Maden zerfressenen Wunde glichen und an den allzeit staubigen Seitenstraßen Alexandrias lagen, wo Mensch und Müll nebeneinander existierten und räudige Hunde an herumliegenden Fischresten und Metzgereiabfällen leckten – hatte mir der stumme Mann in der Bibliothek gegen ein üppiges Bakschisch gegeben; oder tat er nur so, als sei er stumm? Wenn ich es mir jetzt recht überlege, so hatte ich ihn gar nicht angesprochen. Er war an meinen Tisch herangetreten und hatte mir eine schwer lesbare Notiz in schlechtem Englisch hingeschoben: *Wenn Sie sich für Handschriften interessieren, habe ich gute Adressen.* »Ja, das tue ich«, sagte ich. *More money*, schrieb er auf den Zettel. Ich nickte. Mit einer Handbewegung bedeutete er mir, ihm zu folgen. Jene Abteilung der Bibliothek war noch nicht in das neue Gebäude umgezogen. Wir gingen durch stickige Gänge und traten hinaus in einen Innenhof. *Bakschisch, Bakschisch*, forderte der Stumme mit einer Geste. Ich drückte ihm zwei Dollar in die Hand, wohl wissend, dass das Feilschen damit noch nicht beendet war, sondern gerade erst begonnen hatte. *Bakschisch, Bakschisch*, noch zwei Dollar, *Bakschisch, Bakschisch*, und noch zehn Dollar. »Das reicht«, sagte ich entschlossen. Hoffnungsvoll sah er mich an. »Das reicht«, wiederholte ich. Er kramte einen Zettel aus der Tasche seines Umhangs und notierte eine Adresse, zuerst auf Englisch, dann in arabischer Schrift. Er gab seltsame und furchterregende Laute von sich, während er unbeholfen versuchte, einen Plan zu skizzieren, dann zeichnete er ein Tier mit durchgeschnittener Kehle, das an den Füßen in der Luft hing. Darunter schrieb er: *Frag nach Iman.*

Die Skizze war schlecht gezeichnet, aber sie stimmte und brachte mich an mein Ziel. Mühelos fand ich den Fleischmarkt und El Rakkas. Für einen dem Orientalismus verfallenen Amerikaner war dieser Laden schlicht einzigartig. Er wirkte so künstlich, als habe man ihn als Kulisse für einen in Ägypten spielenden Film aufgebaut, und doch absolut stilecht. Gelbe Lampen verbreiteten mattes Licht; es war nicht heiß, aber stickig. Zunächst glaubte ich, dass niemand zugegen wäre; um auf mich aufmerksam zu machen, hob ich ein Tamburin vom Boden auf und schüttelte es. Der junge Mann, der am Ende des schmalen langen Raums hinter einem Schreibtisch mit Schnitzereien ein Nickerchen hielt, hob unwillig den Kopf und fragte, was ich wolle. Ich hielt ihm die Skizze unter die Nase und sagte auf Englisch: »Ich möchte Iman sprechen.« Er gab mir ein Zeichen, ihm zu folgen, ohne dabei sein schläfriges, desinteressiertes Gehabe abzulegen. Er berührte eine Tür hinter sich, die auf den ersten Blick nicht zu erkennen war. Sie öffnete sich wie von selbst; vielleicht war sie mit einem geheimen Mechanismus versehen. Ich schlüpfte hindurch. Im Gegensatz zum Laden war es hier hell und kühl. In den Wandregalen und auf dem Boden befanden sich Papiere, Bücher und Papierrollen, Bilder, Papyri und Zierfiguren. Anders als in meiner Vorstellung war der Mann, der Iman sein musste, jung, großgewachsen und dunkelhäutig. Er sah aus wie ein Nubier, ein aus dem Sudan stammender Oberägypter, und sein Englisch war nicht zu verachten. Ich erzählte ihm, dass ich auf der Suche nach byzantinischen Handschriften sei und, sollte ich die gesuchten Originale finden, gut dafür zahlen würde. Ich wusste, dass es in Ägypten ein Fehler war, gute Bezahlung in Aussicht zu stellen, bevor man mit dem Feilschen begonnen hatte, aber der Satz rutschte mir einfach heraus. Iman schob den Eckschrank zur Seite und verschwand. Eine vage Erinnerung stieg in mir auf; ein Schauer lief mir über den Rücken, und plötzlich wurde mir übel. Das Geheimzimmer meines Vaters hatte sich hinter einem ähnlichen Schrank befunden. Mit einem Mal wollte ich nur noch weg. Mir schien, als bestünde der Laden aus unzähligen, ineinander übergehenden Geheimzimmern, als liebten sich meine Mutter und ihr junger Liebhaber in jedem einzelnen dieser Räume. Ich sah nach der Tür, durch die ich hereingekommen war, aber an allen vier Wänden standen Regale, und nirgends war ein Durchlass zu erkennen. Meine Kehle war wie zugeschnürt. Ich war dem stummen Mann in die Falle getappt. Und ich selbst hatte auch noch dazu beigetragen, dass er mich für einen reichen Mann hielt. Wie einfältig von mir! Vor allem an einem Ort wie Alexandria! Während ich panisch darüber nachdachte, was ich tun sollte, öffnete sich erneut die Tür, besser gesagt der Schrank, und Iman trat mit der gleichen ernsten Miene wieder ein; vor sich her schob er eine Truhe auf Rädern. Noch wusste ich nicht, dass sich der Köder zum Judasbaumtor in dieser Truhe befand – das sollte ich erst in den nächsten Tagen beim Studium der vor mir ausgebreiteten Handschriften erfahren.

Ich bin ein gewissenhafter und geduldiger Forscher, nach allgemeiner Auffassung der Byzanz-Experten ein vielversprechender Wissenschaftler. Diesmal jedoch konnte ich meine Geduld nicht im Zaum halten. Ich unterbrach meine neu begonnene Forschungsarbeit und kehrte mit den Handschriften, für die ich Iman ein Vermögen gezahlt hatte, auf schnellstem Wege und ohne die geplanten Zwischenstopps in Kairo und Kiew in die USA zurück. Ich musste einige bürokratische Probleme lösen, mitteilen, dass ich Thema und Ort meiner Forschung geändert hätte, und mich um die notwendigen Genehmigungen kümmern. Ich wollte keine Zeit verlieren und flog direkt nach Washington. Von dort würde es zurückgehen nach Istanbul, in die Stadt meiner Kindheit, auf der Suche nach dem Judasbaumtor.

Es war Ende April. Am Flughafen Yeşilköy, der denen anderer europäischer Großstädte in nichts nachstand, stieg ich in ein Taxi und machte mich auf den Weg zu einem Hotel, das mir ein französischer Freund empfohlen hatte, der auf Eleganz ebenso viel Wert legte wie auf Komfort und eine gute Küche. »Genau das Richtige für dich, in Sultanahmet, im Herzen von Byzanz, und glaub mir, noch dazu eines der besten Hotels, die ich kenne«, hatte er gemeint.

Sultanahmet ist ein Stadtteil, in dem ich mich in meiner Kindheit gut auskannte. Immer wenn ich zum Geschäft meines Vaters im Gedeckten Bazar ging, lief ich, vor allem bei schönem Wetter, durch Sultanahmet, wo die Hagia Sophia, die Sultanahmet-Moschee, die Hagia Irene, der Topkapı-Palast, die Zisternen von Yerebatan und Binbirdirek, also alle großen Legenden des christlichen Byzanz und des muslimischen Istanbul versammelt sind. Auf dem Weg lagen außerdem der Köftegrill Sultanahmet, wo die *köfte* immer besser schmeckten als bei unserem Koch zu Hause, und ein Puddingladen, in dem ich mir eine doppelte Portion Sahneeis auf den *kazandibi* packen ließ.

Als ich ins Taxi stieg, ging mir der Satz *Eis ten polin* durch den Kopf. Kam einst jemand an die Tore der großartigen Mauern Konstantinopels und fragte nach dem Weg, dann deuteten die Bauern oder Soldaten hin zur Stadt und antworteten: »*Eis ten polin* – In die Stadt.« Was würde wohl passieren, wenn ich dasselbe zu dem Taxifahrer sagte? Ich war aufgeregt und zu Scherzen aufgelegt. Trotzdem gab ich ihm ernst zu verstehen, dass ich nach Sultanahmet wolle, und fügte in meinem mäßigen Türkisch hinzu, dass ich, wenn möglich, gern am *Altın Kapı* vorbeifahren würde. Ich bemerkte, dass ich Unsinn geredet hatte, als mich der

Fahrer eher gleichgültig als erstaunt fragte: »Was für ein Tor?« Ich versuchte, den Weg zu beschreiben, wobei ich in den Stadtplan und in eine alte Byzanz-Karte schaute. Ich erklärte ihm, dass es sich vom Marmarameer aus gesehen um das erste Tor der Landmauer handelte: »Ich weiß natürlich, dass die Goldene Pforte nicht mehr existiert. Aber es gibt Überreste bei Yedikule. Dort muss es einen Durchgang geben.«

Porta Aurea: das Siegestor, dessen jedes einzelne Detail ich auswendig kannte. Ich wusste, wie oft es eingestürzt und wie oft es umso strahlender und prächtiger wieder aufgebaut worden war, welche Ausmaße es in jeder Epoche besaß und über welche Statuen und Verzierungen es verfügt hatte. An der Porta Aurea begann die Via Egnatia, die den Osten mit dem Westen verband, hinaus aus der Stadt nach Thrakien führte und sich von dort vielleicht tatsächlich bis nach Rom erstreckte. Kaiser mit purpurnen Gewändern um die Schultern und Kronen von unschätzbarem Wert auf dem Haupt wurden nach siegreichen Schlachten vor jenem Tor mit prunkvollen Festen empfangen; auch die Armeen wurden durch diese Pforte in die Feldzüge verabschiedet. In der Sprache des Volkes hieß sie *Krisai Pilai*. Meinen ersten wissenschaftlichen Erfolg hatte ich durch die These erzielt, das Tor sei nicht den Siegen Theodosius' I., sondern Theodosius' II. gewidmet. Obwohl ich mir immer noch nicht sicher bin, ob meine These stimmt. Wenn es um Byzanz geht, kann man sich nie ganz sicher sein.

»Ich glaube, ich weiß, wo das ist. Das muss irgendwo beim Yedikule-Tor sein. Mit dem Auto können wir da aber nicht durch, *abi*, ich zeig es dir aus der Entfernung, wenn wir auf der Küstenstraße sind«, sagte der Fahrer. Unbeeindruckt vom dichten Verkehr drehte er sich zu mir um und fragte: »Woher kommst du, *abi*?« Er wunderte sich wohl über mein seltsames Türkisch.

»Ich bin Amerikaner«, antwortete ich. »Aber ich habe bis zu meinem vierzehnten Lebensjahr in Istanbul gelebt. Ich habe meine Kindheit hier verbracht.«

»Und danach bist du nie mehr hier gewesen? Wenigstens hast du Türkisch nicht ganz verlernt.«

»Doch, noch zweimal. Jeweils für ein, zwei Tage, um an einem Kongress teilzunehmen, aber ich konnte mir nicht einmal die Stadt anschauen. *İnşallah* klappt es diesmal. Ich bin Kunsthistoriker.«

Ich war erstaunt, wie mir urplötzlich das Wort *İnşallah* über die Lippen kam, ein Ausdruck, den ich seit fast dreißig Jahren nicht mehr benutzt oder gehört hatte, und ich bekam gute Laune. Auch wenn sich meine Aussprache wesentlich verschlechtert hatte, so war mein Türkisch doch nicht so übel wie befürchtet. Die Sprache meiner Kindheit lag zum Greifen nahe. Dann dachte ich über die Frage des Mannes nach: Warum war ich nicht öfter nach Istanbul gekommen, warum hatte ich nicht öfter einen Zwischenstopp im eigentlichen Zentrum des Geschehens eingelegt, während ich überall auf der Welt byzantinischer Geschichte und Ikonen auf der Spur gewesen war? Wieso hatte ich jedes Angebot der verschiedenen Istanbuler Universitäten stets unter irgendeinem Vorwand abgelehnt? Eine seltsame innere Unruhe befiel mich, ein Schuldgefühl, für das ich keinen Grund finden konnte. Nein, jetzt war nicht der richtige Zeitpunkt, um über diese Dinge nachzudenken. Entscheidend war, dass ich nach Istanbul zurückgekehrt war, um das Tor zu suchen.

»Prima, hier wirst du jede Menge Geschichte finden. Hier gibt es nichts außer Geschichte«, meinte der Fahrer.

Ermutigt von der Gesprächigkeit des Fahrers, stellte ich eine noch seltsamere Frage: »Und das Judasbaumtor? Das müsstest du doch kennen.«

Dieses Mal sah er mich im Rückspiegel an, ohne sich umzudrehen.

»Du hast aber eine Schwäche für Tore, *abi*«, antwortete er. »Wo das Tor sein soll, weiß ich nicht, aber wenn du Judasbäume sehen willst, musst du zum Bosporus. Von Istinye bis nach Anadoluhisarı sind beide Ufer von vorne bis hinten purpurn gefärbt.«

Ich hatte vergessen, dass um diese Jahreszeit die Judasbäume blühten. Gegen Ende April, Anfang Mai waren wir stets zur alten Holzvilla im Hain von Beylerbeyi gefahren, um uns die Blüte anzuschauen. Die Villa war das Haus, das mein Vater am meisten liebte, wir aber am seltensten benutzten. Der Ort war einsam und abgelegen. Jedes Mal, wenn wir dorthin kamen, weil mein Vater darauf beharrte, wollte meine Mutter sofort wieder zurück und führte als Vorwand ins Feld, dass meine Schule zu weit entfernt läge, das Haus ungepflegt und feucht, in den recht kühlen Apriltagen nicht genügend beheizt und zudem zu einsam gelegen sei. Vielleicht vermisste sie aber auch nur ihren jungen Liebhaber. Blüten fielen auf den Tisch mit dem weißen Tuch, der im dicht von Bäumen umsäumten Garten stand, auf das schwarze Haar meiner Mutter und unsere Schultern, verwandelte die Gartenwege in einen purpurfarbenen Blütenteppich. Es war so wunderschön, dass ich mich am liebsten mit all den Blüten vollgestopft hätte, denen ich hilflos ausgesetzt war.

Vertieft in unser Gespräch über den purpurnen Judasbaum fuhren wir ins Herz von Byzanz, rechts von uns das Marmarameer. Dabei kam die Ahnung in mir auf, dass es zwischen den seltsamen Zeilen der mit Goldverzierungen umrandeten Handschrift aus Imans Laden, den purpur blühenden Hügeln am Bosporus, der Villa mit den Judasbaumblüten im Hain von Beylerbeyi und dem Hotel in Sultanahmet eine Verbindung geben musste, die ich zwar mit dem Herzen fühlte, aber mit dem Verstand nicht erfassen konnte.

Ich bin nicht sonderlich religiös. Vielleicht, weil ich mich mit religiösen Texten der orthodox-byzantinischen Welt stets vorrangig als Wissenschaftler beschäftigt habe, vielleicht auch, weil meine Familie nicht allzu religiös war. Wohl angetrieben von dem Gefühl, einer Minderheit anzugehören und seine Identität festigen zu müssen, schleppte uns mein Vater während unserer Istanbuler Jahre jeden Sonntagmorgen in die Kirche. Mit unserem Umzug nach Amerika erstarb sein Bedürfnis nach Kirchenbesuchen. Ich ging nur noch zu den Pflichtgottesdiensten, die mich oder meine Verwandtschaft betrafen, etwa zu Hochzeiten, Beerdigungen oder Taufen. Der einzige Grund, warum ich derart vertraut war mit dem orthodoxen Glauben, war der von mir gewählte Wissenschaftszweig. Ich kann auch nicht behaupten, dass ich eine mystische Ader besitze. Ein junger amerikanischer Akademiker, der im Bereich der byzantinischen Architektur forschte und der mich aus unerfindlichen Gründen als seinen Rivalen betrachtete, meinte auf einem Symposium: »Mit einer solch modernistischen Sichtweise werden Sie die Seele des von Ihnen erforschten Themas nicht erfassen können und stets an den Formen hängenbleiben.« Vielleicht hatte er recht. Nun aber fuhr ich auf Stadtautobahnen und Küstenstraßen, die nicht nur die Porta Aurea, sondern alle Tore der byzantinischen Stadtmauern zerstört und ihrer Bedeutung beraubt hatten. Weiter ging es auf Straßen, die gesäumt waren von modernen Wohnsiedlungen und Wolkenkratzern, *gecekondus* und verfallenen Bruchbuden, alten Häusern mit Erkern, zwischen unvergleichlichen Bauwerken und Ruinen hindurch, die einer jahrtausendealten Geschichte ein Denkmal setzten und selbst zu Legenden geworden waren. Im Glauben, diesmal hoffentlich das Wesentliche zu erfassen, näherte ich mich dem Judasbaumtor, wobei ich nicht meinem Verstand, sondern meinen Gefühlen und Intuitionen folgte.

Nun sitze ich in dem kleinen, einstöckigen Haus, in dem es nach Staub und Feuchtigkeit riecht, weil es eine Weile verschlossen war. Im Wohnzimmer, das zwar mit abgenutzten, zusammengewürfelten Möbeln eingerichtet ist, aber dennoch über eine ganz eigene Harmonie verfügt, habe ich es mir in einem ausladenden, mit Gobelinstoff überzogenen Sessel bequem gemacht, studiere alte Fotos und versuche zu begreifen, was in den letzten Tagen geschehen ist.

Die Fotos fand ich in einer geschnitzten Holzkiste, die auf einem Sideboard mit Füßen stand, das man offensichtlich als Buffet und Bücherregal benutzte. Bei der Hausbesichtigung erzählte mir der adrett gekleidete, stur Englisch sprechende junge Mann, dessen Visitenkarte ihn nicht als Immobilienmakler, sondern als *Real Estate Experten* auswies: »Die Wohnung gehört einer Dame und ihrer Tochter. Es gibt noch einige Privatsachen: Bücher, Fotos, einen alten Pelzmantel, alte Kleidung und solches Zeug … Wenn Sie die Sachen in einen der Schränke packen, können Sie alles andere bequem nutzen. Sonderlich wertvolle Dinge gibt es ohnehin nicht.« Auf meine Frage, ob ich mich mit den Hausbesitzerinnen treffen müsse, antwortete er: »Das Vermittlungsrecht liegt bei mir. Die Miete überweisen Sie einfach auf ein Konto.« Er zog die Vollmacht und den Vertrag aus seiner Lederaktentasche, legte beides auf den runden Tisch mit der Häkeldecke und fügte hinzu: »Ich glaube nicht, dass die Damen noch einmal in dieses Haus zurückkehren werden. Nach all dem, was der Tochter widerfahren ist, lebt sie nicht mehr ständig in der Türkei. Wir haben gehört, dass sie ihre Mutter in einem Altersheim untergebracht hat. Sollte sie dennoch zurückkommen, wird sie frühzeitig Bescheid geben.«

Ich erklärte ihm, dass ich ohnehin nicht allzu lange bleiben würde, nur über zwei Koffer verfügte und jederzeit ausziehen konnte, wann immer die Besitzerin zurückzukehren gedachte. Ich glaube, er wartete darauf, dass ich ihn danach fragen würde, was den beiden denn widerfahren sei, doch ich war müde und hatte in dem Moment zudem keinerlei Interesse an den Lebensgeschichten mir unbekannter Personen.

Während wir uns an den alten Nussbaumtisch setzten und der junge Immobilienmakler begann, den Vertrag auszufüllen, sagte ich, weniger um ihm als vielmehr mir selbst meine Türkischkenntnisse unter Beweis zu stellen: »Diese Art Rattanstühle nannte man früher *hezaren*, wenn ich mich nicht irre.«

»Oh«, erwiderte der junge Makler auf Türkisch. »Woher kennen Sie dieses Wort? Ich habe es zwar schon gehört, eingefallen wäre es mir aber sicher nicht.«

»Ich habe meine Kindheit in Istanbul verbracht. Mein Vater war Antiquitätenhändler. Er besaß ein Atelier in Kuledibi. Solche Stühle wurden oft von Trödlern vorbeigebracht. Mein Vater jammerte häufig, dass es immer weniger Rattanmeister gäbe und die alten Meister immer weniger Lieblinge ausbildeten … nein, nicht Lieblinge, wie heißt das noch mal?«

»Lehrlinge?«

»Genau das wollte ich sagen. Dass die Meister keine Lehrlinge mehr ausbildeten.«

»Zurzeit bringen Antiquitäten viel Geld ein. Bei den Reichen sind alte Sachen in Mode. Daher gibt es auch immer mehr Leute, die sich damit beschäftigen. Und Sie, Professor? Was machen Sie beruflich?«

»Ich bin auch so eine Art Altwarenhändler. Ich beschäftige mich mit byzantinischer Kunst und Geschichte.«

Ich bin mir nicht sicher, ob er mich verstanden hatte, aber zumindest setzte er eine beeindruckte Miene auf.

»Wunderbar. In der Schule hatte ich für Geschichte nicht viel übrig, aber inzwischen kümmere ich mich um eine ganze Reihe von alten Villen. Was sollen wir im Vertrag unter Firmenadresse notieren?«

Ich nannte ihm die Anschrift des Instituts in den USA. Wieder wirkte er schwer beeindruckt. Nachdem er noch Miete und Kaution eingetragen hatte, hielt er einen kurzen Moment inne. »Verdammte Sch…, fast hätte ich es wieder falsch gemacht«, fluchte er auf Türkisch und strich drei Buchstaben durch.

Ich konnte mich nicht beherrschen und fing an zu lachen. Einerseits war es lustig, den Fluch »Verdammte Scheiße!« wiederzuhören, an den ich mich von früher erinnern konnte; andererseits amüsierte mich auch, wie der junge Mann, der stets bemüht war, höflich zu sein und dem amerikanischen Professor seine Englischkenntnisse vorzuführen, unwillkürlich zu seinem wahren Ich zurückkehrte.

»Immer vergesse ich das«, fuhr er auf Türkisch fort. »Der

Straßenname wurde vor zwei Jahren geändert. Er lautet jetzt Märtyrer-Irfan-Straße.«

Mein Blick blieb an den drei durchgestrichenen Buchstaben hängen: Jud…

»Wie hieß die Straße denn vorher?«, fragte ich mit einer seltsamen Vorahnung.

»Früher hieß sie Judasbaumstraße. Ich bin auch hier groß geworden. Irgendwie kann ich mich nicht an die neuen Namen gewöhnen.«

»Was?«, fragte ich verwirrt. »Wie hieß die Straße, sagten Sie?«

»Judasbaumstraße. Dieser Stadtteil entstand in den Fünfzigerjahren. Wir sind recht spät hierhergezogen. Aber ich erinnere mich gut daran, dass in meiner Kindheit die Straßen in der Gegend alle nach Blumen und Bäumen benannt waren. Wir wohnten in der Fliederstraße, in einem zweistöckigen Haus, das ich jetzt als Büro benutze. Und das hier war die Judasbaumstraße. Aber glauben Sie nicht, hier hätte es Judasbäume gegeben. Nur in unserer Straße wurden im Nachhinein Fliederbäume gepflanzt.«

»Judasbaumstraße! Unglaublich!«

»Sie sagen es. Und nun hat man daraus die Märtyrer-Irfan-Straße gemacht. Wissen Sie, warum? Hier in dieser Straße wohnte der Großvater eines Reserveoffiziers, der im Krieg gegen die Separatistenorganisation fiel, deshalb. Wissen Sie, was die PKK ist?«

»Nein, weiß ich nicht. Und was bedeutet *Märtyrer* noch mal?«

»Im Krieg Gefallener. Jemand, der für die Religion oder das Vaterland stirbt. Kennt man die PKK in den USA nicht?«

»Ah, natürlich, *Märtyrer* sagt man dazu. Das menschliche

Sprachzentrum funktioniert schon sehr merkwürdig. Die PKK kenne ich nicht, aber ich weiß, dass man im Osten der Türkei einen Krieg gegen die Kurden führt. Ich interessiere mich nicht sonderlich für Politik.«

Ich behielt für mich, dass all meine Gedanken um die Judasbaumstraße kreisten und seine Ausführungen mich nicht im Geringsten interessierten.

»Gut, Herr Professor, kommen wir zurück zu unserem Anliegen.«

Er hatte begonnen, wieder Englisch zu sprechen. Damit drückte er meiner Ansicht nach unbewusst aus, dass er mich erneut ausgrenzte, sich daran erinnerte, dass ich Ausländer war, was er über das Erstaunen über meine Kenntnis des Wortes *hezaren* für einen Moment vergessen hatte.

»Ich muss wohl eine Menge Dinge lernen oder mir wieder ins Gedächtnis rufen«, meinte ich. »Nun ja, ich werde wohl genügend Zeit dazu haben. Früher hieß diese Straße also Judasbaumstraße.«

»Stimmt. Alles hat sich geändert, Herr ...«

Er versuchte, meinen Namen zu lesen, den er gerade auf dem Vertrag notiert hatte.

»Zakharakis«, sagte ich, »Teo Zakharakis.«

»Ja, Herr Zakharakis. In dieser Straße ist dies das einzige Haus, das noch in seinem ursprünglichen Zustand erhalten ist. Das werden Sie feststellen, wenn Sie das Viertel näher kennenlernen. Für die kleinen Häuser im Villenstil wurde die Genehmigung zur Aufstockung erteilt, glücklicherweise aber nur um eine Etage. Sie sollten andere Stadtteile sehen, dort hat man überall Hochhäuser hochgezogen. Das kommt mir natürlich zugute, es gibt mehr zu tun und ich verdiene auch mehr. Aber trotzdem macht es einen traurig. In meiner Kindheit war es wunderschön hier. Ruhige, kleine Häuser mit Garten und die Schlüssel steckten immer im Schloss, wie meine Großmutter oft erzählt hat. Leider habe ich diese Zeiten nicht mehr erlebt. Jetzt leben nur noch wenige Leute in diesem Viertel. Die meisten Gebäude wurden abgerissen und größtenteils durch Bürohäuser ersetzt. Wenn Sie weiter nichts brauchen, würde ich jetzt gern gehen. Stets zu Ihren Diensten.«

Ich zahlte eine recht stattliche Kaution und bedankte mich. Ich konnte es kaum erwarten, allein zu sein. Zweifellos lag das Judasbaumtor nicht in der Judasbaumstraße. Selbst zu Zeiten, in denen die Mauern Konstantinopels ihre größte Ausdehnung erreicht hatten, war diese Gegend nichts anderes als eine Wiesenlandschaft weit außerhalb gewesen. Die Verbindung zwischen diesem Haus – ich hatte es auf Empfehlung einer jungen Frau gefunden, mit der mich ein türkischer Kollege während eines zufälligen Treffens bekannt machte – und dem Objekt meiner Suche aber war nicht bloß eine Illusion meines seit einer Weile verwirrten Geistes. Davon war ich fest überzeugt.

Professor Mete Ünsalan und ich kennen uns seit Jahren. Wir stehen uns so nah, dass wir uns sogar beim Vornamen nennen. In den USA und Frankreich hatten wir einige Semester an den gleichen Universitäten unterrichtet. Er ist ein glänzender Byzanz-Experte mit Weitblick, der nicht den stereotypen, klassischen Interpretationen huldigt, sondern kreative Gedanken verfolgt. Wir trafen uns oft an verschiedenen Orten der Welt auf wissenschaftlichen Tagungen und Symposien und waren uns von Anfang an sympathisch. Das lag sicher auch daran, dass ich ein *rum* bin, also ein ethnischer Grieche aus der Türkei, Türkisch spreche und wir gemeinsame Erinnerungen und Werte teilen – er ist zwar älter als ich, hat aber seine Kindheit ebenfalls auf der Büyükada verbracht. Er hat eine Menge Freunde unter den *rum*, und seine Großmutter väterlicherseits stammte aus Kreta. Mete hatte sich unendlich bemüht, mich an die Istanbuler Universität zu locken, gab aber schließlich auf und scherzte dabei: »Auch du bist zum Türkenfeind geworden.« Obwohl ich wusste, dass er mir mit Freuden behilflich sein würde, hatte ich ihn nicht über meinen Besuch in Istanbul informiert. Grund dafür war vielleicht mein beruflicher Ehrgeiz: Mir allein gebührte die Ehre, das Judasbaumtor zu finden.

Ich bezog mein geräumiges, geschmackvoll eingerichtetes Hotelzimmer. Nachdem ich geduscht hatte, wollte ich etwas trinken, um den Jetlag und die Anstrengungen des langen Fluges abzuschütteln. Ich entschied mich für den kleinen Tisch, der in einer verborgenen Ecke des verglasten Wintergartens zwischen den blühenden Zitronensprösslingen stand. Beim Kellner bestellte ich einen Whiskey mit viel Eis. Es musste zwischen sechs und halb sieben sein, da die letzten Sonnenstrahlen schwache gelbliche und violette Schatten an die Wände warfen. Die Beschaulichkeit des Frühlingsabends und der sanfte Duft von Zitronenblüten, Mimosen und Jasmin erzeugten in mir das Gefühl eines Déjà-vu, das mein Gedächtnis herausforderte.

Diesen und ähnliche Momente hatte ich als Kind im Wintergarten unserer Villa auf der Büyükada erlebt. Im gläsernen Gewächshaus, das an eine großzügige Laube erinnerte, standen Zitronensetzlinge, exotische Pflanzen, Rosen und Lilien. In Nachahmung jener geheimnisvollen, schwermütigen Frauen in schneeweißen Gewändern, die sie in Filmen gesehen hatte, schwebte meine Mutter, eine Blumenschere in der weiß behandschuhten Hand, wie ein Schmetterling von einem Blumentopf zum anderen und pflückte Rosen und Lilien. Ich denke, mein Vater kam nur in den Wintergarten, um seine schöne Frau ausgiebig zu betrachten. Er setzte sich in den Korbstuhl und sah sie minutenlang voller Bewunderung und Sehnsucht sprachlos an. Nie hatte es einen Mann gegeben, der für seine Frau, mit der er seit Jahren das Bett teilte, eine solche Sehnsucht und tiefe Liebe empfand. Seit ich im schummrigen Licht des Geheimzimmers den marmorweißen Körper meiner Mutter unter jenem Mann hatte liegen sehen, war das unentrinnbare Gefühl der Schande und Schuld in solchen Momenten besonders intensiv. Jedes Mal überkam mich der Wunsch, meinen Vater weinend zu umarmen und ihm meine Liebe zu zeigen. Doch auch für meine Mutter, dieses unerreichbare, zerbrechliche Wesen aus einer anderen Welt, empfand ich nicht Wut und Hass, sondern dieselbe Bewunderung wie für meinen Vater.

Genau in jenem Moment des Déjà-vu, in dem ich in unserem eigenen Wintergarten zu sitzen glaubte, hörte ich Professor Ünsalans schallendes Gelächter. Dieses Lachen war unvergesslich und unverwechselbar zugleich. Es schallte hier ebenso wie auf den Fluren der Columbia University oder in den Kaffeepausen während des Symposiums *Charakteristische Züge des orthodoxen Glaubens in der byzantinischen Kunst* in Moskau. Als ich mich umwandte, erkannte ich auch seinen wuchtigen, imposanten Rücken. Dort saß er, zusammen mit einer jungen Frau, einem Burschen und einem bärtigen Mann mittleren Alters.

Kurz erwog ich, lautlos aufzustehen und zu gehen, bevor Mete mich bemerkte. Mir war nicht nach Reden, ich war müde und hatte keinerlei Lust, ihm zu erzählen, warum ich hergekommen war und wonach ich suchte. Ich würde ihn ohnehin in den nächsten Tagen anrufen. Aber ein innerer Impuls ließ mich verharren. So zu tun, als hätte ich ihn nicht gesehen, wäre meinem Kollegen gegenüber respektlos gewesen. Ich mochte ihn, unterhielt mich gern mit ihm und profitierte von seinem Wissen, das dadurch bereichert wurde, dass er mitten in Byzanz lebte. Von meinem Platz aus rief ich leise: *»Hello! I am here!«* Im ersten Moment begriff er nicht, dass er gemeint war. In diesem Hotel, das von wohlsituierten Touristen frequentiert wurde, war es anscheinend normal, Englisch zu hören. *»Hello! Mete!«*, wiederholte ich, diesmal ein wenig lauter. Im nächsten Augenblick wandte er sich um; als er mich erblickte, stieß er einen aufrichtigen Freudenschrei aus, der seinem Gelächter in nichts nachstand, und dann kam sein mächtiger Körper auch schon auf mich zugewankt.

Im Nachhinein kam es mir vor, als ob mein Zusammentreffen mit Mete Ünsalan der Gipfel der geheimnisvollen Zufälle war, das entscheidende Glied in der Kette von Omen, die mir widerfuhren, seit ich auf jene Gedichtzeilen gestoßen war. Ich war hundemüde, und statt in die Bar zu gehen, hätte ich zunächst ein wenig schlafen und mich dann zum Abendessen oder in den osmanisch dekorierten Teesalon begeben können. Ich aber hatte mich für den Wintergarten entschieden. Nun hing ich in den Armen Metes, der mindestens einen Kopf größer und doppelt so kräftig war wie ich. »Bring das an unseren Tisch«, sagte er zu dem Kellner, der mit einem Getränketablett umhereilte, wobei Mete mich bereits am Arm gepackt hatte und an seinen Tisch zog.

Die Begrüßungszeremonie, die er auf Englisch begonnen hatte, beendete er auf seine ureigene Art mit den Worten: »Nun seht euch diesen ollen Griechen an! Spricht besser Türkisch als wir! Er ist einer dieser Istanbuler *rum*, die wir vertrieben haben, um die untrennbare Einheit von Vaterland und Volk zu schützen.« Dann stellte er die Leute an seinem Tisch vor: »Diese junge Dame ist Derin, die Tochter eines alten Freundes. Der junge Herr ist Derins Freund« – Mete schien seinen Namen vergessen zu haben oder für unwichtig zu halten –, »und der mit dem Bart ist Turgut, Turgut Ersin. Der meistgelesene Zeitungskolumnist unseres Landes.« Er gab einen weiteren lautstarken Lacher von sich. »Mittlerweile wird die Türkei von den Kolumnisten gelenkt. Wir sind alle Sklaven der Medien. Die Medien sind unser neuer Gott!«

Nach all der Zeit und dem, was mittlerweile passiert ist, glaube ich heute, dass dies der alles entscheidende Moment war. Die achtunddreißig Jahre meines bisherigen Lebens und die mir noch verbliebene Zeit trafen aufeinander, Vergangenheit und Zukunft begegneten sich, und ohne mein Wissen wurde alles Weitere besiegelt. Der junge Mann mit dem furchtsamen Blick, der sich in dieser Umgebung ausgesprochen unwohl zu fühlen schien, das selbstbewusste junge Mädchen, der bärtige Journalist und Mete selbst: Alle saßen dort, als hätten sie sich abgesprochen und mich bereits erwartet.

»Tausendmal hast du dich dagegen gewehrt, nach Istanbul zu kommen! Lass hören, was dich hierhergetrieben hat. Du bist ja hoffentlich nicht hergekommen, um unsere ruhmreiche Fahne herauszureißen, die wir gemeinsam mit ein paar Ziegen auf die von uns eroberten Felsen in der Ägäis verpflanzt haben, und an ihrer Stelle die griechische Fahne zu hissen?«

Ich verstand kein Wort. Wahrscheinlich herrschten in der Ägäis wieder einmal die üblichen Spannungen.

»Wenn überhaupt, dann hole ich beide Fahnen herunter und hisse die amerikanische«, griff ich den Scherz auf. »Ich bin für eine Forschungsarbeit hier. Einzelheiten erzähle ich später. Aber wer weiß, vielleicht hatte ich auch Sehnsucht nach der Heimaterde. Wir werden ja schließlich nicht jünger.«

»Wenn du schon vom Älterwerden sprichst, was sollen wir dann sagen? Übrigens, du gedenkst doch wohl nicht, länger in diesem Hotel zu bleiben, oder? Wenn du mich fragst, ziehen die dir hier bloß das Geld aus der Tasche. Wenn deine Uni zahlt, ist das natürlich etwas anderes. Ach, du brauchst dir ja über so etwas sowieso keine Sorgen zu machen. Dein Vater wird die Hälfte dieses Paradieses ins Ausland geschmuggelt haben.«

Dann schämte er sich für seine ungehobelten Worte und wandte sich an die anderen.

»Teos Vater war einer der größten Antiquitätenhändler Istanbuls. Einer der *rum,* die wir 1974 aus der Türkei verscheucht haben.«

»Mein Vater war einer derjenigen, die freiwillig gingen. Wir waren damals türkische Staatsbürger.«

»Läuft doch auf dasselbe raus. Ständig packt man die Minderheiten unter irgendeinem Vorwand an der Gurgel, versetzt sie in Angst und Schrecken, zwingt sie zur Flucht und reißt sich dann ihr Hab und Gut unter den Nagel. Dieses Thema solltest du dir mal vornehmen, Turgut. Eure Zeitung kriecht zwar dem Staat in den Hintern, aber das sind unsere Schandtaten. Weißt du, wie viele *rum* es noch in der Türkei gibt? Zweitausend, vielleicht zweitausendfünfhundert, wenn's hochkommt. Ein Jammer!«

»Ein Jammer, das stimmt«, wiederholte der Journalist. »Aber ihr irrt euch, wenn ihr glaubt, dass die Politik des ›Liebe dein Vaterland oder verlass es‹ nur von extremen

Nationalisten oder Faschisten vertreten wird. Schließlich hat dieses Land die Vermögenssteuer und das Desaster vom sechsten und siebten September erlebt.«

Mir kam der Gedanke, dass sie sich offenbar bei mir einschmeicheln wollten. Doch interessierte mich der Kampf zwischen Griechen und Türken, der schon seit Ewigkeiten andauerte, kein bisschen. Ich fühlte mich weder als Türke noch als Grieche.

»All das ist lange her«, meinte ich. »Und nein, ich bleibe nicht lange im Hotel. Ein vielgereister Freund hat mir dieses Hotel empfohlen. Ich gedenke, einige Tage zu bleiben, bis ich eine kleine möblierte Wohnung oder eine Pension gefunden habe.«

»Eine Bekannte von mir, die momentan im Ausland ist, möchte ihre Wohnung eine Zeitlang vermieten«, sagte das Mädchen, das bis dahin geschwiegen hatte. »Das Haus ist ruhig und zentral gelegen. Die Schlüssel hat sie bei einem Immobilienmakler hinterlegt, aber ich habe seine Telefonnummer nicht dabei. Wenn Sie mir Ihre Nummer geben, kann ich sie Ihnen morgen durchgeben.«

Nicht ihr Gesicht erregte meine Aufmerksamkeit, sondern ihr tadelloses Englisch und ihre leicht heisere Stimme, die wie aus weiter Ferne zu mir herüberzudringen schien.

»Danke. Ich würde mich freuen und außerdem eine Menge Zeit sparen.«

Während ich ihr eine Visitenkarte überreichte, betrachtete ich ihr Gesicht zum ersten Mal genauer. Es war mir ebenso vertraut wie die Gesichter meiner Schwester, meiner Mutter oder meiner Frau. Als hätten wir uns gerade erst vor ein paar Tagen voneinander verabschiedet und nun an unvermutetem Ort wiedergetroffen. Sie musste um die zwanzig sein. Ihr Gesicht, so glatt, blass und ruhig, dass man es beinahe als ausdruckslos bezeichnen konnte, war von dunkelblondem Haar umrahmt, das im Nacken von einer Spange zusammengehalten wurde. Es erinnerte mich an moderne Gemälde, bei denen flüchtige Farben ineinanderfließen, aber dennoch ein unglaublich beeindruckendes Licht ausstrahlen, und dann kamen mir unvermittelt jene Mariendarstellungen aus der frühchristlichen Epoche in den Sinn: Marias Gesicht wirkt stets, als würde es sich im matten Licht auflösen. Man kann nicht sagen, ob sie schön oder hässlich ist; man sucht nach einem anderen, über das rein Optische hinausgehenden ästhetischen Begriff, nach einem Maß, das man nicht mit dem Verstand, sondern mit dem Glauben erfasst. Jene Blicke Marias, die zwischen den Linien, Farben und Figuren alles um sie herum unsichtbar machen, dringen zum Betrachter durch und prägen sich ihm unvergesslich ins Gedächtnis ein. Die honigfarbenen Augen des Mädchens entsprachen genau den Augen dieser herrlichen Darstellungen. Das geheimnisvolle Licht, das von ihren Augen ausging, ließ alles verblassen und machte es beinahe unsichtbar. Plötzlich fiel mir ein, woher ich sie kannte: Ich hatte sie in Ravenna auf jenem wundervollen Mosaik in der Apsis von San Vitale gesehen, das die Kaiserin Theodora und ihren Hof zeigt: die zweite Hofdame links neben der in purpurfarbene Seide gehüllten Kaiserin, das junge Mädchen mit dem goldbestickten Umhang und den blauen Vögeln auf dem Rock. Vor mir sah ich jenes leblose, reine, von einem inneren Licht erhellte Gesicht, das einen Eindruck auf mich machte, den ich mir nicht erklären konnte. Aber vielleicht hatte auch nur meine Übermüdung diese Illusion geweckt, beeinflusst durch eine Reihe von Zufällen und die Atmosphäre dieser legendären Stadt, in die ich nach so vielen Jahren zurückgekehrt war.

Womöglich war ich nur meines schönen Hauses außerhalb von Washington und meines Büros in der Universität überdrüssig. Vielleicht hatte ich einfach Sehnsucht nach einem Wunder, statt weiter den sterilen Geruch von Büchern und Archiven einatmen zu müssen.

Offensichtlich war die Holzkiste mit dem Spiegel nicht von Meisterhand, sondern von einem Hobbykünstler geschnitzt worden. Mein Vater reservierte die wertvollsten Exemplare für seine Kunden, die schönsten für meine Mutter und Anfängerstücke wie dieses für meine kleine Schwester, damit sie ihre Puppenkleider und anderen Krimskrams darin verstauen konnte. »Diese Hobbyarbeiten bringen auf dem Markt nicht viel ein, Kenner suchen filigrane Schnitzarbeiten, aber wenn du mich fragst, sind das hier die eigentlich wertvollen Stücke«, meinte mein Vater. »Hobbykünstler schnitzen mit Liebe am Holz, sie legen ihr ganzes Herz in ihre Arbeit. Sie klagen ihren Schnitzereien ihr Leid.«

Auf dem Regalbrett des Walnuss-Sideboards standen die Bücher kunterbunt durcheinander: Romane, zumeist französische, nur wenige in türkischer Sprache, Reiseführer, Atlanten, *Les Pardaillan*, alte Tom-Mix-Hefte, *Die Jungen von der Paulstraße*, *Le Petit Prince*, *Le Tour du Monde de deux Enfants*, ein paar Schulbücher, *Einführung in die Elektronik*, *Trigonometrische Aufgaben und ihre Lösungen*, ausgewählte Werke von Marx und Lenin, Bücher moderner französischer Denker mit Schwerpunkt Politologie, Soziologie und Sprachwissenschaft. Zwei großformatige Bücher, die eindeutig keine gewöhnlichen Reiseführer waren, weckten mein Interesse: die französischen Ausgaben von *Die Mosaiken von Ravenna* und *Michelangelos Pietà*. Der junge Makler hatte mir bei der Wohnungsbesichtigung gesagt, er habe die Wohnung vor ein paar Tagen grob reinigen lassen, könne mir aber die Telefonnummer der Putzfrau geben, sollte ich eine sorgfältigere Säuberung wünschen. Auf den Büchern lag fingerdick Staub. Einen Moment lang schwankte ich zwischen den *Mosaiken von Ravenna* und der Holzkiste, dann entschied ich mich. Geschlossene Kisten üben seit jeher eine unwiderstehliche Anziehungskraft auf mich aus.

Alte Fotografien, Familienfotos ... In meinem Vaterhaus hatte ich sie lieben gelernt. Wenn in einer Familie das letzte Mitglied verstarb, lösten entfernte Verwandte oder Nachbarn den Haushalt auf und brachten die verschlissenen Habseligkeiten gelegentlich zum Flohmarkt. Zwischen all dem Trödel, den keiner haben wollte, befanden sich auch Fotos. Ich erinnere mich, wie ich die Aufnahmen, die aus alten Schrankschubladen auf den Boden gefallen waren, in eigenartiger Trauer aufgesammelt und mir für jedes einzelne Bild eine Geschichte ausgedacht habe. Alte Fotografien weckten mein Interesse am Visuellen wohl im gleichen Maße wie Ikonen.

Der Holzkasten – in den Rillen der Schnitzerei hatte sich Staub angesammelt, und der kleine Spiegel in der Mitte des Deckels war blind – enthielt zumeist schwarzweiße Fotos. Es handelte sich um Alltagsszenen, die mit einer Amateurkamera aufgenommen worden waren. Die Bilder waren zum Teil vergilbt, die gezackten Ränder verschlissen, die Ecken geknickt: ein Mädchen, das einen Spielzeughund auf Rädern an der Leine hinter sich herzog, zwei Schwestern mit identischen Bändern im Haar, die ihre Köpfe zusammensteckten, Kinder in schwarzen Schulkitteln und mit weißen Kragen, eine Familie mit zwei Kindern, die vor einem Dorfhaus posierte, ein Picknick an einem Bach, ein herausgeputztes kleines Mädchen, das sich über den Tisch beugte, um fünf Kerzen auf einer Torte auszupusten ... Dann Profiaufnahmen von Hochzeiten, Schulanfängen, Feierlichkeiten, ein Bild einer jungen Frau, das offensichtlich aus den Vierzigerjahren stammte, mit der folgenden Notiz am unteren Rand: »Für meinen geliebten Mann am fernen Ort, als stille Erinnerung während der Erfüllung seiner Pflicht für unser Vaterland«. Noch einmal dieselbe Frau, diesmal mit dem geliebten Gatten an ihrer Seite, dann das gleiche Paar mit den kleinen Töchtern auf dem Arm, auf der Rückseite des Fotos der Vermerk: »Istanbul–1954«.

Zwischen den Bildern, die mir aus der Hand gleiten, fallen mir einige Farbfotos auf. Sie sind an einem Ort aufgenommen worden, den ich sehr gut kenne, an einem der Bücherstände am Pariser Seineufer. Eine Frau mit raspelkurzen Haaren, keine Schönheit, aber doch von starker Ausstrahlung, und ein fünfzehn, sechzehn Jahre alter Junge, der seine Hand auf ihre Schulter gelegt hat, lachen in die Kamera. Ein Schatten liegt auf dem Gesicht des Jungen, weshalb es nicht gut zu erkennen ist. Ich drehe das Bild um: »Für meine Großmutter zur Erinnerung an Paris. Wir vermissen Dich – Umut«, und da steht auch ein Datum: 13. Oktober 1987. Ein Passfoto der gleichen Frau in jüngeren Jahren mit langem Haar. Dann ein Junge, acht, vielleicht neun Jahre alt, der auf seinem Fahrrad posiert – vielleicht derselbe junge Bursche wie das Kind auf dem Foto aus Paris. Sein Gesicht ist diesmal deutlicher zu erkennen. Ein Passbild; am Stempel und den Stanzlöchern erkennt man, dass es von einem offiziellen Dokument entfernt wurde. Wieder derselbe Junge, diesmal mit vierzehn, fünfzehn Jahren. Seine Augen erinnern mich an jemanden;

mir ist, als würde ich diesen Blick von irgendwoher kennen. Ich lege die Aufnahmen nebeneinander und betrachte sie noch einmal. Ja, es ist immer derselbe Junge. Es muss Umut sein.

Verglichen mit den Fotos unserer Familie, die meine Eltern bei unserem Fortzug aus Istanbul mitgenommen hatten, sind diese hier langweilig und reizlos. Sie erinnern weder an farbenfrohe Episoden noch regen sie meine Phantasie an. Nur eins fällt mir ins Auge: Fünf junge Mädchen in identischen geblümten Kleidern stehen Arm in Arm vor der Tür eines Hauses. In der Mitte lächelt ein anmutiges Mädchen mit langem Haar, das der Frau auf dem Paris-Foto und dem Passbild ähnlich sieht.

Ich packe die Fotos in die Kiste zurück. Eigentlich will ich *Die Mosaiken von Ravenna* zur Hand nehmen, greife dann aber doch nach dem Michelangelo. Vielleicht, weil das andere Buch schwerer und verstaubter ist. Ich mache es mir im Sessel bequem und betrachte das Bild auf dem Einband mit jenem Gefühl des Wohlbehagens, das ich stets beim Anblick eines wahren Kunstwerks verspüre. Eigentlich ist mir Michelangelo eine Spur zu meisterhaft, zu unerreichbar und zu perfekt; für gewöhnlich erscheint er mir kalt und distanziert. Seine Pietà jedoch ist etwas anderes. Ich meine, dass er in jener Statue die Frage nach dem Opfer stellt: Ist es Jesus, oder ist es Maria? Als ich das schwere Buch vorsichtig aufschlage, fällt ein alter Zeitungsausschnitt auf den Boden. Ich bücke mich und hebe ihn auf. Das Bild eines Toten, der mitten auf der Straße liegt; sein linker blutbefleckter Arm ragt unter der über ihn geworfenen Decke hervor. Darunter drei Fotos mit drei Namen und eine Schlagzeile in fetten schwarzen Lettern: DREI TERRORISTEN ERSCHOSSEN. Eins der kleinen Fotos sticht mir ins Auge. Ich sehe genauer hin. Das Gesicht erinnert mich an das Kind auf dem Fahrrad, an den Jungen mit seiner Mutter. Urplötzlich ergreift eine tiefe Unruhe Besitz von mir, fast so, als könne das Blut auf dem Bild meine Hände besudeln. Ekel, Angst und Panik widerstreiten in mir; ich werfe den Zeitungsausschnitt auf den Boden. Ich will aus dem Zimmer flüchten, kann aber meinen Blick nicht von dem Artikel abwenden. Ich greife nach der Kiste und kippe alle Fotos aus. Meine Finger zittern, doch schließlich finde ich den Jungen mit dem Fahrrad, das Passbild mit dem Stempel in der Ecke und die Aufnahme der Frau mit dem jungen Mann am Seineufer. Ja, er ist es. Jetzt lese ich die Bildunterschrift in der Zeitung: »Umut Murat Ulaş (21) während einer Schießerei mit Sicherheitskräften vor konspirativer Wohnung ums Leben gekommen«.

Den Zeitungsausschnitt und das Foto des Jungen in der Hand, schlage ich noch einmal die erste Seite des Michelangelo-Buchs auf; erneut beschleicht mich das dumpfe Gefühl, diesen Blick zu kennen.

»Meinem kleinen Mickey
herzlichen Glückwunsch zum Geburtstag.
Ich habe darüber nachgedacht, was Du sagtest, als wir uns
in Florenz gemeinsam die Pietà ansahen. Du hattest recht,
Gefallene und Märtyrer sind nicht dasselbe. Wie erwachsen
mein Mickey geworden ist, und welch wunderbare Gedanken
er hervorbringt!
Auf ein baldiges Wiedersehen und wunderbare Gespräche,
lieber Umut.

4. Februar 1990, Paris / Istanbul«

Mit einem Gefühl des Unbehagens, vielleicht ist es auch Erstaunen oder Furcht, fällt mir plötzlich ein, woher ich diesen Blick kenne: Es sind die Augen des Mädchens, das am Tag meiner Ankunft mit Professor Ünsalan in der Hotelbar am Tisch saß. Das Mädchen, das mir die Nummer des Maklers gegeben hatte und Kaiserin Theodoras Hofdame auf dem Mosaik so ähnlich sah.

Inmitten dieses vollgestopften Zimmers, mit einem Haufen Fotografien vor den Füßen, dem Buch, auf dessen Einband eins der schönsten Bilder von meiner Lieblingspietà prangt, und der Zeitungsmeldung über eine Katastrophe, deren Bedeutung ich nicht ganz begreife, fühle ich mich wie der Hauptdarsteller in einem in Zeitlupe gedrehten Filmvorspann. Angesichts dieser Fotos brauche ich mir nicht wie früher Geschichten auszudenken. Diese Bilder sprechen für sich selbst, und was sie hinausschreien, macht mir Angst.

Meine Vorahnungen trügten mich nicht. Eigentlich hätte ich umgehend das Haus verlassen und mir eine neue Bleibe suchen müssen. Doch Neugier ist die Schwester der Angst, und Neugier ist der Katze Tod. Und so tat ich genau das, was ich niemals hätte tun sollen. Ich griff zum Telefon und wählte die Nummer des jungen Mädchens, das, soweit ich mich erinnerte, Derin hieß.

II

Mit deutlich amerikanischem Akzent entschuldigte sich die Stimme am Telefon für die Störung und fragte nach Derin *Hanım*. Ich erkannte ihn sofort und antwortete auf Türkisch: »Sie wünschen, *Bay* Teo?« Für einen kurzen Moment herrschte Stille. Ich glaube, er überlegte, was er wie und in welcher Sprache äußern wollte. »Ich wollte mich bedanken«, sagte er schließlich auf Türkisch. »Ich bin inzwischen eingezogen.«

Am Tag unserer ersten Begegnung war meist Englisch gesprochen worden. Als ich ihn am nächsten Tag anrief, um ihm die Telefonnummer des Maklers zu geben, der sich um Ülküs Haus kümmerte, hatten wir nur kurz miteinander geredet. Sein Türkisch war doch besser, als ich gedacht hatte, auch wenn ihm hin und wieder das richtige Wort fehlte. Seine Stimme klang merkwürdig unentschlossen und unruhig.

»Ich hoffe, es gibt kein Problem«, sagte ich.

»Nein, mit dem Haus gibt es kein Problem. Ich habe die Schlüssel bekommen. Den Vertrag habe ich auch bereits unterschrieben.«

Wieder schwiegen wir, das Gespräch kam nicht in Gang. Es schien, als wolle er etwas sagen, traue sich aber nicht.

Mit der üblichen Unverfrorenheit – meine Großmutter väterlicherseits nannte es Dreistigkeit – fragte ich, ohne lange um den heißen Brei herumzureden: »Wollen Sie etwas sagen, *Bay* Teo? Ich helfe Ihnen gern.«

»Ich weiß nicht, wie ich es sagen soll. Ja, es gibt ein Problem. Besser gesagt, mich beschäftigt da etwas.«

Er fuhr auf Englisch fort.

»Ich glaube nicht, dass ich am Telefon darüber reden kann. Es hat etwas mit dem Haus zu tun. Besser gesagt mit der Besitzerin. Sie hatten ja gesagt, dass Sie sie kennen …«

»Ja, ich kenne sie. Sie ist Journalistin und hat viele Jahre in Paris gelebt. Zurzeit hält sie sich wieder für eine Weile in Frankreich auf. Ich kann Ihnen ihre Telefonnummer geben, wenn Sie möchten.«

»Nein, ich glaube nicht, dass ich mit ihr sprechen möchte. Hören Sie, vielleicht finden Sie das vollkommen unsinnig, aber mir geht da etwas im Kopf herum, und eventuell können Sie mir helfen. Ich würde gern mit Ihnen reden, natürlich nur, wenn es Ihnen recht ist.«

In einem Anflug von Koketterie dachte ich, dass er auf der Suche nach einem Mädchen war, mit dem er sich vergnügen konnte. Aber nein, so ein Mann schien er nicht zu sein. In seiner Stimme schwang ein seltsames Unbehagen mit, der Hilferuf eines ratlosen Kindes.

»Natürlich können wir uns treffen. Wann immer Sie wollen.«

Ich hatte nichts zu tun. Seit Ülkü unter dem Vorwand nach Paris gereist war, sie müsse ihre Arbeit übergeben, sei aber in Kürze zurück, fühlte ich mich in dieser Stadt mutterseelenallein.

Immer, wenn ich glaubte, neue Informationen gefunden zu haben, zerrannen sie mir gleichsam zwischen den

Fingern; immer, wenn ich glaubte, endlich die richtigen Schlüssel in Händen zu halten, schlugen mir die Türen vor der Nase zu. Verdruss und Müdigkeit überkamen mich. Meine Suche entpuppte sich allmählich als sinnlos. Warum war ich hier? Was suchte ich wirklich? Was tat ich, außer meine Zeit zu vergeuden? Zurück nach Lausanne an die Uni wollte ich nicht. Ich interessierte mich nicht für Internationales Recht, den Studiengang, zu dem mich mein Vater überredet hatte. Ich wagte auch nicht, nach Ankara zu meiner Mutter zu ziehen und mich ihren nicht enden wollenden Problemen und periodischen Saufattacken auszuliefern. Ankara war mir ebenso fremd wie Istanbul oder Lausanne. Ich fühlte mich in keiner dieser Städte heimisch. Aber in der Villa meines Onkels auf dem Hügel von Emirgân war es so schön, dass ich mich nicht beklagen konnte. Alle, mein Onkel, seine junge Gattin, die er nach der Scheidung von seiner ersten Frau kürzlich geheiratet hatte, die Dienstboten – alle kümmerten sich liebevoll um mich. Sie verhielten sich mir gegenüber so umsichtig, als wäre ich eine Kranke in der Genesungsphase. Für sie war ich das kleine Mädchen, das unter dem plötzlichen Verlust seines geliebten Vaters litt.

»Wenn möglich, sofort«, meinte er verlegen. Nun war er wieder ins Türkische gewechselt.

»Okay, dann treffen wir uns sofort.«

»Und wo? Ich bin zwar ein alter Istanbuler, aber trotzdem fremd hier. In fünfundzwanzig Jahren hat sich viel verändert. Schlagen Sie etwas Passendes vor.«

»Am besten springen Sie in ein Taxi und kommen zu mir. Zurzeit ist es nirgendwo schöner als hier. Die Judasbäume explodieren förmlich dieses Jahr! Judasblüten, so weit das Auge reicht.«

»Sagten Sie Judasbäume?«

Seine Stimme klang derart erstaunt, dass ich dachte, er würde das Wort nicht kennen.

»Ja. Diese Bäume, die dunkelrosa blühen. Wie heißen sie noch mal auf Englisch?«

»*Judas tree*. Wie merkwürdig! Wenn es Ihnen nichts ausmacht, komme ich sofort.«

Was war so merkwürdig? Ich hatte keine Ahnung. Ich gab ihm die Adresse und beschrieb ihm den Weg. Außerdem sagte ich ihm, er solle den Namen meines Onkels angeben, falls er am Eingang der schwer bewachten Wohnanlage aufgehalten werden sollte. Es klingelte nach so kurzer Zeit an der Tür, dass ich dachte, er müsse quasi geflogen sein.

Jener Tag ist mir als Farbenspiel aus Violett, Rosa, Orange und Feuerrot im Gedächtnis geblieben. Worüber hatten wir auf dem Balkon mit dem herrlichen Blick auf den Bosporus gesprochen, während die Strahlen der untergehenden Sonne die Fenster am gegenüberliegenden Ufer in gleißendes Licht tauchten und wir zwischen prächtig blühenden Judasbäumen zusahen, wie die Frühlingsluft die Judasblüten umherwehte? Vielleicht über alles. Jene Abendstunden schienen Zusammenfassung und Resümee dessen zu sein, was wir in der Folge erleben sollten: Wir schufen ein Geheimnis, um unserem Leben einen Sinn zu geben – wir machten uns auf die Suche nach unserer Identität.

»Sie hatten mich gefragt, ob ich weiß, was Judasbaum bedeutet«, sagt er und schnippt hektisch die Blüten vom Tisch. »Als ich klein war und wir in Istanbul lebten, besaßen wir im Hain von Beylerbeyi eine Villa, in der wir jedes Jahr die Zeit der Judasbaumblüte verbrachten. Ich mochte diesen Ort sehr.«

»Entschuldigung. Am Telefon fragten Sie derart erstaunt ›Judasbaum?‹, dass ich dachte, Sie kennen das Wort nicht.«

»Ich bin wegen einer Forschungsarbeit hierhergekommen, erinnern Sie sich?«

»Ja, doch. Aber Sie hatten nicht gesagt, worum es bei dieser Arbeit geht.«

»Nein. Ich hatte befürchtet, Mete würde sich über mich lustig machen. Wie auch immer, Thema meiner Forschung ist ein Tor, das in einer byzantinischen Handschrift erwähnt wird.«

Ich verstand nichts von dem, was er sagte, und war auch nicht unbedingt an weiteren Ausführungen interessiert. Ich wollte nur einem Ausländer helfen, der, aus welchem Grund auch immer, nach Istanbul gekommen war. Aber die Sache mit dem Tor interessierte mich. Tore führen irgendwo hin. Ich befand mich in einer Phase, in der ich Tore brauchte, die sich irgendwohin öffneten. Auch ich rüttelte wie blöd an einem Tor, hoffnungslos, einsam und auch ein wenig ängstlich.

»Ein Tor?«

»Ja, das Judasbaumtor. So heißt es übersetzt. Im Altgriechischen *kerkis* … Ein Wort, das man im Neugriechischen kaum kennt.«

Ich blicke ihn ausdruckslos an.

»Ich beschäftige mich mit byzantinischer Kunst«, sagt er beinahe entschuldigend. »Man weiß von fünf wichtigen Wiederaufbauten der Stadtmauer von Byzantion bis in die osmanische Zeit. In der Geschichte Konstantinopels gab es Hunderte von Stadttoren, die mit unterschiedlichsten Namen Erwähnung fanden. In keiner einzigen Quelle gibt es einen Hinweis auf das Judasbaumtor, aber das Tor existiert, es muss existieren …«

»Wenn Sie mir zum besseren Verständnis …«

Mit tragischer Stimme, die man an jedem anderen Ort als befremdlich, ja sogar lächerlich hochtrabend empfinden würde, beginnt er, auf Türkisch zu zitieren: »Um die verlorene Seele der Stadt zu retten, schreitet er durch ein geheimes, verfallenes Tor, das Judasbaumtor, auf seinem Haupt die Krone aus purpurnen Judasblüten, gewandet in Purpur, purpurfarben seine Wunden …«

Das Licht der untergehenden Sonne, das zwischen den Zweigen der Bäume hindurchflimmert, scheint seine Worte rötlich zu färben.

»Das ist wohl ein Gedicht«, sage ich. »Ich interessiere mich nicht sonderlich für Gedichte, aber es klingt nett. Wer hat es geschrieben?«

»Ein Niemand, ein Unbekannter, der vor Hunderten, vielleicht sogar Tausenden von Jahren gelebt hat. Womöglich war er nicht einmal Dichter, sondern nur einer der Mönchsschreiber, die in Klöstern die Lebensgeschichten der Heiligen vervielfältigten. Als ich in Alexandria auf der Suche nach Dokumenten über byzantinische Geschichte war, stieß ich zufällig zwischen alten Handschriften auf dieses Gedicht. Es wirkte, als hätte es jemand heimlich in den Haupttext eingebaut. Die Übersetzung ins Türkische stammt von mir. Ich habe auch versucht, es ins Englische zu übersetzen, die Gedichtform ist auf Türkisch allerdings besser gelungen. Vielleicht, weil man mit dem Ausdruck *erguvan*, der im Türkischen sowohl Judasbaum als auch purpurn bedeutet, den Osten und Istanbul assoziiert. Es ist seltsam, aber heutige Istanbuler Griechen sagen zur Farbe *erguvan*, sie kennen das altgriechische *kerkis* nicht. Den Baum nennen sie wiederum Yahudabaum.«

»Dann stammt das Gedicht also eher von Ihnen, *Bay*

Teo. Es ist Ihnen wirklich wunderbar gelungen. Ist das der einzige Hinweis, den Sie haben? Hinsichtlich des Tors, meine ich.«

»Ich spüre, dass es das Tor gibt, ja, ich kann sogar sagen, ich weiß es. Es ist so real wie die Blüten um uns herum. Zweifellos ist es nicht vollständig erhalten, das erwarte ich auch gar nicht. Aber ich glaube, zumindest herausfinden zu können, wo es einst stand.«

»Und woraus schließen Sie, dass es sich in Istanbul befand? Byzanz bestand schließlich nicht nur aus Istanbul, wenn ich mich recht erinnere.«

»Es ist eine Ahnung, die ich nicht erklären kann. Dann gibt es den Ausdruck ›polis‹, also Stadt. Wenn man in Byzanz *›polis‹* sagte, dann meinte man Konstantinopolis. Zudem heißt es in der letzten Zeile ›auf dem Weg zur Heiligen Weisheit‹. Ob Sie es nun mit ›Heiliger Weisheit‹ oder ›Heiligem Wissen‹ übersetzen, es ist der Name der Hagia Sophia. Zumindest wurde die Große Kirche ab dem 9. Jahrhundert so genannt.«

»Ich hoffe, Sie finden das, wonach Sie suchen«, sage ich und sammle einzeln die Judasblüten auf dem Tischtuch ein, um mir die Zeit zu vertreiben. Dann fällt mir ein, dass der Grund dafür, warum er mich so kurzfristig sehen wollte, nicht diese Torgeschichte gewesen sein kann, und frage: »Es gab da wohl ein Problem mit dem Haus?«

»Ach … Nun ja, Problem kann man es eigentlich nicht nennen. Aber ich bin da auf etwas Seltsames gestoßen. Eine alte Zeitungsmeldung. Auf dem Sideboard stand ein Buch über die Pietà, und als ich es aufschlug, fiel der Ausschnitt heraus. Ein blutüberströmter Toter auf der Erde und unter dem Bild drei Passfotos – offenbar drei Terroristen, die bei einer Polizeioperation getötet wurden. Und wie man aus der Widmung auf der ersten Seite schließen kann, war das Buch wohl das Geburtstagsgeschenk einer Mutter an ihren Sohn, einen gewissen Umut.«

Die Last, die auf meinem Herzen liegt, seit er mich angerufen hat, wiegt nun noch schwerer. Eigentlich weiß ich, was er wissen will, doch beschleicht mich ein unangenehmes Gefühl, und so schweige ich.

»Halten Sie mich nicht für jemanden, der seine Nase in Dinge steckt, die ihn nichts angehen«, meint er entschuldigend. »Aber ich habe auch die Fotos gesehen.«

»Welche Fotos?«

»Sie lagen in einer alten Holzkiste. Das ständige Arbeiten in Archiven führt zu schlechten Angewohnheiten. Sobald ich alte Dokumente oder Fotos sehe, gehen die Gäule mit mir durch. Ich konnte es nicht lassen und habe in den Fotografien gekramt.«

»Ich habe diese Aufnahmen nie gesehen, ich bin schließlich keine Archivarin«, antworte ich und versuche meinen Ärger darüber, dass Ülkü mir diese Bilder vorenthalten hat, nicht in meiner Stimme mitschwingen zu lassen. Meine Stimme klingt derart eisig, dass ich einen Moment lang befürchte, er könne unser Gespräch als beendet betrachten. Doch er macht keine Anstalten, sich zu erheben, sondern fährt mit leidenschaftlicher Stimme fort: »Unter den Fotos war eins von einem acht- oder neunjährigen Jungen mit einem Fahrrad. Und eine Aufnahme aus Paris, mit dem gleichen Jungen, nur älter. Die Bilder waren wohl an die Großmutter geschickt worden. Auf der Rückseite stand ›Mutter und ich vermissen Dich, Umut‹.«

Ich bin völlig durcheinander und murmele, ohne recht zu wissen, was ich sagen soll: »Ülküs Sohn hieß Umut. Der Sohn der Frau, der das Haus gehört.«

Zunächst schweigt er. Lange blickt er mir in die Augen, als könne er darin irgendein Zeichen entdecken. Als ich den Blick abwende und auf das gegenüberliegende Ufer richte, das sich dunkelviolett zu färben beginnt, spricht er auf Englisch weiter; später stelle ich fest, dass er dies immer tut, wenn er sich von seiner Umgebung distanzieren will. »Der Junge, der in seinem eigenen Blut auf der Erde lag, war Umut.«

Ich bewege meinen Kopf leicht hin und her, ohne ihm etwas zu bestätigen. Vielleicht, bedeute ich ihm. Vielleicht. In einer Weise, die weder ja noch nein, sondern vielleicht bedeuten soll.

»Wie lebt man damit, wie hält man so etwas aus?«

Wie soll ich in diesem Haus leben können, will er damit wohl sagen. Und da ich mich in gewisser Weise verantwortlich fühle, da ich ihm, wenn auch indirekt, zu ebendieser Wohnung verholfen habe, antworte ich: »Wenn Sie wollen, können Sie umziehen. Die Vermieterin wird Verständnis dafür haben.«

»Nein, nein! Ich hatte gemeint, wie die Hausbesitzerin das aushält – sie war doch die Mutter des Jungen, nicht wahr? Nein, ich denke überhaupt nicht an Umzug. Im Gegenteil …«

Und dann stellt er an diesem lauen Frühlingstag die Frage, die mir bis ins Mark fährt und mich innerlich zu Eis erstarren lässt: »Wer war Umut wirklich?«

Diese Frage fiel nicht zum ersten Mal. Ich hatte sie Ülkü mit einer Leidenschaft gestellt, die Neugier weit überstieg; als würde die Leere in mir nie verschwinden, sollte ich keine Antwort bekommen. Und nun stellte mir dieser Fremde dieselbe Frage mit ebensolcher Leidenschaft – noch dazu in einer fremden Sprache –, und ich wusste keine Antwort darauf. So ungewiss auch war, wo und bei wem sich der Schlüssel zu Teos Tor befand, so unauffindbar war auch der Schlüssel zu Umuts wahrer Identität.

In einer mir fremden Umgebung, unter Menschen, von denen ich nicht wusste, ob sie Freund waren oder Feind, blieb ich auf der Suche nach Umut auch noch allein mit all den unbeantworteten Fragen, meinen chaotischen Gefühlen und Kerem Ali. Nachdem sie mir den Floh ins Ohr gesetzt und mich in dieses Abenteuer gedrängt hatte, war Ülkü einfach verschwunden. Während ich versuchte, Licht in das Dunkel zu bringen, das die Ermordung meines Vaters umgab, öffnete sich mir das Tor in eine Welt, deren Existenz mir bis dahin unbekannt gewesen war: das Tor in eine andere Stadt, in die Slums, über die Kerem Ali bei jeder Gelegenheit sagte, wie stolz er sei, »dorthin zu gehören«. Er nannte sie »rebellisches Istanbul« oder »revolutionäres Istanbul« und war der Meinung, der Begriff Slum sei eine intellektuell-bourgeoise Erfindung. Wenn er fröhlich und unbeschwert war, nannte er sich in Anspielung auf eine in linken Kreisen einst populäre Arabeske »revolutionärer Prinz der Slums«. Den Refrain des Liedes, das mir jedes Mal auf die Nerven ging, wenn ich es hörte, hatte er adaptiert: *»Enden werden die Nächte des Hungers, die Tage in Isolation, es kommt der Prinz der Slums mit seinen Liedern von Revolution.«* Allerdings hatte er wirklich eine schöne Stimme.

Zu Beginn meiner Spurensuche fühlte ich mich, als würde ich ein ebenso kompliziertes wie spannendes Computerspiel in Angriff nehmen. Anfangs war ich gleichermaßen unbekümmert wie unbeteiligt; ich musste erst lernen, dass Menschen keine Icons waren und Leben keine virtuellen Schicksale, die man per Mausklick ändern konnte. Ich spürte, dass ich mich rasant dem Gravitationsfeld einer neuen Welt näherte. Ich fürchtete mich, aber ich wollte weder fliehen noch das Spiel abbrechen. Diese neue Welt übte eine seltsame Anziehungskraft aus, die meine innere Leere füllte.

Der Fremde, der so unerwartet in meinem Leben aufgetaucht war, stellte nun also die Frage, die ich selbst vor nicht allzu langer Zeit gestellt hatte: *»Derin, who is Umut really?«*

Eine andere Zeit, ein anderer Ort, eine andere Stimme. »Wer war Umut wirklich, Ülkü?«

Ich erinnerte mich bis ins kleinste Detail, wo ich diese Frage gestellt hatte. An den Hof vor dem Weinberghaus auf der Insel, die Hunde, die zuerst knurrten und bellten, sich dann aber an meine Füße schmiegten, das Gelb der Sonne, das verdorrte Gras, das Meer, den Hauch von fauligen Trauben, der in der Luft gelegen hatte.

Ich konnte mich an jede Sekunde erinnern, an jedes einzelne Wort, das gefallen war, als ich mich vor einem Jahr mit Ülkü auf der Botschaft in Paris getroffen hatte – kurz nach der Ermordung meines Vaters.

»Ob es stimmt, weiß ich nicht, aber ich hatte den Eindruck gewonnen, als hätte Herr Arın Murat die Entscheidung getroffen, von allen offiziellen Aufgaben zurückzutreten. Es gibt da ein Detail, das hilfreich sein könnte bei der Untersuchung«, hatte sie gesagt. »Er hatte den Verdacht, dass er verfolgt würde.«

Ich hatte ihren gekünstelten, womöglich sogar spöttischen Tonfall, als sie ›Herr Arın Murat‹ sagte, nicht vergessen, ebenso wenig wie ihre übertrieben höfliche, in Wahrheit aber geringschätzige Ausdrucksweise, als sie mit meiner Mutter sprach. Ich erinnerte mich genau daran, wie sie gesagt hatte, sie könne meinen Schmerz nur allzu gut verstehen. Ihr Nachsatz, »Ich hatte einen Sohn, auch er wurde ermordet«, klang mir noch in den Ohren, ebenso wie ihre Anmerkung: »Vielleicht stecken hinter dem Mord an Arın Murat viel dunklere Mächte, als wir glauben. Diese Vermutung gewinnt täglich mehr an Substanz, wenn der oder die wahren Mörder nicht ermittelt werden. Wenn Anstifter und Ermittler aus dem gleichen Umfeld stammen, werden die Mörder nie gefunden.«

Wir hatten die türkische Journalistin treffen wollen, die französischen und türkischen Zeitungen zufolge die letzte Person war, die »einige Stunden vor dem ungeklärten Attentat mit dem Opfer Arın Murat, einem hohen türkischen Diplomaten mit wichtigen Staatsaufgaben, essen gewesen war«. Die Botschaft hatte das Treffen arrangiert; die Zuständigen ließen sogar durchblicken, meine Mutter habe es gewünscht. Tatsächlich aber wollte meine Mutter weder diese Frau kennenlernen noch das Geheimnis um den Tod ihres Mannes lüften. Ich hingegen war voller Hass gegen diese fremde Frau. Es mochte auch daran liegen, dass ich sie für verantwortlich am Tod meines Vaters hielt, doch der eigentliche Grund für meine Feindseligkeit war, dass sie die letzten Momente meines Vaters mit ihm geteilt hatte. Als hätte sie mir etwas gestohlen, sich unrechtmäßig eine Nähe angeeignet, die eigentlich mir gehörte.

Natürlich waren wir neugierig – und auch ein bisschen eifersüchtig – auf die Frau, die der mächtige und charismatische Arın Murat, eine kleine Legende im Außen- und Innenministerium, für wert befunden hatte, mit ihm allein essen zu gehen, auch wenn es ihm vor allem um gute Beziehungen zur französischen Presse gegangen war.

Als ich bei unserem ersten Zusammentreffen in einem der Privaträume der Botschaft Ülküs kurze Haare sah, war ich sofort erleichtert. Mein Vater liebte langhaarige Frauen. Außerdem war sie nicht so jung und schön, wie ich sie mir vorgestellt hatte. Zweifellos umgab sie ein Pariser Flair; diesen Ausdruck hatte ich von meiner Großmutter gelernt. Aber lebte Ülkü nicht schon jahrelang in Paris? Da war es nur natürlich, dass sie dieses Flair angenommen hatte.

Meine Zweifel und meine Abneigung verflüchtigten sich, als meine Mutter mit Ülkü sprach wie bei einem Verhör. Mutter trug ein dunkelblaues Chanel-Kostüm, das ihr das Aussehen einer respektablen, trauernden Witwe verleihen sollte. Ihre Stimme klang eisig, als sie Ülkü fragte, seit wann sie in Paris leben würde. Dann wollte sie wissen, ob Ülkü oft in die Türkei gekommen war. »Seit dem Putsch von 1980 lebe ich in Europa. 1992 war ich einmal in der Türkei. Um meinen Sohn zu beerdigen«, lautete Ülküs Antwort. Meine Mutter war sich anscheinend nicht sicher, ob sie richtig verstanden hatte, und fragte: »Sagten Sie, um ihn zu beehren?« – »Nein, meine Dame, um ihn zu beerdigen … Mein Sohn ist tot.« Ich hakte sofort nach: »Wieso ist Ihr Sohn tot?« Und dann ihre Antwort, deren Bedeutung ich zunächst nicht verstand: »Es handelte sich wohl um einen Irrtum. Während einer Hausdurchsuchung eröffnete die Polizei das Feuer auf eine Studentenwohnung, die man für eine konspirative Wohnung von Terroristen hielt. Es hieß, er sei bei der Schießerei ums Leben gekommen. Dabei wurde aus der Wohnung keine einzige Kugel abgefeuert, wie sich später herausstellte. Trotzdem gab es keinerlei Konsequenzen. Die Beteiligten wurden aus Mangel an Beweisen freigesprochen.«

Der Tag war ein einziger Alptraum. Ähnlich einem Déjà-vu erinnere ich mich an die schweren Samtvorhänge in dem kleinen Botschaftssalon, die mit Goldrosen aufgemotzten Tapeten, das alles dominierende, staubige Altrosa, die der Situation vollkommen unangemessene mondäne Extravaganz meiner Mutter, an Ülküs Unruhe, das wenig vertrauenswürdige Gesicht des Bediensteten, der den miserablen Tee servierte, und noch eine Menge anderer Details.

Als sie mich zum Abschied umarmte, traf mich das völlig unerwartet. Ich bemerkte, dass sie feuchte Augen hatte, und fragte mich, ob die Tränen ihrem ermordeten Sohn oder Arın Murat galten. Der Gedanke, dass es einen unerklärlichen Zusammenhang zwischen den beiden Todesfällen, einen Schnittpunkt, geben könnte, kam mir in jenem Moment wohl zum ersten Mal in den Sinn. Ich ahnte, dass des Rätsels Lösung bei dieser Frau mit dem ebenso ausdrucksvollen wie erschöpften Gesicht lag.

Ein ganzes Jahr ist vergangen seit dem Tod meines Vaters; ein schreckliches Jahr, das ich teilnahmslos und wie in Trance an der Universität verbrachte, nachdem ich gleich nach der seltsamen Begräbniszeremonie in der Türkei überstürzt nach Lausanne zurückgekehrt war. Im Verlauf des Wintersemesters, in dem ich den meisten Vorlesungen und Prüfungen fernblieb, gelang es mir, dieser inneren Leere und Sinnlosigkeit etwas abzugewinnen: Ich musste das Geheimnis um den Mord an meinem Vater lüften. Die Lösung des Rätsels war das Einzige, was die Leere in mir füllen und mir meinen Vater zurückgeben konnte. Und um das Geheimnis zu lösen, kehrte ich in die Türkei zurück.

Als ich Ülkü, von der ich mir Hinweise erhoffte, endlich erreicht hatte, fragte ich sie nicht, was sie über den Tod meines Vaters wusste oder welche Beziehung sie zu ihm hatte, sondern: »Wer war Umut wirklich?«

Sie antwortete mir nicht sofort. »Umut war mein Sohn«, erwiderte sie schließlich knapp. Ich denke, dass sie mit ihrer außerordentlichen Sensibilität längst ahnte, worum es mir ging.

Gerade fällt mir ein, dass sie meinte: »Eigentlich ist es eine Liebesgeschichte.«

Wir beide sitzen allein auf der Büyükada, auf den Felsen an der Küste. Ich warte darauf, dass sie mir Antworten auf meine Fragen gibt. Und sie sagt: »Es ist eine Liebesgeschichte.«

Sie will mich in Erstaunen versetzen, also darf ich nicht erstaunt aussehen. Sie will das Gespräch auf andere Themen lenken, ich darf also nicht in ihre Falle tappen. Sie wird die Wahrheit bis zum Schluss verbergen, ich muss geduldig sein. Die Wahrheit? Weiß ich, wo die Wahrheit liegt?

Um meine Unerschrockenheit zu demonstrieren, schaue ich der Frau direkt in die Augen. Sie sitzt auf den Felsen, den Rücken zum Meer gewandt. Als ich sie vor einem Jahr sah, hatte sie raspelkurzes Haar. Sie hat es wachsen lassen; ihre von kaum sichtbaren Silberfäden durchzogenen, kastanienbraunen Haare werden von einer alten Haarspange notdürftig zusammengehalten und flattern im rauen Wind.

»Es war eine Liebesgeschichte«, sagt sie, ohne meinem Blick auszuweichen. »Zumindest aus meiner Sicht war es das: eine Liebesgeschichte, nicht in vollen Zügen genossen, nicht ausgereizt und nicht beendet.«

»Aber der Tod meines Vaters …«

»Meine Geschichte hat nichts mit Arıns Tod oder seiner Ermordung zu tun. In der Mordnacht waren wir zusammen in Paris in einem kleinen Restaurant, das wir aus unserer Jugend kannten. Am nächsten Tag wollten wir uns wieder treffen. Wir verließen das Restaurant nicht gemeinsam, wahrscheinlich weil er den Verdacht hegte, dass man ihn beschattete. Nachdem Arın die Rechnung bezahlt hatte und gegangen war, blieb ich noch etwa fünfzehn bis zwanzig Minuten dort. Ich trank noch einen Cognac, dann nahm ich mir ein Taxi nach Hause. Und dann …«

»Und Ihr Foto? Das am nächsten Tag in fast allen türkischen und französischen Zeitungen zu sehen war?«

»Nur in einigen. Außerdem war es immer das gleiche Foto. Höchstwahrscheinlich eine alte Aufnahme des MİT oder sonst irgendeiner Geheimorganisation des Tiefen Staats. Zweifellos wollte mich jemand in diese Sache hineinziehen. Zumindest ging es darum, Spuren zu verwischen und Verwirrung zu stiften.«

»Ich dachte immer, dass ich meinen Vater kenne. Dass er alles mit mir teilt.«

Mein Tonfall verrät, wie verletzt ich bin.

»Nach dem April 1971 habe ich ihn nur noch zweimal gesehen: 1992 nach Umuts Tod in einem merkwürdigen Büro, von dem ich nicht einmal wusste, zu welchem Ministerium es gehörte, und eben in jener letzten Nacht.«

Ich fühle mich außerordentlich erleichtert. Wie lächerlich, dass ich eifersüchtig gewesen war.

»Wie du siehst, habe ich dir deinen Vater nicht weggenommen.«

Ihr Lächeln ist warm und freundschaftlich. »Das war lange vor deiner Geburt. Ja, es war eine Liebesgeschichte, und letztlich eine ziemlich gewöhnliche.«

»Ist das alles?«

»Nein, ist es nicht. Wäre er in jener Nacht nicht ermordet worden, wären wir nach fünfundzwanzig Jahren wieder zusammengekommen. Ich muss es dir sagen, auch wenn es dir wehtut. Ich kenne den Grund zwar nicht, aber Arın wollte sich von seiner Vergangenheit lösen. Tatsächlich hatte er das längst getan, er war nur noch rechtlich gebunden. Ich spreche nicht von der Ehe mit deiner Mutter, die bestand natürlich noch. Was ich eigentlich meine, ist dieses Räderwerk, jene Mühlen eben, in denen dein Vater zu ersticken drohte. Er hatte zu viel gesehen und war womöglich ungewollt in eine Reihe undurchsichtiger Ereignisse verstrickt. Er hatte sich die Hände schmutzig gemacht, so sagte er in jener Nacht. Er wollte sich reinwaschen, ein völlig neues Leben beginnen, Straßenmaler werden, vielleicht Zirkusclown, was auch immer! Wer einen solch kompletten Wandel durchlebt, begibt sich in Extreme, begnügt sich nicht nur mit der Loslösung von seiner Vergangenheit, sondern versucht, seine alte Identität zu verleugnen. All das hatte er mit dir teilen wollen. Ihr hättet euch am nächsten Tag in Paris getroffen. Er wollte dich vom Flughafen abholen. Er vertraute dir und war fest davon überzeugt, dass du ihn verstehen würdest.«

»Ich bin mir da nicht so sicher. Ich kann nicht glauben, dass mein Vater sein Leben von Grund auf verändern wollte. Und ich glaube auch nicht, dass er sich die Hände schmutzig gemacht hat. Niemand, der ihn kennt, würde so etwas denken.«

Ich war verärgert. Meine Stimme war frostig und distanziert. Ich versuchte, mich unbeeindruckt zu zeigen, konnte ihr aber nicht mehr herausfordernd in die Augen sehen.

Außerdem ging mir auf die Nerven, wie selbstverständlich sie meinen Vater beim Vornamen nannte.

»Ah, natürlich! Arın Murat, der Mann mit der weißen Weste … Maßvoll, besonnen, höflich, ehrenwert, unbeugsam. Immer im Recht, immer rechtschaffen, eine Legende auf allen Ebenen des Staates. Ein Musterstaatsmann, bewundert und beneidet von all den Speichelleckern, die seinen wunden Punkt nicht finden konnten.«

In ihrem linken Mundwinkel macht sich ein spöttisches, bitteres Lächeln bemerkbar, vielleicht weniger ein Lächeln als eine Verkrampfung. Es verblüfft mich, dass sie über den Mann, den sie angeblich geliebt hat, dermaßen schonungslos und herablassend reden kann.

»Ich habe meinen Vater geliebt«, sage ich knapp.

»Ich auch … Merkwürdig, nicht? Denn trotz allem war es eine Liebesgeschichte. Es handelte sich nicht, wie du vielleicht denkst, um eine Kriminalgeschichte, eine simple Affäre oder eine Eskapade in Paris. Es war das Gespenst einer Liebe, die nicht zu Ende gelebt werden konnte, die sich nicht abnutzte und genau deshalb lebendig blieb. Geister kann man nicht töten.«

»Was war das Hindernis, Ülkü? Warum ist es so gekommen?«

»Ich weiß es nicht. Nein, wenn ich offen sein soll – und das sollte ich wohl –, dann weiß ich es doch. Es lag an Arın Murats Persönlichkeit. Es war seine Persönlichkeit, die ich leidenschaftlich liebte, obwohl sie eigentlich all meinen Werten, Wurzeln und Gewohnheiten widersprach. Tief in seinem Inneren strebte Arın Murat nach Macht, und genau das trennte mich von ihm. Aber wenn ich es mir jetzt überlege, war wohl genau diese Machtgier das eigentliche Objekt meiner Leidenschaft. Als er mir in jener letzten

Nacht gegenübersaß, mit seinem Weinglas spielte und der Macht ade sagen wollte, spürte ich, dass sich der Zauber verflüchtigte. Meine Leidenschaft, die in fünfundzwanzig Jahren nicht für eine Sekunde abgekühlt war, schien mich urplötzlich verlassen zu haben. Ich betrachtete seine Lippen und hatte Angst, dass er mich küssen wollte. Sein Knie, das unter dem Tisch mein Bein berührte, erregte mich nicht mehr. Nun, da er all das ablehnte, was uns seit so vielen Jahren voneinander trennte, war ich mir auf einmal nicht mehr sicher, ob ich ihn immer noch wollte. Vielleicht ist das eine allzu weibliche Schwäche.«

»Eine weibliche Schwäche?«

»Männlichkeit identifiziert sich mit der Macht. Der Mann ist auf der Suche nach Macht, die Frau wiederum sucht den Träger der Macht. Aber als ich ein so blutjunges Mädchen war wie du, wusste ich das alles nicht. Ich verspürte Zuneigung zu Arın, eine Zuneigung, aus der Liebe und schließlich Leidenschaft wurde. Wäre unsere Beziehung normal verlaufen, wenn wir also beispielsweise geheiratet und in geordneten Verhältnissen gelebt hätten – kannst du dir mich auf Botschaftsempfängen oder bei offiziellen Anlässen vorstellen? –, dann wären weder Liebe noch Leidenschaft geblieben. Liebe aber nährt sich von Unerreichbarkeit, durch sie verwandelt sie sich in tragische Liebe, in Leidenschaft. Nein, das sind keine weisen Sprüche oder Klischees aus schlechten Romanen, das ist die Realität, das wirkliche Leben. Wenn es um Liebe geht, ist der Mensch meist einfacher gestrickt, als man denkt, vor allem wir Frauen, selbst die intelligentesten von uns.«

Diesmal erhellte ein echtes Lächeln ihr Gesicht. Zum ersten Mal dachte ich, dass sie schön war. Keine atemberaubende Schönheit im klassischen Sinne, sondern eine

Schönheit, die in ihren Fünfzigern immer noch attraktiv war, immer noch an Leidenschaft und Sexualität denken ließ, gelassen, in sich gekehrt, leise und hell, ohne zu glänzen. Dennoch habe ich Schwierigkeiten, mir diese Frau mit meinem Vater zusammen vorzustellen. Er mag mit ihr im Bett gewesen sein, mit ihr geschlafen haben, aber geliebt haben kann er sie nicht. Warum bloß war er nach all den Jahren zu ihr zurückgekehrt, warum hatte er seine Zukunft mit ihr verbringen wollen? Warum nicht mit uns?

»Und wenn mein Vater in jener Nacht nicht getötet worden wäre, wären Sie dann zu ihm zurückgekehrt, Ülkü? Hätten Sie mit einem anderen Arın Murat zusammen sein können? Hätten Sie ihn wieder lieben können? Nach dem, was Sie gerade gesagt haben, scheint es …«

»Diese Frage habe ich mir noch am gleichen Abend selbst gestellt, als Arın sich zu erklären versuchte. Ich begriff, dass er mein ganzes Leben beeinflusst, mehr noch, mich letztlich gefangen, mein Leben mit einer Hypothek belegt hatte. Ich wusste, dass ich keine Ruhe finden würde, solange ich mich nicht von dieser Leidenschaft befreit hatte. Ja, ich wäre zu ihm zurückgekehrt, und sei es nur, um diese Liebe aufzuzehren. Außerdem …«

Sie hält kurz inne, zögert, ob sie fortfahren soll.

»Außerdem was? Wenn wir schon angefangen haben, dann müssen Sie auch weiterreden.«

»Ich muss nicht, nein, aber ich will. Vielleicht ist es eine Art Therapie. Seit der Sache mit Umut fiel mir das Leben ohnehin zunehmend schwerer. Dann geschah der Mord an Arın; dann beschäftigt einen die Lage in der Türkei und der Welt, die verrinnende Zeit, diese innere Leere, und nun bist du in mein Leben getreten. Und um den Satz zu Ende zu führen: In unserer Beziehung spielte Sexualität eine große Rolle. Wenn du es auf die Urinstinkte zurückführst, dann waren vielleicht erotische Anziehungskraft und sexuelle Harmonie die bestimmenden Elemente unserer Beziehung. Lass mich ganz offen reden, ich sehe darin keinerlei Schande oder Herabwürdigung unseres Verhältnisses. Zwischen Mann und Frau mag es Freundschaft, Zuneigung, Verständnis, alle möglichen Gefühle geben, aber wenn man von Liebe spricht, einer tiefen Liebe, dann tritt die Sexualität in den Vordergrund. Und trotz aller Fragezeichen in meinem Kopf und in meinem Herzen war Arın das Objekt dieser Liebe. Hast du jemals geliebt, Derin?«

An meine Antwort kann ich mich nicht mehr erinnern. Vielleicht schwieg ich sogar, um nicht nein sagen zu müssen.

III

Alles begann damit, dass Derin die Wahrheit über den Tod ihres Vaters herausfinden wollte.

Und ehrlich gesagt, war ich es, die dem jungen Mädchen den Floh ins Ohr setzte, dass Arın Murats Ermordung womöglich auf das Konto anderer Kräfte im Staat ging. Sie spürte, dass es für die Erschießung ihres Vater auf offener Straße in Paris einen Grund gab, den man mittels Lobpreisungen und formellen Verlautbarungen während der prächtigen Begräbnisfeier zu vertuschen versucht hatte. Ich war die Letzte, die Arın lebend gesehen hatte, daher war ich auch eine der »üblichen Verdächtigen«. Und deshalb hatten Mutter und Tochter mich nicht sehen wollen, als sie nach Paris gekommen waren, um den Leichnam abzuholen.

Ich erinnere mich. Arıns drei Frauen in der Leichenhalle: An der Tür eines Botschaftssalons verabschiedeten sich seine Frau, seine Tochter und seine frühere Geliebte mit Höflichkeitsfloskeln am Ende jener unangenehmen Begegnung unter den kühlen Blicken des livrierten Botschaftsdieners. Die ausgestreckte Hand der Frau zitterte, als wollte sie sagen: »Lassen Sie es uns schnell hinter uns bringen.« Ich hatte die feucht schimmernden Augen der jungen Frau bemerkt, die neben ihrer Mutter stand und nicht wusste, wie sie sich verhalten sollte. Umut hatte den gleichen Ausdruck in den Augen gehabt, wenn er traurig war. Der Blick der jungen Frau, der ich zum Abschied die Hand hingehalten hatte, war Umuts Blick. Das leblose Antlitz Umuts hatte sich über Derins betrübtes Gesicht gelegt. Einen Moment lang hatte ich das Gefühl, der Tote auf der Bahre in der Leichenhalle könnte Derin sein, und unwillkürlich umarmte ich sie. Ihre Wangen waren feucht.

»Ich hätte gern länger mit Ihnen über den Mord an meinem Vater gesprochen«, sagte sie.

Ich glaubte, dass meine persönliche Geschichte nach dem Tod meines Sohnes und nun auch noch nach dem Mord an Arın am Endpunkt angelangt war. Aus Furcht, zu dem zurückzukehren, was ich hinter mir hatte lassen müssen, suchte ich Zuflucht im Vergessen. Wie den meisten Angehörigen meiner verlorenen Generation – alle Generationen des 20. Jahrhunderts betrachten sich als verloren und scheinen daran eine geradezu pathologische Freude zu haben – fehlte es mir an der nötigen Kraft, um einen Neuanfang zu wagen, sei es in der Liebe, der Revolution oder im Leben. Ich gehörte zu den Verlierern, besaß aber zumindest die Freiheit, den Kampf aufzugeben. Doch mein Inneres wehrte sich dagegen, dass sich die letzten Minuten meiner Geschichte hinzogen wie ein Film mit schlechtem Drehbuch. Letzten Endes besitzen wir eben nur eine Geschichte, und wenn sie auch bitter, traurig oder tragikomisch verläuft, ist es doch unsere Geschichte.

In diesem Gemütszustand befand ich mich, als ich nach einer Zeit des ziellosen Herumirrens in die Türkei zurückkehrte. Derin traf ich zufällig auf der Büyükada im Haus eines alten Freundes, der meine und Arıns gemeinsame

Vergangenheit und Liebe miterlebt hatte. Ich glaube, das Zusammentreffen war von Derin eingefädelt worden. Im weichen Licht der am Horizont untergehenden Septembersonne hatte sie ihre haselnussbraunen Augen auf mich gerichtet und wartete auf die Antwort auf ihre Frage: Wer war Umut wirklich?

»Du hast Umuts Augen«, sagte ich zu ihr.

Ich weiß nicht, warum ich das sagte. Einen Moment lang erschrak ich über mich selbst, suchte nach Ausflüchten. Dann gestand ich mir ein, dass ich seit unserem ersten Zusammentreffen den leidenschaftlichen Wunsch gehegt hatte, die mysteriösen Zusammenhänge aufzudecken. Als würde ein Wunder geschehen, Arın ins Leben zurückkehren und alles wieder in Ordnung kommen, wenn Derin die Wahrheit über ihren Vater, Umut und sich selbst erfuhr.

Wir wussten beide, dass »Umut« das Zauberwort war, der Schlüssel, um uns das Tor zur anderen Seite zu öffnen. Mit einer seltsamen Mischung aus Neugier, Anspannung, Zweifel und Angst zögerten wir einen Augenblick vor dem Tor, da wir nicht wussten, was uns dahinter erwartete. Dann drehte Derin in ihrer jugendlichen Naivität und Unbekümmertheit den Schlüssel im Schloss: »Es sieht so aus, als gäbe es einen Zusammenhang zwischen Umuts Tod und dem Mord an meinem Vater. Wer waren der oder die Mörder, Ülkü?«

Die Frage wurde vom Wind fortgetragen, flog über die Weinreben hinweg in Richtung Meer und kam als noch stärkeres, furchteinflößenderes Echo zurück: »Ülkü, wer war Umut wirklich?«

»Umut Murat Ulaş. Name des Vaters: Ömer Ulaş. Vorname der Mutter: Ülkü. Geboren: Februar 1972 in Ankara. Gestorben:

September 1992 in Istanbul. Student im Fachbereich Elektronik der Technischen Universität Istanbul. Erschossen bei der Durchsuchung einer konspirativen Wohnung.«

Das war von Umut übriggeblieben: diese paar Zeilen im Polizeibericht und, den Akten über Ülkü Öztürk und Ömer Ulaş beigefügt, eine weitere dicke Akte aus den Archiven des MİT, auf deren Deckel eine Notiz klebte: »Vom Zuständigen A.M. (X) auf eigenen Antrag an den unten angeführten Tagen eingesehen«.

Weiße Laken, weiße Wände, weiße Menschen, weiße Gesichter, die sich über mich beugen. »Wenn Sie sich noch ein wenig anstrengen, dann klappt es. Pressen Sie, pressen, ja, genau so. Nur Mut. Noch einmal, und noch einmal …« Ich versuche, nicht zu schreien, aber ich brülle mir die Seele aus dem Leib. Hatte ich in dem Folterraum auch so geschrien? Der gleiche unerträgliche, brennende Schmerz, als stocherten sie mir mit einem scharfen Messer im Bauch herum. »Wenn Sie noch ein bisschen durchhalten, hole ich das Kind ohne Saugglocke.« Ich flüstere, dass ich durchhalten werde, nein, ich flüstere nicht, ich fauche wie ein Tier. Einen derartigen Schmerz habe ich nicht einmal während der Folter verspürt; eine glühende Schlange scheint durch meinen Körper zu gleiten. Ein letzter Schrei und … eine bis dahin nie gekannte Entspannung, ein Zustand der Trance, der an Schlaf grenzt, Glück.

»Sie haben einen Jungen!«

»Ich habe einen Jungen!«

In Ankara schneit es. Wir haben Februar. Wir befinden uns im Jahr 1972.

»Umut war mein Sohn.«

»Das weiß ich. Was können Sie mir noch über ihn sagen?«

Ja, was?, denke ich. Dass ich Umut nicht kannte? Wie hilflos und unendlich traurig ich bin, weil ich über meinen eigenen Sohn niemals wirklich etwas wissen werde?

Wann immer ich an meinen Sohn denke, kommt mir jener einsame, kleine Junge in den Sinn, der gerade aufgewacht ist und in seinem Schlafanzug mit dem Hunde- und Katzenmuster in der Tür steht, schutzlos inmitten einer Welt voller Gefahren, Feinde und Leid, den beunruhigten, traurigen Blick fragend auf mich gerichtet. Eine Flamme löst sich in meiner Brust und wandert zu meiner Kehle hinauf.

Ich war es, die ihn so wehrlos und allein zurückließ. Es war im Sommer 1981; sie hatten mit den Verhaftungen begonnen, die Schlinge zog sich immer enger zu, und ich musste das Land verlassen. Bevor ich die Reise antrat, nahm ich trotz aller Warnungen und Verbote der Partei das Risiko auf mich und fuhr zu meiner Mutter, um den Jungen ein letztes Mal zu sehen. »Mama, gehst du auch so weg wie Papa?«, fragte er. »Nein«, antwortete ich ihm, aber er glaubte mir nicht. Das konnte ich ihm von den Augen ablesen. Ich kann mich nicht erinnern, dass er geweint oder sich an mir festgeklammert hätte. Nur seine Augen wurden feucht; ein Schatten umwölkte seinen samtenen Blick, wenn er traurig war. Auch an jenem Tag stellte er keine einzige Frage, nicht einmal die, wann ich wiederkäme. Ich glaube, er hatte verstanden und mich an jenem Tag aufgegeben.

Derins Stimme lässt mich zusammenzucken: »Viele Leute meinen, ich hätte die gleichen Augen wie mein Vater. Während Sie gesagt haben, ich hätte Umuts Augen. Umut war Ihr Sohn, ich weiß, aber wer war er wirklich?«

Ich erschauere innerlich und flüchte mich in Worte, die

wie aus einer Seifenoper klingen. »Die Blicke aller jungen Menschen erinnern mich an meinen Sohn«, lüge ich.

Ich erwartete Derin in dem Häuschen, in das ich mich nach meiner Rückkehr in die Türkei zurückgezogen hatte. Das kleine Haus: Herberge der Erinnerungen und der Toten … Meine Mutter, mein Vater, mein Bruder, die Freunde aus der Kindheit, unsere Nachbarn, unsere Jugend, Liebesgeschichten, Hoffnungen, Träume von der Revolution, unsere tiefe Überzeugung, unsere Niederlage, unsere müde Rückkehr. Das Heim der Kindheit, aus dem wir immer wieder flohen und in das wir stets wieder zurückkehrten …

Mit der ihr eigenen Sturheit und Entschlossenheit hatte Derin sich, einer seltsamen Ahnung folgend, unbedingt in diesem Haus mit mir treffen wollen. Sie glaubte, dass dieses Haus, in dem Umut seine Kindheit und seine Jugend verbracht hatte und in dem sich immer noch Bücher, Hefte und Spielsachen von ihm befanden, ihr sein Geheimnis preisgeben würde.

Ich erinnere mich noch genau an jenen Tag. Es war Anfang Januar und eisig kalt. Der Gasofen – ich befürchtete stets, die Butangasflasche könnte explodieren – reichte nicht aus, um das winzige Haus zu heizen. Auch als Kind hatte ich hier immer gefroren. Bis auf die wenigen Jahre bei mir in Paris hatte Umut bis zu seinem zwanzigsten Lebensjahr – oder sollte ich sagen, bis zu seinem Tod – in diesem Haus gelebt. In kalten Wintern musste er vollkommen durchgefroren im Bett gelegen haben. Vielleicht hatte auch er das morgendliche Aufstehen aus dem warmen Bett endlos hinausgezögert, um nicht in die Kälte zu müssen, die einem bis ins Mark fuhr. Die Mischung aus Schuldgefühl, Trauer und quälender Hilflosigkeit, die jedes Mal von mir Besitz ergriff, wenn ich an meinen Sohn dachte, wurde in diesem Haus zu meinem ständigen Begleiter. Ich wusste, dass ich in diesem Haus Zuflucht genommen hatte, um Umut zu suchen, ihn neu zu formen und mich mit ihm und mir selbst zu versöhnen. Derin versuchte, so glaubte ich, sich auf die gleiche Art ihrem Vater zu nähern.

Ihre Wangen waren von der Kälte gerötet, und sogar ihre Hände, die in Angorahandschuhen steckten, waren eiskalt, als sie eintrat. Noch bevor sie ihren Mantel auszog, begann sie zu erzählen: »Du wirst es nicht glauben, Ülkü, aber ich habe die Familie von einem der Jungen aufgespürt, die zusammen mit Umut in dieser sogenannten konspirativen Wohnung ermordet wurden. Ich habe mit seinem Vater telefoniert. Erst traute er mir nicht, aber als ich dann meinen ›Bruder‹ erwähnte, taute er ein wenig auf. Ich habe ihnen eine Riesenlüge aufgetischt, eine Wahnsinnsgeschichte. Dass ich im Ausland bei meiner Tante aufgewachsen wäre, gerade erst erfahren hätte, dass Umut mein Bruder ist, und so weiter und so fort … Wir können sehr viel mehr herauskriegen, wenn du selbst mit dem Mann sprichst.«

Ihre Sätze wollten mir nicht mehr aus dem Kopf gehen. Es schockierte mich, dass sie sich als Umuts Schwester ausgegeben hatte.

Ich versuche, Zeit zu gewinnen. Ich bin mir nicht sicher, ob ich noch mehr erfahren will. Zudem glaube ich nicht, dass die Nachforschungen zu etwas führen werden. Selbst die schlagkräftigsten Hinweise können meinen Sohn nicht zurückbringen. Aber Derin ist fest entschlossen; sie wird die Spur bis zum Ende verfolgen.

War sie sich in dem Moment bewusst, was sie suchte,

hinter was sie her war? Ich weiß es nicht. Ging es ihr um die Wahrheit über Umut? Oder um die Wahrheit über sich selbst? Ich weiß nur, dass sie mich Schritt für Schritt in dieses Abenteuer hineinzog. Als sie einige Tage später wieder auftauchte und die Eltern des anderen toten Jungen aufsuchen wollte, erwog ich kurz, mich zu widersetzen. »Lass mich«, wollte ich schreien. »Ich habe keine Kraft mehr, ich will nichts wissen. Wenn er noch leben würde, vielleicht, aber ich will nicht mit meinem toten Sohn konfrontiert werden.« Doch hielt ich ihrem Blick nicht stand. Genau so hatte Umut mich immer angesehen, wenn er etwas wollte; mit genau den gleichen weichen, aber entschlossenen Augen.

Gemeinsam machten wir uns auf den Weg. Es begann zu nieseln, als wir die steile Straße hinaufstiegen.

»War ja klar, dass wir in den Regen kommen würden«, nörgelte Derin. »Warum haben wir das Auto unten stehen lassen?«

»In dieser Gegend empfiehlt es sich, auf der Hut zu sein. Außerdem werden die Anwohner unruhig, wenn sie ein fremdes Auto vor ihrer Tür sehen. Hier sitzen die Leute immer wie auf heißen Kohlen. Hier in den Armenvierteln ist es kein romantisches Abenteuer, ein Linker zu sein, sondern ein Lebensstil, der sich aus der Wut auf die bestehenden Verhältnisse speist.«

Der Regen wurde immer stärker. Längst hatte sich der rechts und links von Gecekondus gesäumte Weg, von dem nicht zu erkennen war, ob es sich um eine Asphaltstraße oder einen Feldweg handelte, in eine Schlammspur verwandelt. Im Vorbeifahren geriet ein Minibus in ein mit Wasser gefülltes Schlagloch; Matsch spritzte auf unsere Mantelsäume.

»Verflixt und zugenäht!«, fluchte Derin. »Hätte ich doch bloß etwas anderes angezogen! Ich wollte mich nachher noch mit meinen Freundinnen zum Tee im Çırağan-Palast treffen. Deshalb habe ich mich gleich entsprechend gekleidet, um mich nicht noch einmal umziehen zu müssen.«

Während sie auf Zehenspitzen tippelte, um nicht in den Schlamm zu treten, plapperte sie ununterbrochen vor sich hin. Ich hörte ihr nicht zu. Im Geiste befand ich mich auf einem anderen Weg, zwanzig Jahre zuvor, an einem Hang auf der anderen Seite des Bosporus, in der Nähe der Brückeneinfahrt.

Ein heißer Sommertag. Über allem liegt Staub: über dem Weg, der sich zwischen den Gecekondus hindurchschlängelt, den Kindern, die barfüßig oder mit Plastiklatschen an den Füßen am Straßenrand spielen, den welken Blumen in den Fenstern der einstöckigen Häuschen. Der kleine Umut ist bei mir, und ich halte ihn fest an der Hand. Er ist müde, versucht aber tapfer durchzuhalten.

Ömer hatte mich darauf gebracht, Umut zum Frauenprojekt mitzunehmen. »Durch den Kleinen erregst du weniger Aufsehen. Vor allem werden die Frauen dort schneller Zutrauen zu dir gewinnen, wenn sie sehen, dass du selbst ein Kind hast«, hatte er gesagt.

Derins Stimme schreckt mich auf: »Was ist denn los, Ülkü? Bist du etwa müde?«

Das Kind, das neben mir herläuft, ist nicht Umut. Und ich laufe die Straßen auch nicht mehr so behände hinauf wie früher; ich bin vollkommen außer Atem.

»Ich habe mich gerade daran erinnert, wie ich vor zwanzig Jahren hier hinaufmarschiert bin«, erwidere ich. »Damals war hier fast alles freies Feld. Es gab nur ein paar vereinzelte Hütten und weiter unten ein paar Gewächshäuser. Im Tal wurden die ersten Gecekondus gebaut. Ich war oft in dem Gecekondu-Viertel auf dem Hügel gegenüber, um Frauenprojekte durchzuführen.«

»Was für Projekte?«

»Frauenprojekte, die wir im Namen der Fraktion organisierten, um das Bewusstsein der Frauen zu stärken und sie auf die Revolution vorzubereiten. Damals war das hier alles noch unbebaut, aber die Gecekondu-Viertel drüben an den Hängen galten als befreite Zone. Alle möglichen revolutionären Gruppierungen hatten sich hier engagiert. Um keine Aufmerksamkeit zu erregen, trug ich stets lange Röcke und selbst in der größten Hitze langärmelige Blusen. Und Umut schleppte ich immer mit hierher.«

»Der Beschreibung nach müssen wir hier rechts rein«, sagt Derin, und dann ein kurzer triumphierender Aufschrei: »Da ist es, Nummer 67!«

Sie erwartete von mir die Frage, wie es ihr gelungen war, diese Leute in diesem ihr bis dato völlig unbekannten Stadtteil ausfindig zu machen. Sie wollte von mir gelobt werden wie ein kleines Kind, das Geschick bewiesen hatte. Dabei war ich wütend auf sie, weil sie mich mit hierherschleppte. Ich war fest entschlossen, missmutig und desinteressiert dreinzuschauen. Jedes Mal, wenn ich in mich hineinhörte, spürte ich, dass ich mich aus der ganzen Sache heraushalten wollte, auch aus Angst, nicht zu ertragen, was ich zu hören bekommen würde.

In den folgenden Tagen sollte ich häufig darüber nachdenken, wie anders wohl unsere Leben verlaufen wären, hätte sich die Tür Nummer 67 nicht geöffnet.

Wir stehen vor einem zweistöckigen, unverputzten Haus aus Beton, aus dem oben Eisenträger herausragen, damit es bei Bedarf aufgestockt werden kann. Die Fensterrahmen sind blau gestrichen.

Eine Pflanze – ich kann nicht erkennen, ob es sich um Efeu oder eine Glyzine handelt, da sie alle Blätter abgeworfen hat – rankt sich die Hausfassade hinauf und breitet ihre starken Triebe über die seitlich gelegene Laube aus. Gleich neben der Tür steht ein Baum. Die Haustür, die man über zwei Stufen erreicht, ist ebenfalls blau gestrichen.

Derin drückt auf den Klingelknopf. Kurz erklingt eine bekannte Melodie: *Üsküdar'a gider iken …*

Um uns vor dem zunehmenden Regen und dem kalten Wind zu schützen, drängen wir uns dicht unter dem Vordach zusammen. Einen Moment lang hege ich die Hoffnung, dass die Tür geschlossen bleibt, doch dann öffnet ein junger Mann in Jeans, handgestricktem Rollkragenpullover und Wollsocken. Nass und durchgefroren treten wir ein.

Auf dem nackten Steinboden stehen Schuhe und Schlappen in allen Größen, an den Kleiderhaken hängen Mäntel und Schals. Ein vertrauter Geruch von Holzrauch, nassen Militärstiefeln und Mehlschwitze steigt mir in die Nase. Fast kommt es mir vor, als sei ich schon einmal hier gewesen.

»Kommt herein«, sagt eine freundliche Frau mittleren Alters. »Ihr seid bestimmt ganz durchgefroren.« Am Ende des Flurs betreten wir ein warmes, stickiges, aber helles Zimmer. An zwei Wänden steht jeweils ein Diwan mit Decken aus Siirt; über dem einen hängt ein für anatolische Kaffeehäuser typischer Wandteppich, auf dem Kalif Ali auf einem Pferd zu sehen ist, sein Schwert Zülfikar in der Hand. In der Mitte des Raums steht ein niedriger Tisch, darauf eine protzige Vase voller rosafarbener Plastikrosen, in der Ecke ein Fernseher mit Spitzendecke, neben der Zimmertür ein Buffet, hinter dessen Glastüren sich ein mit Blattgold verziertes Service befindet. Neben dem Kohleofen am Fenster schläft eine buntgesprenkelte Katze; auf dem Ofen erblicke ich ein Tablett mit kleinen, flachen *pide*.

»Ich habe ein paar Fladenbrote für euch gebacken. Außerdem haben wir *tulum*-Käse aus dem Dorf besorgt. Lasst uns Tee kochen. Ali, mein Junge, sei so gut und bring mir doch den Kessel aus der Küche.«

»Da haben Sie sich aber Mühe gemacht«, sagt Derin. »Wir wollten eigentlich nur kurz mit Ihnen reden und nicht weiter stören.«

Fladenbrot, *tulum*, Tee … Erinnerungen kommen hoch, und ich entspanne mich. Damals waren wir in einem Gecekondu in Zeytinburnu gewesen, an einem ähnlich kalten Tag. Heißes Fladenbrot auf dem Kohleofen, ich lausche einer Stimme, die mit ostanatolischem Akzent sagt: »Sozialismus ist die Aufgabe der Arbeiterklasse.« Mitten in meiner Brust spüre ich ein Flattern, Enttäuschung, Sehnsucht. Wie viele Jahre sind seither vergangen? Dreißig, fünfunddreißig? Unvorstellbar, wie Gerüche Erinnerungen hervorzurufen vermögen … der Geruch von Fladenbrot, Holzfeuer, nassen Stiefeln.

Wir schweigen. Ich sehe Derin an, aber plötzlich scheint sie jegliches Selbstvertrauen verloren zu haben. Sie wirkt bedrückt, beklommen, vielleicht bereut sie sogar, überhaupt hierhergekommen zu sein.

Die Katze erhebt sich, streckt sich und springt mir auf den Schoß. Seltsam, immer fällt die Wahl der Katzen auf mich. Mit einem Mal möchte ich am liebsten laut losheulen; innerlich verfluche ich Derin und mich selbst, während ich sanft die Katze streichle. »Ich gehe und sage Vater Bescheid«, sagt der junge Bursche, als er den Teekessel auf den Ofen stellt. Wieder entsteht eine bedrückende Stille.

»Wir sind … wir sind hergekommen, um etwas über den Tod meines Sohnes zu erfahren«, beginne ich. Mit der Gleichgültigkeit einer Fremden nehme ich meine eigene Stimme wahr. Ich spüre, wie Derin sich entspannt. Sie sucht meinen Blick, sieht mich dankbar an.

»Warten wir am besten auf meinen Mann, er kann Ihre Fragen besser beantworten«, erwidert die Frau. »Leider geht es ihm nicht gut. Seit jenem Tag ist er krank. Sechs Jahre ist es jetzt her, und wir haben uns immer noch nicht daran gewöhnt. Was heißt es, einen Sohn zu verlieren? Aber ich glaube, du kennst die Antwort schon.«

Einen Sohn zu verlieren …

Ihre Frage »Wie viel Stück Zucker?« holt mich wieder zurück. »Eins, bitte.«

Bis der Vater kommt, reden wir wenig und schweigen viel. Wir trinken Tee, knabbern an unseren Plätzchen und denken an unsere Söhne. Ein Türknarren, leichte Schritte, frische kalte Luft, die hereinweht. Der Vater betritt das Zimmer, gefolgt von dem Jungen. »Seien Sie willkommen.«

»Vielen Dank.« Als er sich verbeugt, drückt er die rechte Hand gegen die Brust; mit dem schmalen, gelblich dunklen Gesicht und dem leicht gekrümmten, schmalen Körper wirkt er wie ein Poet, der gleich die *saz* in die Hand nehmen und ein religiöses Lied der Aleviten singen wird. Er kann nichts dafür, aber mir geht das Ganze auf die Nerven. Er wirkt wie ein schlechter Statist in einem schlechten Theaterstück. »Eigentlich hast du das Volk nie geliebt. Für dich waren Proletarier nichts anderes als ein

Haufen Statisten einer Ideologie, die dir am besten passte«, hatte Ömer während einer der letzten Diskussionen vor unserer Trennung festgestellt. »Du hast dich nie mit der Arbeiterklasse identifiziert.« Vielleicht hatte er recht.

Die Frau schenkt Tee nach, verteilt Fladenbrot und Plätzchen auf Melaminteller mit Blumenmuster, die Tageszeitungen zu Werbezwecken gegen Sammelcoupons ausgeben. Man könnte meinen, der Kalif Ali käme jeden Moment mit Zülfikar in der Hand aus dem Wandteppich zu uns herüber gesprungen. Unter dem Teppich steht auf einem langen, schmalen Band in arabischer Schrift *la yuktal muslim bi-kâfir*. Ich frage, was das bedeutet, sie wissen es nicht. »Man sagt, die Worte hätten auf dem Schwert des Kalifen gestanden. Das Spruchband ist alt, es stammt noch von unseren Urgroßeltern«, sagt der Vater. Erst viel später erfahre ich von einem Freund, der sich mit solchen Dingen beschäftigt, wie der Satz heißt: »Kein Moslem darf dafür getötet werden, dass er einen Nichtmoslem getötet hat.«

Den Blick auf den Boden gerichtet, rührt Derin lautlos in ihrem Tee. Ich spüre, wie fremd sie sich hier fühlt. Ich jedoch kenne solche Häuser und all diese Dinge von früher, die Plastikblumen, die Häkel- und Kunststoffdecken, den Nippes und das Geschirr. Nichts hat sich verändert. So sehen Wohnungen in Gecekondu-Vierteln schon seit Jahrzehnten aus. Ich kenne all das, was Derin erstaunt, beunruhigt und befremdet, stehe ihm aber kalt und distanziert gegenüber.

»Ich bin hergekommen, um in Erfahrung zu bringen, wie mein Sohn gestorben ist«, sage ich ohne Umschweife. »Als er ermordet wurde, war ich nicht hier in Istanbul. Wenn ich mich nicht irre, wurde er zusammen mit Ihrem

Sohn getötet. Wir dachten, dass wir von Ihnen vielleicht mehr erfahren können.«

»Sechs, sieben Jahre ist es jetzt her«, erwidert der Vater. »Eine kleine Ewigkeit. Manchmal vergisst man sogar das Gesicht des eigenen Kindes. Und selbst wenn ich etwas aufklären könnte, was bringt Ihnen das? Was gibt es über den Tod zu erfahren?«

»Es gibt etwas«, antworte ich. »Man will alles über jenen letzten Augenblick wissen, so, als sei man dabei gewesen. Je genauer man diesen Moment kennt, desto näher ist man dem Toten.«

Meine eigenen Worte erstaunen mich. Ich bin nicht sicher, ob ich tatsächlich so denke, ob ich aufrichtig bin oder nicht. Ich bemerke, wie der Mann seinen Kopf hebt und mir zum ersten Mal ins Gesicht sieht. Er versucht abzuschätzen, wie ehrlich ich es meine.

»Früher oder später trennen sich unsere Söhne von uns und gehen ihre eigenen Wege«, sagt er. »Unmöglich, sie zu kennen! An einem Tag werden sie flügge, am nächsten erhält man die Nachricht von ihrem Tod. Einige sagen, sie opfern sich für das Volk, der Staat nennt sie Terroristen und Verräter. Was meinst du, was stimmt?«

Er ist wütend. Wütend auf alles und jeden. Er sieht keinen Sinn darin, dass wir hier sind und nach so vielen Jahren nach unseren Toten forschen; er hält das für die Laune einer vornehmen Dame. Es fällt ihm schwer, eine Verbindung zwischen seinem Sohn und diesen zwei Frauen aus dem anderen Istanbul herzustellen.

»Mein Sohn ist tot«, flüchte ich mich in meine Rolle als Mutter. Ich spüre, dass ich mich zunehmend ärgere. »Auch mein Sohn wurde getötet. Märtyrer oder Verräter, was zählt das schon? Er war mein Sohn. Ich will es wissen. Was er in jenem letzten Moment dachte, ob er große Schmerzen hatte, ob er an mich dachte, sich fragte, ob das Ganze es wert war, dafür zu sterben. Was bedeuteten Leben und Tod für ihn? Das hätte ich gern gewusst.«

Es gelingt mir nicht, die Tränen zurückzuhalten; leise beginne ich zu weinen. Vielleicht wird mir Umuts Tod zum ersten Mal in all seiner Unmissverständlichkeit klar. Die Frage, ob er große Schmerzen hatte, lässt bei mir die gleichen Schmerzen aufkommen. Die Frage, ob er an mich dachte, bohrt sich tief in meinen Leib. Es tut weh, unerträglich weh.

Er war noch sehr klein, als ich fortging. Ich hatte ihn angelogen, den Kopf geschüttelt, als er in seinem Schlafanzug schutzlos in der Tür stand und mich fragte: »Mama, gehst du auch so weg wie Papa?« Jetzt will ich wissen, wer ihn umgebracht hat.

Plötzlich begreife ich, warum ich zuerst nicht hierherkommen wollte, warum ich derart zögerlich war. Und je mehr ich es verstehe, desto schmerzvoller ist es. Hier muss ich mich der nackten, ungeschönten Wahrheit stellen, kann mich nicht länger hinter meinem Leid verstecken. In diesem Haus bin ich unweigerlich mit mir selbst konfrontiert, mit Dutzenden von unangenehmen Fragen: Trage nicht auch ich Schuld an Umuts Tod? Habe ich nicht selbst den Grundstein für den Weg gelegt, der meinen Sohn in den Tod führte? Was habe ich unternommen, um die Distanz zwischen uns zu überwinden, als er nach Jahren zu mir kam? War es nicht eigentlich meine eigene Freiheit, die ich schützen wollte, als er den Wunsch äußerte, in die Türkei zurückzureisen und ich – ganz die tolerante, moderne Mutter – ihm erlaubte, in seine Einsamkeit und Verlassenheit zurückzukehren?

Alle im Raum tun so, als würden sie nicht bemerken, dass ich weine. Ungewollt flüchte ich mich in die versöhnende Wirkung der Tränen.

»Wir sagen Ihnen gern, was wir wissen«, meldet sich der Vater zu Wort. Dann höre ich Derin sagen: »Weiß man, wer den Befehl gegeben hat, das Feuer auf sie zu eröffnen? Ob wir wohl die Polizisten ausfindig machen können, die an der Operation beteiligt waren, und die vierte Person, die sich ebenfalls in der Wohnung befunden haben soll?«

IV

Mir gefiel es überhaupt nicht, als das Mädchen mit der seltsamen Frau, deren Alter man schwer einschätzen konnte, in der Tür stand. Ich mag keine Leute, die hinter einem Toten herspionieren. Einen Toten kann man nicht zurückbringen, daher mussten sie entweder Agenten des TC-Staates sein, oder sie hatten ganz andere Interessen. Mir blieb nicht einmal genug Zeit, meine Mutter zu warnen, sie solle den Mund halten, ehe ich meinen Vater holte.

Am liebsten hätte ich mich gleich aus dem Staub gemacht, aber ich hatte Angst, dass wir völlig die Kontrolle verlieren könnten. Als ich die Geschichte dann dem Genossen Sekretär erzählte, meinte er: »Gut, dass du dageblieben bist. Der Revolutionär ist wachsam, aber nicht paranoid. Ich kenne die jungen Damen der Bourgeoisie nur zu gut. Wenn sie so ist, wie du erzählt hast, und die ältere Frau die Mutter des gefallenen Genossen, dann haben die Armen sich tatsächlich auf die Suche nach ihren Toten begeben. Außerdem sind diese Frauen besonders waghalsig, weil sie auf die Unterstützung ihrer Klasse vertrauen. Ein Bourgeois, der sich der Sache der Arbeiterklasse verschrieben hat, ist mir tausendmal lieber als ein Proletarier, der sich aus dem Klassenkampf heraushält oder gar kollaboriert.«

Die Weitsicht des Genossen hatte mich schon immer begeistert. Das also bedeutete revolutionäre Führung! Meinen Vorschlag, sich selbst mit dem Mädchen oder der Frau zu treffen, lehnte er ab: »Das Ganze ist schlicht zu lange her. Ich kann mich nicht mehr genau erinnern, aber ich glaube, er war vom Oppositionsflügel zu uns gestoßen. Ich habe nie mit ihm zusammengearbeitet. Der Junge galt eher als Sympathisant, er ist nie auf die Probe gestellt worden. Wir hatten ihn deinem Bruder Kerem zur Seite gestellt. Der hatte, soweit ich mich entsinne, gemeint: ›Er sieht zwar aus wie ein Muttersöhnchen, hat aber das Zeug zum Revolutionär. Seine Mutter und sein Vater kommen beide aus der linken Bewegung und gehören der 68er-Generation an, verfolgen allerdings die revisionistische Linie. Ich kenne den Grund nicht, aber Umut ist genauso zornig auf seine Eltern wie auf die bestehende Ordnung. Er ist davon überzeugt, dass der bewaffnete Kampf der einzige Weg ist, und er ist auch der Partei treu, aber er braucht mehr Erfahrung.‹ Kümmere du dich einstweilen um seine Mutter und die Schwester. Beschäftige dich mit dem Mädchen, wir können sie vielleicht noch brauchen. Und sei vorsichtig bei der Frau. Du sagst, sie sei zu still und besserwisserisch. Diesen Revisionisten kann man nie trauen, verstehst du?«

Was wollten sie? Bei unserem ersten Zusammentreffen hatte ich das nicht ganz begriffen. Sie waren hinter dem Genossen her, der zusammen mit meinem großen Bruder umgebracht worden war. Sie wollten Genaueres über ihn und die Umstände seines Todes in Erfahrung bringen. Stutzig machte mich, dass Mutter und Schwester – bei unserem ersten Treffen hatte Derin sich als solche ausgegeben – jenen Genossen nicht zu kennen schienen und von uns zu erfahren versuchten, was für ein Mensch er gewesen war. Als verfolgten sie ein völlig anderes Ziel, auch wenn sie behaupteten, herausfinden zu wollen, ob Umut tatsächlich Mitglied einer Organisation gewesen und wer für seinen Tod verantwortlich war.

Als mein Bruder Kerem getötet wurde, war ich sechzehn Jahre alt. Wir waren sieben Jahre auseinander. Er war mein Held. Ich weinte nicht, als er zum Märtyrer wurde. An seinem Grab schwor ich, der Revolution zu dienen. Die Polizei des TC-Staates wollte die Begräbnisfeier verhindern, doch es gelang ihnen nicht. Auf dem Friedhof wehten unsere roten Fahnen mit dem gelben Stern. Mein Vater und mein Großvater waren ein wenig verstimmt, denn für sie widersprach das der Tradition, aber als die Genossen die »revolutionäre Tradition« beschworen, mussten sich die beiden hilflos beugen. Trotz der massiven Polizeipräsenz ging die Zeremonie mit all den in die Luft gereckten linken Fäusten, den roten Masken mit gelbem Stern und den roten Fahnen derart prachtvoll vonstatten, dass selbst mein Vater die geballte Faust hob, als wir die »Internationale« anstimmten. Beim Schwur »Das werden wir euch heimzahlen« hatte ich die Worte nicht nur auf den Lippen, sondern spürte sie auch tief in meinem Herzen. Der Name meines Bruders wurde zu meinem eigenen. Bisher war ich Ali gewesen, jetzt war ich Kerem Ali.

Kerem *Abi* war hochgewachsen, ein dunkler, gutaussehender Typ. Er redete nicht viel. Wenn er lachte, dann lachten seine Augen. In dem Jahr, in dem er ermordet wurde, war er von zu Hause ausgezogen. Wir ahnten alle, dass er in irgendetwas verwickelt war, aber außer meiner Mutter, die stets lamentierte und für ihn zu beten pflegte, erhob niemand Einspruch gegen den Weg, den er einschlug. Alle vertrauten auf seinen gesunden Menschenverstand und seine Ehre. Er sah nur noch unregelmäßig zu Hause vorbei. Eines Tages fasste er mich am Handgelenk und führte mich in den Vorhof. Rechts von uns lag die Auffahrt zur Brücke; etwas weiter entfernt waren die Villen und Häuserkomplexe von Etiler und Akatlar zu erkennen, der malerische Bosporus, die beiden gegenüberliegenden Burgen, Sommerhäuser und Schiffe, während aus den Bars und Diskotheken Musik zu uns heraufklang … All das kannten wir eher aus dem Fernsehen. Die Programme, in denen halbnackte, langbeinige Models auftraten, wurden meist in diesen Luxus-Nachtclubs gedreht, deren Lärm der Nordwind zuweilen zu uns herübertrug. Manchmal ging ich mit meinen Freunden ins Akmerkez-Einkaufszentrum, um die Lage auszukundschaften. Von weitem beobachteten wir, wer in den Cafés saß, in denen eine Cola und ein Hamburger so viel kosteten wie der Wocheneinkauf für unsere gesamte Familie; wir machten das nicht aus Hunger oder Dreistigkeit, sondern um die Klassenfrage richtig zu analysieren, die Massen besser informieren zu können und um herauszufinden, welche Aktionen wir durchführen konnten. Zudem erkundeten wir Wege, wie man am besten in das Einkaufszentrum hinein- und wieder hinausgelangen konnte.

»Sieh dich um«, hatte mein Bruder gesagt. »Sieh dir die Häuser am Ufer an, diese Villen und diese Autoschlangen auf der Brückenauffahrt – und dann zwei Schritte weiter unser Viertel. Erinnerst du dich an das Haus in Etiler? Weißt du noch, was sie immer aus den Wohnungen gerufen haben? ›Wir haben heute Morgen vergessen, Brot zu kaufen, wir haben vergessen, beim Hauswart dies und das zu bestellen, soll einer von seinen Jungen das doch schnell besorgen.‹ Und wir sind dann schnurstracks losgerannt. Wenn die jungen Damen und die jungen Herren – alle in unserem Alter – bepackt mit Einkaufstüten heimkamen, sind wir unaufgefordert losgeflitzt und haben ihnen die Sachen abgenommen. Die einen tragen, und die anderen lassen tragen. Wir hielten es für unsere Aufgabe, so war das System. Kannst du dich noch an unsere dunkle, feuchte Bude erinnern? Glaubst du nicht, dass an dieser Art Leben etwas falsch ist?«

»Doch«, erwiderte ich mit Herzklopfen.

»Wie viele Istanbuls gibt es in Istanbul? Unseres und ihres, das andere Istanbul. Mit der Welt und der Türkei ist es genauso. Mit der Welt der Armen und der Welt der Reichen, der Türkei der Armen und der Türkei der Reichen. Warum sind wir hier und sie dort? Warum kommen sie ständig hierher und reißen unsere Gecekondus ab, warum aber kommt niemand auf die Idee, die Bulldozer mal an den Villen in den hübschen Wäldchen am Bosporus auszuprobieren? Hast du dir das je überlegt?«

»Ja, manchmal denke ich darüber nach. In der Grundschule habe ich immer geglaubt, die Kinder würden nach dem Beruf ihrer Väter auf die Klassen verteilt. Ja, ich dachte darüber nach. Wenn du mir nicht böse bist, dann verrate ich dir außerdem, dass ich mir einige der Bücher, die bei dir unter dem Bett lagen, angeschaut und ein bisschen darin herumgelesen habe. Genau kapiert habe ich es nicht, aber ich glaube, da ging es um solche Sachen, oder?«

Kerem *Abi* hatte herzlich gelacht.

»Du hast früh angefangen, bravo, Kleiner. Aber diese Bücher sind eine Nummer zu groß für dich. Ich suche ein paar passende aus und bringe sie dir mit. Vorerst genügt es, dass du dich nicht von dem Spruch täuschen lässt: ›Sind die fünf Finger einer Hand etwa gleich?‹ Und sei dir gewiss, dass die Herren dieser Ordnung uns die Macht nicht so einfach überlassen werden. Man kann sich nicht allein befreien. Wenn du denkst, du hast dich befreit, sitzt du tief in der Scheiße, hast dich mit der Mafia oder sonst wem eingelassen. Befreiung wird es gemeinsam mit der Klasse unter der Führung der Klasse geben. Diese Stadt ist umringt von einem revolutionären Gürtel. Die Bourgeoisie spricht abfällig von Slums, aber eines Tages werden die Gedemütigten und Erniedrigten die Stadt erobern. Wie in dem Volkslied, das wir so sehr mögen: ›… kommen wir mit unseren Liedern von der Revolution, warte auf uns, Istanbul‹.«

»Warte auf uns, Istanbul«, wiederholte ich mit Tränen in den Augen, die ich mir selbst nicht erklären konnte.

»Gut«, meinte mein Bruder, »ich werde nicht mehr oft zu Hause vorbeischauen können. Mach den Eltern keine Sorgen. Und falls jemand nach mir fragen sollte, dann sagt ihr: ›Ein Taugenichts ist er, abgehauen ist er, wir wissen nicht, wo er ist.‹«

Ich war sehr aufgeregt. Mir schlug das Herz bis zum Hals. Ich fühlte mich, als würde ich an einer religiösen Zeremonie teilnehmen, als würde ich mir gleich wie der heilige Ali das Stirnband des Märtyrers umbinden und mir blutige Wunden schlagen. Ich umarmte meinen Bruder und vergrub den Kopf an seiner Schulter. Ich wollte nicht, dass er mitbekam, wie mir die Tränen über die Wangen liefen.

»Es gibt keinen Grund zu weinen«, sagte er. »Wir werden uns wiedersehen. Trotzdem ist Weinen keine Schande, auch nicht für Revolutionäre. Entscheidend ist nicht, dass man weint, sondern warum.«

Dann ging er. Mir war, als hätte sich nicht nur ein Loch, sondern eine Höhle in meinem Herzen aufgetan. Nie zuvor hatte ich einen solchen Schmerz, eine solche Leere empfunden.

In den darauffolgenden Tagen sah ich ihn nur sporadisch. Hin und wieder kam er in aller Herrgottsfrühe oder spät in der Nacht kurz vorbei, um sich nach unseren Eltern zu erkundigen oder um ihnen eine Freude zu machen. Dann verschwand er völlig von der Bildfläche, und später brachte man uns seinen Leichnam. Es wurde behauptet, sie seien der Aufforderung der Polizei, sich zu ergeben, nicht gefolgt und hätten von drinnen das Feuer eröffnet. Polizeiberichten und Protokollen der Staatsanwaltschaft zufolge waren sie bei einem Feuergefecht mit den Beamten erschossen worden. Doch das glaubte niemand. Ich kannte meinen Bruder; zwar war er davon überzeugt, dass man denen, die die Macht durch Tyrannei errungen hatten, ihre Macht notfalls mit Gewalt entreißen müsse, aber er schoss ganz bestimmt nicht aufs Geratewohl durch die Gegend. Mein Bruder liebte das Leben, nicht den Tod. Und Umut war offensichtlich neu zu der Gruppe gestoßen. Eines weiß ich jedenfalls ganz genau: Niemand drückt im revolutionären Kampf einem noch unerfahrenen Sympathisanten ohne weiteres eine Waffe in die Hand. Ich bin seit vielen Jahren militantes Mitglied unserer Bewegung und habe erst neulich eine Waffe bekommen. Anwälte, Intellektuelle und Menschenrechtsorganisationen beschäftigten sich mit dem Fall. Wir wollten die Sache nicht auf sich beruhen lassen. Wir bemühten uns, doch wozu sollte das führen? Dass man uns mit dem Abriss unseres Hauses drohte, das wir mittlerweile nett eingerichtet hatten und gerade um eine weitere Etage aufstockten? Dass meinem Vater die Stelle als externer Hauswart in einem Wohnhaus in Levent gekündigt würde? Man mich verfolgte und bedrohte? Denn genau das passierte. Meine Eltern bekamen es mit der Angst zu tun und gaben auf. Auch ich zog mich aus der Angelegenheit zurück, da meine Verbindungen zur Organisation entdeckt werden konnten. War nicht der Schutz der Bewegung wichtiger als alles andere?

Das ganze Viertel weinte um meinen Bruder. Es weinte still, ohne es sich anmerken zu lassen. Im *cemevi* wurde eine weitere Trauerfeier abgehalten. Sein Bild wurde zu den Fotos der Märtyrer gehängt. Dann kamen Polizei und Militär, zerstreuten die Menge und rissen die Bilder herunter. Nachdem sie alles verwüstet und das Viertel wieder verlassen hatten, fühlten wir uns wie erlöst, als wäre alle Anspannung wie mit einem Schlag verflogen.

Hier vergeht kein Tag, an dem sie nicht Razzien und Aktionen durchführen. Mal reißen sie Gecekondus ab, unsere Hütten und armseligen Behausungen, und nicht etwa die am Fuße des Hügels errichteten fünfstöckigen Wohnblocks der Gecekondu-Mafia, für die es keine Baugenehmigung gibt und die sie aus irgendeinem Grund verschonen; mal kommen sie, um uns wieder einmal einzuschüchtern. Wenn du Revolutionär bist, womöglich sogar aus dem Osten stammst und Alevit bist, wirst du gar nicht erst verhört, sondern gleich für schuldig befunden.

An dem Tag, an dem Derin mit der Frau, die ich damals für ihre Mutter hielt, zu uns kam, fiel ein kalter, unangenehmer Regen. Ich war mit meiner Mutter allein zu Haus.

»Mach auf, ich wasche mir schnell die Hände und komme dann«, rief meine Mutter. Sie hatte sich für die Gäste zurechtgemacht, Plätzchen und Fladenbrot gebacken und das Haus geputzt. Mir gefiel dieser Besuch gar nicht. Wer wusste schon, was das für Frauen waren? Ich hätte mich natürlich aus dem Staub machen können, aber das tat ich nicht. Mein Vater hatte das Haus verlassen und mich gebeten, ich solle ihn vom Kaffeehaus abholen, wenn die Anruferinnen da wären. Auf meine Frage, wer sie denn wären, antwortete er: »Die Mutter und die Schwester von einem der Jungs, die mit deinem Bruder getötet wurden. Das Mädchen war am Telefon, sie hat beinahe gebettelt. Ihre Mutter wolle die Wahrheit erfahren.« Er schien zu spüren, wie ich innerlich den Kopf schüttelte, und fügte hinzu: »Es gehört zu unserer Tradition, den Angehörigen von Opfern zu helfen. Vergiss nicht, sie hat ihren Sohn verloren.«

Sie warteten draußen unter dem Vordach. Sie mussten gefroren haben, und nass geworden waren sie auch. Offensichtlich waren sie den ganzen steilen Weg zu Fuß heraufgekommen. Die Säume ihrer teuren Reiche-Leute-Mäntel waren mit Schlamm bespritzt. Ich beachtete die Jüngere zunächst nicht; nun ja, eigentlich konnte ich ihr nicht ins Gesicht sehen. Nachher hätte sie das noch falsch verstanden. Mit Genossinnen ist das was anderes, da bin ich weniger zurückhaltend, sie sind unsere Schwestern. Zum Glück kam meine Mutter gerade rechtzeitig. Um ihnen zu verstehen zu geben, dass sie die Schuhe ausziehen sollten, holte sie zwei Paar Schlappen hervor. Bei der Gelegenheit konnte ich dem Mädchen einen verstohlenen Blick zuwerfen. Ob sie hübsch war oder nicht, konnte ich nicht direkt sagen. Den hübschen Mädchen in unserem

Viertel glich sie jedenfalls nicht. Sie sah aus wie eine der Frauen, die man manchmal auf alten Gemälden sieht; sie gehörte einer anderen Welt an. Sie wirkte ein wenig verloren, als wüsste sie selbst nicht recht, was sie hier bei uns zu suchen hatte. Das Alter der anderen war schwer einzuschätzen. Mir fiel lediglich auf, dass sie müde und verdrossen wirkte.

An jenem Tag wurde nicht viel gesprochen. Als ich mit meinem Vater vom Kaffeehaus zurückkam, fand ich sie beim Plaudern mit meiner Mutter vor. Ihre anfängliche Scheu hatten sie abgelegt. Als mein Vater dazukam, versuchten sie so behutsam und unaufdringlich wie möglich, Einzelheiten über Umuts und Kerems Tod zu erfahren. Aus wessen Waffe stammte die Kugel? Wo steckten die Polizisten, die man freigesprochen hatte? Wer war verantwortlich für den Schießbefehl? Stimmte es, dass Umut nicht am Tatort, sondern auf dem Weg ins Krankenhaus gestorben war? War er tatsächlich Mitglied einer Organisation gewesen oder womöglich Opfer eines Irrtums, eines Unfalls? Sie stellten lauter Fragen, die für meine Begriffe keinerlei Bedeutung mehr hatten. Die Fragen der beiden Frauen unterschieden sich deutlich voneinander. Derin schien nach einem Zusammenhang zwischen dem Mord an Umut und dem Attentat auf ihren Vater zu suchen. Erst später wurde mir klar, dass es ihr eigentlich nicht um Umut, sondern um ihren Vater ging. Die ältere Frau wiederum wollte mehr über ihren Sohn erfahren, den sie offenbar nie richtig kennengelernt hatte. Sie kam mir vor wie eine dieser verzweifelten Frauen, die ihr Kind gleich nach der Geburt vor einer Moschee oder Polizeiwache aussetzen und sich dann Jahre später auf die Suche begeben.

Ich beteiligte mich nicht an dem Gespräch, hörte nur

aufmerksam zu. Über die Organisation hätten wir ihre Fragen problemlos klären können; unsere Leute kommen leicht an solche Informationen. Aber wozu soll das gut sein? Der Junge ist tot. Er war nicht das erste Opfer und wird auch nicht das letzte bleiben. Das bedeutet wohl, dass die Toten derer, die in Ablehnung ihrer eigenen Klasse zu uns übertraten, wertvoller sind. Beim Zuhören entspannte ich mich allmählich. Aus unerfindlichem Grund wurde mir warm ums Herz. Mein Vater reagierte mit Unverständnis und fragte, was es schon über den Tod in Erfahrung zu bringen gäbe, doch die Frau erwiderte mit herausfordernder Stimme: »Es gibt da etwas. Diesen letzten Moment, den ich mit Umut teilen möchte. Ich will wissen, ob er gelitten hat, und dieses Leid am eigenen Leib spüren. Ob man ihn Märtyrer oder Verräter nennt, ist mir egal. Er war mein Sohn.«

Wir sahen, dass sie weinte; nein, wir sahen es nicht, wir spürten es. Wir senkten die Köpfe. Auch meine Mutter begann still vor sich hin zu weinen. Zum ersten Mal kam mir der Gedanke, dass alle Mütter, ob Bourgeoise, Proletarierin, Klassenkämpferin oder Überläuferin, auf die gleiche Weise um ihre toten Söhne weinten. Als der Befehl zur Liquidierung eines ehemaligen Genossen ergangen war, der bei uns im Verdacht stand, Agent zu sein und Informationen an die revisionistische Opposition und den TC-Staat weiterzugeben, graute mir davor, die Aufgabe könne mir zufallen. Hätte man mir diesen Auftrag erteilt, dann hätte ich abgedrückt, aber nicht, weil ich ihn für einen Verräter hielt, sondern aus Angst, man könnte mich zum Verräter abstempeln, wenn ich mich weigerte. Ich wusste nur allzu genau, wie sehr meine Mutter über den Verlust meines Bruders geweint hatte. Hätte ich einen

Kollaborateur getötet, hätte seine Mutter genauso um ihn geweint. Allah sei Dank wurde die Hinrichtung in letzter Sekunde abgeblasen, und ich war gerettet. All das ging mir durch den Kopf, als ich die Frau weinen sah. Unaufgefordert erhob ich mich und goss ihr noch einen Tee ein.

Als ich Derin zum ersten Mal sah, war ich zweiundzwanzig Jahre alt. Seit drei Jahren war ich Mitglied in der Organisation. Ich hatte das Vertrauen der Führung gewonnen. Ich las viel, nicht nur unsere Publikationen, sondern auch die Klassiker. Am Tag der Beerdigung meines Bruders übernahm ich nicht nur seinen Namen, sondern auch seinen revolutionären Geist.

Bis dahin war ich noch nie verliebt, auch noch nie mit einer Frau zusammen gewesen. Mit den Genossinnen waren solche Dinge nicht möglich. Der revolutionäre Kampf füllte unser Leben derart aus, dass der Mangel an Liebesgeschichten zweitrangig für uns war. Doch dann tauchte eines Tages diese unsympathische Frau mit Derin auf. Man kennt solche Situationen aus Geschichten und Filmen: Das Schicksal ist einem nicht auf die Stirn geschrieben, sondern liegt in der Hand eines Engels in menschlicher Gestalt, dem man sich nicht entziehen kann.

»Wir brauchen Ihre Hilfe«, sagte die junge Frau, und dabei lag ein Blick in ihren Augen, dem kein Herz standhält. »Wir wissen auch nichts Näheres«, hätte ich das Gespräch knapp beenden sollen, aber es gelang mir nicht. Dieses Blickes wegen.

Hätte die Organisation von mir verlangt, sie in Ruhe zu lassen, wäre ich dieser Aufforderung gefolgt. Doch ganz im Gegenteil hieß es: »Halte dich von der Frau fern, aber gewinne das Mädchen für uns.« Ein feiner Auftrag, dachte ich mir. Ich verstand, warum sie wollten, dass ich mich von

Ülkü fernhielt. Sie kam aus der Linksbewegung, gehörte aber dem revisionistischen Flügel an. Wie die meisten Linksintellektuellen ihrer Zeit hatte sie stets an der anderen Front, auf Seiten des sowjetischen Sozialimperialismus gestanden. Als es zum Fall der Berliner Mauer und dem Zusammenbruch des revisionistischen Blocks kam, fühlte sie sich zutiefst entmutigt, verließ in Moskau ihren Mann, also Umuts Vater, der eine wichtige Funktion in der Partei innehatte, und suchte Zuflucht im Westen. Viele Jahre hatte sie in Frankreich gewohnt, als Journalistin gearbeitet und wie die Made im Speck gelebt. Das erzählte mir Derin später auf unseren Streifzügen, die wir auf Umuts Spuren durch die Stadt unternahmen. »Ich will dich nicht in die Irre führen, Ülkü ist nicht meine Mutter, und Umut ist auch nicht mein Bruder. Es war bloß eine Ausrede, um das Vertrauen deiner Eltern zu gewinnen.« Das alles hatten die Genossen bereits herausgefunden und mir mitgeteilt, mehr aber auch nicht; über den Tod des Genossen Umut und Derins Vater erhielt ich keinerlei Informationen. Welche Rolle er im Tiefen Staat gespielt hatte, konnte niemand sagen. Man wusste nicht, warum und von wem er getötet worden war. Niemand, auch keine Organisation, hatte sich zu dem Mord bekannt. Womöglich war er sogar von staatlicher Seite ausgeschaltet worden, weil er zu viel wusste. Auch ein ausländischer Geheimdienst oder eine revolutionäre Zelle, der er Steine in den Weg gelegt hatte, kamen als Täter in Frage. Je besser ich Derin kennenlernte, desto klarer wurde mir, dass sie mit all dem nichts zu tun hatte. Auf der Suche nach der Wahrheit über die Ermordung ihres Vaters, den sie zutiefst verehrte, war ihr Ülkü begegnet, und schließlich hatte ihr gemeinsamer Weg sie zu meinem Bruder Kerem und mir geführt.

Es beunruhigte mich, dass ich mich mit jedem Treffen mehr zu ihr hingezogen fühlte, ja, mich heftig in sie verliebte. Anfangs dachte ich, das würde schon wieder vorbeigehen, sie sei ein Mädchen wie jedes andere, nicht mehr und nicht weniger. Meine Mutter fand sie nicht einmal schön.

Das geht schon vorüber, sagte ich mir, aber das tat es nicht. Von Tag zu Tag ergriff sie mehr Besitz von mir. Als Derins entschlossene, leicht heisere Stimme mir nicht mehr aus dem Sinn gehen wollte, ich dauernd an ihre bernsteinfarbenen Augen denken musste und ihr schöner, schlanker Körper mich bis in meine Träume verfolgte, befiel mich zunächst Panik. Dann aber sagte ich mir, warum nicht? Ich schämte mich dafür, dass ich insgeheim auf mein Aussehen vertraute und mir etwas darauf einbildete. Sie war mir gegenüber nicht distanziert, sie betrachtete mich nicht von oben herab. Auch signalisierte sie mir nicht, ich solle mich von ihr fernhalten. Während wir vorgaben, nach Spuren zu suchen, die uns zu Umut führen könnten, gemeinsam durch die Slums streiften oder die Plätze und Cafés in Beyoğlu und Ortaköy besuchten, half ich ihr gelegentlich, über einen Steinhaufen oder einen Graben zu springen. Wenn sie ihren Mantel auszog, eine Tür öffnete, in ein Taxi oder den Bus stieg – nie benutzte sie ihr Auto, wenn wir zusammen unterwegs waren, nie ließ sie mich das Taxi bezahlen, und aus Feingefühl erzählte sie stets, dass sie gern im Minibus oder Stadtbus umherfuhr –, hielt ich sie am Arm oder legte mit der Geste eines Mannes, der seine Frau beschützt, meine Hand auf ihren Rücken. Jedes Mal stockte mir dabei der Atem, und das Herz schlug mir bis zum Hals. Ich weiß nicht, ob sie bemerkte, wie es um mich stand.

Ich hatte nicht die geringste Ahnung, wie wir mehr über Umuts Tod in Erfahrung bringen sollten. Mit derartiger Detektivarbeit liefen wir höchstens Gefahr, Misstrauen bei der Organisation auszulösen; Neugier wurde dort nicht sehr geschätzt. Die Suche war allerdings der einzige Weg, Derin enger an mich zu binden. Bereits in meiner Kindheit hatte ich gelernt, dass man die Zuneigung anderer Menschen insbesondere dadurch gewann, dass man ihnen zu Diensten war. Vielleicht, weil ich ihnen nichts anderes zu bieten hatte.

Ich hatte mich in Derin verliebt. Je mehr ich versuchte, mich nicht von der Liebe selbst, sondern von der Idee der Liebe zu entfernen, desto schwieriger und beunruhigender wurde alles für mich, und meine Aktivitäten litten darunter. Ich entschloss mich, bei der Organisation Rat einzuholen. Man sollte solche Dinge nicht vor den Genossen verheimlichen, schon gar nicht, wenn es um ein Mädchen aus der Bourgeoisie geht. Man läuft zu schnell Gefahr, am Ende als Verräter dazustehen.

Ich legte mir einen Plan zurecht: Ich wollte Derin in legale Aktionen einbinden, sie für die Sache gewinnen, Zweifel zerstreuen, indem ich sie zu einer von uns machte … Ich war davon überzeugt, dass die Genossen von ihr begeistert sein würden, nicht zuletzt, weil sie über ein für uns unerreichbares Umfeld verfügte: Freunde ihres Vaters und ihres Onkels, die Eltern ihrer eigenen schicken Freunde und Ülküs großen intellektuellen Bekanntenkreis.

»Sie kann uns in unserem Kampf von großem Nutzen sein«, argumentierte ich. »Sie kennt eine Menge Leute. Sie kann uns Zugang zu den höheren Kreisen verschaffen. Eine bessere logistische Unterstützung als sie kann es gar nicht geben.« Eigentlich war mir daran gelegen, sowohl mir selbst als auch den Genossen gegenüber zu begründen, wie förderlich mein Kontakt zu Derin für die Organisation und die Sache selbst war. Genauso gut hätte ich sagen können, dass ich all das ja schließlich nicht für mich selbst machte. Als hätte ich mich der Revolution zuliebe eher halbherzig dazu durchgerungen, eine Beziehung mit einem Mädchen aus der Bourgeoisie einzugehen. »Wenn es dir dermaßen schwerfällt, dann überlass uns doch die Sache mit dem Mädchen«, hatte eines Tages der Genosse Sekretär bemerkt, der meine Scheinheiligkeit offensichtlich durchschaute. In jenem Moment begriff ich, dass ich Derin wirklich liebte. Ich wurde von einer solchen Wut und Panik gepackt, dass ich mich schwer beherrschen musste, um mein Gegenüber nicht unversehens mit einem Faustschlag niederzustrecken. Von da an sprach ich von Derin nicht mehr als dem »Mädchen« und schritt sofort ein, wenn jemand sie so nannte. Ohne ihr Wissen verpassten wir ihr einen Codenamen: Wir nannten sie Ida, nach dem I für Ibrahim, wie der Genosse Sekretär hieß, dem D für Derin und dem A für Ali. Der Name passte besser zu ihr als ihr eigener, wie ich fand.

Derins erste Aufgabe bestand darin, ein Treffen mit dem berühmten Kolumnisten Turgut Ersin zu arrangieren, der normalerweise nicht mit Aktivisten oder Organisationen redete. Sie stellte den Kontakt über einen Jugendfreund ihres Vaters her. Eine lobenswerte Sache: »Donnerwetter! Die Kleine bringt was zustande!«

Dass ich bis über beide Ohren in sie verliebt war, spürte ich erneut an dem Tag, an dem wir uns in dieses gottverdammte Luxushotel zu dem von ihr arrangierten Treffen begaben. Das Lokal war aus Glas, wie ein Gewächshaus.

Um die Tische herum standen Zitronenbäumchen, Rosen, Grünpflanzen und Blumen, deren Namen ich noch nie gehört hatte. Als wir hinkamen, waren der Professor – der Jugendfreund ihres Vaters – und der Journalist noch nicht da. Ich fühle mich an solchen Orten seit jeher unwohl und geniere mich davor, sie zu betreten. Niemand ist seiner Klasse gegenüber feindseliger als das Personal solcher Luxuslokale. Sie erkennen auf den ersten Blick, was man in der Geldbörse hat. Wenn sie meinen, dass man nicht hierherpasst, versuchen alle, vom Ober bis zum Hilfskellner, vom Koch bis zum Portier, sich in ihrer herablassenden Art gegenseitig zu übertrumpfen.

Als wir uns mit dem Professor und dem Kolumnisten trafen und sich später dieser undurchsichtige Spion namens Teo zu uns an den Tisch setzte, waren mehr als drei Monate seit Derins und Ülküs Besuch bei uns zu Hause vergangen. Derin war auf der Suche nach der vierten Person, der die Flucht gelungen war. Dass es eine solche Person gab, hatte sich durch Zeugenaussagen herumgesprochen, und auch in den Zeitungen war darüber berichtet worden; einen Beweis gab es jedoch nicht. In unserer Trauer über Kerems Tod hatten auch wir anfangs diese Spur verfolgt. Unsere Organisation aber war der Sache nicht weiter nachgegangen, schien sich dafür nicht zu interessieren; vielleicht wollte die Führung auch nur bestimmte Dinge geheim halten. Auf meine Frage, warum sie sich derart für Umut und diese vierte Person interessierte, hatte Derin geantwortet: »Diese Person führt mich vielleicht zu ihm und über ihn zu meinem Vater und der Antwort auf die Frage nach seiner Ermordung.« Aus Liebe zu Derin unternahm ich zum ersten Mal einen Schritt, ohne die Organisation darüber zu informieren. »Benutz das Mädchen«, hatte mir die Führung aufgetragen, ich aber benutzte die Organisation, um Licht in die Angelegenheit zu bringen, die Derin im Kopf herumspukte. Die Suche nach Umut und dieser unbekannten Person war der einzige Weg, ihr nah zu sein, ihre Stimme zu hören, ihre Hand zu berühren und in ihre Augen zu sehen. Gelegentlich bewegte ich mich an der Grenze zur Legalität, während ich versuchte, konkrete Hinweise zu finden. Informationen aus meinem Umfeld, Zeitungsausschnitte, nicht aktenkundiges Material der Anwälte – all das wollte ich sammeln, um ihr die Wahrheit als Beweis meiner Liebe zu Füßen zu legen. Allerdings fürchtete ich auch, sie würde mich vielleicht nicht mehr sehen wollen, wenn sie erst einmal die Wahrheit erfahren hatte.

In jenem kühlen Frühling folgten Derin und ich unzähligen Hinweisen. Nur das Haus, in dem Kerem *Abi* und seine Freunde erschossen worden waren, hatten wir kein einziges Mal aufgesucht. Keiner von uns wollte dorthin.

Jener geheimnisvolle Mann, der behauptete, auf der Suche nach einem unbekannten Stadttor zu sein, tauchte Ende April auf. Wer weiß, vielleicht war er auch schon viel früher eingetroffen und hatte uns beobachtet. Von Anfang an nahm ich ihm seine Geschichte nicht ab. Als wir uns im Hotel zum ersten Mal trafen, hatte er dem Professor erzählt, er sei vor einigen Stunden angekommen. Vielleicht waren auch der Professor und der Journalist Teil des ganzen Szenarios. Nicht vielleicht, bestimmt sogar … Man muss schon ziemlich bescheuert sein, um an derartige Zufälle zu glauben. Derin allerdings war mit Sicherheit unschuldig. Sie hatte keinerlei Ahnung; sie sah diesen Mann dort ebenfalls zum ersten Mal, auch wenn ich meine Kontakte bei der Organisation nicht davon überzeugen konnte. Zwar waren die Zweifel der Genossen ganz sicher unbegründet, aber wenn man den Verlauf der Ereignisse von außen betrachtete, war der Gedanke schon berechtigt.

Auf Wunsch der Organisation hatte Derin das Treffen arrangiert. In jenen Tagen war der Druck auf die revolutionären Gefangenen in den TC-Kerkern erhöht worden; es brodelte in den Gefängnissen, die unsere Bastionen und Schulen waren. Wenn es auch nicht bis zur Basis durchdrang, so hatte im Führungskader doch eine Diskussion über das Verhältnis zu den Massen begonnen. Der TC-Staat war über die monopolistischen Medien zum Angriff übergegangen. Um unsere Bewegung von den Massen zu isolieren, hatten die Medien einen Propagandafeldzug gestartet: »Slums bedrohen die Stadt, verelendete Jugend verübt Angriffe und Überfälle, Gefängnisse fungieren als Basis der Kommunisten«. Unzählige Male wurden im Fernsehen Bilder unserer maskierten Genossen gezeigt, wie sie bei Demonstrationen rote Fahnen schwenkten. Ständig wurden Szenen mit brennenden Autos, eingeschlagenen Schaufenstern und Waffen schwenkenden Kämpfern wiederholt – purer Medienterror, um das Volk in Angst und Schrecken zu versetzen.

Die Führung hatte die Anweisung gegeben, sich verstärkt legalen Aktionen zu widmen und Kontakte zu Intellektuellen zu knüpfen. Bei der Presse gab es eine Menge Altlinke, die dem TC-Staat ebenso distanziert gegenüberstanden wie uns und dem bewaffneten Kampf. Wir mussten uns ihre Unterstützung sichern, auch wenn wir nicht genau wussten, wie.

Der Zeitpunkt war perfekt. Als ich das Thema ansprach, um Derin als Sympathisantin zu gewinnen und die Organisation von ihrem Nutzen zu überzeugen, erzählte Derin, dass sie über alte Freunde ihres Vaters und ihres Onkels Verbindung zu einigen wichtigen Journalisten und Kolumnisten aufnehmen könnte. Ich nannte ihr ein paar Namen und sagte, dass es ausgesprochen hilfreich wäre, wenn wir sie auf die Seite des demokratischen Kampfes ziehen könnten. Ich wäre vor Freude fast in die Luft gesprungen, als sie ein paar Tage später in ihrem üblichen ruhigen Ton mitteilte, sie hätte einen Termin mit Turgut Ersin ausgemacht, einem der bekanntesten Kolumnisten Istanbuls. Da seht ihr das Mädchen, das ich liebe! Eine Bourgeoise soll sie sein, die Türkei nicht kennen, nichts mit Sozialismus am Hut haben? Da seht ihr's, ihr alle zusammen hättet nicht zustande gebracht, was sie ohne viel Aufhebens eingefädelt hat. Ich fühlte mich zutiefst erleichtert, auch wenn mich ärgerte, dass die Leute in meiner Gruppe andauernd argwöhnisch die Nase rümpften und in ihren Bart hineingrinsten, wenn von Ida die Rede war. Nun lag die Initiative bei mir. Ida war eine unverzichtbare Sympathisantin geworden, die sich in kurzer Zeit zur Kämpferin entwickeln würde.

Glücklicherweise hatten wir an jenem Tag, als dieser komische Ausländer auftauchte, bereits alles Notwendige besprochen. Derin hatte mich dem Professor und Turgut Ersin knapp als einen »Freund« vorgestellt. Allerdings wurde ich den Eindruck nicht los, dass ich die Herren leicht befremdete. Vielleicht war ich auch einfach nur misstrauisch. Ich hatte mich ordentlich angezogen und sah anständig aus. Meine Mutter sagt immer, ich sei hübsch und gut gebaut, und soweit ich es mitbekam, schienen die Mädchen aus unserem Viertel der gleichen Meinung zu sein. Einmal hieß es, ich sähe Deniz Gezmiş ähnlich; den Spruch, ich sähe aus wie ein Filmschauspieler, überhörte ich geflissentlich. Meistens beauftragte die Organisation mich, wenn etwas in der feinen Gesellschaft zu erledigen war. Aber dennoch gibt es dieses gewisse »Etwas«, diesen undefinierbaren kleinen Unterschied. Derin machte sich niemals so übertrieben zurecht wie meine große Schwester, trug meist Hosen und T-Shirts, die man auf jedem Wochenmarkt finden kann, oder ein einfaches, dunkles Kleid. Wäre sie allerdings so durch Gazi, Ümraniye oder Çengelüstü flaniert, hätte sich jeder nach ihr umgedreht und sofort gewusst, dass sie aus besserem Hause kam. Als ich diesen Gedanken später einmal mit Derin teilte, meinte sie: »Das liegt bestimmt an dem, was du Klassenkontext nennst. Es ist ein Stil, eine Haltung, eine Option. All das wird dir bei der Geburt mitgegeben. Der Sohn eines Geschäftsmannes und ein Bursche aus dem Slum können die gleichen Leinenschuhe und die gleichen Jeans anhaben, und dennoch wirken sie anders. Und da man sie mit unterschiedlichen Augen betrachtet, nimmt man sie auch unterschiedlich wahr, selbst wenn sie scheinbar gleich aussehen. Was die Klassenunterschiede betrifft, wird man diesen Aspekt wohl nur sehr schwer überwinden können.«

Die Einzelheiten des Gesprächs mit Turgut Ersin behielt ich für mich. Ich berichtete der Organisation nur, dass das Treffen optimal verlaufen sei, Ida hervorragende Arbeit geleistet hätte, wir einen zukunftsträchtigen Kontakt geknüpft hätten und der Mann ungeachtet seiner ideologischen Position eine intelligente und offene Persönlichkeit sei. Ich erzählte außerdem, dass ein alter amerikanischer Freund Professor Ünsalans, ein ursprünglich Istanbuler *rum*, aufgetaucht sei, man die Unterhaltung zu dem Zeitpunkt jedoch bereits beendet hatte. Ich bin mir nicht sicher, aber wahrscheinlich wäre es besser gewesen, das unerwähnt zu lassen. Sie hätten es allerdings ohnehin erfahren und wären in dem Fall noch misstrauischer geworden.

Wer war Teo wirklich? Nach all dem, was passiert ist, weiß ich es immer noch nicht. Der Tag, an dem wir uns im Wintergarten des Hotels trafen, erwies sich als schicksalhaft für uns alle. An jenem Abend küsste ich Derin zum ersten Mal. Ich sagte ihr: »Ich habe mich unsterblich in dich verliebt. Alles andere ist vollkommen unwichtig. Für dich gebe ich sogar die Revolution auf.« Aber wenn ich es mir recht überlege, glaube ich selbst nicht, dass ich das sagte. An jenem Tag lernten sich auch Teo und Derin kennen, und der Kontakt zwischen Ülkü und Teo wurde dadurch hergestellt, dass Derin Ülküs leerstehendes Haus erwähnte. Bei einem derart undurchsichtigen Netz von Zufällen hätte man tatsächlich meinen können, alles sei im Voraus geplant gewesen.

Natürlich dachte ich damals nicht, dass meine Liebeserklärung – ausgesprochen in der Sehnsucht nach einem Leben, in dem ich die Revolution und die Liebe in vollen Zügen genießen wollte – das Ende der Naivität und der Unschuld bedeuten würde. Auch wusste ich nicht, wie wundervoll und atemberaubend es war, die Geliebte zu küssen. Ich war derart verzaubert, dass ich schwören könnte, dass ich keine Sekunde lang daran dachte, mit ihr zu schlafen. Viele Nächte war ich aus feuchten Träumen erwacht, in denen ich sie auszog und mit Gewalt nahm, doch als ich sie in den Armen hielt, bekam ich nicht einmal eine Erektion. Ich war verwirrt und unentschlossen, aber sie erwiderte meinen Kuss. Ich spürte, dass sie keine Anfängerin war, zumindest hatte sie mehr Erfahrung als ich.

Am liebsten hätte ich laut losgeheult. Während ich es nicht übers Herz brachte, sie zu berühren, hatten vorher schon andere …

Von Judasbäumen hatte ich nie zuvor gehört. Meine Mutter machte sich lustig über meinen Vater, der alles Gemüse Kraut und jede Blume Rose nannte: »Männer interessieren sich nicht für die Namen von Grün- und Krabbelzeug, das sie nicht essen können.« Von Derin lernte ich, was ein Judasbaum ist. Einmal war sie mit Teo in unsere Gegend gekommen; unangekündigt, da sie wusste, dass ich sonst versucht hätte, sie davon abzuhalten. Ich wollte nicht, dass sie bei uns gesehen wurde, und schon gar nicht zusammen mit diesem seltsamen Vogel. Die Organisation hatte seit einer Weile landesweit ihre Aktivitäten verstärkt und den Kampf angekurbelt. Offensichtlich bewegten wir uns auf einen heißen Sommer zu. Unsere Hügel waren eingekesselt wie Feindesland. Um die Gecekondu-Viertel, in denen sich die revolutionären Kräfte konzentrierten, hatte die Polizei Barrikaden errichtet, und überall wimmelte es nur so von Uniformierten und Beamten in Zivil.

Unser Haus steht ein wenig abseits des mittleren Hügels, den wir unter uns »Volksrepublik der Hügel« nennen. In den Zeiten, in denen sich hier Fuchs und Hase gute Nacht sagten, an den Hängen Nelken, Erdbeer- und Himbeersträucher wuchsen und unten am Fluss Gewächshäuser standen, siedelten sich mein Onkel und einige weitere Familien auf dem Plateau des ersten Hügels mit Bosporus-Blick an. »Man kann uns als Pioniere bezeichnen«, pflegte mein Onkel zu sagen. Die weiter entfernt gelegenen Hügel waren damals noch unbebaut und wurden erst ab Mitte der Siebzigerjahre besiedelt, nachdem die Organisation hier Einzug gehalten und die Gewächshausbauern und die Mafia zurückgedrängt hatte. Während auf den Hügeln am Bosporus und in den meerwärts gelegenen Hainen Villen und Luxussiedlungen errichtet wurden, entstanden auf den umliegenden Hügeln die Gecekondus.

Als ich die Welt um mich herum zu begreifen begann, missfiel mir plötzlich der Ort, an dem sich unser Haus befand; ich jammerte und fühlte mich mit einem Makel behaftet, weil wir nicht auf dem mittleren Hügel wohnten. Mir kam es so vor, als seien wir privilegiert und volksfern, doch als es dann zu brodeln anfing, das dortige Viertel in Verdacht geriet und drüben Polizei und Militär einfielen, fand ich allmählich Gefallen an unserem Haus. Wenigstens mischten sie sich hier kaum ein und beobachteten uns nicht den ganzen Tag. Dennoch war es unachtsam von Derin, diesen Ungläubigen hierher zu bringen. Solche Typen fallen sofort auf. Die Polizei wird misstrauisch, und die Revolutionäre werden es auch.

Sie kamen an einem schönen, warmen Tag Ende Mai, vielleicht auch Anfang Juni. Ich war allein; meine Mutter und meine Schwester waren bei der Arbeit und mein Vater im Kaffeehaus. Ich saß vor dem Haus unter der Laube zwischen den Blechkanistern, die meiner Mutter als Blumentöpfe dienten, sonnte mich und las in der letzten Ausgabe unserer Organisationszeitschrift. Als ich ein Motorengeräusch hörte, hob ich den Kopf, und sofort erkannte ich Derins Wagen. Mein Herz schlug höher, und im selben Moment durchlief mich ein wohliger Schauer. Dann aber sah ich, dass sie nicht allein war. Dieser Teo war bei ihr. Na toll. Von einer Sekunde auf die andere war meine Freude wie verflogen.

»Ich zeige Teo die Stadt, da wollte ich ihm diese Gegend natürlich auch nicht vorenthalten«, sagte sie. »Du bist hoffentlich nicht böse, dass wir so unangekündigt vorbeikommen? Du erinnerst dich an Kerem Ali, nicht wahr, Teo?«

Als ich ihre Stimme hörte und ihr ruhiges, ausgeglichenes Lächeln sah, verpuffte mein Ärger sofort wieder. Ich nickte und ging ins Haus, um zwei weitere Holzstühle zu holen. Als ich zurückkam, erzählte Derin gerade etwas auf Englisch, wechselte dann aber ins Türkische.

»Ich war gerade dabei, Teo über die verborgene Schönheit dieser Gegend aufzuklären. Schau sie dir an, all die hübschen Häuser mit den umrankten Lauben und den kleinen Gärten, in denen alle Sorten Gemüse angebaut werden und Nelken, Rosen und Tulpen in Blechkanistern blühen. Dunkelrosa Pfirsichblüten, schneeweiße Kirschbäume, am Wegesrand Pappeln ... nur Judasbäume sehe ich keine, dabei wachsen sie sonst überall auf den Hügeln am Bosporus. Sieh mal da drüben: alles purpurrot. Hier wachsen alle Sorten von Obstbäumen, nur Judasbäume hat offenbar niemand gepflanzt.«

»Die Armen setzen Obstbäume«, erwiderte ich gekränkt. »Zierbäume kennen wir hier kaum.« Nebenbei überlegte ich mir, was das für ein Baum sein mochte.

»Wir müssen einen Judasbaum pflanzen«, beharrte Derin, stur wie ein Kind. »Und in ein paar hundert Jahren kommt vielleicht jemand wie Teo vorbei und beginnt nachzuforschen, warum es hier so viele davon gibt. Die Wahrheit aber wird er nie erfahren. Er wird nie herausfinden, dass vor Hunderten von Jahren ein Mädchen namens Derin darauf bestand, unbedingt einen Judasbaum zu pflanzen, woraufhin ein Junge namens Kerem Ali ein Exemplar in seinen Garten setzte, und später die Nachbarn, begeistert von der Farbe der Blüten, überall Judasbäume anpflanzten, obwohl man seine Früchte nicht essen kann.«

»Wieso interessierst du dich plötzlich für diesen Baum?«, fragte ich mürrisch.

»Teo hat mich darauf gebracht. Das ist wie eine ansteckende Krankheit. Teo ist auf der Suche nach *erguvan*, dem heiligen Baum und der heiligen Farbe des alten Byzanz. Besser gesagt, dem Judasbaumtor, dessen genauer Standort unbekannt ist.«

»Tja, dann mal Hals- und Beinbruch«, hätte ich beinahe gewünscht, verkniff es mir aber. Stattdessen sagte ich: »Ich mache euch erst mal einen Tee.« Bevor ich in die Küche ging, suchte ich im Regal meines Bruders nach dem bebilderten Botanik-Lexikon und schlug schnell nach. Ah, natürlich, den Baum mit den violetten Blüten hatte ich schon gesehen. Purpur: Farbe der Judasbaumblüte, Porphyr und so weiter …

Ich setzte Teewasser auf und ging hinaus. Diesmal erzählte Teo etwas auf Englisch, schwenkte aber ebenfalls sofort ins Türkische um: »Hier lagen die weit entlegenen Dörfer von Konstantinopolis. Auf den Hügeln am Bosporus standen Kloster im Schutz der Haine und Felsen.«

»Klöster«, korrigierte Derin.

»Genau, Klöster. Klöster für die von den Machtkämpfen in Byzanz zermürbte Aristokratie, für die im Glauben und bei Gott Zuflucht Suchenden, für die, die das Keuschheitsgelübde ablegten und sich Jesus hingaben, die Gekränkten, die Leidenden … Zufluchtsstätten, die umso heiliger wirkten, je abgeschiedener von der Welt und je näher sie dem Himmel waren. Gleich hier in Istinye zum Beispiel lebte auf einem Hügel ein Heiliger aus Syrien. Um dem

Himmel näher zu sein, verbrachte er die letzten vierzig Jahre seines Lebens auf der Spitze einer Säule.«

»Das gibt's doch nicht!«

»In Byzanz gab es viele solche Menschen. Je mehr du dich kasteist, desto stärker wird dein Glaube und umso näher kommst du Gott. *Stylitis* nannte man die Säulensteher, abgeleitet von dem griechischen Wort für Pfeiler oder Säule. Wer weiß, vielleicht stand die Säule des heiligen Symeon genau hier, auf diesem Hügel.«

»Ja, möglich«, meinte Derin nachdenklich. »Wenn Menschen sich immer noch um ihres Glaubens willen kasteien und sogar den Tod riskieren, warum sollte dahinter keine Kultur, keine Tradition, keine Kontinuität stecken? Genauso wie bei den Bäumen und Pflanzen …«

In ihren Worten schwang etwas seltsam Beunruhigendes, Fremdes mit, das mich irritierte. Plötzlich fühlte ich mich in meinen eigenen vier Wänden einsam wie selten zuvor.

Um Teo zu provozieren, fragte ich: »Und? Wird jemand satt davon, wenn Sie dieses Tor finden?« Im selben Augenblick schämte ich mich für mein Banausentum und versuchte, Derins Blick auszuweichen.

»Das habe ich mich selbst schon oft gefragt«, erwiderte Teo nachdenklich. »Aber manchmal ist nicht das Objekt der Suche wichtig, sondern die Suche selbst, und zuweilen sucht man in Wirklichkeit nach etwas ganz anderem. Vielleicht will ich mit der Suche nach dem Judasbaumtor nur meinen Forscherehrgeiz befriedigen. Und natürlich wird davon niemand satt.«

Ich ging in die Küche und schenkte Tee ein, ohne abzuwarten, bis er gut durchgezogen war. Immer noch quälte mich die Frage, warum es hier bei uns keine Judasbäume gab. Ich beschloss, so schnell wie möglich einen Setzling aufzutreiben und in unseren Vorgarten zu pflanzen – für Derin … und um für große Augen zu sorgen, falls in ein paar hundert Jahren ein anderer Teo vorbeikommen würde, um ähnlich sinnlose Forschungen anzustellen.

Tote Kinder

I

Was habe ich eigentlich in dieser Geschichte verloren?

Ich kannte weder den toten Jungen noch das Mädchen, das Derin hieß, noch die Frau, deren Haus ich für eine Weile angemietet hatte. Das Land, die Epoche und der Seelenzustand der Beteiligten waren mir fremd. Wenn die beiden Fotos in der Holzkiste und der unglückselige Zeitungsausschnitt in dem Pietà-Bildband nicht gewesen wären, hätte mich das alles nicht interessiert. An dem Sprichwort, dass neugierige Katzen sich die Tatzen verbrennen, war unbestritten eine Menge Wahres dran.

Zwar mochte es in Wissenschaftskreisen als ein wenig verrückt und prätentiös gelten, wenn man an den Stadtmauern von Konstantinopolis wie ein Besessener nach dem Judasbaumtor suchte, allein weil es in einem Gedicht von ungewisser Herkunft und Authentizität erwähnt wurde. Dennoch entbehrte die Suche nicht einer gewissen Logik. Basierten nicht alle großen Entdeckungen auf verrückten Annahmen? Es gab allerdings keine Erklärung dafür, warum es nicht nur bei meiner Neugier für den toten Jungen, seine Mutter und Derin blieb; stattdessen gruben sich diese fremden Menschen tief in meinem Herzen ein. War das Judasbaumtor für mich so etwas wie das verlorene Glied in der verfluchten Kette, die diese Menschen miteinander verband? Ich wusste es nicht, war mir aber sicher, dass ich, am Ziel angekommen, schließlich erkennen würde, wonach ich wirklich gesucht hatte. Ich erinnerte mich, etwas Ähnliches in einer alten Quelle gelesen zu haben.

Wir saßen auf dem Balkon. »Sechs, sieben Jahre ist all das jetzt her«, sagte Derin, während sie mit ihren langen, schlanken Fingern über die Judasblüten auf dem Tisch strich. Es schien, als wolle sie das Thema so schnell wie möglich wieder beenden.

»Ülküs Sohn wurde bei der Durchsuchung einer mutmaßlich konspirativen Wohnung erschossen. Den offiziellen Berichten zufolge soll er militantes Mitglied einer terroristischen Vereinigung gewesen sein. Wie auch immer, die Jungen in der Wohnung sollen sofort das Feuer auf die Polizei eröffnet haben, und keiner von ihnen hat den Schusswechsel überlebt. Ülkü war zu jenem Zeitpunkt nicht in der Türkei, Umut wohnte bei seiner Großmutter. Die betroffenen Familien hatten sich um Aufklärung des Falls bemüht und lange Zeit nicht lockergelassen, doch blieb unklar, ob die Jungen tatsächlich Mitglieder einer Terrororganisation gewesen waren. Man wusste von einer vierten Person in der Wohnung, die spurlos verschwunden und nicht gefasst worden war. Wie sich herausstellte, war aus der Wohnung gar nicht geschossen worden, doch die Angehörigen der Toten wurden unter massiven Druck gesetzt und die beteiligten Polizisten schließlich aus Mangel an Beweisen freigesprochen. Es war also nichts als eine weitere Hinrichtung ohne Prozess – seinerzeit eine gängige Methode, um die revolutionären Vereinigungen, die man nicht mehr im Zaum halten konnte, in die Knie zu zwingen. Inzwischen verwenden sie etwas subtilere Methoden.«

All das sprudelte in einem Atemzug in flüssigem Englisch aus ihr heraus, als würde sie einen auswendig gelernten, vielfach wiederholten Text heruntersagen – nur die Ausdrücke für Hinrichtung ohne Prozess und revolutionäre Vereinigungen kamen auf Türkisch über ihre Lippen. Dann verstummte sie und sah mir direkt in die Augen. »Das ist alles. Hast du nun die Antwort, die du haben wolltest?« Nun ja, natürlich sagte sie das nicht. An ihrem gesamten Verhalten erkannte man, dass sie ein wohlerzogenes, höfliches Mädchen war. Also eine von denen, die das, was wirklich in ihnen vorging, nur nach außen hin zeigten, wenn sie es wollten, und selbst dann nur, sofern es ihnen nützte …

Mit gespielt entsetzter Stimme erwiderte ich: »*Oh my God!* Wie schrecklich!« Ich spielte Theater, als stünden wir auf der Bühne eines Zweipersonenstücks. In dieser Phase fiel es uns beiden leichter, uns in Stereotypen zu ergehen, die nicht bis in unsere Seelen und unsere Herzen vordrangen.

»Ja, schrecklich. Unser Land frisst seine Kinder. Es ernährt sich von ihrem Blut.«

Ich schwieg und betrachtete aufmerksam ihr Gesicht, während ich überlegte, was wirklich hinter dem steckte, was ich sah und hörte. Die zuletzt ausgesprochenen Worte gehörten ihr nicht, sie wirkten, als hätte sie sie von jemandem ausgeliehen. Ihre Augen aber, die vom ersten Moment an so viel Vertrautheit ausgestrahlt hatten, waren die Augen der Hofdame auf dem Mosaik von Ravenna, des kleinen Jungen mit dem Fahrrad und des erschossenen jungen Mannes.

»Und meine Vermieterin?«

Sie verstand meine Frage sofort.

»Ülkü ist eine Freundin der Familie, eine alte Bekannte meines Vaters. Als er in Paris erschossen wurde, war sie auch dort.« Sie lachte ein ungekünsteltes und herzliches, aber gleichzeitig trauriges Lachen. »Da haben Sie noch einen Mord ... Ich glaube, jetzt werden Sie gleich panisch davonlaufen. Mein Vater war Diplomat mit besonderen Aufgaben im Staat. In seiner Funktion wusste er bestimmt über so manche schmutzige Geschäfte Bescheid; vielleicht kannte er sogar die Hintergründe, die zu Umuts Ermordung geführt hatten. Er wusste zu viel, und sein Wissen beunruhigte ihn, weswegen er für gewisse Kreise allmählich gefährlich wurde. Und so fiel er selbst einem Attentat zum Opfer. Die Täter konnten selbstverständlich nicht ermittelt werden.«

»Dieses Land frisst seine Kinder«, wiederholte ich. Und plötzlich fiel mir ein, was mein Vater einst gesagt hatte: »Dieses Land frisst seine Kinder, es schneidet sich die eigenen Finger ab.«

Wenn er in flüssigem und hastig gesprochenem Griechisch von dem »grässlichen Vandalismus« erzählte – so formulierte es mein Vater und ich fragte mich stets, was Vandalismus bedeutete –, der sich vier, fünf Jahre vor meiner Geburt abgespielt hatte, sprach er nur die Worte »vom sechsten bis siebten September« betont auf Türkisch aus. Meine Mutter vertrat die Ansicht, dass man Kindern solche Dinge nicht erzählen sollte. »Was passiert ist, ist passiert. Das hier ist unsere Heimat, ich bin in der siebten Generation Istanbulerin«, meinte sie. »Konstantinopolis«, korrigierte dann mein Vater. »Es ist zwar vorbei, aber es hat auch seine Spuren hinterlassen. Was war 1955? Und

1962, 1964? Wir vergessen, weil uns das Vergessen gelegen kommt.« Dann folgte jener Satz: »Dieses Land frisst seine Kinder, es schneidet sich die eigenen Finger ab.«

Nachts träumte ich oft von dem, was mein Vater erzählte. Eine Gruppe von Marodeuren rottete sich vor einer Kirchentür zusammen, und während sie versuchten, die Tür aufzubrechen, wetzten sie nebenbei ihre Messer, um den jungen Priester zu beschneiden. Dem Glöckner hatten sie ein Seil um den Hals gebunden und zerrten ihn wie einen Hund hinter sich her. Geschäfte wurden geplündert, und während die Schaufenster der schicken Läden in Beyoğlu klirrend zu Bruch gingen, flogen Stoffballen, goldene Armreifen, Kristallvasen, Kronleuchter, Radios und Kühlschränke durch die Luft; was heil blieb, ließen die Plünderer mitgehen.

»Ich habe es mit meinen eigenen Augen gesehen«, schilderte mein Vater. »Das eigentliche Ziel waren wir, die *rum*, aber man hatte bereits vorher die Häuser, die Geschäfte und Arbeitsstätten der Nichtmoslems gekennzeichnet. Damals lebten wir in Tatavla, also in Kurtuluş, in der alten väterlichen Wohnung, in diesem wunderschönen vierstöckigen Wohnhaus. Es war Nacht, und sie belagerten unsere Haustür. ›Diese verdammten Griechenbastarde!‹, brüllten sie und warfen Steine gegen die Fenster. Wir knipsten alle Lichter aus. Unsere Mutter Irene war damals noch ganz jung. Tasula, die Enkelin unserer Tante, und ich hatten uns im Wohnzimmer in einer Ecke zusammengekauert, hielten uns fest in den Armen und zitterten. Gegenüber von uns wohnte Vasiliko, der Kneipenwirt. Plötzlich krachte es, und als ich die Stimme von Meister Vasiliko hörte, näherte ich mich vorsichtig dem Fenster, hob die Gardinenkante an und sah hinaus. Sie hielten ihn untergehakt und schleppten ihn unter Schlägen und Fußtritten mit sich fort. Weit und breit war kein einziger Polizist zu sehen. Die Armee rückte erst am nächsten Tag an. Niemand wagte aufzumucken, niemand brüllte: ›Jetzt reicht's! Zieht Leine!‹ In einem der Häuser weiter unten wohnte Ismail der Hüne. Er war unser aller Freund. Glaubten wir zumindest. Wenn, dann wird er diesen Haufen von Marodeuren zerschlagen, dachte ich noch, aber im selben Moment sah ich, wie Ismail der Hüne, die türkische Fahne in der Hand, mit ausgestrecktem Zeigefinger einzeln auf die Häuser zeigte. Mitten auf der Straße brannte lichterloh der Kadaver eines Rinds, den sie aus dem Laden des armenischen Metzgers gestohlen hatten, und in der Luft lag der Geruch von verbranntem Fleisch. Unsere Mutter war krank, sie litt an hohem Blutdruck, sie hielt die Hand ans Herz gedrückt und starb beinahe vor Angst. Zuerst versteckten wir meine kleine Schwester in der großen antiken Truhe, aber sie wimmerte ständig: ›Ich kriege keine Luft, ich ersticke.‹ Tasula brachte kein Wort heraus, ihre Augen traten aus den Höhlen hervor. Ich trat auf den hinteren Balkon. Wir hatten moslemische Nachbarn. Wir besuchten einander nicht, aber wir grüßten uns gelegentlich von Balkon zu Balkon. An den Festtagen schenkten wir ihnen Osterzöpfe, bunte Eier oder Schokolade, und sie brachten uns Halwa oder Baklava. Unsere Häuser waren aneinandergebaut und hatten schmale Fassaden, daher lagen die Balkone fast nebeneinander. Kaum war ich hinausgetreten, sah ich auch schon unseren Nachbarn auf seinem Balkon. Offensichtlich wartete er dort schon eine ganze Weile. Er legte den Zeigefinger an die Lippen, winkte mich mit beiden Händen zu sich heran und bedeutete mir, dass wir zu ihm herüberkommen sollten. Wenn ich mich in dem Moment nicht zusammengerissen hätte, wäre ich dem Mann am liebsten um den Hals gefallen. Wir reichten zuerst ein paar Wertsachen hinüber, dann halfen wir den drei Frauen, und zuletzt kletterte ich auf den Nachbarbalkon. Aus dem dunklen Fenster blickten wir hinaus auf die Straße. Wir sahen, dass sie die Tür eingetreten hatten und unser Haus stürmten. Unser moslemischer Nachbar schob uns sofort in sein Schlafzimmer und schloss die Tür. Von nebenan hörten wir, wie unsere Kristallleuchter zerschlagen wurden. So verharrten wir bis zum Morgen. In jener Nacht sah ich es mit meinen eigenen Augen: Unser Nachbar verfluchte die Antreiber, die den Pöbel anstachelten, und gleichzeitig weinte er. Nein, nicht vor Angst, sondern aus Scham und Hilflosigkeit. Und auch ich weinte, weil ich so furchtbare Angst hatte …«

In meiner Kindheit erwachte ich des Nachts immer wieder schreiend aus Alpträumen, in denen wilde, erbarmungslose, den vierzig Räubern aus dem Märchen ähnelnde Männer meinen splitternackt ausgezogenen Vater an einem Seil hinter sich herzerrten, das sie ihm an den Penis gebunden hatten; Kristallteile und Zuckersäcke fielen mit großem Getöse vom Himmel, und mitten auf der Straße lag rotglühend ein riesiger Stier mit Hörnern und langem Schwanz.

»Es ist bitter, wenn man in seiner Heimat, in dem Land, in dem man geboren und aufgewachsen ist, als Fremder angesehen wird. Als sie kamen, waren wir bereits seit zweitausend Jahren hier«, pflegte mein Vater zu sagen. Dann erklang die Stimme meiner Tante Irene: »Das Volk ist gut. Zwischen uns und unsere moslemischen Nachbarn passt kein Blatt Papier. Wie harmonisch wir zusammenlebten, Armenier, Griechen, Moslems, vor allem früher alle in der gleichen Straße. Aber die an der Spitze … Die da oben sorgen für die ganze Misere. Wer ist verantwortlich für den sechsten und siebten September? Weiß doch jeder, wer die Bombe in dem Haus in Saloniki gelegt hat.«

Ich aber wusste es nicht. Wie alle griechischstämmigen Kinder in unserer Nachbarschaft besuchte auch ich die griechische Feriköy-Grundschule. Da ich ein *rum* war, hatte ich keine Schwierigkeiten. Wenn ich es mir jetzt überlege, bin ich nie direkt und auf verletzende Art und Weise diskriminiert worden. Ich erinnere mich, dass mich andere Kinder ein paarmal als »Griechenbengel« titulierten und dass ich, wenn ich gefragt wurde, warum ich Teo heiße, aus einem Schutzinstinkt heraus antwortete: »Das ist die Kurzform von Teoman.« Ich habe keine schlechten Erinnerungen an jene Jahre, außer dass mein Türkischlehrer mich immer wieder aufforderte, bestimmte Wörter korrekt auszusprechen, die mir nicht richtig über die Lippen kommen wollten, und mich verärgert herunterputzte, wenn es mir einfach nicht gelang. Ein Grund war sicher auch, dass ich an Ostern in Goldpapier eingewickelte Schokoladenhasen, Ostergebäck mit Anis und bunte Eier an die Kinder verteilte, oder vielleicht das Mobiliar mit dem Sessel aus Saffianleder für das Direktorenzimmer, das mein Vater gestiftet hatte. Wirklich diskriminiert aber wurde ich eigentlich nie; auf der ausländischen Schule, die ich anschließend besuchte, wurde ich sogar förmlich auf Händen getragen.

Ich bemerkte, dass ich mit meinen Gedanken ganz woanders war, und versuchte, das Gespräch mit Derin fortzusetzen: »Entschuldigen Sie, wenn ich gewusst hätte, dass ich Sie an traurige Dinge erinnere, hätte ich nicht gefragt. Mich haben nur … Ich glaube, mich haben nur diese alten Fotos zu sehr beeindruckt. Die Bemühungen, mich in der neuen Umgebung einzugewöhnen, das fremde Haus, das Forschungsthema, das mir im Kopf herumspukt … und dann diese ganzen Zufälle, die ich zu verstehen versuche. Das Judasbaumtor, mein Zusammentreffen mit Ihnen, dass Sie das Haus für mich gefunden haben, dass die Straße früher Judasbaumstraße hieß, der Tod Ihres Vaters und des Jungen auf den Fotos und Ihr Satz von gerade eben: ›Dieses Land frisst seine Kinder.‹ Auch mein Vater sagte das immer: ›Dieses Land frisst seine Kinder, es schneidet sich die eigenen Finger ab.‹ Tut mir leid, ich bin verwirrt und auch ein wenig müde, und ich fürchte, die mystische Atmosphäre der Stadt tut ihr Übriges. Wie Professor Mete Ünsalan, der ja auch ein Freund von Ihnen ist, so schön zu sagen pflegt: ›In dieser Stadt sind die Legenden und Vorstellungen so real wie die Realität.‹«

»Haben Sie bereits mit Ihren Forschungen begonnen?«, fragte sie, offenbar darauf aus, das Thema zu wechseln.

»Noch nicht. Zunächst muss ich an eine Reihe von Handschriften und Quellen herankommen. Dann besteht natürlich noch das Problem, die Sprache dieser Quellen korrekt zu entschlüsseln. Der Ausdruck *kerkis* ist immer noch umstritten. Keine Dinge, die man nicht lösen könnte, aber sie erfordern eben Zeit. Außerdem möchte ich die Stadt kennenlernen. Wissen Sie, wir Kunst- und Architekturhistoriker glauben an die Kontinuität von Räumen und ihren Funktionen. Die heiligen Stätten, Verkehrsknotenpunkte, Handels- und Vergnügungszentren etwa bleiben meist über Jahrhunderte am gleichen Platz. Mit guter Intuition und ein wenig Phantasie finden sich immer entsprechende Hinweise. Der beste Helfer des Historikers ist seine Vorstellungskraft. Ich habe Istanbul vor vierundzwanzig Jahren verlassen. Ich war damals noch ein Kind, außerdem hat sich die Stadt dermaßen verändert, dass ich sie wohl neu entdecken muss.«

»Wir sind beide auf der Suche nach etwas, Teo«, meinte sie müde. Diesmal sagte sie nicht wie zuvor »*Bay* Teo«. »Sehen Sie, alles um uns herum ist purpurfarben, vielleicht ist das auch ein Zeichen. Ich habe das Haus für Sie gefunden, und Sie haben in dem Haus Hinweise auf das gefunden, wonach ich suche. Nun geht es nur noch darum, ein guter Forscher zu sein.«

»Und Sie, Derin? Welches Tor suchen Sie?«

»Das Tor zu Umut … Das Tor zu Ülküs ermordetem Sohn. Aber wer war Umut wirklich? Welche Verbindung gibt es zwischen Umuts Tod und dem Tod meines Vaters? Ja, Sie haben recht. Auch ich suche ein Tor. So wichtig Ihr Tor für Sie ist, so wichtig ist das meine für mich. Wenn ich es öffnen kann, werde ich vielleicht begreifen, wonach ich wirklich suche.«

Plötzlich fiel mir ein, woher ich ihre Worte kannte: aus dem *Leben der Heiligen*, einer alten Handschrift, die auf das zehnte Jahrhundert datiert wird.

»Was wir tatsächlich suchen, begreifen wir erst dann, wenn Gott es uns finden lässt. Der Satz stammt nicht von mir, er ist ein Zitat.«

»Dann werden wir niemals erfahren, wonach wir wirklich suchen. Vielleicht ist auch das, wonach wir suchen, etwas ganz anderes als das, hinter dem wir her sind.«

Als ich nach Hause kam, sah ich mir im Lichte dessen, was ich erfahren hatte, den Zeitungsausschnitt, die Fotos und die Widmung in dem Pietà-Band noch einmal genauer an, diesmal jedoch viel gelassener und ruhiger. Ich vertrieb mir die Zeit mit dem Versuch, die Lücken zu füllen und die Geschichte noch einmal neu zu schreiben; eine nützliche Methode, die mir bei meinen Forschungen schon oft weitergeholfen hat. Zuerst schreibt man eine Geschichte, ein Szenario unter Verwendung aller vorhandenen Daten; dann bestimmt man gewissenhaft jede einzelne Lücke, jede Ungereimtheit, und macht sich auf die Suche nach den Informationen, die notwendig sind, um die Realität neu zu formulieren. Aber selbst wenn der Aufbau bis ins Detail stimmt, ist die entstandene Geschichte nicht die Realität, sondern ihre Geschichte. Wissenschaft sucht konkrete Daten, Beweise, Folgerichtigkeit; sie interessiert sich nicht für Realität. Realität ist der Name, den jeder seiner eigenen Geschichte gibt.

Die Schicksale Derins, ihres ermordeten Vaters, meiner mir unbekannten Vermieterin und des Jungen namens Umut, die einander kreuzten, gingen über den Alltag gewöhnlicher Menschen zweifellos weit hinaus; selbst in einem Land, in dem politische Unruhen, Unbestimmtheiten und gesellschaftliches Chaos herrschten, konnten sie nicht als gewöhnlich angesehen werden. Dennoch waren sie mir fremd, konnte ich sie nicht spüren. Sie verursachten mir lediglich Panik, lösten ein Schuldbewusstsein aus, das ich mir nicht erklären konnte. Vielleicht war es das unterschwellige Gefühl, eine Strafe dafür zahlen zu müssen, dass ich mein ganzes Leben in ruhigen, geschützten Häfen verbracht hatte …

Ich beschloss, keine Zeit auf diese Dinge zu verschwenden und mich ganz auf meine Forschung zu konzentrieren. Nur indem ich mich in die Arbeit stürzte, konnte ich vermeiden, dass sich die Geschichten dieser fremden Menschen in einen Alptraum verwandelten. Zudem erschien es mir, als hätten die geheimnisvollen Zeichen und Symbole durch jenes merkwürdige Zwischenspiel noch an

Bedeutung hinzugewonnen. Ab jetzt galt es, die Ärmel hochzukrempeln, und dementsprechend aufgeregt war ich. Zwischen den tausendundeins Geheimnissen dieser verzaubernden Stadt versteckte sich auch mein Tor: ein *geheimes, verfallenes* Tor; das Tor, das der Retter durchschritt, um die verlorene Seele der Stadt zu retten. Ich glaubte immer fester daran, dass ich dieses Tor finden würde.

Die Zeit, in der ich notwendige Kontakte knüpfen und auf die Genehmigungen warten musste, um Handschriften, Dokumente und Pläne in privaten und staatlichen Archiven einsehen zu können, beschloss ich darauf zu verwenden, alle Ecken und Winkel der Stadt auszukundschaften. Ich liebe jahrtausendealte Städte, vor allem, wenn sie von Stadtmauern umgeben sind. Ich war schon immer davon überzeugt, dass Räume Seelen haben, dass die Seelen der Menschen und die Seelen der Räume miteinander verschmelzen. Istanbul war eine besondere Stadt, die an jeder Ecke und zu jeder Sekunde diesen Gedanken vervollkommnete; sie war die Stadt meiner Kindheit und zog mich an wie ein alter Freund, den man nach vielen Jahren wiedertrifft. In den darauffolgenden Tagen, an denen sich mir eine völlig andere Welt eröffnete, dachte ich oft, dass es mir wohl weniger darum ging, das Objekt meiner leidenschaftlichen Suche, das Judasbaumtor, zu finden, als vielmehr die Seele dieser verzaubernden Stadt. Ich wusste noch nicht, dass man die Seele dieser Stadt niemals entdecken konnte, sie sich in dem Moment verflüchtigen würde, in dem man glaubte, sie gefunden zu haben. Und dass sie – wie ein Schizophrener – viele Seelen hatte, die voneinander unabhängig existierten und stets das Bild des jeweiligen Betrachters widerspiegelten.

Zunächst war ich genervt, als Derin anrief und meinte: »Wenn Sie mögen, kann ich Sie ein bisschen herumfahren. Mit dem Auto ist man einfach beweglicher, trotz des Wahnsinnsverkehrs.« Eigentlich wollte ich allein sein mit der Stadt, doch ihr Angebot klang so ehrlich, dass ich es nicht abschlagen konnte.

Am nächsten Tag stand sie Punkt zehn Uhr vor der Tür. Als sie stur darauf bestand hereinzukommen, hätte ich begreifen müssen, dass sie vor allem wegen der von mir erwähnten Fotos gekommen war. Ich hatte sie bereits vom Fenster aus gesehen; von mir aus hätten wir sofort losfahren können. Ehe sie klingeln konnte, öffnete ich die Tür. »Ich bin bereit«, sagte ich. *»Let's go!«* Sie aber meinte, sie wolle ein Glas Wasser trinken, und schlüpfte herein. Als sie direkt Richtung Küche ging und sich gleich nach dem Schrank streckte, in dem sich die Gläser befanden, erkannte ich, dass sie keine Fremde in diesem Haus war.

»Hier hat sich ja überhaupt nichts verändert«, sagte sie, während sie den Blick ins Wohnzimmer schweifen ließ. In kleinen Schlucken trank sie aus ihrem Glas. Sonderlich durstig wirkte sie nicht.

»Ich weiß nicht, wie es hier früher aussah. Ich habe nichts umgestellt. Ich besitze sowieso nichts außer meinen Büchern und meiner Kleidung. Meist sind es die Frauen, die gern Gegenstände verrücken und den Räumen ihren eigenen Stempel aufdrücken. Wir Männer nehmen den Ort so ein, wie er ist.«

»Manche Wohnungen geben einem das Gefühl der Unveränderlichkeit. Das Haus meiner Mutter ist auch so ein Ort. Alles wirkt, als sei es an seinem Platz festgenagelt worden. Aufgeräumt, ordentlich und bedrückend.«

»Unser Istanbuler Haus war genauso. Es war vollgestopft

mit schweren Möbeln und Antiquitäten. Wir mussten immer darauf achten, nichts von den wertvollen Dingen kaputtzumachen. Selbst in unserem Sommerhaus auf der Büyükada herrschte diese von Ihnen angesprochene starre, steife Ordnung. All das änderte sich mit unserem Umzug in die USA. Amerika macht die Ordnung einfacher, den Geschmack schlichter. Das Funktionelle gewinnt größere Bedeutung.«

Sie hörte mir nicht richtig zu; sie schien mit den Gedanken irgendwo anders zu sein. Als sie das halbvolle Wasserglas auf den Tisch stellte, fiel ihr Blick auf die schneeweißen Gänseblümchen, die ich in eine Glasschale gestellt hatte.

»Wie schön«, meinte sie. »Wo haben Sie die her? Wissen Sie, Ülkü mag Gänseblümchen auch sehr gern.«

Dann trat sie auf das Sideboard zu, auf dem die Holzkiste stand.

»Sind die Fotos, von denen Sie erzählt haben, hier drin?«

Ich nickte. Eine leise Unruhe ergriff Besitz von mir, als würde ich unberechtigterweise, ohne den Besitzer vorher zu fragen, Privateigentum an jemand anderen aushändigen. »Woher wussten Sie denn, dass sie sich in der Kiste befinden?«

»Das haben Sie doch selbst erzählt«, antwortete sie. »In bedrückenden Wohnungen wie dieser, in denen die Dinge auf ewig am gleichen Platz stehen, kann man sich ungefähr vorstellen, was sich in solchen Kisten befindet.«

Sie hatte die Kiste bereits geöffnet und begann, mit ihren schmalen, fast transparenten Fingern die Fotos durchzugehen.

Es dauerte nicht lange, bis sie die Bilder von Umut mit seiner Mutter am Seineufer entdeckt hatte. Sie nahm sie in die Hand und betrachtete sie eingehend. Ich war mir nicht sicher, ob ihre Finger zitterten oder ob es mir nur so vorkam.

»Umuts Augen …«, sagte sie mit dem seltsamen Lächeln und dem ruhigen Ausdruck einer Mariendarstellung. »Umuts Augen …«

»Haben Sie etwas gesagt?«, fragte ich, um die wachsende Unruhe in mir zu bekämpfen.

Sie hielt mir Umuts Foto mit dem Fahrrad hin.

»Ülkü hat manchmal von ihrem Sohn gesprochen, aber ich wusste nicht, wie er aussieht. Ich habe das Gefühl, ihn irgendwoher zu kennen. Aber woher?«

Erneut warf ich einen Blick auf das Foto. Und plötzlich kam es auch mir so vor, als hätte ich diesen Jungen, nein, seinen Blick vorher schon einmal gesehen … Er stand vor mir, hielt seinen Blick auf mich geheftet und wartete, dass ich etwas sagte. Wer? Wer von den beiden? Der Junge oder Derin? Umuts Blicke, Derins Blicke.

Wortlos gab ich ihr das Foto zurück. Sie hielt einen Moment inne; sie zögerte wohl, ob sie es in die Kiste zurücklegen sollte oder nicht.

»Ich hole noch meine Geldbörse, aber dann sollten wir endlich los«, sagte ich und ging ins Schlafzimmer. Eigentlich steckte die Geldbörse in meiner Tasche. Ich wollte sie nur kurz allein lassen, damit sie in Ruhe entscheiden konnte, was sie mit den Fotos anstellen wollte. Als ich ins Wohnzimmer zurückkam, hatte sie die Kiste bereits wieder geschlossen. Am Abend warf ich einen Blick hinein und stellte fest, dass die beiden Fotos verschwunden waren.

An den folgenden Tagen begab ich mich ganz in Derins Hände. Wir machten uns auf die Reise in ihr Istanbul, in Stadtteile und Winkel, die ich nicht kannte. Mir war klar, dass ich an den Stationen unserer Reise das Judasbaumtor nicht finden würde, aber wie hätte ich mich Derin widersetzen können … Wie kann man gleichgültig bleiben angesichts der flehenden und samtweichen Blicke eines Kindes!

Ich weiß nicht, welchen Plan sie hatte oder welches Ziel sie verfolgte. Wahrscheinlich hatte sie das Bedürfnis, die vielen Fragen in ihrem Kopf mit jemandem zu teilen. Ihre wahre Absicht war jedenfalls nicht, mir bei meiner Suche zu helfen. Sie versuchte vielmehr, mich zum Komplizen ihrer eigenen Suche zu machen und von meiner Neutralität als Fremder zu profitieren; mit mir konnte sie ihre Geheimnisse gefahrlos teilen, da ich nicht zu ihrem normalen Umfeld gehörte.

Ich beugte mich ihr. Was auch immer Derins Absicht sein mochte, es würde nicht schaden, ein paar Tage mit ihr unterwegs zu sein, um die heutige Struktur der Stadt verstehen zu lernen. Ich hatte es nicht eilig, und außerdem weckte dieses Mädchen mit seinen unerwarteten und verblüffenden Verhaltensweisen zunehmend mein Interesse. Worin bestand ihre undefinierbare Anziehungskraft? Das eigentlich Beeindruckende waren ihre Augen: In ihnen vereinten sich der fragende Blick der Hofdame von San Vitale und das unbestimmte Leuchten in den umwölkten Augen der Mariendarstellung in Ravenna. Wer war der hübsche, aber bäuerlich wirkende, schweigsame Bursche neben ihr, als wir uns im Hotel begegneten? War er ihr Bodyguard, ihr Freund, ihr Geliebter? Nein, ihr Geliebter bestimmt nicht. Dann diese Frau: Ülkü. Jene Frau, die im Mittelpunkt aller Geschichten zu stehen schien, auch wenn sie gar nicht anwesend war, die auf alten Fotos mit gezackten Rändern posierte, mal mit langen, mal mit kurzen Haaren, im Pariser Chic mit ihrem Sohn am Seineufer … Derins Beziehung zu der Frau und ihrem Sohn, der Zusammenhang zwischen ihr und dem Tod von Derins Vater. Der Bezug des Gedichts zu Legende und Realität: Einerseits die Zeilen »… auf seinem Haupt die Krone aus purpurnen Judasblüten, gewandet in Purpur, purpurfarben seine Wunden, auf dem Weg zur Heiligen Weisheit«, andererseits das Verhältnis der Stadt zu den Judasbäumen, zu mir, zu uns, zu uns allen. Die magische Anziehungskraft dieser Fragen und der Suche.

Ich heftete mich an Derins Fersen. Anstatt den Spuren der geheimen Stadttore zu folgen, machten wir uns auf die Reise ins Herz der Stadt, die um weitere tausend Jahre gealtert war, die sich ebenso verändert hatte wie ihr Name und von der nur noch die Legende und Geheimnisse übriggeblieben waren.

Der Mai war zu Ende, der Sommer begann. Die Bäume hatten ihre Blüten abgeworfen, die Glyzinen waren verblasst; anstelle der Frühlingsblumen wuchsen nun Sommerrosen, Hahnenkamm, Fleißiges Lieschen und Geranien in den Gärten. Wir hatten uns die Wohnsiedlungen, die Villen und exklusiven Stadtteile auf den Bosporushügeln angesehen; auf der anatolischen Seite die prächtigen Gebäude an der Bagdadstraße, die Boutiquen, die berühmt waren für ihre geschmackvollen, funkelnden Schaufenster. Sie hatte mich in schicke, teure Restaurants, Cafés und Diskotheken geführt, wie es sie in ähnlicher Form in den Großstädten Amerikas und Europas gab. Selbst wenn sie zum ersten Mal einen Fuß dort hineinsetzte, spürte man stets, dass sie sich an diesen Orten zu Hause fühlte. Zuweilen setzten wir uns in ein Gartencafé. Hin und wieder traten wir in einem mittelprächtig wirkenden Stadtteil inmitten von ungepflegten, geschmacklosen Gebäuden durch eine ganz normale Tür und fanden uns in einem wunderschönen Innenhof beim Essen an einem der Tische wieder, die man zwischen Grünpflanzen und Blumen aufgestellt hatte. Es war, als wolle sie mich mit der Stadt erstaunen, verzaubern. Mit der Stadt, die auch sie erstaunte und verzauberte, je mehr sie von ihr entdeckte.

Nun war die Reihe an den Gecekondu-Vierteln, die Istanbul einschlossen und die ursprüngliche Stadt allmählich zu verschlingen drohten; den Slums und Ghettos, in denen Menschen aus allen Teilen Anatoliens ihren Dorfalltag fortsetzten und aus der Ferne auf die Stadt schauten. Sie versuchte, mir ihr Istanbul zu zeigen, diese beängstigende Stadt mit all ihren Widersprüchen, und es war, als würde sie mir einen im Zeitraffer gedrehten Film mit einem absurden Drehbuch vorführen. Sosehr sie in ihrem Element war an den Orten, die sie »unser Istanbul« nannte, so verkrampft, aufgeregt und unruhig war sie in den Gegenden, die sie als »das andere Istanbul« bezeichnete. Einmal fragte ich sie, warum sie sich für das andere Gesicht der Stadt interessierte. »Auf der Suche nach Umut hat es mich hierherverschlagen«, antwortete sie. »Außerdem habe ich einen Reiseführer. Ich muss dich einmal auf den Hügel bringen, auf dem er wohnt.« Es handelte sich wohl um den jungen Mann aus dem Café. Ach, diese Mädchen aus gutem Hause mit ihrem Hang zu Jungen aus dem Volk! Als meine Schwester Mariana sechzehn, siebzehn Jahre alt gewesen war, hatte sie auch eine solche Phase durchgemacht. Ein hübscher Mischlingsjunge, womöglich auch noch Analphabet, der sich um den Garten in unserer New Yorker Villa gekümmert hatte, war das Objekt ihrer Begierde gewesen. Es hatte ein Riesendonnerwetter gegeben.

An einem jener Tage treffen wir uns in Beşiktaş und steigen in einen Stadtbus. Mir ist bereits aufgefallen, dass sie ihr Auto nicht benutzen will, wenn es in die Gecekondu- und Armenviertel geht. Es ist Juni, aber bewölkt und auch ein wenig kühl. »Lass uns vor der Endstation aussteigen«, sagt sie. »Da wimmelt es garantiert nur so von Polizisten, wie immer, wenn irgendwo eine Bombe hochgeht oder demonstriert wird.« Auch wenn ich nicht ganz begreife, wovon sie redet, widerspreche ich nicht. Ich weiß ohnehin nicht, warum ich mich ihr angeschlossen habe. Dieses freudlose Gecekondu-Viertel ist wahrscheinlich der letzte Ort, an dem sich das Judasbaumtor befinden könnte.

Wir betreten ein Kaffeehaus, in dem lauter großgewachsene, schnauzbärtige Männer mit schmalen Gesichtern sitzen. Es ist noch früh, und es herrscht wenig Betrieb. Aus den Lautsprechern dringt ein Lied, dessen Text ich kaum verstehe. Wir setzen uns an einem Fenster zur Straße an einen Tisch. Sie bestellt Tee und ein Stückchen Zitrone. Sie haben keine Zitrone. »Macht nichts, dann eben ohne!«

Sie wirkt nervös, scheint sich nicht wohl zu fühlen. Ihr Gesicht ist blass, ihre Augen sind matt. Offenbar hat sie letzte Nacht nicht gut geschlafen. Mit hektischen Bewegungen rührt sie unaufhörlich in dem schmalen Teeglas. Dabei hat sie gar keinen Zucker genommen, die drei Stück auf dem kleinen Unterteller hat sie sorgfältig nebeneinander auf den Tisch gelegt. In dem schwarzen T-Shirt, das ihr am Körper klebt, den schwarzen Jeans, mit dem glatten blonden Haar und der großen schwarzen Tasche über der Schulter harmoniert sie auf seltsame Weise mit der Umgebung in diesem anatolischen Kaffeehaus mitten in Istanbul. Plötzlich stelle ich fest, dass nicht sie, sondern der Raum verantwortlich ist für diese Harmonie. Ein Ort, an dem niemand als fremd empfunden wird, sich keiner für irgendwen interessiert oder zumindest so aussieht, als interessiere er sich nicht. Ein Ort, der anscheinend an alles gewöhnt ist, den nichts mehr in Erstaunen versetzen kann.

»Du bist wohl nicht zum ersten Mal hier«, sage ich. »Was glaubst du hier zu finden, Derin?«

Ohne dass es uns auffällt, haben wir wieder Türkisch zu sprechen begonnen. Wir duzen uns mittlerweile.

»Du hast recht, es ist nicht das erste Mal. Wir haben uns zwar nicht oft, aber doch ein paarmal mit Kerem Ali hier getroffen. Das ist sein Viertel. Du weißt, dass ich die Wahrheit erfahren will, Teo. Ob dabei nun die Wahrheit über Umut, meinen Vater oder mich selbst herauskommt, weiß ich nicht. Es ist wie mit deinem Tor. Suchst du tatsächlich nach einem Tor, dessen Existenz möglicherweise nie bewiesen werden kann, oder suchst du etwas ganz anderes? Und was nützt es, wenn du es findest, es aber niemanden gibt, der durch das Tor hindurchgeht?«

Ich antworte nicht. Ich denke, dass sie mir unrecht tut, ihre eigene Ratlosigkeit auf mich überträgt. Was habe ich damit zu tun? Meine Suche ist wissenschaftlicher Natur. Wenn man denkt, dass es egal ist, ob ich das Tor finde, dann gibt es keine Wissenschaft. Und wenn sie recht hat? Welchen Nutzen hat es, wenn sich zu den bekannten Stadttoren Konstantinopels ein weiteres hinzugesellt?

»Ich habe Umuts Fotos mitgenommen«, sagt sie wie ein schuldbewusstes Kind, das weiß, dass man ihm verzeihen wird, aber trotzdem versucht sich einzuschmeicheln.

»Ich weiß.«

»Ich habe auch begriffen, warum Ülkü mir diese Bilder nicht schon früher gezeigt hat. Es muss dir aufgefallen sein.«

»Was?«

»Umuts Augen, nun ja, besser gesagt seine Blicke … Ich hätte es verstehen müssen, als Ülkü mir gesagt hat, ich hätte Umuts Augen.«

Mich überkommt ein ungutes Gefühl, jenes Unwohlsein, das stets von mir Besitz ergreift, wenn ich gezwungenermaßen in das Privatleben, die Intimsphäre fremder Menschen eindringe, die ich per Zufall kennengelernt habe. Hat dieses Mädchen extra so lange auf mich gewartet, um sein persönliches Drama, seine fixen Ideen zu überwinden, um in unbekannte Gewässer aufzubrechen und die Wahrheit über sich zu erfahren? Ich werde wütend bei dem Gedanken, auf Umuts und Derins Spuren jede Menge Zeit verloren und nicht mit meiner eigentlichen Arbeit begonnen zu haben. Seit Tagen marschieren wir durch Istanbul. Das Gesicht der Stadt, das sie mir zu zeigen versucht, interessiert mich nicht. Ich weiß, dass die Stadt seit Konstantinopel ein Wirrwarr an Widersprüchen ist, das jeden Ankömmling unweigerlich in seinen Bannkreis zieht. Diese Stadt, die seit Tausenden von Jahren jeden, der auch nur einen Fuß in sie setzt, sofort einnimmt, ja, verschlingt, aber nicht assimiliert, sondern alle wie Teile eines Mosaiks getrennt hält. Während jeder sie zu besitzen versucht, gehört sie eigentlich niemandem oder vielleicht auch allen, und gerade deshalb ergibt sie sich niemals und niemandem …

»Was hättest du verstehen müssen, Derin?«

Ich habe die Frage noch nicht richtig gestellt, da wird mir klar, dass ich die Antwort bereits kenne.

»Erinnerst du dich an den Tag, an dem du die Fotos entdeckt hast? Als du mich angerufen und gefragt hast, wer Umut wirklich war? Monate vorher hatte ich Ülkü dieselbe Frage gestellt. ›Du hast Umuts Augen‹, sagte sie zu mir. Teo, es gehört doch zu deinem Beruf, auf Details zu achten. Dir wird die Ähnlichkeit doch nicht entgangen sein.«

Um Zeit zu gewinnen, lege ich mir eine ausweichende Antwort zurecht, erspare sie mir dann aber. »Ja, doch«, sage ich stattdessen, »wenn die Fotos nicht täuschen, dann ähneln sich eure Blicke. Aber was beweist das schon? Auf Tausenden von Marien- und Jesusdarstellungen, die ich gesehen habe, gibt es ähnliche Blicke.«

»Spiel kein Theater, Teo. Allein deine Frage zeigt doch, dass du genau verstanden hast, was ich meine.«

Nachdem sie den Tee, in dem sie unablässig herumgerührt hat und der mittlerweile kalt geworden ist, in einem Zug ausgetrunken hat, sagt sie mit einer ebenso verblüffenden wie irritierenden Logik, die so gar nicht zur Aura des romantischen Teenagers passt: »Das beweist, dass Umut und ich aller Wahrscheinlichkeit nach Geschwister waren.«

Ich ahne, dass sie die wahre Bedeutung ihres Satzes erst in dem Moment begreift, als sie ihn mir gegenüber laut ausspricht. Was bis zu diesem Zeitpunkt eine Geschichte war, die sie für das Schicksal eines anderen hielt, wird nun zu ihrer Realität, zu ihrem Schicksal.

»Irre ich mich vielleicht, Teo?«, fährt sie fort. »Was meinst du? Was sagt dir dein Inneres? Dein Gefühl, dein Instinkt? Ich weiß, dass nur Ülkü diese Frage beantworten kann. Aber sie ist unter dem Vorwand, ihre Angelegenheiten in Ordnung zu bringen und ihre entgültige Rückkehr vorzubereiten, nach Paris zurückgeflogen, und Gott weiß, wann sie wiederkommt. Sie hat geahnt, dass ich ihr eines Tages diese Frage stellen würde, und hat sich aus dem Staub gemacht. Außerdem glaube ich, dass die Wahrheit über Umut nur die Spitze des Eisbergs ist. Unter der Oberfläche schlummert noch so einiges, Dinge, die zum Tod meines Vaters geführt haben.«

In dem Augenblick ist sie keine Madonna, sondern eine leidenschaftliche Frau mit Liebeskummer. Zum ersten Mal entledigt sie sich ihrer Schönheit jenseits der Sexualität und wird zur Frau. Zumindest wirkt es so auf mich. Ich möchte ihre zarten, seltsam transparent wirkenden Finger streicheln, die sie auf dem Tisch bewegt, als spiele sie Klavier.

Hätte ich an jenem Tag ihre Hand gehalten, hätten wir gegenseitig unsere Körperwärme gespürt. Hätte ich etwas zu ihr gesagt oder einfach geschwiegen, wäre später vielleicht alles ganz anders gekommen. Wie ein Moment, ein Wort, ein Blick oder eine Bewegung doch manchmal unsere Geschichte und unsere Geschicke verändern kann.

Mich überkam der Wunsch, sie zu berühren, ihr näherzukommen, mich in sie zu verlieben, doch ich konnte es nicht. Ikonen, Mariendarstellungen, Heilige kann man bewundern, anbeten, aber man verliebt sich nicht in sie. Sie sind Objekte des Glaubens, der ästhetischen Erhöhung, aber nicht der körperlichen Leidenschaft und der Liebe. Derin war für mich Kaiserin Theodoras Hofdame auf dem herrlichen Mosaik in San Vitale. So distanziert, starr und irreal sie wirkte, so verzaubernd und beeindruckend war sie gleichzeitig … nie wäre mir in den Sinn gekommen, sie zu begehren wie eine Frau aus Fleisch und Blut oder gar mit ihr schlafen zu wollen. Dabei wirkte sie an jenem Tag zum ersten Mal nicht wie eine Ikone, sondern wie eine wahrhaftige Frau. Hätten sich unsere Finger umschlossen, wäre sie zu einer Beziehung mit mir bereit gewesen, das spürte ich, doch da waren die sexuellen Tabus, die sich meiner bemächtigt hatten, Versagensängste, die ich vor jeder Vereinigung durchlebte, und der sich im Halbdunkel windende, elfenbeinfarbene Körper meiner Mutter, den ich über all die Jahre nicht vergessen hatte. Und so gelang es mir nicht, die Hand nach ihr auszustrecken, zu tief saß meine Angst.

Die Judasbäume auf den Bosporushügeln hatten ihre Blüten abgeworfen, die Mimosen der Büyükada waren verwelkt. An den kunterbunten Blumenständen der Zigeuner waren Nelken, Rosen und Bartnelken an die Stelle der rosavioletten Hyazinthen und Narzissen getreten. Anstatt grüner Pflaumen und frischer Mandeln lagen Sauerkirschen, Aprikosen und Pfirsiche am Stand des Obsthändlers. Das strahlende Blau am Himmel begann unmerklich zu verblassen. Ich genoss den Frühling mit all seinen Farben, Düften, Blüten, Blättern und Brisen in vollen Zügen und pendelte zwischen der Stadt und Derin hin und her. Ich war nicht imstande, mich vollständig meinen Forschungen zu widmen. Auch wenn ich es nur ungern zugebe, so hatten sich mein Interesse für das Judasbaumtor und die erste Aufregung plötzlich verflüchtigt. Ich brauchte einen äußeren Anstoß, um mich wieder auf meine Arbeit konzentrieren zu können. Ich traf den Entschluss, das Thema Professor Mete Ünsalan gegenüber anzusprechen und ihm eine Zusammenarbeit vorzuschlagen. Er hatte immer glänzende Ideen und verfügte über geniale Instinkte.

Mete zeigte größeres Interesse an meiner Forschung als erhofft. »Mal sehen, wo wir ansetzen können. Zunächst müssen wir Handschriften aus der gleichen Epoche durchkämmen. Hin und wieder kommt dem Forscher auch das Schicksal zu Hilfe, und unversehens stößt man auf einen neuen Hinweis.« Dann fügte er in dem so trefflich zu ihm passenden derben Humor hinzu: »In dieser ordinären Stadt, in der jeder damit beschäftigt ist, die Tore, Hoffnungen und Werte zu vernichten und die eigenen Taschen zu füllen, sollte uns Blödmännern wenigstens die Ehre zuteilwerden, ein Tor zu finden, von dem auch nicht die winzigste Spur existiert!«

Wenn ich es mir jetzt recht überlege, so war der eigentliche Grund, mit Mete forschen zu wollen, mein Bedarf an wissenschaftlicher und logistischer Unterstützung, ebenso aber auch der Wunsch, Licht in das geheimnisvolle Dunkel in Derins Leben, dem ihres Vaters, meiner Vermieterin und deren ermordeten Sohnes zu bringen. »Mete Ünsalan ist ein Jugendfreund meines Vaters aus den Zeiten auf der Büyükada«, hatte Derin erzählt. Als ich Mete danach fragte, bestätigte er: »Ah ja, die Murats waren unsere Nachbarn. Wenn ich mich recht erinnere, lag eure Sommervilla näher an der Anlegestelle, unsere lag mehr in Richtung Nizam.«

»Warum wurde er ermordet?«

»Ein unaufgeklärter Mord! Das heißt, darin waren sicher die Heinzelmännchen verwickelt.«

»Wen meinst du?«

»Mann, ich dachte, du kennst solche Sprüche!«

Ich senkte den Kopf. »Das ist eine Nummer zu groß für mich, *abi*.« Diese Formulierung kannte ich aus dem Fernsehen, das ich hin und wieder einschaltete.

»Na also! Du machst Fortschritte, bravo. Also, höchstwahrscheinlich hatten die staatlichen Geheimdienste damit zu tun. Arın Murat war mit wichtigen Aufgaben betraut. Jedenfalls soll er in den Tagen vor seiner Ermordung in Paris auf einer Pressekonferenz plötzlich durchgedreht sein und Tatsachen verkündet haben, die über die offizielle Sprachregelung des Staates hinausgehen.«

»Was für Tatsachen?«

»Schmutzige Geschäfte, Killer, die im Auftrag des Staates arbeiten, politische Willkür und so weiter. Ich bin nicht genau im Bilde, aber Arın wusste zu viel. Wir redeten kaum über solche Dinge, doch wenn du mich fragst, hatte er sogar bei einigen verdeckten Aktionen, Verschwörungen und dergleichen die Finger mit im Spiel. Wenn schon nicht bei der Durchführung, so doch zumindest bei der Planung.«

»Und meine Vermieterin? In welcher Beziehung stand sie zu Derins Vater?«

»Ich glaube nicht, dass noch viel von einer Beziehung übrig war. Laut Zeitungsberichten aß er in der Mordnacht mit ihr zu Abend. Sie arbeitete für eine französische Zeitung. Eine Altlinke, die nach dem Putsch vom 12. September nach Europa geflohen war. Die Sorte Geschichte, die ein gefundenes Fressen für die Medien darstellt. Wenn du mich fragst, hat diese Frau nicht das Allergeringste mit Arıns Ermordung zu tun. In Wahrheit war Ülkü seine Jugendliebe. Meines Wissens hat sie ihn sehr geliebt. Menschen wie Arın sind seltsam. Lieber spielen sie den großen Mann, statt sich Zeit für die Liebe zu nehmen. Es schien, als sei er zum Staatsmann geboren. Seine Mutter … Ich erinnere mich gut, sie waren ja unsere Nachbarn. Eine einzige Plage, diese Frau, eine, die sich für den Nabel der Welt hält. Ihr Ehrgeiz kannte keine Grenzen. Sie hatte nicht die Absicht, ihren Sohn von schlichten Mädchen aus der Mittelschicht ködern zu lassen, vor allem nicht, wenn sie Kommunistinnen waren! Wie auch immer, der arme Arın war ein guter Junge, er wurde Opfer des Machtapparates!

Aber Moment mal! Woher stammt eigentlich dein Interesse für unsere inneren Angelegenheiten? Oder … Oder interessierst du dich etwa für Derin?«

»Ich interessiere mich für sie, aber nicht so, wie du denkst.«

»Aha … Gut so! Schließlich sind wir hier in der Türkei. Du glaubst doch wohl nicht, dass wir einem dahergelaufenen Griechen eines unserer Mädchen anvertrauen.«

Dann fügte er nachdenklich, vielleicht auch ein wenig traurig hinzu: »Spaß beiseite, kümmere dich ruhig um sie. Ich mache mir Sorgen um Derin. Ich kannte sie schon, als sie noch ein Baby war. Erinnerst du dich an den jungen Burschen, diesen armseligen Großkotz, als wir uns das erste Mal getroffen haben, in diesem Hotel? Er soll zu einer dieser militanten, angeblich revolutionären Gruppen des Lumpenproletariats gehören. Was hat sie mit denen zu schaffen? Sie hatte mich darum gebeten, das Treffen mit Turgut zu arrangieren, und das konnte ich ihr nicht abschlagen. Das bin ich Arın schuldig. Wie auch immer, ich weiß nicht, wie sie in diese Szene geraten ist.«

»Soweit ich weiß, versucht sie herauszufinden, wie der Sohn meiner Vermieterin, also Ülküs Sohn, ums Leben gekommen ist. Sie glaubt, dass sie auf diese Weise vielleicht auch Aufschluss über den Mord an ihrem Vater erhalten wird. Der Bruder dieses jungen Burschen und Umut wurden übrigens am selben Ort erschossen.«

»Nimm die Kleine ruhig unter deine Fittiche. Sie hing sehr an ihrem Vater. Ihre Mutter ist nicht von dieser Welt, soweit ich weiß, hängt sie inzwischen auch ziemlich an der Flasche. Seit Arıns Tod ist es noch schlimmer geworden. Derin braucht jemanden, der ihr den Vater ersetzt, verstehst du?«

Mete, dem es stets gelang, alles, auch Bitteres, mit einer Glasur aus Humor und Witz zu überziehen, wirkte an jenem Tag überaus nachdenklich und ernst.

»Lass uns auf die Suche nach unserem Tor gehen«, meinte er. »Dieser Boden, dieses Land ernährt sich seit Byzanz vom Blut seiner Kinder. Gut, dass wir es nur mit ein paar längst vergessenen Stadtmauern zu tun haben.«

Und wieder kamen mir die Worte meines Vaters und Derins in den Sinn: »Dieses Land frisst seine Kinder.« Und dabei überlief mich ein eiskalter Schauder.

II

Eine Stufe, noch eine Stufe … Drei Schritte, eine Stufe, zwei Stufen … siebenundzwanzig Stufen, fünf Schritte, wieder Stufen …

»Es geht zweihundertfünfundachtzig Stufen nach oben«, hatte er gesagt. Hatte er die Stufen tatsächlich vorher gezählt oder war das nur so dahingesagt?

Ab und zu geht es ebenerdig weiter; wir machen einige Schritte über schiefe Steine, dann kommen wieder Stufen. Wir sind bei Stufe achtundneunzig. Ein Drittel des Weges haben wir hinter uns. Sind es zweihundertfünfundachtzig Stufen inklusive der Schritte auf den dazwischenliegenden Flächen? Nein, sind es nicht. Bin ich müde? Ja, ein bisschen. Sind wir sicher, dass wir es finden? Na klar!

Wo war Umut vor seiner Ermordung untergeschlüpft? Seit Monaten bemühten wir uns herauszufinden, ob es einen alten Freund gab oder Privatsachen, die bei jemandem verblieben waren. Ich hatte sofort gespürt, dass er nur meinetwegen an Türen rüttelte, die eigentlich tabu waren, und ihm dabei alles andere als behaglich zumute war. Daraus macht er auch an diesem Tag keinen Hehl.

»Eigentlich ist es verkehrt, dich hierherzubringen«, meint er.

»Warum soll das verkehrt sein? Und wenn, warum hast du es dann getan?«

»Es ist falsch, weil wir dabei Menschen enttarnen können. Und ich tue es, weil du es wolltest und weil ich dich liebe.«

Ich halte seine Hand und versuche, einen Witz zu machen: »Du verrätst meinetwegen also die Organisation und die Revolution!«

Seine Hand zittert. Sein fester Griff löst sich. »Darüber scherzt man nicht.«

»Entschuldige, das war gedankenlos von mir. Wenn du willst, können wir wieder gehen. Wenn es den Menschen, der Organisation und vor allem dir schaden sollte, dann lass uns lieber umkehren.«

»Es wird nichts passieren, wenn du vorsichtig bist. Ich werde jetzt gehen. Du weißt, was du zu sagen hast. Vergiss nicht, du bist Umuts Schwester, du hast beim Aufräumen zwischen seinen Sachen einen Zettel mit dieser Adresse gefunden, und so weiter und so fort …«

»Keine Sorge. Du hast ja selbst mitbekommen, wie gut ich bei solchen Dingen lügen kann. Geh nur, ich finde das Haus schon. Heute Abend treffen wir uns dann in Ortaköy. Na los!«

Ich beobachte, wie Kerem Ali auf seinen dünnen Beinen die Treppen hinunterläuft. Einmal bleibt er stehen, sieht zu mir hinauf und winkt. Während ich die verbliebenen Stufen erklimme, kommt mir plötzlich in den Sinn, dass auch Umut diese Treppen mit jugendlicher Leichtigkeit und Begeisterung hinauf- und hinabgestiegen ist. Eine Mischung aus Trauer und Liebe durchströmt mich. Ob dieses Gefühl Umut oder Kerem Ali gilt, kann ich nicht sagen, so sehr gleichen sich die Empfindungen.

Während ich zwischen den vereinzelten, ärmlichen, indigoblau, gelb oder weiß verputzten Häusern hindurchgehe, werden nicht nur meine Beine plötzlich unbeschreiblich müde, sondern mein ganzer Körper. Teo hatte recht mit seiner Frage. Was habe ich hier in diesem Viertel, auf diesen Hügeln verloren? Was suche ich? Warum renne ich hinter den Toten her? Teo ist auf der Suche nach etwas Konkretem: einem Tor. Seine Leidenschaft ist wissenschaftlich bedingt. Man kann verstehen, wenn ein Wissenschaftler sein Leben der Lösung eines mathematischen Problems widmet, der Entdeckung einer physikalischen Formel, der Entschlüsselung einer Inschrift, der Altersbestimmung eines Sterns oder, wie in Teos Fall, der Suche nach einem Tor. Aber ich? Selbst wenn ich finde, was ich suche, wem nützt das? Ich habe keine Antwort darauf, ich bin innerlich erschöpft. Umkehren … Aufgeben … Aber was wird aus Kerem Ali? Soll ich ihm etwa sagen, dass ich die Nase voll habe, tschüss, mach's gut? Kerem ist Teil meiner Suche, nicht meines Lebens. Diese immer sinnlosere Suche aufzugeben bedeutet, auch ihn aufzugeben. Mein Kopf, mein Herz, alles ist durcheinander.

Oben angekommen, hätte ich mir um ein Haar die Augen gerieben. Ich hatte mich auf ein ärmliches Gecekondu-Viertel eingestellt. Vor mir sah ich jedoch gepflegte zwei- bis dreistöckige Häuser, meist mit Garten, mehrstöckige Wohnhäuser mit kleinen Läden im Erdgeschoss, sogar eine asphaltierte Straße mit geparkten Autos auf beiden Seiten, auf der auch die Minibusse verkehrten. Plötzlich begann ich zu lachen. Falls Kerem Ali diese Adresse über seine Organisation herausgefunden haben sollte, dann hatten sie den Weg ziemlich gut beschrieben! Gehörte das auch zur Illegalität? Da gibt es eine Straße um den Hügel herum, befahren von Minibussen und jeder Menge Autos, und dann wird einem der Weg mit den zweihundertfünfundachtzig Stufen erklärt! Wenn sie den Weg zur Revolution auch so erklärten, dann war die Arbeiterklasse geliefert! Das wirst du mir büßen, Kerem Ali!

Ich fühlte mich zwar wie das Opfer eines schlechten Scherzes, doch war ich gleichzeitig erleichtert beim Anblick der Straße und der Fahrzeuge. Ich lief die stellenweise aufgerissene und mit Schlaglöchern übersäte Straße entlang, bis ich den in der Wegbeschreibung erwähnten Brunnen mit der Marmorrosette fand. Auf dem schmutzigen, mit Algen überwucherten weißen Marmor war ein Schriftzug immer noch undeutlich zu erkennen: »Es lebe der Wider… des 1. Ma…« Darunter stand in roter Farbe »wird zum Grab für die Kommunisten«; was zum Grab würde, war allerdings nicht mehr zu entziffern.

Am Brunnen bog ich links ab. Es wurden immer weniger Häuser, die aber umso gepflegter waren. Das dritte oder vierte Haus links, hatte er gesagt, in einem Garten, zweistöckig, mit Efeu … Das dritte hatte vier Stockwerke, ein Wohnhaus, noch unverputzt und ohne Garten, vor dem ein grüner Kartal parkte. Es folgten ein recht großes Grundstück, eine halbfertige Baustelle und eine breite Wiese, auf der ein paar Kinder Fußball spielten. Als ich schon dachte, ich hätte mich irgendwie verlaufen, sah ich das Haus. Die Gartenmauer war von verblühten Glyzinen umrankt. Das hatte er wohl mit Efeu gemeint. Das grün gestrichene schmiedeeiserne Gartentor stand halb offen. Vorsichtig trat ich hindurch. Rechts und links der Haustür blühten zwei aprikosenfarbene, marmorierte Monatsrosen. Am verandaartigen Eingang, den man über einige Stufen erreichte, standen Töpfe mit roten und rosafarbenen Geranien. Gleich neben der Tür lag in einem großen alten Korb eine schwarzgefleckte Katze und säugte ihre Jungen.

Nie hätte ich erwartet, an der angegebenen Adresse ein solches Haus vorzufinden. Vielleicht war ich auch am falschen Ort und hätte am Brunnen nicht links, sondern rechts abbiegen müssen. Wäre es nicht möglich, dass sie sich, wo es doch schließlich eine Straße gab, bei der Wegbeschreibung mit den Hunderten von Treppenstufen geirrt hatten? Die Katzenjungen hatten sich an die Zitzen ihrer Mutter geklammert, boxten ihr mit den Pfötchen in den Bauch und saugten Milch. Die Katzenmutter hatte die Augen halb geschlossen, schnurrte zufrieden und leckte das Junge, das ihrem Maul am nächsten lag. Das im Grünen versteckt liegende Häuschen, der von Glyzinen umrankte Gartenzaun, die Rosen, die Blumen in ihren Töpfen, die säugende Katze, alles war zugleich so friedlich und voller Leben, dass meine Anspannung verflog und ich die Hand nach der Klingel ausstreckte.

Der Mann, der die Tür öffnete, hielt ein Buch in der Hand und war Anfang, vielleicht auch Mitte fünfzig. Seine Lesebrille hing an einer dünnen Kette an seinem Hals. Er trug einen dunkelblauen Trainingsanzug und Leinenschuhe. Er war groß und hatte ein klares Gesicht. Haare und Bart waren ergraut, was ihm ein väterliches Aussehen verlieh; er erinnerte an einen pensionierten Lehrer, der sich in seine Bücher vergraben hatte, oder an einen ehemaligen Diplomaten, der, seines bewegten Lebens müde, in einem stillen Winkel seine Memoiren schrieb, die nie veröffentlicht werden würden.

»Ja bitte«, fragte er mit ruhiger Stimme. »Zu wem wollen Sie?«

»Ich bin Umuts Schwester«, erwiderte ich, ohne dabei auch nur die geringste Nervosität zu empfinden, so vertrauensvoll war die Atmosphäre. Er sah mir direkt in die Augen, wich meinem Blick nicht aus. Im selben Moment bemerkte ich die Linien in seinem Gesicht, die Müdigkeit in seinen Augen. Instinktiv begriff ich, dass ich an der richtigen Adresse war.

»Sie sehen ihm ähnlich«, meinte er. Nicht das geringste Zögern, nicht der kleinste Zweifel oder Schutzreflex. Was musste ein Mensch alles hinter sich haben, um derart ruhig, selbstsicher und indifferent zu sein?

»Es ist ein wenig unordentlich«, meinte er beschämt. »Aber ich bin auch schon seit ein paar Tagen allein.«

Durch die offenstehende Tür drang die Musik, die er beim Lesen gehört hatte. Ein klassisches Klavierstück, ich glaube, Bachs »Italienisches Konzert«. Er deutete auf einen weißen Gartenstuhl und einen Tisch, die versteckt zwischen Geißblatt, echtem Kirschlorbeer und verblühenden Akazienzweigen am Ende der Veranda standen.

»Nehmen Sie Platz, ich hole noch einen Stuhl.«

Bis er zurückkam, vertrieb ich mir die Zeit mit der Katze und ihren Jungen. Immer, wenn ich »Miez, miez« sagte, blinzelte sie, streckte die Pfoten aus und schnurrte zufrieden. Ein leichter Akazienduft lag in der Luft; Blüten fielen auf meine Haare und meine Schultern.

Als er mit einem weiteren Plastikstuhl und zwei geblümten Sitzkissen herantrat, beschwerte er sich: »Mırık hat schon wieder vier Junge. Nehmen Sie sich das schönste mit, wenn Sie mögen. Ich habe lange gezögert, aber ich muss sie wohl endlich sterilisieren lassen. Diese Katze ist so was von fruchtbar!«

Ich wusste nicht, was ich sagen sollte.

»Ich bin Umuts Schwester«, wiederholte ich. »Ich bin hergekommen, weil …«

»Wegen der Bücher und Notizen, die Sie hier vermuten, nicht wahr?«

Ich erwiderte nichts, weil ich fürchtete, ihn zu verletzen oder etwas zu sagen, was er nicht hören wollte. Ich nickte vorsichtig.

»Ich werde Sie nicht fragen, woher Sie die Adresse haben«, fuhr er fort. »Es ist ohnehin nicht wichtig. Umut war ein Freund meines Sohnes. Ihre Wege hatten sich allerdings getrennt. In der letzten Zeit, also vor seinem Tod, habe ich ihn nicht mehr gesehen. Früher war er öfter zu uns gekommen, hatte auch gelegentlich hier übernachtet. Er und Özgür lernten häufig zusammen. In der Zeit ließ er auch seine Bücher und anderen Kram hier. Ja, mein Sohn hieß Özgür. Die meisten Kinder des 12. März hießen Deniz, Özgür, Sinan, Umut oder Ulaş.«

»Das heißt, Sie kannten Umut!«

»Das war in ihrem ersten Jahr an der Universität. Sie waren achtzehn, neunzehn Jahre alt. Sie wurden richtig dicke Freunde. Soweit ich weiß, lebte er in Istanbul bei seiner Großmutter. Seinen Vater, also Ihren Vater Ömer *Hoca,* kannte ich aus Ankara, aus der Unizeit. Ich glaube, ich habe auch Ihre Mutter kennengelernt, aber sie wird sich vermutlich nicht an mich erinnern. Umut erwähnte nie, dass er noch eine Schwester hat.«

›Weil er es selbst nicht wusste‹, hätte ich beinahe gesagt. Ich sponn die Lüge noch weiter.

»Er war fünf Jahre älter als ich. Als meine Eltern ins Ausland flohen, war ich vier. Da meine Großmutter sich nicht um uns beide kümmern konnte, mussten sie mich mitnehmen. Daher kannten wir uns kaum. Vielleicht war er auch eifersüchtig auf mich und ich war deshalb Luft für ihn, wer weiß.«

Die Katzenmutter befreite sich von ihren gierig saugenden Jungen und richtete sich auf. Mit selbstsicheren Schritten kam sie auf mich zu und sprang auf meinen Schoß.

»Mırık mag Sie«, meinte der Mann. »Katzen spüren sofort, wer sie mag und wer nicht. Ich heiße übrigens Atilla. Möchten Sie einen Tee? Er steht schon bereit.«

Mir fiel auf, dass er nicht nach meinem Namen fragte. Einen Moment lang war ich unentschlossen, ob ich ihn von mir aus sagen sollte oder nicht. Dann entschied ich mich, ihn aus Gründen der Sicherheit nicht zu nennen. Nicht dass Kerem Ali und seine Freunde meinetwegen noch Schwierigkeiten bekamen.

»Danke. Ich trinke gern einen Tee, wenn es keine Mühe macht. Es ist wunderschön hier!«

Ich begann die Katze, die es sich auf meinem Schoß bequem zu machen versuchte, an den Ohren und am Kinn zu kraulen.

Als er mit einem kleinen Tablett zurückkam, sagte er: »Das hier ist meine befreite Zone, mein Unterschlupf. Die meisten unserer Generation, die der Stadt beleidigt den Rücken gekehrt haben, sind in ihre kleinen Paradiese in Bodrum, Datça, an der ägäischen Küste und am Mittelmeer gezogen. Meine Kraft reichte nicht, um dorthin zu gehen. Ich habe mir meinen Zufluchtsort hier auf diesem Hügel geschaffen.«

»Und Ihr Sohn? Wo ist er jetzt?«

»Weit weg. Er versucht sich in Australien durchzuschlagen. Die hiesigen Lebensbedingungen sind derart schwierig, und dort konnte er immerhin Arbeit finden. Ich habe ihn sogar ermuntert. Ich wollte nicht, dass er hierbleibt.«

»Ich bin gekommen, um Umuts Bücher abzuholen. Natürlich nur, wenn Sie sie aufgehoben haben und es Ihnen keine Umstände macht«, platzte ich heraus.

»Warum sollte mir das Umstände bereiten? Ja, ich habe die Sachen aufgehoben. Dieses Haus kann man als sicher betrachten. Nachdem die Mauer gefallen und der Kommunismus zusammengebrochen ist, interessiert sich auch niemand mehr für die alten Kämpfer. Wir sind nicht mehr gefährlich. Selbst wenn wir lauthals die ›Internationale‹ herausschreien würden, nähme das niemand mehr ernst, wie traurig! Jetzt bringen sie Kurden und Kinder um.«

Ich bemerkte eine vage, abgestandene Trauer in seiner Stimme und seinen Augen. Um mich zu beruhigen, streichelte ich die schnurrende Katze auf meinem Schoß noch konzentrierter.

»Verzeihen Sie mir, und werten Sie es bitte nicht als Misstrauen, aber erlauben Sie mir einige Fragen«, meinte er beschämt. »Wie hieß Ihre Muter? Und wie hieß Umut mit vollem Namen? Ich weiß, es klingt dumm. Jemand mit bösen Absichten wäre auf solche Fragen sicher besser vorbereitet als Sie. Dennoch gehört es zu diesen alten schlechten Angewohnheiten …«

Mir wurde unwohl. Ich verfluchte mich dafür, diesen traurigen netten Mann angelogen zu haben. Aber es gab kein Zurück mehr.

»Sie haben recht. Ich hatte mich selbst schon ein wenig über Ihr Vertrauen gewundert. Meine Mutter heißt Ülkü. Und mein Vater …« Um ein Haar hätte ich ›Arın Murat‹ gesagt, konnte mich aber gerade noch bremsen. Ich spürte, wie ich knallrot anlief und mir kalter Schweiß in einer dünnen Linie den Rücken hinunterrann. »Und mein Vater heißt, wie Sie wissen, Ömer«, fügte ich schnell an, »Ömer

Ulaş. Meine Eltern trennten sich, als sie im Ausland waren. Wenn ich mich nicht irre, hatte Umut einen zweiten Vornamen: Umut Murat Ulaş. Und ich heiße Özlem.«

Ich schämte mich immer mehr, weil ich ihn schon wieder belogen hatte. Auf den Namen Özlem war ich wahrscheinlich über eine Assoziation zu Özgür gekommen. Ich wurde unruhig und bewegte mich. Die Katze sprang auf den Boden, streckte sich lang aus und lief zu ihrem Korb. Warum nur hatte ich diesen offenherzigen, gutmeinenden, vom Leben gezeichneten Mann belogen? Sollte ich ihm die Wahrheit sagen? Über Umut, über Ülkü, den Tod meines Vaters, Kerem Ali, meine Suche, meine Unentschlossenheit, meine Verwirrung, mein Pendeln zwischen zwei Welten? Konnte ich dem Menschen, dem Umut vertraut hatte, nicht auch vertrauen?

»Die Katze sorgt sich um ihre Jungen«, meinte er. »Sie ist zwar eine große Streunerin, aber sie kümmert sich auch eifrig um die Kleinen! Ich hole schon mal die Sachen, trinken Sie ruhig Ihren Tee. Allzu viel ist es nicht. Ich packe alles in eine größere Tüte.«

Als er mit zwei großen Papptaschen aus einer schicken Boutique zurückkam, entdeckte er mich bei dem Katzenkorb. Er lächelte. »Darf ich hoffen, dass Sie eines der Jungen mitnehmen?«

»Keine Ahnung, ich hatte noch nie eine Katze. Ich habe mich auch noch nicht entschieden, wo ich leben werde. Vielleicht Istanbul, vielleicht Ankara, aber vielleicht gehe ich auch zurück in die Schweiz und mache mein Studium fertig.«

»Katzen sind Geschöpfe, die mit ihren Besitzern mitziehen können. Wenn Sie keine andere Möglichkeit haben, bringen Sie sie hierher in ihr Vaterhaus zurück. Aber verstehen Sie mich nicht falsch, ich will Sie nicht bedrängen. Ich hatte nur den Eindruck, Sie mögen Katzen und hätten gern selbst eine …«

Mir war klar, dass er sich sehr freuen würde, wenn ich ein Junges mitnahm. Ich hatte das Bedürfnis, ihm zu danken, ihm einen Gefallen zu tun oder etwas zu schenken. Nicht als Gegenleistung für Umuts Sachen, sondern wegen der Trauer und Erschöpfung in seinem Blick. Und auch, weil er so ungezwungen und liebenswert war.

»Okay«, sagte ich. »Ich nehme das schwarze Kätzchen mit der weißen Brust, der weißen Nase und den weißen Pfoten. Ein klassischer Felix. Als ich klein war, mochte ich die Trickfilme mit dem Kater Felix sehr gern.«

»Sehen Sie, Sie haben ihm sogar schon einen Namen gegeben: Felix. Ein glückliches Katzenkind. Und wer eins nimmt, bekommt dazu noch eine Katzentasche geschenkt.«

Ohne mir Gelegenheit zu geben, etwas zu erwidern, ging er wieder hinein und kam mit einer rosafarbenen Plastikbox zurück. Behutsam setzte er den kleinen Kater hinein.

»Eigentlich wird er noch gesäugt, aber Sie können ihn mit allem füttern, was leicht ist. Wenn Sie ihm Milch geben, müssen Sie sie verdünnen. Wenn Sie mich fragen, geben Sie ihm kein Fertigfutter, sondern gewöhnen Sie ihn an das, was Sie essen. Er soll keine degenerierte Schoßkatze werden, sondern ein natürlicher Hauskater. Bringen Sie ihm sofort bei, seine Geschäfte ins Katzenklo zu machen. Außerdem sollten Sie ihn aufmerksam beobachten. Wenn er anfängt, hin und her zu springen und aufgeregt umherzulaufen, dann muss er. Tragen Sie ihn gleich zu seinem Klo, lassen Sie ihn mit den Vorderpfoten im Katzenstreu scharren und setzen ihn dann in den Kasten. Nach ein paarmal wird er sich daran gewöhnt haben. Sollte er seine Geschäfte woanders hinmachen, dann lassen Sie ihn daran riechen und klopfen ihm auf den Rücken oder die Pfoten, ohne ihm wehzutun. Er wird es schnell lernen.«

Er war aufgeregt wie ein Vater, dessen Tochter das Elternhaus verlässt.

»Seien Sie unbesorgt«, beruhigte ich ihn. »Ich denke, ich schaffe das, und wenn irgendetwas nicht klappt, frage ich einen Tierarzt. Ich brauche dann allerdings ein Taxi. Könnten wir eins rufen? Wissen Sie, wie ich hierhergekommen bin? Weil ich nicht wusste, dass es eine Straße gibt, bin ich die ganzen zweihundertfünfundachtzig Stufen hinaufgestiegen.«

»Ich wette, das ist auf dem Mist derer gewachsen, die Sie an mich verwiesen haben. Über ihr ständiges Geschwafel von den ›holprigen Pfaden der Revolution‹ haben Sie vergessen, dass es auch einfache Wege gibt. Als wir hierhergezogen sind, gab es die Hauptstraße noch nicht. Damals kam man entweder über einen kurvigen Feldweg oder eben über die zweihundertfünfundachtzig Treppenstufen herauf. Aber seit fünf Jahren gibt es die Asphaltstraße. Sollte sich die Revolution auch derart verspäten, na dann Prost Mahlzeit! Ich rufe Ihnen ein Taxi.«

Ich wusste nicht, woher Kerem Ali diese Adresse hatte, aber ich denke, Atilla *Bey* – wie gern hätte ich *amca* oder *ağabey* zu ihm gesagt – vermutete schon richtig. Schließlich war er ganz offensichtlich einer der alten Garde.

Als ich schließlich mit der Katzenbox in der einen und den beiden vollgestopften Papptüten in der anderen Hand auf das herannahende Taxi zuging, sagte ich: »Vielen, vielen Dank für alles. Hätten Sie etwas dagegen, mir Ihre

Telefonnummer zu geben? Falls ich gelegentlich eine Information benötigen sollte.«

»Worüber?«, meinte er lachend.

»Über die Katze und über alles andere.«

Als ich hinten im Taxi Platz nahm und seine Nummer im Geiste wiederholte, um sie nicht zu vergessen, wurde mir erst so richtig bewusst, dass ich nun einen Felix besaß, und dabei wurde mir warm ums Herz. Als ich feststellte, dass ich die Katzenbox gleich neben mich auf den Sitz, die Tüten mit Umuts Sachen aber auf den Boden gestellt hatte, staunte ich nicht schlecht über mich selbst.

Umuts Sachen … Umuts Papiere … Umuts Bücher …

War ich gespannt darauf, sie genauestens durchzustöbern, um den Antworten auf all meine Fragen endlich näherzukommen? Eigentlich dachte ich, dass es so kommen würde, aber der Kater war stärker. Die Bücher, die Papiere, die Fotos, alles blieb zunächst unberührt, da der kleine Kater unablässig miaute. Es war der hohe, spitze Schrei eines Katzenjungen, das von seiner Mutter getrennt war und sich unsicher fühlte …

Unserer Zugehfrau Havva *Hanım*, die herbeieilt, um mir mit den Sachen zu helfen, halte ich mit einem verschwörerischen Zwinkern die Katzenbox entgegen.

»Havva *Hanım*, bring die Box gleich hoch in mein Zimmer. Such auf meinem Balkon nach einer Plastikwanne, einer Kiste oder so was und leg reichlich Zeitungspapier hinein. Ich gehe später los und kaufe Katzenstreu. Er soll nicht irgendwohin machen.«

Die Box in Händen, schaukelt sie mit ihren breiten Hüften vor mir die Treppe hinauf. Felix versucht, seinen schwarzen Kopf mit der weißen Nase durch die Gitterstäbe hindurchzustecken, und miaut. Wenn er doch bloß einschlafen würde. Bevor ich ihnen folge, gehe ich in die Küche, gieße Milch in eine Schale und verdünne sie mit Wasser. O Gott! Jetzt habe ich also eine Katze. Langsam steige ich die Treppe hoch, um keine Milch zu verschütten.

Havva *Hanım* hat die Box mitten im Zimmer auf dem Boden abgestellt und wartet schon auf mich.

»Ein Jammer, das arme Tierchen ist ja ganz verstört. Sollen wir die Tür aufmachen, junges Fräulein?«

»Ja, natürlich. Mach aber die Zimmertür zu, damit er nicht weglaufen kann. Auf dem Balkon kann er treiben, was immer er möchte.«

Die Milch stelle ich in eine Balkonecke. Das Kätzchen flitzt aus der Box und versteckt sich sogleich unter dem Bett.

»Der Arme wird sich erst mal verstecken, bis er sich an die Umgebung gewöhnt hat. Keine Sorge, wenn er Hunger kriegt, dann kommt er schon wieder raus. Gebe Gott, dass er seine Geschäfte nicht unters Bett macht.«

»Dann mache ich es weg, Havva *Hanım*«, sage ich, um ihr gegenüber nicht unhöflich zu sein.

»Das wollte ich damit nicht sagen, junges Fräulein. Du lieber Himmel, das ist doch nicht Ihre Aufgabe!«

»Ach, was. Wenn ich uns schon diese Plage ins Haus geholt habe …«

»Dann hole ich jetzt mal die Wanne«, meint sie und verzieht sich nach unten.

Ich spüre die Aufregung und das Glücksgefühl des Katzenjungen unter meinem Bett, und sofort muss ich an das Grinsen der Katze in meinem Lieblingskapitel aus *Alice im Wunderland* denken, dem Buch, dessen ich in meiner Kindheit nie überdrüssig wurde … Als Alice beim Umherwandern in jenem unbekannten Wunderland an eine Abzweigung kommt, fragt sie eine Katze, der sie begegnet: »Welchen Weg muss ich einschlagen?« – »Das hängt davon ab, wohin du gehen willst«, antwortet die Katze. War es jenes Kapitel, in dem die Katze ständig grinste, oder doch ein anderes? Ich habe es vergessen. Und war es vielleicht gar keine Katze, sondern ein Hase? Egal, wichtig war die Antwort auf Alices Frage. Wohin will ich wirklich? Was habe ich an jener Adresse gesucht, die ich mit zartem Druck aus Kerem Ali herausgepresst hatte, wohl wissend, wie verliebt er in mich ist? Umuts Spuren oder ein Katzenjunges? Begreifen wir, was wir tatsächlich suchen, so wie Teo behauptete, erst dann, wenn wir es gefunden haben? Da stehen sie nun auf dem Sessel, die Tüten mit den Büchern, Papieren und anderen Habseligkeiten, von denen ich noch nichts weiß. Und ich vertreibe mir die Zeit mit meinem kleinen Kater.

Lag es an dem Kater, dass ich es weiter hinauszögerte, mir all diese Dinge anzuschauen, oder hielt mich Angst davon ab? Seit ich glaubte, dass Umut und ich Geschwister waren, und ich diesen Gedanken auch Teo mitgeteilt hatte, war meine Suche kein Spiel mehr. Ich war beunruhigt, fühlte mich unsicher. Plötzlich war mir wie in meiner Kindheit, wenn ich in fieberhaften Träumen in einen tiefen, dunklen Brunnen stürzte, ein Pfropfen meine Kehle verschloss und weder Licht noch Luft durchließ … Doch obwohl er noch nicht aus seinem Versteck aufgetaucht und auf meinen Schoß gesprungen war, um sich streicheln zu lassen, obwohl er noch nicht ganz mein Kater war, wirkte der kleine Felix bereits jetzt wie ein Elixier.

Das Junge kroch zögerlich unter dem Bett hervor, bewegte sich schnüffelnd in Richtung Napf und begann, mit seiner rosa Zunge die Milch aufzuschlabbern. Jawohl! Auch das hätten wir geschafft, mein Kater wird nicht hungern, klasse! Felix, du bist ein schlauer Kater.

Als ich mit ruhigen Schritten auf den Balkon gehe, um das Kätzchen nicht zu erschrecken, fällt mein Blick auf die vollgestopften Tüten. Wie seltsam! Wegen Felix hätte ich beinahe Umuts Sachen vergessen. Vielleicht befindet sich das, wonach ich so lange leidenschaftlich und neugierig gesucht habe, in genau diesen Papptaschen. Aber merkwürdigerweise verspüre ich überhaupt keine Eile, mir Umuts Sachen anzusehen.

Und wenn ich sie einfach Ülkü übergab, so wie sie waren? Eigentlich sollte sie die Sachen aufheben und nicht ich, schließlich war er ihr Sohn. Und was war er für mich? War er mein Bruder?

Felix ist schon wieder verschwunden. Bestimmt hat er sich irgendwo versteckt. Offenbar wird es noch eine Weile dauern, bis er sich eingewöhnt hat und ein Schmusekater wird. Ich spaziere durch mein Zimmer, trage Gegenstände von hier nach da und tue so, als würde ich aufräumen. Dabei hat Havva *Hanım* gerade erst heute Morgen saubergemacht. Ich trete auf den Balkon hinaus. Die Abenddämmerung ist längst hereingebrochen. Tief in meiner Brust verspüre ich eine düstere Leere, die selbst der kleine Kater nicht auszufüllen vermag, ein Gefühl von Sinnlosigkeit und Einsamkeit, das ich seit meiner Kindheit kenne … Hilflos kehre ich zu Umut zurück, zu dem, was ich zu suchen glaube.

Man sagt, Mädchen mögen keine Puzzles, aber ich liebte Puzzles schon als Kind. Umuts Spur zu verfolgen war so einfach wie ein Puzzle mit nur wenigen Teilen – mit dem kleinen Unterschied allerdings, dass einige davon verschwunden waren. Aber womöglich steckte ein entscheidendes Teil zwischen diesen Papieren und Büchern. Vorsichtig nahm ich die Sachen aus den Papptüten und begann sie auf meinem Schreibtisch auszubreiten. Die Bücher legte ich in zwei Stapeln nebeneinander. Auf den ersten Blick schien es Lehrmaterial zu sein: *Leitfaden für die Aufnahmeprüfung zur Universität*, *Elektronik I*, *Einführung in die Informatik*, einige Kunstführer in englischer und französischer Sprache. *Kunstgeschichte des 20. Jahrhunderts*, *Michelangelo*, *Picassos blaue Jahre*, *Altägyptische Kunst* … *Spanische Gitarre im Selbststudium*, *Der kleine Prinz*, ein Science-Fiction-Buch von Isaac Asimov, der vierte Band der in Sophia gedruckten Ausgabe von Nâzım Hikmets *Gesammelten Gedichten*, einige weitere schmale Gedichtbände von Can Yücel, Turgut Uyar, Rimbaud, *Marx' Theorien über den Mehrwert* und seine *Pariser Manuskripte* … Etwa fünfzehn Bücher dieser Art, die mobile Bibliothek eines jungen Mannes. Zwei dicke Ordner mit Aufzeichnungen aus Vorlesungen und Seminaren.

Zwei große gelbe Umschläge mit Zetteln, Briefen, handgeschriebenen Notizen und Postkarten, einige Filzstifte, einige Disketten und ein Büchlein mit Telefonnummern und verschiedenen anderen Kritzeleien legte ich auf einen separaten Haufen. Ganz unten in der Tüte lagen drei winzige Walt-Disney-Helden aus Plastik, die ich beinahe übersehen und mitsamt der Tüte weggeworfen hätte: Tom, Jerry und der Kater Felix.

Weder die Bücher noch die Briefe, nicht die vollgeschriebenen Hefte und auch nicht die Postkarten oder Disketten … Diese komischen drei Tierchen, diese billigen bunten Kinderfigürchen waren es, die mich am Ende dieses ermüdenden, stressigen Tages endlich dazu brachten, mich in den Sessel zu kauern und hemmungslos zu weinen.

Genau in dem Moment tauchte der kleine Kater aus seinem Versteck auf und näherte sich meinem Sessel. Zuerst bemerkte ich ihn nicht, bis er versuchte, an meinen Beinen hinauf auf meinen Schoß zu klettern. Mit jener unglaublichen Sensibilität, die Katzen eigen ist, hatte er gespürt, dass ich so einsam und hilflos war wie er selbst, und meine Trauer mit mir teilen und sich an mir wärmen wollen. Ich drückte Felix an meine Brust, spürte sein heftig schlagendes Herz. Mit seinen winzigen Pfötchen versuchte er, so wie bei seiner Mutter, meine Brust zu kneten und begann schnurrend an den Knöpfen meiner Bluse zu saugen. Ich ließ ihn gewähren, erhob mich vorsichtig und setzte mich an den Schreibtisch. Ich öffnete einen der gelben Umschläge und nahm alle Papiere und Briefe heraus. Beim Eintritt in die Welt des toten Jungen wirkte das warme weiche Wollknäuel auf mein Herz wie ein Mut spendender Zaubertrank aus den Märchen.

Zuerst griff ich nach einem dickeren Heft aus Altpapier mit leicht vergilbten Seiten, deren Kugelschreibereinträge ein wenig ausgeblichen waren. Es musste längere Zeit an einem feuchten Ort gelegen haben. Auf die erste Seite war von Kinderhand *Umuts Tagebuch* geschrieben worden, jeder Buchstabe in einer anderen Farbe, groß und verschnörkelt und sorgfältig schattiert. Es handelte sich nicht um eines der üblichen Tagebücher mit Einband, Schloss und Verzierungen mit Blumen, Vögeln, Schmetterlingen und Blütenzweigen in den Ecken; es war schlicht und schmucklos. Während meiner gesamten Schulzeit war mir kein einziger Junge begegnet, der Tagebuch führte. Vielmehr bereitete es den Jungs höchstes Vergnügen, unsere

Vertrauten, die wir an allen möglichen Orten zu verstecken versuchten, aufzuspüren und in spöttischem Ton aus ihnen vorzulesen. In das teure Buch aus grünem Leder, ein Geschenk meiner Großmutter väterlicherseits, auf dem in Goldbuchstaben *Mein Tagebuch* stand, hatte ich meinen Vater auf die erste Seite schreiben lassen: *Meine geliebte Tochter. Auf dass Du stets schöne Dinge in dieses Buch schreibst, stets glücklich und erfolgreich sein wirst … Dein Dich liebender Vater.* Warum nur *liebender* und nicht *über alles liebender*? Ich erinnerte mich, dass ich bei diesem Gedanken zutiefst enttäuscht gewesen war.

Umuts Tagebuch hatte keinerlei Ähnlichkeit mit meinem. Ich wusste nicht einmal mehr, wo es geblieben war und wie lange ich es geführt hatte. Die Einträge waren mit blauem Kugelschreiber in ordentlicher Handschrift begonnen worden, die noch keinen eigenen Charakter aufwies. Nach den ersten zwei Seiten verschlechterte sich die Schrift jedoch zusehends, wurde nachlässiger, allerdings auch flüssiger. Manchmal war mit Bleistift, manchmal mit einem helleren Kuli geschrieben worden, und hin und wieder hatte er die Buchstaben so zusammengequetscht, als wolle er sparsamer mit dem Platz umgehen. Dabei war das Heft bis auf die ersten fünfzehn, zwanzig Seiten vollkommen leer. Nein, gegen Ende gab es noch ein paar Seiten in französischer Sprache, die ganz offensichtlich von der gleichen Person geschrieben worden waren, nun aber mit reifer, flüssiger und ausdrucksvoller Handschrift.

Mein Blick fiel auf den allerersten Eintrag.

»Liebes Tagebuch, ich habe keinen einzigen Freund, deshalb wirst Du mein bester Freund sein. Ich habe nur noch Mickey, aber das ist eine Katze. Und Katzen verstehen ja nicht alles.

Draußen spielen die anderen Kinder Ball. Wenn sie mich mit-

spielen ließen, würde ich die meisten Punkte gewinnen. Aber meine Oma erlaubt mir nicht, rauszugehen, und die Kinder wollen mich nicht dabeihaben. Du bist ein Milchbub; du kannst nicht gut spielen. Außerdem ist dein Vater Komminist, und was deine Mutter treibt, weiß auch keiner so recht, hat der blöde, fette Sohn vom Stoffhändler gesagt. Was ist ein ›Komminist‹? Nichts Gutes, ganz bestimmt nicht. Das erkennt man schon daran, wie der Junge das gesagt hat und wie die anderen sich benehmen. Wie ein Schimpfwort klingt das, ›Komminist‹.

Zuerst hat uns Ömer Baba verlassen. Wir haben ihn mit Mutter an den Flughafen gebracht, dann sind wir auf die Terrasse gestiegen und haben gewinkt, bis das Flugzeug in der Luft war. Nachdem der Flieger weg war, haben wir Eis gegessen und sind dann in ein Taxi gestiegen. Meine Mutter hat mir ein Zagor- *und ein* Lucky-Luke-*Heft geschenkt. Zeig sie nicht deiner Großmutter, sagte sie. Am schönsten war, dass wir uns, als wir zu Hause waren, auf der Veranda in den Schaukelstuhl setzten und sie mich an die Brust drückte. Wie du gewachsen bist, ein richtig großer Junge bist du geworden, aber du wirst immer mein kleiner Mickey bleiben, sagte sie und schmuste lange mit mir. An dem Tag war ich sehr glücklich. Ich war überhaupt nicht traurig, dass Ömer Baba weg war. Ich habe ihn sowieso nicht oft gesehen. Und meine Oma spricht immer schlecht über ihn. Er sei derjenige, der meine Mutter vom rechten Weg abgebracht und zum Komminist gemacht hätte. Ich habe meine Mutter sehr lieb.«*

Auf einer anderen Seite hatte er ein paar Zeilen mit Bleistift hingekritzelt:

»Heute Morgen bin ich aufgewacht, weil Mutter und Oma gestritten haben. Mutter sagte, sie muss für ein paar Tage woanders hin und kann mich nicht mitnehmen. Sie flehte Oma an zu sagen, sie sei im Ausland, falls sie kämen und nach ihr fragten. Ich stand auf und öffnete die Zimmertür. Es sah aus, als hätte

meine Mutter Angst. Gehst du jetzt weg wie mein Papa, fragte ich sie. Ach was, erwiderte sie. Vielleicht bin ich ab und zu mal für ein paar Tage nicht zu Hause, wenn ich etwas Dringendes zu erledigen habe. Aber mach dir keine Sorgen, ich lasse meinen kleinen Mickey nicht allein, niemals. Doch genau das tat sie … Sie ließ mich allein.

Anfangs kam sie zwischendurch immer wieder nach Hause. Nie sagte sie, wann sie das nächste Mal zurückkehren würde. Wie sagt der Fuchs in Der kleine Prinz? *Es wäre besser gewesen, du wärst zur selben Stunde wiedergekommen. Wenn du zum Beispiel um vier Uhr nachmittags kommst, kann ich um drei Uhr anfangen, glücklich zu sein. Je mehr die Zeit voranrückt, umso glücklicher werde ich mich fühlen. Um vier Uhr wird mich bereits die Unruhe packen; ich werde erfahren, wie teuer das Glück ist.*

Diese Sätze lernte ich auswendig, um sie eines Tages meiner Mutter aufzusagen. Aber ich konnte es nicht. Ich erzählte ihr, dass die Kinder mich nicht mochten und nicht mit mir befreundet sein wollten. Vater und du, ihr seid Komministen, sagte ich. Sie werden euch schnappen, weil ihr schuldig seid. Lass dich bloß nicht schnappen, Mutter, und sei auch kein Komminist.

Du bist inzwischen groß, du kannst das verstehen, sagte meine Mutter. Die da oben mögen Leute wie uns nicht. Weil wir wollen, dass nicht nur die Reichen, sondern alle gut leben sollen, dass alle Kinder satt werden, zur Schule gehen, Spielsachen haben und niemandes Eltern im Gefängnis landen oder ermordet werden. Wir wollen, dass niemand zur Arbeit gezwungen wird, dass nicht die sich eine goldene Nase verdienen, die sich nichtstuend auf dem Rücken der anderen ausruhen, sondern diejenigen, die die Arbeit verrichten. Wir wollen, dass es keinen Krieg gibt, keiner im Krieg sein Leben verliert und all das Geld, das der Staat für Waffen und Bomben ausgibt, für das Wohl unserer Kinder verwendet wird.«

Auf einer anderen Seite befand sich ein wunderschönes

Bild einer Katze. Schwarzweiß, vielleicht irgendwo abgezeichnet. Umut hatte die Katze auf ein rotgrün geblümtes Kissen gesetzt.

»Meine Katze heißt Mickey. Meine Mutter sagte immer ›mein Mickey‹ zu mir. Und ich sage ›mein Mickey‹ zu meiner Katze. Inzwischen habe ich es aufgegeben, den anderen Kindern zu erzählen, dass meine Eltern nur Gutes tun, dass sie gar keine ›Dingsbums‹ sind. Die verstehen das sowieso nicht. Aber Mickey versteht es. Ihm erzähle ich, was für riesige Hände Ömer Baba hat, wie groß er ist, wie er Tag und Nacht dafür arbeitet, dass alle Kinder Spielsachen bekommen, ihre Väter nicht unterdrückt oder umgebracht werden, wie er wie Superman gegen die Bösewichte kämpft, dass er unbesiegbar ist, sich gerade auf einer geheimen, von Flammen umgebenen Festung befindet und eines Tages zurückkehren wird, um alle bösen Menschen zu besiegen. Mickey hört mir zu und schnurrt.«

Hier endete der Eintrag. In die untere rechte Ecke war sorgfältig ›Umut Murat Ulaş‹ geschrieben worden, jedes Wort in einer anderen Farbe, hellorange, grün und violett; daneben stand in einem winzigen, knallroten Herz in schwarzen Lettern MAMA, und beides war mit einer verschnörkelten Linie verbunden.

Auf einigen Seiten gab es Skizzen, die für ein Kind recht komplex aussahen: ein Auto, ein Flugzeug, ein Raumschiff sowie Zeichnungen reichlich wirrer Phantasiemaschinen, bei denen große und kleine Zahnräder, Antriebsriemen, Ketten, elektrische Leitungen und Räder miteinander verbunden waren. Danach ging es mit Bleistift weiter in Umuts Erinnerungen, in nachlässiger Schrift, abgehackten Sätzen oder Stichworten. Diese Passagen waren offenbar später geschrieben worden, als sei das Heft für eine Weile in Vergessenheit geraten und dann wiederaufgetaucht. Die

Handschrift war noch flüssiger geworden, dafür war sie schwerer zu lesen.

»›Guck doch nicht so‹, sagt meine Oma. Ich weiß nicht, wie ich nicht gucken soll. Warum sie zu verbergen versucht, dass sie ihre Nase hochzieht und heimlich weint, und nicht einfach sagt, ›Das ist viel Arbeit, lass mich in Ruhe‹, sondern Unmengen von meinen heißgeliebten Pfannkuchen mit Aprikosenmarmelade macht und mir erlaubt, davon zu essen, bis ich beinahe platze, verstehe ich auch nicht.

Ist meine Mutter jetzt drei oder schon vier Jahre fort? Am Anfang schickte sie noch kleine Geschenkpakete, Ansichtskarten, die mit ›Mein kleiner Mickey‹ anfingen, oder kurze Briefe, doch seit einer Weile kommt gar nichts mehr.

Ich bin ein Kind ohne Vater und Mutter. In der Schule nennt man das höflich ein Kind, ›dessen Familie im Ausland lebt‹. ›Komisches Omakind‹, wenn es nach den Mitschülern geht. Ein Junge, der keine Markenklamotten trägt, den die Mädchen nicht mögen und der nicht zu Partys eingeladen wird. Wenn die Mädchen morgens in die Klasse gehen, wird jeder einzelne Junge auf die Wangen geküsst. Nur mich überspringen sie irgendwie immer. Bin ich etwa unsichtbar? Vielleicht liegt es auch daran, dass ich kein gutes Duftwasser benutze. Die anderen Jungen haben alle teure Herrenparfums. Ich werde etwas von meinem Taschengeld sparen und mir Davidoff oder Burberry for Men kaufen. Ob es wohl etwas nützt?«

Auf der nächsten Seite nur einige kurze Sätze: *»Ich vermisse Mama sehr. Wahrscheinlich sehe ich sie nie wieder. Will ich auch gar nicht. Ich bin so einsam. Ich werde einsam sein, aber stark wie Superman.«*

Dann folgen kurze Einträge, alle mit verschiedenen Stiften geschrieben, manche mit, manche ohne Datum:

»Ich habe sie gesehen. Sie brüllten Parolen, trugen Pappen

mit Aufschriften und reckten die Fäuste in die Luft. Wir kamen gerade aus der Schule. Wir liefen zusammen mit Burak auf der İstiklâl Straße in Richtung Taksimplatz. E.T. *war gerade in den Kinos angelaufen, und wir wollten in die 16-Uhr-30-Vorstellung. Urplötzlich traf mich von hinten ein kräftiger Tritt, und ich ging zu Boden. Meine Tasche fiel auf die Straßenbahnschienen. Als ich mich wieder aufrichtete, um meine Bücher und Hefte einzusammeln, sah ich all die jungen Leute, die zu flüchten versuchten und dabei alles und jeden aus dem Weg stießen, und die Polizisten mit Helmen und Schildern, die sie verfolgten. Ich zog mich schleunigst in den Eingang eines Geschäfts zurück. Der Händler, der herauskam, um zu begreifen, was da vor sich ging, meinte: ›Die jungen Leute demonstrieren schon wieder ohne Genehmigung. Gebe Gott, dass nichts Schlimmes passiert.‹*

Ich hatte große Angst, aber irgendwie gefiel mir das Ganze auch.

Heute Nacht habe ich von meiner Mutter geträumt. In meinem Traum war ich noch sehr klein. Ich wollte an ihrer Brust Milch trinken, aber sie sagte, ich sei nun ein großer Junge. Ich versuchte, mir ihr Gesicht vorzustellen. Aber ich kann mich nicht mehr daran erinnern.

Vielleicht wurde ich ja auch adoptiert. Meine Oma meint, dass ich weder meiner Mutter noch meinem Vater ähnlich sehe. Wenn man sie fragt, dann ähnle ich meinem Großvater, also ihrem früheren Mann. Sie zeigte mir seine Fotos, aber ich kann nicht die geringste Ähnlichkeit entdecken. Wie Mutter aussieht, habe ich inzwischen vergessen. Ich habe kein einziges Bild von ihr, und Oma hat alle Fotos zu Hause eingesammelt. Für den Fall, dass die Polizei kommt und Fragen stellt. Zum Teufel mit den Mistkerlen!«

Auf einer anderen Seite ein Datum und ein Eintrag, der fast die ganze Seite ausfüllt: *»3. Juli 1987 – NACHRICHT*

VON MUTTER. SIE WILL, DASS ICH ZU IHR KOMME. IST ES NICHT ZU SPÄT?«

Dann folgten Aberdutzende von leeren Seiten, bis schließlich die französischen Einträge begannen. Fünf, zehn Zeilen aus Corneilles *Le Cid*, Leconte de Lisles *Le Sommeil du Condor*, Lamartines *Le Lac* und Rimbauds *Le Bateau Ivre* … Kurze Anmerkungen über die Klassiker, die Parnassiens, die Romantiker und neue Strömungen: Unterrichtsnotizen über französische Literatur, besser gesagt knappe Stichworte, die Spickzetteln ähnelten. Da es sich um Gymnasialstoff handelte, stammten diese Mitschriften wohl aus der Zeit, nachdem er zu seiner Mutter nach Paris gezogen war.

Auf einer anderen Seite hatte er das Heft im Querformat verwendet und auf Türkisch festgehalten:

Ich versuche mich mit ihr anzufreunden, aber umsonst. Ihr Gesicht und ihr Geruch sind anders geworden. Sie hat abgenommen, sieht blass und müde aus. Sie ähnelt den kühlen Schauspielerinnen aus französischen Filmen. Sie will sich mir nähern, findet aber nicht die richtigen Worte. Und sosehr ich mich auch anstrenge, ich empfinde keine Nähe zu ihr. Weit weg von ihr meinte ich, sie zu vermissen, doch jetzt gehe ich entweder aus dem Haus oder ziehe mich unter dem Vorwand, lernen zu müssen, in mein Zimmer zurück. Echte Gespräche finden zwischen uns nicht statt. Manchmal reden wir oder tun zumindest so als ob: ›Wie läuft es in der Schule? Hast du Freunde gefunden? Wenn dein Französisch nicht ausreicht, kannst du Nachhilfeunterricht nehmen. Wenn du Lust hast, fahren wir übers Wochenende raus aus der Stadt. Kommst du mit deinem Taschengeld aus? Brauchst du sonst etwas? Was möchtest du essen? Soll ich Pommes machen?‹

Ich glaube nicht, dass meine Antworten sie interessieren. Aufschlussreich ist auch, dass sie nie fragt, wie es mir bei meiner

Großmutter ergangen ist. Nur ein einziges Mal fragte sie nach dem Katzenjungen, das sie mir vor ihrer Abreise geschenkt hatte. Ich erzählte ihr, dass es weggelaufen war und wir es trotz emsiger Suche nicht wiedergefunden hatten. Sie fragte nach seinem Namen. Ich log und sagte Boncuk.

Ich bin wie eine Aufgabe, die sie zu bewältigen versucht, wie eine Schularbeit. Sie bemüht sich, sie will es schaffen, will ihre Sache sogar gut machen. Aber es gelingt uns beiden nicht.

Wer bist du, Mutter? Wer bin ich? Ich hatte einen Vater. Hatte ich einen? Wo ist er? Hattest du ›In Moskau‹ gesagt? Ihr hattet euch dafür eingesetzt, dass alle Kinder dieser Welt ohne Krieg und Elend aufwachsen sollten, bei ihren Müttern und Vätern, so war es doch, nicht wahr? Schön, und wo sind meine Eltern?«

Auf einer der nächsten Seiten wiederum stand ein Zitat, diesmal trotzig in winzigen Buchstaben geschrieben, die man in der Schule als Fliegendreck bezeichnet hätte: *»Du bist zeitlebens für das verantwortlich, was du dir vertraut gemacht hast. Du bist für deine Rose verantwortlich … Du hast mir den* Kleinen Prinzen *zum Lesen gegeben, aber du hast es nicht geschafft, für die Rose verantwortlich zu sein. Ihr habt mich hereingelegt.«*

Und dann, in völlig veränderter, wilder Handschrift: *»Ich will auf meinen eigenen Planeten zurück. Ich will mich selbst finden. Meine Freundin, die Schlange, wird zur Verabredung in die Wüste kommen. Ich habe keine Rose, aber vielleicht erwartet mich der Fuchs oder auch die Katze. Le desert est beau, parce qu'il cache un puit quelque part (Es macht die Wüste schön, dass sie irgendwo einen Brunnen birgt).«*

Ich schloss das Heft. Zu mehr fehlte mir die Kraft. Ich hatte Umut finden wollen. Hier war er nun, nicht der tote, sondern der lebende. Verstört, verschmäht, mutterseelenallein, ein Kind auf der Jagd nach Liebe; der kleine

Prinz steckte in diesem Heft, zwischen all diesen Notizen und Bildern, betrogen von der Rose, verlassen von dem Fuchs und sogar von seiner Katze. Er war auf den Planeten seiner Mutter gekommen, in der Hoffnung, den in der Wüste verborgenen Brunnen zu finden, aber sie konnten einander nicht erreichen, gemeinsam das Wasser nicht finden. Und so war er auf seinen eigenen Planeten zurückgekehrt.

Den zweiten Umschlag ließ ich ungeöffnet, sah mir aber noch die Fotos und Postkarten aus dem ersten an. Ein Kinderfoto mit Fahrrad ähnlich dem, das Teo in Ülküs Haus gefunden hatte, eine Aufnahme mit einigen Freunden auf der Istanbuler Galata-Brücke, eine andere mit Ülkü vor Notre-Dame in Paris, und eine gestochen scharfe Vergrößerung eines Passfotos.

Ich stand auf und kramte meinen Führerschein aus meiner Handtasche, die ich auf das Bett geworfen hatte. Ich legte Umuts Passfoto neben das Bild in meinem Führerschein. Mit der rechten Hand deckte ich den Bereich unter den Augen ab. Beide Personen sahen mich mit demselben Blick an, während ich sie fragend musterte.

Felix, der des Saugens an meinen Blusenknöpfen mittlerweile überdrüssig geworden war und sich auf dem Tisch ausgestreckt hatte, begann urplötzlich mit einem verrückten Spiel. Er wollte seinen Schwanz fangen, drehte sich zwischen den Papieren und Fotos wie wild um die eigene Achse. Zeitungsausschnitte, Zettel und Heftseiten flogen herum. Und der Kater vollbrachte ein Wunder. Ein kleiner viereckiger Papierfetzen wurde von seinen Pfoten in die Luft gewirbelt und segelte zu Boden. Ich bückte mich und hob ihn auf. In der Mitte war ein Viereck aus 7 × 7 Rechenkästchen, das mit Zahlen vollgeschrieben war.

Es sah aus wie eines dieser Rechenrätsel, bei denen beim Zusammenzählen der Zahlen von links nach rechts, von oben nach unten und manchmal auch diagonal das gleiche Ergebnis herauskommen muss. Ich erinnerte mich, dass uns in der Mittelschule unser Mathelehrer die Version mit fünf Zahlen als Hausaufgabe gestellt hatte und ich ziemlich herumrechnen musste, bis ich es heraushatte. Zuerst hielt ich den Zettel für ein solches Rechenspiel. In der oberen linken Ecke stand eine 8. Ich addierte einige Reihen von oben nach unten und dann von links nach rechts. Nein, die Ergebnisse stimmten in keinem Fall überein. So wie ich gerne puzzle, so löse ich auch gern solche Aufgaben. Bestimmt gab es eine andere Logik in diesem Rätsel, das Umut wahrscheinlich an einem langweiligen Tag kreiert hatte; sicher steckte ein Geheimnis hinter diesen 49 Zahlen. Obwohl ich wusste, dass es unsinnig war, versuchte ich es damit, die letzte Reihe von unten nach oben zusammenzuzählen. Links unten stand eine 4. Von dort aus las ich jede Zahl einzeln, ehe ich die siebenstellige Zahl noch einmal laut wiederholte. Im selben Augenblick wurde mir schlagartig bewusst, wie oft ich diese Nummer schon auf dieselbe Art und Weise unter Betonung jeder einzelnen Zahl ausgesprochen hatte: Es war die Geheimnummer unseres Hauses in Ankara, die nicht im Telefonbuch stand, sondern nur an engste Freunde weitergegeben wurde!

Ich hatte das Rätsel um die siebenstelligen Reihen gelöst. Auf dem Zettel waren von oben nach unten, von unten nach oben, von links nach rechts und rechts nach links, vielleicht sogar diagonal, jede Menge Telefonnummern notiert. Drei der Nummern waren mir besonders vertraut: die von zu Hause und die meines Vaters im Außenministerium … Die Nummer, die rechts unten mit einer

4 begann und mit einer 8 endete, kannte ich, aber ich erinnerte mich beim besten Willen nicht, woher. Genau in dem Moment fiel mein Blick auf den kleinen Kater, der auf mein Bett zu klettern versuchte, und da wusste ich es wieder. Es handelte sich um die Nummer des Hauses, das ich heute besucht hatte. Als ich ins Taxi gestiegen war, hatte ich sie ein paarmal vor mich hin gesagt, um sie nicht zu vergessen.

III

Teo und ich lieben uns in dem kleinen Schlafzimmer auf dem schmalen Einzelbett aus meiner Jugendzeit. Das Licht, das durch die kleinen herzförmigen Öffnungen der fest verschlossenen Fensterläden hereindringt, bricht sich im Spiegel und wird an die niedrige Decke reflektiert.

An wie viele Dinge ich mich noch erinnern kann! Wie ich mir als Kind an Ferientagen, an denen man nicht früh aus dem Bett springen musste, morgens die Zeit vertrieb mit den Spiegelungen des Lichts, das durch die Löcher in den Holzläden an die Wände fiel; an die Figuren, die ich an verschneiten, kalten Wintertagen an die beschlagenen Fensterscheiben malte; wie wir uns als junge Mädchen hier hinter verschlossener Tür gegenseitig von unseren ersten Liebeleien und unserem ersten Herzklopfen erzählten; an die Liebesbriefe, die ich im Schneidersitz auf dem Bett an Arın schrieb, die verbotenen Publikationen, revolutionären Pamphlete und Zeitschriften, die ich hinter dem Einbauschrank in der Ecke versteckte; ich erinnere mich an Umut, sein herzzerreißendes Kleinkindlächeln, wenn er nach dem Aufwachen in seinem zu großen Schlafanzug mit den Micky-Mäusen in der Tür stand … Nein! Daran darf ich jetzt nicht denken. Ich muss dieses Bild verdrängen und meine Erinnerung stattdessen auf den Garten lenken.

Wenn ich aufstand und die Fensterläden öffnete, strömte je nach Jahreszeit der Duft von Geißblatt, Levkojen, Clematis, Viola oder Basilikum ins Zimmer. Gleich vor dem Fenster wuchsen weiße Lilien, die mein Vater gepflanzt hatte und deren Blätter und Sprösslinge er jeden Nachmittag, wenn er von der Schule heimgekommen war, einzeln zählte. Mit erwachender Pubertät versuchte ich durch den Anblick jener Lilien, die im Lichte der Abenddämmerung noch weißer erschienen, mein vor Sehnsüchten und undefinierbaren Gefühlen überschäumendes Herz zu bändigen. In diesem Teil unseres kleinen Gartens war die Erde übersät von Erdbeerstecklingen, die sich auf unerwartet vorwitzige Weise immer weiter ausbreiteten, im Frühjahr kleine weiße Blüten ausbildeten und, wenn es erst einmal Juni geworden war, zwischen dunkelgrünen Blättern rosafarbene Arnavutköyer Erdbeeren verbargen. Vom Fenster aus waren Akazienbäume zu sehen, die im Frühling einen intensiven Duft bis ins Zimmer verströmten. Ich erinnere mich an so viele Dinge, so viele Details. Bedeutet sich zu erinnern, dass man alt wird?

In meinem Elternhaus, in dem streng moralische Vorstellungen, eine Atmosphäre tiefer Verschwiegenheit und die sexuellen Tabus einer republikanisch gesinnten Lehrerfamilie herumgeisterten, mit Teo zu schlafen, verleiht meiner Lust einen Beigeschmack von Sünde. Wir lieben uns behutsam – ein Liebesakt, verklemmt und scheu, der die Hürden des Verstandes, der Erinnerung und des Körpers nicht überwinden kann, ein Liebesakt, in dem beide den Körper, den sie jeweils umarmen, als »den anderen« sehen, in dem sich keiner vom eigenen Körper abstrahieren kann.

Eine fleischliche Begegnung, die weder der Kraft der in mir aufkeimenden sexuellen Lust noch meinen Phantasien und Hoffnungen gerecht wird.

Woher rührt diese Verklemmtheit? Weil ich unsicher bin wegen meines alt gewordenen Körpers, meiner erschlafften Brüste – na gut, davon merkt man nichts, wenn ich auf dem Rücken liege –, meiner runzligen, spröder werdenden Haut, den feinen Linien in meinem Gesicht, meiner trockenen und von braunen Flecken gezeichneten Hände? Von seiner Zurückhaltung, die genährt wird von anerzogenen Tabus und gesellschaftlicher Missbilligung, wenn er mit einer Frau schläft, die älter ist als er? Vielleicht daher, dass er sich der Betagtheit dieses Körpers bewusst wird, den er liebkost, und des Mundes, den seine Lippen berühren? Oder hat es mit den Geistern der Lebenden und Toten zu tun, die zwischen uns herumspuken?

Wenn das so weitergeht, wenn dieses Zusammentreffen unserer nackten Körper nicht mehr ist als ein »Akt«, bei dem wir uns um einen »befriedigenden« Ausgang bemühen, um einander nicht zu beschämen, werde ich weder ihn noch jemals wieder einen anderen begehren, werden mich das Schuldgefühl und die Reue Teo, Derin und Arın gegenüber nie wieder loslassen. Mein bisheriges Sexualleben hat mir gezeigt, dass nur der Liebesakt jenseits des bloßen »miteinander Schlafens« eine Konfrontation sein kann, die wider alle äußeren Vorwürfe und persönlichen Reuegefühle ihre Berechtigung in sich trägt. Ich habe nie die Vorstellung geteilt, dass Mann und Frau beim Sexualakt eins werden, jene stereotype Vorstellung, die unverzichtbarer Bestandteil schlechter Literatur ist. Ich habe diese Erfahrung nie gemacht. Beim Liebesakt, der über das bloß Geschlechtliche hinausgeht, ja sogar über den Orgasmus, der in letzter Zeit immer stärker zu einem Allerweltsbegriff breitgetreten wird, vervollständigen sich eigentlich die Partner jeweils für sich, kommen mit sich ins Reine; so wie der Gläubige sich durch seinen Glauben vervollständigt, mit Hilfe des Glaubens seine Identität findet und mit sich ins Reine kommt …

Nun denke ich, dass meine Rückkehr auf Derins Drängen hin, obwohl ich das gar nicht wollte, ja, mich sogar davor fürchtete, ein Spiel des Schicksals war: ein Spiel, bei dem sich der Körper Teos, der ein Tor suchte, und der Körper einer Frau, die nichts mehr suchte, treffen sollten … Ich hatte mir eine Menge Ausreden überlegt, um nicht nach Istanbul zurückkehren zu müssen. Die Auflösung der Wohnung in Paris etwa, meine Abfindung nach der Kündigung oder die Beantragung des Vorruhestandes. Im Grunde genommen hatte ich Angst davor, wieder irgendwo ganz von vorne anfangen und heimisch werden zu müssen. Mir kam es entgegen, ein Nomadendasein zu führen, ein Leben wie eine Reise, die mit dem Tod endet. Derin aber hatte mit der ihr eigenen Sturheit, die einen ab und an zermürbte und am Ende in die Knie zwang, ständig wiederholt, dass ich so bald wie möglich zurückkehren müsste.

Wieder gewann sie. Ich erledigte alsbald meine Angelegenheiten, und mit dem Wunsch, dass es diesmal endgültig sein möge, reiste ich zurück. Sie holte mich vom Flughafen ab. Immer wieder hatte sie darauf bestanden, dass wir uns umgehend sehen müssten.

»Ich bringe dich zu uns nach Hause«, sagte sie. »Du weißt ja, in dem kleinen Haus hast du vorübergehend einen Mieter, der aber auszieht, wenn du es wünschst. Wenn du dich entschieden hast, was du tun willst, geben wir Teo Bescheid.«

»Heute Nacht bleibe ich erst mal bei einer Freundin. Hätte ich es bloß nicht so eilig damit gehabt, das Haus zu vermieten. Wenn ich gewusst hätte, dass ich so bald zurückkomme …«

»Daran habe ich auch schon gedacht. Aber dein Mieter ist sehr nett, ein sehr kultivierter Mann. Weder ganz *rum* noch ganz Amerikaner. Ein Weltbürger mit einer Prise Türkei und einem ordentlichen Schuss Byzanz. Eine seltsame Mischung, aber das wirst du selbst sehen. Mit dem Haus wird er dir keine Schwierigkeiten machen, da bin ich mir sicher. Geld scheint keine Rolle zu spielen, wenn nötig, sucht er sich etwas anderes oder zieht für eine Weile in ein Hotel. Er hält sich sowieso kaum zu Hause auf, ist den ganzen Tag unterwegs. Zum Wintersemester wird er wieder an seine Universität in den USA zurückkehren. Mach dir keine Sorgen, ich habe mit Teo gesprochen. Wenn du willst, können wir gleich bei ihm vorbeigehen, damit du ihn kennenlernen kannst. Im Grunde könntet ihr sogar für eine Weile gemeinsam dort auskommen. Du kannst aber auch gern bei uns bleiben.«

»Dann lass uns zuerst ins kleine Haus gehen. Mit einem fremden Mann die Wohnung zu teilen behagt mir gar nicht. Aber für ein, zwei Tage kann ich mich vielleicht darauf einstellen.«

Ich war wütend auf sie, weil sie mich zu dieser überstürzten Reise gezwungen hatte. Die Idee, dass ich mir das Haus mit Teo teilen sollte, spukte ihr bestimmt schon länger im Kopf herum, und nun stellte sie mich vor vollendete Tatsachen. Ich schwieg und zog eine finstere Miene.

Teo empfing uns, als wären wir seine Gäste. Er hatte kalte

Getränke, Obst und Knabberzeug bereitgestellt. Er wusste also von unserem Kommen. Im Gegensatz zu Derin und mir wirkte er locker und unbeschwert. Er meinte, er könne problemlos in Kürze ausziehen, sogar noch an diesem Abend. Ohnehin arbeitete er, so wie er erzählte, seit einer Weile in der kleinen Cihangirer Wohnung von Professor Mete Ünsalan, die dieser als Bibliothek und Arbeitsraum benutzte; gelegentlich bliebe er aus Bequemlichkeit auch über Nacht dort.

In der seltsamen Atmosphäre dieses Häuschens, in dem die Zeit stehen geblieben zu sein schien und die Erinnerungen das Heute verdrängten, kamen mein Überdruss und meine Langeweile mit der Entspanntheit und Natürlichkeit dieses Mannes zusammen, und plötzlich erschien mir die vorher noch inakzeptable Idee, eine Zeitlang zusammenzuwohnen, zunehmend annehmbar und reizvoll.

»Das kleine Zimmer steht leer, ich habe noch nicht mal die Tür aufgemacht«, meinte Teo, als könne er meine Gedanken lesen. Seine Stimme klang freundlich und einladend. Ich betrachtete ihn zum ersten Mal ein wenig genauer. Er sah aus wie fünfunddreißig, allerhöchstens vierzig. Er war keiner, der einem sofort auffiel, weder besonders gutaussehend noch imposant. Er besaß vielmehr die Attraktivität eines Mannes, der die Sexualität überwunden zu haben schien, als sei er sich des anderen Geschlechts nicht bewusst, der nicht den Coolen spielte, sondern tatsächlich *cool* war. Seit langem war ich nicht mehr mit einem Mann zusammen gewesen. Die Angst, die ich zu verdrängen versuchte: Sexualität nicht noch einmal als Enttäuschung zu erleben, nicht als Sexualobjekt betrachtet zu werden, das Unbeantwortetbleiben körperlicher Lust, das langsame Sterben meiner Weiblichkeit … Ich spürte, dass es die physische Nähe eines Mannes war, die meine innere Leere ausfüllen würde, wenn auch nur für kurze Zeit. Mein ganzes Leben lang hatten Schmerz, Trauer und Niederlagen meine sexuelle Lust nicht gemindert, sondern sogar erst entfacht – eine animalische, instinktive Reaktion, ein auf das körperliche Weiterleben gerichteter Reflex, gleich der Erektion, die bei Männern zu beobachten ist, die zur Hinrichtung geführt oder gefoltert werden.

Fünfzig Jahre hatte ich hinter mir gelassen. Im Laufe meines Lebens hatte ich gelernt, dass in der Liebe nicht das Objekt der Begierde, sondern das Bedürfnis des Begehrenden vorrangig war, dass wir, so wie im Glauben, auch in der Liebe das Objekt nach unseren Bedürfnissen, Sehnsüchten und Gefühlen erschaffen. Nach all dem Unglück, das ich wie ein Magnet angezogen hatte, war ich nun an einem Wendepunkt angekommen. Würde ich die Schwelle überschreiten können? Die Erkenntnis, die Zeit nicht zurückdrehen zu können, überwog bei weitem das Gefühl von Trauer und Gram, fühlte sich an wie die endlose Reue über einen ungewollten Mord. Am Wendepunkt angekommen, benötigte ich eine Emotion, eine Hoffnung, an der ich mich festhalten konnte, um dann zu entscheiden, ob ich mir auch die zweite Hälfte des Films ansehen würde. Am einfachsten war vielleicht, sexuelle Befriedigung unter der Bezeichnung Liebe zu erleben.

Ich muss gestehen, dass ich ihn verführt und gegen seinen Willen in diese Beziehung gedrängt habe. Seine Gleichgültigkeit hatte meine Neugier geweckt. Den Schritt, den man vom Mann erwartet, tat ich mit der Unverfrorenheit einer reifen Frau. Ich muss zugeben, dass er zunächst widerstand, ja, sich wahrscheinlich sogar fürchtete. Um mich nicht zu beschämen, griff er dann nach meiner ausgestreckten Hand.

So darf dieser Liebesakt nicht weitergehen. Die Lichtreflexe aus den herzförmigen Öffnungen der Fensterläden, die weißen Lilien, die Erdbeeren vergangener Tage, das Gesicht meiner Mutter in der Tür, der kleine Umut im Micky-Maus-Schlafanzug – all die Dinge, die in diesem Zimmer passiert sind – dürfen nicht zwischen uns stehen. Als er seinen Kopf an meinen Busen drückt und an meinen Brustwarzen zu saugen beginnt, halte ich sie ihm wie einem Baby zum Stillen hin. Ich weiß nicht, welche Versuchung, welcher Impuls, welche teuflische Vorahnung mich verleitet, aber ich flüstere: »Mein Sohn.« Ich wiederhole es noch einmal, als ich ihm die andere Brust hinhalte, ohne zu wissen, dass dies das Schlüsselwort ist, um die lustvollen Wege der sexuellen Sünde und des Tabus zu ebnen.

Der kurze Moment, als ich diese beiden Worte ausspreche, erstarrt zu einem einzelnen Filmbild. Ja, denke ich: Er wird jetzt aufstehen, völlig verwirrt Reißaus nehmen, während ich, beschämt über diesen verbalen Inzest, allein im Bett zurückbleibe. Doch dann hebt sich sein auf mir liegender Körper, senkt sich sofort wieder auf mich herab. Ich höre, dass er etwas auf Griechisch sagt: *»Mama, manula mu, poli oreyaise mama …«* Mir wird übel, allerdings nicht aus Ekel, sondern aufgrund der Befriedigung, die diese schwerste aller sexuellen Sünden mir bereitet hat. Es gibt weder den Lichtschein an der Decke noch unsere Körper, weder Scham noch Verklemmtheit; gemeinsam rollen wir hinab in die Abgründe der Perversion. Nicht Liebe, sondern das Gefühl der Sünde fesselt uns aneinander. Das ist viel mehr, als ich gesucht und erwartet habe. Es ist besser als Sex: ein körperlicher Wahnsinn.

Während wir müde und entspannt nebeneinanderliegen, meint er entschuldigend: »Als ich meine Mutter im Geheimzimmer des Ateliers zwischen all den Skulpturen und Gemälden beim Sex mit dem gutaussehenden Schreiner entdeckte, dachte ich, ich würde vor Angst, Aufregung und Lust sterben.«

Er spricht Englisch. Ich verstehe, dass er das Intime, die ans Licht getretene Sünde in einer anderen Sprache offenbaren möchte. Schlagartig geht mir auf, warum er das tut. Weil er Ausländer ist, weil er zu keiner meiner Erinnerungen irgendeinen Bezug hat. Wir teilen nicht die gleichen Sorgen, haben keine gemeinsame Sprache, keine gemeinsame Geschichte oder Überzeugung. Außerdem stellt er mir keine Fragen über meine Vergangenheit, meine Erlebnisse, über Umut oder Derin. Ich wählte ihn, weil er in keinem Land verwurzelt war, sich keinem Glauben verschrieben hatte und ein in der Welt umherziehender Fremder geblieben war. Weil er keine Heimat hatte.

»Ich hatte mich in meine Mutter verliebt. Ich begann, sie anzubeten wie eine Ikone. Ich war der sündige Sohn. Meine Mutter war eine wunderschöne Frau. Aber sie war nicht Venus, sie war die Jungfrau Maria, unsere Heilige Mutter. Die unverzeihliche Sünde, Maria beim Liebesakt beobachtet zu haben, war eine Obsession, von der ich mich befreien musste. Und dazu musste diese Obsession ans Tageslicht, sie musste durchlebt und überwunden werden.«

Ein mieses Gefühl, eine Schwermut ergreift Besitz von mir. Ging es mir wirklich nur um Sex, als ich mir in den Kopf setzte, mit Teo zu schlafen? Oder steckte etwas anderes dahinter, das ich mir selbst nicht eingestehen wollte? Als alle Äste, an denen ich mich hätte festhalten können, abgebrochen waren, tauchte plötzlich ein zarter, zerbrechlicher Zweig vor mir auf, an den ich mich in letzter Sekunde klammerte; eine Herbstliebe, die vielleicht an die Stelle alles Vergangenen und Verlorenen treten konnte. Dabei hatte Teo mir unwissentlich ein goldverziertes Psychologiediplom in die Hand gedrückt, mich zur Psychotherapeutin gemacht, die auch im Bekanntenkreis ohne weiteres zu empfehlen gewesen wäre.

»Ich hatte keine Ahnung von deinen sexuellen Obsessionen. Ich weiß auch nicht, was mich dazu getrieben hat. Vielleicht ist mir das einfach so herausgerutscht, weil ich mich unwohl fühle wegen meines Alters. Wenn ich es mir jetzt überlege, dann hätten wir nicht miteinander schlafen sollen.«

»Mach dir keine Gedanken. Du hast, wenn auch ohne es zu wissen, den Schlüssel gefunden, dieses Schloss in mir geknackt.«

Liebevoll streichelt er meine Hand. Ein schwarzer Skorpion, der sich in meiner Brust festgekrallt hat, ist im Begriff, aus meinem Mund zu entweichen …

Mit dem Rätsel um das Judasbaumtor und seinem geheimnisvollen Gedicht im Gepäck war Teo in einer Phase in unser Leben getreten, in der wir ohnehin mit unseren Gefühlen kämpften und Mühe hatten, mit den Ereignissen fertig zu werden.

Die Zeilen unbekannten Datums, deren historische Authentizität zweifelhaft war, klangen verführerisch. Ich war mir allerdings nicht sicher, inwieweit Teos Übersetzung stimmte. Ich glaubte, dass Teo, genau wie Derin, mehr an der Suche als am Finden interessiert war. Und deshalb war wohl auch der Ort der Suche entscheidend und nicht das gesuchte Objekt: die Stadt, in der er geboren und aufgewachsen war und die er mir gegenüber so beschrieben hatte: »Die Stadt, deren Herren und Eroberer jahrtausendelang ›die anderen‹ waren und die jeden zum ›anderen‹ macht«.

Ich erinnere mich an den Tag, an dem wir gemeinsam nach Ayvansaray fuhren. Als wir am Blachernen-Palast vorbei an der Stadtmauer entlang die steile Straße hinunter zum Turm des Anemas stiegen, sagte er: »All das hier gehört zu keiner Epoche der Stadt – die Mauern, die Festungstürme, die Gebäude, die Tempel, die Menschen. Nichts von dem, was du hier siehst, ist Teil der realen Geschichte.« Dann fügte er nachdenklich hinzu: »Vielleicht hat diese Stadt auch nie in einer historischen Epoche, sondern stets nur in ihrer eigenen Zeit gelebt. Hier sind Moscheen Kirchen, Klöster sind Mausoleen, Paläste Kerker, Tore Wände, Mauern Durchgänge. Nichts besitzt ein unveränderliches Wesen, eine permanente Einzigartigkeit und Wahrheit. Nicht einmal der Glaube …«

Was mir von jenem Tag, an dem wir fasziniert die Mosaike, Fresken und Porphyrverzierungen der Chora-Kirche besichtigten, besonders im Gedächtnis haften geblieben ist, sind vier Frauen im schwarzen Tschador, die im grünen Innenhof der angrenzenden Türbe beteten. Sie waren sehr groß, sehr schlank und vornehm und ähnelten den verschleierten Figuren in den Heiligendarstellungen, den Frauen auf Gemälden aus der Renaissance, der Heiligen Maria auf den byzantinischen Mosaiken. Das Ganze wirkte wie die Szene aus einem Theaterstück. Wir standen vor dem Eisengitter der Türbe und beobachteten sie eine ganze Weile. Sie hielten Gebetsbücher, vielleicht auch den Koran in Händen, schritten bedächtig um das Grab herum und bewegten die Lippen. Erst viel später bemerkten sie, dass wir sie beobachteten. Zuerst blieben sie stehen, wirkten unentschlossen, doch dann glitten sie leichtfüßig von der Bühne wie Ballerinen in bodenlangen schwarzen Gewändern. Als sie durch das vergoldete Gittertor traten, drehten sie sich kurz um und blickten uns an. Sie waren eine Darstellung mit vier Figuren. Wir sahen zu, wie sie sich allmählich entfernten und schließlich hinter der Straßenecke verschwanden.

»Das Objekt des Glaubens und der Anbetung ist vollkommen unwichtig«, meinte Teo, während er ihnen hinterhersah. »Was zählt, ist zu glauben.«

»Du hast recht, und in der Liebe gilt dasselbe. Aber warum sagst du das gerade jetzt?«

»In Ayvansaray sollen die Gräber der *sahabe* liegen, die hier den Märtyrertod gestorben sind.«

»Wessen Gräber?«

»Der *sahabe*. Da siehst du's, manchmal fallen mir im Türkischen die einfachsten Wörter nicht ein, aber solche Ausdrücke kenne ich dann wieder, das bringt der Beruf mit sich. *Sahabe* nennt man die Mitstreiter eures Propheten, die Menschen, die mit ihm bekannt oder verwandt waren. Im siebten Jahrhundert besetzten die Moslems Konstantinopel, und es kam zu heftigen Gefechten. Die meisten der moslemischen Kämpfer fielen hier. Man vermutet, dass sich ihre Gräber in diesem Gebiet befinden. Man nennt sie Sahabegräber oder Sahabetürbe. Wenn wir uns daran erinnern, dass die Geschichte der Bauten aus der byzantinischen Epoche mit dieser Türbe bis ins sechste Jahrhundert zurückreicht und all das hier bis zur Eroberung byzantinischer Besitz war, dann wird es schwierig. Zu Beginn des neunzehnten Jahrhunderts wurden die Gräber entdeckt und restauriert. Es heißt, dass dies auf Anordnung des für seine Zeit reformfreudigen Sultans geschah, um die Religionsführer zu besänftigen. Mir erscheint allerdings die Vermutung realistischer, dass in den meisten Gräbern, vor allem in der Türbe im Gesamtkomplex der Chora, die im siebten Jahrhundert eine der wichtigsten heiligen Stätten in Konstantinopolis war, christliche Heilige bestattet wurden. Wer weiß, vielleicht liegt Ebu Saidül Hudri engumschlungen mit einem christlichen Heiligen im selben Grab. Was ich meine, ist, dass Generationen, Glaubensrichtungen und Völker kommen und gehen, die heiligen Stätten aber bleiben. Denn das Bedürfnis nach Glaube und die Sehnsucht nach Heiligkeit gehören zum Menschen wie sein genetischer Code. So wie hier schon vor tausend Jahren byzantinische Nonnen in ähnlichen schwarzen Gewändern einen ihrer Heiligen angebetet haben, so werden es menschenähnliche Kreaturen auch in weiteren tausend Jahren auf ihre Weise tun.«

Das faszinierende Gesicht Istanbuls – die verlorene Seele, wie er es nannte –, das Teo sehen und mir zeigen wollte, war weitaus spannender, als mich mit Derin und ihrer Spurensuche zu befassen. Die geheimnisvolle Stadt, die Teo mir präsentierte, versetzte mich in Traumwelten, die Wahrheit um meinen toten Sohn jedoch machte mir Angst.

Istanbul war ein geschlossener Kosmos, in dem wir uns im Kreis drehten. In jenem Kosmos suchte niemand von uns, wonach wir eigentlich zu suchen glaubten. Die Stadt mit ihrer jahrtausendealten Geschichte, in die Teo eingetaucht war, die Jahrzehnte meiner sehnsüchtig vermissten Vergangenheit und Derins Gegenwart, in die sie uns permanent hineinzuziehen versuchte, verzauberte und veränderte uns, fesselte uns aneinander. Es waren Tage, an denen wir, eingehüllt von der Magie der Stadt, der Realität des Alltags den Rücken kehrten, nicht nach dem Morgen fragten und das Leben schwänzten, so wie andere die Schule schwänzten.

Teo genügte es natürlich nicht, einfach so durch die Gegend zu laufen. Er schien ständig unter Strom zu stehen, während er seine Forschungsarbeiten fortführte. Einerseits meckerte er, seit Byzanz habe sich nichts geändert, die Bürokratie sei immer noch die gleiche, während er den Behörden die Türen einrannte, um Genehmigungen für nicht zugängliche Archive und Depots zu bekommen; andererseits mühte er sich gemeinsam mit Professor Mete Ünsalan, neue Handschriften und Quellen ausfindig zu machen und diese zu entschlüsseln. Damit nicht genug, durchkämmte er, scheinbar einer göttlichen Eingebung folgend, die Stadt und schleppte mich dabei mit. Während ich mit ihm unterwegs war, offenbarte sich mir Istanbul Stadtteil für Stadtteil, Zeitalter für Zeitalter, Legende für Legende. Hinterher gingen wir nach Hause, schlossen uns in dem kleinen Zimmer mit den nunmehr stets verschlossenen Fensterläden ein und liebten uns, nur der Stimme und den Gelüsten unseres Fleisches lauschend. Teo tat meinem begehrenden Körper gut, der skeptisch war angesichts seines Alters; die Stadt wiederum schmeichelte meiner zerfurchten Seele.

In einer Welt, in der es meines Erachtens nichts mehr aufzuspüren gab, war die Suche nach einem zweifelhaften Tor Sinnbild für Hoffnung. Ein wenig gefiel Teo mir auch deshalb: wegen seiner Hoffnung, die sich quasi aus dem Nichts speiste, seinem Leben aber trotzdem einen Sinn gab. Und obwohl wir nicht darüber gesprochen hatten, wusste ich auch, dass das Tor, anfangs leidenschaftlicher

Zweck seiner Suche, allmählich zu einem unbestimmten Symbol, zum Anlass und Instrument einer ganz anderen Suche wurde.

In unseren Leben, die sich auf getrennten Bühnen abspielten, machten wir Liebe miteinander, streiften durch die Stadt, die Teo zur Legende gemacht hatte, und lebten nebenbei hautnah mit Derin und ihrer *anderen* Märchenwelt.

Wann bemerkte sie, dass Teo und ich miteinander schliefen? An dem Tag, an dem wir loszogen, um bei Yedikule beginnend die Stadttore einzeln auszukundschaften?

Nach Yedikule waren wir gefahren, um, wie Teo es ausdrückte, das Goldene Tor zu *spüren*. Es war an einem der warmen, schönen Tage Ende September. An einem Werktag, morgens. Es herrschte wenig Betrieb um den Turm herum, und an den Mauern sah man Katzen, die sich in der Sonne räkelten, freundliche Straßenhunde, einige ausländische Touristen, Vorortläden, deren Waren sich ändern mochten, deren Verkäufer und Schaufenster aber stets die gleichen waren, Buden, die *lahmacun*, Toast mit Kaşarkäse und *sucuk* anboten, Pideständе, Monatsrosen im Garten der Polizeiwache vor der Yedikule-Festung, alte verlassene Holzhäuser mit zerbrochenen Fensterscheiben, die mit Altwaren handelnde Zigeuner als Lager benutzten und in deren Innenhöfen Plunder und Krimskrams ausgebreitet waren, und die gleich davor verlaufenden Eisenbahnschienen.

Es war faszinierend, von Teo Wahrheiten und Märchen über die Stadt zu hören, in der ich jahrelang gelebt hatte, über die Wände, Türme, Denkmäler, Tempel, Anhöhen, Stadtteile und Straßen, die ich seit meiner Kindheit kannte. Wahrheiten, die man für Märchen hielt, und Märchen, die man für wahr hielt. Mit ihm war die Stadt nicht länger ein Raum, ein Wohnort, sondern verwandelte sich in eine Seele, die das Schicksal der Menschen bestimmt, unsere Leben beherrscht und so wie unser Gestern auch unsere Zukunft formt. Ich weiß nicht, ob er auch so fühlte oder nur eine Rolle spielte, die er seiner Gewohnheit als Dozent verdankte. »Hier sehen wir das Goldene Tor von Byzanz, die herrliche Porta Aurea, die dem von Westen nahenden Fremden schon von weitem die Pracht und Uneinnehmbarkeit Konstantinopels ankündigt« – bei diesen Worten allerdings war seiner Miene, seiner Stimme und seinem ganzen Körper zu entnehmen, wie sehr seine Äußerung ihn selbst in Aufregung versetzte. Und ich vergesse seine Worte nicht, als wir den großzügigen, mit allerlei Wildpflanzen – Quecken, Wurmfarn, Brennnessel, Malven, Gräser, wilder Spargel, flammendes Herz – bewachsenen Innenhof betraten: »Das hier war das Siegestor.«

»Befindet sich das Tor, das du suchst, hier in der Nähe, Teo?«

»Nein, das glaube ich nicht. Dem Gedicht zufolge war das Tor, durch das der Retter schritt, um die verlorene Seele der Stadt zu retten, bereits Ende des achten, Anfang des neunten Jahrhunderts verfallen. Dieser Teil der Stadtmauern war aber in jener Epoche restauriert worden.«

»Wie berechnet man, in welchem Jahrhundert das war?«

»Anhand der Tatsache, dass die Handschrift nicht auf Papyrus, sondern auf Pergament geschrieben wurde, aus der Form der Buchstaben, der Sprache, in der das Gedicht gehalten ist, und so weiter. Pergament verbreitete sich in Byzanz nach dem siebten Jahrhundert, nach dem Verlust Ägyptens. Der Übergang von großen zu kleinen Buchstaben und deren Verbreitung lässt sich auf das Ende des achten, den Beginn des neunten Jahrhunderts datieren. Der Sprache und Form nach sind die Zeilen das Produkt einer Epoche, in der sich das byzantinische Gedicht erneuerte und der Sprache des Volkes annäherte. Die verlorene Seele der Stadt, heißt es darin. Damit kann der Ikonoklasmus gemeint sein, denn diese Periode fällt in die gleiche Zeit, aber vielleicht ist es auch nur eine Metapher. Judasblüte, *kerkis*, die Farbe Purpur, Purpurseide, Porphyr, Adel, Macht, Prunk … Ich glaube, etwas Wahres steckt hinter dem, was wie ein linguistisches Wirrwarr vielfältiger Bedeutungen aus dem Lateinischen, Griechischen, Persischen, Osmanischen und Türkischen aussieht. Etwas, das mehr ist als nur ein Tor, die reale Existenz eines Tores oder dessen Metapher.«

Bei solchen Gelegenheiten redete er in der Sprache, die ihm am leichtesten über die Lippen ging, einem mit griechischen und türkischen Ausdrücken gespickten hervorragenden Englisch; er versprühte die Leidenschaft eines gläubigen Predigers oder eines Schauspielers, der völlig in seiner Rolle aufging. In diesen Momenten, in denen er in eine unbekannte, verzaubernde Welt eintauchte, fühlte ich mich ihm am nächsten, begehrte ich ihn am meisten. Urplötzlich verspürte ich Verlangen nach ihm, vergaß Derins Anwesenheit, strich spontan und unüberlegt über sein Gesicht. Meine Finger berührten seine Lippen, und er küsste sie; seine Lippen waren heiß. Der Ausbruch von Emotion und Lust dauerte nur wenige Sekunden, aber Derin entging er nicht. Ich konnte es an ihrem Blick erkennen und senkte den Kopf.

Ich denke, dass die sprachliche Distanz, die sich in den folgenden Tagen wie ein Fettfleck zwischen uns auszubreiten begann, unter anderem auf diese Szene zurückzuführen war. Es schien, als steuere Derin weiter und weiter in eine andere Welt, in die *andere* Stadt. Mittlerweile kleidete sie sich schlichter, ja sogar nachlässiger.

Sie distanzierte sich immer weiter von ihrem Freundeskreis, bestehend aus Ankaraer Diplomaten- und Bürokratenkindern, die sich, der trostlosen Atmosphäre Ankaras überdrüssig, in Istanbul niedergelassen hatten. Sie besuchte kaum noch die berühmten Istanbuler Diskotheken, Nachtclubs und Cafés, sondern las viel, nahm selten ihr Auto und verkündete, dass sie sich einen passenden Job suchen und arbeiten wolle. Ihre Hände und Füße schienen kräftiger geworden zu sein, und wie ihr Gang hatte auch ihr Blick seine Sanftheit eingebüßt. Sie erinnerte mich an eine dieser ausgesetzten, gepflegten Hauskatzen. Nach einer Weile nehmen ihre versöhnlichen, freundlichen Züge die Härte einer zähen Straßenkatze an; genau so eine Härte hatte sich in ihren samtweichen Blick geschlichen.

Ich war ihr vom ersten Tag an mit gemischten Gefühlen begegnet; mir war ihre Nähe nicht geheuer, doch in gleichem Maße hatte ich Angst, sie zu verlieren. Derin war die magische Kraft, die mich zu Arın führte, ihn von den Toten zurückholte und als den wertvollsten Faktor meines Lebens in mir weiterleben ließ. Als nach einer langen Phase des Schweigens das Telefon klingelte, hüpfte mein Herz vor Freude.

»Warum rufst du mich nicht an, Ülkü? Seit es Teo gibt, hast du nur noch Augen für ihn.«

Wieder diese dreiste, aber liebenswerte Unverfrorenheit …

»Ich wollte Kerem Ali nicht stören«, gab ich kindisch zurück. Gleich darauf ärgerte ich mich über mich selbst. Ein solches Verhalten passte nicht zu einer erwachsenen

Frau. »Wir können uns treffen, wann du willst«, fügte ich hinzu.

»Am besten jetzt gleich, wenn du nichts anderes vorhast … Komm zu mir, wenn du Lust hast. Es ist keiner zu Hause, da können wir ungestört miteinander reden.«

Eine Stunde später saßen wir in Derins Wohnung im Obergeschoss der Emirgâner Villa und nippten an unserem Tee.

Das Katzenjunge hatte es sich auf einem Sessel bequem gemacht und döste. Es war überaus niedlich.

»Ich wusste nicht, dass du Katzen magst.«

»Ich hatte bisher nicht viel Erfahrung mit ihnen, so könnte man es nennen. Wie kann man etwas mögen, wenn man es nicht kennt! Aber inzwischen bin ich ganz vernarrt in den Kleinen. Manchmal frage ich mich, was ich ohne Felix tun würde.«

»Wie bist du auf die Idee gekommen, dir eine Katze anzuschaffen?«

»Es war gar nicht meine Idee. Das Schicksal spann seine Fäden und plötzlich war ich im Besitz eines kleinen Katers.«

Sie nimmt ihn auf den Schoß. Sie streichelt das Junge, das mit seinen Vorderpfötchen die Knöpfe ihrer Bluse knetet und zu saugen versucht.

»Eine Märchenkatze also! Hast du wenigstens auch den Schlüssel gefunden?«

»Ja, habe ich. Zumindest den Schlüssel zu der Kiste, in der der Schlüssel aufbewahrt wird.«

Sie sieht mir direkt in die Augen. Durch das Zimmer weht eine kühle Brise. Die Katze springt von Derins Schoß. Ich erschauere, ohne zu wissen, warum.

»Ich hatte dich gefragt, wer Umut wirklich war, erinnerst du dich, Ülkü?«

Wie könnte ich das vergessen! Zur Bestätigung nicke ich leicht.

»Du hast gesagt, ich hätte Umuts Augen. Erinnerst du dich auch daran?«

Mittlerweile weiß ich, wohin das führen wird. Mit dem Drang, zum Gegenangriff überzugehen, blicke ich nun auch tief in ihre, in Umuts Augen.

»Ich weiß jetzt, wer Umut war«, meint sie und senkt den Blick. »Umut war Arın Murats Sohn.«

Sie sagt nicht »mein Bruder«. Ich schweige. Ohnehin erwartet sie nicht, dass ich ihr eine Antwort oder eine Bestätigung gebe.

»Als Teo bei dir einzog, fand er unter euren Fotos Umuts Kinderaufnahmen. Er bekam einen Schock, als er die Ähnlichkeit mit dem Bild aus der Zeitung bemerkte. Für uns ist das normal, aber für ihn war es ein einziger Alptraum. Ich erinnere mich noch genau an den Tag: Er war aus dem Haus gestürzt und völlig außer Atem bei mir aufgekreuzt. Damals kannten wir uns kaum. Ich hatte ihm zufällig erzählt, dass dein Haus zu vermieten sei. Weißt du, was er mich an dem Tag gefragt hat? *›Who is Umut really?‹* Genau wie ich es dich gefragt habe. Du hast mir Umuts Fotos vorenthalten, Ülkü.«

»Aus keinem besonderen Grund. Ich hielt es nicht für notwendig, sie dir zu zeigen. Ehrlich gesagt, schaue ich mir diese alten Fotos selbst nicht an. Wahrscheinlich hatte meine Mutter die Bilder und den Zeitungsausschnitt aufgehoben. Warum begreifst du das nicht? Ich will mit den Geistern Umuts, Arıns, Ömers, der tot oder lebendig Begrabenen, der Vergangenheit und des Verfalls nichts mehr zu tun haben!«

Es erstaunt mich selbst, wie laut ich geworden bin. Was

macht mich derart wütend? Aber ich kann mich nicht beherrschen und fahre in der gleichen Tonlage fort: »Na gut, nun weißt du es, reg dich endlich ab. Da hast du ohne DNA-Test, nur mit Hilfe des Übereinstimmungstests von Fotos, Augen und Blicken die Wahrheit ans Licht gebracht, Frau Detektivin. Falls es dich interessieren sollte, Arın hatte nicht die leiseste Ahnung davon. Er wusste, dass ich von Ömer Ulaş einen Sohn namens Umut hatte und er bei der Durchsuchung einer konspirativen Wohnung getötet wurde, mehr nicht. Nach Umuts Tod begann Arın, sich für den Fall zu interessieren. Bei unserem letzten Treffen in der Nacht vor seiner Ermordung erzählte er mir, dass er begonnen hätte, die Methoden der Staatsmacht in Frage zu stellen. Er hat nie erfahren, dass Umut sein Sohn war.«

»Aber vielleicht wusste Umut, dass Arın Murat sein Vater war«, holt Derin zum letzten Schlag aus.

»Das kann er unmöglich gewusst haben.«

»Vielleicht hast du recht, aber sieh dir mal diese Telefonnummern an, die ich bei den Sachen gefunden habe, die er zu Hause bei einem Freund deponiert hatte. Woher hatte Umut diese Nummern?«

Sie steht auf, nimmt einen Umschlag von ihrem Schreibtisch, zieht einen kleinen viereckigen Zettel heraus und drückt ihn mir in die Hand. Ein Zahlenrätsel oder so etwas …

»Hier stehen eine Menge Telefonnummern«, sagt sie. »Von oben nach unten, von unten nach oben, diagonal und umgekehrt diagonal und vielleicht noch in anderen Anordnungen, die ich nicht habe entschlüsseln können. Aber ich habe zumindest drei mir bekannte Nummern herausgefunden: die Privatnummer meines Vaters, die kaum jemand kannte, die Zweitnummer unseres Hauses in Ankara, die ebenfalls in keinem Telefonbuch steht, und die Nummer des Hauses, in dem ich all das hier gefunden habe.«

Mir wird schwindlig. Ich bin ratlos, wehrlos, und außerdem bin ich müde, habe die Nase voll. Ich will weg, ich habe Angst.

»Ich weiß es nicht, Derin«, erwidere ich leise, »und ich will es auch nicht wissen. Nie ist mein Leben in geordneten Bahnen verlaufen, und ich bin es leid. Ich kann die Toten nicht zurückbringen, meinen Sohn nicht und meinen Geliebten auch nicht. Ich habe sie alle satt, und mich dazu.«

Ein spöttisches Grinsen breitet sich auf ihrem Gesicht aus. »Nur tote Männer sind gute Männer, nicht wahr, Ülkü? Machst du dich schon bereit, auch Teo in dein Museum der toten Männer aufzunehmen?«

Ein Männerfriedhof … Ist das die Bilanz meines Lebens? Was, wenn sie recht hat? Und was haben diese Telefonnummern zu bedeuten? Umut kann nichts von Arın Murat gewusst haben. Nicht einmal der Name Murat, den ich in törichter Romantik seinem Namen anhängte, konnte bei ihm irgendeine Assoziation auslösen. Eine ekelhafte Schlange gleitet wie eine dünne Schnur durch meine Erinnerungen, durch mein Herz. Der bloße Gedanke an diese Dinge löst Panik in mir aus.

»Meinst du, dass Umut auf der Suche nach seinem richtigen Vater war? Oder auf der Suche nach dem Staatsagenten Arın Murat, weil er glaubte, dass dieser für den Tod seiner Genossen verantwortlich war? Du müsstest es besser wissen, er war schließlich dein Sohn.«

Er war mein Sohn … In Ankara fällt der Schnee in dicken Flocken: »Sie haben einen Jungen.« In die Erschöpfung nach der Geburt mischen sich Besorgnis und Trauer. Und da gibt es noch den stets aufrichtigen Geliebten, Revolutionär und überzeugten Kommunisten Ömer *Hoca*, der meint: »Er ist auch mein Sohn. Er wird natürlich Umut heißen.« Kindernamen, die unsere Überzeugungen und Träume weitertrugen: Umut, İnanç, Deniz, Ulaş, Devrim, Özgür, Eylem, Ekim … Im Nachtzug von Ankara nach Eskişehir ein guter Mann, der sich bemüht, die erzwungene Vaterschaft anzunehmen, auf dem Schoß das eingeschlafene Baby. Ein kleiner Junge, der mit ängstlichem und vorwurfsvollem Blick fragt: »Gehst du auch so weg wie Papa?« Das schüchterne, doofe »Omakind«, das bei den anderen Kindern unbeliebt ist. Der *andere*, der unter den Kindern im Viertel und in der Schule das schwarze Schaf ist, schutzlos und mutterseelenallein in dieser großen Welt, ein einsamer Junge, der den Gleichgültigen und Unbekümmerten spielt, um seine Furcht und Trauer nicht zu zeigen. Der Teenager, der im Angesicht der Pietà von Selbstaufgabe und Opfer spricht. Das fröhliche Gesicht der Krankenschwester: »Sie haben einen Sohn!« Mein Sohn, der das Gefühl einer nicht gesühnten Sünde hinterließ.

»Die Pietà gefiel ihm sehr, das zählt für mich am meisten«, sage ich. »Ich kenne meinen Sohn nicht. Das Einzige, was ich über Äußerlichkeiten hinaus von ihm weiß, ist, dass er mit denen sympathisierte, die sich für die Befreiung opferten.«

Mir ist vollkommen egal, ob sie mich versteht oder nicht. »Die Pietà ist das Klagelied der kosmischen Mutter an den Sohn, der sich für die Rettung der Menschheit opfert. Das war es, was er mir mit der Pietà hatte erklären wollen, aber ich verstehe es erst jetzt. Wahrscheinlich hast du recht, ich habe Tote hinterlassen. Im Leben eines jeden Menschen gibt es einen schicksalhaften Moment, der nicht nur seine eigene Zukunft, sondern auch die seiner Umgebung bestimmt. Später kehrt man immer wieder zu diesem Moment zurück, stellt ihn in Frage. Aber du kannst das Rad nicht mehr zurückdrehen – so wie es ja auch sinnlos ist, sich zu wünschen, man wäre nie geboren worden. Ich erinnere mich an jenen Moment.«

Ich erinnere mich an jenen Moment: Auf der Büyükada, die Holzvilla mit den blühenden Mimosen im Garten, es regnet Bindfäden, die nassen Mimosen, der Kamin mit dem knisternden Holzfeuer, draußen weht der Lodos, Jacques Brel, »Ne me quitte pas«, Rotwein, meine Haarspange, meine Nacktheit, das kühle, von unseren Körpern angewärmte Bett, die unausgesprochenen Worte, dass wir uns morgen trennen werden, sexuelle Lust und einzigartige Befriedigung, vom Schmerz geschürt. Ich erinnere mich an jene Nacht, in der Umut in meinem Leib zu wachsen begann.

»Die Nacht war so wunderschön, dass ich sie keine einzige Sekunde lang bereut habe, ebenso wie unsere Überzeugungen, unsere Utopie. Vielleicht ist das auch der Grund dafür, dass ich immer noch weiterleben und widerstehen kann. Mach dir um Teo keine Sorgen, Derin. Ich interessiere mich für ihn, weil es ihm gelungen ist, diese untergehende Stadt, in der das Hässliche das Schöne überdeckt, in eine Legende, eine Märchenstadt zu verwandeln. Er bringt es fertig, die schnöde, hässliche Realität mit der Faszination der Geschichte, dem Purpur von Byzanz zu überziehen, und da ich momentan keine Kraft habe, die Wirklichkeit zu ertragen, bekommt mir das sehr gut. Hab keine Angst, diesmal bin ich keine Konkurrentin. Früher oder später wird er woanders hinziehen, oder vielleicht kehrt er Istanbul auch für immer den Rücken und verschwindet wieder aus meinem Leben. Bedräng mich nicht weiter, ich bin völlig am Ende.«

In meiner Brust, genau an der Stelle, an der sie mich mit Umut als Waffe erbarmungslos getroffen hat, lastet die Schwere einer geleugneten Sünde und die erdrückende Unklarheit über eine Frage, vor deren Antwort ich mich fürchte: die Frage, warum Umut Arın Murat nachgespürt hatte.

Sie holt eine riesige Papiertüte voller Hefter, Umschläge, Papiere und Bücher und stellt sie mir vor die Füße. »Ich brauche das alles nicht mehr. Ich hatte gehofft, über Umut die Wahrheit über den Mord an meinem Vater herauszufinden. Aber inzwischen will ich nicht noch mehr in Erfahrung bringen. Jedes weitere Detail bereitet mir nur zusätzliche Schmerzen. Ich gebe die Suche auf.«

Ihre Feindseligkeit ist auf einmal wie weggeblasen. Sie schlingt die Arme um meine Schultern.

»Bitte, Ülkü, wir sollten uns nicht gegenseitig wehtun. Ich will mich von alten Obsessionen befreien, zu mir selbst finden und ein Leben mit Sinn und Ziel führen. Ich will nicht nur so tun als ob. Auch ich mache eine schwere Zeit durch. Bitte hilf mir.«

Sie nimmt etwas vom Schreibtisch, streckt es mir in der hohlen Hand entgegen und versucht dabei zu lächeln. Drei kleine bunte Plastikfiguren: Tom, Jerry und Felix der Kater … Ich verspüre unsägliche Schmerzen, als ich mich erinnere. Umut war winzig klein. Er liebte Micky-Maus-Bilder, Tom und Jerry und Katzen. Ich hatte die Figuren im Schaufenster eines Schreibwarenladens entdeckt und den Inhaber so lange beschwatzt, bis er sie mir verkaufte. Als ich sie mit nach Hause brachte, meinte Umut: »Mama hat mir einen Micky mitgebracht.« Wie immer, wenn er gerührt war, schimmerten seine Augen feucht. Genauso wie Derins Augen jetzt …

Gerührt drücke ich das Mädchen an meine Brust: »Behalte du sie, ich ertrage das nicht.«

Ich hätte mich verweigern sollen. Ich hätte all das, was von Umut übriggeblieben war, die Zettel, Fotos und Tagebücher, dort lassen sollen. Ich hätte nicht in die Türkei zurückkehren dürfen. Mit über fünfzig hätte ich nicht mit Teo schlafen müssen, und ich hätte auch nicht auf den Dachboden des kleinen Hauses steigen sollen, um unnötigen Staub aufzuwirbeln und in Erinnerungen zu wühlen, die in die Schublade gehörten. Ich hätte Derin bezüglich des Mordes an ihrem Vater nicht in Zweifel stürzen und ihr den Weg in völlig andere Welten ebnen dürfen. Ich hätte nicht vergessen dürfen, dass Kerem Ali der »revolutionäre Prinz der Slums« ist, und ihn nicht unterschätzen sollen … Die Liste meiner Selbstanklagen wird länger und länger. Dabei gab es Zeiten, in denen ich keine Reue empfand, so viel ich auch gelitten haben mochte. All das war ein Teil von mir, machte mich zu dem, was ich war. Ich liebte Menschen, die noch auf dem Weg zum Galgen sagen konnten: »Wenn ich noch mal von vorne anfangen könnte, würde ich alles wieder genauso machen.«

Ich nahm nicht die zweihundertfünfundachtzig Stufen zu der Adresse, die Derin mir gegeben hatte, sondern die Hauptstraße. Nachdem ich aus dem Minibus ausgestiegen war, verließ ich das Zentrum, bog am Brunnen ab und ging die Straße entlang. Das Haus kam mir dermaßen bekannt vor, dass ich direkt durch das Gartentor trat, ohne auf die Hausnummer zu achten. In einer Ecke der erhöhten Veranda lag eine Katze mit ihren zwei Jungen in der warmen Altweibersommersonne, leckte sie und spielte mit ihnen, ohne auf Passanten zu achten. An der Veranda standen die Monatsrosen in voller Blüte, was bei gutem Wetter bis Ende Dezember anhalten konnte. In angemalten, nebeneinander aufgereihten Blechkanistern standen verwelkende rote Geranien, kümmerliche rosafarbene Nelken und späte Fuchsien mit ihren gefüllten Blüten.

Es dauerte nicht lange, bis er die Tür öffnete. Er war etwa in meinem Alter, ein recht großer Mann mit ergrautem Haar in einer braunen, verschlissenen Cordhose. Sein freundliches Gesicht und das herzliche Lächeln wirkten beruhigend. Es war, als würde ich einen alten Freund besuchen, den ich seit Jahren nicht gesehen hatte.

Ich verharre vor der Tür und strecke ihm die Hand entgegen. »Atilla *Bey*? Ich bin Umuts Mutter, ich hatte angerufen.«

»Ich weiß. Kommen Sie herein, Ülkü. Sie erinnern sich nicht an mich, aber wir kennen uns. Die Welt ist klein, und noch kleiner ist die Welt der Ankaraer Revolutionäre, die vor fünfundzwanzig, dreißig Jahren aktiv waren.«

Das Zimmer, in das er mich führt, steht voller Bücher, Musikkassetten, CDs und Schallplatten.

»Verzeihen Sie die Unordnung«, meint er entschuldigend. »Das hier ist meine befreite Zone. Immer, wenn meine Frau nach Istanbul kommt, um hier Ordnung zu schaffen, vergreift sie sich auch an diesem Zimmer. Sie verbringt mittlerweile mehr Zeit in Bodrum, aber auch Bodrum ist kein Ort mehr, an dem man sich entspannen kann, alle Welt ist dort, und mir ist es zu laut. Wo war ich gerade? Nun ja, wenn meine Frau meint, hier aufräumen zu müssen, finde ich gar nichts mehr. Ich bin wie eine

Katze, die sich ständig irgendwo stößt, wenn man umgeräumt hat. Apropos Katze, ist Ihre Tochter zufrieden mit dem kleinen Kater? Özlem hieß sie, nicht wahr?«

»Derin«, erwidere ich trocken.

»Du meine Güte … Da habe ich wohl etwas durcheinandergebracht.«

»Nein, das glaube ich nicht. Derin ist nicht meine Tochter. Sie ist die Tochter des in Paris ermordeten Arın Murat.«

»Als sie herkam, um Umuts Sachen abzuholen, hat sie gesagt, sie sei Umuts Schwester.«

Den Satz überhöre ich. Ich entschließe mich, ohne Umschweife zum Thema zu kommen. »Arın Murat war ein alter Freund von mir. Vielleicht erinnern Sie sich, er war höherer Diplomat mit Kontakten zum Geheimdienst und zur Staatssicherheit. Ich arbeitete damals in Paris bei einer französischen Zeitung. An dem Abend, als er ermordet wurde, hatten wir vorher zusammen gegessen und uns lange unterhalten. Er wusste zu viel. Er kannte den Staatsapparat sehr gut, und je mehr er über die Mechanismen erfuhr, umso mehr ekelte ihn das alles an. Ihm wurde immer mehr bewusst, dass er selbst Blut an den Händen hatte. Das war der Tag, an dem Arın sich von seinem alten Leben und seinem alten Ich verabschiedete. Er hatte entschieden, alles hinter sich zu lassen und ganz neu anzufangen. Und wenige Stunden später wurde er getötet.«

»Ja, ich erinnere mich. Das war vor zwei, drei Jahren, nicht wahr? Die Zeitungen brachten auch Ihr Foto, als letzte Person, die ihn lebend gesehen hatte. Deshalb verfolgte ich die Nachrichten zu dem Fall auch etwas genauer. Wenn Sie mich fragen, trägt dieser Mord die Handschrift des Tiefen Staats.«

»Derin will herausfinden, was tatsächlich hinter dem Mord an ihrem Vater steckte. Und ich habe sie überhaupt erst auf diesen Gedanken gebracht. Einer seltsamen Eingebung folgend, hat sie eine Verbindung zwischen den Morden an ihrem Vater und Umut hergestellt. Sie dachte, wenn sie Nachforschungen über Umut anstellen würde, könnte sie auch die Wahrheit über ihren Vater erfahren. Ich hätte nie gedacht, dass sie die Sache so ernst nehmen würde. Aber es ist ihr tatsächlich gelungen, unerwartete Hinweise, Adressen und Personen ausfindig zu machen, und das hat sie letzten Endes zu Ihnen geführt. Ich weiß, dass wir Ihren Frieden gestört haben, verzeihen Sie uns bitte.«

»Es war nicht schwer, mich zu finden. Umut und mein Sohn waren sowohl an der selben Uni als auch in der selben Fraktion. Bis zu seinem Verschwinden hat er uns häufig hier besucht. Ich habe es Ihrer Tochter – Verzeihung, ich meinte Derin – nicht erzählt, aber Umut vertraute mir. Wir sind ja schließlich alte Revolutionäre! Er war ein feiner Junge, tadellos. Er war der kleine Prinz, der verwirrt und nachdenklich auf die Welt schaute; so nannte ich ihn immer. Einmal meinte er: ›Meine Mutter mochte den *Kleinen Prinz* auch sehr gern; es war eines der ersten Bücher, aus denen sie mir vorgelesen hat.‹ Als Derin sagte, sie sei seine Schwester, hatte ich keinerlei Zweifel, so ähnlich waren sich ihre Augen, ihre Blicke.«

Ein Schauder durchfährt mich. Hitze steigt mir in den Kopf.

»Tatsächlich?«, sage ich schnell. »Das ist mir gar nicht aufgefallen.«

Die Lüge schwingt in meiner Stimme mit. Ich reiße mich mit letzter Kraft zusammen: »Zwischen Umuts Büchern und Zetteln habe ich einige Telefonnummern gefunden, darunter auch Ihre. Aber er hatte auch Arın Murats Privatnummern chiffriert aufgeschrieben. Nur, woher hatte er sie? Er kannte weder seinen Namen, noch wusste er von seiner Existenz. Meinen Sie …«

Er erhebt sich aus seinem alten Sessel, über dem eine weiße Decke aus Bodrumer Handarbeit liegt, und geht auf ein Eckregal mit halbvollen Flaschen zu. »Sollen wir etwas trinken, Ülkü? Was darf ich Ihnen anbieten? Weinbrand, einen kleinen Whiskey oder lieber einen Wein?«

»Egal. Ich nehme dasselbe wie Sie.«

»Ich habe es ausgerechnet; seit siebenundzwanzig, achtundzwanzig Jahren haben wir uns nicht gesehen«, sagt er, während er den Weinbrand einschenkt. Bevor er mir das Glas hinhält, schwenkt er es gekonnt in der Hand. »Zuletzt habe ich gehört, dass Ömer *Hoca* nach dem Zusammenbruch in Moskau geblieben ist. Umut sprach über Sie stets voller Sehnsucht. Er liebte Sie mit dieser Mischung aus Leidenschaft und Auflehnung, wie nur Söhne ihre Mütter lieben können. Seinen Vater, Ömer *Hoca*, erwähnte er allerdings nie. Jungen nehmen sich ihre Väter zum Vorbild, aber emotional verbunden sind sie mit ihren Müttern. Vielleicht war das der Grund.«

»Ömer und ich haben uns getrennt«, erwidere ich. »Es ist schwierig, eine Beziehung zu erhalten, wenn die Jahre vergehen und die Wege und Überzeugungen auseinanderdriften.« Ich will nicht einmal an die Unmenge von Jahren und Erlebtem denken, die hinter diesem hochtrabenden Satz steckt.

»Wir alle waren von einer Jahrhundertkatastrophe betroffen«, meint er, als könne er meine Gedanken lesen. Dann setzt er sich wieder in den alten, verschlissenen Sessel.

»Ich denke an Ihre Frage von eben. Zu Beginn der neunziger Jahre war der Staat fest entschlossen, die linksradikalen Organisationen um jeden Preis zu zerschlagen. ›Staatsterror gegen Terror‹ lautete die Devise. Es verging kein Tag, an dem nicht in irgendeinem Stadtteil in einer Wohnung ein paar junge Leute in die Enge getrieben und unter dem ekelhaften Beifall und Geschrei der Menschenmenge auf der Straße unter Beschuss genommen und an Ort und Stelle hingerichtet wurden. Die Organisationen waren zweifellos auch nicht unschuldig. In den Gruppierungen wimmelte es nur so von Provokateuren. Gelenkt wurden sie von Führern, die Gewalt als Mittel ansahen. Sie schreckten nicht einmal davor zurück, Oppositionelle in ihren eigenen Reihen auszuschalten. Sowohl auf Seiten des Staats als auch der gewaltbereiten Vereinigungen existierten lange ›Liquidierungslisten‹. Beide spielten anhand dieser Listen den Terminator. Die Antwort auf die Frage, warum Umut hinter Arın Murat her war, muss bei Ihnen liegen, Ülkü. Glauben Sie, dass Arın Murat direkt oder indirekt etwas mit dem Staatsterror gegen die linken Organisationen zu tun hatte?«

Wie soll ich es ihm erklären? Arıns Worte in der Nacht, in der wir uns nach fünfundzwanzig Jahren in einem Restaurant wiedersehen, in dem im Rundum-Aquarium Schleierschwänze schweben und ihm vielleicht zum ersten Mal in seinem Leben die Hand zittert, als er sie nach mir ausstreckt: »Um ans Ziel zu gelangen, muss man gelegentlich Entscheidungen treffen, die im Widerspruch zu den ethischen Prinzipien stehen. Um Hunderte, vielleicht Tausende von Menschen zu retten, opferst du eine Handvoll. Anfang der neunziger Jahre war ich mit einer sehr heiklen Aufgabe betraut. Im Südosten herrschte Krieg, in den Großstädten wütete linker Terror. Man hatte nicht genug Zeit, um es allzu genau zu nehmen und im Schneckentempo der Justiz vorzugehen … Als dann die Ereignisse ihren Lauf nahmen, fühlte ich mich, als würde ich den Boden unter den Füßen verlieren. Die Strukturen, innerhalb derer ich die Entscheidungen zu treffen hatte, begannen mir zu entgleiten, wuchsen mir über den Kopf. Mit jedem neuen Vorfall bekam ich mehr und mehr das Gefühl, in einem Sumpf aus Blut zu versinken. Als ich die grauenvolle Entdeckung machte, dass sich unter den Opfern, die bei einer Polizeiaktion getötet wurden, auch dein Sohn befand, war endgültig Schluss. In jenem Moment begriff ich, dass ich meine Hände niemals würde reinwaschen können. Alles andere wäre nichts als Augenwischerei gewesen.«

»Arın glaubte, für einige zwielichtige Operationen indirekt verantwortlich zu sein, und fühlte sich schuldig. So erzählte er es mir in jener Nacht. Aber ich glaube nicht, dass er direkt damit zu tun hatte.«

»Vielleicht hatten sie es deshalb auf ihn abgesehen. Auch wenn Umut nicht selbst am Abzug zog, so hatte er doch möglicherweise die Aufgabe übernommen, Arın Murat auszuspionieren. Ich weiß es nicht, und ich will Ihnen auch nicht wehtun. Manchmal ist die Wahrheit schmerzhafter als Nichtwissen.«

»Wir müssen die alte Wunde wieder aufbrechen«, sage ich. »Wenn Sie etwas Genaueres wissen, sagen Sie es mir bitte. Nicht nur mir, auch Derin wird es guttun, die Wahrheit zu erfahren.«

»Ich fürchte, dass ich Ihren Erkenntnissen nur hinzufügen kann, dass Sie sich in einer Hinsicht täuschen. Umut hat Arın Murat gekannt.«

»Wie meinen Sie das?«

Die Aufregung in meiner Stimme macht mir Angst.

»Ich habe nicht gesagt, dass sie sich persönlich kannten. Aber als ich einmal in der Zeitung einen Artikel las, in dem Arın Murat sich bei einem offiziellen Treffen – ich weiß nicht mehr, ob es in den USA oder in England war – zum Thema Türkei äußerte, stellte Umut mir Fragen wie: ›Atilla *Amca*, kennst du diesen Arın Murat? Kannten sich er und mein Vater? War er auch aus der Mülkiye-Universität?‹ Ich antwortete ihm, dass ich ihn nicht persönlich kannte und Ömer *Hoca* höchstwahrscheinlich auch nicht. Darauf erwiderte er: ›Ich glaube, meine Mutter kannte ihn. Wann immer etwas über ihn in der Zeitung stand, hat meine Großmutter erzählt, wie höflich und klug er sei, dass er in seiner Jugend schwer hinter meiner Mutter her gewesen sei, aus einer vornehmen und steinreichen Familie stamme und meine dumme Mutter die gute Partie ausgeschlagen hätte.‹ Nun ja, damals kam mir das nicht so wichtig vor, aber jetzt, da Sie fragen, fällt es mir wieder ein.«

Meine Mutter also! Mein Gott, das wäre mir nie in den Sinn gekommen. Auf einmal spüre ich, dass Atilla mich mit veränderter Miene betrachtet, als sei ihm urplötzlich ein Licht aufgegangen. Ich senke den Kopf und weiche seinem Blick aus.

»Umut wurde 1992 getötet, Arın Murat fünf Jahre später Opfer eines Attentats«, fährt er nachdenklich fort. »Die linksradikalen Organisationen in der Türkei, die ich kenne, verfügen nicht über so viel Spürsinn und Geduld. Bei uns gehen die Dinge spontaner und zufälliger vonstatten. Zudem hätte Umut, wenn er Arın Murat im Auftrag der Organisation bespitzelt hätte, es sicher über Sie probiert, da er ja von Ihrer Beziehung wusste. Vielleicht suchte er auch etwas anderes. Etwas Privateres, Persönlicheres.«

Ich verspüre ein Flattern in der Brust. Das Herz schlägt mir bis zum Hals, ich bin vollkommen aufgewühlt. Ich leere meinen Weinbrand in einem Zug. Was kann meine Mutter Umut noch alles erzählt haben? Was wusste sie? Ich kann sie doch nicht mehr fragen! Tote haben kein Gedächtnis.

»Womöglich haben Sie recht. Wahrscheinlich ist es das Beste, Umut ruhen zu lassen.«

Längeres Schweigen. Es wirkt, als wolle er etwas sagen, doch scheint ihm der Mut zu fehlen. Dann entschließt er sich plötzlich zu sprechen: »Wir alle haben unsere Geheimnisse. Manche sind schmerzlich, manche sind tödlich. Niemand von uns ist unschuldig, selbst Kinder nicht. Die Generation der Hoffnung und Unschuld der sechziger, siebziger Jahre kehrt nicht wieder zurück. Unsere Söhne waren Genossen und Freunde. Als ihre gottverdammte Organisation sich spaltete, landeten sie in verschiedenen Flügeln. Die vierte Person, die bei der Operation heil aus dem Haus herauskam und untertauchte, war mein Sohn. Ich bin mir nicht einmal sicher, ob mein Sohn die anderen zum Vorteil für die Organisation verraten hat, also ob er womöglich ein Informant war. Wir leben in einem Land, in dem die Opfer schuldig und die Schuldigen Opfer sind. Sehen Sie, Ülkü, meine Tragödie, meine tödliche Skepsis, steht der Ihren in nichts nach. Vielleicht wiegt sie sogar noch schwerer, ja vielleicht sogar noch sehr viel schwerer.«

Ich kippe den winzigen Rest Weinbrand hinunter, der noch im Glas verblieben ist, und erhebe mich. Er ergreift meine Hand und drückt sie freundschaftlich. »Unsere Wege haben sich auf seltsame Weise gekreuzt. Unsere Leben, unsere Söhne, die wir auf diese oder jene Weise verloren haben … Hätten wir uns vor fünfundzwanzig, dreißig Jahren vorstellen können, dass es einmal zu einem solchen Treffen kommen würde? Unsere Geheimnisse töten manchmal sowohl uns als auch andere. Vielleicht ist es am besten, so zu tun, als hätten wir sie vergessen.«

Wir treten hinaus auf die Veranda. Er geht mir voran, pflückt von den Monatsrosen, die sich in der Jahreszeit geirrt zu haben scheinen, eine ganz besonders schöne. »Mögen Sie Faulkner, Ülkü?«, fragt er, als er mir die Rose reicht.

»Ja, sogar sehr. Am liebsten *Licht im August*.«

»Journalisten soll er sich stets vom Leib gehalten haben. Als ihm schließlich ein junger Redakteur die Erlaubnis abluchste, ihn zu besuchen, fand er den Dichter in seinem Garten beim Rosenschneiden vor. Faulkner soll außerordentlich gelassen und glücklich gewirkt haben. ›Was ich mache?‹, fragte er. ›Das sehen Sie doch, ich schneide Rosen. Ich schneide bloß Rosen.‹ Ein paar Tage später dann der Selbstmord oder ein Tod, der nach Selbstmord aussah … Bei der Gartenarbeit denkt man nach, und zwar ständig.«

Soll ich etwas erwidern? Und wenn, was? Etwas wie: »Aber Sie werden sich doch nicht das Leben nehmen?« Du lieber Himmel!

Er schneidet noch eine weiße Knospe ab, die vom Frost Flecken bekommen hat: »Die ist für Derin«, sagt er. »Verstehen Sie meine Geschichte über Faulkner nicht falsch. Ich züchte Rosen, um zu leben, nicht um zu sterben. Richten Sie Derin aus, sie soll gut auf meinen Kater aufpassen. Machen Sie's gut, Ülkü, wie man heutzutage sagt. Und wenn Sie meine Hilfe benötigen, rufen Sie mich an. Ich bin immer hier.«

IV

»Dieses Jahr gibt es viele Quitten, das wird ein strenger Winter«, sagt meine Mutter, während sie die Früchte, die der Onkel aus dem Dorf mitgebracht hat, einzeln verliest. »Ich koche ein bisschen Marmelade, die mögt ihr doch so gern. Du kannst auch deiner Kleinen ein Gläschen mitnehmen.«

Als sie auf ihre schelmisch liebenswürdige Art »deiner Kleinen« sagt, wird mir warm ums Herz. Ach, liebe Mutter, wenn das, was du denkst, doch nur eintreffen würde! »Wer soll das denn sein?«, frage ich, damit sie es zu meiner Freude noch einmal sagt.

»Komm schon, komm schon. Als wüsstest du das nicht.«

Dann beginnt sie, ein Lied zu singen: »Tief ist das Meer, *derin*. Tralalalala. Ich liebe die schöne Städterin, trala…«

Ich springe auf und schlinge die Arme um ihren Hals. Die Quitten purzeln zu Boden. Ich beuge mich vor und küsse sie auf beide Wangen.

»Hör auf, Junge, hör auf. Hör auf, du dummer Junge! Du sollst mich nicht kitzeln. Mir tut alles weh, ich bin nicht mehr die Jüngste. Hör auf, sage ich …«

Sie legt eine Hand in den Rücken, die andere auf meine

Schulter und versucht sich aufzurichten. »Wenn du dich mit einem vornehmen Mädchen triffst«, sagt sie, »dann solltest du wenigstens wie aus dem Ei gepellt sein. Ach, Junge, man sagt ja, Gleich und Gleich gesellt sich gern, aber man sagt auch, ein Herz lässt sich nicht befehlen. *İnşallah* nimmt es ein gutes Ende. Wenn dich das Mädchen bloß erhören und nach Deutschland oder Europa mitnehmen würde. Wenn ihr bloß gemeinsam fortgehen würdet, damit mir mein Herz nicht ständig in die Hose rutscht ...«

Seit mein Bruder Kerem ermordet wurde, rutscht meiner Mutter ständig das Herz in die Hose. Auf unseren Hügeln vergeht kaum ein Tag, an dem keine Polizeipanzer auf unsere Gecekondus losfahren, Barrikaden aufgestellt und Molotowcocktails geworfen werden. Es kommt vor, dass man junge Leute, die nachts mit Farbeimern losziehen, um Parolen an die Wände zu schreiben oder Plakate zu kleben, am nächsten Morgen blutüberströmt vor ebendiesen Wänden auffindet. Sollte jemand von den nächtlichen Aktionen nicht zurückkehren, so geht man nicht zur Polizei, um nachzufragen; falls es unbedingt notwendig sein sollte, schickt man die Alten los, denn die steckt niemand in den Knast. Wenn sich der Abend über die Hügel senkt, ist für die Nacht nichts Gutes zu erwarten. Waffen liegen in ihren Verstecken, Steine werden gesammelt und sorgfältig an Straßenecken gestapelt. Zwischen Barrikaden aus Alteisen, Bettgestellen, Türflügeln und alten Karosserien spielen Kleinkinder, die gerade erst dem Krabbelalter entwachsen sind, Steinewerfen auf Polizisten. Am Fuß der Hügel, wo sommers der Staub und winters der Schlamm regiert, probt man die Intifada, wenn nicht gerade Fußball gespielt wird. An manchen Tagen wird in den befreiten Zonen hinter verfallenen Mauern windschiefer Häuser bei frisch gebrühtem Tee bis zum Sonnenaufgang Wache geschoben. Wenn am nächsten Morgen dann unsere Mütter und Schwestern losziehen, um in Etiler und Ulus, in den Siedlungen Bebeks oder den Villen am Bosporusufer als Putzhilfen zu arbeiten, stopfen wir unsere roten Stirnbänder mit dem gelben Stern, Fahnen und, wenn nötig, unsere schwarzen Skimasken unter die T-Shirts, stecken unsere Flugblätter in die Jackentaschen und laufen hinunter in die Stadt, um in den Straßen Aktionen durchzuführen.

Der Leichnam eines jeden Märtyrers, den wir, revolutionäre Parolen skandierend, mit erhobener Faust die Straßen hoch und hinunter tragen, symbolisiert unseren revolutionären Zorn, unseren Opferschwur, unsere Hoffnungen und die Ängste unserer Mütter.

»Wohin können wir schon gehen, Mutter!«

»Weiß ich doch nicht! Geht halt irgendwohin, Hauptsache weit weg. Geht, bevor mir das Herz bricht.«

»Vergiss es, Mutter. Woher sollen wir wissen, wem wir vertrauen können? Vielleicht mache ich ›meine Kleine‹ auch zu deiner Schwiegertochter. Wir haben mit Mühe und Not das Dach gedeckt, aber der Dachboden ist noch so, wie er war. Wir rufen die Sippe zusammen, wir haben ja schließlich Handwerker genug, und bringen ihn ein wenig auf Vordermann. Dein Sohn und die Schwiegertochter an deiner Seite, dann kannst du endlich deine alten Knochen ausruhen!«

»Red keinen Quatsch, du verrückter Kerl! Ein Mädchen, das in Europa, in Villen mit Kindermädchen und Hauspersonal groß geworden ist, soll hier in diesem Gecekondu wohnen? Los, los, mach dich fort und lass mich hier aufräumen. Und reiß dich am Riemen. Damit du später nicht eine Enttäuschung erlebst.«

Ich wollte gerade aus dem Haus gehen, als ich eine SMS erhielt; das Handy hatte ich erst kürzlich von der Organisation bekommen. Der Genosse Sekretär wollte umgehend Kontakt mit mir aufnehmen. Ich war genervt, da ich mich mit Derin treffen wollte. Ich hatte ihr noch nichts gesagt, mir aber überlegt, sie ins Kino einzuladen. Im Dunkeln hätte ich ihre Hand gehalten und gestreichelt, und sie hätte sie bestimmt nicht zurückgezogen. Und anschließend würden wir uns vielleicht in ein Café setzen, aber nicht in eines von unseren, wo die Aleviten sich treffen. Derin mag solche Orte nicht.

Als ich sie anrief, um ihr mitzuteilen, dass wir uns heute nicht sehen könnten, klang sie niedergeschlagen. »Gut, dass du anrufst. Ich bin heute auch kaum imstande, aus dem Haus zu gehen«, erwiderte sie.

Ich war bedrückt, und sofort schoss mir durch den Kopf, wie kalt es draußen war. Meine Liebste! Meine Schönste! »Du bist doch hoffentlich nicht krank?«

»Nein, keine Sorge. Ich fühle mich nur nicht besonders, das ist alles. Morgen geht's mir bestimmt wieder besser.«

In dem Moment hörte ich eine andere Stimme, die irgendetwas sagte. Türkisch war es wohl nicht. Aber vielleicht lief auch bloß der Fernseher; möglich, dass ich mich getäuscht hatte.

»Ich rufe dich später an«, sagte sie mit erstickter Stimme.

Gerade, als ich »Okay« sagen und auflegen wollte, spürte ich, dass etwas faul war. Es war jemand bei ihr. Klar, es konnte ein Freund sein, eine der Hausangestellten, ihr Onkel, ihre Tante, selbstverständlich! Nein, ich hätte nicht fragen dürfen, verflucht, immer mache ich dasselbe. Obwohl ich sie gar nicht bedrängen wollte.

»Ist jemand bei dir?«

Sie legte auf. Vielleicht hatte sie meine Frage nicht gehört. Als ich mit einem Knoten in der Brust das Haus verließ, fiel bei mir plötzlich der Groschen: Im Hintergrund hatte jemand Englisch gesprochen. Natürlich, er war's gewesen! Dieser undurchsichtige Typ aus den USA, der uns die Geschichte von einem nicht vorhandenen Tor weismachen wollte. Verwirrt lief ich Richtung Endstation, stieg dort in den ersten Bus und nach einigen Haltestellen wieder aus. Dort sprang ich in einen Minibus, der in die entgegengesetzte Richtung meines eigentlichen Ziels fuhr, stieg unterwegs wieder aus und nahm noch einen anderen Minibus. So machten wir es immer, wenn wir uns zu einem Treffpunkt begaben, um einen Auftrag der Organisation entgegenzunehmen.

Ich stieg aus, sah mich um und wollte mich gerade in Richtung des Treffpunkts für Notfälle aufmachen, als mich jemand am Arm festhielt. Ich zuckte zusammen, und für den Bruchteil einer Sekunde wurde mir derart schwindelig, dass ich die Augen zusammenkneifen musste. Was hatte ich falsch gemacht? Um nach Çağlayan zu kommen, war ich fast quer durch Istanbul gefahren und hatte mehrmals das Fahrzeug gewechselt. Ich war stets mehr als nur vorsichtig; einen Verfolger hätte ich hundertprozentig bemerkt.

Ich bin nicht ängstlich, aber ich kenne die Angst. Kerem *Abi* sagte immer: »Um mutig zu sein, musst du die Angst kennen. Nur die Eiskalten und die Dummköpfe wissen nicht, was Angst ist.« Mein Bruder war mutig, mutig bis ins Mark. Er hatte mir beigebracht, dass Heldentum darin bestand, die Angst zu besiegen. Als ich spürte, wie sich die fremde Hand um meinen Arm schloss, blieb mir fast das Herz stehen. Ich dachte weder an die Organisation noch an unseren Kampf, weder an meine Mutter noch an das, was mir zustoßen konnte; das Einzige, was mir in den Sinn kam, war, dass ich Derin vielleicht nie wiedersehen würde.

»He, keine Panik. Wie siehst du denn aus? Mann, du bist ja ganz grün im Gesicht!«, sagte eine vertraute Stimme.

Ich drehte mich um und sah ihn an. Ein höherer Genosse, den man sonst so gut wie nie zu Gesicht bekam. Es musste etwas passiert sein.

»Wir gehen nicht an den üblichen Ort«, erklärte er. Schweigend liefen wir nebeneinander her. In einer Seitenstraße stiegen wir in einen alten schwarzen Kartal, der am Bürgersteig geparkt war. Dann fuhren wir eine Weile durch die Gegend, stiegen dann in einer nicht weit entfernten Seitenstraße wieder aus und marschierten schweigend zu Fuß weiter. Wir befanden uns in einem dieser Stadtteile, in denen inzwischen vermehrt Islamisten wohnten, Frauen in Hidschab und Tschador in Zweier- und Dreiergruppen spazieren gingen oder Einkäufe erledigten und es jede Menge Moscheen und Korankurse gab. Seit ein paar Jahren fanden konspirative Treffen nicht mehr in teuren Wohnhäusern in den Luxusvierteln statt, sondern in Stadtteilen wie diesem. Vielleicht, weil man sich hier besser tarnen konnte, vielleicht aber auch, weil sich die finanzielle Lage der Organisation zusehends verschlechterte. Das dreistöckige Haus, das wir aufsuchten, wies keinerlei Besonderheiten auf. Zwischen den anderen Wohnhäusern wirkte es derart normal, dass es niemandes Aufmerksamkeit erregen würde.

Zunächst sah sich der Genosse vorsichtig um, zog dann einen Schlüsselbund aus der Tasche und schloss die Haustür auf. Nachdem er auch die Tür zur Erdgeschosswohnung aufgeschlossen hatte, standen wir in einem düsteren, langen Flur. Auf dem Boden lagen buntgestreifte Läufer, wie sie meine Mutter aus alten Stofffetzen fertigte. Ich war drauf und dran, die schlammigen Stiefel auszuziehen.

»Behalt sie an«, meinte der Genosse. »In solchen Wohnungen zieht man die Schuhe nicht aus. Für den Fall, dass man schnell verduften muss.«

Am Ende des Flurs befand sich eine Zwischentür, die in einen größeren Raum führte, der wie unser Wohnzimmer zu Hause eingerichtet war. Nur der samtene Wandteppich mit dem schwertfuchtelnden Kalifen Ali fehlte. Als kleiner Junge hatte ich einmal gefragt, was der Schriftzug am unteren Rand zu bedeuten hatte. *La yuktal muslim bi-kâfir*, »Kein Moslem darf dafür getötet werden, dass er einen Nichtmoslem getötet hat«, hatte mein Vater geantwortet. Worauf ich fragte: »Und woher weiß man, ob er ein Gavur ist? Und wenn er keiner ist?« Meine Mutter, mein Vater, mein Onkel, alle hatten sie gelacht. »Am besten ist es, wenn man niemanden tötet«, sagte meine Mutter.

Neben dem Diwan, über dem eine Decke aus Druckstoff lag, saß in einem Sessel ein Mann mittleren Alters, den ich noch nie gesehen hatte. Er trug keinen Schnauzbart, sah aus wie ein Ausländer und hatte eine Zigarette im Mund. Der Aschenbecher auf dem Beistelltisch vor ihm war voller Kippen. Der Genosse Sekretär, der in einer Ecke des Diwans saß, erhob sich, als wir eintraten.

»Der Genosse kommt aus dem Auslandsbüro. Er hat einige Anweisungen der Führung mitgebracht, und eine Aufgabe fällt dir zu«, erklärte er. »In einer halben Stunde kommt jemand und holt dich ab.« Dann verließ er den Raum. Ich ließ mich in der Ecke des Diwans nieder, die der Mann mir zuwies. Ich war aufgeregt, fühlte mich geehrt, war aber gleichzeitig beunruhigt.

»Du bist also der Bruder des Genossen Kerem«, begann er und zündete sich eine Zigarette an. »Wir haben mit ihm gearbeitet. Ein beispielhafter Revolutionär, mutig und opferbereit. Er hatte das Herz am rechten Fleck, aber auch etwas im Kopf. Außerdem verfügte er über einen eisernen Willen.«

Während er redete, sah er mir nicht in die Augen. Es störte mich, aber vielleicht gewöhnte man sich ein solches Verhalten an, wenn man in der Illegalität lebte. Seine Stimme war kalt und distanziert. Ich überlegte, ob er meinen Bruder vielleicht gar nicht gekannt hatte, doch dann schämte ich mich, weil ich einem höheren Genossen gegenüber feindselige Gefühle und Zweifel hegte. Zeugte es bei einem militanten Aktivisten nicht von größter Schwäche, wenn er der Führung nicht vertraute?

»Die Genossen waren voll des Lobes über dich. Wir wissen, dass Opferbereitschaft in deiner Familie tief verwurzelt ist. Die Organisation hat sich genau umgehört. Man hat Nachforschungen bezüglich der Aktion angestellt, bei der 1992 dein Bruder und zwei weitere Genossen umgekommen sind. Außerdem haben wir die zwei Frauen unter die Lupe genommen, die etwas über den Genossen Serden herauszufinden versuchen, also unseren Aktivisten, der dir als Umut bekannt ist. Die eine ist seine Mutter, die andere aber ist entgegen deiner Aussage oder Vermutung nicht seine Schwester, sondern die Tochter eines hochrangigen Agenten des türkischen Staats.«

Ich spürte, wie mir das Blut in Händen und Füßen gefror. Der Verrat an der Organisation ist unverzeihlich. Offen gestanden, hatte ich eine Heidenangst davor, dass sie mir den Kontakt zu Derin untersagen könnten und ich sie verlieren würde. Die Taubheit in meinen Gliedmaßen drang bis in meine Brust vor; mir wurde schwindelig. Ich presste eine Hand auf das Kissen mit dem Pfauenmuster und musste meine ganze Kraft aufwenden, um nicht ohnmächtig zu werden.

»Das wusste ich nicht«, erwiderte ich. In meinen Ohren hallten die Mitgliederstatuten wider: Du wirst der Organisation gegenüber stets offen sein. Alles, was du erfährst, wirst du der Organisation mitteilen, über die Organisation allerdings wirst du Stillschweigen bewahren. Wo du zwei Augen und einen Verstand hast, hat die Organisation tausend Augen und tausendmal Verstand …

»Die Genossen haben schon vermutet, dass du davon keine Ahnung hattest. Nun weißt du es.«

Einen Moment lang erwartete ich, dass er fordern würde: »Halte dich von ihr fern.« Schlagartig spürte ich, wie an die Stelle von Panik eine leise Wut trat. Sie werden mich nicht hergebracht haben, um mir das zu erzählen. Das hätte mir auch unser Sekretär sagen können. Dieser Mann aus dem Ausland, der ganz offensichtlich direkte Verbindung zur Führung hatte, wollte wegen etwas anderem, wegen eines Auftrags mit mir sprechen. Dieser Gedanke verlieh mir Kraft, und so nahm ich all meinen Mut zusammen und fragte: »Sollte man Menschen nicht aufgrund ihrer revolutionären Persönlichkeit statt ihrer Herkunft beurteilen, Genosse?«

»Genau das wollte ich sagen. Du kennst das Mädchen am besten, entsprechend liegt die ganze Verantwortung bei dir. Du weißt, dass der Verrat an der Organisation und der Revolution unverzeihlich ist. Sei trotzdem besonders vorsichtig und lass dich nicht von deinen Gefühlen leiten. Du bist jung, und es ist verständlich, dass du Interesse an ihr hast. Aufgrund ihres familiären Umfelds verfügt sie über weitreichende Kontakte in der Bourgeoisie. Sie war dir ja bereits bei der Kontaktaufnahme zu dem einen oder anderen bekannten Kolumnisten behilflich. Unsere Organisation steht vor einer großen Entscheidung. In den letzten fünf Jahren kämpften wir an zwei Fronten: zum einen gegen den TC-Staat, zum anderen gegen die Opposition in unseren eigenen Reihen. Wir haben viele geopfert; einige von uns wurden getötet, andere gefangen genommen. Die Kerker der Bourgeoisie sind voll von Kämpfern unserer Partei. Aber eine Kapitulation kam für uns nie in Frage. Aus den Kerkern haben wir revolutionäre Zentren und Schulen gemacht. Wir haben die eigenen Reihen gesäubert, uns innerlich gereinigt und unseren Zusammenhalt gefestigt. In der kommenden Phase ist es wichtig, breite Unterstützung nicht nur bei den kämpfenden Kadern, sondern in gleichem Maße auch beim Volk zu gewinnen. Die Entscheidungen werden später mitgeteilt. Nur so viel: Wir werden mit einem Widerstand gegen Tyrannei, Isolation und Unterwerfung beginnen, bei dem auch der Tod in Kauf genommen wird. Wir treten in eine Phase ein, in der die Unterstützung der Massen und vor allem der intellektuellen Schichten von großer Bedeutung sein wird. Kurz gesagt, Genosse, dein Mädchen … Wie hieß sie noch gleich?«

»Derin.«

»Ist unwichtig. Gib ihr einen Codenamen.«

»Ich fand, Ida passt gut zu ihr …«

»Okay … Daran hast du also auch schon gedacht. Wir müssen das Mädchen bei legalen Aktivitäten einsetzen. Sie kennt wichtige Leute und benimmt sich wie eine

Bourgeoise, dadurch erweckt sie keinen Verdacht. Aber damit du es weißt, verantwortlich bist du. Natürlich lässt sich die Ehre eines Revolutionärs nicht an der Person des Vaters messen, aber da bleibt ein Fragezeichen. Ida soll nur mit dir arbeiten. Sie soll keine anderen Genossen kennenlernen, zumindest so lange nicht, bis wir sie getestet haben.«

Ich war dermaßen erleichtert, dass sie mir den Kontakt zu ihr nicht untersagt hatten, dass alle Fragen und Zweifel in den Hintergrund traten. Was er anschließend von sich gab, bekam ich nur am Rande mit. Anstelle meiner Erleichterung trat ein Gefühl, von dem ich nicht wusste, ob es Angst, Anspannung, Wut oder Stolz war.

»Unsere besten Krieger kämpfen in den Kerkern der Oligarchie, um mit ihren Herzen die Mauern zu überwinden. Nun muss eine neue Generation von opferwilligen Kämpfern an die Front. Die eiserne Disziplin darf nicht aufweichen, und junge Kader dürfen nicht liberalen Tendenzen verfallen. Auf uns warten dringende Aufgaben. Verräter dürfen nicht ungestraft davonkommen. Der Agent der Splittergruppe, der Verräter, der für die Ermordung deines Bruders und des Genossen Serden verantwortlich ist, hat türkischen Boden betreten. Die Führung überträgt dir die Aufgabe der Liquidierung. Der Genosse Sekretär wird dir alle Einzelheiten mitteilen.«

Ich war wie versteinert. Ich konnte keinen klaren Gedanken mehr fassen. Sollte ich fliehen? Aber wohin? »Dem Befehl der Organisation nicht nachzukommen ist der erste Schritt in die Abtrünnigkeit.« Es lag zweifellos nah, dass man mir die Bestrafung des Agenten übertrug, der meinen Bruder auf dem Gewissen hatte. Doch in jenem Moment verspürte ich weder Rachegefühle noch revolutionäre Begeisterung. Ich hatte einzig und allein das Gefühl, in der Falle zu sitzen.

»Den Befehl hätte dir auch der Gruppensekretär erteilen können, aber ich wollte dich persönlich kennenlernen«, sagte er. Diesmal klang seine Stimme freundlich. »Manche Aufgaben sind schwierig. Wir Revolutionäre sind dazu da, Menschenleben zu schützen, und nicht dazu, sie auszulöschen. Aber leider sind wir gezwungen, revolutionären Terror anzuwenden, bis die Revolution stattgefunden und das Volk die Macht übernommen hat.«

Er stand auf. Auch ich wollte mich erheben, aber meine Beine wollten mich nicht tragen. Ich glaube, er wusste um meinen Zustand. Er legte mir die Hand auf die Schulter und sagte: »Wir sind im Recht, und dieser Umstand wird uns vor der Geschichte reinwaschen. Die Erhabenheit unserer Sache legitimiert unsere Methoden. Überlege es dir noch einmal, wenn du willst, aber vergiss nicht, dass die Organisation dir die Aufgabe übertragen hat.« Dann fügte er wie nebenbei hinzu: »Dann gibt es noch das Problem mit diesem Amerikaner. Und da wird die Angelegenheit ziemlich kompliziert. In welcher Beziehung steht er zu dem Mädchen, also zu deiner Ida, und hinter was ist er wirklich her? Dein Umfeld muss über alle Zweifel erhaben sein, Genosse. Es liegt vorrangig in deiner Verantwortung, alle Zweifel auszuräumen und diesen Mann, ob Grieche, Amerikaner oder was auch immer, zu enttarnen. Wenn unser Umfeld sauber ist, bleiben wir es auch.«

Diese Mischung aus Warnung und Drohung war bei mir angekommen. Der Satz »Überlege es dir noch einmal« hingegen war nur so dahingesagt. Sie brauchten Leute wie mich, und es gab kein Zurück.

Der Genosse, der mich in dieses unglückselige Haus gebracht hatte, erschien in der Zimmertür. Ich wollte gerade auf ihn zugehen, als er auf einen anderen Ausgang zeigte. In dem Moment stellte ich fest, dass das mit einem dicken Vorhang verhängte hintere Fenster des Zimmers eigentlich eine Tür war, die in einen Hof mit Pergola hinausführte, der auf einer Seite mit einer hohen Mauer versehen war.

Draußen hatte es zu schneien begonnen, heftig und in nassen Flocken. Der erste, frühe Schnee des Jahres. Ich schlug meinen Jackenkragen hoch. Aus den Augenwinkeln betrachtete ich den Hof. In der Ecke stand eine schäbige Hütte, eine Art Kohleschuppen. Vom Hof aus gelangte man auf eine freie Fläche und einen Feldweg. Hier hatten wir auf der Herfahrt das Auto geparkt. Als wir darauf zuliefen, dachte ich: Junge, pass bloß auf, langsam, aber sicher wird es ernst! Als ich zu Hause ankam, entschied ich mich sofort, alles, was mit der Organisation zu tun hatte, Zeitschriften, Druckerzeugnisse, Kassetten, zu vernichten.

Ich bin auf diesen Hügeln groß geworden. Ich kenne diese steilen Wege und Hänge, die gewundenen Straßen, auf denen man im Sommer vor lauter Staub und im Winter vor lauter Schlamm nicht vorwärtskommt, auch wenn sie kurz vor den Wahlen mehr schlecht als recht asphaltiert werden, die Grundstücke, auf denen wir bei Wind und Wetter Fußball spielen, die unverputzten Ziegelsteinhäuser, aus deren Dächern der Baustahl emporragt in der Hoffnung, eines Tages um ein Stockwerk erweitert zu werden. Vertraut sind mir auch die blau, gelb oder knallrosa verputzten Hütten und die dazwischen versprengten armseligen Wohnblocks, die der Armut und Ländlichkeit des Viertels zu trotzen versuchen, diese aber letztlich sogar noch betonen; die

Männercafés mit den Tischen mit grünen Filzdecken, in denen es nach Zigaretten, verbrauchter Luft, Feuchtigkeit und gelegentlich auch nach Haschisch riecht und die Sauberkeit der Teeküche zu wünschen übrig lassen dürfte; die Läden entlang der Einkaufsstraße, die Haushaltsgerätehändler, Autowerkstätten und die altgedienten Doğans, Serçes und Kartals – türkische Fiats mit Vogelnamen als Typenbezeichnung –, die zu leidlichem Wohlstand Gekommene vor ihren Gecekondus geparkt haben … In den Gecekondus, die sich hinter von Efeu überwucherten Lauben, Pflaumen-, Mandel- oder Maulbeerbäumen, Akazien und Pappeln verstecken, liegen Bücher unter den Betten, im Fernsehschrank oder in den Fensterstürzen: Gorkis *Die Mutter*, Gladkovs *Zement*, Dimoffs *Tabak*, Nihat Behrams *Darağacında Üç Fidan*, Grabtschewas *Im Namen des Volkes verurteile ich Dich*, die Biographie Che Guevaras, seine *Stadtguerilla*, Nâzim Hikmets Gedichte … Ich kenne die Lieder und Volksweisen, die aus den Männercafés und den im Sommer stets offen stehenden Haustüren und Autoradios dringen. Und die Gerüche: Es riecht nach Geranien, Ölweide, Geißblatt, Ginster, Dung, Stroh, verfaultem Obst, angebranntem Öl, Abgasen, frischem Brot, Müll, Aas … Dann die Straßenköter – jeder hat einen Namen, knurrt auf seine Weise, hat seinen eigenen Charakter –, für deren Rettung das ganze Viertel mobilmacht, wenn die Behörden mal wieder ihre Vergiftungsaktionen durchzuführen versuchen; mit feuchtem, sanftem Blick sehen die Hunde einen aus honigfarbenen Augen hilfesuchend an. Die räudigen, mageren Maulesel, die nicht wegen ihrer Nützlichkeit gehalten werden, sondern weil sie Bestandteil des dörflichen Lebens sind, die Möwen, die das fischarme Meer links liegen lassen und sich zum Festmahl auf den

Müllhalden versammeln, die von Liebhabern gezüchteten Tauben und Hühner.

Auf diesen Hügeln bin ich groß geworden. Als ich von Derin zum ersten Mal hörte, dass man Istanbul die *Stadt auf den sieben Hügeln* nennt, dachte ich: »Was heißt hier sieben, vielleicht sind es siebzehn oder siebenundzwanzig.« Aber ich hakte nicht nach, weil ich nicht wie ein Blödian dastehen wollte. Später erfuhr ich in einem drittklassigen Hotel, in dem mittellose, aber interessierte Touristen aus dem Ausland und Händler aus Aserbaidschan und Turkmenistan abstiegen und Nataschas ihrem Gewerbe nachgingen, dass die sieben Hügel innerhalb der Stadtmauern lagen. Die alten Istanbuler, dachte ich, haben doch keine Ahnung, was ein Hügel ist.

Ich glaubte, diese Hügel zu kennen. Bis Derin kam. Als sie hierherzog, begann ich die Gegend mit ihren Augen zu betrachten und sah, was ich vorher nicht gesehen hatte. Mit Derin entdeckte ich Schönheiten, an denen ich bislang teilnahmslos vorbeigegangen war, den Schmutz und das Hässliche, das uns natürlich erscheinende Schwarzweiß unserer vorbeirauschenden Leben. Ich sah, dass das Leben auch ganz anders sein kann, dass in den Behausungen, die wir alle über einen Kamm scherten, verschiedenste Schicksale, Sorgen und Freuden gelebt wurden. Ich staunte und weigerte mich, noch mehr zu erfahren, so sehr verwirrte all das meine Gefühle.

Als Kind habe ich gern gesungen. Immer, wenn ich »Dumdum-Geschoss« sang, war die ganze Nachbarschaft aus dem Häuschen: »Der nächste Ibo stammt aus unserem Viertel.« Dann lernte ich revolutionäre Lieder und Märsche, auch diese sang ich inbrünstig und mit gellender Stimme. Aber ich hatte mittlerweile nicht mehr den Ehrgeiz, der nächste Ibo zu werden. Nur wenn ich gute Laune hatte, sang ich »Der revolutionäre Prinz der Slums«, und das auch nur, um mich selbst ein wenig auf die Schippe zu nehmen.

Dann kam sie. Als ich sie sah, wollte ich nicht nur in den Liedern, sondern auch im wirklichen Leben ein Prinz sein. Ich warf alle Ängste über Bord und sagte ihr das frei heraus an dem Tag, an dem ich ihren halbnackten Körper umarmte. Sie legte mir die Arme um den Hals und drückte meinen Kopf an ihre Brust wie ein Kind. »Du bist mein Froschprinz«, sagte sie. »Wenn ich dich küsse, wirst du vom Fluch der Hexe erlöst und ein wahrer Prinz werden.« Danach küsste sie mich leidenschaftlicher als je zuvor. Der Fluch allerdings blieb bestehen. Ich blieb, was ich war, und sie war die echte Prinzessin, die von der Turmzinne ihr Haar herunterließ und auf ihren Retter wartete. Auch dieses Märchen hatte sie mir erzählt, erstaunt, dass ich nie zuvor davon gehört hatte. Unsere Märchen waren genauso verschieden wie unsere Hügel. Das spürten wir beide, sprachen es aber nie aus, weil wir Angst davor hatten, dass die Wirklichkeit wie eine unüberwindliche Mauer zwischen uns stehen könnte.

Ich erinnere mich, dass sie am Steuer saß. Ich war echt gemein gewesen. Wo der Frosch nicht zum Prinzen wurde und die Liebe nicht ausreichte, maßte ich mir an, sie mittels einer Schuld an mich zu binden. Hatte sie das durchschaut? Auch darüber sprachen wir nie.

Sie fragte nicht nach dem Grund, als ich ihr sagte: »Ich kann heute Nacht nicht zu Hause schlafen, und in dem Hotel, in dem ich arbeite, auch nicht, weil ich heute frei habe.«

»Bei mir ist keiner zu Hause, meine Mutter ist mit ihren

Freunden zum Skifahren. Und Havva *Hanım* hat heute frei«, erwiderte sie ganz ruhig und gelassen. »Du kannst bei mir bleiben, wenn du willst.«

»Und wenn jemand kommt? Oder irgendwas passiert? Das gehört sich nicht, und außerdem machen mich diese Mauern, diese Wachleute und Kontrollen in eurer Siedlung total kirre«, zierte ich mich.

»Was machen die dich?«

»Entschuldige, das ist mir so rausgerutscht. Aber du verstehst, für mich ist das eine fremde Gegend.«

In jener Nacht benötigte ich einen sicheren Ort. Am nächsten Tag würde ich losziehen, um exakte Anweisungen und die Waffe entgegenzunehmen. Es war wichtig, dass mich niemand beobachtete oder verfolgte und dass ich die Zweifel ausräumte, die an mir nagten; kurz gesagt, ich durfte nicht allein sein. Es war, als hätte sie meine Gedanken gelesen, als sie ihren Vorschlag machte. An alles andere kann ich mich ganz genau erinnern. Der Schnee, der die ganze Woche über mit Unterbrechungen gefallen war, begann zu schmelzen, doch es war immer noch kalt. Es war noch nicht spät, aber es wurde bereits dunkel. Der Schnee auf den Zweigen schimmerte in der Dämmerung noch weißer, als wir im Auto durch das Wäldchen den Hang hinauffuhren. Mit ihren Händen, die in schwarzen Handschuhen mit halben Fingern steckten, hielt sie das Lenkrad fest, den Blick auf die schneeglatte Straße gerichtet. Als die Lichter an der Einfahrt in Sicht kamen, sagte sie: »Gut, dass du heute Nacht gekommen bist. Ich will nicht allein sein.« Mir war schon früher aufgefallen, dass sie gern so tat, als habe jemand ihr einen Gefallen getan und nicht umgekehrt. Ich erkannte darin eine Art von Bescheidenheit, wie sie den höheren Klassen eigen ist.

An jenem Abend gab es keine strenge Kontrolle an der Pforte. Der Wächter warf einen kurzen Blick ins Fahrzeuginnere und gab mit einem Gutenachtgruß den Weg frei. Ich glaube, er sah mich nicht einmal. Das Haus war weitaus schlichter, als ich es mir vorgestellt hatte. Ich hatte an ein Prunkschlösschen gedacht, wie man sie aus dem Fernsehen oder dem Kino kennt, mit Holzschnitzereien, Marmorstatuen, Mosaiken an den Wänden und schweren Samtvorhängen an den Fenstern. Tatsächlich aber handelte es sich um einen eleganten, doch schmucklosen Bau, ähnlich Derins Art, sich zu kleiden. Über dem Eingang und im oberen Stockwerk brannte Licht.

Die Marmortreppen der Villa waren nass und rutschig. Auf der letzten Stufe glitt Derin aus. Ich hielt sie fest, damit sie nicht stürzte, und dabei spürte ich ihre bebenden Brüste unter der dicken Jacke. Im selben Moment begriff ich, dass sie mir heute Nacht gehören würde, dass nichts mich daran würde hindern können. Vorsichtig und geräuschlos schloss sie die Haustür auf, es hätte ja sein können, dass die Zugehfrau doch da war. Aber nein, es war niemand zu Hause. Als ich mir die Stiefel ausziehen wollte, sagte sie: »Nicht hier, tritt sie gut ab und zieh sie oben in meinem Zimmer aus.« Irgendwie fiel mir der Satz ein, den der Genosse aus der Zentrale gesagt hatte: »Hier zieht man die Schuhe nicht aus.«

Ich hatte nie zuvor ein so geräumiges Zimmer gesehen. Eigentlich war es kein Zimmer, sondern ein abgeteilter Salon. Eine breite Glastür führte auf den Balkon, der auf die Frontseite des Hauses hinausging. Zwischen Bäumen hindurch blickte man auf den Bosporus und das gegenüberliegende Ufer. All das bemerkte ich nicht, als ich Derin in ihr Zimmer folgte, sondern erst am nächsten Morgen, als ich erwachte. Was mir von jener Nacht im Gedächtnis blieb, war neben der Katze mit der weißen Nase, den weißen Pfoten und der weißen Brust das Bild, das über dem Bett hing, in dem Derin und ich uns auf den nach Lavendel duftenden Laken gewälzt hatten. Es zeigte einen lächelnden Mann mit einem fünf-, sechsjährigen Mädchen auf dem Schoß. Ihr Blick war sein Blick, seine Augen waren ihre Augen: Es war ihr Vater.

Sie wehrte sich nicht, als ich sie leidenschaftlich umarmte, gleich nachdem wir unsere Jacken und Parkas abgelegt hatten. Sie zog mich nur mit sich, um die Tür zu schließen, die halb offen geblieben war. Dann erwiderte sie meine Umarmung. Sie war voller Lust. War ich es, den sie begehrte, oder wollte sie bloß mit einem Mann zusammen sein? Ich wusste es nicht und machte mir auch keine Gedanken darüber. Am Anfang waren wir beide ein wenig beschämt, unerfahren und abwartend, doch dann kannten unsere jungen Körper keine Hemmungen mehr; wir gaben uns einander hin und liebten uns zärtlich und ungestüm. Als ich schweißnass und erschöpft, noch immer in ihren Armen, wieder zu mir kam, war mein erster Gedanke: Gut, dass es dunkel im Zimmer ist. Ich war nicht vollkommen nackt, trug noch mein altes, verschlissenes Unterhemd; meine durchlöchterte, ausgeleierte Unterhose hatte ich in die Ecke geschmissen. Und wie komisch, wie peinlich! Ich trug immer noch meine Wollsocken. Dann fragte ich mich, ob sie wohl noch Jungfrau gewesen war und ob sie verhütete, denn ich war in ihr gekommen. Ich fühlte mich weder schuldig noch leer wie sonst, wenn ich mir einen runtergeholt und auf diese Weise Erleichterung verschafft hatte, sondern befriedigt, glücklich und voller Lebensfreude.

In jener Nacht redeten wir wenig, vielleicht sogar gar nicht. Als wir am Morgen erwachten, schneite es wieder. Als Erstes griff sie zum Telefon, das gleich neben ihr auf dem Nachttisch stand, und rief die Zugehfrau an. Sie sagte ihr, dass sie nichts bräuchte und es bei dem Wetter nicht notwendig sei herüberzukommen. Dann wickelte sie sich in das Laken, stand auf und betrat das angrenzende Bad. Von der Tür aus warf sie mir ein großes weißes Handtuch zu und sagte: »Erst ich, dann du«, um mich daran zu erinnern, dass auch ich mich waschen sollte.

Eingehüllt in das Laken, sah sie keineswegs aus wie ein Opfer, über das jemand ein Leichentuch geworfen hatte. Sie wirkte wie eine Braut, meine Braut im weißen Kleid mit langer Schleppe.

Es war Nacht, stockfinster und kalt. Das Gewicht der Browning HP 35 in meiner Jacke. Meine Hände in den Lederhandschuhen. Der ruhige Blick, mit dem er mir begegnet, als ich mich ihm auf unbelebter Straße vor einem freien Grundstück näherte, um nach der Uhrzeit zu fragen. Es wäre besser gewesen, ich hätte seine Augen nie gesehen. Wenn Blicke sich begegnen und man nicht nur schaut, sondern einander ansieht, dann fließt etwas. Vor allem, wenn der andere furchtlos, selbstsicher und freundlich dreinschaut … Sein Blick war unvorbereitet und selbstbewusst. Er hatte alles vergessen, sonst hätte Angst in seinen Augen gestanden. Vielleicht hatte er sich geändert, wer weiß!

Ein einziger Schuss. Der Dämpfer, der den Tod verstummen lässt. Niemand hörte ihn, niemand sah etwas. Nachts zu vorgerückter Stunde. Es war Winter, es herrschte eisige Kälte. In diesem Stadtrandviertel, wo zwischen Baustellen und brachliegenden Grundstücken nur vereinzelt Häuser standen, lagen alle im Tiefschlaf.

Er stürzte zu Boden. Saubere Arbeit: mitten in die Stirn … Ein zweiter Schuss war nicht notwendig, aber dazu wäre ich auch nicht imstande gewesen. Ich steckte die Pistole in das Bauchband unter meinem dicken Pullover. Als gäbe es plötzlich keine Erdanziehungskraft mehr, schwebte ich wie in einem Weltraumfilm ohne Eile durch den dunklen Nebel davon. Ich verspürte weder Angst noch Nervosität, nur Leere, ein Nichts, als wäre ich schwere- und körperlos. Seelenlos und ausgepumpt ging ich dahin, als wäre ich nicht der Mörder, sondern das Opfer. Langsam stieg ich die zweihundertfünfundachtzig Stufen hinab. Seit die Straße auf der anderen Seite gebaut worden war, herrschte auf der Treppe kaum noch Betrieb. Die armseligen Häuser, die früher rechts und links der steilen Straße gestanden hatten, waren abgerissen. Vielleicht würde dort demnächst eine neue Wohnsiedlung errichtet werden. Als ich die halbe Treppe hinter mir hatte, wandte ich mich um. Weit und breit war keine Menschenseele zu sehen, nur ein Straßenhund lief mit wedelndem Schwanz hinter mir her, doch nach einer Weile gab er auf. Ich schlug den Kragen hoch, wickelte den Schal fest um meinen Hals und lief zum Ufer hinunter. Wie viele Minuten, wie viele Stunden vergingen, weiß ich nicht. »Die Waffe ist sauber, sie wurde noch nie zuvor abgefeuert, die bekommen wir zurück«, hatten sie gesagt. Aber ich wollte das Ding keine Sekunde länger mit mir herumtragen; der Blick des Mannes ging mir nicht aus dem Sinn. Meine einzige Verbindung zu dem Mord war die Waffe, und ich wollte sie einfach nur loswerden, als könnte ich die Tat so ungeschehen machen. Ich blieb eine Weile am Ufer stehen und warf die Pistole an einer Stelle ins Wasser, von der ich wusste, dass sie tief war und die Strömung stark. Es war eisig kalt, öde, ich fror.

Zum ersten Mal dachte ich darüber nach, wen ich ermordet hatte. Das Haus, in dem Derin Umuts Sachen abgeholt hatte, musste sich irgendwo hier in der Gegend befinden. Sie hatten mir Fotos von der Person gegeben, die exekutiert werden sollte, und mir den Ort mitgeteilt, an dem er sich zur angegebenen Zeit aufhalten würde. Außerdem war mir gesagt worden, er hätte die Organisation verraten und damit den Anlass zur Ermordung meines Bruders und Umuts geliefert. Wie hieß noch mal der Sohn des netten alten Mannes, von dem Derin gesprochen hatte? Hatte sie Özgür gesagt? Ich konnte mich nicht erinnern, und sicher war er auch nicht der Einzige im Viertel gewesen, der in revolutionären Kreisen verkehrt hatte. Und wo Revolutionäre waren, da gab es auch Verräter. Ich versuchte, diese konfusen und schädlichen Gedanken wieder zu verdrängen. Wenn ich mich darauf versteifte, würde ich unweigerlich untergehen. Ich musste der Organisation vertrauen, sonst war ich geliefert.

Als ich in dem Hotel ankam, in dem ich arbeitete, war es nach zwei Uhr morgens. Im Winter stand das Hotel fast leer, weshalb ich davon ausgehen konnte, dass meine vierstündige Abwesenheit nicht bemerkt worden war. Ich brühte mir einen Beuteltee auf. Dann ließ ich mich in einen der Sessel am Eingang sinken, die mit kelimartigen Webdecken überzogen waren, und merkte erst jetzt, wie müde ich war. Ich war am Ende. Zuerst weinte ich laut schluchzend, dann erbrach ich mich unter heftigem Würgen.

Die Organisation bekannte sich nicht zu der Exekution. Es gab keins der üblichen Bekennerschreiben, dass ein Verräter bestraft worden war. Einige Tage später erschienen ein paar kleinere Berichte über den Mord in den Tageszeitungen. Darin hieß es, die Polizei habe einen möglichen politischen Hintergrund untersucht und sich dabei auf das Umfeld des Opfers konzentriert, das seit Jahren im Ausland gelebt hatte. Ich fühlte mich betrogen. Wenn es kein Exempel sein sollte und wir uns nicht bekannten, wozu hatten wir den Mann dann getötet? Andererseits sagte ich mir auch, gut so, ich hatte keine Indizien hinterlassen, und solange die Organisation die Verantwortung nicht übernahm, war es unmöglich, eine Verbindung zwischen mir und der Tat herzustellen. Vergeblich wartete ich darauf, dass der Genosse Sekretär sich äußerte oder ein Urteil abgab. Der Tote wurde nie wieder erwähnt. Anscheinend entsprach das den Gepflogenheiten.

In jenen Tagen äußerte Derin ihre Absicht, auf unseren Hügel zu ziehen. Zuerst dachte ich, sie würde sich einen Spaß mit mir erlauben. Obwohl schon der eine oder andere Intellektuelle hierhergezogen war. Einer von ihnen war ein durchgeknallter Dichter, der mit seinen Kreisen gebrochen hatte, vor der Konsumgesellschaft geflohen war und im natürlichen Leben im Gecekondu eine Inspiration sah. Nach einer Weile verschwand er ebenso plötzlich, wie er gekommen war. Ein anderer gehörte, wie wir später erfuhren, zur Organisation. Noch ein anderer war mit revolutionären Zielen hierhergezogen, schnell mit allen gut Freund und einer von uns geworden. In der Phase, in der sie sich hier ansiedelten, waren allerdings nur selten die Abrisskommandos angerückt; der revolutionäre Widerstand hatte noch nicht begonnen, und Barrikaden und Personenkontrollen waren noch nicht an der Tagesordnung gewesen.

Manchmal nannte Derin mich im Scherz »Slumkind«,

worauf ich ihr antwortete: »Nun lass mal das bourgeoise Getue. Hier ist es nicht so, wie es von drüben ausschaut. Glaub bloß nicht, dass sie auf feine junge Damen gewartet haben. Fremde werden hier mit argwöhnischen Blicken betrachtet, und beileibe nicht nur von der Polizei.«

»Wozu hab ich dich denn? Wozu gibt es denn die Organisation? Ach was, du wirst schon sehen! Mit der Polizei kriege ich ganz bestimmt keine Schwierigkeiten. Außerdem habe ich mir alles genau überlegt. Ich habe mit meinem Professor in der Schweiz gesprochen, und gegen eine Doktorarbeit zum Thema ›Sozialer Strukturwandel in Großstadtslums‹ hat er prinzipiell nichts einzuwenden. Ich fliege nächsten Monat nach Lausanne, um noch ein paar Zwischenprüfungen abzulegen, und dabei kann ich dann auch gleich die Einzelheiten mit meinem Professor klären. Und anschließend beginne ich dann gleich mit meiner Dissertation. Mach dir keine Sorgen, der TC-Staat kann mir so leicht nichts anhaben.«

Derins Idee, in unser Viertel zu ziehen, gefiel mir ganz und gar nicht. Mir ging es miserabel, regelrecht dreckig. »Ich habe drei Leichen auf dem Kerbholz«, klopfen sich die Lumpen hier bei uns bei jeder passenden Gelegenheit auf die Schulter. Aber ich hatte inzwischen tatsächlich eine Leiche auf dem Kerbholz. Selbst wenn es keiner wusste, ich wusste es. Selbst wenn keiner den arglosen, ahnungslosen Blick des Mannes gesehen hatte, ich hatte ihn gesehen. Wurde ein Mörder zum Helden, von der Sünde gereinigt, wenn er für die Organisation, die Revolution, die höhere Sache tötete? Ich wartete auf die Hilfe der Organisation. Ich brauchte ideologischen und moralischen Beistand, doch das Leben ging weiter, als sei nichts geschehen, dieser Mord nicht passiert, dieser Mann nicht gestorben.

Nur ein einziges Mal hatte mir der Genosse Sekretär auf die Schulter geklopft und, als hätte er meine Gedanken gelesen, gesagt: »Du wirst dich schon daran gewöhnen.« In den folgenden Tagen würde ich begreifen, wie recht er hatte.

Und just, als ich unter der Last meiner Tat ächzte und wie ein einsamer Hund meine Wunden leckte, kam auch noch Derin mit ihrem Hirngespinst, zu uns auf den Hügel zu ziehen. Ich erzählte meiner Mutter davon, und mit ihrem gesunden Menschenverstand, dem ich stets vertraute, hatte sie auch gleich eine Lösung parat. »Wenn sie es unbedingt will, soll sie halt kommen. Aber auf keinen Fall zu uns. Erst mal geht das wegen der Nachbarn nicht, und außerdem haben sie das Haus hier auf dem Kieker, die Gendarmerie und die Polizei werden bestimmt misstrauisch. Unten am Hang steht Güldalıs Hütte, da ginge es. Seit ihr Mann in die Berge gegangen ist, geht es ihr und dem Baby furchtbar schlecht, sie sind bettelarm, daher würde es auch ihnen nützen. Ihr Gecekondu ist ziemlich groß und ordentlich, es gibt drei Zimmer und ein winziges Bad. Sie haben damals, als sie noch nicht wussten, dass es einmal so kommen würde, größer gebaut. Wenn das Mädchen es ernst meint, dann kann ich Güldalı fragen.«

Ich war zwar ein wenig erleichtert, aber noch nicht vollständig beruhigt. Ich musste die Angelegenheit der Organisation mitteilen, und wahrscheinlich graute mir genau davor. Was, wenn sie ihr gegenüber Verdacht schöpften und mir befahlen, ihr die Sache schnellstens wieder auszureden?

Meine Befürchtungen traten jedoch nicht ein.

»Deine Kleine ist wirklich gut. Wenn wir noch fünf bis zehn solche Aktivisten mehr hätten, könnten wir auch auf legaler Ebene an Stärke gewinnen. In der vor uns liegenden Periode ist die Unterstützung der Intellektuellen besonders wichtig, daher benötigen wir die Hilfe des Mädchens umso mehr«, meinte der Genosse Sekretär und fügte hinzu: »Warum sie allerdings drüben bei euch leben will, ist mir schleierhaft. Für uns wäre es besser, wenn sie in ihrem elitären Umfeld bleiben würde.«

»Ihr Professor an der Universität in Europa hat ihr als Thema für ihre Doktorarbeit die Untersuchung des gesellschaftlichen Wandels in den Armenvierteln vorgeschlagen. Sie meint, da sei es am besten, wenn sie vor Ort lebt.«

Ich erzählte ihm nicht, was Derin eigentlich gesagt hatte. Ich hatte es selbst kaum verstanden, wie sollten es dann die Genossen verstehen? »Wenn du mit deinen zwei Füßen an verschiedenen Ufern stehst, dann trägt das Wasser dich fort«, hatte sie gesagt. »Ich habe die Nase gestrichen voll von da drüben. Ich werde hierherkommen. Ich breche alle Brücken hinter mir ab.«

»Klingt plausibel, aber sei trotzdem auf der Hut. Man muss sich schon fragen, warum ein solches Juwel sich in dich verknallt hat. Okay, du bist ein hübscher Junge, aber trotzdem gibt es da einige Fragezeichen. Außerdem schwirren dieser undurchsichtige Typ und diese Frau immer noch um sie herum. Hab auch auf die beiden ein Auge, Genosse, der Rest ist deine Sache.«

Als ich Derin fragte, was Teo denn so trieb, wurde sie wütend und fuhr mir über den Mund: »Teo ist mit seiner Forschungsarbeit beschäftigt, und Ülkü düst mit ihm gemeinsam durch Istanbul. Ich sehe sie auch kaum. Wieso interessierst du dich überhaupt für Teo?«

Ich hätte ihr ja kaum sagen können: »Die Organisation hegt den Verdacht, dass er ein CIA-Agent sein könnte, und meine Aufgabe ist es, ihn zu beschatten.« Stattdessen sagte ich: »Ich bin eifersüchtig, deshalb.« So ganz gelogen war das nicht.

Mitte Februar kehrte Derin nach Lausanne zurück, um mit ihrem Professor zu sprechen und die Prüfungen zweier Pflichtveranstaltungen nachzuholen. Meine Mutter hatte längst mit Güldalı geredet; Derin hatte einige Monatsmieten in bar vorausgezahlt und einem meiner Vetter, der im Baugewerbe arbeitete, eine ordentliche Summe Geld dagelassen, um das Haus bewohnbarer zu machen. Einen Tag vor ihrer Abreise trafen wir uns in unserem Stammcafé in Ortaköy. »Wenn ich zurück bin, wirst du sehen, wie viel schöner alles geworden ist«, schwärmte sie. »Der Platz, an dem Güldalıs Gecekondu steht, ist herrlich. Davor freies Feld, gegenüber das Meer, junge Bäume im Garten, vor dem Haus eine Laube mit Glyzinen. Lass es erst einmal Frühling werden, dann wirst du sehen, wie der Efeu und die Bäume blühen und wie bunt die Wiesen sind.«

Güldalı kannte ich flüchtig. Ihr Mann Hüseyin war Alevit, sie selbst war Sunnitin. Ich hatte gehört, dass sie sich dem Ehrenkodex widersetzt und ihre Familie und ihre Heimat verlassen hatte, um mit ihm zu gehen; eine Liebesgeschichte wie die von Leyla und Mecnun. Dann verschwand Hüseyin *Abi* von der Bildfläche. Es hieß, er sei in die Berge gegangen und habe sich der Organisation angeschlossen. Meine Eltern kritisierten ihn, weil er seine junge Frau mit dem Neugeborenen völlig mittellos zurückgelassen hatte. »Aber Güldalı kommt kein böses Wort über die Lippen, sie sagt bloß immer, eines Tages würde er wieder zurückkommen. Das muss Liebe sein«, wunderten sie sich.

Am Tag, als meine Liebste ging, verspürte ich Stiche in

der Magengrube. Zur Startzeit ihres Flugzeugs starrte ich in den Himmel. Es wehte ein hässlicher Wind, gefolgt von einem Schneesturm. Ein Überdruss, ähnlich dem, den ich in der Exekutionsnacht empfunden hatte, breitete sich in meiner Brust aus. Wenn ich Derin verlor …

Aber sie kam zurück, und sogar viel früher, als ich erwartet hatte.

»Wenn Güldalıs Haus fertig ist, möchte ich noch diese Woche umziehen«, sagte sie am Telefon. »Wir kommen zusammen mit Ülkü, um es uns anzusehen.«

Wie sehr sie mir gefehlt hatte! Eigentlich hätte ich vor Freude in die Luft springen müssen, aber gleichzeitig verspürte ich eine seltsame Beklommenheit. Während ihrer Abwesenheit war ich voll des Glücks gewesen, hatte kaum glauben können, dass sie mein war. Doch wenn sie bei mir war, bedeutete das unbeantwortete Fragen, Unklarheiten, überraschende Entscheidungen, eigenwillige Schritte. Und Angst, sie jeden Moment verlieren zu können. Gerade als es mir gelungen war, mich vom kleinbürgerlichen Gemecker zu befreien und mir das stählerne Gewand revolutionärer Moral anzulegen, meine Gefühle im Zaum zu halten und mein Herz zu stählen, musste ich befürchten, dass Derin meinen Panzer knacken würde. Ich gewann allmählich das Vertrauen der Führung, stieg innerhalb der Organisation auf und argwöhnte, dass Derin mit ihrem exzentrischen Gebaren, ihrem kritischen Wesen und ihrem bürgerlich-intellektuellen Verhalten ein Hindernis für mich darstellen könnte.

Als ich zu Güldalıs Haus ging, um Derin und Ülkü zu treffen, waren sie bereits dort und saßen unter der Laube. Die Glyzine stand in voller Blüte, wohl weil der Frühling dieses Jahr früh Einzug gehalten hatte, und das knallige

Rosa des blühenden Pfirsichbaums in der Ecke bezauberte sogar mich. Die Rosen, die Güldalı in rostige Blechkanister gepflanzt hatte, trugen schon Knospen, und auf dem Feld am Abhang blühten schneeweiß die Margeriten.

»Wahrhaft paradiesisch, nicht wahr?«, meinte Derin.

»So ist es. Vor allem die Glyzinen und dieser rosa blühende Baum! Ich überlege allmählich, ob ich nicht auch hierherziehen soll«, sagte Ülkü.

»Im Winter ist es anders, da ist das Leben hart«, warf ich instinktiv ein, um sie von der Idee abzubringen.

»Im Winter hat es einen ganz anderen Reiz. Es kommt immer darauf an, was man erwartet.«

»Stimmt«, sagte Güldalı. »Als mein Hüseyin noch hier war, konnten wir uns nicht daran sattsehen, wenn es schneite. Er träumte immer davon, wie sein Sohn mit dem Schlitten die Hänge hinunterfährt und er hinterherrennt.«

»*İnşallah* wird das alles passieren«, meinte Ülkü. »Wie alt ist der Kleine denn jetzt?«

»Er ist in dem Monat geboren, in dem das Erdbeben stattfand. Deswegen haben wir ihn ja auch Umut genannt. Wegen der Aufregung um das Erdbeben hatte ich eine Frühgeburt, und der Arme musste über einen Monat im Krankenhaus bleiben, im Brutkasten oder wie man das nennt, in diesem Glasgefäß eben. Wir wussten nicht, ob er überleben würde, und fragten den Arzt. ›Unsere Hoffnung ist groß‹, meinte er. Özgür sollte er heißen, wie der Sohn meines Schwagers, aber dann schlug mein Mann vor, ihn Umut zu nennen. Umut – Hoffnung auf Leben, Hoffnung auf bessere Tage.«

Einen Moment lang senkte sich Schweigen über die Laube. Der vom Meer heraufziehende Wind wehte den flüchtigen Duft der Glyzinen herüber. Der kleine Umut, der sich satt getrunken hatte, strampelte mit seinen nackten Beinchen und lächelte,

Mit Güldalıs Erlaubnis zeigte Derin ihrer Freundin Ülkü das Haus. Mein Vetter hatte alle gewünschten Veränderungen vorgenommen. Bad und Küche hatte er in wahre Schmuckstücke verwandelt. Auf dem Boden mussten nur noch Fliesen verlegt werden, deren Farbe Derin aussuchen würde.

»Meinen Computer, den Schreibtisch und mein Bett bringe ich her, sobald alles fertig ist«, meinte Derin freudestrahlend. »Und Umut braucht mittlerweile ein Babybett.«

»Darum kümmere ich mich«, reagierte Ülkü sofort.

Verstehe einer die Frauen, dachte ich. Ob aus der Stadt oder dem Dorf, ob Proletarierin oder Bourgeoise, alt oder jung, stets gehen sie mit Begeisterung zur Sache, wenn sich ihnen eine neue Aufgabe stellt. »Die Frau gebiert, sie schafft Leben und lässt es wachsen, deshalb begegnet sie dem Leben mit mehr Kraft und Ausdauer als der Mann«, pflegt meine Mutter zu sagen, und damit hat sie wohl recht.

Eine Woche später zog Derin in Güldalıs Haus ein. Sie brachte auch den Kater mit. »In Anbetracht der Tatsache, dass ich Felix mitgebracht habe, ist das ab jetzt mein eigentliches Zuhause«, meinte sie. »Das Zimmer in der Villa habe ich aber nicht aufgegeben. Wenn ich ganz umgezogen wäre, hätten alle protestiert. Ein bisschen hier, ein bisschen dort, so komme ich schon zurecht. Außerdem will ich mich auch ernsthaft um meine Doktorarbeit kümmern.«

Das wusste ich, denn wenn sie sich an etwas festgebissen hatte oder fest an etwas glaubte, dann tat sie auch alles, um es zu Ende zu führen.

Überzeugungen und Opfer

I

»Erinnerst du dich, Teo? Zum ersten Mal sind wir uns in Paris auf dem Symposium ›Islamische Spuren in der Byzantinischen Kunst‹ begegnet. Das ist jetzt mehr als zehn Jahre her. Du sagtest damals: ›Byzanz hieß zu seiner Zeit nicht Byzanz. Erst Jahrhunderte nach dem Zerfall dieser geheimnisumwobenen, legendären Zivilisation gab man ihr diesen mystischen Namen.‹ An dem Tag sagte ich mir: ›In dem Kerl steckt was.‹ Du hattest recht; in Byzanz und Konstantinopel sind Wahrheit und Legende derart ineinander verflochten, dass du die reine Wahrheit – sollte es sie überhaupt geben – nie herausfinden wirst. Die Historie anderer Städte wird ausgeschmückt und so zur Legende gemacht, in dieser Stadt aber wird die Legende zur Historie. Seit zweitausendsiebenhundert Jahren ist alles Märchen, Mythos, Glaube, Leugnung, Dichtung und Geheimnis. Auch heute findet jeder Glaube hier seine Jünger. Du weißt ja, es gibt keine Legende ohne Glauben, und keinen Glauben ohne Legende. Istanbul ist keine Stadt des Verstands, sondern des Glaubens. Deshalb hielten sich unsere positivistischen Aufklärer auch lange Zeit von Istanbul fern, und noch immer begegnen sie der Stadt mit Zweifeln. Istanbul kann man nicht wie Ankara auf dem

Reißbrett entwerfen und mit den sechs Pfeilen regieren. Die Seele Istanbuls widersetzt sich.«

Während der liebe Mete über die Stadt sprach, von der er mindestens genauso verzaubert war wie ich, benutzte er wie gewohnt eine poetische, metaphorische Sprache, die er mit politischen Anspielungen würzte. In der Hoffnung, spezielle Dokumente zu finden, die es in den westlichen Archiven nicht gab, warteten wir auf die letzte Unterschrift des Zuständigen, dem wir seit Tagen die Tür einrannten, um den Zutritt ins Lager eines bestimmten Archivs zu erwirken. Um die Wartezeit ein wenig zu verkürzen, besichtigten wir noch einmal die Hagia Sophia. Der höchste Tempel der Hauptstadt der drei Glaubensrichtungen: die Heilige Weisheit.

»In dieser Stadt kämpfen die Anhänger verschiedener Glaubensrichtungen gegeneinander und rotten sich gegenseitig aus. Die Wurzel dessen, woran der Gläubige glaubt, liegt immer im Gott dessen, den er für ungläubig erachtet und den er zu vernichten trachtet. Die Massen haben von dieser Tatsache keine Ahnung, und diejenigen, die es wissen, vergessen es allzu oft; die Herrschenden wiederum setzen mit Waffen, Terror und Tod ihren Glauben durch. Diese Märchen von Toleranz, die wir Aufgeklärte so gern hören, haben weder Hand noch Fuß. Der dominierende Glaube erobert die Stadt und setzt alles daran, Andersgläubige auszumerzen. Nur die Besiegten kommen im schmerzvollen Schmelztiegel der Niederlage einander näher. Was man Toleranz nennt, erfordert selbstbewusste, reife Identitäten; dabei ist in dieser Stadt jeder zu jeder Zeit ein Fremder. Die Stadt zieht jeden an, nimmt ihn in sich auf und macht ihn unweigerlich zum anderen.«

Seit Beginn unserer Zusammenarbeit hatte ich mich an

ähnliche Ansprachen aus seinem Munde gewöhnt. Diese Art, laut zu denken, die andere vielleicht als abstoßend empfunden hätten, war Metes Weg, die eigenen Gedanken durch ein Sieb zu schütteln.

»Womöglich bin ich der unverfälschteste andere«, sinnierte ich. »So fremd ich in Istanbul bin, so fremd bin ich auch in anderen Städten oder Ländern, ob in den USA oder in Frankreich, und mehr noch in Griechenland.«

Sein Kinderlachen, in das er bei jeder Gelegenheit ausbrach, erschallte unter der Kuppel der Hagia Sophia. »Du bist der wahrhaftigste *palikarya*, Teo. Der andere zu sein ist deine Identität. Dein Problem ist der Fremde in dir. Mit ihm musst du dich versöhnen und du selbst werden.«

»Werden wir das Tor finden, Mete?«, fragte ich wie aus heiterem Himmel.

Mit seiner erstaunlichen Intelligenz begriff er den Zusammenhang sofort. »Bei mir bin ich mir nicht sicher, aber du wirst es finden. Ich helfe dir nur, mehr kann ich nicht tun. Ich weiß nicht, was dich erwartet, wenn du das Tor öffnest und jenseits der Bäume ankommst. Aber wenn du mich fragst, ob sich die Suche lohnt, dann antworte ich mit ja.«

Er ergriff meinen Arm und lenkte mich in eine andere Ecke, vor das berühmte Mosaik, auf dem Konstantin und Justinian der thronenden Jungfrau Maria mit dem Jesuskind im Schoß Konstantinopel und die Hagia Sophia darbieten.

»Alles ist Symbol. Das Leben des denkenden Menschen ist ein System aus Symbolen. Sieh dir dieses Mosaik an: Neben der Gesamtsymbolik des Wandbilds weist jeder einzelne Mosaikstein, jedes Detail auf etwas anderes hin, als es eigentlich darstellt. Wie viele Glaubensformen es auch geben mag, vom Vielgötterglauben zu den monotheistischen Religionen, vom Buddhismus zum Schamanismus, vom Marxismus zum Nazismus, vom Nationalismus zum Internationalismus – alle drücken sich in Symbolen und Bildern aus, beeindrucken mit Bildern, und um der Symbole willen kratzen die Menschen sich gegenseitig die Augen aus. Glauben schafft Symbole, und allmählich treten diese Symbole an die Stelle des Glaubens. Kriege führt man meist nicht um des Glaubens, sondern um der Symbole willen. Eine solch dumme Kreatur ist der Homo sapiens.«

Er hatte sich von seinen Gedanken und Ausführungen mitreißen lassen. Er hielt mich am Arm fest und schleppte mich zum Ausgang. »Schau nach oben und sieh dir dieses Mosaik an: Der in einen purpurnen Seidenkaftan gehüllte Mann mit dem Heiligenschein über dem Kopf, der vor Jesus auf die Knie fällt, ist der Kaiser höchstpersönlich. Wie du weißt, durfte nur er purpurne Seide tragen, denn das war das Privileg des Porphyrogennetos, des in Purpur Geborenen, also des Kaisers und seiner Familie. Nichtadelige und das Volk wurden dafür mit dem Tod bestraft. Purpurne Seide allein genügt, um ein System zu verstehen, in dem Tatsachen nichts, Symbole aber alles sind. Dieser Kaiser, der in purpurner Seide auf die Knie fällt, ist Leon VI., der Weise. Weltliche Macht beugt sich der himmlischen … Erinnere dich an die ikonoklastische Periode: Bilderverehrer wurden gezwungen, ihren Glauben zu leugnen, auf unvorstellbare Weise zu Tode gefoltert; nicht einmal Religionsgelehrte konnten sich vor der Gewalt retten. Aber jeder trug seine Heiligenbilder in seinem Herzen, und am Ende siegten diese Bilder. Wenn du mich fragst, ist der Mensch kein denkendes Tier, sondern ein Tier, das in Bildern und Symbolen lebt.«

Die purpurne Farbe des Kaisergewands war tatsächlich überwältigend; zumindest erschien sie mir so unter dem Eindruck von Metes Worten. Die Unantastbarkeit, die Heiligkeit der Farben und Formen; die Hartnäckigkeit der fest mit dem Glauben verbundenen Symbole …

»Was dein Tor angeht, ist die Suche so wichtig wie das Finden, vielleicht sogar wichtiger«, sagte er. »Das Entscheidende aber ist, wohin das Tor führt. Das ist meiner Meinung nach das Spannende an der Sache.«

All diese Exkursionen, die prachtvollen Reden Mete Ünsalans, die in meinen westlichen Schablonen Risse verursachten, mein schnelles Vorankommen in der Auslegung der Symbole – all das war schön und gut, aber in meiner Recherche war ich noch keinen Schritt weitergekommen.

Gemäß meinem Vertrag mit der Universität kehrte ich für ein paar Seminare nach New York zurück. Mitte Juli flog ich wieder nach Istanbul. Die Blütezeit des Judasbaums war vorüber. Es schien, als seien die geheimnisvollen Zeichen verschwunden und der Zauber gebrochen. Es herrschte große Hitze, die Stadt war schmutzig und von Menschen überlaufen. Ich sah Frauen im schwarzen Tschador und mit dunkler Sonnenbrille, verschleierte junge Frauen in langen Mänteln über Jeans und Markenturnschuhen, halbnackte Frauen und Mädchen in dünnen bauchfreien Trägerhemdchen und Röcken, die dort aufhörten, wo ihre Beine anfingen, schwitzende schnauzbärtige Männer mit offenem Hemd und hochgekrempelten Ärmeln, Reiche und Prominente, die es sich in ihren Jeeps und teuren Schlitten bequem gemacht hatten oder mit ihren Segel- und Motoryachten auf den Bosporus hinausfuhren, junge Männer mit Rucksäcken, engumschlungene

Paare und verarmte Bauern, die in dunklen Pumphosen und schmutzigen, am Rücken klebenden Hemden aus allen Teilen Anatoliens in die Stadt strömten – Menschen über Menschen, die einen unglaublichen Mischmasch aus Farben, Gerüchen und Sprachen bildeten, der sich durch Straßen und Parks, entlang der Uferpromenaden und über die Hügel bewegte. Die bunt zusammengewürfelten Menschenmassen ließen mich an die Wohnsiedlungen, Residenzen und Villen an den Hängen beidseitig des Bosporus denken, an die Sommerhäuser entlang der Küste, die unweit der heruntergekommenen Viertel und Gecekondus auf den Hügeln lagen, nebeneinander, doch ohne einander zu berühren, eine stille Harmonie, die jeden Moment explodieren konnte …

In jenem Sommer war die Hitze derart unerträglich, dass es, außer am Meeresufer, sogar abends unmöglich war, sich abzukühlen. Einige Quellen, die mir in den USA in die Hände gefallen waren, und vor allem einige Schlussfolgerungen, die ich aus dem sprachlichen Vergleich des Gedichts mit dem Griechisch der verschiedenen byzantinischen Epochen ziehen konnte, machten es erforderlich, einige Ecken der Stadt noch einmal zu besichtigen. Die Hitze zwang mich, entweder frühmorgens oder am späten Nachmittag aus dem Haus zu gehen. Unter dem Vorwand, sie fühle sich bei dem Wetter »wie zerschlagen«, begleitete Ülkü mich mittlerweile nicht mehr auf meinen Ausflügen.

Eine innere Stimme sagte mir, dass ich zunächst nach Ayvansaray zum Blachernen-Palast gehen sollte. Mein mittlerweile beinahe erloschener Ehrgeiz, das Judasbaumtor zu finden, war neu entfacht. Ich glaubte wieder daran, es zu finden. Während die stechende Kraft der Sonne nachzulassen begann, lief ich zwischen kalkverputzten alten Häusern, heruntergekommenen Villen und hässlichen Betonbauten auf schiefen Pflasterstraßen die Stadtmauer entlang. Auf der Flucht vor der stickigen Luft ihrer Häuser hatten sich die Leute aus der Nachbarschaft auf dem von Unkraut und Müll übersäten Gelände vor dem Tekfur-Palast ausgebreitet. Verschleierte Frauen, die häkelten, barfüßige Kleinkinder in abgewetzter Kleidung, Zigeunermädchen in knallbunten Kleidern, dicke Männer in weiten Hosen und weißen Unterhemden, deren Armausschnitte fast bis zur Hüfte reichten ... Hätte sich hinter dieser Menge, die sich in Zeit und Ort geirrt zu haben schien, nicht die Fassade des Tekfur-Palastes in all ihrer byzantinischen Pracht erhoben, hätte ich mich wohl selbst gewundert, was ich hier eigentlich zu suchen hatte.

Halbnackte Zigeunerkinder skandieren »Tourist, Tourist, Tourist!«, während sie sich um mich herum versammeln. »Ich bin kein Tourist«, entgegne ich mit meinem wenig überzeugenden Akzent. »Tourist, Tourist, Tourist ...« Der Kreis wird immer enger. In meinen Taschen suche ich nach etwas, was ich verteilen könnte, Bonbons, Zigaretten, Stifte, aber ich finde einfach nichts. Plötzlich fürchte ich mich vor den Kindern; Panik ergreift Besitz von mir, so unbegründet meine Angst auch sein mag. Beim Versuch, durch eine Öffnung im Stacheldrahtzaun auf die Straße zu gelangen, strauchle ich. Die Kinder umringen mich noch immer. Sie schreien durcheinander, sagen etwas in einer mir unverständlichen Sprache, strecken ihre Hände aus und versuchen, sich an den Hosenbeinen festzuhalten. Mit aller Kraft reiße ich mich los und renne an der Stadtmauer entlang in Richtung Anemas-Turm.

Mit dem Gefühl, eine solche Angst und Bedrängnis

schon einmal erlebt zu haben, hetze ich den Hang hinunter. Die schmächtigen dunklen Kinder in ihren Fetzen rennen hinter mir her. Ich laufe weiter, während die Kinder mich kreischend verfolgen, und stürze in den Garten vor der Moschee. Die Kinder trauen sich nicht weiter, schubsend und rangelnd verziehen sie sich wieder den Hang hinauf, bis ihre Stimmen nicht mehr zu hören sind. Ich stehe am restaurierten Eingang des Turms auf der oberen Stufe des Verlieses, das sich nach unten erstreckt wie ein endlos tiefer Brunnen. Noch ein Schritt … Ich schließe die Augen und sinke zu Boden. Mir ist schwindelig. Die letzten rötlichen Strahlen der untergehenden Sonne dringen durch meine geschlossenen Augenlider. Ich lehne mich mit dem Rücken an tausend Jahre alte, von der Sonne glühend heiße Steine. Vor mir erstrecken sich Istanbul und das Goldene Horn. Von unten dringt der Lärm der direkt an der Stadtmauer entlangführenden Umgehungsstraße herauf. Ich fühle mich, als hätte ich mich nicht auf einem eingestürzten Turm, sondern auf einem Berggipfel niedergelassen. Wenn ich aufstehen und den Mut aufbringen könnte, vom Eingang des abgrundtiefen Kerkers über die Holzbretter bis zu den breiten Schießscharten zu gehen, hätte ich Gelegenheit, mir diesen Teil des Walls aus der Vogelperspektive zu betrachten, doch ich habe keine Kraft mehr. Von der Stelle, an der ich niedergesunken bin, blicke ich auf das rötlich schimmernde Wasser des Goldenen Horns, den Friedhof gegenüber und die um ihn herum errichteten Betonsiedlungen. Mein Kindheitsalptraum lauert in der Tiefe des endlosen Kerkerlochs. Ich bin kurz davor hinabzustürzen, aber ich stürze nicht, ich wache auch nicht auf, um mich in Sicherheit zu bringen.

Auch die letzten rötlichen Sonnenstrahlen verschwinden. Eine leichte Abendbrise kommt auf. An die Stelle von Angst und Panik treten allmählich Entspannung und süße Müdigkeit. Ich stelle mir die Terrassen des Blachernen-Palasts vor, die sich mit ihren hängenden Gärten bis ans Goldene Horn erstreckten: Terrassen mit Palästen, die Reisende aus dem Westen mit der Pracht des Orients verzauberten, mit Tempeln, in denen sich heilige Relikte verbargen, Gärten mit seltenen Vögeln, Bäumen und Pflanzen, Empfangssäle, an deren Wänden in mit Blattgold überzogenen Lettern die Namen aller dreihundert vom Kaiser eroberten Städte geschrieben standen. Nicht einmal tausend Jahre sind seither vergangen. Wer außer einer Handvoll Byzantologen und interessierter Touristen erinnert sich schon an all das, wen kümmert es und warum sollte es auch? Welche Ahnung von dem, was sich in Blachernai abspielte, haben diese Menschen, die auf den Palastruinen in verwahrlosten Hütten mit Blechdächern und Regenrinnen aus Plastikfolie Unterschlupf gefunden haben, vor denen rosaweißer Hibiskus blüht? Denken die Menschen, die in den Moscheen zum rituellen Gebet antreten, daran, welchen Gott man vor tausend Jahren am selben Ort anflehte? Haben die in den schwarzen Tschador der Jungfrau Maria gehüllten Frauen auch schon vor tausend Jahren hier gelebt? Und was ist in tausend Jahren? Wer wird sich in tausend Jahren an gestern, heute, Byzanz, Konstantinopel und Istanbul erinnern? Wer wird sich der Stadttore entsinnen? Und wozu überhaupt? Das Tor, nach dem ich suche, befindet sich womöglich in einigen hundert Metern Entfernung unter dem Anemas-Turm, gleich neben dem Kerker. Wer weiß, über wie viele mittlerweile namenlose Tore diese als unüberwindlich geltenden Mauern verfügten, wie viele eingestürzte, vergessene, von Unkraut überwucherte, verschlossene Tore … Was hatte das alles zu bedeuten? Wenn ich die Stelle des Tors fand, würde ich fraglos wieder jene Befriedigung und Euphorie erleben, wie sie mir in meinem Berufsleben schon einige Male zuteilgeworden war. Und danach? Danach würde mein Leben seinen gewohnten, ruhigen und sinnlosen Gang gehen, bis zur nächsten Euphorie. Danach?

Während über dem endlosen Brunnen meiner Alpträume der lavendelfarbene Istanbuler Abend hereinbricht, begreife ich, dass ich der Frage nach dem »Danach« nicht entgehen kann, dass es vielleicht keine Antwort gibt oder womöglich alle Antworten nur zu blanker Ratlosigkeit führen.

Genau in dem Moment entdecke ich ihn im Lavendelblau der Nacht zwischen den eingestürzten Befestigungsmauern. Er lehnt neben einem Mauerbogen an einer einsamen Marmorsäule und sieht mich mit unbewegter Miene an: der Prinz der Slums. So nannte ihn Derin manchmal zärtlich, als wolle sie sich bei ihrer Umgebung entschuldigen. Hier, zwischen den Ruinen des Anemas-Turms, erinnert er in seiner hautengen Hose und dem weiten weißen Hemd eher an die Silhouette eines byzantinischen Prinzen.

Wir gehen direkt aufeinander zu. Schritt für Schritt, langsam und gemächlich. Auch vor tausend Jahren wären wir so gegangen. Sind wir Freunde oder Feinde? Waren wir vor tausend Jahren Freunde oder Feinde? Wer von uns trägt das kaiserliche Wappen, wer kennt das Geheimnis des längst geschlossenen Judasbaumtors? Wir gehen direkt aufeinander zu, gemächlich, unentschlossen. Er muss mir gefolgt sein. Aber warum? Wir hätten uns treffen können, wann immer er will. Wir sind keine Konkurrenten, das dürfte er wissen. Waren wir vor tausend Jahren Konkurrenten? In welche Prinzessin waren wir verliebt, in welchem Kloster war sie eingesperrt? Welche Macht konnten wir nicht miteinander teilen? Ich verspüre ein entsetzliches Kribbeln im Kopf, das meinen Blick behindert, eine Verwirrung in Zeit, Raum und Realität. Liegt es an der Hitze? Es liegt an der Hitze und daran, dass ich vorher am Rand des abgrundtiefen Brunnens gestanden habe.

»Hallo«, sagt er. »Ich verfolge Sie schon eine ganze Weile. Erkennen Sie mich wieder, *Bay* Teo?«

»Natürlich«, antworte ich ein wenig erstaunt. »Wie sollte ich Sie nicht wiedererkennen?«

»Die Istanbuler Hitze ist Ihnen scheinbar nicht bekommen. Sie zittern, *Bay* Teo. Setzen Sie sich hier auf die Marmorstufe, wenn Sie mögen.«

Er bietet mir eine Zigarette an.

»Ich rauche nicht«, lehne ich ab. Er sieht besorgt aus, blickt aber gleichzeitig leicht spöttisch drein. »Ich bin Nichtraucher«, lehne ich erneut ab. »Ich glaube, es ist die Hitze, so wie Sie gesagt haben, die hohe Luftfeuchtigkeit. Es ist wirklich drückend schwül.«

»Derin hat erzählt, dass Sie ein antikes Tor suchen. Hier?«

»Es könnte hier sein, aber genauso gut auch woanders. Es handelt sich übrigens um ein Stadttor, dessen Name nur in einem handschriftlichen Gedicht auftaucht, dessen wahre Existenz zweifelhaft ist. In den bekannten Quellen gibt es keine Referenz.«

»Wie, keine Referenz?«

»Ich meine, das Tor wird nicht erwähnt. Sagt man dazu nicht Referenz?«

»Sagt man vielleicht, aber unsereins versteht das nicht.

Ist es nicht merkwürdig, dass Sie Wörter kennen, die wir nicht verstehen? Glauben Sie wirklich, dass es ein solches Tor gibt, *Bay* Teo? Halten Sie das für eine glaubwürdige Geschichte?«

»Und ob. Mit Metes Hilfe bin ich an einige bisher für mich unerreichbare Quellen gekommen. Sie kennen ihn, ich spreche von Professor Mete Ünsalan. Ich habe neue Hinweise entdeckt. Ja, ich glaube, dass ich das Tor finden werde.«

»Sie werden es nicht finden, *Bay* Teo, denn dieses Tor gibt es nirgendwo außer in den verschlüsselten Akten Ihrer Geheimdienste.«

Seine Stimme ist eiskalt. Ein Schauder überläuft mich. Es ist kein Zufall, dass er hier ist. Er hat mich beobachtet. Aber warum, und seit wann? Will er mir sagen, dass man mich übers Ohr gehauen hat? Geheimdienste, verschlüsselte Akten … was hat das alles zu bedeuten?

»Gehen Sie nach Hause, *Bay* Teo. Hier ist es nicht sicher. Sie wissen selbst, dass dieses Tor nicht hier ist. Gehen Sie und suchen Sie Ihr Tor woanders. *Go home!* Gehen Sie nach Hause!«

Nach Hause gehen! Wo ist mein Zuhause? *Where is home?*

Mir wird übel. Ich spüre, dass ich Fieber bekomme, und plötzlich zittere ich wie in meiner Kindheit. Der Abendwind, der wenig Abkühlung bringt, umweht meinen Körper. Im Ohr die Stimme meines Vaters: »Als sie kamen, waren wir bereits seit zweitausend Jahren hier.« Wer sind wir? Verschlüsselte Akten, das Judasbaumtor, der Turm von Anemas … Die Stadt, die sich verliert in der vom Purpur über Lavendel ins Dunkelblau changierenden Lichternacht. Weiter unten das Dröhnen des nicht enden wollenden Abendverkehrs. Eine Märchenstraße aus roten Bremslichtern, die mich unweigerlich an die Treppe aus Feuerbällen erinnert, die in das Kristallschloss führte, von dem mir meine Mutter erzählte, wenn ich krank war und ein Recht darauf hatte, verwöhnt zu werden. Nur die Guten konnten über diese Treppe gehen, nur die Guten kamen in das Schloss.

»Mein Zuhause ist hier«, stammle ich. »Mein Zuhause ist hier, ich bin heimgekommen.«

Mir ist schwindelig, und plötzlich wird mir schwarz vor Augen. Das Hemd klebt mir am Körper. Ich glühe. Ich sinke an der zerbrochenen Marmorsäule herab, lehne mich mit dem Rücken an das warme Gestein. Die Treppe, die in den Abgrund führt, liegt direkt hinter mir. »Hier ist mein Zuhause, hier …«, wiederhole ich und bemerke, dass diese Worte in meinem Kopf nicht auf Türkisch oder Griechisch oder Englisch, sondern in einer Sprache widerhallen, die ich nie spreche, nie höre, aber bei weitem am besten beherrsche: meine eigene innere Sprache.

»Mein Zuhause ist hier, genau hier. Die Zeit mag nicht stimmen, aber der Ort ist richtig.«

»Ich verstehe kein Wort von dem, was du sagst. Ich mag es nicht, wenn man in Rätseln spricht, dein Zuhause ist nicht hier, *go home*, verschwinde von hier. Hör auf, Derin und diese Frau zu verfolgen. Was glaubst du, was du damit erreichst? Hinter was bist du her?«

»Hinter dem Tor und hinter mir selbst. Außerdem verfolge ich niemanden.«

Ich breche in schallendes Gelächter aus. Ich wundere mich über mich selbst, denn sonst lache ich nie so geräuschvoll, es muss am ansteigenden Fieber liegen. Mir ging es schon als Kind so. An den heißesten Sommertagen schwollen meine Mandeln an; mitten im Sommer bekam ich eine Erkältung. Ich sehne mich nach Ülkü, nach ihrer schützenden Hand. Wenn sie mir doch kalte Essigumschläge auf die Stirn legen, meine trockenen Lippen benetzen und mir etwas erzählen würde. Was sagte er, was sagte dieses Slumkind gerade? Sagte er, ich solle aufhören, die Frau zu verfolgen?

»Wen hast du da gerade Frau genannt?«, frage ich ihn und schlage dabei den ungehobelten Ton an, an den ich mich aus Kindertagen in Kuledibi und Kasımpaşa erinnere.

Er erschrickt. Das erkenne ich an seinem Zögern, an dem unentschlossenen Ausdruck in seinem byzantinischen Prinzengesicht, das in der gelben Turmbeleuchtung unfassbar schön und geheimnisvoll aussieht, und an seinem eingeschüchterten Blick. Würde ich offen reden und ihm freundschaftlich entgegentreten, könnte ich sein Vertrauen vielleicht gewinnen, aber dazu bin ich nicht imstande. Außerdem kann ich ihn nicht leiden.

»Ülkü wolltest du wahrscheinlich sagen. Ülkü ist meine Freundin. Ich bin keiner, der sich auf Befehl anderer von jemandem fernhält. Wenn du mich fragst, solltest eher du dich von Derin fernhalten. Selbst wenn ich der Agent wäre, für den mich eure primitive, paranoide Organisation hält, würde ich euch ganz sicher nicht bespitzeln. Ihr seid es nicht wert. Mein Zuhause, meine Heimaterde ist hier. Als ihr auf den Plan getreten seid, waren wir bereits seit zweitausend Jahren hier.«

Ich rede wie im Delirium. Wolken, angefüllt mit warmem Regen, ziehen durch meinen Kopf. Für den Bruchteil einer Sekunde denke ich, dass der Bursche gefährlich sein könnte, aber es ist mir egal. Aus dem Halbdunkel nähern sich einige Schatten den eingestürzten Turmmauern.

Mit unverschämtem Mut klettern sie über die schmalen Holzbretter und setzen sich in die Schießscharten. Es müssen Kinder aus der Nachbarschaft sein, die im Schutz der Ruinen Klebstoff schnüffeln.

»Wen du mit ›ihr‹ meinst, weiß ich nicht. Du bist völlig undurchschaubar. Keine deiner Geschichten scheint etwas mit der Wirklichkeit zu tun zu haben. Zwing mich oder uns nicht, herauszufinden, wer du bist. Lass es mich nicht noch einmal wiederholen. Verschwinde von hier, Teo, oder wer immer du bist! Bring dich und uns nicht in Schwierigkeiten. Das wird auch besser für die Leute sein, die du deine Freunde nennst. Sieh zu, dass wir uns nicht noch mal begegnen. Hau ein für alle Mal ab, komm, ich helfe dir, ein Taxi zu finden. Nachts ist es hier nicht sicher. Die Schnüffler und Fixer haben bereits ihre Plätze bezogen.«

Er streckt mir die Hand entgegen, um mir beim Aufstehen behilflich zu sein. »Ach du Scheiße, du bist ja wirklich krank. Geh sofort nach Hause.«

Ohne mich lange zu zieren, greife ich nach seiner Hand. Ich bin nicht mehr wütend auf ihn, ja, finde ihn auf einmal sogar sympathisch. »Stimmt, es wäre gut, wenn wir ein Taxi auftreiben könnten. Übrigens, warum hast du mich beobachtet? Lautet so dein Auftrag?«

»Du fragst zu viel, *Bay* Teo, lass gut sein. Vergiss nicht, verschwinde von hier, geh dahin, wo du hergekommen bist. Zwing mich nicht, andere Maßnahmen zu ergreifen. Dieses Tor gibt es nicht, und wenn, ist es sicher kein Menschenleben wert, oder? Geh und such anderswo nach anderen Toren.«

»Es gibt dieses Tor«, beharre ich, während ich taumelnd auf die Beine komme. »Es gibt dieses Tor. Es führt in mein

Zuhause, und wenn ich es gefunden habe, werde ich dorthin zurückkehren, wo immer es auch sein mag.«

Der heiße Sommer verging und verhieß einen heißen Herbst. *Heißer Sommer* war auch der Titel eines derzeit vieldiskutierten Artikels von Metes Freund Turgut Ersin. Ülkü hatte mir den Text zum Lesen gegeben. Der berühmte Kolumnist, mit dem Mete mich gleich am ersten Tag meines Istanbul-Aufenthalts bekannt gemacht hatte, kritisierte darin sowohl die gewaltbereiten Organisationen als auch Staat und Regierung, die weiterhin die Isolationshaft befürworteten und damit die Menschenrechte missachteten. Aus Protest gegen die Einzelhaft hatten Organisationsmitglieder in den Gefängnissen mit einem unbegrenzten Hungerstreik begonnen, auch »Todesfasten« genannt. Turgut Ersin schrieb in seinem Artikel außerdem über die Bedeutung von Menschenleben und warnte davor, dass im Falle des Todes der jungen Hungerstreikenden die gesamte Gesellschaft verantwortlich sei.

Mir war dieses Thema völlig fremd. Ich konnte nicht begreifen, warum die Gefangenen gegen Einzelzellen protestierten. Lieber eine Zelle für mich allein als eine Gemeinschaftszelle, sagte ich zu Ülkü. »Da kann man zumindest mal abschalten und muss sein Leben nicht mit einem Haufen fremder Leute teilen.«

»Drinnen denkt man anders«, erwiderte sie. »Mit meinem heutigen Verstand würde ich wohl auch die Einzelzelle vorziehen. Aber die politischen Häftlinge sind nicht unabhängig wie wir. Sie sind Bestandteile eines großen Organismus, Teile einer Organisation, als solche fühlen sie sich. Vollständig sind sie nur in der Gemeinschaft mit den Genossen, und gemeinsam mit ihnen atmen sie. Ich war auch einmal bei der Organisation, ich kenne diese Atmosphäre.«

Wir redeten nie über ihre politische Vergangenheit. Uns war klar, dass dieser Teil ihres Lebens uns voneinander entfernen würde. Nur von Umut hatte sie mir erzählt, aber nicht von den Ereignissen, sondern ihrem Schmerz, ihrem Schuldgefühl, ihrer Reue … »Ich habe ihn nie geliebt wie einen Sohn: Ich habe es nicht einmal geschafft, mich um ihn zu kümmern und ihn zu beschützen. Sie haben ihn umgebracht. Und ich bin mitverantwortlich.«

An einem anderen Tag, an dem sie ausgesprochen traurig wirkte, meinte sie: »Ich weiß nicht, wie das aus psychologischer Sicht zu beurteilen wäre. Vielleicht ist es eine Zwangsvorstellung, vielleicht eine schizophrene Situation, aber seit Umuts Tod scheint sich in meinem Kopf eine andere Denkebene aufgetan zu haben. So wie man Notenzeichen in ein Notensystem aus fünf Linien einträgt, so scheinen seither all meine Gedanken, alles, was ich sage und fühle, auf seinem Tod notiert zu sein. All meine Gefühle erklingen je nach ihrem Platz in Umuts Notensystem.«

In jenem Moment begriff ich, warum ich mich selbst in den fröhlichsten, ungezwungensten Augenblicken nicht des Gefühls erwehren konnte, dass sie in einer anderen Sphäre lebte. Als besäße sie keine Vergangenheit oder als hätte sie ihr früheres Leben an einem fernen Ort zurückgelassen und sei von dort in ein anderes gesprungen. Die einzige Brücke zwischen diesen beiden Leben war jenes Phänomen, das sie Notensystem nannte, und die Trauer darüber, ihren Sohn verloren, nein, ihn nie gefunden zu haben.

Ich erinnere mich an den Tag im September, an dem

wir in den Hügeln von Beylerbeyi nach der alten Villa suchten. Bevor wir Istanbul verließen, hatte mein Vater das Haus überstürzt und spottbillig veräußert. »Wenn wir sie behalten, warten sie bloß eine günstige Gelegenheit ab, um sie an sich zu reißen. Zuerst fällt sie an das Schatzamt, von da an die staatliche Immobilienbehörde oder wer sie sich sonst einverleibt. Sosehr die Justiz auch Fundament des Staats sein mag, so wenig wird das Recht auf nichtmoslemisches Eigentum angewendet. Am besten ist, alles schnellstens loszuwerden.« Seit dem Tag meiner Ankunft im letzten Jahr ging mir die Villa in dem Hain nicht mehr aus dem Sinn, aber irgendwie konnte ich mich nicht dazu bewegen hinzugehen. Ich fürchtete mich davor, das Holzhaus mit dem kühlen schattigen Garten und seinen Judasbäumen, die von gelben Rosen umrankte Pergola, das künstlich angelegte Felsbecken, in dessen wenige Zentimeter tiefem Wasser Algen und eine an Papyrus erinnernde Pflanze wild wucherten, den bunten Gartenzwerg in der Ecke und natürlich meine Kindheit nicht mehr dort vorzufinden. Ich wollte die Villa unversehrt in Erinnerung behalten als den märchenhaften Ort, an dem ich weit weg vom wahren Istanbul eine glückliche Kindheit verlebt hatte. An jenem Tag waren das warme Herbstwetter und das weiche gelbblaue Septemberlicht derart einladend, dass ich der Idee, mich mit Ülkü gemeinsam auf die letzte Reise in meine Kindheit zu begeben, nicht widerstehen konnte.

Das Haus lag im Wäldchen am Abhang mit Blick auf das Çengelköy-Tal. Ich entsinne mich, dass wir eine Weile mit dem Auto durch dichten Baumbestand hinauffuhren und dann zu Fuß weitermarschierten. Es war später Nachmittag, die Sonne ging bereits hinter Süleymaniye unter. Das Wäldchen aus meiner Kindheit hatte sich verändert, und es gab nicht mehr die alleinstehenden Villen, sondern mittlerweile drei- bis vierstöckige Mehrfamilienhäuser. Dennoch hatten die Jahre den vertrauten Harzgeruch nicht auslöschen können, und Pinien, Magnolien, Khakibäume mit gelben, orangengroßen Früchten, Sommerlinden, Kastanien, Maulbeer- und Walnussbäume standen, wenn auch weniger zahlreich, noch immer an ihrem Platz.

Als ich an der Kreuzung die drei mächtigen Pinien vor mir stehen sehe, stoße ich einen Freudenschrei aus. »Hier ist es! Hier müssen wir links abbiegen, dann geht es geradeaus weiter, dann rechts und auf dem kaum erkennbaren Pfad den Hang links hinunter.«

Meine vergessene Kindheit führt uns über den nach Harz duftenden Weg hinauf zu den drei mächtigen Bäumen. In einen der Bäume hatte ich meinen Namen geritzt, doch ich kann ihn nicht mehr finden. Vor Aufregung klopft mein Herz heftig. Jetzt nach links, dann den Weg hinauf, dann rechts und auf dem halb verschwundenen Pfad den Hang links herunter … Auf dem schattigen, mit kleinen Steinen bedeckten Weg rutscht meine Mutter aus, ich fasse sie um die Taille. Mein Kinderherz pocht.

»Lass uns langsam gehen und die Aussicht genießen«, schlägt Ülkü vor. »Es ist tatsächlich malerisch schön hier. Ich habe so etwas noch nie gesehen.«

Während wir den Pfad hinaufwandern, hake ich mich bei ihr unter. Wir haben Mühe, den nach rechts abzweigenden Weg zu finden. Dort hat man wohl ein Haus gebaut, und wo früher der Weg entlangführte, liegt heute ein Garten. Wir biegen in den schmalen, sich ins Çengelköy-Tal schlängelnden Feldweg ein. Hier stehen restaurierte alte Villen, an die ich mich aber nicht erinnern kann. Wachhäuschen an den Eingangstoren, hohe, mit Stacheldraht bewehrte

Gartenmauern, Schilder, die vor bissigen Hunden warnen. Früher gab es zahlreiche verlassene, heruntergekommene Holzhäuser in dieser Gegend; sie müssen alle restauriert worden sein.

»Ich glaube, ich habe mich im Weg geirrt«, sage ich, lege meinen Arm um Ülküs Schulter und ziehe sie an mich.

Der kleine Junge rennt vor seiner Mutter her und versteckt sich zwischen Brombeersträuchern und Lorbeerhecken. Nach einer Weile wird die Mutter nervös und sucht nach ihrem Sohn: »Teo, wo bist du, Theodoraki?« Der kleine Junge genießt die Aufregung seiner fürsorglichen Mutter. Er weiß, seine Mutter kann ohne ihn nicht sein, und er liebt sie abgöttisch.

Dort, auf dem bewaldeten Hügel rechts von uns, erkenne ich das Haus an seinem Schornstein aus roten Ziegeln und den Bäumen im Garten. Es ist verwittert und weist Brandspuren auf. Freude, Staunen, Erregung! »Es ist noch genauso, wie es war, unglaublich!« Es muss einen Weg geben, aber wir finden ihn nicht, stolpern stattdessen den Hang hinauf. Ich hatte befürchtet, entweder einen Wohnblock oder das geschmacklose Haus eines Neureichen vorzufinden. Auch wenn ein Teil niedergebrannt und das Haus stellenweise eingestürzt ist, so lebt seine Seele doch weiter. Wie seltsam, es ist kleiner als in meiner Erinnerung! Spinnweben hängen in den zerbrochenen Fenstern im Erdgeschoss. Die mit Einlegearbeiten verzierte Haustür, die mein Vater extra aus Safranbolu hatte herbringen lassen, gibt es nicht mehr; die marmornen Treppenstufen sind zerborsten und von Moos überwuchert. Ich halte Ülkü an der Hand und betrete mit ihr zusammen das Haus. Die in den ersten Stock führende Holztreppe ist teilweise verbrannt und eingestürzt, aber die Flügel der Engel in dem alten Wandgemälde sind noch auszumachen. Mobiliar ist nirgends zu sehen; offensichtlich haben die Käufer nicht lange hier gelebt oder sind nach dem Brand ausgezogen. In mir wächst der unbändige Wunsch, die Besitzer zu finden, um ihnen das Haus abzukaufen und hierherzuziehen.

»Vielleicht stand das Judasbaumtor hier an dieser Stelle«, sage ich zu Ülkü. »Ich möchte das Haus unbedingt zurückkaufen. Wir müssen hier leben, wenn die Judasbäume blühen. Es ist ein wahres Wunder, dass das Haus noch steht – als hätte es jahrelang darauf gewartet, dass ich zurückkomme, um es wiederzufinden. Ich will dieses Haus. Ich werde hierher zurückkehren.«

Wir haben nicht bemerkt, dass die Sonne längst untergegangen ist. Ein rötlich gelbes Licht fällt ins Haus. In diesem seltsamen Licht verwandelt sich Ülküs Silhouette in den unstet in den Zimmern umherwandernden Schatten meiner gelangweilten Mutter. »Lass uns gehen. Ich werde versuchen, das Haus zurückzubekommen.« Bei diesen Worten stelle ich fest, dass meine Leidenschaft mehr dem Rückkauf dieses Hauses als dem Judasbaumtor gilt.

Als wir unten an der Anlegestelle in Beylerbeyi ankamen, war die violett marmorierte Abenddämmerung bereits hereingebrochen. Es war Ende September und entsprechend kühl geworden. Wir setzten uns in eines der Cafés am Ufer. Ich bestellte einen Mokka ohne Zucker. Ich musste mich beruhigen. Eigentlich wäre etwas Hochprozentiges angebracht gewesen, doch da wir uns in der Nähe einer Moschee befanden, durften die umliegenden Cafés und Restaurants keinen Alkohol ausschenken. Innerlich verfluchte ich diejenigen, die für dieses Verbot verantwortlich waren.

Als Ülkü mit dem Kellner zu zanken begann, warum

es hier nichts Alkoholisches gäbe, und gleichzeitig überlegte, ob sie einen Tee oder einen Mokka trinken sollte, trat jener Mann an unseren Tisch heran. Er musste ein alter Bekannter von ihr sein. Sein Haar war ergraut, doch trotz seiner schlichten Kleidung wirkte er durchaus distinguiert.

»Atilla *Bey*, welch ein Zufall! Wohnen Sie mittlerweile hier in der Gegend?«

»Immer noch am selben Ort. Mein Haus ist gar nicht so weit entfernt.«

»Ich bin aber auf einem ganz anderen Weg zu Ihnen gekommen. Außerdem liegt Ihre Wohnung doch gar nicht am Meer.«

»Die Wege in Istanbul trügen. Aber Sie haben recht, unser Viertel liegt nicht direkt am Meer.«

Ülkü bat ihn, an unserem Tisch Platz zu nehmen, und stellte mich ihm vor: »Teo ist Byzanz-Experte. Er ist für eine Forschungsarbeit nach Istanbul gekommen.« Er begnügte sich damit, zum Gruß leicht zu nicken, und deutete damit an, dass er kein sonderliches Interesse daran hatte, sich zu uns zu setzen oder meine Bekanntschaft zu machen. Es schien, als wolle er etwas sagen, ohne so recht damit herausrücken zu wollen.

»Wir haben uns fast ein Jahr nicht gesehen«, sagte er schließlich. »Wahrscheinlich haben Sie nichts davon gehört.«

»Wovon?«

»Mein Sohn … Nach Jahren war er zurückgekommen, um einen Entschluss zu fassen. Er überlegte, ob er sich hier nicht ein neues Leben aufbauen sollte. Aber er ist tot, sie haben ihn erschossen. Und ich habe immer noch keine Antworten auf all meine Fragen erhalten.«

In jenem Moment spürte ich, wie Ülkü erzitterte. Sie stand auf und griff nach dem Arm des Mannes. Ich dachte, dass sie einander umarmen würden wie zwei alte Freunde, die das gleiche Schicksal ereilt hatte, doch das taten sie nicht; stattdessen wandten sie sich dem Bosporus zu und verharrten bewegungslos nebeneinander. Sie standen mit dem Rücken zu mir, aber ich spürte, dass sie auf den gleichen Punkt starrten. Sie waren jenseits aller Worte, hatten die Notwendigkeit zu reden und die Sprache überwunden. Hinter dem Tod ihrer Kinder steckte ein Geheimnis, das nur sie allein kannten, das sich mir niemals offenbaren würde. Schließlich sank Ülkü zurück auf ihren Stuhl, und der Mann ging wortlos davon, ohne sich noch einmal umzudrehen.

»Dieses Land frisst seine Kinder«, sagte ich in Erinnerung an die Worte meines Vaters.

»Was verstehst du schon davon? Das hier ist ein verfluchtes Land, und demnächst werden auch diese Hügel da drüben vom Tod erfasst. Die sich dort zum Sterben hinlegen, werden die Rolle des Opfers und die des Henkers spielen. Verschwinde von hier, Teo, verschwinde, bevor es zu spät ist.«

Dann begann sie zu weinen, laut schluchzend und ohne das Bedürfnis, ihre Tränen zu verbergen. Ich hatte sie noch nie weinen sehen, und nie zuvor war sie so weit entfernt von mir gewesen. Was sie mit jenem Mann teilte, der kein Freund sein konnte, da sie ihn ja *Bey* nannte – das Geheimnis, dieses Verstehen ohne Worte und das gemeinsame Leid –, war dafür verantwortlich, dass ich mich komplett ausgeschlossen fühlte. Nie zuvor hatte ich mich derart distanziert von meiner Geliebten gefühlt. Mich überkamen Zweifel, ob wir einander wirklich verstehen konnten. Ein jähes Gefühl tiefer Hoffnungslosigkeit ergriff Besitz von mir. Selbst das verwahrloste Haus im Wäldchen, das verlorene Paradies meiner Kindheit, war mir mit einem Mal vollkommen egal.

II

Es ist nicht einfach, an dieser Stelle fortzufahren. Sie werden sagen, dass ich mich selbst belüge und Hirngespinste habe. Als ich allerdings die letzten Sachen in Güldalıs Haus eingeräumt hatte, mit dem kleinen Umut auf dem Schoß unter der Laube saß und ihren frisch gebrühten Tee trank, war ich so glücklich wie schon lange nicht mehr. Ich verspürte ein unverfälschtes, unbeschwertes Katzenglück, wohl ähnlich dem des kleinen Felix, der weiter vorn auf der Mauer lag und sich träge putzte.

Die Pflaumen-, Pfirsich- und Apfelbäume hatten ihre Blüten abgeworfen, die Glyzinen waren verwelkt. Nun kam die Zeit der knallroten Granatapfelblüte, der rosa Hängegeranien, der gelb marmorierten Tagetes, der in allen Farben blühenden Portulakröschen, des weinroten Hahnenkamms und der duftenden Nelken. »Ich habe einen grünen Daumen«, sagte Güldalı. Und tatsächlich, die Gewächse und Blumen, die Peperoni und Gurken, die sie in einer Ecke ihres winzigen Gartens anpflanzte, gediehen einfach anders. »Man muss sie lieben«, meinte sie, »sie lieben und behüten. Liebe lässt das Leben blühen und gedeihen.«

Von Tag zu Tag kamen Güldalı und ich einander näher.

Da sie ihr Kind bei mir lassen konnte, ging sie privat zum Putzen und hatte abends alle möglichen Geschichten auf Lager. Sie konnte Menschen so herrlich beobachten. Oft erzählte sie von Hüseyin, in den langen Sommernächten, wenn wir den Tag hinter uns gelassen hatten und beim Tee unter der Laube plauderten, während der Mond allmählich über dem gegenüberliegenden Hügel aufstieg.

Ich versuchte jedes Mal die bedingungslose Liebe und Leidenschaft zu begreifen, die aus ihren Worten sprach, das uneingeschränkte Vertrauen, das sie ihrem Mann entgegenbrachte.

»Und, Güldalı, hattet ihr guten Sex? Ich meine, ausgiebig und …«

»Gibt es denn Liebe ohne herrlichen Sex, ohne das Gefühl, zu fliegen und den Verstand zu verlieren? Klar hatten wir wundervollen, hemmungslosen Sex. Wenn wir miteinander schliefen, konnten wir nicht genug voneinander kriegen. Hast du das noch nie erlebt?«

Mit kokettem Grinsen und Kichern überging ich die Frage. Direkt verneinen konnte ich sie nicht, denn dass es nicht nur um die Organisation ging, wenn Kerem Ali spätnachts zu mir kam, wusste Güldalı ebenso wie das ganze Viertel. Und da ich es gegenüber Kerem Ali unfair fand, meine Beziehung zu ihm rundweg zu leugnen, spielte ich die verschlossene, keusche junge Braut.

Es war ein heißer Sommer. Nicht nur die Atmosphäre kochte, auch unsere Hügel brannten. Journalisten, Schriftsteller, Künstler, Zivilpolizisten, Sympathisanten und Militante kamen und gingen … Angespanntes Abwarten … Und dann kam der Herbst.

Wie soll man den Herbst 2000 erklären? Er war wie ein goldgelber Schimmer, ein warmer Meltemi, eine sanfte

Berührung. Wie staubige Straßen, auf steilen Abhängen umherfliegenes buntes Laub, wie Monatsrosen, die im anhaltenden Sommer noch einmal blühen; wie die bernsteinfarbenen Wintertrauben in den Lauben der Nachbarn von der Schwarzmeerküste, wie die in den kleinen Gärten weiß, gelb oder rötlich blühenden Astern, die violetten und weißen Chrysanthemen. In jenem Herbst machte Umut die ersten zögerlichen Schritte, und Felix putzte sich stundenlang in der Sonne, während es auf den Hügeln brodelte und der ganze Stadtteil kurz vor der Explosion zu stehen schien. Ende Oktober saßen wir abends noch in dünnen Sommersachen unter der Laube. Wir waren ersucht worden, vorsichtig zu sein, keine Fremden hereinzulassen und uns möglichst unauffällig zu verhalten – die Abwesenheit von Güldalıs Mann und meine Präsenz machte uns schon verdächtig genug. »Eigentlich wäre es gut, wenn du für eine Weile nach Hause gehen würdest«, hatte Kerem Ali mir geraten. Er war besorgt um mich, doch seine Sorge war unbegründet. Wieder einmal hatte ich mir die guten Beziehungen der Familie zunutze gemacht und mir von einem der Vizegouverneure, der meinem Vater großen Respekt zollte und gleichzeitig Patient meines Onkels war, eine Art Forschungsgenehmigung ausstellen lassen und somit meine Position aufs Neue gefestigt. Das dachte ich zumindest.

Dann wurde es plötzlich kalt draußen, ebenso wie in unseren Herzen.

Jener feuchtkalte, neblige Novembertag ähnelte einem dieser schlechten Theaterstücke, in denen alle Hauptfiguren gleichzeitig die Bühne betreten und alle Handlungsstränge auf einmal präsentiert werden.

Nichts war geblieben vom dunkelblauen Licht der Sommernächte, das sich mit dem von der Wasseroberfläche reflektierten Mondschein traf, oder den rötlich gelben Farben des nicht enden wollenden Herbstes, die sich unter die kunterbunten Blumen in den ärmlichen Innenhöfen mischten. Schlammige steile Straßen, unverputzte Gecekondus und frostiger Wind, der vom Schwarzmeer um die Hügel strich – das war die Dekoration, die vom Feenmärchen übriggeblieben war.

Sowohl aus gesundheitlichen als auch aus Gründen der Sicherheit wäre es vernünftiger gewesen, nach Hause zurückzukehren und den Winter dort zu verbringen, so wie es Kerem Ali vorgeschlagen hatte. Aber ich brachte es nicht übers Herz, meine Haut zu retten und Güldalı und den kleinen Umut in dieser harten Zeit allein zu lassen. In den Gefängnissen hatten die Hungerstreiks begonnen und breiteten sich immer weiter aus. Auf den Hügeln aber, vor allem in unserem Viertel, hatte man das Gefühl, als bereitete man sich nicht auf den Tod, sondern auf eine vierzig Tage und vierzig Nächte währende Hochzeit vor. In den Gecekondus wurden Aşure und Gries halva gekocht und von Tür zu Tür verteilt. Es war, als hätte man mit den Verlobungen der seit Jahren einander Versprochenen und den Hochzeiten der Langzeitverlobten eigens auf diese Tage gewartet. Hennafeste, Zeremonien im *Cemevi*; Tausende von Bändern für die revolutionären Kämpfer, die in Einzimmer-Hütten von wütenden und entschlossenen Frauen – tagsüber Putzfrau, nachts militant – aus rotem Stoff geschnitten wurden: wie Leichensäcke vor Kriegsbeginn, jedoch voller Hoffnung und Leben.

Bilder aus Zeitungen und Fernsehen, auf denen Kriegsgefangene mit rotem Stirnband in ihren Zellen vor leeren, von Fackeln umstellten und mit roten Fahnen geschmückten Särgen Wache schoben, ließen mir das Blut in den Adern gerinnen. Ich hatte gelernt, dass man die Inhaftierten und Verurteilten als Kriegsgefangene zu bezeichnen hatte, da Revolutionäre sich der faschistischen Macht niemals ergeben oder sich von ihr in Gefängnisse werfen lassen würden, sondern höchstens im Krieg gefangen genommen werden könnten; außerdem wusste ich mittlerweile, dass Gefängnisse »Kerker der Bourgeoisie« waren. Ich hatte begonnen, ihre Sprache zu sprechen; eine Sprache, naiv und einfach, deren jedes einzelne Wort jedoch beladen war mit mystischen Bedeutungen, die einer Welt der Überzeugungen entstammten.

Fernsehbilder von Gedenkminuten, die vor leeren Särgen und mit roten Fahnen, Bildern der Revolutionsführer und Fahnen der Organisation dekorierten Zellenwänden abgehalten wurden, waren wie Vorboten der schrecklichen Tage, die folgen sollten. Mir kam es vor, als würden die Genossen nicht dem Leben, sondern dem Tod huldigen, und ich konnte das beim besten Willen nicht nachvollziehen. Als ich diesen Gedanken mit Kerem Ali teilen wollte, erwiderte er knapp: »Das sind alles Manipulationen des Staates. Sie wollen die Massen glauben machen, dass drinnen solche Sachen ablaufen. Sie versuchen, die Revolutionäre als Wahnsinnige darzustellen, die den Tod anbeten.«

»Findest du diese Szenen nicht auch seltsam? Sie wirken wie religiöse Messen … irgendwie furchteinflößend.«

»Die Atmosphäre drinnen ist ganz anders. Stell dir vor, diese jungen Leute sind bereit zu sterben, sie opfern sich für die Sache und die Revolution. Sie sehen ihrem eigenen Tod mutig ins Auge. Wie Che können sie sagen: ›Der Tod … sei willkommen.‹ Ich finde das überhaupt nicht seltsam. Die revolutionäre Energie der Menschen, die in diesen Kerkern einsitzen, muss am Leben erhalten werden. Mir geht nur auf die Nerven, dass diese Bilder in der Öffentlichkeit das Gegenteil bewirken.«

Güldalı erfüllten die Bilder mit Spannung und Stolz, ebenso wie die Frauen, die ihre Angehörigen nachts im Gefängnis besuchten. Eingehend betrachteten sie die Fotos in den Zeitungen, analysierten die Szenen aus dem Fernsehen. Lange hielten sie sich an Details auf, bemängelten, wie eine Fahne aufgehängt worden war, oder ärgerten sich darüber, dass die Parole ihrer Organisation von der Fahne einer anderen verhängt wurde. Es war, als studierten sie Hochzeitsfotos oder Heldenbilder. Mit der Kraft, die diese Aufnahmen ihnen verliehen, beteiligten sie sich tags darauf an den Demonstrationen, die die Familien der Gefangenen abhielten und die ausnahmslos mit Festnahmen, Krawallen und Verletzten endeten, damit, dass Häuser gestürmt und Leute abgeführt wurden. Jetzt noch verblüfft mich, dass all diese Dinge zum Alltag gehörten, dass sich alle daran gewöhnt zu haben schienen.

Nein, ich hätte sie in diesen Tagen nicht allein lassen und mich in die andere Stadt, in die geschützte Villa in Emirgân zurückziehen können. Ich wusste, dass sie mich brauchten, auch wenn sie es nicht wussten; doch eigentlich brauchte ich sie.

Jener feuchtkalte, deprimierende Novembertag war derart außergewöhnlich, dass ich ihn gern als Szene in einem Theaterstück verwendet hätte …

Ülkü hatte angerufen und ihren Besuch angekündigt. Als ich auflegte, spürte ich, dass ich sie vermisste. Wir hatten uns lange nicht gesehen, weil sich keine Gelegenheit ergeben hatte, vielleicht auch, weil wir es nicht dazu kommen ließen. Als es an der Tür klingelte, war ich mit dem Kind allein zu Hause. Wie ich vermutet hatte, war sie mit Teo gekommen. Es begann bereits zu dämmern. »Heute dauert es nicht lange, bei der alten Dame ist nicht viel zu tun, einmal durchsaugen, Essen hinstellen und ein bisschen plaudern«, hatte Güldalı morgens gesagt, aber sie war noch nicht zurück.

Ülkü und Teo zogen ihre schlammigen Schuhe an der Tür aus. Ich umarmte sie aufrichtig und herzlich. Ja, ich hatte sie beide vermisst. Eilig warf ich ein paar Holzscheite in den Ofen. Bei dem feuchten Wetter fuhr einem die Kälte noch stärker in die Knochen.

»Ich bringe euch erst mal einen Tee. Wenn ihr mögt, kann ich euch auch einen Glühwein mit Nelken und Weinbrand anbieten.«

Den Teekessel hatte ich gleich nach Ülküs Anruf auf den Ofen gestellt, sozusagen als Erinnerung an unsere Kinderzeichnungen von heimeligen winterlichen Häusern, in denen der Teekessel auf dem Holzofen brodelt und die Katze neben dem Ofen auf einem Kissen schlummert, als Entschuldigung oder Erklärung dafür, dass ich nicht in der Emirgâner Villa, im Studio in Lausanne oder unserer Wohnung in Ankara, sondern auf diesem verfluchten Hügel in diesem Gecekondu lebte.

Ülküs Blick fiel auf die schlafende Katze. »Die Katze hast du von Atilla *Bey* bekommen, stimmt's?«

Ich begriff nicht, warum ihre Stimme plötzlich so seltsam und heiser klang. »Ja, das ist eines seiner Katzenjungen. Du hast Felix ja schon kennengelernt.«

Klein Umut, der im Nebenzimmer schlief, gab durch abwechselndes Lachen und Weinen zu verstehen, dass er wach geworden war. »Einen Moment, ich bin gleich wieder da.« Ich holte den Kleinen, gab ihm einen Keks und setzte ihn in sein Stühlchen.

»Seine Mutter kommt auch gleich«, sagte ich.

»Zieh ihm lieber eine Strickjacke über. Es ist zwar nicht kalt hier, aber sie frieren nach dem Aufstehen immer.« Ohne meine Antwort abzuwarten, nahm Ülkü sein Wolljäckchen und zog es ihm über.

Während ich den Tee in die schlanken Gläser goss, spürte ich Teos Blick auf mir ruhen und wandte mich zu ihm. »Kommt dir das alles ungewohnt vor, Teo? Hättest du geglaubt, eine Derin vorzufinden, die Tee einschenkt und sich gleichzeitig um ein Kind kümmert?«

Ülkü rührte lange in ihrem Tee und flüsterte: »Man hat auch Atilla *Beys* Sohn ermordet.«

Und ich hatte gedacht, sie wäre in diesen chaotischen Tagen zu mir gekommen, weil sie sich Sorgen um mich machte!

»Ich dachte, er wäre nicht in der Türkei. Hat Atilla *Bey* nicht erzählt, sein Sohn lebe in Australien?«

»Er war zurückgekommen, und in der gleichen Woche hat man ihn ermordet. Inzwischen ist das aber schon einige Monate her.«

»Wie hast du davon erfahren, Ülkü?«

»Rein zufällig. War es letzten Monat, Teo? Wir haben Atilla *Bey* zufällig in Beylerbeyi getroffen. Er hat es mir selbst erzählt. Er meinte, die Polizei hätte nicht lange ermittelt, und auch die Presse hätte sich nur mäßig für den Mord interessiert.«

»Aber warum? Waren es Taschendiebe? Klebstoffschnüffler?«

»Nein, es wurde nichts gestohlen. Er ist mitten in die Stirn geschossen worden.«

»Soweit ich weiß, war Atilla *Beys* Sohn sechs, sieben Jahre in Australien im Handelsgewerbe tätig. Kann es etwas mit der Mafia zu tun haben?«

»Wie hast du Atilla *Beys* Haus gefunden, Derin? Ich meine, woher hattest du die Adresse?«

Ein Schreck fuhr mir in die Glieder. Ich erinnerte mich; seltsam, wie das menschliche Gedächtnis funktioniert. Es war das Haus von Umuts bestem Freund, in dem er vor seinem Tod häufig übernachtet hatte. Auf der Suche nach Umut war ich dort gewesen. Seine Privatsachen, letzte Spuren, die von ihm übriggeblieben waren … Kerem Alis Stimme hallte in meinen Ohren wider: »Eigentlich hätte ich das nicht tun dürfen.« Mein Aufstieg über die Treppe, die zweihundertfünfundachtzig Stufen, wie er sich zu mir umgedreht hatte, ehe er meinem Blick entschwunden war … Das hübsche kleine Haus mit den vielen Blumen und den Monatsrosen im Garten, der Mann mittleren Alters, der ein Buch las und dabei Bach hörte, sein leichter Zorn und seine resignierte Ruhe. Ja, ich erinnerte mich.

»In der Nacht, als Umut erschossen wurde, soll sich noch eine vierte Person in der Wohnung befunden haben, deren Identität nie geklärt wurde. Diese vierte Person war doch auch dir im Kopf herumgegeistert, Derin.«

»Ja, aber wir haben nichts herausfinden können.«

»Die vierte Person war Atilla *Beys* Sohn.«

Weitere Worte waren überflüssig. Auch Ülküs Frage hatte eigentlich keinen Sinn, da sie ahnte, über welche Kanäle ich an die Adresse gekommen war. Kurz trafen sich unsere Blicke, und ich begriff, dass sie mich nicht verhören oder mir Vorwürfe machen, sondern mich warnen wollte. Teo beobachtete uns schweigsam und besorgt. Er wirkte deplatziert, noch fremder als gewöhnlich. Der Kleine lächelte in die Runde, aber keiner kümmerte sich um ihn. Der Teekessel auf dem Ofen brodelte, die Katze streckte sich genüsslich und drehte ihre Nase in die Wärme. Ich hatte das Gefühl, als hätte meine eifersüchtige Banknachbarin in der Schule Tinte über mein schönstes Winterbild gekippt.

Es klingelte an der Tür. »Ha! Da ist Güldalı«, rief ich erleichtert in der Hoffnung, das Thema wechseln zu können. Doch es war nicht Güldalı, sondern Kerem Ali. Das Ganze wirkte wie die letzte Szene des ersten Akts eines miserablen Theaterstücks. Ich wartete darauf, dass der junge Mann seine Tirade losließ, um meine Replik folgen zu lassen. Wir alle hatten unsere Rollen gut einstudiert und warteten ab.

»Güldalı ist bei einer Aktion festgenommen worden«, platzte Kerem Ali heraus. »Einige Demonstranten hat die Polizei nach Feststellung der Personalien gleich wieder laufenlassen, Güldalı und einige weitere Frauen allerdings nicht. Wir versuchen herauszufinden, wo man sie hingebracht hat.«

Erst jetzt bemerkte er die anderen Anwesenden. Vielleicht tat er in Fortführung seiner schlechten Rolle auch nur so, als hätte er sie jetzt erst entdeckt.

»Ach … wen haben wir denn da? Sind Sie immer noch hier, *Bay* Teo? Ich dachte, Sie seien längst nach Hause zurückgekehrt.«

»Ich bin hier zu Hause«, forderte Teo ihn offen heraus.

Ülkü und ich blickten uns an. Das Kind begann zu weinen. Der Kater erhob sich fauchend und lief mit aufgestelltem Fell auf den Kinderstuhl zu.

»Was ist denn mit Güldalı?«, fragte ich. »Sie werden sie sowieso wieder freilassen. Sie ist ja schließlich keine Revolutionsführerin oder so was.«

»Stimmt, mit Güldalı ist eigentlich nichts. Aber mit ihrem Mann, mit Hüseyin. Er ist in die Berge gegangen und hat sich der Sache angeschlossen. Das kann ihnen nicht entgangen sein.«

»Ich rufe sofort meinen Anwalt an, und wenn nötig, heuern wir einen noch besseren an. Bis jetzt ist sie vorläufig festgenommen, oder? Sie werden sie ja wohl nicht gleich aufhängen, nur weil sie mit Müttern von Gefangenen demonstriert hat?«

»Natürlich nicht. Nach einer Weile werden sie sie auf freien Fuß setzen. Man wird sie ein wenig foltern, um sie dazu zu bringen, den Aufenthaltsort ihres Mannes zu nennen, aber was wird die Arme ihnen schon sagen können? Allerhöchstens, dass er sich in den Bergen aufhält. In der Türkei, vor allem im Osten, gibt es Berge, *Bay* Teo. Schon mal gehört? Interessieren Sie sich auch für diese Gegend, für die Kurden? Gehört das auch zu Ihrem Forschungsgebiet?«

Der Spott und die Ablehnung in seiner Stimme taten mir weh. Ich sah zu Teo hinüber; er war ruhig und schwieg. Teo kannte diese Berge nicht, ich kannte sie nicht, und Kerem Ali kannte sie eigentlich auch nicht. Und genau darin bestand wohl auch das Problem.

»Özgür wurde ermordet«, sagte Ülkü wie aus heiterem Himmel.

Keiner reagierte.

»Atilla *Beys* Sohn«, bohrte sie weiter. »Der Sohn des Mannes, der in dem Haus wohnt, das man über zweihundertsoundsoviel Treppenstufen erreicht. Die nicht identifizierte Person, von der es hieß, sie sei bei der Ermordung deines Bruders und Umuts zugegen gewesen …«

Ich wollte Kerem Ali nicht ins Gesicht sehen, tat es aber

trotzdem. Ich bemerkte, wie sein linkes Auge zuckte. Das Schlüsselwort war offensichtlich »zweihundertsoundsoviel Stufen« gewesen. Ich nahm an, dass Kerem Ali über diesen Mord Bescheid wusste. Vielleicht kannte er die Identität des Opfers nicht. Aber dass er keinen Zusammenhang hergestellt hatte, war wohl kaum anzunehmen.

Nach einer kurzen Schrecksekunde fasste er sich wieder. »Ein Jammer«, meinte er. »Wann ist das passiert? Es ist ein Jammer um jeden, der für nichts und wieder nichts ums Leben kommt. Nun ja, jedenfalls bin ich vorbeigekommen, um Bescheid zu sagen wegen Güldalı.«

Güldalı war festgenommen worden. Was sollte ich jetzt machen? Klein Umut beim Schwager lassen und nach Hause gehen? Vielleicht war es tatsächlich das Vernünftigste. Ich hob den Jungen aus seinem Kinderstuhl und drückte ihn an meine Brust. Er lachte und zerrte mit seinen kleinen Fingern an meinen Haaren.

»Bleib heute Nacht nicht hier. Komm zu uns und nimm den Kleinen mit, wenn du willst«, schlug Ülkü vor.

Sie hatte recht. Falls hier die Polizei auftauchte und auch noch mich in Gewahrsam nahm, würden der Kleine und die Katze unbeaufsichtigt bleiben. Im selben Moment ging mir schlagartig auf, dass Güldalı mich belogen hatte. Obwohl sie wusste, dass sie an der Demonstration teilnehmen würde, hatte sie mir erzählt, sie ginge zum Putzen und danach auf den Markt. Lag das an ihrem mangelnden Vertrauen dem reichen Mädchen gegenüber, das bei ihr eingezogen war, oder hatte sie ein schlechtes Gewissen, weil sie den Kleinen ihrer Wohngenossin aufgebürdet hatte, um sich an einer politischen Aktion zu beteiligen? Dabei hatten wir uns nächtelang wie zwei enge Freundinnen das Herz ausgeschüttet, über intimste Dinge gesprochen.

»Das wird schwierig mit dem Kind und der Katze«, erwiderte ich. »Außerdem weckt es Verdacht, wenn ich das Haus räume. Macht euch keine Sorgen, bei mir ist alles in Ordnung. Für alle Fälle rufe ich gleich meine Anwälte an. Ich bin eine Studentin, die an ihrer Dissertation zum Thema ›Sozialer Wandel in Slums‹ schreibt. Außerdem besitze ich ein solides, von der Stadtverwaltung beglaubigtes Dokument. Und wozu gibt es die Organisation und Kerem Ali? Gibt es sie, die Vereine und das *Cemevi* nur, um sich in Blabla zu ergehen? Sie werden mich doch sicher beschützen.«

All das hatte ich gesagt, um Kerem Ali auf die Palme zu bringen. Der Tote auf dem Hügel, der über zweihundertfünfundachtzig Stufen zu erreichen war, lastete mit all seinem Gewicht auf meiner Brust. Ich hatte zwar keine Ahnung, wie Kerem Ali in die Sache verwickelt war, aber ich war mir sicher, dass er davon gewusst hatte.

»Lass dein Handy eingeschaltet«, sagte er in nachdrücklichem Beschützerton. »Ich kann heute Nacht nicht vorbeikommen, aber lass uns in Verbindung bleiben.«

»Ja, mach das so«, rieten auch die anderen.

Das Kind, die Katze und ich würden mutterseelenallein sein. Kein Telefon, keine Handyverbindung konnte diese Einsamkeit lindern. Ich hatte ein seltsames Gefühl: Endlich war ich mit beiden Beinen auf dieser Seite angekommen. Auf einen Schlag war ich unabhängig geworden: von Ülkü, Teo, Kerem Ali, der Villa in Emirgân, dem Haus in Ankara, der Erinnerung an meinen Vater, Umuts Geheimnissen, meiner gesamten Vergangenheit, Derins Identität, der Tochter des verehrten Arın Murat. Ich war leicht wie eine Feder, frei wie ein Vogel.

»Lasst uns einen Cognac trinken«, sagte ich mit unangebrachter Fröhlichkeit. »Du auch, Kerem Ali, auch Revolutionäre trinken manchmal, das sollten sie sogar, wenn du mich fragst. Ich habe auch noch Schweizer Schokolade, die ich für solche Anlässe aufbewahre. Und du hast nichts kapiert, Teo, stimmt's? Mag sein, dass du dich hier zu Hause fühlst, und trotzdem bist du nicht wirklich von hier. Was übrigens auch für dein Tor gilt. Byzanz ist eine Legende, die sogar ihren Namen nachträglich erhalten hat, so sagtest du doch, oder? Dein Tor führt nicht in diese Stadt, sondern in ein legendäres Land.«

Mit verkniffener Miene nahm Kerem Ali einen Schluck aus dem Glas, das ich ihm mit Mühe in die Hand gedrückt hatte, und verschwand dann eiligst. Ich bat Ülkü und Teo, sich keine übertriebenen Sorgen zu machen. »Hier werden jede Nacht Häuser gestürmt und Leute mitgenommen, aber nach ein paar Tagen sind sie meist wieder da«, erklärte ich ihnen, als hätte ich nie woanders gelebt. Ich war selbst erstaunt über meine Ruhe und Ausgeglichenheit. Ich warf noch etwas Holz in den Ofen, wechselte dem Kleinen die Windeln und brachte ihn ins Bett. Ülkü und Teo saßen noch eine Weile bei mir. Wir redeten über die Türkei, die Welt und das Leben. Teo erzählte, dass er seinem Tor durch einen unverhofften Zufall mit großer Wahrscheinlichkeit sehr nah gekommen sei. Von Ülkü gab es keine Neuigkeiten und von mir auch nicht. Über die vierte Person, den vierten Toten, verloren wir kein einziges Wort.

Seit Güldalıs Festnahme war ich unentwegt beschäftigt. Zuerst kam ich auf die Idee, Turgut Ersin anzurufen. Nicht nur, um Güldalıs Freilassung zu bewirken, sondern auch, um den Hungerstreiks und dem Todesfasten ein Ende zu bereiten. Journalisten, Intellektuelle, Schriftsteller und Künstler waren mobilisiert worden, um den Staat zum Einlenken zu bewegen, einen Kompromiss zu erwirken, Menschenleben zu retten. Gremien aus ehrenwerten Rechtsvertretern, Politikern und Schriftstellern wurden gebildet und lösten sich wieder auf. Turgut Ersin riskierte, seine Kolumne in der auflagenstarken Zeitung zu verlieren, schrieb aber weiter täglich über das Todesfasten in den Gefängnissen. Sein Text »Keine Kapitulation vor Tod, Terror und der Organisation« war hervorragend, verärgerte allerdings die Fraktionen. In seinem »offenen Brief« appellierte er an alle Verantwortlichen vom Staatspräsidenten bis zum Justizminister: »Ihr werdet zu Mördern, ihr werdet zu Henkern. Weder die Litaneien über den Staatserhalt noch die Rhetorik über Verräter und Separatisten werden ausreichen, um Mord zu kaschieren. Was nützt das Fortbestehen eines Staates, der seine Bürger tötet? Die Einheit eines Staates, der seine Kinder frisst, ist doch nichts anderes als die Einheit seiner Friedhöfe!« Da applaudierten dann plötzlich unsere Leute: »Ha, heute hat er etwas Vernünftiges geschrieben!«

Ich erinnere mich an seine letzte Kolumne vor dem neunzehnten Dezember. Am Tag ihres Erscheinens waren wir zusammen. In letzter Zeit trafen wir uns häufig. Die Vermittlungsgremien hatten sich aufgelöst. Es schien, als würden sowohl der Staat als auch die Organisationen nur noch Eskalationspolitik betreiben. Die »großen Tiere im Staat«, wie Turgut Ersin sie nannte, fassten sich im Fernsehen, auf Pressekonferenzen und bei offiziellen Verlautbarungen kurz und bündig: »Keine Verhandlungen mit Banditen, Terroristen und Terrororganisationen«. Was mich am meisten in Angst und Schrecken versetzte, war die Unversöhnlichkeit der Organisationen.

Wann immer eine Einigung in Sicht war oder sich die Möglichkeit auftat, dass die eine oder andere Forderung akzeptiert werden könnte, gerieten die Verhandlungen plötzlich ins Stocken, wurden die um eine Lösung ringenden Vermittler als »nachgiebig« bezeichnet und abgelehnt.

Wenn ich Kerem Ali fragte, warum sich die Organisation nicht flexibler zeigte, antwortete er: »Der Staat hält uns hin, und egal, wie viele Zugeständnisse wir machen, am Ende wird er doch seinen Willen durchsetzen. Die intellektuelle Seilschaft, die vermitteln soll, wird in diesem Spiel vom Staat benutzt. Ich weiß nicht, wie es bei den anderen Organisationen aussieht, aber wir werden uns nicht vom Staat zertrampeln lassen. Wenn es zu einer Einigung kommt, werden wir all unsere Macht verlieren.« Dann fügte er hinzu: »Sieh dir doch deinen Journalisten an! Vermitteln will er, aber letztlich gießt er nur Wasser auf die Mühlen des Staates!«

»Das ist unfair!«, rief ich wütend. Plötzlich überkam mich das Gefühl, dass er meine Anstrengungen ebenso geringschätzte. »Total unfair! Der Mann riskiert seinen Job für euch! Was soll er denn noch tun? Den Tod verteidigen? Müssen unbedingt Menschen sterben, nur damit die Organisation an Macht gewinnt? Was habe ich dann hier zu suchen? Los, sag doch gleich, dass ich auch eine Verräterin bin. Ich trete für das Leben ein, so wie Turgut Ersin. Ich trete für Güldalıs Leben ein, für Alis, Velis, Ayşes, Zehras Leben. Mich wirst du nicht davon überzeugen können, dass es revolutionär ist, Menschen in den Tod zu schicken.«

»Keiner schickt irgendjemanden in den Tod. Die Genossen treffen ihre Entscheidung aus freiem Willen.«

»Sie haben doch gar keinen freien Willen!«, schrie ich

ihn an. »Ihren Willen und ihre Existenz haben sie der Organisation ausgeliefert. Mich interessiert das Leben Güldalıs und der Menschen hier, nicht eure Organisation!«

»Die Genossen hatten also recht mit ihrem Zweifel an dir. Sie wussten gleich, dass du nach kurzer Zeit aufgeben würdest. Und ich habe immer das Gegenteil behauptet, schade! Ich hatte gedacht, du könntest diese bourgeoise Versöhnlichkeit und den Pazifismus abschütteln. Es heißt, Liebe macht blind, und das stimmt. Du verstehst nicht, dass nicht Güldalıs Leben, sondern die Rettung der Massen vorrangig ist. Leute wie ihr spalten die Revolution, dabei ist Revolution etwas Ganzes. Revolutionär wirst du mit deinem ganzen Leben, deiner ganzen Existenz, nicht nur mit einem Teil davon. Dafür sorgt die Organisation. Genau das ist es, was du, dein berühmter Kolumnist, ihr alle, nicht begreifen könnt. Weil es nämlich ein Klassenproblem ist.«

Seine Stimme klang arrogant und eiskalt.

»Sehr richtig, ein Klassenproblem. Aber damit ist die Arbeiterklasse gemeint und nicht ein Haufen Bauern, Lumpenproletarier und Halbstarke, die glauben, sie machen Revolution, indem sie ein paar Scheiben einschlagen! Und schon gar nicht diese falschen Fuffziger, diese Pharisäer, von denen man nicht weiß, wem sie dienen!«

Warum brüllte ich so? Mein Geschrei machte mir selbst Angst, und ich verstummte abrupt. Noch nie waren wir derart feindselig miteinander umgegangen.

Er erwiderte nichts, sondern ging wortlos aus dem Haus. Wir sind so angespannt, dachte ich, dass wir nicht einmal mehr vernünftig miteinander diskutieren können. Ich war verletzt, sehr sogar, und sicher hatte auch ich ihn verletzt. Vor allem mit meinem besserwisserischen Gerede, das ich

Turgut Ersin abgeguckt hatte … Mein Gott, wie konnten wir das wieder geradebiegen?

An jenem Tag war ich derart hoffnungslos und nervös, dass ich Turgut Ersin anrief. »Lass uns heute Abend treffen«, schlug er vor. »Lass uns zur Abwechslung mal zusammen essen, dabei können wir reden. Ich habe das Gefühl, dass wir immer noch etwas tun können.«

Wie immer, wenn ich abends nicht zu Hause war, rief ich die Nachbarstochter, damit sie auf Umut aufpasste, und verließ das Haus. Es war ein eiskalter, bedrückender Dezembertag. Die Gespräche waren eingestellt worden, und ein angsterfülltes, angespanntes Warten hatte begonnen. Wir trafen uns in Asmalımescit in einer Taverne, deren Weg er mir beschrieben hatte. Die intellektuell aussehenden Herrschaften an den Nachbartischen beäugten verstohlen die Frau, die an der Seite des berühmten Kolumnisten saß.

»Sie schauen zu dir herüber«, sagte er. »Wenn es doch nur so wäre, wie sie denken.« Ich lachte nicht. Ich konnte nicht erwidern: »Ach ja, wenn …« In Gedanken war ich bei Kerem Ali und bei Güldalı und sinnierte über meine Ratlosigkeit.

»Ich habe es dir bisher noch nicht gesagt. Aber lass es mich dir jetzt erzählen, um dich zumindest ein wenig zu beruhigen. Da ich das alles aus dem Effeff kenne, habe ich mich lange zurückgehalten, aber an diesem Punkt musste ich mich einschalten. Ich kenne den Justizminister. Ich weiß, in letzter Zeit verhält er sich furchtbar, aber eigentlich ist er gar nicht so. Ich glaube, er steht unter dem Druck ihm übergeordneter Kräfte. So arbeiten die Mühlen des Staates: Sieh zu, dass du selbst nicht hineingerätst, sie zermalmen jeden. Die Führer der Organisationen, diese

Pharisäer, kenne ich alle noch aus ihrer Jugend. Als wir die Anführer waren, waren einige von ihnen unsere Jünger. Man sagt ja, der Lehrling übertrifft seinen Meister, aber was soll's. Nun ja, jedenfalls habe ich mir gedacht, ich sollte es noch einmal versuchen, nun, da alle die Hoffnung verloren haben. Das ist ganz sicher die letzte Chance. Außerdem weiß man nie, was der Tiefe Staat tun wird. Trotz allem habe ich mit dem Minister Kontakt aufgenommen und jetzt warten wir auf die Antwort der Organisationen. Sollten die verhärteten Fronten aufweichen, könnte der Spuk noch heute Nacht ein Ende haben, vorläufig zumindest.«

In mir regte sich gar nichts. Ich wollte mich keiner falschen Hoffnung hingeben. »Bestell mir doch auch einen Raki«, bat ich. »Ich brauche jetzt etwas Hartes. Allmählich gewöhne ich mich an dieses Zeug.«

Ich bemerkte, dass ich ihn zum ersten Mal geduzt hatte, und wurde knallrot vor Scham. Gerade, als er ordentlich Eis in mein Glas füllte, klingelte sein Handy. »Ja, verstehe«, sagte er knapp. »Ich hoffe, Sie sind sich im Klaren darüber, dass Sie damit den Schlusspunkt setzen.«

Sein Gesicht war schneeweiß geworden. Er schien gleichsam in sich zusammenzusinken; seine Hand mit dem Raki-Glas zitterte.

»Sagen Sie nichts«, meinte ich. »Ich habe verstanden. Es gibt keine Verständigung, die Götter fordern Opfer.«

Er stieß einen heftigen Fluch aus, den ich nie von ihm erwartete hätte. Er schäumte, alles sei schiefgelaufen, weil er immer noch kein ganzer Mann geworden sei, weil er den Fehler begangen habe, nach wie vor dem »Scheiß« auf beiden Seiten vertraut zu haben, und sich selbst etwas vorgemacht hätte.

»Es tut mir leid«, sagte ich. »Ich habe Sie auch ein wenig in diese Sache hineingezogen.«

»Ganz so ist es nicht. Ich hatte etwas unternehmen wollen. Nicht für dich oder diese den Tod anbetenden Dummköpfe, sondern für mich. Um mich selbst glauben zu machen, dass in diesem Land und auf dieser Welt immer noch ein winziger Hoffnungsschimmer besteht.«

Er sah derart verzweifelt und deprimiert aus, dass ich nach seiner Hand griff.

»Vielleicht gibt es ja doch noch Hoffnung«, meinte ich. »Wir müssen zumindest so tun als ob, um weiterleben zu können.«

Er nahm meine Hand zwischen seine Hände und drückte sie freundschaftlich.

»Aus deiner Sicht ja, aber ich bin zu alt, um neue Hoffnung zu schöpfen. Zum Teufel mit allem! Wie schrieb der Dichter an seinen Sohn: ›Wenn es eines Tages auch in diesem Land Morgen wird, Haluk …‹ Aber in diesem Land ist es nicht Morgen geworden und Haluk auch nicht der Mann, den sich der Dichter gewünscht hatte. Nun ja, was soll's …«

Noch wussten wir nicht, dass der nächste Morgen von Blut durchtränkt sein würde, uns die Schreie der Häftlinge aus dem Schlaf reißen würden, die in ihren Zellen niedergeschossen wurden oder bei lebendigem Leib verbrannten. Es war der achtzehnte Dezember. Die Morde vor laufenden Kameras und Millionen von erstarrten Zuschauern waren noch nicht verübt worden.

Ich schlief. Im Traum floh ich vor einem Sturm. Eine schwarze Wolke und tosendes Donnern verfolgten mich. Es war kalt, ich war nackt und fror. Wann hörte ich diesen Schrei? Läutete das Telefon, rief jemand von der Straße, kamen die Stimmen aus den Nachbarhäusern? »Macht den Fernseher an, macht den Fernseher an!« Ich wache auf, versuche, zu mir zu kommen. Für einen Moment meine ich, in meinem Zimmer in Emirgân zu sein. Warum ist es so kalt? Steht das Fenster offen? Ich springe aus dem Bett und eile zum Fernseher. Die Schreie ziehen durch die Straßen und Häuser, wehen um die Hügel und tauchen ein in die schlafende Stadt.

Auf dem Bildschirm Szenen, die ich im Halbschlaf zu begreifen versuche. Flammen, Rauch, kurz aufeinanderfolgende Schüsse, Schreie, Panik, Menschen, die sich in Feuerbälle verwandelt haben. Die Stimme des Reporters: »Die am frühen Morgen mit Unterstützung der Polizei in zwanzig Gefängnissen begonnene Operation ›Rückkehr zum Leben‹ dauert an. Verehrte Zuschauer, wir befinden uns hier in der Hölle. Um den Widerstand zu brechen, werden die Zellenwände mittels Schaufelbagger und Bulldozer zum Einsturz gebracht. Es riecht nach verbranntem Fleisch. Die Häftlinge zünden sich selbst an oder gehen durch Brandbomben in Flammen auf. Überall wird geschossen. Diese Hölle zu beschreiben ist unmöglich, verehrte Zuschauer. Nun vertreibt man uns vom Ort des Geschehens. Die Operation geht mit ungebrochener Härte weiter. Es gibt zahlreiche Tote und Verletzte ...« Der Bildschirm wird dunkel, die Stimme des Reporters ist nicht mehr zu hören. Auf allen Kanälen immer wiederkehrende, ähnliche Bilder.

Es sind die kürzesten Tage des Jahres. Irgendwie will es nicht hell werden. Ich versuche immer noch zu verstehen, was ich gerade gesehen habe. Diese Bilder von abgeschlachteten und verbrennenden Menschen können einfach nicht wahr sein. Auf einem anderen Kanal liest ein anderer Sprecher die Nachrichten: »Die Operation begann gleichzeitig in zwanzig Gefängnissen in fünfzehn Städten. Laut Mitteilung nehmen mehr als achttausend Soldaten aus acht Gendarmerie-Bataillonen an der Operation teil. Der Widerstand in den Haftanstalten dauert an. Nach jüngsten Informationen befinden sich unter den Toten und Verletzten auch Häftlinge, die sich am Todesfasten beteiligt haben. Ihr Zustand ist kritisch. Verlautbarungen des Justiz- und Innenministeriums …«

Aus dem Nebenzimmer dringt das Weinen des kleinen Umut herüber. Hat ihn der Fernseher geweckt? Ich spüre, wie sich mein Brustkorb zusammenzieht: Güldalı … Güldalı ist dort, in dieser Hölle, in einer dieser brennenden Zellen. Ich lausche, aber der Kleine weint nicht mehr, er muss wieder eingeschlafen sein. Güldalı … Güldalı ist dort … Ich stelle den Fernseher leiser. Wie stelle ich meine eigene Stimme leiser? Ich halte mir den Mund zu, mein stummer Schrei dringt durch die Wände und vermischt sich mit den Stimmen aus den Gecekondus, den Straßen, den Nachbarhäusern. Als ich die Haustür öffne, umfängt mich die verfluchte Eiseskälte des Morgens. Die Angehörigen der Gefangenen rennen am Haus vorbei zur Bushaltestelle, zu den Minibussen und Taxis, um ihre Söhne, Töchter, Ehepartner und Freunde zu suchen oder etwas über sie in Erfahrung zu bringen. Einige kenne ich, einer hat zwei Söhne, die im Gefängnis sitzen, einer eine Schwester. Ratlos wähle ich Turgut Ersins Nummer. »Ich gehe erst mal in die Redaktion. Sowie ich etwas weiß, melde ich mich«, sagt er. Beim Auflegen höre ich, wie er vor Wut flucht.

Am nächsten Tag packte ich meine wichtigsten Sachen zusammen und kehrte nach Emirgân zurück; auch Felix nahm ich mit. Ich hatte nicht den Mut, allein in diesem Viertel zu bleiben, in dessen Häusern und Herzen es lichterloh brannte. Nicht weil ich Angst hatte, sondern weil ich mich schämte. Es war, als würde die Verantwortung für all die Toten auf mir persönlich lasten. Die Scham, nicht aus der Welt derer zu stammen, die verbrannt und erschossen wurden, sondern derer, die verbrannten und schossen, wollte mich schier erdrücken. Ich schämte mich, weil ich nicht selbst zum Gefängnis ging, um mich nach Güldalıs Verbleib zu erkundigen, sondern Turgut Ersin anrief und einen Anwalt vorbeischickte. Doch die größte Scham empfand ich, weil ich die Katze mitnahm und den kleinen Umut bei Güldalıs Verwandtschaft zurückließ …

Ich musste alles noch einmal überdenken. Kerem Ali hatte recht: Man kann sein Leben nicht zweiteilen, man kann nicht einmal auf dieser, dann wieder auf jener Seite sein Zelt aufschlagen. Ich musste wählen, wo ich mir mein Zuhause aufbauen, wo ich hingehören wollte.

Auch meine Rückkehr auf den Hügel verlief überstürzt. Ich kehrte nicht aus freiem Entschluss zurück, sondern weil ich mich emotional verpflichtet fühlte, als Güldalı mit frischen Brandwunden freigelassen wurde …

»Wenn dein Anwalt nicht gewesen wäre, hätten sie mich bestimmt nicht freigelassen«, sagte Güldalı und fiel mir um den Hals. »Und schon gar nicht, weil ich ja diese Hölle miterlebt habe. Dein Anwalt soll ja richtig berühmt sein, das haben meine Zellengenossinnen gesagt. Und dann dein Freund von der Zeitung, der hat sich auch sehr bemüht. Er hat es tatsächlich geschafft, mich zu besuchen, obwohl selbst Mütter und Kinder ihre Angehörigen nicht mehr sehen durften. Oh, Derin, danke für alles.«

Ich fühlte mich, als sei ich nach Hause zurückgekehrt,

war aber trotzdem deprimiert. Als ich im ersten Gang den schlammigen, rutschigen Weg hinauffuhr und das Auto vor Güldalıs Haus parkte, stellte ich fest, wie sehr ich Klein Umut vermisst hatte und dass mir sogar der Geruch des Holzofens gefehlt hatte. Als ich mit Felix in seiner Box durch die Tür trat, war ich zum ersten Mal seit Tagen wieder glücklich.

Am nächsten Tag war Silvester, und Güldalı hatte Kürbis in Sirup gekocht. »Das ist Tradition, bei uns macht man an Silvester Kürbis«, erklärte sie. Abends schalteten wir den Fernseher ein, sahen uns die Sänger und Tänzerinnen an. Als es Mitternacht schlug, löschten wir sogar das Licht. Klein Umut war längst eingeschlafen, und Güldalı und ich umarmten uns und wünschten uns ein frohes neues Jahr. »Warum hast du mir nicht gesagt, dass du zur Demonstration gehst, Güldalı?«, fragte ich sie, um die Distanz zwischen uns zu überwinden. »Es ist eine Schande, aber ich habe dir nicht vertraut«, erwiderte sie. »Und jetzt?« Beschämt schwieg sie und fiel mir weinend um den Hals. Das gefiel mir als Antwort. »Lass uns auf meinen Hüseyin trinken«, sagte sie dann und erhob das Teeglas, in das sie Rotwein eingeschenkt hatte. Wir tranken auf Hüseyin, auf die Leute in den Bergen und den Gefängnissen, auf die, die sich zu Tode fasteten, und auf das Leben. Angespornt durch Güldalıs Drängen, rief ich schon recht benebelt Kerem Ali an. Er war nicht zu Hause. Dann versuchte ich es auf seinem Handy. »Der Anschluss ist vorübergehend nicht erreichbar« oder so ähnlich hieß es da. Ich dachte zwar daran, Turgut Ersin anzurufen, unterließ es dann aber doch. Ülkü und Teo, meiner Mutter und meinem Onkel wünschte ich per Telefon ein frohes neues Jahr. Ihnen präsentierte ich meine neueste Lüge: »Wir sind mit ein paar alten Freunden aus Ankara in einem Nachtclub und amüsieren uns.« Der kleine Umut schlief. Güldalıs Wangen glühten vom Wein. »Ich vermisse meinen Hüseyin, und wie!« Mit trauriger Stimme begann sie ein Volkslied zu singen: »*Mein Zimmer ist kalkweiß, mein Gesicht lächelt nett, leg ab und komm in mein Bett, Arznei ist mein Schweiß*. Wie lange hat er sich nicht mehr gemeldet! Einmal hat er mir getrocknete Wildtulpen geschickt. Insgesamt habe ich nur zweimal etwas von ihm gehört. Ich weiß nicht mal, ob er noch lebt.«

»Erzähl mir von dem Tag, Güldalı«, bat ich sie. »Du hast nie darüber gesprochen, wie du diese Hölle erlebt hast.«

»Nein«, sagte sie und machte eine Pause. »Also, die Männer kommen und nehmen dich mit Gewalt, und anstatt dass sie sich schämen, schämst du dich und kannst nicht darüber reden. Wenn du es erzählst, kommt es dir so vor, als würdest du noch einmal vergewaltigt. So ist das. Was habt ihr im Fernsehen schon gesehen? Nichts, aber auch gar nichts habt ihr gesehen! Wer da lebend rausgekommen ist, für den gibt es keinen Tod mehr und auch keine Hölle. Wir haben den Tod gesehen, wir haben die Hölle erlebt.«

Ich spürte, wie sehr sie unter ihrer Erinnerung litt, und bohrte nicht weiter nach.

»Ich sage dir das jetzt, damit du es mir nachher nicht übelnimmst«, fuhr sie fort. »Ich träume jede Nacht von Hüseyin. Wir schmusen und schlafen miteinander. In meiner letzten Nacht im Kerker erschien er mir wieder, aber diesmal streichelte er mich nicht. Er spülte meine Wunden mit kaltem Wasser, verband sie und sagte: ›Wenn mein Sohn in Sicherheit ist, kommst auch du an die Reihe, hab Geduld.‹ Jetzt, wo du zurück bist, kannst du dich um Umut kümmern. Jetzt bin ich an der Reihe.«

»Habe ich mich nicht immer um Umut gekümmert, Güldalı?«

»Hast du schon, aber diesmal ist es anders. Hätte ich diesen Tag nicht erlebt und nicht mit eigenen Augen gesehen, wie sich unsere Leute für ihre Überzeugungen opferten, wäre mir nie klargeworden, was es bedeutet, ein Opfer zu erbringen oder den Tod in Kauf zu nehmen. Aber jetzt weiß ich es.«

Ein Schauder überlief mich, während ich ihr in die Augen sah.

»In Kürze gehe ich hinunter in das Haus des Widerstands und lege mich zum Todesfasten hin«, erklärte sie in ihrer natürlichen und entschiedenen Art. Es war, als würde sie mich darüber informieren, wo sie morgen putzen gehen wollte.

Ich erstarrte. »Aber, Güldalı …« war alles, was ich herausbrachte. Womöglich lag es nur am Wein, den sie nicht gewohnt war, oder ihrer Sehnsucht nach Hüseyin, dass sie diesen Satz so einfach über die Lippen gebracht hatte. Morgen, wenn ein neuer Tag erwachte, sie das Lächeln ihres Kindes sehen und den Kleinen an sich drücken würde, hatte sie ihre Worte wahrscheinlich bereits wieder vergessen. Weiteres Durchhalten war mir nicht mehr möglich, denn zu meiner Müdigkeit und der Anspannung gesellte sich auch noch ein leichter Rausch, und so kauerte ich mich im warmen Zimmer in den Diwan und nickte ein.

III

Warum ging ich an jenem kalten, regnerischen Tag noch einmal in dieses Haus? Was hatte ich dort zu suchen? Vielleicht lag es daran, dass ich mich nicht von der Vergangenheit lösen konnte, dass ich zwischen Vergangenheit und Zukunft hin und her schwebte, obwohl ich geglaubt hatte, im Hier und Jetzt zu leben. Als Atilla *Bey* in dem Café in Beylerbeyi erzählte, sein Sohn sei ermordet worden, fühlte ich mich ihm hundertmal näher als Teo. Als wir mit dem gleichen Gedanken nebeneinanderstanden und zu den Hügeln am anderen Ufer blickten, die weitere Tote verhießen, waren wir weder Verliebte noch Geschwister, weder alte Freunde noch Genossen. Was uns verband, ging sehr viel tiefer: das Gefühl des Schmerzes und der Schuld angesichts unserer toten Söhne. Im Laufe der Jahre hatte ich gelernt, dass man Leid nicht teilen konnte, dass es dadurch nicht weniger wurde. An jenem Tag begriff ich, dass geteiltes Leid die Menschen durch ein Band aus Unergiebigkeit und Hoffnungslosigkeit aneinanderfesselte.

In Atilla *Beys* Haus wurde das Telefon nicht abgenommen, und die Kellner des Cafés an der Anlegestelle verstanden nicht einmal, nach wem ich fragte. Ich konnte ihn nicht einmal vernünftig beschreiben. Derin zu fragen erübrigte sich, denn sie hatte ohnehin nur dieselbe Telefonnummer. Ich musste ihn unter allen Umständen aufspüren und mit ihm reden. Derins Leidenschaft, die Spur der Toten zu verfolgen, war auf mich übergesprungen, eine Leidenschaft, die sie vielleicht aus Furcht aufgegeben hatte, vielleicht auch, weil sie ihr mittlerweile bedeutungslos erschien. Zu wissen, ob Atilla *Beys* Sohn Informant oder Opfer gewesen war, würde weder ihn noch Umut zurückbringen. Ich wollte dennoch die Wahrheit erfahren. »Jeder hat seine Zweifel, seine tödlichen Geheimnisse«, hatte er bei unserem ersten Zusammentreffen gesagt. Worin die Geheimnisse auch bestanden, ich wollte sie lüften und herausfinden, wie tödlich sie tatsächlich waren.

Der Regen war stärker geworden. Ich konnte mich nicht dazu durchringen, den Minibus zu nehmen, denn sonst hätte ich eine Weile durch den Regen laufen müssen. Ich stieg in Üsküdar in ein Taxi, ließ es an dem unbebauten Grundstück neben dem Haus anhalten, wartete, bis es meinem Blick entschwunden war, und ging dann zur Haustür. Der Garten war verwildert, überall lag vertrocknetes und verfaultes Herbstlaub. Ein paar streunende Katzen hatten sich auf der Fußmatte eingerollt und versuchten, sich vor der Kälte und dem Regen zu schützen. In dem Fenster links neben der Tür, das offensichtlich lange nicht geputzt worden war, hing ein gelbes Schild mit schwarzen Buchstaben: ZU VERKAUFEN. Unter dem Schriftzug standen zwei Telefonnummern. Ohne große Hoffnung drückte ich auf die Klingel und ließ es lange läuten. Just in dem Moment, als ich mir die beiden Nummern notieren wollte, erblickte ich hinter den Linien, die die Regentropfen in die staubbedeckte Scheibe zogen, undeutlich ein Gesicht. Erschrocken trat ich einen Schritt zurück.

Atilla musterte mich erstaunt, als er die Tür öffnete. Im ersten Augenblick hatte er mich wohl für jemand anderen gehalten.

»Es gibt nichts mehr zum Sitzen, aber kommen Sie herein. Es ist reiner Zufall, dass Sie mich hier antreffen. Ich warte auf den Makler, der einen Interessenten vorbeibringen wollte, und packe gerade noch die letzten Sachen zusammen. Wegen der Wirtschaftskrise ist es zurzeit schwierig, einen Käufer zu finden. Wohnungen und Häuser gehen billig weg. Aber der Makler hat jemanden gefunden, und ich werde verkaufen, ohne groß zu handeln.«

Ich trete ein. Tatsächlich ist das Haus bis auf wenige alte Sachen leer. Die Bücher und Platten, die das ausmachten, was er bei unserem ersten Treffen »Zufluchtsort« genannt hatte, sind verpackt.

»Wie haben Sie es erfahren?«

»Was denn? Ich wollte nur mit Ihnen reden. Als ich Sie telefonisch nicht erreichen konnte, dachte ich, dass sich vielleicht Ihre Nummer geändert hat, und bin hergekommen.«

»Ich dachte, Sie wären gekommen, um ein paar Sachen Ihres Sohnes abzuholen.«

»Nein. Die hat Derin doch schon abgeholt!«

»Als ich Özgürs Sachen zusammengepackt habe … nun ja, in seinem Zimmer sind noch ein paar Sachen von Umut aufgetaucht. Zwei, drei CDs mit seinem Namen darauf, zwei Bücher, *Der kleine Prinz* und Marighellas *Mini-Handbuch der Stadtguerilla*. Erinnern Sie sich? In unserer Jugend war das praktisch unser wichtigster Leitfaden. Ich meine das Buch mit den Einschusslöchern im Einband. Jetzt mag es einem kindisch vorkommen, aber seinerzeit waren diese Löcher eine Revolution. Das heißt, dass auch wir damals Waffen und den Tod verehrten … Und ein kleines Notizbuch gibt es noch. Ich habe es mir ohne Ihre Erlaubnis angesehen, weil ich zuerst dachte, dass es meinem Sohn gehörte.«

»Ich hatte keine Ahnung, woher auch? Ich wollte mit Ihnen reden. Ich werde das Gefühl nicht los, dass bei unserem letzten Zusammentreffen etwas unausgesprochen geblieben ist, und das beunruhigt mich. Und natürlich würde ich gern die Sachen meines Sohnes mitnehmen, wenn es Ihnen nichts ausmacht.«

»Überhaupt nicht. Ich hatte bereits überlegt, wie ich Ihnen die Sachen zukommen lassen könnte. Ich will ganz offen sein: Ich habe mit mir gekämpft, ob ich das Zeug nicht besser vernichten sollte, um Ihnen nicht noch einmal wehzutun.«

»Wir haben ein Recht darauf, die ›tödlichen Geheimnisse‹ um unsere Kinder zu erfahren. So schmerzlich das auch sein mag.«

»Warum wollten Sie mich sehen, Ülkü? Dachten wir damals dasselbe, als wir zu den Hügeln hinüberschauten? Aber die Hügel waren nur ein Symbol. Niemand weiß, wer Özgürs Mörder war oder woher er kam. Aber es ist ohnehin unwichtig, wer es getan hat. Wichtig ist, warum er es getan hat.«

Ich lasse mich in den abgewetzten Sessel in der Ecke fallen. Atilla hat recht. Entscheidend ist nicht die Frage nach dem Täter, sondern nach seinem Motiv.

»Reden wir nicht lange um den heißen Brei herum«, sagt er. »Als es zur Spaltung der Organisation kam und die Mitglieder erbitterte Kämpfe führten, um sich gegenseitig zu elimieren, landeten Umut und Özgür in verschiedenen Fraktionen. Zu der Zeit lebte Umut schon nicht mehr hier. ›Wir sind zerstritten, wir gehen getrennte Wege, wir sehen uns nicht mehr‹, hatte Özgür erzählt. Auch er war auf der Flucht und kam nur noch sporadisch nach Hause. Später dann, es war im Frühling, trafen sie sich einmal hier ganz früh am Morgen. Ich staunte, denn ich wusste, dass das Haus nicht sicher war, aber ich sagte nichts. Sie zogen sich in Özgürs Zimmer zurück. Hin und wieder hörte ich, wie sie lauter wurden und sich stritten. Ich wusste nicht, worum es ging. Eigentlich hatte ich gehofft, dass Özgür und Umut sich wieder vertragen würden. Ihr Streit beunruhigte mich, sie debattierten wie noch nie zuvor. ›So festigen wir unsere Freundschaft‹, pflegten sie zu sagen. Ein paar Tage später kam Umut ums Leben, als jene Wohnung von der Polizei gestürmt wurde. Ich hatte ein äußerst ungutes Gefühl. Ich hätte es nicht logisch begründen können, aber Sie wissen wahrscheinlich selbst, wie sich scheinbar unauffällige Details, Blicke, Gesten, schon halb vergessene, im Unterbewusstsein schlummernde Formulierungen zu einem Bild fügen können. Daran, dass Özgür während jener Diskussion gesagt hatte, ›Ich riskiere mein Leben, einen Verrat‹, und Umut zurückgeschrien hatte, ›Wessen Agent bist du?‹, erinnerte ich mich zunächst gar nicht. Das menschliche Gehirn funktioniert merkwürdig, vielleicht aus Selbstschutz. Aber dann …«

Er verstummt. Mehr muss er ohnehin nicht sagen.

»Ich kann das zu Ende führen«, sage ich. »Özgür hatte Umut warnen wollen. Er wusste von der Razzia, denn seine eigene Fraktion – oder was auch immer, es fällt einem schwer, diese Banden Fraktion zu nennen – hatte die Jungs in der konspirativen Wohnung verpfiffen. Offenbar wollte

Özgür seinen Freund in letzter Sekunde verschonen. Özgür wollte Umut warnen, als die beiden sich hier getroffen haben. Er hat viel riskiert, Verräter genannt oder getötet zu werden …«

»Dass sich die beiden hier getroffen haben, ist wohl Özgürs damaligem Wankelmut zuzuschreiben, denn unser Haus galt zu jener Zeit alles andere als sicher. Aber vielleicht hat er sich hier auch mit Umut getroffen, um mir zu vermitteln, dass er seinen Freund nicht verraten, sondern gewarnt hatte.«

»Dann war Ihr Sohn also kein Agent oder Denunziant«, sage ich mit völlig unangemessener Freude.

»Wahrscheinlich nicht. Diese verfluchte Fraktion war es, die der Polizei den Hinweis auf das Treffen in der konspirativen Wohnung gab. Özgür wusste davon. Aber warum war er an dem Tag selbst dort, warum brachte er sich in Gefahr? Das kann ich mir nicht erklären. Nun ja, sicher ist jedenfalls, dass die vierte unbekannte Person, also Özgür, entkommen konnte, bevor die Polizei das Haus umstellte. Wahrscheinlich dämmerte ihm allmählich, was wirklich Sache war; vermutlich konnte er den Mordplan seiner Fraktion nicht akzeptieren. Er ging dort hin und riskierte alles, um seine alten Freunde, allen voran Umut, ein letztes Mal zu warnen. Höchstwahrscheinlich wusste er nicht, dass die Razzia an jenem Tag stattfinden würde, sonst hätte er den Mut nicht aufgebracht. Aber er war für beide Seiten ein Verräter. Seine Beweggründe interessieren niemanden, ganz nach dem Motto: Entweder du bist einer von uns, oder du bist ein Verräter! Die Fraktion hat, wenn auch Jahre später, die Person bestraft, von der sie sich verraten oder denunziert fühlte.«

»Weil sie ihrer Meinung nach beim Eintritt in eine neue

Phase des Kampfes alle wie auch immer gearteten Schwachstellen ausschalten musste. Sie wollten ein Exempel statuieren, damit niemand es wagte, abtrünnig zu werden.«

»Das könnte stimmen, denn sie haben sich nie zu dem Mord bekannt. Diese Einschüchterung richtete sich nicht nach außen, sondern nach innen, an die Fraktion. Und da wir gerade darüber reden: Durch Özgürs Ermordung wurde ich von meinen Zweifeln befreit. Ich erfuhr, dass mein Sohn kein Agent und kein dreckiger Denunziant war. Im Gegenteil, er riskierte sogar, als Verräter dazustehen, um den Mord zu verhindern. Ich hätte es anderen gegenüber nie zugegeben, aber ich war irgendwie erleichtert. Wie lässt sich die Erleichterung eines Vater erklären, die er empfindet, weil der Mord an seinem Sohn beweist, dass er kein Verräter war?«

»Ihr Geheimnis ist vergiftend, aber nicht mehr tödlich. Aber meins?«

»Bei unserem ersten Treffen habe ich bei der Erwähnung von Arın Murat Trauer und Angst in Ihren Augen bemerkt. Es war nur eine Ahnung, eine Vermutung, aber jetzt weiß ich es.«

»Was?«

Er geht hinein und kommt mit einem großen gelben Umschlag zurück. »Das hier sind Umuts Sachen und das Notizbuch, das ich erwähnt hatte. Zwischen den Seiten liegt ein kurzer Brief an Arın Murat, der aber nie abgeschickt wurde.«

In meinem Kopf dreht sich alles; mir ist, als würde ich jeden Moment ohnmächtig werden. Wieder schmerzt mein linker Arm, wieder wird mir übel. Ich nehme ihm den Umschlag aus der Hand. Ich muss den Brief hier in seinem Beisein lesen. Allein kann ich das nicht riskieren.

Die Schmerzen in meinem Arm werden schlimmer. Ich betrachte den Zettel und erkenne Umuts Handschrift:

Sehr geehrter Arın Murat,

ich will nicht glauben, dass Sie einer der Architekten der Politik sind, die Revolutionäre ohne Urteil hinrichten lässt. Bedenken Sie bitte, dass sich unter denen, die Sie auszurotten gedenken, auch Ülkü Öztürk Ulaş' Kind befindet – Ihr eigener Sohn also. Unser Volk wird die Morde niemals verzeihen.

Umut Murat Ulaş

»Er wusste es also. Woher, wie hat er es erfahren? Außer meinem Mann und mir wusste niemand davon. Vielleicht hat meine Mutter etwas geahnt und sich Umut gegenüber unnötig geäußert, und …«

»Irgendeiner weiß immer irgendetwas, und Mütter haben besondere Antennen. Ihnen entgeht nichts. Sogar Sie könnten ihm unbemerkt einen Hinweis gegeben haben, Ülkü. Aber vor allem wird der Junge selbst etwas geahnt haben. Umut redete nie über seinen Vater, das ist mir früher schon aufgefallen. Dabei sind die Väter für die Söhne wichtiger, als man glaubt, vor allem, wenn man einen Vater wie Ömer *Hoca* hat.«

Ich sage nichts. Mir fehlen die Worte. »Der Brief wurde nie abgeschickt«, hatte Atilla gesagt. Woher will er das wissen? Umut kann ihn trotzdem abgeschickt haben. Ein schrecklicher Verdacht beschleicht mich: Hatte Arın es gewusst? Nein, das war nicht möglich. Hätte er es gewusst …

»Wir sind quitt«, sagt er. »Jetzt kennen wir unsere Geheimnisse.«

Ich stecke den *Kleinen Prinzen* ein und gebe ihm den Umschlag zusammen mit Umuts Brief zurück. »Behalten Sie das. Ich bitte Sie, alles zu vernichten.«

Es klingelt an der Tür. Das müssen der Makler und seine Kunden sein. Ich erhebe mich, um zu gehen.

»Werden Sie das allein ertragen können, Ülkü? Der Schmerz wird nachlassen, aber jetzt, da er noch frisch ist …«

»Ich ertrage ihn seit Jahren, ich bin daran gewöhnt. Aber der Schmerz vergeht. Schwerer wiegen Reue und Schuldgefühl. In Umuts und Özgürs Tod schlummerte der Samen des Selbstmords. Unerträglich ist das Gefühl, als hätte ich diese Saat selbst gesät.«

Ich wundere mich darüber, wie unverkrampft ich über meine Empfindungen sprechen kann, die ich jahrelang mit niemandem geteilt und nicht einmal mir selbst eingestanden habe. Und es erstaunt mich, dass ich diesem Mann vertraue, den ich kaum kenne, mich ihm derart nah fühle. Aber selbst wenn sich unsere Wege nur gelegentlich gekreuzt haben, so sind wir wohl doch Menschen aus ähnlichen Welten mit gemeinsamem Hintergrund.

»Quälen Sie sich nicht. Den Tod für ein Ziel, eine Überzeugung zu riskieren kommt einem Selbstmord sehr nah. Selbstmord ist nämlich die offenste Antwort auf die Frage nach dem Sinn des Lebens. Wer trägt nicht den Samen des Selbstmords in sich!«

Es klingelt noch einmal. Diesmal beeilt er sich zu öffnen, er will die potentiellen Käufer nicht verlieren. Als die drei Leute, unter ihnen eine Frau, sich die nassen Schuhe abtreten und hereinkommen, schlüpfe ich lautlos nach draußen. Ich verabschiede mich nicht, und ich frage ihn auch nicht, wo er hinzieht. Wir sind quitt, und es wird nicht nötig sein, einander noch einmal zu suchen.

Schon als Kind habe ich an kalten Wintertagen in diesem Haus gefroren. Damals lag unser gerade entstehendes Viertel weit außerhalb der Stadt. Im Winter kamen Wölfe bis hinunter in die Gärten, und bei heftigem Schneefall fuhren die ohnehin nur sporadisch verkehrenden Busse gar nicht. Nach dem Busbahnhof in Şişli kam nur noch die Tekel-Likörfabrik; dahinter erstreckten sich die Maulbeerhaine von Mecidiyeköy, so weit das Auge reichte. Im Frühling legten die Leute in der Maulbeerzeit Laken unter die Bäume und machten Picknick mit Brot, Käse und Früchten. Noch weiter entfernt lagen Felder, einige Fabrikbaustellen und schließlich der Friedhof. Wenn die Busse nicht fuhren, stapften wir auf der verlassenen Straße durch den Schnee, in unseren Kinderherzen eine Mischung aus Abenteuerlust und ein wenig Angst. Die eiskalten Nordwinde wehten über den Bosporus, schüttelten die jungen Bäume, die zu beiden Seiten der schachbrettartig angelegten Straßen mit den Vogel- und Blumennamen standen, und nicht zuletzt auch uns Kinder, wenn wir, unsere Ranzen zum Schutz an die Brust gedrückt, von der Schule nach Hause liefen.

Die Häuser wurden mit Holzöfen beheizt, und die Zimmer waren winzig. Mit blau angelaufenen Händen, frostigen Nasen und eisigen Füßen, die in selbstgestrickten Socken und Gummistiefeln steckten, kamen wir voll unbekümmerter Freude über den Schnee nach Hause und hatten einen Bärenhunger auf frischgebackene Plätzchen oder Brot mit *sucuk*. Im warmen Wohnzimmer wurde mir heimelig zumute; ich wetteiferte mit meinem Bruder um das Sitzkissen neben dem Ofen, nahm die Katze auf den Schoß und vertiefte mich in die Romane, die ich in meinen Schulbüchern versteckt hatte. Wenn zu vorgerückter Stunde der Ofen ausging, wurde es kalt im Haus. Mein

Bett war klamm und kalt, und mich fröstelte die halbe Nacht. Der Wind schüttelte die Bäume, fegte Ziegel von den Dächern und ließ die Holzläden gegen die Mauern schlagen.

Vielleicht kehrte ich immer wieder an diesen Zufluchtsort zurück, weil ich mich an die kalten Winternächte meiner Kindheit und Jugend erinnerte, an das Heulen der Wölfe und des Windes, die üppig austreibenden Geißblätter und Nelken, die kleinen, mit Sorgfalt angelegten Salat-, Zwiebel- und Rettichbeete. Vielleicht auch, weil all die Freuden, Freundschaften und Jugendlieben hierhergehörten, unsere verlorene Unschuld, unsere abhandengekommenen Hoffnungen und Träume; zuweilen kam mir das Haus vor wie ein Museum all dessen, was ich verloren hatte und vermisste.

Heute Morgen herrscht eine trockene Kälte. Auch dieses Jahr habe ich versäumt, eine Heizung einbauen zu lassen; ich schob es immer wieder auf, und plötzlich war der Winter hereingebrochen. Im Holzofen knistert das Feuer, und in jedem Zimmer gibt es einen elektrischen Heizkörper, aber trotzdem friere ich. Es ist ein seltsames Frieren im Herzen; kein richtiges Frieren, sondern die Erinnerung daran, in diesem Haus früher einmal sehr gefroren zu haben.

Das Frühstück ist fertig. Der Kaffee duftet. Ich denke daran, so wie früher an schulfreien Tagen das Brot auf dem Ofen zu rösten. Ich habe Lust auf über dem Feuer gegrillte *sucuk*. Wir klappten den Deckel auf, steckten die Wurststücke auf Spieße und hielten diese ins Feuer. Warum kriegt man als Kind von *sucuk* nie genug? Und warum darf man sich als Kind nie an *sucuk* satt essen? War *sucuk* früher auch schon so teuer? Ich gehe in die Küche und hole die in Papier eingewickelte Wurst. Ich, die mittlerweile jeden Tag Ferien hat, erkläre den heutigen Morgen zum *Sucuk*-Ferienmorgen.

Teo rasiert sich und zieht sich an. Er hat nachmittags Vorlesung, wir müssen uns also nicht beeilen. Was hat es zu bedeuten, dass Teo den Vorschlag Mete Ünsalans, in seinem Institut als Gastdozent zu unterrichten, diesmal nicht abgelehnt, sondern sogar mit Kusshand angenommen hat? Dass er bleiben will, sich mit der Stadt und sich selbst ausgesöhnt hat? Während er sich anzieht, pfeift er ein amerikanisches Volkslied, eine bekannte Melodie. Ich setze mich an den Tisch und fahre mir mit den Fingern durch die Haare, die ich mir zu einer kurzen Jungenfrisur habe schneiden lassen. Erst als Teo mich einmal darauf hinwies, fiel es auch mir auf; immer, wenn ich in Gedanken versunken bin, gehen meine Finger automatisch zu meinen Haaren, und dann denke ich garantiert an Arın. »Erst jetzt hast du dich ganz ausgezogen, erst jetzt bist du zur Liebe bereit«, sagte er stets, wenn er meine Haarspange gelöst und mein Haar über meinen nackten Schultern verteilt hatte.

Wenn seine Finger durch mein langes, kräftiges Haar strichen, erregte mich das mehr, als wenn er meine Lippen, meine Brustwarzen oder mein Geschlecht berührte. Nun sind meine Haare raspelkurz, und nur ich fasse sie an, als würde ich mich selbst befriedigen. Ich mag es nicht, wenn Teo meine Haare berührt.

Der Duft nach gebratener *sucuk* zieht durchs Haus. Teo sitzt mir am Frühstückstisch gegenüber. Er hat sich sorgfältig rasiert und riecht nach Lavendel. »Lavendel-Duftwasser von Rebul«, erklärt er. »Als ich klein war, hatten wir das stets im Haus. Mein Vater verwendete es als Rasierwasser. Aber es musste unbedingt aus der Rebul-Apotheke sein.

Nach all den Jahren gibt es das immer noch. Endlich etwas von Bestand, wie schön!«

Er spricht Englisch, wie immer, wenn er entweder sehr aufgeregt oder ganz entspannt ist. An einem kalten Wintertag sitze ich, schon über fünfzig und mit kurzgeschnittenen Haaren, einem jüngeren, Englisch sprechenden Mann beim Frühstück gegenüber.

»Ich bin unschlüssig über das Herrenhaus im Beylerbeyi-Hain«, sagt er. »Gestern rief der Makler an. Die Besitzer sind drei Geschwister. Zwei wären bereit zum Verkauf, aber vom Dritten gibt es keinerlei Nachricht, er soll in Frankreich leben. Der Verkauf könnte dennoch vonstattengehen, das heißt, ich könnte zwei Drittel kaufen. Manchmal erscheint es mir absurd, derart viel Energie in den Rückkauf eines Hauses zu stecken, das einmal meiner Familie gehört hat. Im wahrsten Sinne des Wortes absurd.«

»Als wir dort waren, wolltest du es unbedingt haben.«

»Jetzt bin ich mir aber nicht mehr sicher.«

»Dann lass es bleiben. Wenn du dir nicht sicher bist, solltest du dich nicht darauf versteifen.«

»Ich bin eben unschlüssig. Was würdest du an meiner Stelle tun?«

»Unentschlossenheit ist das Schlimmste, was es gibt. Du musst dich entscheiden.«

»Du redest wie unser Priester in der Kirche in Kurtuluş. Der hielt auch immer solche Predigten, wenn wir sonntags zum Gottesdienst gingen.«

»Wahrscheinlich, weil er mit seinen Gedanken woanders war. So wie ich auch.«

»Wo bist du denn mit deinen Gedanken?«

»Bei meinen Haaren, bei Derin, bei Güldalı, auf diesen Hügeln.«

Warum erzähle ich ihm das? Wofür räche ich mich? Er hat nicht das Geringste mit dem zu tun, was um uns herum passiert, mit Güldalıs Todesfasten, Derins Entscheidung, dem Tod unserer Kinder, den tiefen Gräben, die einen Hügel von den anderen trennen, der Tatsache, dass Arın mir nie wieder mit den Fingern durch das Haar streichen wird und ich nie mehr zwanzig sein kann. Auch nicht mit dem Verlust unserer Hoffnungen, den Auflehnungen und Zusammenbrüchen. Aber warum bin ich dann wütend auf ihn?

»Ah ja«, meint er. »Dass diese selbsternannten Revolutionäre sterben wollen, hat überhaupt keinen Sinn. Auch dass Derin sie unterstützt. Ein Riesenjammer. Die anderen kann man ja noch verstehen, aber Derin?«

»Das hat genauso viel oder wenig Sinn wie deine Leidenschaft für das Judasbaumtor, Teo. Jeder hat ein Tor, nach dem er sucht.«

»Du hast recht. Jeder sucht etwas. Und eigentlich ist jeder auf der Suche nach sich selbst.«

»Ich suche nichts, Teo, und ich will auch nichts mehr finden.«

Die *sucuk*, die ich im Ofen vergessen habe, ist verkohlt. Im Zimmer ist es warm, aber ich friere wie in meiner Kindheit. Als er die Hand ausstreckt, um über mein Haar zu streichen, drehe ich abrupt den Kopf weg. Niemand außer Arın hat das Recht dazu. Die nicht richtig geschlossenen Läden schlagen unaufhörlich gegen die Fenster; das dumpfe Geräusch klingt wie eine Warnung an den Fremden und mich, die ihn hereingelassen hat. Plötzlich stelle ich fest, dass Teos Anwesenheit am Frühstückstisch das eigentlich Absurde ist.

»Dir scheint es heute nicht gut zu gehen, Liebling.«

Die Art, wie er das Wort »Liebling« ausspricht, geht mir auf die Nerven. Auch der sündige Inzest bietet längst keinen neuen Reiz mehr für unser Sexualleben. Und so sitzen wir beim Frühstück und ahnen beide, dass der Zauber vergangen ist und der Märchenprinz und die Prinzessin sich wieder in Frösche verwandelt haben. Uns ist klar, dass wir noch eine Weile weiterleben werden, als sei nichts geschehen, zusammen frühstücken und die Stadt erkunden, über ein nicht vorhandenes Tor und ein zum Kauf anstehendes Haus reden, miteinander zu schlafen versuchen und dabei vielleicht sogar Lust verspüren werden. Wir wissen nicht, wie und warum es passiert ist, aber tief in unseren Herzen spüren wir, dass mit dem Verlust des Zaubers der Stadt auch die Annäherung unserer Körper ihr Geheimnis eingebüßt hat.

»Ja, ich fühle mich nicht besonders, aber das legt sich schon wieder. Geh du ruhig zu deiner Vorlesung, Teo. Ich laufe ein wenig durch die Stadt, und wenn du Lust hast, können wir heute Abend ins Kino gehen.«

Ich fühle mich schuldig. Ich war diejenige, die ihn verführt, in diesem Haus festgehalten und ins Bett gezerrt hat. Mit der Panik einer Mittfünfzigerin habe ich versucht, mich gegen das Altern aufzulehnen und gemeinsam mit einem jungen Mann die Angst abzuschütteln, kein Objekt der Liebe und der Lust mehr zu sein. »Auch wenn dein Verstand nein sagt, dein Körper ist stets willig«, hatte Arın immer gesagt. Wenn eine Antwort auf die Frage nach dem Sinn des Lebens Selbstmord ist, lautet eine weitere nicht Sexualität? Dennoch habe ich Teo in diese Beziehung gedrängt. Wie hatte Derin einmal wütend gesagt: Willst du jetzt auch Teo in dein Museum der toten Männer aufnehmen?

»Bereust du es, Teo?«, platze ich unvermittelt heraus.

»Warum? Weil ich mich derart darauf versteift habe, das Judasbaumtor zu finden? Nein. Außerdem stehe ich kurz davor.«

»Ich hatte gemeint, ob du unsere Beziehung bereust.«

Er kommt zu mir, nimmt mich in die Arme und zieht mich in Richtung des kleinen Zimmers. »Wir können ja einmal ausprobieren, ob ich es bereue.«

Ich spüre, dass er eine Erektion hat. Noch bevor wir im Zimmer sind, versucht er mich auszuziehen, hier, an Ort und Stelle.

»Halt, warte, nicht hier.«

Er hört mir nicht zu. Hastig zieht er mir meinen dünnen Wollpullover und den BH aus. »Ist es das, was du verbirgst?«, fragt er und greift nach meinen Brüsten, die schlaff an mir herunterhängen.

Nun ist seine Zeit gekommen, sich zu rächen. »Niemals würde ich diese Hängebrüste für den Busen eines jungen Mädchens eintauschen. Mich erregen die hier. Du erregst mich. Bist du nicht diejenige, die mich von dem ganzen Rein-Raus-Maschinendasein befreit und zu einem echten Mann gemacht hat?«

Wie eine Hure, die einen Teenager in die ersten sexuellen Erfahrungen einweist, denke ich im Stillen, und auf einmal erwacht auch in mir die Lust. Plötzlich gefällt es mir wieder, dass er »Mutter« und »Hure« zu mir sagt, während wir miteinander schlafen. Arın hatte recht: Auch wenn mein Verstand nein sagte, so war mein Körper immer noch willig, und je mehr sündiger Geschmack sich in meine Gefühle mischte, desto besser. Während ich mit geschlossenen Augen schweißnass und müde im Bett liege, bekomme ich mit, wie Teo aufsteht, ins Bad geht und schließlich wieder zurückkommt, um sich anzuziehen. Ich halte die Augen geschlossen, um nicht reden zu müssen. Er bemüht sich, möglichst leise zu sein, und zieht beim Hinausgehen sacht die Tür ins Schloss. Eigentlich sind wir quitt. Wir haben uns das gegeben, was wir brauchten, es war kein schlechtes Geschäft, wozu also das Ganze einer weiteren Analyse unterziehen?

Ich ziehe mich an und gehe hinaus auf die Straße; die frische Luft tut meinem Herzen gut. Um die Einsamkeit zu überwinden, muss ich mich ins Gedränge stürzen, in die Einkaufsstraßen, und mir jede Menge hell erleuchtete Schaufenster anschauen.

Der leise herabrieselnde, späte Frühlingsschnee schmeichelt der Stadt, die ihren Niedergang erwartet, um wieder neu erbaut zu werden. Basare, Schaufenster, Banken, Börsenmakler, Straßen, Taxistände, Wechselstuben, Fernsehbildschirme, die Titelseiten der Zeitungen, Arbeitsstätten, Fabriken, Stadtteilmärkte, Tante-Emma-Läden, streikende Arbeiter, Beamte, die auf Gehaltserhöhung warten, Beschäftigte, denen gekündigt wurde oder die Kündigung ins Haus steht, erstarren unter dem Schnee und der explodierenden Krise. Der Dollar hat die 1600-Lira-Marke überschritten, der Börsenindex fällt ständig, eine weitere Bank ist pleite, eine andere wurde vom Staat übernommen. Was wird morgen sein? Menschen haben sich vor den Bildschirmen versammelt, warten ängstlich und hoffend. Menschen, die in ihrem Leben noch nie etwas von der Börse gehört oder einen US-Dollar gesehen haben, verfolgen den Börsenindex, die Dollar-Schwankungen, den Zusammenbruch von Banken und Meldungen über die Krise. Der stetig fallende Schnee überzieht alle Sorgen und Probleme, alle Erwartungen mit seinem kalten Weiß. Wen jucken schon die Menschen, die sich in den Slums, auf den Hügeln, zu Hause, in Einzel- oder Gemeinschaftszellen zum Sterben hingelegt haben! Die Stadt reagiert sensibel auf den Dollarkurs, den Börsenindex, Meldungen über Kündigungen, auf Pleiten, Geschäfte, die ihre Tore schließen, sich leerende Wohnungen, die Krise, nicht aber auf den Tod. Zum Sterben ist es nicht die richtige Zeit. Der Schnee ist blütenweiß, kalt, still; alles scheint unter ihm zu erstarren.

In Mete Ünsalans Cihangirer Wohnung betrachtete ich vom Balkonfenster aus die unter einer Schneedecke liegende, unfassbar schöne Silhouette Alt-Istanbuls; der Anblick macht mich wehrlos, und ich denke, dass Schnee gut zur Melancholie und zum Tod passt. Seit Stunden versuchen Teo und der Professor eine alte Handschrift zu entziffern, die aus einer Privatsammlung stammt. Teo wollte, dass wir uns hier treffen: »Zum einen lernst du Mete kennen, und zum anderen kannst du dir Istanbul im Schnee anschauen.« Ich erinnere mich, dass Arın öfter einen Freund namens Mete erwähnt hatte, einen Freund aus Nişantaşı oder vom Gymnasium. Wir waren ihm einmal in Beyoğlu begegnet und Arın stellte ihn mir auf die Schnelle vor; wir aßen in der Inci-Konditorei Profiterol, aber es ist so viele Jahre her, dass ich mich kaum erinnere.

Die Tür wird vom Hausherrn geöffnet. »Herzlich willkommen, Ülkü. Vor Jahren sind wir uns einmal zufällig begegnet. Wir hatten einen gemeinsamen Freund, den seligen Arın. Warten Sie, da fällt mir noch etwas ein: Profiterol, ja, Profiterol!«

»Es ist tatsächlich eine Ewigkeit her, bestimmt über dreißig Jahre. Auf der Straße hätte ich Sie ehrlich gesagt nicht wiedererkannt. Wir haben uns ja nur ein paarmal im Vorbeigehen gesehen, aber als Derin von Ihnen sprach, fiel es mir wieder ein. Ihr Gedächtnis ist hervorragend, Professor.«

»Stimmt, es ist nicht schlecht … Tja, jetzt haben wir wieder einen gemeinsamen Freund. Wenn Sie wüssten, was dieser geniale Ungläubige da drinnen mir aufgehalst hat! Darf ich Ihnen den Mantel abnehmen?«

Ich nehme meinen Wollschal ab und schüttle ihn vor der Haustür aus, um das Parkett nicht nasszumachen.

»Damals hatten Sie lange Haare, und was für welche! ›Heiße Braut! Haare wie ein Korb voller Kastanien!‹, habe ich damals zu Arın gesagt, und er wurde echt sauer. Nehmen Sie es mir nicht übel, ich bin ein taktloser Typ und habe auch nicht die Absicht, mich zu ändern. Das waren natürlich alles nur Komplimente. Außerdem würde ich Sie auch in Ihrem jetzigen Zustand noch als ›heiße Braut‹ bezeichnen. Sie haben sich angenehm verändert.«

Er lacht schallend und ruft Teo zu: »Ülkü *Hanım* ist da, der Herr!«

Stimmt, er ist taktlos, aber warmherzig und sympathisch. Er gehört zu jenen Menschen, die sagen können, was sie wollen, ohne dass man sich ärgert, zurückzieht oder eingeschnappt ist.

»Kümmern Sie sich um Ihre Arbeit. Auf Teos Empfehlung hin bin ich noch bei Tageslicht gekommen, um den Ausblick zu genießen. Es ist hoffentlich nicht unhöflich, wenn ich sage, dass ich das herrliche Panorama lieber allein genießen würde. Wie Sie sehen, kann auch ich ganz schön taktlos sein.«

»Sie haben recht, Ülkü, Lust an Ästhetik ist genau wie Schmerz, man kann sie nicht teilen. Lassen Sie mich Ihnen ein Glas Martell einschenken, und dann machen Sie es sich in diesem Sessel bequem und genießen Byzantion im Schnee. Und ich werde mir drinnen mit diesem Ungläubigen noch ein wenig das Hirn über die gottverdammten Texte zermartern, damit er das unselige, virtuelle Tor findet.«

Er beugt sich an mein Ohr, als wolle er mir ein Geheimnis verraten: »Das bleibt unter uns, aber wir kommen dem Geheimnis immer näher, und mittlerweile glaube ich selbst daran, dass wir dieses Tor finden.«

Byzantion im Schnee!

Vielleicht hat vor zweitausendfünfhundert Jahren ein Megaraner den gleichen Zauber und die gleiche Melancholie des Schnees verspürt wie ich, als er von diesen damals unbewohnten Hügeln auf die Akropolis Byzantions herabsah. Was dachte ein byzantinischer Mönch, der vor Hunderten von Jahren an einem Tag, an dem Konstantinopolis so wie heute von Sorgen, Schmerz und Schnee umgeben war, die unvergleichliche Silhouette der Stadt betrachtete? Welche Melancholie ergriff die Kaiser, Sultane, Sieger und Besiegte, während sie auf das schneebedeckte Istanbul blickten?

Ich trinke einen Schluck Cognac aus dem Glas, das Mete Ünsalan mir in die Hand gedrückt hat. Teo hat recht; sosehr sich diese Stadt auch verändert, sie gibt ihre Seele nicht preis. Sie brennt, stürzt ein, wird geplündert, neu errichtet, und jenes undefinierbare »Etwas«, das seit Jahrtausenden in den Herzen der Menschen das gleiche Gefühl von Heiligkeit, die gleiche Melancholie auslöst, existiert unverändert weiter. Während ich in diesem alten Sessel sitze, entspannt durch die Wärme und den Cognac, und diesen zeitlosen Moment erlebe, frage ich mich, warum ich hier bin. Ich stelle mir die Frage nach der Bedeutung des Bildes »Hagia Sophia und Istanbul im Schnee«. Warum lehne ich es ab, mir die weitaus realistischere, meisterhaftere Darstellung von Ängsten, Sorgen, Verwesung, Armut, Morden anzuschauen, die sich unter der Schneedekoration verbirgt? Außerdem frage ich mich, was ich hier zu suchen habe, während sich Güldalı an einem stürmischen, wegen des Schnees unerreichbaren Hang in einem Todeshaus zum Sterben hingelegt hat, mit Derin an ihrem Bett, während ein neuer Umut auf fernen Hügeln aufwächst, um eines Tages weiß Gott welchem virtuellen Gott, welchem falschen Propheten geopfert zu werden? Was ist es, was mein Herz frieren lässt? Was habe ich am Arbeitsplatz zweier Männer zu suchen, von denen sich einer der Suche nach einem Stadttor verschrieben hat, das vor Hunderten, vielleicht sogar über eintausend Jahren aufgehört hat zu existieren, und der andere ein geschwätziger Professor ist, der mich vor dreißig Jahren eine »heiße Braut« nannte? Was ist Traum, was ist Realität? Was ist Geschichte, was ist Heute, was Zukunft? Das Istanbul, das ich durch das Fenster sehe, dieses Haus, das Judasbaumtor, das Istanbul, das sich unter der Schneedecke bewegt und dem Aufstände und Tode blühen?

Der Schnee macht mich noch trübsinniger. Ich vermisse meinen Sohn, ich vermisse Arın und mich selbst. Keiner, keiner von uns ist da, ich bin allein. Der Anblick Byzantions im Schnee kann meine Einsamkeit nicht lindern, und auch Teo wird mir keinen Trost spenden können, wenn wir später noch in einem netten Lokal essen oder zusammen mit dem Professor ein Glas Rotwein trinken. Die Stadt steht nach jedem Zusammenbruch wieder auf, weil jenes »Etwas« zu ihrem Wesen gehört, aber ich …

Es ist dreißig Jahre her, und auch damals schneite es ununterbrochen. Mitten auf der Galata-Brücke war ich zwischen den beiden Ufern Istanbuls stehen geblieben. Ich war verliebt, voller Hoffnung, eine Revolutionärin, ich war eine Mischung aus allem. Ich war so voller Leidenschaft, dass ich, ohne mit der Wimper zu zucken, die Revolution der Liebe und die Liebe der Revolution geopfert hätte. Aber so bin ich nicht mehr. Und das ist keine Folge des Alterns, sondern der Tatsache, keine Hoffnung und keine Zukunft mehr zu haben; das Gefühl, alles schon erlebt zu haben und der endlosen Wiederholungen überdrüssig zu sein. Das Gefühl, dass selbst schneebedeckte Städte, blau schimmernde Meere, rötliche Sonnenuntergänge, Margeriten- und Klatschmohnfelder, felsige Berge und sogar Wüsten, in denen sich Brunnen verbergen, nichts anderes sind als langweilige Wiederholungen, die dem Menschen keinen Trost spenden. Was bedeuteten Revolution und Liebe schon anderes, als den Glauben an das Leben, den Menschen und die Zukunft zu verlieren? Was ist Altwerden schon anderes?

Ich schenke mir noch einen Fingerbreit Cognac aus der Flasche ein, die der Professor auf den kleinen Tisch gestellt hat, und wärme das Glas in meinen Händen. »Man sollte stets nur einen Fingerbreit Cognac in einen Schwenker geben, nicht mehr; du wärmst ihn in deinen Händen und trinkst ihn. Cognac ist ein Wintergetränk, er wärmt dich. Nur was in der gleichnamigen Gegend in Frankreich hergestellt wird, darf Cognac genannt werden. Alles andere ist Weinbrand, aber in der Türkei ist es Usus, alle Sorten Cognac zu nennen …« Arın hatte mir das beigebracht, als wir uns in der feuchtkalten Sommervilla, die die Wintermonate über verschlossen geblieben war, zum ersten Mal liebten. Deshalb schmeckt Cognac auch immer nach körperlicher Liebe. Mittlerweile habe ich die größten Hotels, die berühmtesten Restaurants, die schicksten Säle, die bestausgestatteten Pressebüros der Welt kennengelernt. Dann lernte ich, wie man sich liebt, wie man Lust erfährt und Lust bereitet; ich lernte ferne Welten, fremde Städte, Folterräume, Gefängnisse, Leichenhallen und noch vieles mehr kennen. Und jetzt kotzt mich alles nur noch an.

Aus dem Zimmer dringen Mete Ünsalans Lachsalven und Teos Einwände. »Heilig ist der Herr, wie kommst du bloß auf Judas?«, sagt er. Der Professor erwidert hämisch: »Ein gottloser Mönch, der vom Schreiben über das stumpfsinnige Leben der Kirchenheiligen zwischen all diesen Handschriften sein Augenlicht eingebüßt hat, kann Judas sehr wohl ›heilig‹ nennen. Warum denn nicht?«

Wieder hat es sanft zu schneien begonnen. Vor mir liegt das verschneite Byzantion, Konstantinopolis, Istanbul. »Eis ten polin« ... In die Stadt. Fiel der Wert der erstmalig in Byzanz geprägten Goldmünzen während der Belagerung der Stadt durch die Perser? Brach während des Nike-Aufstands die Wirtschaft zusammen? Wie oft wurde im Osmanischen Reich der Wert der Asper neu festgelegt, wie oft rebellierten die Beschäftigten gegen Falschgeld? Der Anstieg des Dollars ist nicht aufzuhalten, die Wirtschaft sinkt, die Krise spitzt sich zu, die Stadt fragt ängstlich: Was wird morgen passieren? Auf den Hügeln, in den Gecekondus, in den Gefängniszellen haben sich Menschen zum Sterben hingelegt, Menschen sterben und werden getötet, wie lange wird das noch weitergehen? War der Erlöser, der durch das Judasbaumtor schritt, um die Seele der Stadt zu retten, Jesus oder Judas? Welche Frage ist wichtiger? Welche Antwort wird auch in tausend Jahren noch gelten?

Der Signalton für eine SMS … Ich krame in meiner Tasche und finde mein Handy. Eine SMS von Kerem Ali, er schreibt, dass er Derin nicht erreichen kann. Sie hat ihm also ihre neue Nummer nicht gegeben. Ich tippe sie ein. Es klingelt lange, ich warte. Ich freue mich, als ich Derins nasale Stimme höre. Ich bemerke, dass sie mir gefehlt hat.

»Habe ich dich von weit hergeholt? Es hat lange geklingelt.«

»Ich war gerade mit Umut beschäftigt. Ich glaube, er hat sich ein wenig erkältet, er hat Fieber.« In ihrer Stimme schwingt die übertriebene Sorge einer Mutter mit, die sich um ihr krankes Kind kümmert.

»Ich habe dich vermisst, Derin. Wenn der Kleine krank ist, komme ich vorbei und bringe einen Arzt mit.«

»Es hat mächtig geschneit, und die Straßen sind in einem miserablen Zustand. Die Steigung bei uns kommst du ohne Schneeketten gar nicht hoch, und im Dunkeln kannst du es ohnehin vergessen. Wenn ich Hilfe brauche, rufe ich dich an. Aber komm morgen auf jeden Fall vorbei. Ich habe dich auch vermisst, Ülkü.«

»Wie geht es Güldalı?«

Schweigen …

»Wenn du willst, sehen wir auch bei ihr vorbei.«

»Wenn der Schnee es morgen zulässt und ich vor die Tür kann.«

Ich lege auf und beschließe noch im selben Moment, nicht erst bis morgen zu warten, sondern gleich zu Derin zu fahren. Wenn ich den doppelten Tarif bezahle, finde ich bestimmt ein Taxi. Und wenn nicht, dann nehme ich eben einen Minibus … In dem Fall steige ich unten aus und kämpfe mich durch den Schnee die Steigung hinauf.

Ich schloss meine Tasche, nahm meinen Schal und Mantel vom Kleiderständer und klopfte leicht an die halboffene Tür zu Metes Arbeitszimmer. »Derin hat angerufen. Der Kleine ist krank, und sie braucht ein paar Medikamente. Wir gehen ein andermal essen«, sagte ich. Teo bot an mitzukommen. Ich erwiderte, es sei besser, wenn ich allein ginge, außerdem würde ich über Nacht dort bleiben. Als wir uns verabschiedeten, meinte der Professor liebevoll: »Richten Sie Derin meine wärmsten Grüße aus, sie ist wirklich ein außergewöhnliches Mädchen. Ihr Vater war genauso.«

Ich fühlte mich sehr viel besser, als ich mich die spiegelglatten Straßen von Cihangir in Richtung Taksim-Platz hinaufkämpfte. Ich richtete mein Gesicht gen Himmel, in den feucht fallenden Schnee, leckte die einzelnen Flocken von meinen Lippen und nahm den Geschmack und den Geruch des Schnees wahr. Ein rolliger Tigerkater lief ungeachtet der Kälte maunzend an mir vorbei. Ein Geschlechtstrieb, der keine Jahreszeiten kennt, das Recht auf Leben. Eine Weile betrachtete ich die Spuren, die seine Pfoten im Schnee hinterlassen hatten. Ein lange vergessenes Gefühl der Ausgelassenheit und Leichtigkeit breitete sich in mir aus.

IV

Ich kann zwar nicht einschätzen, was und wie viel die Frau weiß, aber sie macht mir Angst. Sie weiß von der Exekution und kennt die Identität meines Opfers. Vielleicht verdächtigt sie mich auch. Sie hat es zwar nicht gesagt, aber weil ich die Frau nicht ausstehen kann, höre ich bei ihr die Flöhe husten. Warum hat sie urplötzlich davon angefangen, als ich bei Derin war, um ihr von Güldalıs Verhaftung zu erzählen? An dem Tag, als sie so klugscheißerisch und nervtötend daherredete: »Atilla *Beys* Sohn!« Verdammt noch mal!

Ich habe die Sache vergessen. Wirklich? Du gewöhnst dich daran, hatte der Genosse gesagt. Habe ich mich daran gewöhnt? Du darfst nicht daran denken. Wenn du nachdenkst, beginnst du, die Dinge in Frage zu stellen, und wenn du damit anfängst, wirst du weich, und am Ende drehst du durch. »Ich habe in diesem Krieg meinen Sohn verloren. Wenn jemand aufgetaucht wäre und sie von diesem falschen Weg abgebracht hätte, dann wären jetzt er, dein Bruder und Atilla *Beys* Sohn noch am Leben. Mord bleibt Mord, aus welchen Motiven auch immer«, hatte sie damals gesagt. Die spielen sich immer zu Richtern auf, dieser Zeitungsmensch ist genauso. Als Außenstehender ist man immer schnell mit einem Urteil bei der Hand. Die Richtigkeit unseres Handelns resultiert daraus, dass wir im Recht sind. Für das kompromissbereite Kleinbürgertum ist das schwer zu begreifen.

Und Derin? Warum ist sie aus ihrem Kreis ausgebrochen und zu uns gekommen? Aus reiner Neugier, als Reaktion auf ihre Herkunft oder, wie einer unserer Genossen es formulierte, zur Abwechslung, aus Lust und Laune einer süßen Mieze heraus? Sie hatte einmal versucht, es mir zu erklären: »In unseren Kreisen werden wir Kinder herangezüchtet wie Rennpferde. Wir genießen eine privilegierte Ausbildung an privilegierten Schulen, leben in privilegierten Stadtteilen und führen ein privilegiertes Leben. Wir gehen gern shoppen, wir meinen, alles kaufen zu können, und tun das auch. Dann verlieren wir das Interesse an Konsumgütern, und nichts hat mehr Sinn. Wir sind nicht imstande, uns an den kleinen Dingen des Lebens zu erfreuen, und von den großen Dingen sind wir schnell gelangweilt. Um unsere Ängste zu überwinden, stürzen sich manche von uns ins Nachtleben, tauchen in der Drogenszene ab, schließen sich irgendwelchen Sekten an und sehen die Lösung darin, sich auf diese oder jene Weise selbst zu zerstören. Und dann gibt es noch eine Handvoll Leute wie mich … Also Leute, die einen anderen Ausweg suchen.«

Solche Dinge hatte sie gesagt, und sie hatte sie noch viel besser ausgedrückt. Wie hübsch ihr Gesicht geworden war beim Erzählen. Als sei sie nicht von dieser Welt, sondern von einem anderen Planeten. Ich erinnere mich, wir waren in der Villa in Emirgân. Das fiel in die Zeit, als sie den Plan ausheckte, hier in unsere Gegend zu ziehen. »Man kann nicht hier wohnen und gleichzeitig in einer anderen

Welt leben. So kommt man nie mit sich ins Reine, sondern macht sich und den anderen bloß etwas vor. Man muss eine Wahl treffen.«

Wir haben Schneewetter, alles ist weiß. Wenn es so heftig geschneit hat, sehen unsere Hügel sehr schön aus. Der Schnee überdeckt die Armut der zusammengeschusterten Häuser, den Staub auf den Straßen, den Matsch, die Müllberge, die Überreste abgerissener Hütten. Der Schnee steht den Gecekondus gut. Wir frieren. In der Winterkälte wird die Armut noch unerträglicher; die Arbeitslosigkeit lastet wie ein Alptraum auf dem Viertel, aber trotzdem wird uns beim Anblick des Schnees leicht ums Herz, und wir freuen uns wie Kinder. Wenn der Schnee knietief ist, kommen sie auch nicht ständig mit ihren Polizeipanzern und Waffen hierher. Der Schnee ist eine namenlose, unsichtbare Grenze.

Als es heute schneite, hatte ich plötzlich Sehnsucht nach meiner Mutter, nach Derin und meinen Hügeln. Noch dazu hat Derin nicht angerufen, und sie nimmt auch nicht ab. Verflixt, mit meinem harten Ton habe ich ihr das Herz gebrochen. Sie hat sich zwar auch aufgeplustert und die Unnachgiebige gespielt, aber …

Bei so einem Wetter verkehren bei uns die Busse nicht, und wenn, dann kommt vielleicht alle zwei Stunden einer. Die Minibusse fahren schon, wenn auch nur sporadisch, aber die Fahrer kennen mich alle. Die meisten gehören zu uns, trotzdem ist es nicht sicher. Auch ohne böse Absicht könnten sie erzählen, dass sie mich da und da gesehen haben, und das könnte dann den falschen Leuten zu Ohren kommen. Am besten nehme ich also doch den Bus. Ich muss es riskieren und zum Hügel hinauf. Ich muss so schnell wie möglich zu Derin, um mich bei ihr zu entschuldigen. Ich muss ihr freiheraus sagen, dass es doch Blödsinn wäre, mich von ihr fernzuhalten, wo sie doch so nah ist, zu mir in meine Welt gekommen ist. Ich muss ihren schönen Körper ganz fest umarmen, wir müssen uns lange und leidenschaftlich lieben.

Die steile Abkürzung, die zur Hintertür von Güldalıs Haus führte, war vereist. Ein Segen, dass ich feste Stiefel anhatte; stolpernd kämpfte ich mich nach oben. Dieser Weg ist hundertprozentig sicher. Kein Mensch treibt sich bei Schnee und Eis hier herum. Die beiden Streuner Kurt und Kont kamen spielend den Hang hinunter und wirbelten dabei den Schnee durch die Luft. Sie kannten mich und sprangen gleichzeitig mit wedelndem Schwanz an mir hoch, und so wie früher wälzten wir uns im Schnee. Mir wurde warm ums Herz, ich fror nicht mehr. Alles wird wieder gut, dachte ich, warum denn nicht? Ich stand auf und klopfte den Schnee von meinen Sachen, dann formte ich einen Schneeball und warf ihn nach den Kötern. Tobend machten sie sich davon. Während ich mich dem Hinterhof des Hauses näherte, lauschte ich in die Nacht hinein, hörte das gewohnte Dröhnen des spärlicher gewordenen Verkehrs auf der Brücke und ein schönes Lied, unser Lied, dessen Melodie aus einem der Häuser drang: »Maschinengewehr, Maschinengewehr, vorneweg das Maschinengewehr, unser Volk wird sicher siegen, Genosse, das versprech ich dir!«

Den Schatten neben der Hintertür zum Hof konnte ich nur schemenhaft ausmachen. Dort lauerte jemand, ohne sich zu bewegen. Ich war wie vom Donner gerührt, blieb wie angewurzelt stehen und sah für einen Moment weg. Der Mensch ist merkwürdig: Er fürchtet sich nicht vor der Gefahr selbst, sondern davor, sie zu sehen. Einen Moment lang blieb ich reglos stehen, doch dann erblickte ich im

Schein des Schnees seine lange Nase: eine Karotte. Ich konnte mein Lachen nur mühsam unterdrücken, öffnete den Reißverschluss meines Blousons und reckte meinen Brustkorb in die Kälte. Ein Schneemann mit Karottennase, Kohleaugen und einer Orangenschale als Mund; auf seinem Kopf saß eine alte Schirmmütze. Derin musste ihn gebaut haben, damit die Kinder ihren Spaß hatten. Als ich mich allmählich wieder entspannte, durchflutete das unwiderstehliche Verlangen, das mich hierhergeführt hatte, meinen ganzen Körper. Ich wollte sie, jetzt gleich, sofort. Mich verlangte nicht nach einer Frau, sondern nach ihr; sie liebte ich. Ich stand neben dem Schneemann, und nichts war mir wichtiger, als meine Geliebte im Arm zu halten.

Auf dieser Seite des Hauses gab es nur das Badezimmerfenster. Ob drinnen Licht brannte, konnte ich nicht erkennen. Die Hintertür war nur notdürftig zusammengezimmert; Hüseyin musste diesen Ausgang sicherheitshalber angelegt haben, um im Notfall verschwinden zu können. Ich trat ganz nah an die Tür und horchte. Stimmen waren zu hören; vielleicht lief der Fernseher. Ich versuchte, genauer hinzuhören. Nein, es war nicht der Fernseher, das heißt, der Fernseher lief, aber da gab es auch noch andere Stimmen. Mir war, als würde ich Derins Stimme hören, ich war mir jedoch nicht ganz sicher. Es wäre richtig gewesen, wieder zu gehen, aber ich konnte nicht. Ich hielt mein Ohr an den Türspalt. Ja, es war Derin. Und dann war da noch eine Männerstimme, die mir irgendwie bekannt vorkam. Manchmal kann man sich nicht genau an eine Stimme erinnern, aber wenn man sie hört, fühlt man etwas Gutes oder Schlechtes. Und diese Stimme beunruhigte mich. Eine Sekunde dachte ich an Teo. Doch er war es nicht; Teos Türkisch hörte man sofort heraus.

»… mit … Todesfasten … um ihr Leben … opfern … du als primitiv … Blabla bezeichnet … Realität … Waffengewalt … gesiegt …« Das war Derins Stimme. Auch wenn ich nicht den ganzen Satz verstanden hatte, so konnte ich doch die fehlenden Worte ergänzen. Sie hatte in etwa gesagt: »Als sie mit dem Todesfasten begannen, um ihr Leben zu opfern, wurden die Worte, die du als primitiv, als Blabla bezeichnet hast, Realität. Die Waffengewalt hat gesiegt.« Die Erwiderung des Mannes konnte ich besser verstehen: »Diese Worte sind nur für sie real, und die Waffen töten am Ende sie selbst.« Plötzlich fiel mir ein, dass ich einen ähnlichen Satz schon einmal irgendwo gelesen hatte, und im selben Moment wusste ich, wer der Mann war: Turgut Ersin.

Das Blut schoss mir in den Kopf. Ich sank auf die verschneite Stufe. Was hatte dieser Typ in einer solchen Nacht hier zu suchen? Ich zeig dir gleich, wie man Öffentlichkeit herstellt und die Presse beeindruckt, dachte ich. Egal, wie viele Aufreißer es gab, alle waren sie hinter ihr her. Ich hatte einen glasklaren Kopf. Es schien, als wäre ich durch meine Wut und mein Verlangen wieder zu Verstand gekommen. Das Maschinengewehr-Lied aus dem Nachbarhaus war zu Ende, nun erklang »Der revolutionäre Prinz der Slums.« Wenn man den Text änderte, passte das Lied genau zu uns: *Warte auf die roten Tage, Schluss mit Hunger und Haft. Wirf dem Prinzen eine Rose aus dem Fenster. Das Schicksal der Slums wird sich wenden. Grüß mir die bevorstehende Revolution.*

Ich ging um das Haus herum zum Vordereingang. Wie üblich klingelte ich dreimal kurz, einmal lang. Stille … Wird sie nicht öffnen? Wenn nicht, dann hat sie etwas zu verbergen oder zu befürchten. Aber ist es nicht normal, dass sie in diesen Tagen Angst hat und vorsichtig ist, vor allem in einer solchen Gegend? Vielleicht war es das Beste, wenn ich wieder in der Nacht verschwand und dieser Liebe ein für alle Mal entsagte.

Von drinnen ertönte eine Stimme: »Wer ist da?« Es war nicht Derin, sondern ihr Besucher. Da haben wir den Salat, Genosse Kerem Ali! Was wirst du jetzt antworten?

Ich hätte immer noch abhauen und untertauchen können in den bekannten Straßen und verborgenen Ecken meines Viertels, und das wäre wohl auch das einzig Richtige gewesen. Aber ich konnte nicht. »Ich bin's, Kerem Ali«, sagte ich stattdessen. Erneut trat kurz Stille ein; dann wurde der Riegel zur Seite geschoben, und Derin öffnete die Tür.

Ich stampfte ein paarmal auf den Boden, um den Schnee abzuklopfen, und schlüpfte durch die halbgeöffnete Tür in die winzige Diele. Ich schwieg und gab auch ihr keine Gelegenheit, etwas zu sagen, sondern nahm sie fest in die Arme. Sie wandte zwar den Kopf ab, doch zurückziehen konnte sie sich nicht. »Ich hatte Sehnsucht nach dir«, flüsterte ich ihr ins Ohr. Ich nahm ihr Ohrläppchen in den Mund und knabberte leicht daran. Normalerweise mochte sie das, diesmal aber entspannte sie sich nicht, wurde sie nicht von der Lust überwältigt. Allerdings saß auch ihr Besuch drinnen … Sie hatte ein seltsames, mir bis dahin unbekanntes Lächeln im Gesicht, nahm mich an der Hand und zog mich zur Wohnzimmertür: »Es ist kalt, bestimmt hast du gefroren. Zieh erst mal deine Jacke aus.«

Nach der Kälte draußen kam mir die Luft im Zimmer heiß und stickig vor. Turgut Ersin hatte einen Intellektuellenbart, trug eine braune Cordhose und einen braunen Wollpullover und saß mit übereinandergeschlagenen Beinen im Sessel in der Ecke. Auf dem Beistelltisch lag ein

Buch, sein neuestes Buch; außerdem stand dort ein Glas. Er rauchte Pfeife und war gelassen wie immer. »Hallo«, sagte er und machte nicht den Eindruck, als fühlte er sich gestört. »Ebenfalls«, gab ich zurück und versuchte, genauso locker zu wirken. »Komm rein und setz dich«, sagte Derin und deutete auf den Sessel gegenüber des Mannes. Unvermittelt fiel mir ein Spruch meiner Mutter ein, und ich musste innerlich lachen. »Zu manchen sagt man ›Setz dich‹, zu anderen ›Nimm doch bitte hier Platz‹«, hatte sie einmal gesagt, um mir zu erklären, wie der Grad des Ansehens den Umgang der Menschen untereinander bestimmt. Ich legte Jacke und Schal ab und versuchte gleichzeitig, Derin zu beobachten und ihre Beziehung zu Turgut Ersin auszuloten.

»Trinkst du einen Cognac oder einen Glühwein zum Aufwärmen?«

»Du weißt ja, ich mache mir nicht viel aus Alkohol.«

»Dein Drink ist als Medizin gedacht. Glühwein mit Cognac und Nelken wirkt Wunder bei Erkältungskrankheiten. Zurzeit sind alle krank, es kursiert eine Grippewelle. Klein Umut hat es auch schwer erwischt, er ist noch nicht wieder ganz gesund.«

»Ich nehme trotzdem lieber einen Tee, wenn es welchen gibt.«

»Kein Problem. Du bist ja schon seit einer Ewigkeit nicht mehr zu erreichen, und an dein Handy gehst du offenbar auch nie. Ich habe ein paarmal deine Mutter getroffen. Sie hat mir erzählt, dass du kaum noch nach Hause kommst, seit die Hungerstreiks begonnen und auch hier Einzug gehalten haben. Ich habe nicht weiter nachgehakt.«

Ich sah, dass Turgut Ersin uns über die Brille hinweg nachdenklich betrachtete.

»Wie geht's dem Kleinen?« Ich nahm das Buch vom Tisch und blätterte darin.

»Besser, aber ich hatte Angst. Er braucht seine Mutter. Er hat sich zwar an mich gewöhnt, aber trotzdem vermisst er sie. Als würde er schneller wieder gesund werden, wenn sie ihn an ihre Brust drücken und ihn nachts zu sich nehmen würde.«

»Ihr neues Buch ist also auf dem Markt«, sagte ich beiläufig zu Turgut Ersin. »Wieder die gleichen Thesen?«

Er machte eine Geste, als wäre jede Antwort überflüssig.

»Vergessen wir das Buch«, meinte er. »Bringt lieber Güldalı davon ab, sterben zu wollen; das ist wichtiger.« Bisher hatte er geschwiegen und sich damit begnügt, an seinem Getränk zu nippen und mit seinem Bart zu spielen.

»Dazu hat niemand das Recht«, beharrte ich. »Güldalı hat sich dieser Aktion aus eigenem Antrieb angeschlossen. So wie die anderen unserer Frauen. Sie ist zuvor gefragt worden, ob sie sich das gut überlegt hat. Oder betrachten etwa auch Sie die Dinge durch die Brille des TC-Staates und glauben, dass wir die Leute mit Gewalt zum Sterben zwingen? Güldalı jetzt umzustimmen würde bedeuten, ihren Willen, ihre revolutionäre Entschlossenheit und ihre Persönlichkeit nicht zu respektieren. Wenn sie jetzt aufgibt, wird sie nie wieder Respekt genießen, sie wird nicht mehr hier leben können, sie wird der letzte Dreck sein. Sie ist eine Kämpferin, eine Heldin. Genau das könnt ihr nicht begreifen.«

»Nun mach mal einen Punkt, Kerem Ali! Hör mal für einen Moment auf, in diesen Schablonen der Organisation und diesem Revoluzzerjargon zu sprechen. Natürlich hat man sie nicht dazu gezwungen, das weiß ich selbst.

Man kann Menschen nicht zum Sterben zwingen, aber man kann sie dazu verführen. Religiöse Sektenführer und Kriegskommandanten machen das ja auch. Wie du selbst gerade gesagt hast, impft man ihnen die Angst ein, von ihrer Umgebung entfremdet und ausgeschlossen zu werden. Das führt einen an den Punkt, an dem man sich verflucht, weil man es nicht geschafft hat zu sterben. Kann es eine heimtückischere Art des Zwangs geben?«

»Ich will mit Ihnen nicht über dieses Thema diskutieren, weil wir verschiedene Blickwinkel haben. Sie werden uns nie verstehen können. Wer sind denn die, die sich hinter Worten wie ›Das Leben ist heilig‹ verstecken und die Fastenden attackieren? Wie aufrichtig sind sie? Dieser Spruch ist keineswegs Ausdruck des Respekts vor dem Leben, sondern nichts anderes als eine Bühne für ihre Sorge um das eigene Dasein, ihre unbeschwerte Welt, ihre Bars, Cafés, Bücher, Kolumnen und ihre Berühmtheit. Seht euch doch diese ›klugen‹ Linken an! Sie wollen, dass ihnen jemand die Freiheit bringt, ohne bereit zu sein, selbst einen Preis dafür zu zahlen. Während wir drinnen und draußen für die Freiheit des Volkes sterben, schlachten sie uns für ihre Reklame aus und nennen das dann Klugheit und linke Überzeugung. Wir sterben, und ihr? Würdet ihr für eure Ideen, für eure Überzeugung sterben?«

Wieder einmal agitierte ich für mich selbst. Ich wusste, dass ich in Turgut Ersins Augen lustig wirkte. Ich hasse diese Kaltschnäuzigkeit, mit der Leute wie er von oben auf einen herabblicken, diese Ausgeglichenheit, wenn man sein Schäfchen im Trockenen hat.

»Ich habe tage- und nächtelang mit Güldalı debattiert«, schaltete Derin sich ein, um die Wogen ein wenig zu glätten. »›Hätte ich die Hölle in dem Gefängnis nicht miterlebt, diesen neunzehnten Dezember, an dem die Menschen Feuer fingen und wie Ratten gejagt wurden, hätte ich den Mut, mich zu opfern, vielleicht nicht aufgebracht. Aber ich bin inzwischen eine andere‹, hat sie gesagt. Und ich kann sie verstehen. Hätten wir sie gleich am Anfang davon überzeugt, nicht an der Aktion teilzunehmen, wäre alles in Ordnung, aber jetzt, nachdem keinerlei Schritte unternommen wurden, nichts dabei herausgekommen ist, kann man nicht einfach sagen: ›Komm, hör auf damit.‹ Damit würde man sie herabwürdigen. Ich diskutiere nicht darüber, ob diese Aktion richtig oder falsch ist. In diesem Stadium dürfen wir nicht mehr über die Aktion debattieren, sondern wir müssen auf eine Lösung hinarbeiten. Nicht für den Tod, sondern für eine Lösung kämpfen.«

Plötzlich fühlte ich mich unendlich müde. Hätte ich doch bloß den Kopf in den Schoß meiner Geliebten legen und schlafen, diese ständige Flucht ein Ende haben können. Hätte ich nur einen Sohn von Derin, den wir Şafak nennen würden. Wenn doch endlich der Winter vorbei wäre, der Frühling auf unsere Hügel käme, die Menschen an einem neuen Tag erwachten und niemand mehr sterben müsste …

»Schreiben Sie trotzdem weiter«, sagte ich in einem nun weitaus sanfteren und freundlicheren Ton. »Derin hat das schön gesagt. Beteiligen Sie sich weiterhin an der Suche nach Lösungen, auch wenn Sie das Sterben nicht unterstützen und gegen die Aktion sind. Dem Dasein dieser Menschen gibt es einen Sinn, ihr Leben für ihre Überzeugungen aufs Spiel zu setzen. Vielleicht bedeutet Sinn des Lebens für Sie etwas anderes, aber weder haben wir einen anderen Strohhalm als unseren Glauben an die Revolution noch etwas anderes zu verlieren als unsere Überzeugung.«

»Ich sollte langsam gehen«, meinte Turgut Ersin. »Ich habe das Auto unten in der Nähe der Haltestelle geparkt. Heute Abend um elf nehme ich an einer Diskussionsrunde teil. Ich hasse solche Runden. Aber wenn es ums Todesfasten geht, kann man schwerlich ablehnen. Wie ihr seht, übernehme ich Pflichten. Wie sagtest du, Derin? Nicht für den Tod, sondern für eine Lösung kämpfen. Erlaubst du mir, dass ich diese Formulierung verwende? Natürlich müssen beide Seiten eine Lösung wünschen. Wenn du willst, kann ich dich irgendwo absetzen, Kerem Ali.«

»Danke. Ich bleibe noch ein wenig. Ich habe einiges mit Derin zu besprechen.«

Ich blieb sitzen, als die beiden aus dem Zimmer gingen. Bevor die Haustür geschlossen wurde, herrschte kurz Stille. Ich fragte mich, ob er Derin küsste. Ich spitzte die Ohren, konnte aber nichts hören. Der Gedanke, dass er sie geküsst haben könnte, heizte meine Lust auf Derin wieder an. Ob sie wollte, war mir vollkommen egal. Ich komme hierher, was für mich und die Gruppe riskant ist, und sie ziert sich … Was hat sich denn geändert, seit wir das erste Mal miteinander geschlafen haben? Wie begierig sie damals war! Ich weiß nicht, ob sie noch Jungfrau war. Noch so eine Frage, die mich beschäftigt. Also, warum sollte sie mich heute Nacht nicht begehren? Hat sich durch die Anwesenheit unseres berühmten Journalisten etwas geändert? Ich rede Unsinn. Heute Nacht wird meine Geliebte wieder mir gehören.

In den darauffolgenden Tagen dachte ich lange darüber nach, wo der Fehler gelegen hatte. »Nur die Niederlage regt zum Nachdenken und zu kritischen Fragen an. Die tiefgreifendere Auseinandersetzung mit der Niederlage erfordert Mut, sich mit der Realität zu konfrontieren. Wer diesen Mut nicht aufbringt, wird nie etwas ändern können, weder sich noch die Welt, und wird immer ein Verlierer sein«, hatte Turgut Ersin in einer Kolumne geschrieben. Die Organisation hatte diesen Text scharf kritisiert als »destruktive Vorstellungen eines entmutigten Intellektuellen, der angesichts des Zusammenbruchs des revisionistischen Blocks nach einer hübschen Verpackung für den Wankelmut seines Kleinbürgertums sucht«.

Damit, dass nur die Niederlage zum Nachdenken anrege, hatte er recht. Bis zu jener Nacht hatte ich Derin vermisst und begehrt, aber nie über die Bedeutung unserer Beziehung nachgedacht. Als sie den Kolumnisten zur Tür begleitet hatte und zurück ins Zimmer kam, die eisige Kälte der Nacht im Rücken, trat ich auf sie zu, um sie zu umarmen. Sie war ganz in Schwarz gekleidet: Pullover, Hose, flache Hausschuhe. Zu Hause lief sie für gewöhnlich entweder barfuß oder mit dünnen, bequemen Schuhen herum; nie sah ich sie in Latschen. Sie hasste gestreifte Schlafanzüge und Schlappen jeglicher Art. Sie wirkte unendlich schlank, ähnlich den in Schwarz gehüllten alten griechischen Frauen aus Angelopoulos' Filmen, die wir uns auf ihren Wunsch hin ansahen und bei denen ich jedes Mal einschlief, weil sie mich zu Tode langweilten. Als ich auf sie zuging, dachte ich für einen Moment, sie sei nicht real, sondern ein Traum. Sie war ein Todesengel, den es auf der Suche nach einem jungen Mann namens Umut hierherverschlagen hatte und der, wenn er fündig geworden war, auf Nimmerwiedersehen verschwinden würde.

Ich blieb vor ihr stehen, und sie streckte ihre Hand aus. Ich hatte mir ausgemalt, wie ich sie nach Monaten der Entsagung gierig und leidenschaftlich umarmen würde, doch sie wirkte derart schattenhaft und gespenstisch, dass ich abrupt innehielt. Ich nahm ihre eiskalte Hand und zog sie mit mir zum Diwan, auf dem eine weiße Webdecke im Siirter Stil lag. Sie setzte sich neben mich und lehnte ihren Kopf an meine Schulter. Ihre Haare fielen über meine Brust. Ich weiß nicht, ob sie innerlich weinte; nicht einmal ihr Atem war zu hören. Ich erschauerte, jedoch nicht vor Kälte; es war die Vorstellung, den Teufel zu berühren. Ich wollte über ihr Haar streichen, ihr schöne Dinge sagen, sie trösten, aber ich konnte es einfach nicht. Unbeholfen fasste ich sie am Kinn und näherte mich ihren Lippen, doch sie waren kalt und unwillig. Ihr Körper, mit dem sie sich an mich gelehnt hatte, war vollkommen starr. Ich umarmte sie noch fester. Sie bewegte sich vorsichtig, rückte von mir ab, zog die Beine unter ihren Körper und spann sich in einen Kokon ein, in dem sie unerreichbar für mich wurde.

»Zwei Jahre«, meinte sie. »Genau zwei Jahre ist es her, dass Ülkü und ich euch zu Hause besucht haben. Erinnerst du dich?«

Wie hätte ich mich daran nicht erinnern können? Ich nickte.

»Ja. Zwei Jahre, in denen sehr viel passiert ist, mein Schatz.«

Ich versuchte, sie an mich zu ziehen. Ihr Körper verkrampfte sich, und ich bedrängte sie nicht weiter.

»Dort unten in den Häusern sterben sie«, schluchzte sie. »In den Gecekondus, die ihr Häuser des Widerstands nennt, aber eigentlich sind es Todeshäuser, und wir, ich eingeschlossen, wir segnen den Tod, weil wir nicht stark und mutig genug sind, zu leben und andere am Leben zu erhalten. Sie sterben, und wir stehen daneben und klatschen Beifall. Während der Kleine mit hohem Fieber nebenan liegt, hat sich seine Mutter zum Sterben hingelegt und zählt die Tage, die ihr noch bleiben. Und ich bin Komplizin dieses ganzen Irrsinns, weil ich sie nicht aufhalten, es nicht verhindern kann. Weil die Provokation mit dem Tod das Einzige ist, was die Hungerstreikenden auf dieser verdammten Welt glücklich macht und ihnen das Gefühl gibt, Mensch zu sein. Güldalı hat zum ersten Mal in ihrem Leben das Gefühl, über sich selbst hinauszuwachsen, eine Heldin zu sein. Ich darf sie nicht umstimmen, denn wenn sie aufgibt, wird sie ausgeschlossen. Was für eine Welt ist das, in der man sich nur durch den Tod Selbstachtung und den Respekt der anderen verschaffen kann?«

Sie schien wirr vor sich hin zu reden. Vielleicht hatte sie sich bei dem Kleinen angesteckt und bekam selbst Fieber.

»Ich war glücklich, als ich hierherzog«, fuhr sie fort. »Ich hatte mich zu neuen Ufern aufgemacht, alle Brücken hinter mir abgebrochen, endlich meinen Platz gefunden. Ich dachte, ich könne meinem Leben einen neuen Sinn geben und die Leere ausfüllen, die ich in mir verspürte. Nun bin ich ganz allein. Einsam wie ein kleiner Hund, der ausgesetzt worden ist.«

Nichts hätte mich mehr verletzen können als diese Worte; ja, sie hätte sogar vor meinen Augen mit anderen Männern schlafen können. Ihre Worte waren wie ein Stich ins Herz, wie ein Nagel, den man mir mitten in die Stirn geschlagen hatte. Ich war nicht imstande, ihr zu sagen: »Du bist nicht allein, du hast doch mich.« Ich überlegte mir, wie sinnlos und verzichtbar eine Liebe war, die die Einsamkeit nicht zu überwinden vermochte. »Lass uns ins Bett gehen«, schlug ich vor, als wollte ich mich an ihr, an mir und unserer Beziehung rächen. »Lass uns miteinander schlafen, vielleicht hilft's.« Nichts war mehr übrig von der glühenden Lust, die ich verspürt hatte, als ich auf dem Weg hierher durch den Schnee gestapft war. Meine einzige Hoffnung war, dass wir durch die Annäherung unserer Körper das zerstörte Band zwischen uns wiederherstellen konnten.

Sie sagte nichts, wies es aber auch nicht vollkommen von sich. Sie bewegte sich, als würde sie sich aus ihrem Kokon herauswinden, stand auf und zog sich splitternackt aus. Solche Vergleiche passen wohl eher zu Teo, doch in jenem Moment wirkte sie auf mich wie die nur von ihrem Haar verhüllte Maria in einer dieser alten Kirchen, in die sie mich einmal geschleppt hatte. »Das ist nicht die Jungfrau Maria, sondern die andere, die Sünderin, Maria Magdalena. Vielleicht die einzige Frau, die Jesus gekannt und geliebt hat«, hatte sie mir damals erklärt. »Die sündige Hure, die gesteinigt werden sollte. Als Jesus aber rief: ›Wer von euch ohne Sünde ist, werfe den ersten Stein‹, hatte keiner mehr den Mut dazu.« Mir fiel eine Heiligengeschichte ein, die mir meine Mutter als Kind erzählt hatte. Darin sagt der heilige Ali genau das Gleiche, um eine Sünderin vor der Steinigung zu retten.

Wir liebten uns. Es dauerte nur kurz. Ich bemühte mich, nicht in ihr zu kommen, und erschlaffte. Wir teilten nicht Liebe und Lust, sondern Einsamkeit und Trauer über unsere Trennung. Ebenso schnell, wie sie sich ausgezogen hatte, schlüpfte sie wieder in ihre schwarzen Sachen. Diesmal wusch sie sich nicht. Ich erinnerte mich an unser erstes Mal in der Emirgâner Villa, wie sie danach in ein Laken gehüllt ins Bad gegangen war; auch damals hatte sie wie eine Ikone ausgesehen.

»Geh jetzt.« Sie wandte sich in Richtung des Zimmers, in dem der Kleine schlief.

»Aber … ich verstehe dich nicht. Wir … warum?«

Sie blieb an der Tür stehen und murmelte: »›Ach‹, sagte der Fuchs, ›ich werde weinen.‹ – ›Aber du hast gewollt, dass ich dich zähme‹, sagte der kleine Prinz. ›Aber nun wirst du weinen! So hast du nichts gewonnen!‹ – ›Ich habe‹, sagte der Fuchs, ›die Farbe des Weizens gewonnen.‹«

Sie sprach, als befände sie sich auf einer Theaterbühne.

»Wir werden weinen nach der Trennung, aber wir haben beide etwas gewonnen. Bevor ich dich kannte, hielt ich das hier für einen dreckigen, armseligen Slum voller Gecekondus. Nun habe ich Güldalı, den kleinen Umut, die Farbe, die Überzeugungen, den Widerstand und die Gefühle dieser Hügel gewonnen. Ich war für dich ein verwöhntes bourgeoises Mädchen, das aus Feindesland hierhergekommen war …«

Ich sprach den Satz für sie zu Ende: »Ich habe gelernt, dass auch verwöhnte bourgeoise Mädchen liebenswert sein und auf unserer Seite stehen können. Ich habe die Liebe zu dir und den Blick auf die Schönheiten Istanbuls gewonnen.«

Ein mattes Lächeln zeigte sich auf ihrem Gesicht. Es war, als strahlten ihre Augen von innen heraus, erhellt von einem unbekannten Licht. Wir standen da und bewegten uns keinen Schritt aufeinander zu. Das letzte Wort war noch nicht gesprochen, aber ich hatte nichts mehr zu sagen.

»Zieh die Tür bitte schnell hinter dir zu, damit die Kälte nicht hereinkommt«, sagte sie. Bevor sie im Zimmer des Jungen verschwand, hielt sie noch einmal inne: »Ich will nicht, dass irgendetwas zwischen uns steht. Ich weiß, dass der Sohn des Mannes, der oben auf dem Hügel mit den zweihundertfünfundachtzig Stufen wohnte, von der Organisation hingerichtet wurde. Aber ihr habt euch geirrt. Er war kein Agent und schon gar kein Informant. Er war nur Umuts Freund und hatte ihn warnen wollen. Leider kann man diesen Mord nicht mehr rückgängig machen nach dem Motto ›Pardon, wir haben uns getäuscht‹. Die Toten kann man nicht wieder zurückholen. Ebenso wenig wie die, die beim Todesfasten ihr Leben verlieren.«

Eine eisige Kälte durchfuhr mich. War sie aufrichtig oder versuchte sie mir etwas zu entlocken? Wusste sie, dass ich derjenige war, und sprach es nicht aus?

Wenn sich in meiner Kindheit ein Traum in einen Alptraum verwandelte, stellte sich mir oft ein undefinierbares dunkles Wesen – ein Teufel oder ein riesiges Kaninchen? – in den Weg. Stets versuchte ich zu fliehen, doch vergebens. Dann, wenn das unheimliche Wesen nach mir schnappte, wachte ich schweißgebadet auf und flüchtete mich, starr vor Angst, in den Schoß meiner Mutter. Genau dieses Gefühl hatte ich auch jetzt. Das schwarze Kaninchen oder der Teufel stand mir gegenüber in der Tür und lächelte mich an. Furchterregend, aber wunderschön.

»Geh jetzt. Komm, wann immer du willst oder es notwendig ist. Sollte das nicht gehen, ruf an oder schick eine Nachricht. Solange Güldalı lebt, bleibe ich hier bei dem Kind. Tritt deine Verantwortung für mich auch nicht an jemand anderen in der Organisation ab, solange du nicht dazu gezwungen bist. Für mich ist es besser so.«

Ich antwortete nicht. Wie gewünscht zog ich die Tür fest ins Schloss und begab mich hinaus in die verschneite Nacht. Ich hatte verloren. Sie war nicht mehr meine Geliebte, sie würde nicht meine Frau werden, und der Junge mit dem Namen Şafak würde niemals geboren werden.

Ich lauschte dem Knirschen des Schnees unter meinen Stiefeln und schleppte mich zu meiner Mutter nach Hause.

Wer kann schon einen verängstigten jungen Mann mit gebrochenem Herzen besser trösten als seine Mutter!

Ich hatte den Kopf in den warmen Schoß meiner Mutter gelegt und versucht, Zuflucht vor der Trauer in meinem Herzen und den Fragen in meinem Kopf zu finden, als mein Handy klingelte. Ich zuckte zusammen; es ging bereits auf Mitternacht zu. Die Nummer auf dem Display erkannte ich sofort. Es war die Istanbuler Kontaktnummer des Auslandsbüros, das die Verbindung zur Führung herstellte. Codename: Yakın. Eine Nummer, die nur für äußerst dringenden und geheimen Nachrichtenverkehr benutzt wurde.

Ich nahm eine Kastanie vom Ofen und schloss die Finger fest darum. Der Schmerz tat meinem Herzen gut. Würden die Alpträume dieser Nacht nie enden? Einen Moment lang spielte ich mit dem Gedanken, den Anruf nicht entgegenzunehmen, das Handy abzuschalten und den gleichen Fluten anheimzugeben wie die Pistole. Ja, daran dachte ich, bei Allah und beim heiligen Koran! Auch wenn keiner es erfahren würde, so wusste ich, dass ich mit dem Gedanken gespielt hatte, mit Derin in eine Welt zu fliehen, in der es weder die Organisation noch den Ehrenkodex gab, weder Sterben noch Töten, weder Sieg noch Niederlage. Dennoch nahm ich das Handy und drückte auf die kleine grüne Taste.

»Dein Onkel ist zurück. Er vermisst dich und lässt ausrichten, er würde dich morgen gern sehen, wenn du Zeit hast«, sagte die Stimme am anderen Ende.

»Ich komme zeitig vorbei. Vielleicht bringe ich meine Mutter mit, wenn sie Lust hat. Bestell dem Onkel Grüße von mir.«

»Wohin bringst du mich?«, fragte meine Mutter.

»Irgendein Typ hat sich verwählt. Als er meinte, dass dein Onkel dich sehen will, habe ich ihn auf den Arm genommen. Bei dem Wetter nehme ich dich nirgendwohin mit, keine Sorge, Mutter. Gib mir eine Decke, ich lege mich auf die Couch. Ich muss morgen früh los, ich habe etwas zu erledigen.«

Ich zog mir nur den Pullover aus und streckte mich auf der Couch aus. Im Traum erschien mir wieder dieses unglückselige schwarze Wesen. Gerade, als ich es mir schnappen wollte, veränderte es sein Antlitz, und plötzlich sah ich Derin vor mir, die das rote Märtyrer-Stirnband angelegt hatte.

»Du wirst dich von dem Mädchen fernhalten«, sagte er. Ich atmete tief durch. Da ich ihm nicht verraten wollte, dass sie sich ohnehin längst von mir fernhielt, erwiderte ich: »Okay, ich treffe sie sowieso nicht mehr.« Bevor man als dummer Liebhaber dasteht, dem jemand den Laufpass gegeben hat, ist es besser, als Revolutionär zu gelten, der für die Sache und die Organisation auf seine Liebe verzichtet. »Das Mädchen ist konfus«, sagte er. Das gefiel mir überhaupt nicht. Ich nahm das Risiko in Kauf und gab zurück: »Ida ist in Ordnung. Vertraut mir, man darf ihr nicht unrecht tun. Natürlich füge ich mich der Disziplin der Fraktion, aber wir sollten nicht Äpfel mit Birnen verwechseln, richtig, Genosse?«

Das Treffen fand in einem von uns selten besuchten, schicken Etablissement in Nişantaşı statt. Eine Mischung aus Café und Restaurant, in dem auch Alkohol ausgeschenkt wurde. Der Genosse, der aus dem Ausland hergereist war und von dem ich nicht einmal den Codenamen kannte, war mittleren Alters und gut bei Kasse. Seine Kleidung, sein

Gehabe, die Diskussion über die Biersorten, als er beim Kellner für uns beide bestellte, seine Pfeife … Niemand hätte ihn mit der Organisation in Verbindung gebracht.

»Gegen das Mädchen gibt es nichts einzuwenden, aber ihr Umfeld ist äußerst verdächtig. Über ihren Vater wurden alle verfügbaren Informationen zusammengetragen. Der Mann war tief in Staatsangelegenheiten verstrickt und hatte bei zahlreichen Operationen gegen unsere Genossen seine Finger im Spiel, unter anderem auch bei der Aktion, bei der dein Bruder getötet wurde. Die junge Frau hat natürlich nichts verbrochen, aber dennoch wirft das einen Schatten auf die Sicherheit.«

Ich wollte widersprechen, unterließ es jedoch. Ich durfte nicht in Ungnade fallen. Der Genosse hatte sich nicht mit mir getroffen, um mir den Kontakt zu Derin zu untersagen. Bestimmt gab es wichtigere Dinge zu besprechen.

»Die Führung hat entschieden, den Aufbau der Organisation im Inland, den militärischen Flügel und den legalen Widerstand neu zu strukturieren. Für dich haben wir andere Aufgaben vorgesehen. Du hast dich vor und nach dem neunzehnten Dezember gut bewährt. Die Exekution hast du erfolgreich durchgeführt, eine schwierige Aufgabe. Am wichtigsten war, dass du in der Frage des Todesfastens unverzagt und standhaft geblieben bist, ohne die Beschlüsse der Führung in Frage zu stellen, obwohl wir Dutzende von Genossen geopfert haben. Man erzählt hier, dass du ein verlässliches Mitglied der Fraktion bist. In der vor uns liegenden Periode wird es erheblich schwieriger für uns werden. Da brauchen wir Leute wie dich.«

Ich spürte, wie ich rot wurde. Hätte mein Bruder Kerem noch gelebt, wäre er stolz auf mich gewesen.

»Ich erfülle nur meine revolutionäre Pflicht, Genosse«,

erwiderte ich. »Die Aufgaben sind schwer genug. Je länger das Fasten dauert und je mehr Tote dazukommen, desto schwieriger wird es, die Öffentlichkeit von der Richtigkeit dieser Maßnahme zu überzeugen. Dennoch haben wir keine Schwierigkeiten damit, neue opferbereite Kämpfer zu finden. Was wir allerdings brauchen, ist ein Hoffnungsschimmer. Etwas, von dem man sagen kann: Wir haben widerstanden, wir haben gesiegt. Ansonsten entbrennt in ein paar Monaten eine Debatte.«

»Genau darüber wollte ich mit dir reden. In gewisser Weise hat uns das Massaker genützt. Gerade galten wir noch als Terroristen, und plötzlich waren wir die Opfer. Die blutige Seite der Herrschenden ist zutage getreten. Jetzt müssen wir den Druck erhöhen, auf dieser psychologischen Stimmung in der Organisation und bei den Massen alle weiteren Aktionen aufbauen. So grausam die Tyrannei sein mag, so erbarmungslos wird auch der Widerstand sein, das müssen alle erkennen.«

»Wenn eine Art Intifada gewünscht wird, dann können wir den Widerstand organisieren. Man könnte an eine großangelegte Selbstmordaktion denken, mit der die Aufmerksamkeit des Volkes auf die Situation in den Gefängnissen und auf die Hungerstreikenden gelenkt würde.«

»An der Spitze wird bereits über die Aktionsform diskutiert. Sobald die Entscheidung getroffen ist, bekommt ihr sie mitgeteilt. Die Führung möchte dich zu einem der drei Genossen im Aktionskomitee deiner Region machen. Jetzt wird es ernst. Du wirst in die Illegalität gehen und das Mädchen vergessen. Ihr Umfeld ist verdächtig, nimm dich in Acht. Dann gibt es noch das Problem mit diesem amerikanischen Agenten. Du weißt, wen ich meine. Die Informationen, die uns erreicht haben, zeigen die Dringlichkeit dieser Angelegenheit. Der Mann reist durch die Welt, immer in bedeutsame Länder. Die amerikanischen Universitäten, an denen er gearbeitet hat, sind berühmt für ihre Verbindungen zur CIA. Sein Forschungsthema: ein imaginäres Tor, wer's glaubt, wird selig. Wie hieß der Typ noch mal?«

»Er nennt sich Teo.«

»Es gibt Beweise, dass er im Mittleren Osten, in Ägypten etwa, gewisse Verbindungen unterhält.«

»Soweit ich weiß, befasst er sich mit der byzantinischen Periode und trägt Dokumente für seine Doktorarbeit zusammen. Gelegentlich reist er in die USA, um Vorlesungen zu geben. Zurzeit hält er sich nicht in Istanbul auf.«

»Selbst wenn das so ist, wird er zurückkommen. Das Problem ist nicht nur dieser Mann, sondern auch die Frage, ob du bereit bist für deine neue Aufgabe. Die Organisation stellt die Genossen in jeder Phase auf die Probe. Teo muss unschädlich gemacht werden. Wir sind damit sogar im Verzug, er hat längst alles, was er braucht. Es wurden Fehler gemacht. Wir haben die Sache zu lange auf die leichte Schulter genommen. Außerdem hat der Kerl immer noch Kontakt zu dem Mädchen. Lange Rede, kurzer Sinn, die Aufgabe fällt an dich. Löse das Problem auf deine Weise.«

Nach seinem letzten Satz fühlte ich mich erleichtert. Die Organisation hatte mich geehrt; sie hatte mich ausgewählt, um die Passivität und Lethargie zu überwinden, die uns alle umgab, seit das Todesfasten begonnen hatte. Wenn sie Teos Hinrichtung verlangt hätten, wäre ich ins Schwanken geraten, aber zum Glück hatten sie die Art der Lösung mir überlassen. Während die Minuten vergingen, begriff ich zusehends die Wichtigkeit seiner Worte.

Ich trank einen Schluck Bier. »In Ordnung, Genosse. Ich werde das Problem lösen.«

Ich hatte keinerlei Ahnung, wie ich das anstellen sollte. Das Problem Teo aus der Welt zu schaffen erschien mir weitaus schwieriger, als Großaktionen zu koordinieren, um die Organisation aus ihrer Eingefahrenheit herauszureißen.

»Benutz das Mädchen«, sagte der Genosse ruhig. »Der Typ vertraut ihr. Sie spricht seine Sprache besser als wir alle. Außerdem solltest du versuchen, Leute für das Todesfasten zu gewinnen, die das Schweigen und die Apathie überwinden können. Dieses Mädchen zum Beispiel. Sie ist ein Glücksgriff. Für Güldalı interessiert sich kein Mensch, aber bei der Kleinen wäre der Teufel los.«

»Genosse, du sagtest doch, ich soll mich von ihr fernhalten.«

»Mit Fernhalten meine ich kein Geplänkel, kein Techtelmechtel. Sei einfach vorsichtig. Aber ich habe nicht gesagt, du sollst den Kontakt abbrechen. Du hast doch selbst behauptet, dass sie vertrauenswürdig sei. Na, dann lass mal sehen.«

Dann zahlte er, schüttelte mir, was unter Genossen unüblich war, die Hand und erhob sich. Um nicht gemeinsam mit ihm das Café zu verlassen, blieb ich noch eine Weile sitzen. Ich war völlig verwirrt. An kleinen runden Tischen saßen zu zweit oder zu dritt hübsche Mädchen, bei denen der nackte Bauch oder Rücken über der tiefgeschnittenen Hose zu sehen war, junge Frauen mit zu kurzen Röcken und wild gelocktem Haar, junge Burschen in dunkler Lederkleidung oder Jeans und Männer mittleren Alters mit prallgefüllten Geldbörsen, die galant wirkten und die Mädchen beäugten. Eine wunderschöne, aufgetakelte Frau saß an einem Tisch gleich mir gegenüber und starrte mich an. Sie lächelte. Ich tat so, als hätte ich es nicht bemerkt und wandte den Kopf ab. Ehrlich gesagt, gefiel es mir, dass sie mich musterte und auf ein Zeichen von mir wartete. Wäre da nicht diese zentnerschwere Last gewesen, hätte ich all das genießen können. An einem weiter entfernten Tisch saß ein schönes, ungeschminktes Mädchen mit langen glatten Haaren, das an Derin erinnerte. Mir fuhr ein Stich ins Herz. Die Gleichgültigkeit des Genossen, der mich aufgefordert hatte, sie als Lockvogel für Teo einzusetzen und sie zum Hungerstreik zu bewegen, um für eine Sensation zu sorgen, ließ mich schaudern, doch das war eben der Preis dafür, in der Organisation aufzusteigen. Ich war wütend auf Ülkü gewesen, als sie gesagt hatte, Macht sei ein schmutziges Geschäft. Aber auch die Revolution drehte sich um Macht, und wer nicht den Mut aufbrachte, einzelne Personen zu opfern, um das Volk zu retten, würde nie an der Spitze stehen. Hatte ich diesen Mut?

Ich trank mein Bier in einem Zug aus. Von Nişantaşı lief ich hinunter in Richtung Teşvikiye. Auf beiden Seiten befanden sich Geschäfte, Cafés und Boutiquen mit blitzblanken Schaufenstern; vor den Auslagen, auf den Straßen und in den Läden wimmelte es nur so von Männern und Frauen jeden Alters. Sie begutachteten die Ware, kauften ein, kicherten durcheinander.

Heimatlosigkeit

I

»Auf der Büyükada blühen bestimmt die Mimosen.«

»Wahrscheinlich sind sie sogar schon verblüht.« In Ülküs Stimme schwang etwas mit; ich konnte nicht genau sagen, ob es Trauer oder Sehnsucht war.

Wenn Aleko, meine Cousine mütterlicherseits, mir nicht erzählt hätte, dass unsere Hausangestellte Tasula noch lebte und trotz ihrer über achtzig Jahre noch immer über ein glänzendes Gedächtnis verfügte, wäre ich nie auf die Idee gekommen, die Insel zu besuchen. Obwohl ich erst ein wenig unschlüssig war. Die Sommervilla auf der Büyükada sollte in meinem Gedächtnis und in meinem Herzen haften bleiben wie ein pastellfarbenes Gemälde, wie der Duft nach Rosen, Pinien und Südwestwind: voller antiker Möbel, an den Wänden Gemälde berühmter Maler, die nach Verkäufen sofort durch neue ersetzt wurden, und sofort sah ich wieder die wunderschöne Frau im flatternden weißen Kleid vor mir, die im terrassenförmig zum Meer hin abfallenden Garten edle Rosen arrangierte. Dennoch überwog der Wunsch, meine Ziehmutter Tasula wiederzusehen, und das eifersüchtige Bedürfnis, meine Kindheitserinnerungen zu schützen.

Es war einer dieser trügerischen Istanbuler Frühjahrstage.

Der Schnee schmolz mit dem aufkommenden Südwestwind innerhalb einer Nacht, und die Sonne brach durch. Eine Zeitlang noch verweilten Schnee und Pflaumenblüten einträchtig auf den Zweigen, doch dann siegten die Blüten über den Schnee. Im Wetterbericht hieß es, die Temperaturen lägen über dem jahreszeitlichen Normalwert und würden voraussichtlich noch eine Weile so bleiben.

Ich war an dem allen Forschern so vertrauten Punkt angekommen, an dem die Arbeiten ins Stocken geraten. Hinweise auf den genauen Ort des Judasbaumtors stellten sich in letzter Sekunde als falsch heraus, und allmählich gewann ich den Eindruck, falsche Spuren zu verfolgen. Sogar der stets optimistische Mete argwöhnte mittlerweile: »Ich glaube beinahe, dass im jetzigen Stadium die Entschlüsselung der Symbole und versteckten Hinweise im Gedicht wichtiger ist als der tatsächliche Ort, an dem sich das Tor einst befunden hat.« Metes Worte wirkten wie das Eingeständnis, dass wir in einer Sackgasse gelandet waren. Ich war missmutig und hatte schlechte Laune. Alles um mich herum schien einzustürzen und an Bedeutung zu verlieren. Ich stand sogar kurz davor, auf das Herrenhaus in Beylerbeyi zu verzichten. Die Mühen auf mich zu nehmen, tausend bürokratische Hindernisse zu überwinden, um die frühere Immobilie meiner Familie zurückzukaufen, kam mir zunehmend sinnlos vor. Als der strenggläubige Immobilienmakler mit Vollbart, grüner Breecheshose und weißer Gebetskappe mich informierte, er habe die Erben ausfindig gemacht und diese seien zum Verkauf bereit, teilte ich ihm mit, dass ich den Preis überhöht fände und noch etwas Bedenkzeit bräuchte. Dabei war das verfallene alte Holzhaus noch bis vor wenigen Monaten ein Ort der Zuflucht gewesen, der, wie ich gehofft hatte, meiner Heimatlosigkeit ein Ende setzen könnte. Ja, ich hatte keine Heimat. Wenn ich es romantischer und etwas hochtrabender formulieren wollte, so müsste ich sagen, dass der einzige Ort, an dem ich mich zu Hause fühlte, Byzanz war, und Byzanz war eine Legende.

Als ich Ülkü vorschlug, bei diesem schönen Wetter zu den Inseln zu fahren, hatte ich nichts anderes im Sinn, als mir die Zeit zu vertreiben. Es würde mir guttun, nach so vielen Jahren Tasula wiederzusehen, und die Mimosen … Über das Judasbaumtor hatte ich die Mimosen ganz vergessen. Genau in dieser Zeit des Jahres war meine Mutter immer für einige Tage auf die Insel gefahren und mit einem Arm voller Mimosen in unser Haus in Nişantaşı zurückgekehrt. Der intensive Blütengeruch setzte sich an ihrem Hals, ihrer Brust und ihren Händen fest. Ich liebte es, den Kopf an ihre Brust zu drücken und diesen Duft einzuatmen. Es freute mich, dass Ülkü sich an die Mimosen erinnerte. Um unsere Beziehung fortzusetzen, die zunehmend verblasste und an Zauber und Spannung verlor, bedurfte es gemeinsamer Farben, Gerüche, Sehnsüchte und Erinnerungen.

Die Saison hat noch nicht begonnen, und es ist ein Wochentag. Das Dampfschiff ist mäßig besetzt, die Insel nur spärlich besucht.

Von der Anlegestelle aus gehen wir auf der Uferpromenade vorbei an identischen Fischrestaurants mit Windfängen aus dickem Glas, ohne dabei den tatkräftigen Kellnern, die sich auf Kundenfang befinden und wie Kletten an uns kleben, ins Netz zu gehen. Wir entschließen uns für eine einfache Taverne am Ende der Promenade, die unter einer Laube aus frisch sprießendem wilden Wein versteckt liegt. Unweit entfernt reinigen einige Fischer ihre Netze.

Katzen haben sich um sie versammelt, abgemagerte, drahtige, flinke, ängstliche und durchtriebene Inselkatzen.

Mit der Gewandtheit eines professionellen Torhüters springen sie in die Höhe, um die von den Fischern hochgeworfenen kleinen Fische zu fangen, und prallen dabei hin und wieder unter Schmerzensgeschrei zusammen. Bei dem Versuch, einen Fisch zu schnappen, fällt ein stämmiger Tigerkater ins Wasser. Unter großem Gelächter wird das verschreckte Tier, das sich an den Strand zu kämpfen versucht, von einem der Fischer mit einem Kescher aus dem Wasser gefischt.

Ülkü hat sich mit dem Gesicht zur Sonne gesetzt und sieht zu, wie sich ihr Raki allmählich weiß verfärbt. Im strahlenden Sonnenlicht werden die tiefen Furchen am Hals, die Tränensäcke und die Falten um die Mundwinkel noch deutlicher. Sie sieht alt, müde und bedrückt aus. Ihr Gesicht ist zu einer abstoßenden Grimasse verzogen, die selbst die sanften Strahlen der Frühlingssonne nicht zu lösen vermögen. Abstoßend ist nicht das Alter, sondern die Verbrauchtheit ihres Gesichts. Ich habe weder die Kraft noch die Absicht, ihre Erschöpfung zu verstehen und die Einsamkeit zu teilen. Plötzlich wird mir klar, dass ich sie nicht mehr begehre, die Leidenschaft vorüber ist. Ihre Anwesenheit erfüllt mich nicht mit Lust und Taumel, sondern mit Unwohlsein und Unzulänglichkeit. Die Liebesszene zwischen meiner Mutter und ihrem Liebhaber erscheint nicht mehr vor meinem inneren Auge, der Gedanke daran löst keine sexuelle Assoziation mehr aus. Die gute Nachricht: Ich bin anscheinend von meinen Zwangsvorstellungen befreit. Die schlechte: Ich habe Ülkü verbraucht. Eine Mischung aus Erleichterung, Freude und Glück, aber auch Scham und Reue breitet sich in mir aus.

Sie hebt ihr Glas, aber nicht in meine Richtung, sondern zur Sonne. Offenbar interessiert sie sich gerade mehr für die Katzen und die Sonne als für mich.

»Trinken wir darauf, dass du dein Tor möglichst schnell findest, Teo. Es gibt in der Stadt bestimmt eine Menge unbekannte, vergessene und eingestürzte Tore. Warum sollte eines davon nicht Judasbaumtor heißen? Finde das Tor schnell, und dann geh, Teo. Du gehörst nicht hierher, du gehörst nirgendwo hin. Erzwinge es nicht; es ist nicht nötig, irgendwohin zu gehören. Vielleicht liegt die Lösung genau darin: zu erreichen, nirgendwo heimisch zu sein, ein ewiges Exilleben in Raum und Zeit.«

Nie zuvor hatte ich sie derart ernst und druckreif reden hören. Für gewöhnlich war es nicht ihre Art, die Bedeutsamkeit der Gefühle und Gedanken durchklingen zu lassen, die sich hinter ihren intelligenten, aber einfachen und oberflächlichen Worten verbarg. Sie versteckte sich hinter dem Alltäglichen und dem Normalen. Ich hatte das wohl gespürt, aber nie Anstalten gemacht, diese Hürde zu überwinden. Weder hatte ich den Mut oder die Absicht, noch ließ sie es zu. Nun öffnete sie eine Tür ihres vielschichtigen Charakters, lieferte einen kleinen Hinweis und gab mich, meine Gefühle ahnend, still und leise frei. Nicht das Tor zu finden sei wichtig, sondern der Glaube an seine Existenz. Exilleben in Raum und Zeit, der Zustand ewiger Heimatlosigkeit: absolute Freiheit … Eine Dimension, die sie erreicht hatte? Oder eine Dimension, die sie sich zum Ziel gemacht hatte, aber nicht erreichen konnte?

Wir erheben unser Glas auf das »Nirgendwosein«. Zum ersten Mal möchte ich etwas mit ihr teilen, das über Sexualität hinausgeht. Auf einmal wirkt ihr müdes, verlebtes Gesicht nicht mehr abstoßend, sondern wieder ausdrucksvoll und schön. Mit ihr fühle ich mich reicher, ja, tiefsinniger. Mit großem Appetit verzehren wir von kleinen *meze*-Tellern Vorspeisen aus verschiedenen Kräutern und Salaten. Da wir die einzigen Gäste sind, zählt der Lokalbesitzer sie uns auf: Endivie, Rettichkraut, Bärlauch, Shrimps und Tintenfischringe. Wir plaudern über dies und das und bestellen uns noch zwei doppelte Raki. Danach brechen wir zu Tasula auf.

Meiner Erinnerung nach steht das Haus gleich am Fuße der Steigung, aber ich täusche mich. Zunächst meine ich mich verlaufen zu haben, habe aber keine Probleme, den kleinen Platz ein Stück weiter oben zu finden. Der Brunnen ist versiegt; die Tränke hat man, wohl für die Zugpferde, mit Stroh gefüllt. Die mächtige Platane ist noch an ihrem Platz. In einer Ecke steht ein alter Pferdewagen mit gebrochener Achse und defektem Rad. Ein magerer Straßenhund wühlt in aufgerissenen Abfalltüten und herumliegendem Müll nach Essbarem. Tasulas Haus wirkt völlig heruntergekommen. Vielleicht sah es auch schon immer so aus; möglich, dass es mir als Kind nur nicht aufgefallen ist. Ich steige die drei ausgetretenen, schwarz gewordenen Steinstufen hinauf und klingele an der Tür. Ülkü steht im Vorgarten und betrachtet die Blumen in den rostigen Blechkanistern. Vor Jahren schon besaß Tasula einen vielblütigen Jasmin, den sie in einem dieser Blechtöpfe gezogen hatte. Meine Mutter hatte ihn unbedingt haben wollen und im Garten der Sommervilla eingepflanzt, doch trotz intensiver Pflege war er nicht aufgegangen.

Erst herrscht Stille, dann vernehmen wir leichte Schritte auf der Treppe. »Wer ist da?« Die bekannte Stimme, der bekannte griechische Akzent. Offensichtlich wird nicht oft an der Tür geklingelt.

»*Erhete o mikros su Theos*, der kleine Teo ist gekommen«, sage ich und dann auf Türkisch: »*Teo gelmiştir Amerikalardan.*«

Ein Knarren verrät mir, dass sie den Riegel öffnet. Seit wann verriegelt man am helllichten Tag die Tür? Nun steht sie vor mir in einem langen, mausgrauen Wollrock und einem Schultertuch aus der gleichen Wolle. Sie ist kleiner geworden und natürlich auch älter und runzliger, aber ihr Gesicht hat sich nicht verändert, ihr Blick ist ungetrübt. Sie kneift die Augen zusammen, schürzt die Lippen und versucht sich zu erinnern, während sie mich betrachtet. Dann erhellt sich ihr Blick. »*Thoksa eo theo, o Theos erhete*, Gott sei Dank, Teo ist gekommen. Dank dem, der uns zusammengeführt hat. Schon zu Ostern habe ich gespürt, dass ein Wunder geschehen würde. Die Jungfrau Maria hat mir das im Traum prophezeit. Ich habe es Vasili erzählt, aber der hört ja nie auf mich. Der unverschämte Kerl hat doch glatt gesagt: ›Wahrscheinlich hat dein Hintern im Freien gelegen.‹ Komm herein, bleib nicht in der Tür stehen.«

»Ich habe noch eine Freundin mitgebracht«, sage ich und versuche, mich aus ihren dünnen Armen zu befreien.

»Na, wenn schon! Sie kommt halt auch herein, oder will sie etwa nicht?«

Ülkü tritt lächelnd zu uns. Mittlerweile stehen wir im düsteren, feuchten Eingang des Hauses, das diffus nach Abort und Katzenurin riecht.

»Lasst uns hochgehen, oben ist es wärmer. Ob das am Alter liegt? Ich friere immerzu«, sagt sie. »Mehr als fünfundzwanzig Jahre muss es her sein, nicht wahr, Theodoraki? Ein kleines Kerlchen warst du, in kurzen Hosen. Wie geht es deinen Eltern, was macht die kleine Mariana? Hoffentlich sind sie wohlauf.«

»Meine Mutter haben wir früh verloren, Tasula. Sie ist an Krebs gestorben. Ihr Tod hat Vater vollkommen aus der Bahn geworfen, aber mittlerweile hat er sich wieder davon erholt. Mariana ist verheiratet und hat Kinder. Sie leben alle in Amerika.«

Sie steigt die Treppe derart gemächlich hinauf, dass wir noch vor Erreichen des oberen Stockwerks die üblichen Befindlichkeitsfragen beantwortet haben.

»Welcher Wind hat dich denn hierhergetrieben?«, fragt sie, während sie uns in das überheizte, etwas stickige Zimmer bittet. Nebenbei zieht sie die Nase hoch und wischt sich verstohlen die Augen. Auch ich bin irgendwie bewegt und bekomme feuchte Augen.

»Ich bin aus beruflichen Gründen hier«, antworte ich, verschweige aber, dass ich bereits seit zwei Jahren in Istanbul bin.

»Was du nicht sagst. Worum geht es denn?«

»Du wirst bestimmt lachen, wenn ich es dir sage, aber glaub mir, es handelt sich um eine wichtige Arbeit. Ich suche nach einem Tor. Einem der verschwundenen Tore des alten Konstantinopolis.«

»Sind die nicht alle verschwunden? Die Stadt hat weder die Mauern noch die Tore schützen können.«

»Das eine oder andere existiert noch, wenn auch nur noch als Ruine. Manche sind längst verschwunden, aber man weiß, dass es sie gegeben hat. Es gibt Zeugen, Belege, und sie sind in alten Schriften erwähnt. Manche …«

»Wozu brauchst du dieses Tor, Teo? Oder bist du etwa wie dein Vater ins Antiquitätengeschäft eingestiegen und trägst deshalb alte Türen zusammen?«

»So könnte man es nennen. Ich schlage nach meinem Vater, aber ich sammle eben Informationen über Dinge aus der Antike. In einer Quelle bin ich auf ein Stadttor namens *Erguvan*-Tor gestoßen. Zurzeit bemühe ich mich, den Ort ausfindig zu machen, an dem es stand.«

Auf einmal kommt mir das, was ich sage, blödsinnig und kindisch vor. Warum erzähle ich ihr diesen ganzen Quatsch?

»Hast du *erguvan* gesagt?«

»Ja.«

»Wenn du *erguvan* sagst, meinst du damit den Judasbaum – *dentro tou Iouda* – oder Purpur? Du weißt ja, das eine ist ein Baum, das andere eine Farbe. Die Istanbuler nennen beides *erguvan*.«

Ich versuche, mir noch einmal die Zeilen zu vergegenwärtigen, die sich immer weiter jenseits von Verstand und Sprache bewegen, je mehr ich an sie denke und über sie rede; Zeilen, an deren Existenz mittlerweile sogar ich zweifle.

»Im Original des Gedichts heißt es eigentlich ›portakerkidos‹, Kerkis-Tor. Für den Mantel, die Krone und die Wunden des Messias verwendete man wohl den Ausdruck ›purpurn‹. Im Altgriechischen hieß ja die Blume *kerkis*.«

»Wir Istanbuler Griechen sagen zu dem verdammten Baum *erguvan*, so wie die Türken auch. Wenn du mich nach dem griechischen Wort fragst, das kenne ich nicht. *Kerkis* habe ich noch nie gehört, das muss Altgriechisch sein. Von welchem Gedicht sprichst du?«

»Von dem Gedicht, das ich in einer alten Handschrift entdeckt habe. Du hast doch immer in *Das Leben der Heiligen* gelesen, *Vii Ayion*. Ich habe eine ähnliche Handschrift entdeckt, und darin steht das Gedicht. Es geht mir einfach nicht mehr aus dem Kopf.«

»Du hattest schon als Kind solche fixen Ideen. Und immer hast du so lange nachgebohrt, bis du eine Antwort bekommen hast. Was steht denn in dem Gedicht?«

»Dass der Retter die Stadt durch das Judasbaumtor betritt. Dass er eine purpurne Krone trägt, in Purpur gewandet ist und sich zur Hagia Sophia begibt, um die verlorene Seele der Stadt zu retten.«

»Gedichte lügen. Von welchem Heiligen ist da die Rede? Wer gibt schon einem Tor der Stadt Konstantinopolis den Namen eines verfluchten Baums?«

Mir fällt ein, dass Tasula schon immer sehr religiös gewesen war. Stets las sie, wenn sie nichts zu tun hatte, im Heiligen Buch oder anderen religiösen Texten. Jedes Mal, wenn sie Mariana und mich zu fassen bekam, las sie uns aus diesen Schriften vor und erzählte uns vom leidgeprüften Leben der Heiligen.

»Hast du den Namen des Tors richtig gelesen? Wenn es so ist, wie du sagst, und *kerkis* und *erguvan* dasselbe bedeuten, dann handelt es sich vielleicht um einen Vergleich, ein Zauberwort. Und woher willst du wissen, wer in die Stadt hineingeht? Wenn *kerkis* dasselbe wie *erguvan* heißt, dann ist es die Blume des Judasbaums und nicht des Messias.«

Mir schwirrt der Kopf. Bis gestern noch habe ich versucht, konkrete Beweise für das Tor und seinen ursprünglichen Ort zu finden, und nun schlage ich mich urplötzlich mit Worten herum. Ich beginne zu glauben, dass der Schlüssel in Begriffen, Symbolen und Metaphern liegen könnte, und erhoffe dabei die Unterstützung meiner ungebildeten alten Kinderfrau.

»Tasula *ana* hat recht«, mischt Ülkü sich ein. »Manchmal liegt die Antwort dort, wo man sie gar nicht vermutet hätte. Ob das zu einem Ergebnis führen wird, weiß ich nicht, aber es könnte sich tatsächlich um eine Metapher handeln.

Zumindest lohnt es sich, darüber nachzudenken. Wie auch immer … Ich will meine Kompetenz nicht überschreiten, aber ich meine, man sollte diese Idee nicht außer Acht lassen.«

»Wie steht diese Frau zu dir? Arbeitet ihr zusammen?«, fragt Tasula mit diesem argwöhnischen Blick, den ich noch aus meiner Kindheit kenne.

»Ich bin *Bay* Teos Vermieterin. Ich verstehe kaum etwas von diesen Dingen, aber trotzdem meine ich, dass man die verborgene Bedeutung eines Gedichts in den Worten selbst suchen sollte.«

Ohne Ülkü weitere Beachtung zu schenken, wiederholt Tasula die Frage, die ihr eigentlich am Herzen liegt: »Theodoraki, bist du verheiratet? Hast du Kinder?«

»Ich war einmal verheiratet, aber es hat nicht funktioniert. Bei all den Toren, Mauern und Ikonen blieb mir keine Zeit für sie, und schließlich hat sie mich verlassen.«

»Schlimm … Man sagt, Einsamkeit ist für Gott bestimmt, und so ist es. Aber auch wenn du einen Haufen netter Kinder hättest, würden sie eines Tages ihrer eigenen Arbeit nachgehen. Du kanntest meinen Sohn, und du hast früher immer mit meinem Enkel gespielt. Sie sind alle nach Griechenland ausgewandert. Sie kommen nur noch alle paar Jahre zu Besuch. Nur Vasili, der Enkel meines Onkels, ist geblieben. Alt zu sein ist einfach schrecklich. Hör auf, nach diesem komischen Tor zu suchen. Such dir lieber eine junge Frau gleicher Herkunft. Du brauchst eine Lebensgefährtin, Theodoraki.«

»Danke, Tasula *ana*, ich werde über alles nachdenken.«

Als wir aufstehen, um uns zu verabschieden, beginnt Tasula leise zu weinen. Ich verspreche ihr, dass ich beim nächsten Mal länger bleiben werde. Ich bin völlig durcheinander. Sowie ich zurück bin, muss ich mit Mete sprechen. Seine Denkweise hat etwas, das meiner fehlt: das Geschick, das Wesentliche hinter den Worten und Bildern zu entdecken.

Wir gehen die Steigung hinunter und schlagen die Richtung nach Nizam ein, wo die Mimosen besonders intensiv duften. Einzelne Pferdekutschen fahren vorbei. Stille, der Geruch nach Pinien, gelbe Schierlingsblüten. Uns ist nicht nach Reden, auch nicht nach Berührungen … Inzwischen ist alles gesagt, der Zauber der Nähe vorbei. Es war ein seltsamer Tag. Einer dieser besonderen Tage, der bestimmend ist für den Rest des Lebens, so wie ein Tag in Ülküs Leben vor dreißig Jahren.

Schweigend geht sie neben mir her. Sie wirkt, als könne sie nichts mehr erschüttern oder ihr inneres Gleichgewicht stören. Der Zustand ewigen Exils in Raum und Zeit, Heimatlosigkeit … Ich pflücke ein paar Blüten von den Mimosenzweigen und reiche sie ihr. »Die Mimosen passen zu dir, du bist die Madonna mit Mimosen.« Ich wende den Blick ab, da ich weiß, dass sie die Bedeutung meiner Worte sofort verstehen wird. Wie jemand, der weiß, dass man Madonnen anbetet und verehrt, nicht aber mit ihnen schläft, so wie man ja auch nicht mit seiner Mutter schläft. Ich verspüre eine Mischung aus Trauer und Reue, das Gefühl, etwas Wertvolles verloren zu haben, gleichzeitig aber von einer schweren Last befreit worden zu sein.

Zuerst eine kurze E-Mail auf meinem Laptop, dann Derins trockene Stimme, die mir ins Herz stach – »Güldalı liegt im Sterben« –, und dann ein Treffen mit Mete Ünsalan. Zu guter Letzt trudelte auch noch eine Nachricht unbekannter Herkunft auf meinem Handy ein, als ich völlig durcheinander nach Hause kam: *Go home! Unsere Märtyrer werden gerächt …*

Ich war allein zu Hause. Nach unserem Tag auf der Insel war Ülkü weggefahren, ohne zu sagen, wie lange sie fortbleiben würde: »Um diese Jahreszeit ist es in Kappadokien besonders schön. Ein französischer Freund ist nach Ürgüp gezogen und betreibt dort eine kleine Pension. Er hat mich schon seit langem eingeladen.« Wir hatten beide das Bedürfnis, eine Weile allein zu sein und uns auf die Trennung vorzubereiten. Es ging auf Ende April zu; das Wetter war warm und heiter, doch das Haus wirkte durch Ülküs Abwesenheit eng und bedrückend. Trotzdem war ich nicht in der Stimmung, das Haus zu verlassen. Ich war verwirrt und unentschlossen. Die Forschungsarbeit, die ich vor zwei Jahren als Wendepunkt meiner Karriere angesehen hatte, hatte gänzlich an Sinn verloren. Um den Floh loszuwerden, den Tasula mir ins Ohr gesetzt hatte, nahm ich mir das Gedicht noch einmal vor und studierte eingehend die Fotokopien der Handschriften – die Originale lagen in meinem Safe in den USA. In Bezug auf den Namen des Tores hatte ich mich nicht geirrt. Die Krone dessen, der das Tor durchschritt, war *kerkis*, aber der Ausdruck für die Farbe seiner Kleidung war *porphyr*. All das brachte mich trotzdem keinen Schritt weiter. Ich war kein Sprachwissenschaftler, Worte reizten mich nicht. Ich war auf der Suche nach etwas Konkretem, einem Tor, das aus Stein, Ziegel, Marmor oder welchem Material auch immer gefertigt worden war. Allegorien und Metaphern interessierten mich nicht. Hätte ich am Anfang meiner Forschung gestanden, wären sie vielleicht wichtig gewesen, aber mittlerweile hatte ich die Nase voll und war bereit, meine Arbeit ein für alle Mal aufzugeben.

Um mich zu beschäftigen, schaltete ich meinen Laptop

ein, und während neue E-Mails eingingen, fiel mein Blick auf das Datum in der oberen rechten Ecke. Seit meiner Ankunft in diesem Haus waren auf den Tag genau zwei Jahre vergangen … »Haus der Toten, Haus der Erinnerungen«, hatte Ülkü an einem Tag gemurmelt, an dem sie traurig gewesen war und zu viel getrunken hatte. Ich dachte an den toten jungen Mann, dessen Foto mir beim Durchstöbern der Holzkiste in die Hände gefallen war, meine panische Suche nach Derin, eine Frau namens Ülkü, an meinen Eintritt in deren fremde und beängstigende Welt, den Burschen aus den Slums, der wie ein byzantinischer Prinz aussah, die Hügel am Stadtrand mit Blick über Istanbul, die Judasbäume, Stadtmauern, Tore, Ikonen, Kerker, Palastruinen: Stadt der Toten, Stadt der Erinnerungen.

Jede Menge E-Mails hatten sich angesammelt. Mitteilungen, die ich ungelesen löschte, Werbung, Einladungen zu Konferenzen und Exposés von Symposien, die ich kurz überflog; eine erboste Mail Marianas, in der sie mir vorhielt, ich würde mich nicht genügend um die Familienangelegenheiten kümmern, und verlangte, ich solle ihr oder ihrem Anwalt umgehend eine Generalvollmacht schicken, falls sich meine Rückkehr noch weiter hinauszögerte. Und dann ein Code, der meinen Finger in der Luft erstarren ließ, just in dem Moment, als ich die Mail löschen wollte, weil ich sie für eine Reklame hielt: El Rakkas.

El Rakkas … Imans Gesicht, ebenmäßig und ausdruckslos wie eine nubische Maske. Die Ärmel seines seidenen weißen Umhangs, die wie Möwenflügel schlagen, als er den Truhendeckel öffnet. Wertvolle Handschriften, einzeln und speziell verpackt, aufeinandergestapelte, teilweise zerrissene, beschriebene und wieder ausradierte Papyri, Pergamente und vergoldete Blätter; vier aneinandergeheftete Seiten einer Handschrift unbestimmten Datums und Ursprungsorts, auf den ersten Blick aus dem *Leben eines Heiligen* herausgetrennt: die Pergamente, in denen sich das Judasbaumtor verbirgt.

Ich klicke El Rakkas an: Das Antivirusprogramm startet. Während es durchläuft, fällt mir ein, wie ich ihm meine E-Mail-Adresse gegeben und eingeschärft hatte, mich zu informieren, falls ihm andere byzantinische Handschriften und insbesondere weitere Blätter jener Handschrift in die Hände fallen würden.

Auf dem Bildschirm eine kurze Nachricht in schlechtem Englisch: »Ich habe vielleicht etwas Interessantes für Sie gefunden. Im Anhang finden Sie Fotos einiger Blätter. Bei Interesse bitte ich um Rückmeldung.« Iman lässt sich doch keinen blöden Amerikaner wie mich durch die Lappen gehen, dem die Augen aus dem Kopf fallen, sobald er eine alte Handschrift sieht.

Aufgeregt wie schon seit Monaten nicht mehr, seit ich an jenem toten Punkt angekommen bin, klicke ich auf den Anhang. Ich bin voller Erwartung auf ein Wunder … Die Aufnahmen von drei Seiten einer goldverzierten Handschrift. Ich vergrößere das erste Bild: eine Seite mit plumpen, aber auffälligen Goldverzierungen, auf der in runden, nicht zusammengeschriebenen, ab dem achten Jahrhundert kaum mehr verwendeten Buchstaben einige Sätze geschrieben stehen. Noch vor dem Text fällt mir die Blütenverzierung auf, die den rechten und den oberen Rand vollständig bedeckt: ein Baum, dessen Wurzeln sich bis zum unteren Blattrand ausbreiten, mit weitverzweigten Ästen voller rosaroter Blüten. Mitten auf der Seite ein Text, dessen Anfang ich nur mühsam entziffern kann: »Heiliger Ionnikos, der Herr … ein Tor …« oder »durch sein

Tor …«. Die folgenden Zeilen kann ich überhaupt nicht mehr lesen, aber unten auf der Seite, zwischen den Blüten, die auf die Erde gefallen sind, kann ich doch wieder einige Wörter entziffern: »Der Baum war in der Farbe sei…« Seines was? Genau auf diesem Wort lag eine Blüte, die Jahre und die Feuchtigkeit hatten die Tinte verschwimmen lassen. Plötzlich stelle ich fest, dass der Baum ein Judasbaum ist. Wieso ist mir das nicht gleich aufgefallen? Vielleicht, weil auf dem Bildschirm die Blüten nicht purpurn, sondern hellrosa aussehen. Auf den anderen beiden Bildern wird auf den ersten Blick das gewöhnliche Leben eines Heiligen beschrieben. Sosehr ich die Fotos allerdings zu vergrößern versuche, die Buchstaben sind dennoch nicht klar zu erkennen. Auch an den Rändern dieser Seiten sind vereinzelt Judasblüten verstreut.

Ohne die Aufnahmen weiter unter die Lupe zu nehmen, klicke ich auf »Antworten«. »Ich interessiere mich für die Handschrift. Detaillierte Information folgt«, schreibe ich. Ich befürchte, dass mir der Schatz durch die Lappen gehen könnte.

Anschließend rief ich unverzüglich Mete an. Ich setzte auf seinen kühlen Optimismus und seine Intuition, die nicht im Widerstreit mit seiner Intelligenz lag, um während der Auswertung der Daten nicht in Übereifer zu geraten und von Iman über den Tisch gezogen zu werden.

Derin rief an, als ich mich für das Treffen mit Mete fertigmachte. »Güldalıs Zustand verschlechtert sich dramatisch, Teo. Kann ich mit Ülkü sprechen?«

»Ülkü ist nicht hier, auch nicht in Istanbul. Kann ich etwas für dich tun?«

»Nein. Ich dachte, Ülkü wollte vielleicht Bescheid wissen. Sag es ihr bitte, falls du sie erreichst.«

»Vielleicht wäre es doch besser, wenn ich komme. Ich …«

»Du kannst nicht helfen, Teo. Die Situation hier ist äußerst angespannt, und es wäre unpassend, wenn du jetzt plötzlich hier auftauchen würdest. Du hast mit dem Ganzen nichts zu tun, und so sollte es auch bleiben.«

Auch wenn ihre Stimme nicht feindselig war, so klang sie doch distanziert und vorwurfsvoll. Sie war wütend auf mich, weil ich ihrer Welt fremd geblieben war. Sie sagte mir, dass ich dort nicht hingehörte und man mich dort nicht haben wollte.

Ich klemmte mir den Laptop unter den Arm und machte mich auf den Weg zu Mete Ünsalans Wohnung. Ein wahrhaft unentwirrbares Knäuel von Gedanken beschäftigte mich: die verzierten Handschriften des Mannes, der sich Iman nannte; das Zeitungsfoto, das Ülkü von Derin erhalten hatte; Güldalı beim Todesfasten mit rotem Stirnband und leeren Augen; Ülküs Worte, mein Tor zu finden und dann zu gehen; Tasulas Frage, ob es sich um einen Baum oder eine Farbe handelte; die drohende Silhouette des byzantinischen Prinzen oder Slumkindes, die sich zwischen den Ruinen des Anemas-Kerkers in die Alpträume drängte, die mich seit meiner Kindheit verfolgten.

Ich klingelte nicht, sondern öffnete mit meinem Schlüssel. Mete saß im Sessel vor seinem Fenster mit Blick auf den Hafen, auf Üsküdar, den Leanderturm, die historische Halbinsel mit ihren Dutzenden von Türmen und Minaretten, auf die Dampfschiffe, die Inseln am Horizont, die weißen Möwen und die grauen Tauben und nippte an seinem Cognac. Ich ließ mich in den Sessel ihm gegenüber fallen und stellte den Laptop auf den Beistelltisch.

Der Bildschirm leuchtete auf, als ich das Gerät einschaltete. Ich klickte auf den Anhang von Imans E-Mail und drehte den Laptop in Metes Richtung.

»Es sieht so aus, als hätte das etwas mit der Handschrift aus Alexandria zu tun.«

»Kann sein, kann aber auch nicht. Wusste der Typ, was du suchst? Ich meine, wusste er, was auf diesen Seiten stand, für die du ein Vermögen hingeblättert hast?«

»Keine Ahnung, aber ich glaube nicht. Wenn er nicht gerade im Besitz einer Kopie ist. Eine andere Möglichkeit wäre, dass nicht diese Blätter hier, sondern die, die ich gekauft habe, Fälschungen sind, aber ich habe sie seriös begutachten lassen. Das Pergament und die Tinte lassen sich auf mindestens eintausend Jahre zurückdatieren.«

Ich nahm die nach Faksimile-Technik hergestellten Kopien aus der Tasche und breitete sie vor ihm aus.

Er runzelte die Stirn. »Ohne eine verlässliche Materialanalyse können wir nicht sagen, ob beide zur gleichen Handschrift gehören oder nicht. Das ist der leichtere Teil der Arbeit, ein rein technisches Problem. Die eigentliche Aufgabe besteht darin, den Schlüssel zu knacken.«

»Ich habe es nicht genau lesen können, aber es gibt eine Anspielung auf Jesus, siehst du? Hier steht ›der Herr‹. ›Der Herr … durch jenes Tor …‹«

»Wir müssen es einen Experten lesen lassen. Aber warte mal, da steht wohl: ›Den Herrn lässt er durch jenes Tor schreiten.‹ Die Verzierungen auf dem ersten Blatt, mein Lieber, sind hervorragend, natürlich, naiv und bezaubernd. Es würde sich lohnen, es rahmen zu lassen und aufzuhängen. Ganz schön abgenutzt, die Buchstaben sind ziemlich ausgeblichen. Trotzdem kann man sie entziffern.«

»Vor ein paar Tagen war ich bei meinem ehemaligen Kindermädchen, das ich seit siebenundzwanzig Jahren nicht mehr gesehen habe. Nun ja, jedenfalls fragte sie mich, was mich denn hierherverschlagen hätte, und da erzählte ich ihr von dem Gedicht und dass ich auf der Suche nach dem Judasbaumtor sei. Und weißt du, was sie meinte? Die Istanbuler Griechen würden *erguvan* sagen, aber das Wort *kerkis* hätte sie noch nie gehört. Außerdem fragte sie, ob es nun um den Baum oder die Farbe ginge.«

Ich vergrößerte das Bild auf dem Bildschirm, so weit es ging.

»Sieh mal, unten auf der Seite, was steht da neben den Baumwurzeln? Kannst du das entziffern, Teo?«

»Der Baum war in … was? Ich verstehe das nicht. Warte mal.«

Er stand auf und ging in sein Arbeitszimmer. Nach einer Weile kam er mit einem dicken Buch zurück.

»Lass uns mal nachsehen, was das bedeuten könnte. Meine vergleichende Dechiffrierungsmethode könnte hilfreich sein. In meinem Alter werde ich kaum imstande sein, perfekt Altgriechisch zu lernen, und dann auch noch diese byzantinische Version aus was weiß ich welchem Jahrhundert! Immer, wenn ich mit meiner Weisheit am Ende bin, verwende ich diese Methode. Ich suche nach möglichen Wörtern in bekannten Texten. Was könnte es beispielsweise sein? In der Farbe seines Gewandes? Nein, das Wort ist ganz anders. Wie könnte es sonst lauten?«

»Seiner Sünde«, schlug ich vor. »Der Baum war in der Farbe seiner Sünde.«

»Bravo, du scheinst ja ein pfiffiges Kerlchen zu sein! Aber das glaube ich kaum, mein lieber Teo. Jetzt sieh dir allerdings mal diese Zeile in meinem schlauen Buch an: ›Viel Blut floss in Troja.‹ Wie wurde ›Blut‹ in diesen rundlichen Buchstaben geschrieben?«

»Der Baum war in der Farbe seines Blutes«, murmelte ich. »*Dentro tou Iouda*, Judasbaum. War also nicht Jesus, sondern Judas der Erlöser? Unsinn. Ich fürchte, wir sind völlig auf dem Holzweg.«

»Sind wir nicht. Wir verfolgen eine Spur. Der Herr im Gedicht kann durchaus Judas sein und nicht Jesus.«

Ein Begriff, ein vergessenes Wissensfragment rüttelt an meinem Gedächtnis und versucht, an die Oberfläche meines Bewusstseins zu gelangen. »Apokryphen«, murmle ich. »Die Judas-Interpretation der apokryphen Schriften?«

»Das wäre eine Möglichkeit. Ich glaube allerdings nicht, dass ein Erzähler oder ein Mönchsschreiber seinerzeit den notwendigen Mut dazu besessen hätte. Die Apokryphen wurden nicht in die Bibel aufgenommen; die Texte sind nicht offiziell anerkannt, gelten aber nicht als Ketzerei und wurden auch nicht verboten. Doch das hier ist nicht apokryph, sondern der Gipfel der Häresie. Schau mal, hier ist nicht Jesus, sondern Judas der Erlöser. Der Verräter tritt an die Stelle des Herrn. Im achten, neunten Jahrhundert war die Inquisition zwar noch nicht eingeführt, aber einen derartigen Ketzer hätte man garantiert auch damals nicht am Leben gelassen. Wie in der offiziellen Geschichtsschreibung, so werden auch offizielle religiöse Texte zum Vorteil der Herrschenden frisiert. Lass die Schriften apokryph oder häretisch sein, meines Erachtens spiegeln sie die Wahrheit eher wider als die offizielle Lesart. Immer vorausgesetzt natürlich, dass es eine Wahrheit gibt. Außerdem fällt mir noch eine andere Möglichkeit ein: Soweit ich weiß, ist in Ägypten, Syrien und im Irak ein gewissermaßen islamisches Apokryph verbreitet, nach der Judas nicht der Verräter war, sondern sogar an Jesu statt ans Kreuz geschlagen worden sein soll. Verschiedene Interpretationen, die vom byzantinischen Christentum beeinflusst wurden oder es beeinflussten … Nun ja, im Osten sind diese Glaubensgeschichten sehr verworren.«

»Interessant, aber das bringt uns alles nicht weiter.«

»Auch wenn wir bezüglich der Frage, ob und wo das Tor existierte, nicht vorankommen, stützen die Schriften dieses alexandrinischen Fellachen – wenn sie denn nicht gefälscht sind – die Annahme, dass nicht Jesus, sondern Judas kam, um die verlorene Seele der Stadt zu retten.«

»Verflucht noch mal! Ich suche das Tor und nicht den, der hindurchgegangen ist!«

»Vielleicht können wir das Tor über die Metapher finden. Der Judasbaum, Judas, das Opfer, das man für den Verräter hielt, und der verfluchte Erlöser. Womöglich handelt es sich um eine völlig andere Judas-Interpretation, die sogar von den apokryphen Schriften abweicht, die der Islam beeinflusst hat. Laut offiziellen Texten nimmt der Baum die Farbe der Schande an, die Judas auf sich geladen hat, aber hier ist die Rede von seinem Blut. All das muss in Betracht gezogen werden.«

»Selbst wenn der Bursche die Absicht hat, mich aufs Kreuz zu legen, werde ich mir diese Handschriften schicken lassen. Und ob Handschrift oder Druck – egal, wie viele Texte über das Leben des heiligen Ionnikos in den mir bekannten Archiven und Museen existieren, ich werde sie alle untersuchen. Es wird bestimmt nicht sehr viele davon geben.«

»Vielleicht gibt es auch nur das Exemplar, das dieser Iman besitzt. Der Fellache namens Iman schreibt den Text, und du errichtest das Tor an geeigneter Stelle. In die Bücher wird ein Eintrag gemacht, Thema beendet.«

»Ich bin kein Betrüger«, erwiderte ich scharf. Ich war

tief gekränkt. »Wenn du das Ganze für derart unsinnig hältst, warum hast du nicht gleich am Anfang versucht, mich umzustimmen? Wieso hast du mir dann überhaupt geholfen?«

»Versteh mich nicht falsch, Teo. Ich rede nicht von dem ersten Text. Ich warne dich wegen des zweiten. Du solltest eine sorgfältige Expertise erstellen lassen, bevor du diesem windigen Burschen das Geld deines lieben Vaters hinblätterst. Oder schau dir die Texte genau an und belasse es bei Notizen. Du musst vor allem davon überzeugt sein, dass die beiden Texte, auch wenn sie wahrscheinlich nicht der gleichen Handschrift entstammen, die gleiche Geschichte behandeln. Ob es das Tor nun tatsächlich gegeben hat oder nicht: Bist du nicht derjenige, der ständig wiederholt, dass in Byzanz Realität und Legende eng beieinanderliegen? Die Legende des Judasbaums steht Istanbul gut zu Gesicht. Meist ist es an uns, die Legenden wahr werden zu lassen.«

Darüber musste ich erst mal in aller Ruhe nachdenken. »Ich war gerade auf dem Sprung, als Derin anrief«, wechselte ich das Thema. »Sie hat erzählt, dass es der armen Frau, die sich im Hungerstreik befindet, sehr schlecht geht. Sie klang äußerst besorgt. Offenbar kann es jeden Moment zu Ende gehen.«

»Auch die, die sich zum Sterben hingelegt haben, jene Frau, die Bewohner dieser Hügel, Derin, sie alle verfügen über ihre eigenen Legenden. Jede Überzeugung schafft ihre eigenen Legenden, Märchen und Symbole, um sie anschließend anzubeten. Was sind wir schon anderes als unsere Legenden! Das ist es, was ich dir erklären wollte. Ich wollte dich nicht verletzen.«

»Ich glaube, dass Derin Unterstützung braucht. Ihre sterbende Freundin, das Kind, das man ihrer Obhut überlassen hat – damit kann sie unmöglich allein fertig werden. Und noch dazu ist sie mutterseelenallein in einer ungewohnten, rauen Welt.«

»Arıns Tochter hat sich ihre neue Welt selbst gewählt. Sie ist keine zerbrechliche Ikone mehr, sie trägt nicht mehr dieses starre, ausdruckslose Gesicht der byzantinischen Mosaike. Selbst wenn sie Hilfe benötigt, so glaube ich nicht, dass wir ihr helfen können. Turgut hat das übernommen, und er tut, was er kann. Zwischen ihm und dem Mädchen hat sich ein starkes Band entwickelt. Auch Ülküs Unterstützung ist wichtig. Denn auch wenn Farbe und Muster unterschiedlich sind, so sind sie doch aus dem gleichen Stoff. Und genauso ist es mit den Legenden, an die sie glauben oder einmal geglaubt haben.«

Ein unangenehmes Gefühl beschleicht mich: das Bedauern, etwas besonders Wertvolles bewusst vergeudet oder an andere verloren zu haben. Plötzlich wird mir alles bewusst: die Unmöglichkeit, an den Tag vor zwei Jahren zurückzukehren, an dem ich Derin zum ersten Mal sah; der verflogene Zauber der Judasbäume; das Unbehagen, das aus der Gewissheit resultiert, dass das, was ich früher gesucht habe und was ich heute suche, nicht mehr das Gleiche ist; das Gefühl, dass mir meine Legende allmählich abhandenkommt und ich Derin zwischen den Ikonen und dem nackten Körper meiner Mutter verloren habe … Die beiden sind aus dem gleichen Stoff, aber was ist mit mir? Ich scheine aus einem Stoff zu sein, dessen Herkunft ich nicht kenne und der sich in meiner Hand auflöst, sobald ich ihn zu fassen bekomme.

»Ich werde mir eine nicht allzu lange Frist setzen. Ich muss konzentriert arbeiten und zu einem Ergebnis kommen, sei es positiv oder negativ. Ich suche ein Tor. Wörter,

Metaphern, religiöse Interpretationen und Legenden apokrypher Texte sind nicht mein Fachgebiet. Ich werde mir eine Frist setzen, und wenn es nicht klappt, werde ich diese Arbeit aufgeben und von hier verschwinden.«

Plötzlich fällt mir auf, dass ich mit Mete Englisch spreche. Ein Satz fällt mir ein: Sprache ist die wahre Heimat des Menschen.

»Ich dachte, du wolltest nach Istanbul umsiedeln. Ich habe mich gefreut, als ich von deinem Plan hörte, die alte Sommervilla in Beylerbeyi zurückzukaufen. Dieses Scheißtor hat dir die Laune verdorben, aber du weißt genauso gut wie ich, dass in unserem Metier ein, zwei Jahre gar nichts bedeuten. Es gibt so viele Kollegen, die sich zehn, zwanzig Jahre, ihr ganzes Leben mit einem Thema beschäftigen. Du bist auch so einer. Als du kamst, warst du entschlossen, nicht aufzugeben. Was hat sich in den zwei Jahren geändert, Teo?«

Was tatsächlich hatte sich in den zwei Jahren geändert? Ich lasse den Blick über die Stadt schweifen, die immer noch die gleiche ist. Sooft sie in den letzten ein-, zweitausend Jahren einstürzte und wieder aufgebaut wurde, sosehr sie sich auch verändern mag: Die Seele der Stadt – im Gedicht hieß es die verlorene Seele – ist immer wieder vor ihrem eigenen Spiegelbild aufgetaucht. Was hatte sich geändert?

»Vor zwei Jahren dachte ich, ich sei gekommen, um auf den Spuren eines zweifelhaften Gedichts nach einem vergessenen Stadttor zu suchen. Du weißt ja, das ist nicht mein Fachgebiet, sondern gehört eher in den Bereich der byzantinischen Archäologie. Was also hat mich hierhergeführt? Vielleicht wollte ich irgendwo hingehören. Im Exil in Raum und Zeit sein, hat Ülkü es genannt; diesen Zustand wollte ich überwinden. Wenn diese Erde, in der du Wurzeln zu schlagen versuchst, dich aber als etwas Fremdes abweist und du diese Erde nicht bestellt und bewässert hast, du ihr Leid, ihre Überzeugungen und Legenden nicht kennst, dann funktioniert das nicht. Meine Legende der Stadt gehört in die Zeit von vor Tausenden von Jahren. Sie erklärt das Heute ebenso wenig wie das Tor. Ich kann nicht verstehen, warum diese Menschen in Derins neuem Umfeld sich zum Sterben hinlegen; ich begreife ihre Wahrheiten und Träume einfach nicht, und auch Ülküs Träume sind mir fremd geblieben. Ich habe mich zwar etwas umständlich ausgedrückt, aber das ist es, was sich geändert hat. Das Tor hat seine Bedeutung verloren, denn mittlerweile denke ich, dass es mich nirgendwo hinführen wird.«

Ich schaltete den Laptop aus. »Ich werde unverzüglich nach Alexandria reisen, um das Thema ein für alle Mal abzuschließen.«

Ich wusste, dass mich diesmal weder die Liebe zur Wissenschaft noch der Forscherdrang dorthin zogen, sondern einzig und allein der Wunsch, Istanbul hinter mir zu lassen und einen Schlusspunkt zu setzen.

Es musste am milden Frühjahr gelegen haben, dass die Judasbäume in wilder Blüte standen. Als ich zu Derin fuhr, um mich von ihr zu verabschieden, ließ ich den Blick über die beiden Ufer des Bosporus schweifen. In den noch verbliebenen Hainen auf den Hügeln blühten die Judasbäume in jener einzigartigen Farbe, die das Wort »purpur« niemals zu beschreiben vermochte. Sie blühten wie in den ersten Tagen nach meiner Rückkehr vor zwei Jahren.

»Lass uns um den Hügel herumfahren, *abi*, momentan gibt es auf der Hauptstraße häufig Kontrollen. Nach Lust und Laune halten sie einen an und kontrollieren die Ausweise. Der Staat und die Terroristen schlagen sich die Köpfe ein, Menschen sterben, das Volk ist am Ende, wo soll das noch hinführen, *abi*?«, jammerte mein Taxifahrer.

Ich beschrieb ihm den Weg ab der Bushaltestelle. Er lenkte das Auto und beobachtete mich gleichzeitig im Rückspiegel.

»Lass mich dir was sagen, *abi*, aber nimm's mir nicht übel. Du bist offensichtlich nicht von hier. Was hast du dort zu schaffen? Ich sag dir das bloß, damit du nicht in Schwierigkeiten gerätst. In letzter Zeit ist es hier oben nicht sicher, vor allem nicht für Fremde. Alle sind übergeschnappt. Da steht uns noch ein großes Unglück bevor, wenn du mich fragst. Aber wie du willst.«

»Ich bin kein Fremder, ich bin Arzt«, sagte ich, selbst erstaunt darüber, wie leicht mir die Lüge über die Lippen ging. »Ich muss zu einem alten Patienten. Ein Notfall.«

»Das ist was anderes. Ich dachte, du fährst zu den Todeshäusern. Die bringen sich selbst um. Ganz junge Leute. Wie geht so was, *abi*? Du bist Arzt, du verstehst was davon. Kann jemand tagelang, monatelang nichts essen und trinken und sich so langsam umbringen? Kriegen die denn keinen Hunger? Wenn sie am Ende nicht sterben würden, würde ich sagen, die essen heimlich was. Wenn du sterben willst, dann erschieß dich oder spring von der Brücke, aus, Schluss und vorbei. Aber so, das geht mir nicht in den Kopf. Letztens habe ich eine Frau in ein Todeshaus gefahren, eine Künstlerin. Sie hat was erzählt: Für ihre Überzeugungen nehmen sie den Tod in Kauf. Sie opfern sich für die Rettung der anderen. Berühmte Leute kommen zu Besuch. Schön und gut, aber dem Staat ist es wurscht, dass sie sterben, und sie retten auch niemanden. Trotzdem wird einem komisch zumute. Lass die Männer einmal außer Acht, aber da sind auch junge Mädchen und Frauen dabei. Das sind doch nicht alles Terroristinnen! Ein Jammer!«

Ich antwortete nicht, sondern drückte mich in eine Ecke des Rücksitzes, so dass er mich nicht länger im Rückspiegel beobachten konnte. Um mich zu orientieren, hielt ich angestrengt Ausschau. Beim Anblick der Laube und der Judasbaumsetzlinge erkannte ich das Haus. »Ich habe einen Judasbaum vor das Haus gepflanzt«, hatte Derin erzählt. »Wenn er gleichzeitig mit den Glyzinen blüht, wird der Vorgarten zu einem Paradies.«

»Wenn du willst, kann ich warten, *abi*«, schlug der Fahrer vor, als ich ausstieg.

»Nicht nötig, das kann dauern«, wimmelte ich ihn ab.

Trotz des schönen Wetters war kaum jemand unterwegs. Nur ein paar barfüßige Kinder und einige Katzen liefen herum. Ich ging durch den Vorgarten, in dem die Blüten der Glyzinen und des Judasbaums ineinander verschlungen waren, klopfte sacht an die Tür und wartete. Die Blumen auf den Treppenstufen und in den Fenstern waren verblüht oder vertrocknet. Dabei hatten hier bei meinem ersten Besuch herrliche Blumen in allen Farben gestanden. Es erfüllte mich mit Trauer, den kleinen Garten derart vernachlässigt zu sehen. Offensichtlich hatte Derin sich nicht um die Pflanzen kümmern können. Ich pochte noch einmal an die Tür und lauschte, doch drinnen war nichts zu hören. Entweder war Derin nicht zu Hause oder sie wollte nicht aufmachen. Ich überlegte, sie auf dem Handy anzurufen, doch dann verwarf ich den Gedanken wieder. Allmählich beschlichen mich Zweifel, ob es eine gute Idee gewesen war hierherzukommen. Ein letztes Mal hämmerte ich, diesmal etwas kräftiger, gegen die Tür, und sie sprang von selbst auf; offensichtlich war sie unverriegelt gewesen. Von der Schwelle aus warf ich einen Blick ums Haus. Die Wohnzimmertür stand halb offen. Ich zögerte einen Moment, doch dann trat ich ein und ging zum Wohnzimmer.

»Derin!«, rief ich zunächst leise, dann etwas lauter. Niemand antwortete. Auch im Kinderzimmer war niemand; das Babybett war nicht gemacht. Draußen war ein Klappern zu hören; ich zuckte zusammen wie ein auf frischer Tat ertappter Dieb und versuchte geräuschlos zurück ins Wohnzimmer zu gehen. Der Kater sprang von seinem Platz herunter und schlüpfte durch die halboffene Tür nach draußen. Gerade, als auch ich das Haus verlassen wollte, drückte jemand seine Hände gegen meine Brust und schob mich wieder nach drinnen.

Der junge Bursche war größer als ich. Er hatte schwarze Haare und ein dunkles, gelbliches Gesicht mit harten Zügen. Er trug einen Zweitagebart. Seine Hände waren wie Pranken, zumindest kamen sie mir in der ersten Schrecksekunde so vor. Er hatte wohl mein Herzklopfen in seinen Fingerspitzen gespürt, anders ließ sich sein dreistes Benehmen nicht erklären. »Was suchst du hier?«, fragte er mit einer hohen, brüchigen Stimme, die kein bisschen zu seinem Äußeren passte.

»Ich suche Derin *Hanım*. Wir wollten uns hier treffen, aber sie ist nicht da.«

Kaum hatte ich ausgeredet, merkte ich, dass ich mit einem stärkeren Akzent redete als sonst. Auch als Kind hatte ich mich immer verhaspelt, wenn ich aufgeregt gewesen war, etwa wenn unser Türkischlehrer, der die Minderheit der Ungläubigen als Vaterlandsverräter bezeichnete, mich aufgerufen hatte.

»Sieh mal einer an!«, erwiderte er. »Du bist das also. Wir dachten, du seist längst verschwunden. Du bist also immer noch hier.«

Die SMS fiel mir wieder ein: Unsere Märtyrer werden gerächt!

»Ich gehe, wenn ich mit meiner Arbeit fertig bin«, plusterte ich mich auf, aber meine Stimme klang ziemlich schwach.

»Merkwürdig, dass keiner mit einem imperialistischen Spion wie dir fertig wird. Wieso hat man das so lange schleifen lassen? Aber auch wenn dich bislang keiner zur Verantwortung gezogen hat, ich tue es.«

»Reden Sie keinen Unsinn! Ich bin hier, um Derin zu sehen. Sie wusste, dass ich komme. Sie hat mich erwartet.«

»Ach ja? Aber wie du siehst, wartet hier niemand auf dich. Bring das Mädchen nicht auch noch in Schwierigkeiten!«

»Nun schalte mal deinen Verstand ein, mein Freund«, sagte ich spöttisch. »CIA-Agenten sind gefährliche Burschen, denen du nicht mal entfernt das Wasser reichen kannst. Ich muss Derin finden. Sie hatte auf mich warten wollen.« Ich wusste zwar nicht, woher ich den Mut nahm, doch diesmal stieß ich ihn zur Seite und begab mich zur Tür.

»Wenn du unbedingt willst, findest du sie unten im Widerstandshaus. Aber an deiner Stelle würde ich es lieber bleiben lassen. Nicht einmal der TC-Staat kann sich diesen Häusern nähern.«

Ich war äußerst zufrieden mit mir, als ich, einen leichten Schauder im Nacken, die Straße hinunterging, ohne mich noch einmal umzudrehen. Ich hatte mich diesem Möchtegernrevolutionär nicht ergeben.

Der Gecekondu, den sie Widerstandshaus nannten, musste sich am Fuß des Hügels befinden, aber wo genau? Ohne in eine der Seitenstraßen abzubiegen, sah ich zum Bosporus hinunter: diesem einzigartigen blauen Fluss, in dessen Wassern sich das Grün der Hügel, alle Himmelsfarben, die Silhouetten der Sommerhäuser und der Schiffe widerspiegelten ... In den Hainen gegenüber, die sich immer noch gegen den Kahlschlag wehrten, sah ich die Judasbäume. Sie blühten genauso üppig wie vor zwei Jahren, in der Farbe von Judas' Blut oder Schande, in der Farbe der Verzierungen auf Imans Handschrift ...

Das Haus zu finden war nicht schwierig. Entgegen meiner Erwartung herrschte in seiner Umgebung kein besonderer Betrieb. Ich hätte es kaum erkannt, wenn die Frau, die ich unterwegs fragte, mir das Haus nicht gezeigt hätte. Auf dem kleinen Platz vor dem blau verputzten Gecekondu saßen junge Frauen auf einem alten Kelim in der warmen Frühlingssonne und unterhielten sich. Die dunkelgrüne Haustür stand sperrangelweit offen. Rechts und links davon hockten zwei Kopien des zornigen Burschen, der mich vor ein paar Minuten bedroht hatte, auf den Stufen und beobachteten die Umgebung. Vor dem benachbarten Gecekondu, der von dem Haus nur durch eine Wellblechgarage voller Schrott getrennt war, lungerten einige andere junge Kerle herum. Am Ende der Straße standen zwei schwarze Autos, die an Polizeifahrzeuge erinnerten.

Bis zu dem blauen Haus waren es noch ungefähr achtzig bis hundert Meter. Als ich darauf zuging, sah ich, dass sich die davor sitzenden Männer erhoben und die Frauen mit den weißen Kopftüchern und roten Stirnbändern zu mir herübersahen. Die vor dem Nachbarhaus auf und ab gehenden Burschen blieben plötzlich wie angewurzelt stehen. Noch einmal fragte ich mich, ob es vernünftig gewesen war hierherzukommen, statt Derin auf ihrem Handy anzurufen. Doch ich konnte nicht mehr zurück; ich war bereits auf halbem Weg, und man hatte mich bemerkt. Als ich mich dem Eingang zum Vorgarten näherte, der nur durch ein paar Holzlatten von der Straße getrennt war, kamen eine der Frauen und die beiden jungen Männer auf mich zu. Ihre Mienen waren nicht misstrauisch, sondern neugierig; zumindest kam es mir so vor.

Eine schwarzhaarige junge Frau mit dunklen Augen, die einen Rock aus geblümtem Biberstoff und ein T-Shirt mit dem Aufdruck »Leben heißt Widerstehen« trug, blieb vor mir stehen. »Sind Sie gekommen, um unsere Widerstandskämpfer zu besuchen?« In ihrer Stimme schwang ein Unterton mit, der mir durch Mark und Bein ging. Der Sinn ihrer Frage ging über die Bedeutung der einzelnen Wörter hinaus: Die Hoffnung auf eine frohe Botschaft im letzten Moment, auf Unterstützung, auf ein Wunder …

»Ja«, antwortete ich. »Wenn es passt, würde ich ihnen gern einen Besuch abstatten.« Hastig fügte ich hinzu: »Eigentlich suche ich Derin *Hanım*. Man hat mir gesagt, sie sei hier.«

»Sehen wir mal nach«, meinte einer der Jungen.

Die junge Frau stieß den Burschen leicht mit dem Ellbogen an und stellte sich vor ihn. »Okay. Was sollen wir sagen, wer da ist?«

»Ich … Ich bin Journalist. Sagen Sie Teo, dann weiß sie Bescheid.«

»Warten Sie einen Moment, es ist noch jemand drinnen. Wir erlauben nicht zu viele Besucher, um unsere Kämpfer nicht zu sehr zu ermüden. Derin wird Sie abholen, warten Sie hier.«

Aus der Tür traten ein paar Leute, die offensichtlich nicht von hier waren, mit roten Nelken in den Händen. Sie waren hier fertig und gingen wohl in die anderen Häuser, um weitere Todesfastende zu besuchen. Aus welchem Gefühl heraus hatten sie jene blutjungen Menschen sehen wollen, die auf den Tod warteten? Welche Art von Solidarität war das? Ich bekam eine Gänsehaut bei dem Gedanken, gleich selbst in dieses Haus zu gehen. Ich hätte nicht herkommen sollen. Noch konnte ich aufgeben, noch konnte ich fliehen.

Gleich hinter den anderen Besuchern tauchte Derin auf. Zu spät.

Einen Moment lang stand sie auf der Schwelle und musterte mich wortlos. Dann sagte sie mit förmlicher, ausdrucksloser Stimme: »Kommen Sie herein, wenn Sie wollen, Teo.«

Ich trat auf Derin zu. Sie ließ mich hinein und schloss die Tür hinter uns.

»Wenn du willst, dann besuche Güldalı. Das wird ihr guttun. Jeder Besucher bedeutet Hoffnung für die Leute da drinnen.«

Ich nickte, streifte mir ein Paar Nylonüberzieher, die sie mir hinhielt, über die Schuhe und folgte ihr. Lautlos öffnete sie eine der Türen. Drinnen war es schummrig und kühl. Zuerst erblickte ich ein junges Mädchen, das mit Güldalıs Baby auf dem Schoß auf einem Stuhl neben dem alten Messingbett saß. Dann sah ich die Frau auf dem Bett. Sie hatte die Augen geschlossen; ihr Gesicht war totenbleich. Ihre nackten, auf der bis zur Brust hochgezogenen weißen Decke ruhenden Arme, die Hände, ihr Hals, der aus dem Kragen ihres weißen Nachthemds herauslugte – ihre Körperteile wirkten wie Knochen, denen man eine

Plastikhülle übergezogen hatte. Sie atmete kurz und stoßweise. Wie die Frauen im Vorgarten trug auch sie ein rotes Stirnband; ihr Haar war kurz geschoren. Auf dem Beistelltisch standen eine Wasserflasche, ein Arzneifläschchen und ein übermäßig mit Blumen und Blattgold verzierter Bilderrahmen mit einem abgegriffenen Foto: ein Mann und eine Frau, die nebeneinandersaßen und lächelten. An der Wand über dem Kopfende des Bettes hing ein Plakat. Über den Bildern von Männern und Frauen mit roten Stirnbändern stand in großen, wie Blut heruntertropfenden roten Buchstaben: »Es wird nicht bei den Opfern des 19. Dezember bleiben!« Daneben hing eine Pappe, auf der am oberen Rand »Es lebe unser Todesfasten!« stand und auf die man Fotos geklebt hatte. Ein etwas größeres Bild in der Mitte fiel sofort ins Auge: Es zeigte eine Frau in weißen Kleidern, deren langes Haar unter ihrem schneeweißen Kopftuch hervorquoll, die sich leicht vorbeugte und Güldalı auf ihr rotes Stirnband küsste. Eine Weihe, eine Art Kommunion, Segnung, ein Zeremoniell. »Willkommen bei uns, willkommen beim Tod.«

»Dieser Herr ist von ganz weit her zu Besuch gekommen, Güldalı.«

»Weck sie lieber nicht«, flüsterte ich.

»Sie schläft nicht, sie ruht sich nur aus. Sie hat die Augen zugemacht, weil das Licht schmerzt.«

Die Frau im Bett öffnete die Augen, blickte uns an und schien zu lächeln. Ihre tiefschwarzen Pupillen waren erweitert und hatten eine geradezu unbeschreibliche Tiefe. Ich kannte diese Augen, die aus der Tiefe, aus der Ferne blickten; es waren die Augen der Heiligen, die ihren Gott anflehten, der Jungfrau Maria, die ihren toten Sohn in den Armen hielt. Wenn ich das Mete Ünsalan erzählte, würde er antworten: »Was du da hast, ist eine Berufskrankheit. Egal, wo du hinsiehst, überall siehst du Ikonen.«

»Wie geht es Ihnen?«, fragte ich.

»Danke, gut. Sehr gut.«

Ihre Stimme klang erstaunlich klar und natürlich. Sie war bei vollem Bewusstsein. Ich wusste nicht, was ich sagen sollte.

»Erzählen Sie von uns«, flüsterte sie. »Erzählen Sie allen von dem Opfer, das wir erbringen. Die Welt muss davon erfahren.«

»Das werde ich tun.«

»Wir sterben, damit keine anderen Menschen mehr sterben müssen. Damit unsere Kinder nicht in der Isolationshaft getötet werden. Verbreite das weiter.«

Der Kleine hörte die Stimme seiner Mutter und streckte jauchzend die Ärmchen nach ihr aus. Kraftlos wandte die Frau ihren Kopf in Richtung des Kleinen. Mit ihren knochigen Fingern berührte sie seine Babyfäustchen. Erneut verzogen sich ihre Lippen zu einem Lächeln.

»Damit mein Sohn in Freiheit leben kann ... Ich tue das nicht, weil ich ihn nicht liebe, sondern damit alle gerettet werden und unsere Stimme gehört wird.«

Ihre Hand fiel zurück aufs Bett, und sie schloss die Augen.

»Sie hatte heute viel Besuch, sie ist müde«, sagte Derin. Sie nahm den Jungen auf ihren Arm. »Komm, Umut, lass uns nach Hause gehen. Mama muss schlafen.«

Beim Hinausgehen rief sie den Frauen, die sie fragend ansahen, zu: »Ich komme morgen früh wieder. Falls Besuch für Güldalı kommt, dann sagt, sie habe sich heute sehr angestrengt und müsse sich ausruhen.«

Dann wandte sie sich mir zu. »Sie haben gerade erst mit

dem Todesfasten angefangen. Gestern wurden Hennafeste gefeiert und die Stirnbänder angelegt.«

»Ich kann nicht glauben, dass du Teil dieses Wahnsinns bist. Ich fasse es nicht. Wie kannst du … diese armen Menschen, die Mutter dieses Kindes … Wie kannst du so etwas nur unterstützen?«

»Das sind keine armen Menschen. Sie haben Mut bewiesen, eine eigene Entscheidung getroffen. So wie jeder das Recht hat, nach seinen Überzeugungen zu leben, so hat jeder auch das Recht, nach seinen Überzeugungen zu sterben. Ich glaube nicht, dass du das verstehst, Teo. So wie diese Menschen die Bedeutung deines Tores nicht begreifen, so begreifst du ihre Motive nicht.«

Sie blieb mitten auf der Straße stehen, den Kleinen fest an ihre Brust gedrückt. »Warum bist du gekommen, Teo?«, fragte sie auf Englisch. »Was hast du sehen wollen?«

Ihr Misstrauen, die Feindseligkeit in ihrer Stimme und die Fremdheit, die die englische Sprache in dieser Umgebung schuf, waren mir schier unerträglich.

»Ich fliege nach Alexandria. Ich wollte mich vorher von dir verabschieden.«

Sie schien nicht sonderlich interessiert. Sie wirkte ruhelos. Unentwegt blickte sie sich um. Sie schien sich davor zu scheuen, mit mir gesehen zu werden.

»Gut, dass du weggehst, Teo. Ich weiß nicht, wie weit du mit deiner Arbeit bist, aber du hast sicher selbst bemerkt, dass du nicht hierher gehörst. Außerdem bist du hier nicht sicher.«

»Weißt du was Genaueres?«

»Ich weiß nur, dass du in der Gegend Misstrauen verbreitest. Die Geschichte mit dem Tor klingt einfach nicht sehr überzeugend. Woher kommst du, wer bist du, was suchst du? Auf diese Fragen gibt es keine glaubwürdigen Antworten.«

Ihre Worte schmerzten mich. Aber sie hatte recht. Die Geschichte mit dem Tor klang nicht glaubwürdig. Sie überzeugte mich selbst kaum noch. Ich wusste auch nicht genau, wonach ich suchte.

»Du zweifelst an mir.«

»Ich weiß nicht. Vielleicht tue ich dir auch Unrecht. Aber es ist besser für uns alle, wenn du gehst.«

»Seltsam. Egal, wen ich im Moment treffe, jeder sagt mir, dass ich verschwinden soll. Aber ich bin ohnehin hier, um mich zu verabschieden.«

Ich bemühte mich, wohlgemut oder zumindest ruhig auszusehen. Nicht recht wissend, was ich tun sollte, beugte ich mich verwirrt nach vorne, um sie zum Abschied auf die Wange zu küssen. Der Junge fuhr mit seinen winzigen Fingern über mein Gesicht, aber nicht einmal das genügte, um die Kluft zwischen uns zu überwinden. Ich trat drei Schritte zurück und betrachtete die beiden. Nein, sie war nicht mehr die Ikone der ewigen Mutter mit dem Jesuskind auf dem Arm. Das innere Strahlen war aus ihrem Gesicht verschwunden; nichts war mehr übrig von der Seelenruhe, die sie einmal verbreitet hatte, ihr Blick war nicht länger geheimnisvoll. Nun war sie eine müde, erschöpfte Frau mit einem Kind auf dem Arm, die ihren Zauber verloren hatte. Auch wenn die blassrosa Blütenzweige des Mandelbaums sie einen Moment lang so aussehen ließen, als trüge sie eine Krone, erinnerte sie doch in keinster Weise an Gemälde, Ikonen und Mosaike der Renaissance. Sie wirkte derart normal, dass es mir im Herzen wehtat; ihr Anblick ließ keinerlei Spielraum für Assoziationen mehr. Die Realität dieser Hügel, Häuser, Straßen, der Menschen im Hungerstreik, der im Sterben liegenden Güldalı und des Kindes auf ihrem Arm hatte sich über sie gelegt. Der Zauber des Judasbaums war zerstört.

»Auf Wiedersehen«, sagte ich, diesmal auf Türkisch. Einen Moment lang war ich geneigt, ihr zu sagen, dass ich tatsächlich auf der Suche nach einem byzantinischen Stadttor war, nichts anderes im Sinn hatte, als auf meinem Gebiet erfolgreich zu sein. Dann jedoch kam mir der Gedanke absurd vor, und ich ließ es bleiben. Plötzlich sah ich, wie sich der Ghettojunge näherte, der mir in Derins Haus zu Leibe gerückt war. Ohne ein weiteres Wort zu verlieren, eilte ich die Straße hinunter. Als ich die Marktstraße erreicht hatte, stieg ich in den ersten vorbeifahrenden Minibus.

II

»Auf Wiedersehen«, verabschiedete er sich. Ich dachte, er würde noch mehr sagen, doch er wandte sich abrupt um und ging schnellen Schrittes die Straße hinunter. Ich stand da, den Kleinen auf dem Arm, spürte einen leichten Stich in der Brust und starrte ihm hinterher.

Mir schoss durch den Kopf, dass wir uns nie wiedersehen, sich unsere Wege nie wieder kreuzen würden. Mich beschlich das entsetzliche Gefühl, einen alten Freund verraten zu haben. Ich horchte in mich hinein: War es Reue, Schuld? Nein, es war das diffuse Unbehagen über einen Verdacht, der sich nicht bestätigt hatte. Was ließ auf einmal Zweifel aufkommen an Teos Geschichte mit dem Judasbaumtor, die ich vor zwei Jahren glaubwürdig und interessant gefunden hatte? Ich wusste es nicht. »Beweise«, hatte Kerem Ali bei unserer letzten Diskussion angeführt. Welche Beweise? »Die Führung muss nicht alles erklären. Über die Form der Aktionen lässt sich vielleicht streiten, nicht aber über Themen, die strenger Geheimhaltung unterliegen. Man hält sich an die Anweisungen, basta!«

Mein Unbehagen verstärkte sich, als ich den jungen Mann eilig die Straße hinaufkommen sah. Kerem Ali hatte mir mitgeteilt, dass der Kontakt zur Fraktion nunmehr über den »Genossen mit dem Codenamen Ziya« hergestellt und er selbst für eine Weile von der Bildfläche verschwinden würde. Aus seinem Gebaren schloss ich, dass er eine höhere Position eingenommen hatte und mit wichtigeren Aufgaben betraut war. Zumindest hatte er bei unserem letzten Treffen diesen Eindruck zu vermitteln versucht. Vielleicht, um auf diese Weise seine Wut zu zügeln, seinen verletzten Stolz zu kitten oder sich ein Gefühl der Überlegenheit zu verschaffen. Ganz nach dem Motto: »Du lässt mich abblitzen, aber wenn du wüsstest, wie wichtig ich bin …«

Codename Ziya war der letzte Mensch, den ich in dem Moment sehen wollte. Dieser Ghettojunge machte mir Angst. Ich befürchtete, dass man mich zusammen mit Teo gesehen hatte, man mir nicht mehr vertrauen und, schlimmer noch, mich womöglich gar zur Spionin erklären würde.

Er musterte mich mit dieser kindischen Miene, die er stets aufsetzte, wenn er etwas Wichtiges zu sagen hatte. Bestimmt hatte er Teo gesehen und auch, wie er mich küsste. Der Kleine auf meinem Arm zappelte; ich ließ ihn zu Boden, hielt ihn aber fest an der Hand.

»Hallo, wolltest du zu mir?«

»Ich bin vorhin an deinem Haus vorbeigekommen. Die Tür stand offen, und da wurde ich neugierig. Der Mann, mit dem du gerade gesprochen hast, war drinnen und suchte nach irgendwas.«

»Sie hatten mich zu Güldalı gerufen, und in der Eile muss ich die Tür offen gelassen haben. Danke, dass du nachgesehen hast.«

»Wir dachten, der Mann sei längst weg. Was will er noch von dir? Wieso läuft er hier herum, und was hat er in deinem Haus zu suchen?«

»Wenn du mich derart mit Fragen löcherst, kann ich dir kaum antworten. Wahrscheinlich wollte er zu mir. Gestern rief er nämlich an, dass er käme, aber in der Hektik habe ich das wieder vergessen. Und falls es dich interessiert, er sagte, er sei hier, um sich zu verabschieden. Er geht weg.«

»Ich wusste nicht, dass ihr so enge Freunde seid. Abschiedsküsse und so.«

Am liebsten hätte ich ihm eine Ohrfeige verpasst und ihn dann einfach stehen gelassen. Aber die Angst, diese heimtückische Angst …

»Teo ist mir vor zwei Jahren von einem Freund meines Vaters vorgestellt worden. Ich habe ihm bei der Wohnungssuche und seinen Erkundungstouren durch die Stadt geholfen. Wie auch immer, was willst du wissen, Genosse Ziya?«

Ich war mir nicht sicher, ob er den spöttischen Ton bemerkte, als ich »Genosse Ziya« sagte, aber er zog seine Stirn in tiefe Falten und blickte mürrisch drein.

»Wer war dieser Freund deines Vaters?« Auch er klang ironisch.

»Ein Professor für byzantinische Kunst: Mete Ünsalan. Kennst du ihn?«

»Nein. Aber über deinen Vater wissen wir Bescheid. Auch wenn sich meine Aufgabe letztlich darauf beschränkt, auf dich aufzupassen und den Kontakt zwischen dir und der Organisation herzustellen, bin ich ebenso verpflichtet, der Fraktion meine Beobachtungen mitzuteilen. So wie jedes Mitglied unserer Organisation.«

»Über deinen Vater wissen wir Bescheid.« Seine Worte hallten in meinen Ohren nach, als ich hinter dem Kleinen herrannte, der sich von mir losgerissen hatte und auf einen am Straßenrand sitzenden Welpen zulief. Hastig drehte ich mich um. »Was hast du da über meinen Vater gesagt? Ich habe es nicht richtig verstanden.«

Auf seinem Gesicht machte sich der entsetzte Ausdruck eines Kindes breit, das man auf frischer Tat ertappt hatte.

»Worüber wisst ihr denn Bescheid? Und wer ist überhaupt ›ihr‹, Genosse Ziya?«

»Dein Vater war ein hochrangiger Agent des TC-Staates, ein Mann mit Blut an den Händen, der unsere heldenhaftesten Genossen ohne rechtskräftiges Urteil hinrichten ließ.«

Er war mir auf den Leim gegangen. Der junge Revolutionär war seiner Wut erlegen und hatte Dinge gesagt, die er nicht hätte aussprechen dürfen. Zwar war ihm das im selben Moment ebenso klargeworden, aber zu spät.

»Mein Vater hatte saubere Hände«, widersprach ich.

»Jeder weiß, dass die Hinrichtungen ohne Urteil und die blutigen Operationen der Jahre 1992 und 93 die Unterschrift deines verehrten Vaters tragen! Solltest du davon keine Ahnung gehabt haben, dann weißt du es eben jetzt. Es ist deine Pflicht, dich vor der Organisation zu beweisen, Genossin. Von oben herab daherreden bringt dir gar nichts. Warum du hier lebst, ist uns auch nicht klar. Du musst dich beweisen, musst erklären, warum du die Luxusvillen, die Yachten und Bars hinter dir gelassen hast, um hier auf den Hügeln in einem Gecekondu zu leben. Nicht wir müssen Rechenschaft ablegen, sondern du! Mit CIA-Agenten rumzuknutschen ist dabei übrigens nicht besonders hilfreich. An den Händen deiner geliebten Freunde klebt das Blut unserer Genossen!«

Mir wird übel. Ich brülle, nicht um ihn zu provozieren, sondern weil ich mich nicht mehr beherrschen kann: »Geh und sag deinen Genossen, jeder soll erst mal seine eigenen Hände waschen. Wenn wir hier von Blut reden, dann sollen erst mal die nachdenken, die das Blut ihrer eigenen Genossen und Freunde an den Händen haben. Geh mir aus dem Weg. Der Kleine hat Hunger, ich muss nach Hause. Ich habe die Nase gestrichen voll von eurer Paranoia. Als hätte die CIA nichts Besseres zu tun, als sich mit euch herumzuschlagen! In den Häusern hier sterben Menschen. Was tut ihr schon anderes, als Parolen zu schwingen und diejenigen schlechtzumachen, die versuchen, etwas gegen das Sterben zu unternehmen?«

Ich schnappte mir den Kleinen, nahm ihn auf den Arm und lief, ohne mich umzudrehen, in Richtung Haus. Ich hatte plötzlich das Bedürfnis, lauthals zu weinen. »Jeder weiß, dass die Hinrichtungen ohne Urteil und die blutigen Operationen der Jahre 1992 und 93 die Unterschrift deines Vaters tragen!« Umut war 1992 getötet worden. Hatte demnach Arın Murat wissentlich oder unwissentlich seinen eigenen Sohn ermorden lassen? Was war der wahre Beruf meines Vaters gewesen? Er war ein hochrangiger, ehrenwerter Bürokrat gewesen, ein erfolgreicher Diplomat, der dem Staat diente und von separatistischen Verrätern getötet worden war. So hatte es in den Ansprachen auf seinem Staatsbegräbnis geheißen. Ich erinnerte mich daran, wie meine Großmutter immer geprahlt hatte: »Arın bekleidet stets wichtige Positionen im Staat.« Was waren denn diese wichtigen Positionen? Was hatte Ülkü mir in Paris während unseres Treffens auf der Botschaft sagen wollen? Was wusste sie, welchen Verdacht hegte sie? Wieso hatte sie so wenig Interesse daran, den Tod ihres Sohnes aufzuklären? Ich dachte daran, wie wir auf Umuts Spuren zum ersten Mal hier gewesen waren. Ich hatte sie hierhergeschleppt.

Es schien da etwas zu geben, was sie nur ungern in Erfahrung bringen wollte. Die Hände meines Vaters: mit langen, schmalen Fingern, fein, aber kräftig, männlich. An diesen Händen klebte Blut! Das Blut von Umut, Kerem Alis Bruder und so vielen anderen! Glaubte ich das, nur weil dieser Möchtegernrevoluzzer es behauptete? All das waren doch nur primitive Verschwörungstheorien einer paranoiden Organisation. Davon zehrten sie, damit heizten sie ihre Wut und ihren Hass an, und das nannten sie dann »Revolutionär sein«. Dachten sie, ich wüsste das nicht?

Ich zerrte den Jungen hinter mir her und betrat weinend das Haus. Mit einem Mal erschien es mir nur noch armselig und leer. Die Frage, warum ich hier war, hatte in jenem Moment weder Sinn, noch gab es darauf eine Antwort. Die sterbende Frau und das Kind in meiner Obhut fesselten mich wie Handschellen an diesen Hügel, und das auch noch auf meinen eigenen Wunsch.

Ich ging in die Küche und begann mit mechanischen Handgriffen Umuts Essen zuzubereiten. Ich wärmte den Rest Gemüsesuppe von gestern auf, dann legte ich zwei Köfte auf den Rost. Der Köfte-Geruch schlug mir auf den Magen, anstatt mir Appetit zu machen. Die Tränen wollten nicht aufhören zu fließen. Ich konnte nicht verhindern, dass sie in die Suppe, auf den Grill und in den Teller des Kleinen tropften. Ich beförderte die halbrohen Köfte auf den Teller, setzte den Jungen auf seinen Stuhl und wischte mir die Augen. Er streckte die Händchen nach meinem Gesicht aus und begann zu lächeln. »Mama, Mama, Mama«, wiederholte er ununterbrochen. Es wirkte, als wolle er sich einschmeicheln, sich für etwas entschuldigen, was er nicht getan hatte. Er war genauso allein, schutzlos und hilflos wie ich. Liebevoll drückte ich seinen

Kopf an meine Brust. Ob ich ihn einfach nehmen, von hier verschwinden und in einer anderen Welt ein neues Leben anfangen sollte?

Als ich den Kleinen fütterte, wurde ich allmählich wieder ruhiger. Ich rief den Kater, mengte die Köfte, die der Junge nicht gegessen hatte, unter sein Futter und stellte es ihm hin. Er gab kurze, freche Töne von sich und begann zu fressen. Umut und ich bobachteten ihn eine Weile. Dabei fielen mir der Mann in dem Viertel mit den zweihundertfünfundachtzig Stufen und die Erschießung seines Sohnes ein, der nach Jahren aus Australien zurückgekehrt war: eine Exekution durch die Fraktion, ohne jegliche Diskussion und dazu auch noch ungerecht. Leute, die sich das Recht dazu herausnehmen … »An den Händen deines Vaters klebt Blut«, hatte er gesagt. Wer hatte schon saubere Hände?

Ich ging in das Badezimmer; trotz größter Anstrengungen war es mir nicht gelungen, es zu verschönern oder auch nur ordentlich zu halten. Ich vertrödelte eine Weile unter der Dusche, dann schrubbte ich meinen Körper und vor allem meine Hände kräftig mit einem Schwamm ab. Als ich mein Haar getrocknet hatte und aus dem Bad trat, fielen die Strahlen der untergehenden Sonne bereits in die Fenster am anderen Ufer. Der Junge und der Kater hatten sich auf dem Diwan eingerollt und waren eingeschlafen. Die Kühle des Frühlingsabends und der Duft der Glyzinen erfüllten den Raum. Der Hektik und der Anspannung des Tages zum Trotz war es hier still und ruhig. Plötzlich spürte ich, dass ich die Lösung des Rätsels, das mein Herz und meinen Verstand vergiftete, nicht weiter aufschieben konnte. Ich rief Ülkü auf ihrem Handy an. Sie war noch immer in Kappadokien.

»Das hier ist ein Paradies, genau der Zufluchtsort, den ich gesucht habe«, sagte sie. Dann fragte sie nach Teo.

»Er hat sich verabschiedet, er geht weg«, antwortete ich.

Sie fragte nicht, wohin. Entweder wusste sie es oder tat so, als würde es sie nicht interessieren. Ich wusste nicht, was zwischen ihnen vorgefallen war, aber ich spürte, dass es eine Verstimmung gegeben hatte; vielleicht hatten sie sich auch getrennt.

»Ich brauche deine Hilfe«, sagte ich offen. »Mit Güldalı geht es zu Ende. Mit den anderen auch. Die Atmosphäre hier ist bedrückend, manchmal kommt es mir vor wie ein endloser Alptraum. Außerdem mache ich mir Sorgen um den Kleinen. Ich brauche dich wirklich.«

»Ich komme sofort zurück«, erwiderte sie. »Danke, dass du angerufen hast. Ich brauche dich auch.«

Mein Gefühl sagte mir, dass die unterbrochenen Kommunikationswege zwischen uns endlich wieder frei waren. Vielleicht, weil Teo aus unserem Leben verschwunden war, vielleicht auch, weil wir das gleiche Geheimnis hüteten.

Es gab noch jemanden, den ich anrufen wollte und der mir guttun würde: Turgut Ersin. Seit langem hatten wir uns nicht mehr gesehen. Er meldete sich nicht. Bei seinem letzten Anruf hatte er mir erzählt, er würde eine kurze Auslandsreise antreten. Soweit ich es verfolgen konnte, war er längst zurückgekehrt; er schrieb wieder an seinen Kolumnen. Über das Todesfasten verlor er allerdings kein Wort mehr.

Nachdem ich eine Weile mit mir gekämpft hatte, rief ich Turgut an. Ich war selbst erstaunt über meine Unentschlossenheit, meine Aufgeregtheit und den Schauder, der mir durch den Körper bis in mein Geschlecht fuhr, während ich seine Nummer eintippte. War ich etwa …? Nein, ich hatte nur das Bedürfnis, mich irgendwo anzulehnen, bedingt durch den Alptraum der letzten Tage. Vielleicht war es auch ein irriges Gefühl, ausgelöst durch Teos Abschied oder die intensiven Gedanken an meinen Vater.

Glücklicherweise konnte ich ihn nicht erreichen. »Der Anschluss ist zurzeit nicht erreichbar. Bitte hinterlassen Sie eine Nachricht.« Aber ich hatte keine Nachricht. Nur ein Bedürfnis.

Wie versprochen ließ Ülkü nicht lange auf sich warten. »Hier hat sich ja überhaupt nichts geändert. Die Glyzinen blühen dieses Jahr besonders schön. Auch dem Kater scheint es blendend zu gehen. Was hast du mit dem Kleinen gemacht?«

»Was werde ich schon gemacht haben? Wir wohnen zusammen, ich kann ihn ja schlecht auf die Straße setzen oder zu Hause einsperren und verschwinden. Güldalıs Verwandtschaft und die Nachbarn helfen mir auch. Hier ist es mit einem Kind nicht so schwierig, er wächst einfach mit auf. Da ich wusste, dass du kommst, habe ich ihn zur Nachbarin gebracht, ein lebendiges Haus mit vielen Kindern. Dort spielt er mit Gleichaltrigen. Wir holen ihn später ab. Wenn ich ehrlich bin, habe ich mich sehr an ihn gewöhnt.«

»Jetzt musst du nur noch selbst ein Kind bekommen, dann kriegt deine Mutter garantiert einen Herzinfarkt.«

Wir redeten um den heißen Brei herum. Wir suchten nach dem Schlüssel, um die zwischen uns liegende Tür zu öffnen. Ich war auf der Suche nach den verlorengegangenen Teilen des Puzzles, sie suchte gar nichts. Ich hatte nach ihr verlangt, und hier war sie.

»Ich brauche deine Hilfe«, begann ich, ohne nach den Schlüsselworten zu suchen. »Die Rolle, die ich zu spielen versuche, wächst mir allmählich über den Kopf. Ich war wohl doch nicht so gut vorbereitet, wie ich dachte. Diese Menschen, die sich zu Tode hungern, diese Normalität, die all das angenommen hat … Es tut gut zu reden.«

»Ist es nur das, Derin? Ich will nicht sagen, dass diese Dinge unbedeutend wären, aber …«

»Es ist nicht nur das. Du weißt ja, Teo ist weg. Zumindest hat er angekündigt, dass er geht. Er war hier, um sich zu verabschieden. Meinst du, er kommt zurück?«

»Keine Ahnung. Es mag dir seltsam vorkommen, aber ich habe nicht einmal in seinem Zimmer nachgesehen. Irgendetwas hielt mich davon ab. Ich weiß nicht, ob er seine Wintersachen dagelassen hat. Vielleicht weiß Mete Ünsalan Bescheid, aber ich hatte keine Zeit und auch keine Lust, ihn zu fragen. Ich weiß schon, was du denkst. Und nein, wir sind nicht mehr zusammen. Eigentlich schon seit letzten Winter nicht mehr, selbst wenn wir hin und wieder unter einem Dach gelebt haben.«

»Ich dachte …«

»Egal, was du dachtest, so war es nicht. Es war nur eine zufällige Begegnung an einem Scheideweg des Lebens. Eigentlich warst du, meine liebe Derin, der Auslöser für dieses Zusammentreffen. Wir hatten beide unterschiedliche Bedürfnisse, und wir taten einander gut. Ich will mich nicht aufspielen, aber ich meine sogar, ich tat Teo besser als er mir.«

»Ist es so einfach?«

»Vielleicht nicht, aber wenn man es in Worte fasst, dann klingt es so. Was stört dich daran, dass Teo fortgeht?«

»Mich stört nicht, dass er weggeht. Die Organisation

mochte Teo von Anfang an nicht. Ob berechtigt oder nicht, sie haben ihm misstraut. Du warst ja einmal dabei, als hier unschöne Dinge vorgefallen sind, du erinnerst dich sicher. Das Ganze hat sich ausgeweitet, endete fast in einer Drohung. Aber die Zeiten sind im Moment sowieso miserabel. Glaubst du, dass an der Sache irgendwas dran sein könnte?«

»Keine Ahnung. Aber ich weiß aus eigener Erfahrung, dass diese Fraktionen immer übertrieben misstrauisch sind. Jeder Ausländer ist ein Agent des Imperialismus, jeder Andersdenkende ein Spion der Bourgeoisie oder des TC-Staates.«

»Aber die Sache mit dem Tor … Erscheint dir diese Geschichte glaubwürdig? Ich erinnere mich an unsere erste Begegnung. Das Hotel ist kein Ort, den ich häufig besuche. Mete *Amca* hatte das Treffen mit Turgut Ersin dort arrangiert, weil der dort Stammgast ist. Was für ein Zufall! Teo war ausgerechnet an dem Tag dort abgestiegen, und zufällig kannte er auch noch Mete *Amca*. Also, ich weiß nicht. Ich bin wirklich verwirrt. Aber du hast ihn doch näher kennengelernt.«

»Im Bett lässt sich nicht so leicht feststellen, ob einer Agent ist oder Wissenschaftler mit Fachgebiet Byzanz. Wenn man James-Bond-Filme zum Vergleich heranzieht, dann muss man Teo wohl eher als Wissenschaftler bezeichnen. Sei mir nicht böse, ich weiß, es ist nicht die richtige Zeit zum Scherzen. Immer, wenn es um schwierige Themen geht, schwafele ich lange herum und mache dumme Witze. Wenn Teo das Tor gefunden hätte oder zumindest ein konkreter Hinweis vorläge, hätten wir die Agentengeschichte längst schmunzelnd ad acta gelegt. Was uns wohl irritiert, ist die Tatsache, dass nichts dergleichen passiert ist.«

»Genau so ist es. Wenn man die Einzelheiten zusammenfügt, dann wirkt diese Geschichte mit dem Tor alles andere als real.«

»Die Realität ändert sich je nach Blickwinkel. Das klingt abgedroschen, aber meist steckt in diesen Plattitüden sehr viel Wahres. Denk beispielsweise an das Todesfasten. Menschen tun etwas vollkommen Unfassbares: Sie hungern sich aus eigenem Antrieb zu Tode – von außen betrachtet, eine schreckliche, sinnlose Idiotie, Selbstmord, von innen betrachtet, Widerstand, Heldentum, Opfer, Befreiung. Um zu lernen, dass die Realität relativ ist, habe ich viel Haare lassen müssen.«

»Auch wenn sie relativ ist, was ist Realität, Ülkü? Dass mein Vater saubere Hände hatte oder dass Blut an ihnen klebte? Ist das auch eine Frage des Blickwinkels?«

Seit Beginn unseres Gesprächs hatte sie unaufhörlich den Kater auf ihrem Schoß gestreichelt. Seine Anwesenheit tat uns gut, nahm unserer Unterhaltung zumindest ein wenig das Gewicht. Doch plötzlich bemerkte ich, wie sich Ülküs streichelnde Hand verkrampfte und sich ihre gesamte Gesichtsmuskulatur anspannte. Mit einem seltsamen Miauen sprang der Kater von ihren Beinen, drehte sich einmal um die eigene Achse und lief zur Tür, so wie immer, wenn er beunruhigt war.

»Erinnerst du dich an unseren ersten Besuch hier oben, Derin? An das Haus von Kerem Alis Familie, an unsere Unterhaltung und die Atmosphäre dort?«

Wie hätte ich das vergessen können?

»Erinnere dich bitte auch daran, dass ich eigentlich nicht dorthin wollte.«

»Ich hatte geglaubt, du wolltest vor dem Schmerz flüchten.«

»Ich hatte meinen Sohn verloren – und den Mann, den ich liebte. Ich war immun geworden gegen diesen sogenannten Schmerz. Ich fürchtete mich nicht davor zu leiden. Ich hatte Angst, die Antwort auf deine Frage zu finden.«

»Du hast eben gesagt, die Realität hängt vom Blickwinkel des Betrachters ab. Wenn du nun die Details zusammensetzt, wie sieht dann deine Sicht der Wahrheit aus?«

»Für mich war er der Mann, den ich liebte: der unerreichte Geliebte, nach dem man stets Sehnsucht hat, sowohl Objekt als auch Subjekt einer Leidenschaft, die jede Frau nur einmal im Leben erfährt, selbst wenn sie tausend Männer gekannt hat. Er war der Vater meines toten Sohnes.«

»Was waren die Hinrichtungen von 1992 und 93, Ülkü?«

»Das waren Operationen, um die linksterroristischen Organisationen auf dem schnellsten Weg auszuschalten. Während einer solchen Operation kam auch Umut ums Leben.«

»Zu der Zeit lebten wir in Ankara. Ich war noch ein Kind, aber ich erinnere mich, dass mein Vater nicht mehr so häufig ins Ausland reiste wie zuvor. Ich war glücklich, weil ich ihn wieder öfter sehen konnte. Wir erlebten schöne Tage damals. Hin und wieder kamen Anrufe, die zu Hause für Unruhe sorgten. Meine Mutter hatte Angst und debattierte mit meinem Vater. Was war damals seine Aufgabe, Ülkü? Das musst du doch wissen.«

»Wir hatten uns fast zwanzig Jahre lang nicht mehr gesehen. Ich wusste, dass er einen wichtigen Posten im Staatsdienst innehatte, mehr nicht. Ich kann bloß Vermutungen anstellen und weiß nur das, was er mir in jener letzten

Nacht in Paris erzählt hat. Ich glaube, er hatte etwas mit der inneren Staatssicherheit zu tun.«

»Ist das die höflichste Art, es zu formulieren?«

»Ja. Wenn du es gern drastischer hättest, dann hatte er meiner Meinung nach direkt mit diesen Operationen zu tun, wenn auch nicht als Befehlsgeber. Er betrachtete diese Aktionen aus der Sicht des Staates, also als Antiterrormaßnahmen und nicht als Vernichtungsplan. Erst später begriff er, dass Macht einen beschmutzt, dass einem das Blut, auch wenn es für den Segen des Staates vergossen wird, an den Händen klebt und dass der Planer die gleiche Schuld trägt wie der Vollstrecker. Er wollte sich die Hände reinwaschen. Das aber wird niemals zugelassen.«

»Wusste er, dass auch das Blut seines Sohnes an seinen Händen klebte?«

»Nein«, erwiderte sie knapp. Ihre Antwort fiel derart hart und bestimmt aus, dass mich der Mut verließ. Ihre ausdruckslose, maskenhafte Miene tat noch ihr Übriges.

»Ob er es wusste oder nicht, ändert nichts an der Tatsache, dass er den Tod seines Sohnes vorbereitet hat«, sagte ich. »Er war mitverantwortlich für den Tod von Kerem Alis Bruder und so vielen anderen, deren Namen wir nicht einmal kennen. Arın Murat wird sich nicht reinwaschen können, ebenso wie sich diejenigen nicht reinwaschen können, die für das Massaker vom neunzehnten Dezember und den Tod der Menschen in den Zellen und Widerstandshäusern verantwortlich sind.«

»Arın hat es zumindest versucht. Als man die Vorkommnisse im Namen der inneren Sicherheit rechtfertigen wollte, erzählte er auf der Konferenz, auf die er just zu diesem Zweck geschickt worden war, die Wahrheit und versuchte, die terroristischen Strukturen aufzuzeigen, die sich im

Staat eingenistet hatten. Eine selten gesehene Selbstkritik war das, eine Beichte auf Umwegen.«

»Und er wurde ermordet. Weißt du, was das Unerträgliche ist, Ülkü? Wenn ich glauben könnte, dass die Behauptung, mein Vater sei ein Agent des TC-Staates gewesen, nur den Wahnvorstellungen der Organisation entspringt, würde es mir nicht so wehtun. Unerträglich ist der Gedanke, dass all das stimmen könnte.«

Ich wünschte, sie hätte versucht, mich irgendwie zu besänftigen. Ihr Schweigen machte mich wütend. Sie schien keinerlei Reue oder Scham darüber zu empfinden, dass sie den Mörder ihres Sohnes geliebt hatte, und das machte mich schier verrückt. Sie hatte Vater und Sohn betrogen, indem sie ihnen die Existenz des jeweils anderen verschwiegen hatte. Sie war mitverantwortlich für ihren Tod.

»Lass uns zu Güldalı gehen«, schlug ich vor. »Besuch tut ihr gut.«

»Ja, lass uns gehen. Lass uns unseren Alptraum noch verschlimmern.«

Güldalıs Zustand hatte sich dramatisch verschlechtert; immer wieder verlor sie das Bewusstsein, und sie konnte kaum noch sehen. Sie würde Ülkü nicht mehr erkennen können. Ülkü hierherzubringen war eine Art von Rache, Ausdruck meines Wunsches, ihr Leid zuzufügen.

Im Zimmer roch es nach Desinfektionsmitteln. Die Frau auf dem Messingbett, das mit roten Kordeln und Karnevalsstickerei wie für die Hochzeitsnacht geschmückt zu sein schien, hatte sich in eine Mumie verwandelt. Ihre Augen waren geschlossen, die Lippen rissig, sie fieberte. Ein junges Mädchen, das ihr beistand, befeuchtete ihr die Lippen mit nasser Baumwolle. Zwischen Güldalıs skelettartigen Fingern steckte das Foto, das sonst immer auf ihrem Nachttisch stand: Hüseyin und sie beim verliebten Tête-à-Tête. Offensichtlich hatte sie sich das Bild ansehen wollen, und nun hielt sie es immer noch in den verkrampften Händen.

»Sie verlischt«, flüsterte das Mädchen. Das Wort »sterben« war hier tabu. Laut Sprachgebrauch der Organisation wurden die Bewohner der Todeshäuser zu »Märtyrern«, für die Angehörigen »verloschen« sie. Ülkü blieb an der Tür stehen. Sie bewegte sich keinen Schritt auf das Bett zu. Still und ausdruckslos betrachtete sie, was von Güldalı noch übriggeblieben war.

Leise fragte ich, ob ein Arzt vonnöten sei. »Gerade eben war sie bei Bewusstsein«, erwiderte die junge Frau. »Sie hat noch einmal wiederholt, dass sie jeglichen Eingriff ablehnt. Sie ist eine Heldin.«

In dem Moment vernahm ich Ülküs Stimme. Sie schrie. Vielleicht schrie sie auch nicht, und es kam mir nur so vor durch die Totenstille im Raum.

»Noch lebt sie. Noch könnt ihr ihren Tod verhindern. Sie ist doch gar nicht in der Lage, selbst zu entscheiden, ob sie medizinische Hilfe will oder nicht. Das ist völliger Irrsinn. Alle werden sich schuldig machen.«

Ich bemerkte, dass Güldalı den Kopf zur Tür gedreht hatte und versuchte, die Augen zu öffnen. Sie schien uns erkannt zu haben und zu verstehen, was wir sprachen. Ich packte Ülkü am Arm und zerrte sie wütend nach draußen. Aus den anderen Zimmern traten Besucher und einige der neuerlich dem Hungerstreik beigetretenen Aktivisten, die noch im Besitz ihrer körperlichen Kräfte waren, und sahen uns verwundert an. Ohne sie auch nur eine Sekunde loszulassen, führte ich Ülkü in den Vorgarten und von dort auf die Straße. Sie war verstummt und wehrte sich nicht.

Ich wagte es nicht, mich umzudrehen, aber ich wusste, dass sich eine kleine Menschenmenge mit roten Stirnbändern vor dem Widerstandshaus versammelt hatte und uns hinterhersah. Eine heimtückische Angst ergriff Besitz von mir. »Du musst dich vor der Organisation beweisen«, hatte dieses Zerrbild von einem Kämpfer genau hier zu mir gesagt. Mich beweisen, aber wie? Mein Vater, Teo, Turgut Ersin, Ülkü … Mit diesen Menschen in meiner Umgebung? Meine Furcht war beschämend und gemein; ich hatte Angst, als verdächtige Person gebrandmarkt und ausgegrenzt zu werden.

Ich sah, wie meiner Freundin Tränen über die Wangen liefen.

»Ich habe so viele Tode miterlebt, Tode im Namen der Revolution, der Fraktion, des Staates. Und immer wurden dabei höhere Ziele beschworen«, stammelte sie. »Was für eine gigantische Lüge! Welches Ziel kann den Tod des eigenen Sohnes rechtfertigen? Welche Sache den Tod des Geliebten?«

»Die Schuld liegt bei mir. Ich hätte dich niemals hierherbringen dürfen. Wenn du doch nur gesagt hättest, dass du sie nicht sehen willst. Wenn …«

»Hör auf damit! Du hast mich gerufen, und ich bin gekommen, aber um *dich* zu unterstützen, nicht den Tod. Menschen werden geopfert, um den Göttern frisches Blut zu geben. Was ihr Todesfasten nennt, ist längst keine Form des Kampfs mehr. Ihr huldigt einem Kult. Der Tod ist nicht einmal mehr Mittel, sondern Zweck. Die Götter werden stets frisches Blut fordern. Ich werde dich diesem Irrsinn nicht ausliefern. Zwei Opfer sind mehr als genug für mich. Ich …«

»Beruhige dich bitte. Ich habe nicht die Absicht, mich

am Todesfasten zu beteiligen. Hier passieren leidvolle Dinge. Ich will doch nur helfen! Ich mag Güldalı sehr gern. Sie hat mir gezeigt, dass man nicht zu den ›weißen Türken‹ gehören muss, um ein Mensch zu sein, um zu lieben und Freundschaft zu pflegen. Ich glaube, Turgut Ersin war derjenige, der diesen Begriff zum ersten Mal verwendet hat. Er drückt genau das aus, was ich meine. Ich liebe Güldalı, Klein Umut, die Menschen hier und auch Kerem Ali, wenn auch nicht so wie früher. Warum das so ist, weiß ich nicht. Vielleicht, um mein früheres Leben hinter mir zu lassen, vielleicht, um den Preis dafür zu zahlen, eine ›weiße Türkin‹ zu sein, oder Buße zu tun für das Blut, das an den Händen meines Vaters klebte. Ja, genau deswegen.«

Sie hielt inne, sah mir direkt in die Augen. »Niemand kann Buße für die Sünden eines anderen tun. Spar dir deine Mühe.«

Wortlos marschierten wir die Straße hinunter. Wir gingen bei den Nachbarn vorbei, um Umut abzuholen. Er wollte nicht weg von seinen Freunden und quengelte ohne Unterlass. Ülkü redete sich den Mund fusselig, um ihn zu beruhigen, und versprach, ihm beim nächsten Mal einen großen Laster mitzubringen, wenn er brav sei.

»Aber einen, der fährt«, erwiderte der Junge vorlaut, doch dann zügelte er sich wieder und begann, Ülkü mit seinem Charme zu bezirzen. Als wir zu Hause ankamen, war die Sonne bereits untergegangen. Der Abend senkte sich über die Hänge am anderen Bosporusufer, die sieben Hügel von Teos legendärer Stadt, die Villen und Sommerhäuser, Kerem Alis Familie, die Todesfastenden, die Gecekondus der Menschen, die aus alten Lastwagenreifen Barrikaden errichteten, das Meer, die Wäldchen, die staubigen Straßen der Randbezirke. Auf dem gegenüberliegenden Grundstück wühlten Hundewelpen und abgemagerte Katzen im Müll. Der Autostrom auf der Brücke und das unaufhörliche, aus der Ferne herüberdringende Gemurmel aus Radios oder Kassettenrecordern der umliegenden Häuser, der sich in die Lieder mischende abendliche Gebetsruf aus der Moschee, der Streifenwagen auf Patrouille, die Halbwüchsigen, die alte Autoreifen, Steine, Ziegel, leere Blechkanister und Schrott zum Barrikadenbau sammelten, lautes Kindergeschrei, der Geruch von heißem Bratfett, die herabfallenden Glyzinenblüten … In unserem Viertel ging alles seinen gewohnten Gang.

Güldalı hielt noch einige Tage durch; dann verlosch sie eines Morgens. Kein schlechter Vergleich, denn genauso geschah es. Sie erlosch wie eine Kerze, langsam, leise und behutsam. Ohne zu leiden, als würde sie in einen tiefen Schlaf hinübergleiten. Nichts an ihrem Tod war beängstigend oder erschreckend. Er war von sanfter Trauer, hilfloser Melancholie und hatte einen märchenhaften Beigeschmack, den man mit alltäglichen Begriffen nicht erklären konnte. So empfand ich diesen Tod. Ich legte ihr gemeinsames Foto mit Hüseyin auf ihre Brust. Ich wusste, dass sie sich weder die Poster an der Wand noch die Bilder ihrer Genossen mit den roten Stirnbändern und auch keine roten Nelken, sondern dieses Foto gewünscht hätte. Güldalı war verloschen. Nicht die Farben der Organisation und der Revolution hatte ich in ihre knochigen Finger gelegt, sondern das Bild der Liebe, Sehnsucht und Leidenschaft.

Ich benachrichtigte die anderen nicht sofort, sondern blieb eine Weile allein bei der Toten sitzen. Woran dachte ich? Ich erinnere mich nicht, vielleicht an den Sinn von

Leben und Tod, vielleicht auch an gar nichts. Was mich in jenem Moment innerlich aufwühlte, war nicht Güldalıs Tod, sondern die Liebe, Leidenschaft und Sehnsucht, die sie ihrem Mann gegenüber empfunden hatte. Als er kein einziges Mal kam, nachdem sie sich zum Sterben hingelegt hatte, um nach ihr oder seinem Sohn zu sehen, versuchte sie immer, sich einzureden, ihr Geliebter sei bei einem Gefecht in den Bergen als Märtyrer gefallen: »Wenn mein Hüseyin am Leben wäre, würde er ganz bestimmt einen Weg finden, um herzukommen«, hatte sie einmal gesagt. Vom Beginn des Todesfastens an bis zum letzten Moment, in dem sie das Bewusstsein verlor, hatte sie tief in ihrem Herzen die Hoffnung getragen, ihr Mann würde kommen und sie vor dem Tod retten.

Leise ging ich aus dem Zimmer, gab dem Verantwortlichen Bescheid und verließ rasch das Haus. Was nun kam, wollte ich nicht miterleben. Nur ich kannte das Geheimnis, das hinter Güldalıs Herausforderung an das Leben und an den Tod steckte. Nicht dem Kriegsgott hatte sie sich geopfert, sondern dem Gott der Liebe. »Die Realität ist veränderlich, relativ«, hatte Ülkü gesagt; mit Güldalıs Tod verhielt es sich genauso.

Bald, wenn die Nachricht vom Opfer in den Häusern, Innenhöfen, Straßen, Plätzen, Kaffeehäusern, Billardräumen und Vereinsgebäuden die Runde machen würde, die anderen Hügel und Armenviertel Istanbuls erreichte, die Dörfer, Weinberge und Gebirge um Sivas, Tokat und Tunceli, würde Güldalıs Tod aufhören, ihr Tod zu sein, und zur Legende eines Narrativs in einer anderen Sprache werden.

Als Turgut Ersin mich auf dem Handy anrief, war ich gerade im Begriff, mit Umut aus dem Haus zu gehen. Ich hatte nicht die Kraft, heute hier in diesen vier Wänden zu bleiben.

»Ich bin bei der Zeitung vorbeigegangen und habe dort von Güldalıs Tod gehört … Es tut mir leid. Du hast wohl damit gerechnet, aber …«

»Seit Tagen, sogar Wochen haben wir damit gerechnet. Trotzdem …«

Es gibt nichts Schlimmeres am Telefon als Schweigen. Wir schwiegen. Schließlich ergriff er wieder das Wort: »Wie geht es dir, Derin?«

Tja, wie ging es mir? Ich wusste es selbst nicht.

»Ich bin durcheinander«, antwortete ich, »völlig durcheinander. Bin ich traurig oder erleichtert? Fühle ich Schmerz oder Angst? Ich weiß es nicht. Wie hat sich die Redaktion entschieden? Werden sie die Meldung von Güldalıs Tod bringen?«

»Ich glaube nicht. Höchstens im Innenteil als einspaltige Kurzmeldung. Ich werde natürlich darüber schreiben. Unter anderem rufe ich auch deshalb an. Aber eigentlich … wollte ich deine Stimme hören und dich sehen.«

»Es geht mir gut. Doch, doch, es geht mir gut. Umut ist bei mir, ich bin nicht allein.«

»Ich könnte sofort vorbeikommen, wenn du willst. Hättest du Lust, dich heute mit mir zu treffen? Vorausgesetzt, dass du den Kleinen irgendwo unterbringen kannst.«

»Heute Abend wird hier einiges los sein. Sie werden den Leichnam ins Vereinshaus bringen. Dort und im *cemevi* wird es Zeremonien geben. Und dabei wird es nicht bleiben. Es herrscht eine Atmosphäre kalter Wut. Zurzeit ist das Haus alles andere als sicher. Ich hatte daran gedacht, den Kleinen zu nehmen und entweder zu Ülkü oder nach Hause zu gehen.«

»Komm zu mir. Bring den Jungen mit, wenn du willst. Aber bleib nicht dort, Derin. Wenn du kein Auto dahast, hole ich dich ab.«

»Ich habe mein Auto hier.«

»Ich warte auf dich. Beeil dich, der Kleine ist kein Problem. Hier ist genügend Platz, keine Sorge.«

Ich war noch nie zuvor bei ihm zu Hause gewesen. Ich wusste nicht einmal, wo er wohnte. Ich zögerte, denn ich war mir nicht sicher, ob ich das Richtige tat.

»Sag mir, dass du kommst.«

In seiner Stimme lag etwas Flehendes, das ich so nie zuvor wahrgenommen hatte. Ich dachte, dass er getrunken hatte, und plötzlich wurde mir klar, dass er mich sehr viel mehr brauchte als ich ihn. Ich war erleichtert. »Ja, ich komme.«

Er nannte mir die Adresse und beschrieb mir den Weg.

»Da sind wir ja quasi Nachbarn«, sagte ich erstaunt. »Ich brauche nur den Hang zur Küste hinunterzufahren. Herrje! Ich wusste gar nicht, dass wir so nah beieinanderwohnen. Sie haben das nie erwähnt.«

»Du hast ja nie danach gefragt!«

Nachdem ich aufgelegt hatte, beschloss ich, Umut nicht mitzunehmen. Gleichzeitig wurde mir klar, dass ich nicht etwa Unterschlupf bei einem Freund suchte, sondern mich mit einem Mann treffen würde, einem Mann, der mindestens dreißig Jahre älter war als ich.

Ich erkannte das Haus an der Küstenstraße sofort. Hundertmal war ich daran vorbeigefahren. Es war ein gepflegtes, elegantes Haus, das sich sanft an den grünen Hang schmiegte und den Sommervillen in nichts nachstand. Ich drückte auf die oberste Klingel. Ich erinnere mich daran, wie ich eine Gänsehaut bekam, meine Handflächen schweißnass wurden und mir das Herz bis zum Hals schlug, während ich darauf wartete, dass die Tür aufging, an das metallische Surren des Öffners, das unerwartete Gewicht der Tür, den rosafarbenen Marmor und die ungeahnte Helligkeit im Entree, die grünen Zierpflanzen mit den Riesenblättern.

Ich stieg nicht in den gläsernen Aufzug, dessen Metallrahmen wie Silber glänzte. Das Gebäude bestand aus zwei Etagen mit je einer Wohnung und einem Dachgeschoss. Ich musste also nur zwei Stockwerke hinauf. Um meine Aufregung im Zaum zu halten, ging ich die breiten Marmorstufen langsam nach oben. Er lehnte in der Tür, trug die übliche Cordhose und ein kariertes Sporthemd. Mit dem gepflegten Bart und dem leicht ergrauten Haar sah er genauso aus wie bei unserem letzten Treffen. Plötzlich wurde mir bewusst, wie sehr er mir gefehlt hatte.

Auf den letzten Treppenstufen hielt ich inne und lächelte. Ich bemerkte, dass er mich von Kopf bis Fuß musterte. »Ich habe den Jungen nicht mitgebracht, sondern bei den Nachbarn gelassen«, sagte ich, während ich die letzten Stufen erklomm. Er fasste mich am Arm, zog mich sanft in die Wohnung und beugte sich leicht vor, um mich auf die Wangen zu küssen. Ich legte den Kopf leicht zur Seite, und in diesem Moment streiften seine Lippen die meinen. Das Kitzeln seines Bartes spürte ich mit allen Fasern meines Körpers. Seine Lippen schmeckten nach Nelken und Alkohol und jenem vertrauten, sehnsuchterweckenden Duft – Davidoff: der Duft meines Vaters. Ich schloss die Augen und ließ mich fallen, gab mich dem Verlangen meines Körpers hin. Ich dachte an Güldalı, daran, mit wie viel Leidenschaft und Poesie sie über die körperliche Liebe mit Hüseyin gesprochen hatte. Als seine Arme nicht lockerließen und er mich sanft mit sich zog, wie beim Tanz oder als würde er ein Baby tragen, das er zu wecken fürchtete, geschah das, wovon Güldalı erzählt hatte: Der Boden begann, sich unter meinen Füßen zu bewegen, und gemeinsam zerflossen unsere Körper. Und die Zeit nahm eine andere Dimension an.

Um den Zauber zu bewahren und unsere Nähe frisch und unverbraucht zu erhalten, stehen wir nun, bemüht, einander nicht zu berühren, nebeneinander im Angesicht des Juniabends. Es dämmert: Stunden, in denen das Weiß noch weißer erscheint. Ein weißes Schiff fährt vorbei in Richtung Yeniköy. Die Hügel gegenüber sind so dunkelblau wie das Wasser. Er öffnet die Schiebetür zur Terrasse. Dort stehen in großen Terrakottatöpfen Junirosen, Kamelien und Geißblatt. Unwillkürlich denke ich an ein anderes Haus, einen anderen Garten: das kleine rosafarbene Haus in dem Viertel mit den zweihundertfünfundachtzig Treppenstufen, wo ein Mann mit seinen Katzen und Rosen lebt.

»Hat sich eure Generation immer derart für Blumen interessiert?«

»Nicht alle, nur die, die das Bedürfnis nach einem Zufluchtsort haben. Blumen und Erde sind verlässliche Refugien. Man erreicht ein bestimmtes Alter und blickt zurück. Bestimmt gibt es Scherben. Niederlagen, Enttäuschungen, Momente der Unzufriedenheit mit sich selbst, Tode, beendete Liebesgeschichten, das Gefühl der Leere. Dann möchte man sich in einen ruhigen Hafen zurückziehen, in einen Rosengarten, auf einen Weinberg, mit Katzen und gelegentlich, wenn man genügend Kraft und keine Angst hat, in eine neue Liebe.«

»Hast du keine Angst?«

»Doch. Meine Angst ist der Grund, warum ich dich monatelang nicht angerufen habe.«

»Und jetzt?«

»Auch jetzt habe ich Angst.«

»Warum also …?«

»Weil ich eine noch größere Angst vor noch Schlimmerem habe. Ich flüchte in Alkohol, in Ruhm, und das Fatale ist, ich flüchte mich sogar in das Lob und den Beifall einer Umgebung, die ich missbillige und die mich anwidert. Ich mische mich unter sie, werde so einer von ihnen. Ich baue mein Leben auf Bekanntheit, Einfluss und Beliebtheit auf. Ich schreibe nicht, was ich denke, sondern, was ihnen gefällt, und beginne immer mehr, auch in der Art zu denken. Wenn jene jungen Leute, diese Revolutionäre aus den Armenvierteln, die wir geringschätzen, sich über mich aufregen und mich einen Abtrünnigen nennen, haben sie im Wesentlichen recht. Auch wenn es keiner ahnt, so weiß ich doch, wie mein Stift zittert, wie ich mich winde und verbiege … Wie auch immer, dass ich auf der Flucht bin, weiß ich selbst am allerbesten.«

»Ihr alle, Ülkü, Atilla *Bey*, du, die Linksintellektuellen eurer Generation, warum seid ihr so? Wie … Kinder, die man aus dem Paradies vertrieben hat.«

Sein Lächeln war traurig, sehr traurig. Er sah derart alt und müde aus, dass es mir schwerfiel zu glauben, dass ich gerade erst mit diesem Mann geschlafen hatte. Dennoch war er mir auch in dieser Verfassung sehr viel näher, wirkte er sehr viel menschlicher.

»Eben weil wir aus dem Paradies vertriebene Kinder sind. Wir haben an große Dinge geglaubt, daran, dass wir Pioniere, Erlöser wären, die Welt verändern könnten … Wir waren ausgezogen, die Welt, die Zukunft und die

Geschichte zu erobern. So weitreichend dein Glaube und deine Vision, so groß ist auch deine Hoffnung.«

»Ich weiß. Das habe ich bei den Todesfastenden gesehen. Sie sind hoffnungsvoll und glücklich. Genauso ist Güldalı gestorben.«

»Mein letzter Artikel, den ich heute abgeschickt habe, handelt von Güldalıs Tod. Kurz bevor du kamst, riefen sie von der Zeitung an und meinten, sie würden ihn zurückhalten, ich solle über etwas anderes schreiben. Das passiert Kolumnisten häufig, aber bei mir haben sie sich das bislang nie getraut. Doch es war gut so, weil ich dadurch zu einer Entscheidung gezwungen wurde. Ich habe ihnen mitgeteilt, dass ich keinen neuen Artikel schreiben werde. Dass es ihnen freisteht, den vorhandenen abzudrucken oder nicht.«

»Meinst du, sie werden ihn verwenden?«

»Ich glaube nicht. Und ob sie es tun oder nicht, ich werde wohl nicht mehr schreiben.«

»Bin ich deine neue Zuflucht?«

»Du könntest meine letzte Zuflucht sein.«

Nicht leidenschaftlich und lustvoll, sondern mit einer Zärtlichkeit, die gereift und essentiell war, umfasste er sanft und behutsam meine Taille. Mein Vater hatte mich als ganz kleines Mädchen immer so umarmt, und jedes Mal war ich dabei erschauert. Drüben ging hinter den Hügeln der Mond auf. Ich dachte an Güldalı. An ihren leblosen, skelettartigen Körper, der drüben in einer anderen Welt für das Zeremoniell vorbereitet wurde, an das, was wir miteinander geteilt hatten, das Leben, das Haus, das Kind, und an das, was uns einander fremd bleiben ließ, was wir trotz aller Bemühungen nicht hatten teilen können. Die Barrikaden kamen mir in den Sinn, die morgen an den Straßenecken stehen würden, die Polizeisirenen, die Schüsse, die herumfliegenden Steine, Intifada-Rufe, Revolutionslieder und Märsche, die roten Fahnen, Frauen aus den Gecekondus mit weißen Kopftüchern und roten Stirnbändern, Menschen, die in gepanzerten Gefängniswagen abtransportiert werden würden. Ich dachte an Überzeugungen, Wut und Hoffnung, an ein anderes Leben in einem winzigen Winkel in einer anderen Welt …

Am Abend gingen wir nicht aus. In einer windgeschützten Ecke der Terrasse deckte er den Tisch für ein kleines Festmahl. Eisgekühlter Weißwein, Steinbutt – mein Lieblingsfisch –, ein unglaublich leckerer Salat, den er mit Apfel, Mais, Walnüssen und Ingwer zubereitet hatte, indischer Reis und Kirschen in der Größe von grünen Pflaumen. Wir waren wie Häftlinge, die wegen guter Führung ein paar Tage Freigang bekommen hatten, oder wie zwei erschöpfte Reisende, die sich nach einem langen Weg an einer Kreuzung während einer kurzen Rast begegnen.

Er hätte sich nur über den Tisch beugen müssen, um sich mir zu nähern, doch das tat er nicht. Stattdessen erhob er sich, trat zu mir und strich mit seinen Lippen über meine Wange und meinen Mund, ehe er einen Moment lang an meiner Stirn verweilte. Dann kehrte er an seinen Platz zurück, leerte sein Weinglas in einem Zug und füllte es erneut aus der Flasche, die im Eiskübel stand.

»Bleib hier bei mir«, meinte er. »Du gehörst nicht nach dort drüben. Du hast dich bemüht, aber du passt nicht dorthin. Du bist dazu verurteilt, stets die andere zu bleiben, genau wie ich nicht an den Ort gehöre, an dem ich mich befinde. Was im Übrigen ja auch für deinen Freund Teo gilt.«

»Teo ist fort. Ich weiß nicht, ob er immer noch hinter

diesem Tor her ist oder etwas anderem. Vielleicht ist auch sein Auftrag hier beendet.«

»Welcher Auftrag?«

»Der Organisation zufolge war Teo ein Agent. Sie glauben nach wie vor, dass die Geschichte mit dem Tor bloß Tarnung war.«

Hier auf der Terrasse, an dem schön gedeckten Tisch zwischen all den Rosen- und Jasmintöpfen, kamen mir meine Worte komisch vor. Wie glaubhaft und real waren sie auf den Hügeln, in den Widerstandshäusern, in Güldalıs Gecekondu gewesen. Ich sah, wie ein Schatten über sein Gesicht huschte und er bitter und traurig lächelte.

»Wie zermürbend und illusionsraubend es ist, dass sich die gleichen Dummheiten und der gleiche Schwachsinn ständig wiederholen und man immer wieder an den Anfang zurückkehrt. Wie der Mythos von Sisyphos, eine endlose Folter. So haben wir unsere Jugend verbracht. Und bis zum heutigen Tag stellten wir alles Fremde, jede uns unbegreifliche Person, Idee und Anschauung als Feind, Verrat, Spionage hin. Glaubst du auch an diesen Unsinn?«

»Ich weiß es nicht. Dort, wo die Menschen sich zum Sterben hingelegt haben, sieht es richtig aus, aber hier, wo ich mit Ihnen … ich meine, mit dir spreche, da verliert es auf einmal jeglichen Sinn. Hier ist das Judasbaumtor realer.«

»Das Judasbaumtor war real, denn es war Teos Suche, Teos Suche nach sich selbst. Es war dasselbe, was du suchtest, als du in Güldalıs Gecekondu gezogen bist: das, was man braucht, um mit sich Frieden schließen, eine Identität finden zu können. Ist es nicht das, wonach wir alle suchen?«

»Kerem Ali und die anderen waren immer im Zweifel,

was Teo angeht. Und auch mir haben sie nie wirklich vertraut. Vor einer Weile, welch Zufall, genau an dem Tag, an dem Teo vorbeikam, um sich zu verabschieden, haben sie mir das in leicht drohendem Tonfall mitgeteilt. Und …«

Um ein Haar wäre ich damit herausgeplatzt, welche Worte über meinen Vater gefallen waren, doch ich schwieg. Unser Gespräch stand in krassem Widerspruch zur Geborgenheit des Jasmindufts und der Wärme der Lippen, die noch vor wenigen Minuten mein Gesicht gestreift hatten. Als wären wir gezwungen, in einer vergessenen, fremden Sprache zu sprechen. Plötzlich bekam ich das Gefühl zu fassen, das bis dahin wie eine seltsame Unruhe in mir geschwelt hatte: die Leere, die ich verspürte, weil ich bei dem Versuch, sämtliche Sprachen anderer Zeiten, Orte und Leben gleichzeitig zu sprechen, nicht imstande war, meine eigene Sprache zu erschaffen.

»Und was?«

»Ist nicht wichtig. Beim Reden habe ich gemerkt, dass ich meine eigene Sprache suche. Ich überlege, was ich auf den Satz ›Bleib hier bei mir‹, den du in deiner Sprache ausgesprochen hast, erwidern soll. Gerade da ich beginne, mich an die Sprache zu gewöhnen, die ich seit einem Jahr zu lernen versuche, die Sprache der Hügel, Güldalıs, der Todesfastenden …«

»Du hast dich nicht an sie gewöhnt. Du konntest diese Sprache nicht lernen. Du warst bemüht, hast mit deiner Umgebung und dir gekämpft. Weil du dachtest, du würdest zur Ruhe kommen, wenn du den Preis für die Sünden deiner eigenen Sprache, deiner eigenen Geschichte und – wenn wir den verfluchten Ausdruck der Unterlegenen verwenden wollen – deiner eigenen Klasse zahlst. Du hast gehofft, auf die andere Seite treten zu können, wenn du deine eigene Sprache vergisst. Sogar ich dachte, du würdest es schaffen. Nun wissen wir beide, dass es unmöglich ist.«

»Und wie wäre es möglich?«

»Indem man eine neue Sprache schafft; eine gemeinsame Sprache, die die neue Welt umspannt und Widersprüche aufhebt. Wenn die Zweifel einmal da sind, genügen dir die Worte deines engen Umfelds nicht mehr.«

»Du wolltest, dass ich bei dir bleibe. Welche Sprache werden wir sprechen?«

»Die Sprache, die ich seit einiger Zeit zu schaffen versucht habe, konnte ich bei niemandem durchsetzen. Weder auf diesen Hügeln noch auf denen dort drüben. Eine eklektische, hässliche Sprache war das. Meine Generation ist zu alt, um eine neue Sprache der Hoffnung zu erschaffen. Ich für meinen Teil will ab sofort nur noch in der Sprache der Poesie mit leiser Stimme sprechen.«

»Mein Onkel hat sich Sorgen gemacht. Ich muss morgen bei ihm vorbeischauen. Wenn du eine Antwort auf deine erste Frage haben möchtest, dann ja, auch ich brauche wohl eine neue Sprache. Ich weiß zwar nicht, wie ich sie finden soll, aber ich will es zumindest versuchen.«

III

Ich spaziere durch die vergessenen Straßen meiner fernen, verlorenen Kindheit. Die Straßen und Geschäftsviertel sind mir ebenso vertraut wie die Bäume. Die Häuser aber, die Gerüche und die Menschen sind mir fremd. Und auch ich bin fremd hier. Geleitet von der Erinnerung meines Herzens wandere ich auf diesen Wegen wie ein Pferd, das selbst mit verbundenen Augen in seinen Stall zurückfinden würde. Von einer Straße, die einen Blumennamen trägt, trete ich in eine andere mit dem Namen eines Vogels. Dort ist er: ein winziger Spielplatz, halb zwischen den Häusern verschwunden.

In der Mitte gab es einen Sandkasten, eine rot angestrichene Wippe und eine Schiffsschaukel. Unter dem Vorwand, mit unseren kleinen Geschwistern hinauszugehen, trafen wir uns dort mit einem Haufen halbwüchsiger Jungen und Mädchen. An warmen Sommerabenden spielten wir im Schutz des Kirschlorbeers Versteck, tuschelten mit den Mädchen und tauschten – mit flatternden Herzen – mit den Jungen flüchtige Küsschen aus. Dies war auch der Ort, an dem wir uns im Winter mit Schneebällen bewarfen, während die kalten Schwarzmeerwinde pfiffen. Wenn das Schneegestöber zwischendurch aussetzte und für eine

Weile die Sonne schien, bauten wir mitten im Sandkasten einen riesigen Schneemann mit Kohleaugen, einer Karotte als Nase und einem Mund aus rotem Rettich. Als Achtzehnjährige rettete ich mich des Öfteren aus der häuslichen Falle, indem ich mich hierher zurückzog. Stundenlang saß ich hier und gab mich meinen Wunschträumen hin. Jahre später dann brachte ich als junge Frau einen kleinen Jungen zum Spielen hierher. Nie wollte er auf die Wippe oder die Schiffsschaukel, nie mischte er sich unter die anderen Kinder, sondern spielte mit Eimer und Schaufel in einer Ecke Gärtner. Noch wussten wir nicht, dass er ein Junge war, dem das Schicksal einen frühen Tod vorherbestimmt hatte, ein Junge, den wir gemeinschaftlich töten würden.

Der Zufluchtsort meiner Kindheit, an den ich so viele Male immer wieder müde und matt zurückkehrte; die schwindende Erinnerung an kunterbunte Spielzeughäuser, in deren Gärten Geißblatt, Klematis und Rosen einander umschlangen; die Geister von Menschen, die etwas arm, sehr konservativ, sehr ehrenwert, fröhlich, warmherzig und freundlich waren. Ich wandere durch die Straßen verschwommener Erinnerungen. Der Name meiner Straße hat sich geändert, sie heißt jetzt nicht mehr Judasbaumstraße. Ich stehe vor dem kleinen Haus, das wie eine Hütte anmutet zwischen den benachbarten Gebäuden, die mittlerweile zu einer dreigeschossigen Luxusvilla, einer mehrstöckigen Autogalerie, einem Schauraum, einem Kebabhaus, einer Kneipe und einem Bürobau aufgemotzt wurden. Mein Vaterhaus bleibt ein unvergesslicher Eindruck, wie ein schönes Lied, das ich im Herzen noch nicht zu Ende gesungen habe. Vielleicht werde ich mich eines Tages sogar danach sehnen, dorthin zurückkehren zu können, obwohl ich so oft geglaubt habe, es zu hassen, ihm Hunderte Male entflohen bin. Unser kleines Haus: Haus der Erinnerungen, Haus der Toten. Einsam und verlassen, insbesondere nachdem auch Teo gegangen ist.

In dem alten, stets offenen Briefkasten neben der Tür fand ich eine an mich adressierte Zeitschrift aus Frankreich, Telefonrechnungen, eine Postkarte aus Alexandria und einen weißen Zettel mit einer hastig hingekritzelten Notiz. Die Karte stammte von Teo, sie zeigte Wandbemalungen aus Pharaonengräbern.

Meine Arbeit geht unverhofft positiv voran. Ich bin einigen neuen Dokumenten auf der Spur. Ich muss nach Jerusalem, Syrien und von dort aus vielleicht zum Vatikan. Wann und ob ich überhaupt nach Istanbul zurückkehre, weiß ich nicht. Zu Hause gibt es noch ein paar unwichtige Sachen von mir, Du kannst sie zusammenräumen und wegpacken. Danke für die Unterkunft und alles andere. Alles Liebe.

Er hatte auf Englisch geschrieben und es für unnötig gehalten zu unterschreiben. Die kurze Mitteilung war ebenfalls auf Englisch. Sie war nicht per Post versendet worden; offenbar hatte sie jemand schnell hingekrakelt und in den Briefkasten geworfen: *Wir können die dritte Person nicht erreichen. Bedingungen geändert. Eiligst Kontakt aufnehmen.*

Ich ging hinein. Im Haus war es kühl, aber stickig. Nacheinander öffnete ich die Holzläden und Fenster. Ich spürte, wie ich mich entspannte und gelassener wurde. Vielleicht lag es am Geißblatt, das im milden Juniwetter seinen betörenden Geruch verströmte, vielleicht auch an den Gefühlen, die die trotz mangelnder Pflege jeden Sommer blühenden weißen Lilien in mir hervorriefen; oder vielleicht auch daran, dass mir die Endgültigkeit von Teos

Abschied nun ganz und gar klargeworden war, ich keinerlei Bedürfnis nach Leidenschaft oder Sexualität mehr hatte und mich befreit fühlte …

Die Tür zu seinem Zimmer war geschlossen. Seit seiner Abreise war ich nicht mehr in diesem Raum gewesen. Ich hasse Hausarbeit und vor allem, hinter anderen aufzuräumen. Zögernd öffnete ich die Tür und trat ein. Im Zimmer war es düster und kühl. Ich ging direkt durch, um Laden und Fenster zu öffnen. Licht und Hitze drangen in den Raum. Alles war aufgeräumt. Auf dem Schreibtisch lagen ein paar Bücher, Zeitschriften und Notizen. Im Schrank hingen zwei Winterjacken und eine Hose. Die Schubladen für Unterwäsche waren leer, auf dem Einlagebrett befanden sich nur noch zwei dicke alte Pullover. Ganz unten lag eine zusammengefaltete alte Reisetasche, die groß genug für seine Sachen war. Ich schob die Angelegenheit nicht auf die lange Bank, sondern packte alles hinein und zog den Reißverschluss zu. Dann sah ich die Papiere auf dem Schreibtisch durch. Zwischen kleinen gelben Zetteln mit Telefonnummern, Titeln von Büchern und E-Mail-Adressen von Museen und Bibliotheken in den verschiedensten Ländern fiel mein Blick auf ein zerknittertes weißes Papier. Darauf befand sich eine Skizze, die einen Teil der Stadtmauer am Goldenen Horn darstellte; darunter standen ein paar Wörter in griechischen Lettern. Ich bemühte mich, sie zu entziffern, soweit ich es von Teo gelernt hatte: Wörter wie *portakerkidos*, *kerkoporta*, *xiloporta*, jeweils mit Fragezeichen versehen. In der Ecke des Zettels stach mir eine E-Mail-Adresse ins Auge: iman24@cnstanemas.com.

Meine innere Unruhe wuchs. Aufmerksam studierte ich die Notiz aus meinem Briefkasten. Da sie nichts mit mir zu tun hatte, musste sie an Teo gerichtet sein. Ich konnte nichts Auffälliges feststellen. Natürlich konnten ihn Kontakte, die nur diese Adresse und Teos türkische Handynummer kannten, nicht erreichen, wenn er in Alexandria, Syrien oder einem der vatikanischen Archive weilte. Womöglich hatten sich Bedingungen geändert, etwa ein Treffpunkt, ein Termin oder der Preis eines von ihm bestellten Buches. Die Mail-Adresse auf dem Zettel, der aussah, als hätte er ihn bereits zusammengeknüllt und wegwerfen wollen, dann aber wieder geglättet, war zwar merkwürdig, aber was ließ sich daraus schon ableiten? Es gab sicher Hunderte, Tausende solcher Adressen.

All diese Überlegungen genügten nicht, um meine diffuse Unruhe zu zerstreuen. Ich verließ den Raum, ging direkt zum Telefon, das draußen auf dem Regal neben dem Tisch stand, und wählte Derins Nummer. Genau in dem Moment wurde mir der Grund für mein Unbehagen klar: Wer war Teo, was suchte er wirklich? Verdammt, die blödsinnigen, paranoiden Fragen der Organisation spukten nun auch schon in meinem Kopf herum ... War Misstrauen ansteckend?

Derin war nicht zu Hause, und ihr Handy war abgeschaltet. Ich sah auf meinem eigenen Handy nach, doch es gab keine Nachrichten. Ich wusste, dass meine Aufregung unbegründet war, konnte meine Unruhe aber einfach nicht überwinden. Um mich ein wenig zu entspannen, setzte ich mich auf der Veranda in einen alten Gartenstuhl unter ein halb vertrocknetes, aber dennoch trotzig blühendes Geißblatt. Eine Art trauriger Sehnsucht ergriff Besitz von mir. Ich vermisste etwas: eine unwiederbringlich verlorene Zeit, meinen Sohn, Arın, meine Kindheit, dieses Viertel vor vierzig Jahren, mich selbst und alles, was verloren war und nicht wiederkommen würde.

Ich hatte Angst um Derin, denn ich wusste, dass sie in dieser Phase, in der mit weiteren Toten zu rechnen war, die Gegend drüben nicht verlassen würde. Seit einigen Tagen hatte ich weder in die Zeitung geschaut noch ferngesehen. Ich glaube, ich hatte mich bewusst von der Außenwelt abgeschottet. Allmählich lernte ich, vor Dingen zu flüchten, die mich verletzen könnten, dabei hatte ich mich früher auf genau diese gestürzt. Bedeutete das, alt zu werden?

Ich trat hinaus auf die Straße. Ich wusste nicht, was ich tun sollte. Derin ging nach wie vor nicht an ihr Handy. Ich war beklommen und in tiefer Sorge, wollte aber niemanden in Aufregung stürzen. Ich beschloss, erst einmal abzuwarten. Wenn sie nicht in Schwierigkeiten steckte, würde sie sich sicher melden, sobald es ihr möglich war.

Während ich darüber nachdachte, wen ich um Hilfe bitten könnte, stellte ich fest, dass mein Umfeld immer kleiner wurde und ich zusehends vereinsamte. Ich hatte niemanden, dem ich mein Leid klagen konnte. Ich war so einsam wie jemand, der nirgendwo heimisch werden, nirgends Fuß fassen konnte. Diese Einsamkeit, von der ich immer gedacht hatte, sie frei gewählt zu haben, versetzte mir nun einen tiefen Stich und machte mir Angst. Ich fürchtete, nun auch noch Derin zu verlieren, den letzten Menschen, mit dem ich eine ähnliche Sprache sprechen konnte.

Bei nüchterner Betrachtung wäre es doch völlig normal gewesen, wenn sie nach all der Aufregung mit ihren Freunden für ein paar Tage weggefahren wäre. Mit Anfang zwanzig war sie ja schließlich kein Kind mehr. Doch so oft ich mir das auch wiederholte, es beruhigte mich dennoch nicht.

Während es vor Anspannung in mir kribbelte, fasste ich plötzlich den Entschluss, Kerem Alis Nummer zu wählen.

Noch einmal, und noch einmal ... Keine Antwort. Als mir einfiel, dass Leute wie er nicht die gleiche Nummer über einen längeren Zeitraum verwendeten, schwand meine Hoffnung. Ich hatte keine Möglichkeit, Derin zu erreichen und, falls notwendig, ihr zu helfen. Aus Ratlosigkeit – eigentlich ging ich davon aus, dass er sich in diesen Sommertagen ohnehin nicht dort aufhalten würde – wählte ich die alte Nummer der Cihangirer Wohnung, die der Professor als Bibliothek und Arbeitsplatz benutzte. Ich hatte mich derart darauf eingestellt, dass dort niemand ans Telefon gehen würde, dass ich erschrak, als doch abgenommen wurde.

»Professor Mete Ünsalan, bitte.«

»Der Herr Professor ist im Ausland, Sie können gern eine Nachricht hinterlassen.«

Ich habe seit jeher Probleme, Stimmen auseinanderzuhalten, weshalb mir hin und wieder unangenehme Dinge passieren. Diese Stimme kam mir bekannt vor, aber ich konnte nicht sagen, wem sie gehörte.

»Ich rufe wieder an«, sagte ich. Ich wartete, dass mich die Person am anderen Ende nach meinem Namen fragte oder etwas sagte, doch dann wurde aufgelegt. Im Musikunterricht in der Schule hatte man mich nicht in den Chor aufgenommen. Ich beneidete diejenigen, die über ein musikalisches Gehör verfügten. Während ich erneut meine schlechten Ohren verfluchte, hatte ich zunächst eine Assoziation, und dann ging mir ein kleines Licht auf: Teo ... Erneut wählte ich die Nummer, denn ich wollte die Stimme noch einmal hören. Ich ließ es lange klingeln, aber diesmal nahm niemand ab. Wenn es wirklich Teo gewesen war, hatte er meine Stimme mit Sicherheit erkannt.

Konnte es sein, dass er gar nicht nach Alexandria gereist

war? Seine Postkarte war nicht unterschrieben gewesen; vielleicht hatte er sie ja durch jemand anderen abschicken lassen. Womöglich war die Geschichte mit der Reise auch nur ein Teil eines geheimen Plans. Ach was, Unsinn. Ich ließ mich von den Räuberpistolen dieser jungen Burschen verleiten. Ich kannte Teo gut, er suchte nichts weiter als ein Tor. Und trotzdem: Die Stimme am Telefon war seine gewesen. Wieso hatte er mir nicht mitgeteilt, dass er zurück war?

Ich probierte es noch einmal, aber niemand hob ab. Ich versuchte es wieder und wieder, es grenzte schon an Belästigung, aber niemand ging dran. In meinem Telefonregister suchte ich nach Turgut Ersins Handynummer und tippte sie ein. Als er abnahm, wusste ich zuerst nicht recht, was ich sagen sollte, stellte mich dann vor und fragte ohne Umschweife, wo Derin zu finden sei. Darauf erwiderte er, es sei besser, wenn wir uns treffen würden.

Wir trafen uns im Café in Bebek. Trotz der sommerlichen Hitze saß er nicht auf der Terrasse, sondern drinnen in einer geschützten Ecke. Er sah älter aus, als ich ihn in Erinnerung hatte, vielleicht wegen seines grauen Barts … Bei meinem Anblick erhob er sich, zog mit ungekünstelter Höflichkeit einen Stuhl zurück und half mir, Platz zu nehmen.

»Ich wollte Sie nicht belästigen«, begann ich. »Aber ich kann Derin nicht erreichen und mache mir Sorgen. Vielleicht gibt es keinen Grund, aber als eins zum anderen kam, wurde ich misstrauisch. In diesen Zeiten würde sie nicht einfach fortgehen, ohne Bescheid zu sagen. Kerem Ali kann ich ebenfalls nicht erreichen. Und da gibt es noch etwas, vielleicht nur ein unsinniges Hirngespinst, aber ich will es dennoch erzählen. Mir ist etwas Merkwürdiges passiert, sagen Sie mir, ob ich übertreibe. Ich habe heute Ihren Freund angerufen, Professor Mete Ünsalan. Komisch, aber ich hatte gleich so eine seltsame Vorahnung. Und dann nahm jemand ab und sagte, der Professor sei im Ausland. Die Stimme am Telefon gehörte Teo. Dabei wollte er doch eigentlich nach Alexandria reisen. Er hat mir von dort sogar eine Karte geschickt. Darin hieß es, er würde noch weiterreisen und nicht mehr nach Istanbul zurückkehren. Außerdem weiß ich, dass er sich von Derin verabschiedet hat. Ich vertraue meinem Gehör nicht sonderlich, aber ich bin so gut wie sicher, dass die Stimme am Telefon Teo gehörte.«

»Ich dachte auch, er sei abgereist.«

»Anscheinend ist er zurückgekommen. Wohl heimlich, sonst hätte er mich bestimmt angerufen. Als er meine Stimme erkannte, hat er sofort aufgelegt, das ist besonders merkwürdig! Seit einiger Zeit bin ich allzu vergesslich, deshalb kann ich auch nicht sagen, dass ich mir sicher bin, aber zu Hause habe ich zwei Zettel gefunden. Auf dem einen hatte Teo sich einiges notiert, darunter auch eine E-Mail-Adresse, bei dem anderen handelte es sich um eine Nachricht an ihn, die ich im Briefkasten gefunden habe. Darauf stand in etwa: ›Wir können die dritte Person nicht erreichen. Bedingungen geändert‹. Nun ja, als ich noch einmal nachschauen wollte, waren diese zwei Zettel plötzlich verschwunden.«

Er hörte mir zu, zupfte dabei unaufhörlich an seinem Bart. »Sie könnten vergessen haben, wo Sie die Papiere hingelegt haben. Vielleicht haben Sie sie versehentlich weggeworfen. Mir passieren solche Dinge häufig … Ich verstehe nur nicht, welche Verbindung Sie zwischen all dem und Derin herstellen.«

»Hat Derin Ihnen gegenüber Zweifel in Bezug auf Teo erwähnt?«

»Ja, schon. Ich gab ihr zur Antwort, dass die Fraktionskreise dauernd solche unbegründeten Zweifel in die Welt setzen.«

»Hat sie Ihnen auch erzählt, welche Gerüchte es über ihren Vater gibt?«

»Nein, sie war unruhig und stellte die eine oder andere indirekte Frage, aber offen hat sie nicht darüber geredet.«

»Ab einem gewissen Punkt hat sie wohl innerlich Bilanz über ihren Vater gezogen. Ihr wurde gesagt, Arın Murat sei einer der Architekten der Operationen Anfang der neunziger Jahre gewesen, bei denen auch Umut getötet wurde, einer der führenden Köpfe der Vernichtungspolitik gegen linksgerichtete Organisationen. Derin wollte unbedingt den Namen ihres Vaters reinwaschen oder den Preis dafür zahlen. Und Sie kennen Derin. Sie tut nicht nur so als ob, sie lebt nach ihren Überzeugungen und geht ihren Weg bis zum bitteren Ende.«

»Bevor wir hier irgendwelche Szenarien durchspielen, sollten wir versuchen, Kerem Ali zu erreichen. Ich habe mir auch Sorgen gemacht, Ülkü, aber weniger als Sie. Ich werde sehen, wo ich etwas in Erfahrung bringen kann, und Sie so bald wie möglich benachrichtigen. Können Sie mir Ihre Telefonnummern geben?«

Ich hatte keine Visitenkarte, und als ich in meiner Handtasche nach einem Stück Papier suchte, um die Nummern zu notieren, fielen mir zwei Zettel in die Finger. Ich zog sie heraus: Es waren Teos Notizen, die ich verschwunden geglaubt hatte … Mir trat die Schamesröte ins Gesicht. Ich stopfte die Zettel zurück in meine Tasche, schrieb meine Telefonnummern auf ein Stück Papier und reichte es ihm.

Misstrauen ist tatsächlich ansteckend; es zerstört die seelische Gesundheit des Menschen.

Obwohl wir in den folgenden Tagen überall Nachrichten hinterließen, rief Kerem Ali nicht an, und auch Derin tauchte nicht auf. Mittlerweile taten mir die Finger weh, weil ich immer wieder die Nummer von Mete Ünsalans Wohnung wählte. Mein Instinkt sagte mir, dass es einen Zusammenhang gab zwischen Teos stillem Wiederauftauchen und Derins Verschwinden. »Ich kenne den Hauswart gut«, ließ mich Turgut schließlich wissen. »Lassen Sie uns doch mal dort vorbeigehen und nachsehen.« Wir trafen uns vor dem Wohnhaus in Cihangir. Die Anstrengungen der letzten Tage standen ihm ins Gesicht geschrieben; offensichtlich hatte er zu wenig geschlafen oder zu viel getrunken. Aufgrund der drückenden Sommerhitze hatte sich der Hausmeister im Kellergeschoss in eine kühle Ecke zu einem Nickerchen zurückgezogen. Als er Turgut Ersin erblickte, geriet er in helle Aufregung. »Hoffentlich hat das etwas Gutes zu bedeuten, *abi*. Gibt es was Neues über den Professor? Hoffentlich ist alles in Ordnung.«

»Keine Sorge, es geht ihm gut. Er ist weit weg, in Amerika. Er hat mich angerufen, weil er ein bestimmtes Buch benötigt. Die Dame hier reist demnächst in die USA, und ich wollte es ihr mitgeben. Der Professor meinte, du hättest einen Schlüssel.«

»Warum hat er mich nicht angerufen, *hocam*?«

Ein Anflug von Argwohn war in seiner Stimme zu hören. Die Zweifel eines seinem Herrn treu ergebenen Wachhunds, der auf Nummer sicher geht und selbst freundlich gesinnte Menschen anbellt.

»Es handelt sich um ein Buch in griechischer Sprache. Deshalb wollte der *Hoca*, dass ich danach suche.«

»Kannst du diese Sprache, *abi*? Donnerwetter, wirklich. Hätte er bloß angerufen, als dieser Grieche hier war, dann hätten Sie sich nicht die Mühe machen müssen. Ach Gott! Warum hat er nicht ihn darum gebeten? Er wollte doch auch nach Amerika, sowie er hier mit seiner Arbeit fertig ist.«

»Teo?«, fragte ich. »War er hier?«

»Genau, Herr Teo. Bis vor drei Tagen war er hier. Seitdem ist er verschwunden. Er hat auch keinen Schlüssel dagelassen. Aber er taucht bestimmt bald wieder auf. Der ist immer so, mal kommt er, mal geht er. Soll ein wichtiger Mann sein. Der Professor hat mir gesagt, ich soll auf ihn achtgeben und Besorgungen für ihn übernehmen. Vor drei Tagen habe ich ihm ein Brot vorbeigebracht, aber danach habe ich ihn nicht wiedergesehen.«

Dass Teo sich nicht versteckte, bedeutete wohl, dass er immer noch mit seinen Forschungen beschäftigt war. Und es war auch verständlich, dass er mir nicht Bescheid gegeben hatte. Nach all dem, was zwischen uns vorgefallen war, hatte er wohl die emotionale Belastung eines Wiedersehens nicht auf sich nehmen wollen. Vielleicht war er auch gerade erst zurückgekommen, hatte Dringendes zu erledigen und sich vorgenommen, mich später anzurufen; womöglich hatte er meine Stimme auch nicht erkannt, ich hatte mich schließlich nicht vorgestellt …

»Hol den Schlüssel und lass uns nach dem Buch sehen. Kommen Sie auch mit, Ülkü.«

Wie üblich war der Aufzug defekt. Während wir im engen und düsteren Treppenhaus nach oben stiegen, spürte ich einen heftigen Schmerz in meiner Brust und ein Kribbeln im linken Arm. Ich blieb stehen, um Luft zu holen. »Wenn man Kummer hat, schlägt sich das nicht nur auf die Worte nieder, sondern auch auf das Herz und den Geist.« Das hatte Kerem Alis Mutter am Tag unseres Kennenlernens gesagt.

Der Hausmeister ging voran und klingelte an der Tür. »Vielleicht ist er ja zu Hause. Warten wir einen Moment.«

Wir verharrten kurz vor der Tür, doch drinnen tat sich nichts. Als der Hausmeister dann aufschloss, sagte er: »Der Professor nimmt es nicht allzu genau, er hat nicht einmal ein Sicherheitsschloss anbringen lassen. Im Prinzip kann hier jeder einfach so hereinspazieren. Ich habe ihn ein paarmal darauf hingewiesen, aber er meinte, hier gäbe es nichts außer Büchern, und darauf hätten es Einbrecher bestimmt nicht abgesehen. Nun ja, was soll's, ich habe ihn gewarnt.«

Gleich beim Eintreten erkannte ich sein Sommerjackett, das an dem alten Holzkleiderständer hing; vor dem Schuhschrank standen seine Sandalen mit den Flachssohlen. Wir gingen ins Wohnzimmer. Es war sauber und aufgeräumt.

»Der Grieche hat die Balkontür offen gelassen«, sagte der Hauswart kopfschüttelnd. »Na schön, wir sind zwar weit oben, aber wer weiß? Wenn man böse Absichten hat, kann man von Balkon zu Balkon klettern wie ein Affe. Außerdem sind jetzt alle in ihren Sommervillen – die meisten Wohnungen sind zurzeit unbewohnt.«

Der herrliche Ausblick, den ich zum letzten Mal an jenem verschneiten Wintertag genossen hatte, erstreckte sich nun vor uns im strahlenden Tageslicht. Von Sultanahmet zur Hagia Sophia und zur Süleymaniye-Moschee, von dort bis aufs Meer und die Inseln in der Ferne, bis nach Üsküdar und den Leanderturm – die klassische Abbildung Istanbuls auf den Titelseiten der Tourismusbroschüren.

»Lasst uns ins Arbeitszimmer gehen und nach dem Buch sehen«, schlug Turgut Ersin vor.

Der Hausmeister hatte nicht die Absicht, uns allein zu lassen. Bei wem konnte man heutzutage schon wissen, was er tat? Gefolgt vom Hausmeister, schlüpfte ich hinter Turgut Ersin in den Raum, der an allen vier Wänden bis zur Decke mit Büchern vollgestellt war. Auf dem antiken Schreibtisch in Form eines Sekretärs lagen Bücher, Fotokopien und eine Reihe von Papieren. Um sie mir näher anzusehen, breitete ich die Blätter auf dem Tisch aus: Farbkopien einer mit Blumen verzierten Handschrift, Fotos von blühenden Judasbäumen vor eingestürzten Festungsmauern, dazu Skizzen ähnlich derer, die ich zu Hause gefunden hatte, Pläne und ein mit Kugelschreiber auf weißes Briefpapier geschriebener, wahrscheinlich altgriechischer Text, und auch wenn ich ihn nicht lesen konnte, so erkannte ich daran, wie die Zeilen untereinander notiert waren, dass es sich um ein Gedicht handelte. Darunter eine Notiz auf Türkisch: *Tor zur Sünde … Aramäische Version. Kufa/Irak … Islamische Auslegung … Griechische Texte, die während der Übersetzungsbewegung im neunten Jahrhundert aus Ägypten hergebracht wurden.*

Dann erblickte ich den kleinen gelben Zettel, der auf einer der goldverzierten Seiten klebte – eine E-Mail-Adresse und eine Notiz auf Englisch, die Teo wie stets mit seinem blauen Parker-Füllfederhalter gemacht hatte: *Zahlung 29. Juni.*

Der Hausmeister stand mit dem Rücken zu mir neben Turgut. Hastig stopfte ich das Gedicht, den gelben Zettel und die auffälligste Farbkopie in meine Tasche.

»Ah, hier ist ja das Buch!«, sagte Turgut zu dem Hauswart. »Vielen Dank, und natürlich werde ich dem *Hoca* deine Grüße ausrichten. Ah, und falls der Gast zurückkommt, richte ihm doch bitte aus, er soll mich unbedingt anrufen. Vielleicht möchte der *Hoca*, dass er ihm etwas mitbringt.«

Er nahm ein leeres Blatt vom Schreibtisch, notierte seine Telefonnummern und reichte es dem Hausmeister. »Ich hole mir ein Glas Wasser aus der Küche«, sagte Turgut. »Möchten Sie auch eins?«

»Ja, ich komme mit. Bei der Hitze bekommt man wirklich Durst.«

Der Kühlschrank enthielt Käse, Zutaten für Salat, eine offene Flasche Weißwein, Trauben, Pfirsiche und eine Schale mit gekochten, ungeschälten Shrimps, die Teo besonders mochte und von denen er behauptete: »So gute findet man sonst nirgendwo auf der Welt.« Aus der Karaffe schenkte ich eiskaltes Wasser in unsere Gläser.

»Anscheinend hatte der Freund des *Hocas* vor zurückzukommen«, versuchte Turgut den Hausmeister auszuhorchen.

»Zu mir hat er nichts gesagt. Die letzten drei Tage ist er jedenfalls nicht hier gewesen. Ich kontrolliere, ob die Türen offen geblieben sind und alles in Ordnung ist, manchmal lege ich sogar das Ohr an die Tür. Das ist schließlich meine Aufgabe. Aber wenn er wieder zurück wäre, hätte ich das garantiert bemerkt. Der Mann versteckt sich ja nicht! Er hätte mich wahrscheinlich erst mal zum Einkaufen geschickt.«

Plötzlich hielt er inne und sah uns nacheinander an. »Sie verschweigen mir doch nichts, oder? O Gott, am Ende macht man noch mich verantwortlich. Wenn ich mich jetzt so umschaue, dann kommt mir das komisch vor. Als sei er nur kurz aus dem Haus gegangen und nicht wiedergekommen.«

»Wahrscheinlich musste er schnellstens irgendwohin«, warf ich wenig überzeugt ein. »Da seine Sachen hier sind, wird er wohl zurückkommen. Er soll jedenfalls umgehend Turgut *Bey* anrufen, wenn er zurück ist. Wir machen uns Sorgen. Schließlich ist er Ausländer, und außer dem *Hoca* wird er hier kaum Freunde haben.«

»Hoffentlich hat es keinen Unfall oder so was gegeben. Er ist zwar ein Ungläubiger, aber nett und großzügig beim Trinkgeld. Ich gebe Ihnen Bescheid, wenn er wiederauftaucht oder sonst jemand nach ihm sucht. Irgendwas ist faul an der Sache, und ich will auf keinen Fall in Schwierigkeiten geraten. Sie sind Zeugen. Wir sind gemeinsam hier reingekommen.«

»Du hast damit nichts zu tun«, beruhigte ihn der Journalist. »Außerdem müssen wir nicht gleich den Teufel an die Wand malen. Der Mann musste etwas erledigen. Vielleicht hat er zufällig einen Hinweis entdeckt.«

»Was forscht er denn, *abi*?«

»Er sucht nach einem alten, sehr alten Stadttor. Er wollte herausfinden, wo es stand.«

»Heiliges Kanonenrohr! So ticken diese Ungläubigen! Also, wenn Sie mich fragen, ist er bestimmt auf Goldsuche oder hinter einem Schatz her. Was kann man schon mit einem alten Tor anfangen! Ich hab da so ein ungutes Gefühl, *abi*. Wenn er es auf einen Schatz abgesehen hat, sind bestimmt auch andere hinter ihm her.«

Wir gingen hinaus auf die Asphaltstraße, die in der Hitze dampfte, und begaben uns in das erste kleine Café, das uns ins Auge fiel. Es war eine dieser kleinen, teuren Café-Bars im Viertel, die über prominente Stammkundschaft verfügen und von geschmierten Redakteuren in Lifestyle-Rubriken hochgejubelt werden, obwohl sie auch nur Nudeln und Wein aus dem Supermarkt anbieten. Auf dem bisschen Platz, den man dem Bürgersteig abgerungen hatte, befanden sich einige Tische, auf denen kleine Tontöpfe mit gelben Samtblumen standen. Die Laube aus spärlichem Efeu ließ einen Teil des Sonnenlichts durch. Wir waren die einzigen Gäste. Die Betreiberin des Cafés kannte Turgut Ersin. »Seit einigen Tagen müssen wir ohne Ihre Kolumnen auskommen«, sagte sie kokett. »Wir haben Sie vermisst.«

»Ich werde eine Weile nicht schreiben«, gab er zurück, »und erst mal einen langen Urlaub einlegen.« Nachdem sie verschwunden war, zog ich die Papiere aus meiner Tasche und legte sie auf den Tisch.

»Welch prachtvolle Goldverzierung!«, sagte er voller Bewunderung. »Wie herrlich da wohl das Original aussehen mag! Teo hatte Ahnung von diesen Dingen, und er scheute auch nicht davor zurück, ein Vermögen zu investieren.«

Ich zeigte ihm den kleinen gelben Zettel: »Die E-Mail-Adresse ähnelt der, die ich zu Hause gefunden habe.«

Er nahm die Notiz eingehend unter die Lupe. »Eine seltsame Adresse: iman24@cnstanemas.com. Meinen Sie, Iman könnte ein Name sein?«

Ich wunderte mich, warum ich nicht schon früher daran gedacht hatte. »Ja, natürlich! Teo hat sogar ein paarmal von diesem Mann erzählt. Er sprach von einer geheimnisvollen Atmosphäre, die ihn sehr beeindruckt hätte. Jetzt erinnere ich mich ganz genau: Dieser Iman ist ein Antiquitätenhändler oder Antiquar in Alexandria. Iman aus dem El Rakkas. ›Ein Nubier aus Oberägypten, ein Schwarzer von mächtiger Statur‹, so hat Teo ihn beschrieben.«

»Dann können wir aus der Notiz schließen, dass Teo

am 29. Juni offenbar bestimmte Handschriften von Iman kaufen wollte. Daran ist nichts Ungewöhnliches.«

»Aber nach dem, was der Hausmeister erzählt hat, ist es nicht normal, dass er an dem Tag nur für ein paar Stunden aus dem Haus wollte und dann nicht wieder zurückkam.«

»Wenn wir davon ausgehen, dass er sich mit Iman oder einem seiner Männer treffen wollte, kennen wir zwar das Datum, aber was ist mit dem Ort? Wir wissen nicht, wo das Treffen stattfand.«

»Auf der Skizze, die ich in seinem Zimmer gefunden habe, war der Punkt eingekreist, an dem sich die Mauern am Goldenen Horn mit den Landmauern kreuzen. Tekfur-Palast, das Gebiet um Ayvansaray. Aber Moment mal. Vielleicht ist es nur ein Zufall, aber durch die Mail-Adresse bin ich darauf gekommen: Anemas. Einmal, als ich mit Teo von der Chora-Kirche nach Ayvansaray lief, zeigte er mir die Überreste des sogenannten Anemas-Kerkers und erzählte mir von den Legenden. Das war ganz oben auf den Mauern, die zum Goldenen Horn hinunterführen, in der Nähe des höchsten Turms, ein wenig unterhalb des Ortes, den man Tekfur-Palast nennt. Die Gegend ist völlig heruntergekommen, aber trotzdem ist es ein wundervoller Ort.«

»Es sind eine Menge Szenarien vorstellbar. Er wollte sich mit jemandem treffen, um die besagten Dokumente zu bezahlen. Dass solche Sachen geheim gehalten werden, ist normal, auch Handschriften fallen unter Antiquitätenschmuggel. Vielleicht wollte auch jemand Teo einen Hinweis geben, dass sich das Tor an diesem Mauerabschnitt in der Nähe des Anemas-Kerkers befand. Es wäre auch möglich, dass er eine ganz andere Zahlung vornehmen wollte.«

»Kann sein. Er wollte doch auch das Sommerhaus seiner Familie in Beylerbeyi zurückkaufen. Der Makler konnte sich mit den Besitzern irgendwie nicht einig werden. Vielleicht hat es damit zu tun. Oder Teo war tatsächlich ein Agent, und bei dem Einsatz ist ihm irgendetwas zugestoßen …«

»All diese Szenarien sind denkbar, erklären aber nicht, warum Derin ebenfalls verschwunden ist.«

»Ich bin total durcheinander und mache mir inzwischen noch mehr Sorgen«, stöhnte ich. »Mein sechster Sinn sagt mir, dass Teo in Schwierigkeiten steckt – und Derin vielleicht auch. Am besten, wir gehen direkt zur Polizei und melden, dass Teo seit drei Tagen verschwunden ist. Sollte Derin auch etwas damit zu tun haben, werden wir vielleicht auch sie auf diesem Wege finden können.«

»Ja, wahrscheinlich haben Sie recht. Ich will auch einen Anwalt hinzuziehen. Sollten wir bis morgen nichts hören, gehen wir gemeinsam mit dem Hauswart zur Polizei. Übrigens sollte sich jemand diesen gedichtartigen Text ansehen. Das kann ich erledigen lassen. Ich werde schleunigst einen Altphilologen einspannen, damit er auch mal zu etwas taugt.«

»Teo hatte sich von einem Gedicht leiten lassen«, erwiderte ich. »Wer weiß, vielleicht liegt die Lösung des Rätsels tatsächlich in einem Gedicht!«

Der Gang zur Polizei erübrigte sich. Außer in kurzen, von seltsamen Alpträumen geprägten Phasen konnte ich aus Sorge und wegen der Hitze die ganze Nacht kein Auge zutun. Bei Sonnenaufgang stand ich auf. Ich bereitete mir einen Mokka und trat auf die Veranda, um frische Luft zu schnappen. In letzter Zeit lastete die Atmosphäre des kleinen Hauses schwer auf meiner Seele. Ich hatte gehofft, auf den Spuren meiner Kindheit meinen Seelenfrieden zu finden, doch stattdessen herrschte Chaos, saß ich wieder wie auf heißen Kohlen. Ich war ein Bündel aus Misstrauen, Nervosität und Hilflosigkeit; nicht einmal der betörende Geißblattduft, das Gezwitscher der Bienenfresser und Spatzen, die Straßenkatze, die in der Hoffnung auf Futter um meine Beine strich, oder die frische Morgenluft konnten dieses Gewirr entflechten.

Als ich mir Gedanken darüber machte, wie ich den Tag verbringen und meine Schwermut überwinden könnte, klingelte das Telefon. Es war Turgut Ersin.

»Verzeihen Sie, dass ich so früh störe. Vor zwei Minuten hat mich Metes Hausmeister angerufen. Die Polizei ist da. Man erwartet uns.«

Meine Gedanken überschlugen sich. Frage: *Wer ist der Tote?* Antwort: *Wenn sie nach Cihangir gekommen sind, kann es nicht Derin sein.* Ergo: *Es ist Teo.* Ein kurzer Moment der Erleichterung, ein Anflug von Scham. *Gott sei Dank ist es nicht Derin …* Dann das schlechte Gewissen: Habe ich Teo nie geliebt, war ich ihm nie verbunden? Und wie komme ich überhaupt auf die Idee, dass jemand gestorben sein muss?

»Ist es Teo?«

»Ja, sie haben ihn gefunden … Sie erwarten uns dort. Ich hole Sie mit dem Taxi ab.«

Ich frage nicht, ob er tot ist. Die Frage ist überflüssig. Derins Stimme klingt in meinen Ohren: Machst du dich schon bereit, auch Teo in dein Museum der toten Männer aufzunehmen?

Im Taxi reden wir kein einziges Wort. »Gibt es Neuigkeiten von Derin?«, frage ich nur. »Entschuldigung, ich war in Gedanken bei der anderen Geschichte und habe vergessen, es Ihnen zu sagen«, antwortet er. »Bevor ich ins Taxi gestiegen bin, habe ich eine kurze SMS erhalten: *Mir geht's gut, melde mich, macht Euch keine Sorgen*. Mehr nicht.«

Ich bin erleichtert, die Verkrampfung löst sich. Plötzlich spüre ich, wie stark meine Bindung zu Derin ist, der Schwester meines Sohnes, der Tochter des Mannes, den ich geliebt habe. Aber warum hat sie nicht mir, sondern Turgut Ersin geschrieben? Ein leiser Argwohn ergreift Besitz von mir. Könnte es zwischen ihr und ihm eine Verbindung geben, von der ich nichts weiß? Er hatte gesagt, er habe sie zuletzt gesehen, nachdem Güldalı gestorben war. Warum ist sie nicht zu mir gekommen, sondern zu ihm gegangen? Die Eifersucht einer Mutter auf ihre Tochter. Aber all das ist unwichtig, entscheidend ist, dass sie lebt und dass es ihr gut geht. Dann wieder dieser lästige, nagende Zweifel: Wie können wir sicher sein, dass sie die SMS selbst geschickt hat?

Am Anfang der Cihangir-Straße steigen wir aus dem Taxi. Vor der Haustür ein schlecht geparktes schwarzes Fahrzeug, das die schmale Straße versperrt, davor ein Polizist in Uniform. Die Tür zur Wohnung des Professors steht einen Spaltbreit offen. Ich habe mit einer Menge Polizisten, Journalisten und Konsulatsangehörigen gerechnet, doch ich sehe nur den Hausmeister und zwei Zivilbeamte. Der Hausmeister wirkt verängstigt und niedergeschlagen, aber bei unserem Anblick scheint er neue Hoffnung zu schöpfen. »Allah hat dich geschickt, *abi*, da siehst du, was uns passiert ist! Was soll ich jetzt bloß dem *Hoca* sagen …«

Bis zu diesem Augenblick ist Teos Tod eine unerwünschte Annahme, das Szenario eines schlechten Krimis, ein verfluchtes Rätsel, das wir zu lösen versuchten.

Es folgt ein angsterfüllter Traum – Streifenwagen, Amtsgebäude, Zimmer, endlose Fragen: »Bitte helfen Sie uns. Zur Klärung des Falls benötigen wir alle verfügbaren Informationen.« Türkische und amerikanische Beamte. Das Gefühl, das alles vorher schon einmal erlebt zu haben … Fragen, Anworten, meine eigene Stimme: »Wie ist er umgekommen? Warum? Könnte es nicht ein Unfall gewesen sein?« – »Wollen Sie ihn identifizieren?« – »Nein …! Nein …! Nicht ich, nein …!« Feststellung der Personalien durch das Konsulat: Theodoros Zakharakis, Professor, Byzantologe. Sein Pass, sein Ausweis. »Wie lange war er Ihr Mieter? Wir haben uns mit Professor Mete Ünsalan in Verbindung gesetzt, er wird morgen hier sein. Warum ist Herr Zakharakis nach Alexandria gereist? Haben Sie eine Ahnung, wer dieser Iman sein könnte? Wissen Sie, was es mit den Dokumenten auf sich hat, die bei ihm gefunden wurden? War er früher schon einmal am Anemas-Kerker, wo seine Leiche gefunden wurde?«

»Er war mit einer Forschungsarbeit beschäftigt. Er suchte an den byzantinischen Mauern nach einem Tor. Ich glaube, er war schon einmal in Ayvansaray, in dem Gebiet um den Kerker.«

Ich erzähle nicht, dass wir gemeinsam dort gewesen waren. Der natürliche Fluchtreflex eines Menschen bei einem Verhör, egal, ob schuldig oder nicht. »Ja, ich möchte gern sehen, was man bei ihm gefunden hat.«

Papiere und Notizen werden vor mir ausgebreitet. Der Konsulatsvertreter, der die Unterlagen in Empfang nehmen wird, erlaubt mir, sie durchzusehen. Eine Visitenkarte, auf der sich bis auf die Wörter El Rakkas, Alexandria, die Adresse und Telefonnummern sonst nur arabische Schriftzeichen befinden. Ein detaillierteres Exemplar der Skizze, die ich gestern vom Schreibtisch genommen hatte. Ich betrachte mir die Zeichnung eingehend und bin erstaunt, wie klar mein Verstand inmitten dieses Alptraums funktioniert: Es handelt sich um die Pläne der Mauern unterhalb des Anemas-Turms und des Kerkers. Unter dem letzten Turm ist ein Punkt angekreuzt und von dort ein Weg zum Kerker eingezeichnet. Ich sehe mir die anderen Dinge an, von denen es heißt, man habe sie bei Teo gefunden: ein griechischer Text, den ich nicht verstehe, Fotokopien der Handschriften mit den Judasbaumverzierungen, die wir auf seinem Schreibtisch gesehen haben, das Foto eines Säulenkapitells und eines eingestürzten Bogens, der unfertige Übersetzungsversuch eines Gedichts, von dem zwei Zeilen auf Türkisch notiert, wieder durchgestrichen und erneut aufgeschrieben worden sind. Ich weiß nicht, ob es sich um den gleichen Text handelt, den wir für ein Gedicht gehalten haben, oder ob es etwas anderes ist. Ich versuche die zwei türkischen Zeilen zu entziffern: »Der Heilige Herr, Judas, oder das verfluchte Opfer?« Das Wort »verflucht« ist durchgestrichen, aber durch kein anderes ersetzt worden. Die Zeile »Er pflanzt Judasbäume ans Sündentor« hat er genau darunter noch einmal in anderer Form übersetzt: »Er schmückt das Sündentor (mit) Purpur (Porphyr).«

»Er hat das Tor gefunden«, platze ich heraus. Es klingt wie ein Freudenschrei, als ich wiederhole: »Er hat das gesuchte Tor gefunden!«

Alle sehen mich erstaunt an. »Was? Welches Tor?«, fragt der Amerikaner.

»Das Tor, das er gesucht hat: das Judasbaumtor. Er hat den Schluss des Gedichts gefunden, und die Verse haben ihm den Weg gewiesen. Tasula *Ana* hatte recht. Purpur ist eine Metapher, die sich auf Judas bezieht.«

Mittlerweile begreifen sie nicht mehr, was ich sage; vielleicht denken sie sogar, ich sei übergeschnappt. Auch ich verliere mich in den Worten. Aber ich bin felsenfest davon überzeugt, dass Teo das Tor gefunden hat.

»Ich bin keine Byzanz-Expertin«, sage ich. »Wenn Professor Ünsalan kommt, kann er Sie besser informieren, denn die beiden haben gemeinsam an der Sache gearbeitet. Letztlich stelle ich nur Vermutungen an. Mir ist eingefallen, was er mir früher erzählt hat, und da kam mir der Gedanke, er könnte das Tor gefunden haben.«

»Noch eine Frage: Wissen Sie, wer Iman ist?«

»Ein Antiquitätenhändler oder Antiquar in Alexandria, genau weiß ich das nicht. Den ersten Hinweis auf das Tor, eine Handschrift, hatte Teo in Imans Laden entdeckt. Soweit ich mich erinnere, hieß der Laden El Rakkas – der Name steht ja auch auf der Visitenkarte.«

Aus einem beigefarbenen Umschlag nehmen sie eine Art Heft aus zehn, fünfzehn zusammengenähten Seiten und legen es vor mich hin. Die goldverzierten Blätter sind vergilbt, die Ränder ausgefranst. Zum ersten Mal sehe ich eine Originalhandschrift vor mir.

»Das haben wir neben der Leiche gefunden. Können Sie etwas dazu sagen?«

»Ich kenne mich mit solchen Dingen nicht aus, aber ich denke, es handelt sich um eine alte Handschrift. Vielleicht stammt auch diese von Iman. *Bay* Teo sammelte solche Handschriften, vor allem im Zusammenhang mit seiner Forschungsarbeit. Auch diesbezüglich wird Professor Ünsalan Ihnen einiges erklären können.«

»Eine letzte Frage, Ülkü *Hanım*: Hatte er Feinde? Gab es eine Person oder eine Gruppe, die es auf ihn abgesehen haben könnte?«

Das Herz schlägt mir bis zum Hals. Ich will seine Frage bereits bejahen, kann mich aber in letzter Sekunde noch bremsen. Nein. Ich kann ihn nicht anzeigen, ich kann niemanden verraten. Schließlich handelt es sich nur um einen Verdacht, sicher wissen wir gar nichts.

»Ich weiß von niemandem«, erwidere ich. »Sollte es jemanden gegeben haben, kenne ich diese Person nicht, und wir haben auch nie über so etwas gesprochen.«

Es ist vorbei. Vorläufig. »Möglicherweise werden wir Sie für weitere Befragungen noch einmal herbitten müssen.«

Während wir von Professor Ünsalans Wohnung zur Polizei und von der Staatsanwaltschaft zum Konsulat hetzen, eine Zigarette nach der anderen rauchen, Beamten zuhören, die zwar höflich sind, aber endlose Fragen stellen, und auf dem Konsulat mit einem höheren Diplomaten reden, der sich des Falls angenommen hat, geht der Tag allmählich zur Neige.

Letzte Station ist das Konsulat, das wir gemeinsam mit Turgut Ersin verlassen. Ich fühle mich, als hätte ich zu viel getrunken, gekifft oder als glühte ich vor Fieber. Mein Kopf ist benebelt; Schweiß tropft mir von der Stirn, es kribbelt in meinen Augenlidern. Dennoch fühle ich mich seltsam leicht, als wäre Teo nicht gestorben, sondern plötzlich von den Toten wiederauferstanden.

»Ich kenne in der Nähe einen schönen Platz mit einer offenen Terrasse«, sagt der Journalist. »Wenn Sie Lust haben, können wir dort noch ein wenig reden.«

Ich willige ein. Der letzte Ort, an den ich im Moment zurückkehren möchte, ist das kleine Haus. Ich habe nicht die Kraft, die Einsamkeit und die Gespenster dort zu ertragen. Wir fahren mit dem Lift zum Dach eines alten Wohnhauses in Pera hinauf. Vor uns liegt das in dunkelblaues Licht gehüllte Istanbul. Die Harmonie der Hagia Sophia, der Sultan-Ahmet-Moschee, des Topkapı-Palasts: ein prächtiger siebenarmiger Kronleuchter. Süleymaniye, Fatih, Alt-Istanbul. *Es macht die Wüste schön, dass sie irgendwo einen Brunnen birgt.* Es macht die Stadt schön, dass sie irgendwo ein Tor birgt. Deshalb hatte Teo diese Stadt leidenschaftlich geliebt.

»Teo hat das Tor gefunden«, beginne ich. »Das Judasbaumtor befand sich irgendwo an den Mauern, die sich unterhalb des Anemas-Kerkers zum Goldenen Horn hin erstrecken. Auf der Skizze, die man bei ihm gefunden hat, war ein Punkt in diesem Gebiet markiert. Erinnern Sie sich an den Zahlungstermin? Ich meine das Datum auf der Notiz auf dem Schreibtisch: 29. Juni. Nach Aussage der Polizei ist er höchstwahrscheinlich an dem Tag ums Leben gekommen. Teo hatte das Tor gefunden und wollte sich am 29. Juni mit jemandem am Anemas-Kerker treffen. Und dann …«

»Vielleicht hat er auch dieses Geheimnis lüften wollen«, erwidert er. »Das Geheimnis um seinen eigenen Tod. Und er fand es am Judasbaumtor. Wer von uns weiß schon, wo sein Geheimnis versteckt ist?«

»Sie haben recht. Das Geheimnis steckte in dem Tor, und den Schlüssel dazu hatte Iman – dieser Mann, von dem man nicht weiß, ob er wahr oder erfunden, ein Kaufmann oder ein Betrüger ist, und der, wie Teo es formulierte, den Schlüssel zu jener anderen Welt in Händen hielt. Die Handschrift, die sie bei Teo gefunden haben, war keine Fotokopie. Er hat mir erzählt, dass solche Handschriften sehr wertvoll sind. Und wenn wir nun auch noch Imans E-Mail in Betracht ziehen, dann könnte die Zahlung am 29. Juni damit zu tun gehabt haben. Der Professor wird diese Einzelheiten sicher ins rechte Bild setzen. Eine Antwort darauf, ob Teo ermordet wurde, und wenn ja, von wem und warum, liefern diese Informationen leider nicht. Aber ich bin mir absolut sicher, dass er das Geheimnis des Judasbaumtors entschlüsselt hat.«

»Es war ein anstrengender Tag«, gibt er zurück. »Zumindest hat Teo das Tor gefunden. Es ist immer gut, wenn man das findet, was man sucht, auch wenn man einen hohen Preis dafür zahlen muss. Die andere gute Nachricht ist, dass Derin sich gemeldet hat. Es gibt da noch etwas, das ich Ihnen mitteilen muss, Ülkü. Lassen Sie es mich ohne Umschweife sagen: Ich … ich interessiere mich für Derin. Ich … Wir … Mein Gott, das klingt wie ein Dialog in einer Seifenoper. Offen gesagt, ich liebe sie. Trotz der dreißig Jahre, die uns trennen, vielleicht auch gerade deshalb. Nun ja, ich habe das Gefühl, dass ich mit ihr zurückgewinnen kann, was ich verloren habe. Sind Sie erstaunt?«

»Ein wenig, aber nicht im negativen Sinne. In den letzten Tagen hatte ich große Angst, Derin zu verlieren, habe sie immer noch. Sie ist ein Geschenk für uns alle. Auch ich vermisse sie sehr und mache mir große Sorgen um sie.«

»Sorgen Sie sich nicht mehr. Sie brauchte eine Zuflucht, einen sicheren Hafen, in den sie sich nach den stürmischen Zeiten zurückziehen konnte. Auf ihrer Suche kam sie zu mir, um gemeinsam mit mir eine neue Sprache zu entwickeln.«

»Eine neue Sprache?«

»Sie hat zwei verschiedene Welten kennengelernt, aber beide Sprachen sind ihr fremd geblieben. Die Sprache der einen Seite war die Sprache der Überzeugungen, aber sie war fanatisch und plump. Die der anderen wiederum war leer, richtungslos und ungerecht. Jemandem wie Derin genügen diese Sprachen nicht, denn sie ist nicht nur auf der Suche nach sich selbst, sondern will über sich hinauswachsen. Gemeinsam könnten wir es schaffen, anstelle der blinden Wut und des verheerenden Aufschreis der Rebellion ein Lied menschlicher Hoffnung zu finden.

Sein Gesicht war ebenso müde wie seine Stimme; die letzten beiden Tage forderten ihren Tribut. Den ganzen Tag über hatte er kaum etwas getrunken und kippte nun ein Glas nach dem anderen hinunter. Plötzlich fühlte ich mich ihm nahe. Nichts war übrig von seiner kalten, leicht unverschämten Art. Die Angst, Derin zu verlieren, gepaart mit dem Alptraum der letzten vierundzwanzig Stunden, hatte aus ihm einen alten Mann mit hängenden Schultern gemacht. Er hatte mir ein Geheimnis offenbart, das er zu einem anderen Zeitpunkt nicht hätte preisgeben können; morgen schon, wenn er wieder zu Kräften gekommen war, würde er es vielleicht bereuen. Ich verspürte das Bedürfnis, mit ihm gleichzuziehen: »Derin ist die Schwester meines Sohnes. Sie haben mir Ihr Geheimnis erzählt, Turgut Ersin, und nun erzähle ich Ihnen meines. Zu Beginn waren Derin und ich zwei Konkurrentinnen, die Arın Murat nach seinem Tod nicht miteinander teilen konnten. Nun denke ich manchmal, dass sie meine richtige Tochter ist. Und, verstehen Sie mich bitte, ich möchte Sie nicht auch noch verlieren.«

»Ich auch nicht. Wenn ich noch eine Zukunft habe, dann ist sie der letzte Zug, der mich dorthin bringen kann. Wenn ich den verpasse, verrotte ich hier an Ort und Stelle.«

In den folgenden, von schwindelerregendem Chaos geprägten Tagen begegneten wir uns noch einmal. Professor

Ünsalan hatte seine Reise unterbrochen, war Hals über Kopf in die Türkei zurückgekehrt und hatte Teos Forschungsarbeit wiederaufgenommen. So wie ich war auch er davon überzeugt, dass Teo das Tor gefunden hatte. Nach Auffassung des Professors spiegelte die geheimnisvolle Handschrift einen komplexen Glauben wider, der sich von der frühislamischen Auslegung der Bibel, der Figur Jesu und den Aramäisch geschriebenen Apokryphen nährte. Diesem Glauben nach war Jesus zwar der Erlöser, Judas aber derjenige, der sich opferte, um die Menschheit von ihren Sünden zu befreien. Judas war nicht der Verräter, sondern das Opfer, das an Jesu Stelle ans Kreuz geschlagen worden war. Durch sein Opfer wurde der Erlöser gerettet.

Als wir uns in der Cihangirer Wohnung trafen, um alle Informationen und Hinweise zusammenzufügen, war der Professor damit beschäftigt, den griechischen Text von Teos Schreibtisch zu übersetzen.

»Ich bin gerade fertig geworden«, sagte er. »Besonders gut ist die Übersetzung nicht geworden, aber die Bedeutung habe ich entschlüsseln können. Teo hat die Fortsetzung des Gedichts entdeckt, immer vorausgesetzt natürlich, die Handschrift ist echt. Einer Hypothese zufolge war das Judasbaumtor das Tor, durch das der so wie Jesus wiederauferstandene Judas heimlich schritt, um die ›verlorene Seele der Stadt‹ zu retten. Es ist sogar der Gedanke legitim, dass im Konstantinopolis des neunten Jahrhunderts ein Geheimbund existierte, der an Judas als den Erlöser glaubte. Erinnern Sie sich daran, dass es im ersten Teil des Gedichts hieß: ›… folgt er dem Schatten eines leugnenden Mönchs‹? Der Heilige Herr würde doch keinem Mönch folgen, der ihn leugnet. Daher muss das, was der Mönch leugnet, die offizielle Interpretation der byzantinischen Kirche gewesen sein. Hier gibt es eine Doppelmetapher: Teos Tor bestand höchstwahrscheinlich aus purpurfarbenem Porphyr und trug den Namen *kerkis*, das altgriechische Wort für Judasbaum.«

»Und das Gedicht?«, fragte ich.

»Ich bin kein Dichter. Die Bedeutung des Gedichts habe ich zwar verstanden, aber ich habe mich lange abgemüht, um ihm eine Gedichtform zu geben. Fest steht, dass es sich um die Fortsetzung des ersten Gedichts handelt. Ob es von Teo, Iman oder tatsächlich einem byzantinischen Dichter oder Mönchsschreiber stammt, weiß ich nicht, aber ich finde es sehr schön.«

Er begann zu lesen und betonte dabei jedes einzelne Wort:

»Welche Wasser er überwand, wie viele Jahreszeiten unterwegs,
wie oft erhängt, wie oft ans Kreuz geschlagen,
erschöpft, ausgestoßen, verflucht, am Ende des Weges,
schmückt das Sündentor mit Purpur
der Heilige Herr, oder Judas, oder das ewige Opfer,
um die verlorene Seele der Stadt zu retten.«

Als der Professor das Gedicht vorlas, bekam ich eine Gänsehaut. Ich erinnerte mich daran, wie Teo die geheimnisvollen Zeilen, die unser aller Leben ändern sollten, zum ersten Mal rezitiert hatte. Es war, als wehte eine Brise, ein Atemhauch durch den Raum. »Erschöpft, ausgestoßen, verflucht«, wiederholte der Professor. »Das ewige Opfer, der verfluchte Erlöser«, wiederholte ich. Ich glaube, wir dachten in jenem Moment an dasselbe: an die Aktualität dieser Stimme, die aus einer Zeit vor mehr als tausend Jahren zu uns herüberdrang, an die gemeinsame Sprache der Heimatlosen, der Ausgestoßenen und der Opfer, die die Jahrtausende überdauerte.

»Wir versuchen, Iman zu finden«, sagte Mete Ünsalan, »die Mordkommission ebenso wie die Vertreter des amerikanischen Konsulats. Nachrichten an die E-Mail-Adresse, die wir für Imans hielten, kommen nicht an; entweder sie wurde deaktiviert, oder es hat sie nie gegeben. Und einen Laden namens El Rakkas gibt es unter der Adresse auf der Visitenkarte nicht. Einer neuen Information zufolge wurde Teo wahrscheinlich von einer linken Organisation bedroht und beschattet. Dieser Spur wird derzeit nachgegangen.«

Turgut warf mir einen Blick zu. Wir hatten die gleiche Assoziation.

»Ich habe eine Mitteilung, die Sie beide interessieren dürfte«, sagte Turgut Ersin. »Ich habe mit Derin gesprochen. Kein Grund zur Beunruhigung. Ich weiß auch nichts Genaueres und will auch nicht nachbohren, solange sie von sich aus nichts erzählt. Sie meinte, aus Gründen der Sicherheit sei es besser für sie, eine Weile von hier fortzugehen. Ich denke auch, es ist sinnvoll, sich im Moment nicht blicken zu lassen, um keinen Ärger mit der Organisation oder der Polizei zu bekommen. Sie ist ins Ausland gereist und hat Ihnen eine Nachricht hinterlassen, Ülkü. Sie wird Ihnen in Kürze ausführlicher schreiben.«

Die Nachricht war knapp: »Liebe Ülkü, sei bitte nicht böse, dass ich mich nicht bei Dir gemeldet habe. Ich hatte meine Gründe, die ich Dir darlegen werde, sobald wir uns wiedersehen. Ich gehe weg, gezwungenermaßen, aber nicht allzu lange. Sobald ich meine Gedanken geordnet habe, werde ich Dir ausführlich schreiben. Ich habe die Absicht, an die Uni zurückzukehren und mein Studium zu beenden. Außerdem möchte ich Dich um etwas bitten:

Kümmere Dich um den kleinen Umut, bis ich wieder zurück bin. Ich weiß, was ich da verlange, aber Du bist der einzige Mensch, dem ich Umut anvertrauen kann, und zudem weiß ich, dass Du auch meinen anderen Sohn, Felix, nicht auf die Straße setzen wirst. Ich fliehe nicht, ich werde zurückkommen. Alles Liebe, Derin.«

Ich steckte die Nachricht in meine Handtasche, verabschiedete mich von den beiden und stand auf. Beim Hinausgehen fragte ich Turgut Ersin: »Sie haben doch den letzten Zug nicht verpasst?«

»Nein«, antwortete er. »Ich hatte bereits einen Platz reserviert.«

»Grüßen Sie den anderen Passagier von mir. Sie soll sich keine Sorgen machen, ich werde mich bis zu ihrer Rückkehr um ihre beiden Söhne kümmern.«

Im selben Moment stellte ich fest, dass das Wort vor dem Gedanken gekommen war. Ich hatte nicht nachgedacht, nicht abgewägt. Erst war das Wort gefallen, dann die Entscheidung.

IV

Als ich sah, wie sie in Kireçburnu vor dem Teegarten eines Freundes aus dem Taxi stieg, bekam ich trotz der sommerlichen Hitze eine leichte Gänsehaut. Ich hatte gedacht, sie würde vielleicht doch nicht kommen. Am Telefon hatte sie nichts versprochen. Nicht was wir gleich besprechen würden, versetzte mich in Aufregung, sondern ihre bloße Anwesenheit; sie hatte mir gefehlt. Als sie sich in einem langen, flatternden Rock dem Tisch in der geschützten, schattigen Ecke näherte, verfluchte ich mich dafür, dass ich vergessen hatte, wie schön sie war. Kein Püppchen, auch keines von diesen Models aus den Klatschprogrammen, sondern eine überwältigende Schönheit. Teo hatte sie zu Recht mit »einer von einem inneren Licht erhellten Heiligenikone« verglichen.

Ihren linken Mundwinkel hatte sie zu einem Lächeln verzogen. So lächelte sie immer, wenn sie müde, nachdenklich oder traurig war. Am liebsten hätte ich sie einfach fest in die Arme geschlossen. Aber da ich wusste, dass sie keine große Freundin von Umarmungen war, begnügte ich mich damit, aufzustehen und ihr die Hand zu geben. Ich fragte, was sie trinken wollte, ich selbst nahm wie immer Tee. Beim Kara Fırın hatte ich frisches, knuspriges

Gebäck gekauft. Die Art, in der sie nur Wasser bestellte, schien anzudeuten, dass sie schnell wieder gehen wollte, und das schmerzte mich. Später erinnerte ich mich oft an jene Begegnung, dachte mir verschiedene Szenarien und Schlussszenen aus. Ich wollte zurückkehren an jenen Tisch, an dem wir gesessen hatten, mit Blick auf den Horizont, an dem sich der Bosporus mit dem Schwarzen Meer vereinigte, ein Gefühl von Freiheit im Herzen. Um die Fortsetzung unserer Geschichte noch einmal, aber anders zu erleben …

»Ich weiß, wie schwer dich Güldalıs Tod getroffen hat«, begann ich.

»Das Schwierige daran war, nur Zuschauer sein zu können, mit ansehen zu müssen, wie sie von Tag zu Tag mehr dahinsiechte. Ich war bei ihr, als sie starb. Aber ich war nicht verbittert, sondern eher erleichtert.«

»Für das Ziel der Befreiung sind Opfer notwendig. Heute ist es Güldalı, morgen ein anderer, ich, du, wir alle, Revolutionäre, die die Werte der Opferkultur verinnerlicht haben, nichtdegenerierte Zukunftsmenschen.«

Wieder dieses schiefe Lachen, das ihr hübsches Gesicht entstellte und eher an eine hässliche Grimasse erinnerte.

»Hör auf mit dem auswendig gelernten Zeug, lass die Agitation. Du weißt, was ich davon halte. Lass uns nicht streiten, okay? Ich bin wirklich hundemüde. Lass uns zum Thema kommen.«

Ich bekam Angst vor dem, was mir auf der Zunge brannte. Am liebsten hätte ich einfach gesagt: »Ach, es gibt nichts Besonderes. Ich hatte bloß Sehnsucht nach dir und wollte dich sehen.« Um Zeit zu gewinnen, steckte ich mir eine Zigarette an. Derin nahm auch eine.

»Ich soll dir etwas Wichtiges mitteilen.«

Ich ließ den Blick übers Meer schweifen, während ich versuchte, mir die Sätze zurechtzulegen, sah die Schiffe, die vom Bosporus aufs Schwarze Meer hinausfahren würden, die Fischerboote, die grünen Hügel, das Wasser, das heftig gegen die Ufermauer schlug, die Farbe des Himmels …

Sie saß mit dem Rücken zum Meer. Die Umgebung schien sie nicht zu interessieren; dabei war sie es gewesen, die mir beigebracht hatte, dem Meer, dem Himmel, den Bäumen und Blumen Beachtung zu schenken.

»Du hast dem Meer den Rücken zugewandt«, sagte ich, um noch ein wenig Zeit zu gewinnen.

»Ist mir gar nicht aufgefallen.«

»Na gut, ich will nicht lange herumreden. Bei der Opferaktion sterben reihenweise Genossen. Ein Teil von ihnen ist in katastrophalem Zustand, nachdem der Staat zwangsweise interveniert hat. Wir sind in einer äußerst problematischen Phase und können uns keinerlei Schwäche erlauben. Die Führung erarbeitet derzeit neue Vorgehensweisen. Wir benötigen Instrumente, die die Mauern des Schweigens zum Einsturz bringen. Und in einer Phase des Umbruchs ist entscheidend, dass man sich auf die Peripherie verlassen kann. Jeder muss sich selbst beweisen. Im Krieg darf es keine Laschheit und kein Erbarmen geben.«

Derin pflegte ihrem Gegenüber stets tief in die Augen zu sehen. Ich liebte diesen herausfordernden, kalten und offenherzigen Blick. Jetzt sah sie mir nicht in die Augen; in ihrem Blick, der mir bewusst auswich, lag etwas Spöttisches, als wollte sie sagen: »Komm, erzähl mir keine Märchen.« Sie war lieblos, verletzend.

»Die Organisation hat entschieden, das Problem Teo aus der Welt zu schaffen«, fuhr ich fort. »Er ist wieder hier in Istanbul.«

»Ich wusste nicht, dass er zurück ist. Es überrascht mich aber auch nicht – möglich, dass er in Alexandria auf einen neuen Hinweis gestoßen ist.«

»Wer weiß, vielleicht ist er zurückgekommen, um seine Mission zu Ende zu führen. Wie dem auch sei … Ich will damit sagen, dass Teo gefunden und an die Genossen übergeben werden muss. Es gibt eine Reihe obskurer Vorfälle, in die er verwickelt ist und die uns direkt betreffen. Die Genossen werden versuchen, ihn zum Reden zu bringen. Keine Sorge, das sind alles keine Mörder.«

»Und was erwartet man von mir?«

»Dir misstraut er nicht. Du wirst den Mann ausfindig machen und zu uns schicken. Die Organisation könnte die Sache auch auf andere Weise erledigen, aber wir wollen nicht auf Maßnahmen wie Entführung oder Gewalt zurückgreifen.«

»Und wenn ich mich weigere? Wenn ich sage, dass ich nicht mehr mitmache, ab jetzt meine eigenen Wege gehe?«

»Ich dachte, wir gingen den gleichen Weg. Du hast dich unseren Reihen angeschlossen, aus freien Stücken, niemand hat dich dazu gezwungen. Der Eintritt ist frei, aber der Austritt kostet etwas. Ich habe dir vertraut und damit riskiert, die Organisation gegen mich aufzubringen. Ich habe auf dich gezählt, egal, welcher Klasse du entstammst und in welchen Kreisen du verkehrst. Ich weiß, dass ich mich nicht geirrt habe.«

»Danke, aber was ist mit meinen Kreisen, Genosse Kerem Ali?«

Die ironische Betonung des Wortes Genosse, wieder dieser verkrampfte Mundwinkel …

»Diese spöttische Art kannst du dir sparen. Wir reden

hier nicht im Rahmen der Fraktionsdisziplin, sondern unter Freunden. Ich spreche nicht von deiner Klassenzugehörigkeit, sondern von deinem Umfeld, also von Teo, Ülkü, deinem Vater, ja sogar von diesem Wendehals von einem Journalisten. Sei mir nicht böse, aber wenn wir ehrlich miteinander reden wollen, dann sind sie alle verdächtig, sogar mehr als verdächtig! Dein Vater …«

Im selben Augenblick fuhr sie mir auch schon in die Parade. Ich bereute meine Worte. Ich hatte mich von meinen Gefühlen hinreißen lassen, verflucht noch mal!

»Ihr habt mich bereits wissen lassen, dass Blut an den Händen meines Vaters klebte«, unterbrach sie mich in einem merkwürdigen Ton, der gleichzeitig zynisch, verletzt und traurig klang. »Vielleicht war Hoffnung der Grund, warum es mich zu euch zog, warum ich zur revolutionären Schwester wurde: die Hoffnung, mich selbst zu beweisen, mich von den Sünden meines Vaters zu befreien und damit auch ihn zu retten. Auch meine Beziehung zu dir spielte eine Rolle. Du hast mir geholfen, wir sind uns nähergekommen, haben miteinander geschlafen. Ich wollte nicht, dass deine Leute dir meintwegen misstrauten. Du hattest dir einen Weg vorgezeichnet, hattest eine Überzeugung, eine Identität, und all das solltest du nicht meinetwegen verlieren.«

Ich hielt ihre Hand, senkte den Kopf und schämte mich.

»Ich wollte dir nicht wehtun. Das mit dem Blut an den Händen ist doch bloß eine tausendmal wiederholte Floskel. Außerdem trägst du ja keine Schuld an den Aktionen, die dein Vater zu verantworten hatte. Und letztlich hast du dich ja von ihm distanziert.«

»Das stimmt nicht. Ich habe meinen Vater niemals zurückgewiesen. Ich habe gelernt, die Welt anders zu betrachten als er, ich wollte andere Werte haben. Ich habe gelernt, dass Macht ein schmutziges Geschäft ist, das ist alles. Ich habe meinen Vater immer geliebt. Außerdem wurde auch er ein Opfer der Macht. Er hatte sein Leben überdacht, Bilanz gezogen und dabei die Wahrheit entdeckt. Wenn er noch leben würde, hätten er und ich unseren Frieden gefunden. Wie auch immer, was genau wollt ihr von mir?«

»Hab ich doch gesagt. Du sollst dich mit Teo in Verbindung setzen und ihn an einen Ort bringen, den du mir mitteilen wirst. Der Rest hat dich nicht zu interessieren. Ich garantiere dir, dass für dich die Angelegenheit damit erledigt ist und ihm kein Schaden zugefügt wird.«

Obwohl ich ihr gar nichts garantieren konnte. Eine Garantie gibt es in solchen Dingen nicht.

»Ich bin mir nicht sicher, ob Teo sich in Istanbul aufhält«, erwiderte sie. »Aber wenn es so wäre, wie soll ich Kontakt mit ihm aufnehmen?«

»Wir wissen, dass er sich in Cihangir aufhält und sich mit einem Mann aus dem Nahen Osten getroffen hat. Die Wohnung, die Professor Ünsalan als Büro benutzt, ist doch auch in Cihangir, oder?«

Sie schüttelte den Kopf. Sie wirkte nachdenklich und unentschlossen.

»Du spielst mir doch nicht etwas vor, oder? Um es mit deinen Worten auszudrücken, ihr versucht doch nicht, mich aufs Kreuz zu legen? Um was immer es auch gehen mag, ich möchte nicht Teil einer Sache sein, bei der Teo etwas zustoßen könnte.«

»Vertrau mir. Es wird nichts passieren, was du später bereuen könntest. Übernimm diese Aufgabe, Derin. Ich bitte dich darum. Es ist notwendig für uns, damit wir unsere Glaubwürdigkeit unter Beweis stellen können. Versteh doch, es ist wichtig, dass du die Sache übernimmst, nicht irgendein anderer. Ich könnte es selbst machen, aber versteh, dass es alles ändern wird, den Blickwinkel und die Zweifel eines jeden anderen, wenn du diese Aufgabe erledigst.«

»Eigentlich willst du die Zweifel um deine Person ausräumen, die deine Genossen dir meinetwegen entgegenbringen. Aber ich will das Ganze nicht in die Länge ziehen. Ich will, dass die Sache so schnell wie möglich beendet ist. Ich werde versuchen, Teo zu erreichen. Noch etwas. Du kannst es für dich behalten oder denen über dir ausrichten: Das wird der letzte Kontakt mit euch sein. Und ich mache diese Sache auch nicht, um mich zu beweisen, sondern ausschließlich dir zuliebe.«

Nun wirkte sie wieder entschlossen, entspannt und selbstsicher wie immer. Aus ihr sprach das arrogante Selbstvertrauen ihrer Welt, das einen zur Weißglut bringt, aber in gleichem Maße neidisch macht.

»Versuch Teo zu finden, ohne Ülkü da mit hineinzuziehen. So schnell wie möglich. Heute, morgen, je schneller, desto besser. Nimm das Handy hier, es hat eine Prepaid-Karte, und nur ich kenne die Nummer. Wenn nötig, ruf mich von diesem Handy aus an. Halte dich nicht an den bekannten Orten auf, bis ich dich anrufe, gib keinem die Gelegenheit, sich an deine Fersen zu heften. Sollte man dich fragen, sagst du, dass du ein paar Tage nicht in der Stadt warst, sondern zu Freunden gefahren bist oder so etwas.«

»Okay«, erwiderte sie knapp. »Auch wenn ich nicht begreife, warum die Angelegenheit so kompliziert sein muss.

Ihr seid komische Typen. Ihr seid spitze, wenn es darum geht, Dinge, die man ganz offen erledigen könnte, in einen Krimi zu verwandeln. Falls Teo sich in Istanbul und noch dazu in der Cihangirer Wohnung aufhalten sollte, finde ich ihn. Mir widerstrebt der Gedanke, ihn reinzulegen, deshalb werde ich ihm vielleicht auch ganz offen sagen, dass du ihn sehen willst. Ich hasse Niedertracht. Schließlich war Teo mein Freund. Eigentlich braucht ihr mich gar nicht, Kerem Ali. Ihr habt ihn gefunden, und ihr müsst nur zu ihm gehen und mit ihm reden, das weißt du selbst ganz genau. Aber wie die Götter brauchen auch die Organisationen den Selbstbeweis ihrer Gläubigen, und du willst aufsteigen, du willst Macht. Und dafür spannst du jetzt mich ein. Keine Sorge, ich drücke mich nicht. Deine Befehle werden ausgeführt, und dann wird sich diese Soldatin ein für alle Mal aus dem Staub machen. Und du wirst die Verfolgung nicht aufnehmen, ist das klar?«

Unwillkürlich musste ich lachen. »Wenn sich diese Soldatin bloß nicht aus dem Staub machen, sondern in ihrer Einheit kämpfen würde wie ein Held. Aber der Gefreite wird ein Auge zudrücken. Denn er hat sie geliebt.«

Sie lächelte traurig. »Auf den Spuren eines toten Jungen hat mich mein Weg zu euch geführt«, erwiderte sie. »Ich habe andere junge Menschen kennengelernt; solche, die bereits tot sind, und solche, die noch sterben werden. Unterwegs habe ich viel von dir, Güldalı und euren Hügeln gelernt. Ich bereue nichts. Auf diesen Wegen bin ich reicher geworden, habe neue Werte hinzugewonnen. Aber jetzt möchte ich jenseits dieser Pfade wandeln, möchte den Weg der Lebenden und nicht der Toten gehen.«

Ich fühlte mich wehrlos und unterlegen. Ich war vollkommen niedergeschlagen. Mir fiel das Zitat ein, das ich von ihr gelernt hatte: »Ach!«, sagte der Fuchs, »ich werde weinen.« »Das ist deine Schuld«, sagte der kleine Prinz, »du hast gewollt, dass ich dich zähme.« »Gewiss«, sagte der Fuchs. Der kleine Prinz fragte ihn, was er gewonnen hätte. Worauf der Fuchs antwortete, er hätte die Farbe des Weizens gewonnen … Stümperhaft wiederholte ich das Zitat.

Sie blieb völlig unbeeindruckt. Es wirkte, als würde sie mir gar nicht zuhören, und ich saß ihr deprimiert gegenüber.

»Ich sollte langsam gehen«, sagte sie, erhob sich und ging davon. Der Rock aus hauchdünnem weißen Stoff ließ sie noch größer erscheinen. Im Gegenlicht konnte ich ihre herrlichen schlanken Beine durch den Stoff erkennen, so lang und muskulös wie die eines Fohlens. Wie sehr ich ihren Körper und ihre Haut vermisste! Ein Ziehen machte sich in meinen Lenden bemerkbar, und ich spürte, wie ich eine Erektion bekam.

Sie entfernte sich, und ich starrte hinter ihr her. Verdammt! Ich hatte sie endgültig verloren. Und dabei schoss mir durch den Kopf, dass ich sie ohnehin nie besessen hatte.

Ich fliehe … Ich renne die schmale Straße mit den schiefen Pflastersteinen hinunter. Ich bin außer Atem, schweißgebadet, und ständig bleibe ich in den Steinen hängen und stolpere. Früher ist mir nie aufgefallen, wie steil die Straße ist.

Es ist Ende Juni. Es wird spät dunkel. Die Anwohner sind aus den Häusern geströmt und haben sich zu beiden Seiten der Straße auf Treppen und Bürgersteigen versammelt, um frische Luft zu schnappen. In diesem Viertel stellen die Plaudereien vor der Haustür an heißen Sommerabenden das einzige Vergnügen dar. Auf der einen Seite Frauen im schwarzen Überwurf und verschleierte junge Mädchen, auf der anderen Seite verschwitzte, dickbäuchige Männer mit Gebetsketten in der Hand, die breitbeinig auf Holzschemeln oder Plastikhockern sitzen, die zu klein für ihre Hintern sind; offenherzige Zigeunermädchen mit Tüchern auf dem Kopf, die die Männer vor den Häusern anbaggern, halbnackte Kinder, unbeteiligt wirkende junge Burschen, die urplötzlich Passanten anblaffen, weil sie die Mädchen des Viertels anstarren … Jemand, der in einem Affenzahn die Straße hinunterrennt, erregt hier sofort Aufsehen, daher verlangsame ich meine Schritte und biege in eine enge Seitenstraße ein. Sie führt steil nach unten. Verdammt! Es ist eine Sackgasse. Vor mir steht eine notdürftig errichtete Einfriedung, die wie ein Gehege oder ein Hühnerstall aussieht. Wenn ich sie überwinde, komme ich vielleicht weiter. Mit den Händen schiebe ich die Hecke daneben auseinander und steige hindurch. Wildes Geschrei im weitläufigen Innenhof, Hühner rennen gackernd auseinander, ein Hund kommt mit gebleckten Zähnen auf mich zu. Ich stürze auf die andere Seite des Hofs und hechte über die Hecke. In der sommerlichen Abenddämmerung sehe ich die Autoflut, die sich jenseits des Grüns vor mir im Dunkeln wie eine Feuerschlange über das Goldene Horn schlängelt. Am Fuß der Stadtmauern haben sich Menschen in Grüppchen wie zum Picknick ausgebreitet, um sich abzukühlen oder die Sterne zu betrachten. Ich laufe den Abhang hinunter. Als ich eine ausgedehnte Grünfläche erreiche, sinke ich neben einem frisch gesetzten Sprössling nieder, um durchzuatmen. Allmählich entspanne ich mich wieder, auch wenn die hereinbrechende Nacht die Hitze nicht zu lindern vermag. Das Gewicht der Jagdweste macht mich komplett fertig. Erst als ich versuche, sie auszuziehen, bemerke ich, dass die Pistole nicht mehr in der Innentasche steckt. Eine Panik ergreift mich, die ich nicht einmal bei der Exekution empfunden habe. Ihr Ziel steht vor Ihnen, Ihr Finger ist am Abzug. Der Akt des Schießens, des Tötens verselbständigt sich, reduziert sich auf eine Fingerbewegung, es gibt kein Danach, es interessiert Sie nicht. Das ist der Wille der Organisation, so wie es bei natürlichen Toden der Wille Gottes ist. Sie treten Ihren Willen an die Organisation ab, werden zu ihrem Werkzeug. Sie drücken am Abzug, Aufgabe erledigt.

Die Pistole ist nicht mehr da. Wo habe ich sie verloren? Vorhin, als ich über die Hecke gesprungen bin? Ich muss sofort umkehren und sie suchen. Falls etwas Unvorhergesehenes passiert, kann ich mit der Waffe beweisen, dass ich ihn nicht getötet habe – woher weiß ich überhaupt, dass er tot ist? Vielleicht lebt er ja noch, ist bloß verletzt, hat sich nur ein paar Knochen gebrochen. Soll ich den gleichen Weg zurück nehmen? Unmöglich, bestimmt werde ich geschnappt. Den Hof mit dem Hund werde ich bestimmt nicht noch mal betreten! Ein nie gekanntes Gefühl befällt mich. Die irre Angst eines Tieres, das hilflos in der Falle sitzt.

Nun beruhige dich erst mal. In den Taschen der verfluchten Weste suche ich nach meinen Zigaretten. Meine Hände zittern, als ich versuche, mir eine anzuzünden. Ein Mann tritt an mich heran: »Hast du Feuer, *abi*?« Ich reiche ihm mein Feuerzeug und bemühe mich, ihm dabei nicht ins Gesicht zu sehen. Er steckt sich seine Zigarette an und zieht wieder ab. Nimm dich zusammen, bleib ganz ruhig. Es wäre unvernünftig, den gleichen Weg zurückzugehen. Schließlich hast du das Ding nicht benutzt, am besten vergisst du das Ganze. Aber was hat ein Revolutionär, der seine Waffe verliert, in der Führungsebene zu suchen? Ich habe alles vermasselt. Ob er nun tot ist oder nicht, diesmal werde ich mich nicht so leicht aus der Affäre ziehen können. Ich lehne mich mit dem Rücken an den frischen Setzling; am zarten Geruch erkenne ich, dass es eine Akazie ist, und mit dem Zigarettenrauch ziehe ich gleichzeitig ihren Duft in meine Lungen. Ich muss die Waffe vergessen, den Vorfall und den Toten. Aber war er überhaupt tot?

Als Derin mich vor zwei Tagen anrief, sagte sie: »Am Telefon geht das nicht, wir müssen uns treffen, wenn auch nur kurz.« Ich war erstaunt, denn ich hatte gedacht, sie wolle mich nicht mehr sehen. Mir schoss der Gedanke durch den Kopf, dass sie vielleicht ihre Entscheidung bereute und zu uns zurückkehren wollte. Aber das war wohl reines Wunschdenken.

Wir trafen uns in einem der Teegärten in Harem.

»Ich wohne hier in der Nähe bei einem Freund«, begann sie. »Ich habe Teo heute Morgen ausfindig gemacht. Ich dachte, ich versuche einfach mein Glück und bin bei Mete Ünsalan vorbeigegangen, ohne vorher anzurufen. Teo war dort, und wir haben uns ein wenig unterhalten. Er ist gerade erst nach Istanbul zurückgekommen.«

»Hast du das Treffen arrangiert?«

»Hör mir einfach zu. Das hätte ich ihm ja auch am Telefon sagen können. Bei Teo passieren komische Dinge.«

»Das hatten wir dir doch gesagt, oder?«

»Du bist ja völlig besessen von dieser Idee.« Sie schüttelte den Kopf. »Als ich dort war, rief jemand an. Teo stritt mit dem Anrufer. Auf Englisch. Ich konnte zwar nicht alles verstehen, aber er sagte in etwa, dass er die Dokumente benötigte, um die Bezahlung vornehmen zu können, und außerdem wolle er sicher sein, dass sie echt sind. Mir erzählte er, dass er hinter einem Dokument für seine Forschungsarbeit her sei. Er meinte, er wisse inzwischen, wo das Tor stand und was die Metapher in dem Gedicht bedeuten würde, er müsse es nur noch beweisen. Als ich ihn nach der Lage des Tors gefragt habe, antwortete er: ›Unterhalb des Anemas-Turms. Vielleicht gelangte man durch das Tor über einen Geheimgang auch in den Kerker und den Turm.‹«

»Ich verstehe kein Wort. Die Forschung von dem Typ geht mir am Arsch vorbei. Du weißt genau, was wir wollen.«

»Ich weiß, aber da Teo das Tor gefunden hat …«

»Das behauptet er, und du glaubst ihm!«

»Als ich dort war, tauchte ein Mann auf. Schmal, hochgewachsen, dunkel, vielleicht ein Äthiopier oder Sudanese. Er hatte eine große Tasche bei sich. Teo sah mich an und sagte: ›Ich glaube, die Schlüssel sind gekommen.‹ Ich habe mich dann verabschiedet, da ich merkte, dass er nur seine Arbeit im Kopf hatte und mit dem Mann allein sein wollte. ›Ich muss morgen vielleicht nach Iznik, übermorgen sehen wir uns dann auf jeden Fall‹, meinte er noch. Und dann bin ich gegangen.«

Vielleicht war das der Typ aus dem Nahen Osten gewesen, von dem die Genossen glaubten, dass er hinter Teo her war. Unglaublich, wie naiv das Mädchen ist! Sie hat ihm sofort abgenommen, dass er sein Tor gefunden hat. Menschenskind, was sind wir alle bescheuert! Mehr als zwei Jahre haben wir Teo sein Märchen abgekauft. Als

Derin mich heute gegen Mittag anrief, sagte sie mir, dass er ab halb sieben, sieben, wenn es etwas kühler wäre, am Turm arbeiten und Messungen vornehmen wolle.

Ich hätte die Angelegenheit an einen anderen Genossen übergeben können, doch das ließ mein Verantwortungsgefühl nicht zu. Nicht dass Derin noch Ärger bekam, falls die Sache fehlschlug. Nein, ich würde die Aufgabe selbst übernehmen. Meiner Ansicht nach bedeutet Führung nicht, aus voller Deckung heraus die Männer per Fernbedienung in die Schlacht zu schicken. Zuerst muss man sich selbst in die Höhle des Löwen begeben, den heißen Atem der Bestie im Nacken spüren.

Alles geschah innerhalb von zwei Stunden. Später dachte ich oft darüber nach, wie anders alles verlaufen wäre, wenn einer von uns früher oder später gekommen wäre und wir uns nicht begegnet wären. Ist das, was man Schicksal nennt, etwa nichts anderes als ein Zeitbegriff?

Als ich dort ankam, war es kurz vor halb sieben. Ich setzte mich in das Kaffeehaus vor der Moschee; von meinem Platz aus hatte ich Ausblick auf die eingestürzten Turmmauern und die Hügel von Hasköy auf der anderen Seite des Goldenen Horns. Es lag wohl an der Hitze, dass wenig Betrieb herrschte. Ich bestellte eine kalte Limonade. Ich schwitzte in meiner Weste, doch da die Pistole in der Innentasche steckte, konnte ich sie nicht ausziehen. Während ich meine Limonade trank, rauchte ich eine Zigarette. Ich überlegte, ob es leichtsinnig war, hier zu sitzen, aber tatsächlich war es weitaus vertrauenerweckender, entspannt und gelassen vorzugehen. Beim Bezahlen fragte ich den Besitzer: »Ist das da drüben der Anemas-Kerker?« Er war nicht allzu gesprächig, und ich wirkte auch nicht wie ein Tourist, der ordentlich Trinkgeld geben würde.

»So sagt man«, erwiderte er knapp.

»Ich werde mich hier mal ein wenig umsehen«, erwiderte ich. »Ich höre so oft davon.« Ich stand auf und ging zu der Ecke des Festungsturms, die der Straße und dem Goldenen Horn am nächsten lag. Genau an diesem Punkt hatte ich Teo seinerzeit zum ersten Mal in die Mangel genommen. Ich verbarg mich hinter einer Marmorsäule und begann, den Turm zu beobachten. Teo war dort, vertieft in seine Arbeit. Er ließ etwas Langes, das von weitem wie ein Seil aussah – wohl ein Messgerät – an der Seite des Turms hinab, der zum sogenannten Kerker hinunterführte, zog es wieder hoch, notierte etwas und wiederholte den Vorgang an einer anderen Seite. Einmal trat er vor die Turmruine, ließ von dort das Gerät an den unteren Mauern entlangbaumeln, kam an der Wand entlang recht nah an mich heran und entfernte sich dann langsam wieder in Richtung Turm. Immer wieder schrieb er etwas in sein Heft. Inmitten all dieser marmornen Kapitelle, Reliefsteine, übereinandergestürzten Säulen und Trümmerhaufen fiel mir vor den zum Kerker hinabführenden Stufen ein Gestell auf: so etwas wie ein Fotostativ. In unsere Gegend kommen gelegentlich Techniker vom Vermessungsamt, um den Abriss der Gecekondus vorzubereiten oder sonstige Daten zu sammeln. Auch die verwenden solche Geräte.

Es war einer der längsten Tage des Jahres; die Stunde war vorgerückt, und ein seltsames Licht, nicht rot und auch nicht violett, fiel auf die Stadt. Ohne Teo aus den Augen zu verlieren, sah ich mich um. Erst durch Derin hatte ich sehen gelernt. Weder die Farbe des Himmels noch Sonnenuntergänge, weder Blumen, Bäume noch Marmorsäulen hatten mich vorher je interessiert. Nun blickte ich in den Abend hinaus, und die Farben berührten mich im tiefsten Inneren meines Herzens. Niedergeschlagen dachte ich an Derin und daran, wie sie mich gelehrt hatte, all die Schönheit um mich herum zu erkennen.

Teo ging auf das dreibeinige Gestell zu. Ich blickte mich um; außer ihm und einigen Burschen, die auf die Moschee zumarschierten, war weit und breit niemand zu sehen. Ich wartete, bis die jungen Kerle aus meinem Blickfeld verschwunden waren. Jetzt war der richtige Zeitpunkt, um die Daumenschrauben anzusetzen. Und dann … mal sehen, je nachdem. Doch just in dem Moment, als ich aus meinem Versteck kommen wollte, tauchte ein Mann mit einer Tasche aus der Richtung des Kaffeehauses auf. Ich duckte mich. War das der Äthiopier oder Sudanese, von dem Derin gesprochen hatte? Es sah nicht so aus, denn sogar im dunkelblauen Licht der Dämmerung konnte ich sein Gesicht ausmachen: Er war kein Schwarzer.

Warum sollte Teo sich ausgerechnet hier mit jemandem verabredet haben? Gab es keinen besseren Ort in Istanbul? Aber dann verwarf ich den Gedanken wieder. Natürlich würde er hier einen Termin vereinbaren, um irgendwelche dubiosen Transaktionen abzuwickeln. Es würde so aussehen, als ginge er seiner angeblichen Forschung nach – die perfekte Tarnung für einen Agenten.

Der Fremde näherte sich Teo. Freundschaftlich schüttelten sie sich die Hände. Teo versuchte, dem Mann seine Notizen zu zeigen. Wegen des mangelnden Lichts begaben sie sich in eine besser beleuchtete Ecke. Ich konnte nicht genau hören, was sie redeten, aber sie sprachen nicht Türkisch, sondern Englisch, soweit ich es verstehen konnte. Teo zog den Mann am Arm an die Mauer und deutete nach unten. Der Mann lehnte sich weit nach vorn und blickte in die Tiefe. Dann setzten sie sich nebeneinander auf die Marmortreppe. Der Mann zog etwas – ein Buch oder einen Stapel Papiere? – aus seiner Tasche. Nun konnte ich ihre Stimmen hören. Wahrscheinlich bedankte sich Teo. Mein Schulenglisch war zu schlecht, um sie verstehen zu können. Teo lachte, blätterte einzeln die Seiten durch. Seinem fröhlichen Ton entnahm ich, dass er zufrieden und bester Laune war. Dann förderte er aus seiner ärmellosen Weste einen Umschlag zutage und übergab ihn dem Mann, der sich verstohlen umschaute und ihn schnell einsteckte, nachdem er einen Blick hineingeworfen hatte. Gemeinsam erhoben sie sich und gingen zur Festungsmauer. Der Mann deutete auf die Papiere in Teos Hand und sagte *here*, hier, zumindest das verstand ich. Er zeigte auf einen Punkt unterhalb der Mauer und beschrieb einen Halbkreis mit der Hand. Einzelne Worte wie *Anemas*, *Judas* und *Porphyr* klangen in meinen Ohren.

Die Dunkelheit war endgültig hereingebrochen. Die Nacht wurde erhellt durch die fahle Beleuchtung der Ruinen, die Lichter der Stadt und die unaufhörliche Lichterflut auf der Umgehungsstraße. Teo steckte das Buch in einen großen Umschlag. Er verabschiedete sich von dem Fremden und sagte noch irgendetwas mit *please*. Der Mann klappte das dreibeinige Gestell zusammen, klemmte es sich unter den Arm und verschwand, indem er in die abwärtsführende Straße an der Moschee einbog.

Ich sah, wie Teo mit dem Umschlag und einer Taschenlampe zu den verfallenen Stufen des Kerkers lief. Zunächst dachte ich, er wolle hinabsteigen, doch er bewegte sich auf eine der mannshohen Zinnen des Turms zu. Ich erinnerte mich, dass diese Turmseite steil nach unten zu den Stadtmauern führte. Von der Zinne blickte man aus der

Vogelperspektive auf die Wälle. Um die Zinne zu erreichen, musste man über eine Planke gehen, die jemand über das pechschwarze Kerkerloch geworfen hatte. Als ich letzte Woche hier gewesen war, hatten sich ein paar Jungen auf dem Brett niedergelassen und Klebstoff geschnüffelt. Plötzlich beschlich mich ein ungutes Gefühl. Ich sah, wie Teo vorsichtig, vielleicht sogar ein bisschen ängstlich auf das Brett trat. Ich sprang auf und brüllte: »Teo!« Er hielt inne, versuchte herauszufinden, woher dieser Schrei gekommen war. Ich rief noch einmal »Teo!«, und er wandte sich halb um, bemüht, dabei nicht das Gleichgewicht zu verlieren. Im selben Moment trafen sich unsere Blicke. Er erkannte mich sofort, und ich sah die Angst in seinen Augen. Die wahnsinnige Angst eines in die Enge getriebenen Tieres, das bereits das Messer des Jägers an seiner Kehle spürt. Er hielt den Umschlag fest an die Brust gedrückt; im fahlen Licht, das ihm direkt ins Gesicht schien, sah er kreidebleich aus. Ich zog mich langsam zurück, um ihn nicht noch mehr in Panik zu versetzen. Wenn er verstand, dass ich keine bösen Absichten hatte, brauchte er nur zwei Schritte zu machen, um von der Planke herunterzutreten. Aber nein, er wandte sich um und lief in Richtung Zinne. »Pass auf, komm hierher!«, rief ich. Genau in diesem Moment sah ich, wie Teo das Buch entglitt, er sich leicht nach links beugte, um es zu fassen zu bekommen, und dabei das Gleichgewicht verlor und in den Abgrund stürzte. Ein Schrei hallte aus den Tiefen des Anemas-Kerkers. Ich wusste nicht, ob jemand ihn gehört hatte, aber wenn, dann wäre sicher jemand zu Hilfe geeilt. Vielleicht existierte dieser Schrei auch nur in meinem Kopf, jene Stimme, die mir bis heute in den Ohren klingt. Ohne darüber nachzudenken, ob mich jemand sehen könnte, lief ich an den

Rand des dunklen Schachts und versuchte, in der Tiefe etwas zu erkennen. Doch umsonst … Ich horchte, kein Ton, nicht einmal ein Wimmern oder ein Atmen. Ich überlegte, das nächste Polizeirevier aufzusuchen und zu melden, dass ein Mann in einen Kerkerschacht gefallen war. Doch dann wurde mir klar, dass das unmöglich war. Jemand in meiner Situation konnte niemandem helfen. Also machte ich mich aus dem Staub. Ich rannte und rannte und rannte … Bis hierher, bis ich unter diesem Akaziensprössling zusammensank.

Nun liege ich in einer Einzelzelle auf meiner Pritsche – wie viele Genossen hatten wir geopfert, damit diese Zellen abgeschafft würden –, starre an die Decke und versuche, die Mosaiksteinchen zusammenzufügen. Viele Teile sind verlorengegangen, und aus den vorhandenen versuche ich, die Geschichte zu rekonstruieren. Ich weiß nicht, ob sie so richtig ist. Ich weiß nur, dass nicht Derin mich denunziert hat.

Am Tag, als der Zeitungsartikel über den Fund der Leiche eines amerikanischen Byzantologen im Anemas-Kerker erschien, war Derin längst im Ausland. Das erfuhr ich allerdings erst später. Wenn sie die Absicht gehabt hätte, mich anzuzeigen, hätte sie das bereits früher getan und ein Treffen mit Teo verhindert, anstatt mir, wenn auch halbherzig, behilflich zu sein. Mit den dümmlichen Drohungen, die ich ihm aufs Handy geschickt hatte, hatte ich mich selbst verraten. Vielleicht hatte mich auch der verdammte Kaffeehausbesitzer verpfiffen. Womöglich hatten sie mich auch schon eine ganze Weile beschattet, aber gewähren lassen, um mich im entscheidenden Moment zu schnappen. Den Zeitungsmeldungen zufolge hatte Teo nach seinem Sturz noch eine Weile gelebt; wie lange wohl, etwa bis zum nächsten Morgen? Wenn ich nun darüber nachdenke, macht mir das am meisten zu schaffen. Sie hatten mich ohnehin geschnappt, warum also war ich nicht doch auf die nächste Wache gegangen, um den Vorfall zu melden? Was hatte mich zurückgehalten, wovor hatte ich mich gefürchtet? Dass ich als Verräter gelten würde, wenn ich ihn rettete, anstatt ihn zu verhören und dann zu liquidieren?

Wenn ich es mir jetzt recht überlege – und vor mir liegen nicht enden wollende Stunden und Tage, in denen ich reichlich Zeit zum Nachdenken haben werde –, so war ich an jenem Tag nicht mehr im gleichen Maße von Teos Agentenstatus überzeugt. Derin hatte erzählt, dass er das Tor womöglich gefunden hatte. Ich hatte mich zur Anemas-Ruine begeben, um mit ihm zu reden, nicht um ihn aus dem Weg zu räumen. Schließlich hatte ich mich nicht einmal getarnt.

Die Organisation ist nach wie vor davon überzeugt, dass Teo sich an jenem unseligen Ort mit einem Agenten aus dem Nahen Osten getroffen hatte. Mittlerweile bin ich mehr und mehr der Meinung, dass er dort war, um seine Forschungsarbeit abzuschließen. Der Fremde hatte ihm neue Hinweise und Dokumente mitgebracht. Mit eigenen Augen hatte ich mitverfolgt, wie er auf eine bestimmte Stelle gezeigt und damit womöglich den Standort des Tors bestimmt hatte.

Im letzten Sommer hatte ich ihn am selben Ort aufgefordert, nach Hause zu gehen, und er hatte mit glühendem Gesicht und feuerroten Augen geantwortet, dass er hier zu Hause war. Er war krank an jenem Tag und hatte hohes Fieber. Nun bereitet mir der Gedanke Gänsehaut.

»Mein Zuhause ist hier.« Suchte er sein Zuhause? War er an jenem Ort zu Hause, an dem er starb?

Würde ich an Geister und Gespenster glauben, hätte ich an ein böses Omen geglaubt. Und trotzdem hatte ich ein komisches Gefühl. Von draußen bestellte ich mir ein paar Bücher und Texte, die mir vielleicht Aufschluss über Teos Tod geben konnten. Unter dem Vorwand, sie bräuchten sie für meine Verteidigung, brachten mir meine Anwälte einen Enzyklopädieband und einige Bücher über byzantinische Geschichte mit. In der Enzyklopädie fand ich einen Eintrag über den Anemas-Kerker. Darin las ich von Anemas, einem adligen Kommandanten arabischer Herkunft, der in byzantinische Gefangenschaft geriet, hierhergebracht wurde und den christlichen Glauben annahm.

Sein Enkel Michael Anemas hatte eine Verschwörung eingefädelt, um den Kaiser zu stürzen, wurde jedoch von einem seiner Anhänger verraten, gefangen genommen und zur Blendung und zum Tode verurteilt. Anna Komnena, die Tochter des Kaisers, interessierte sich für Anemas. In den Büchern stand zwar nichts darüber, aber vielleicht liebten sich die beiden sogar. Die Frau rettete ihm sowohl das Augenlicht als auch das Leben und sorgte dafür, dass er in den Turm gleich neben dem Palast gesperrt wurde. Daher trugen sowohl der Turm als auch der Kerker seinen Namen.

Meine Lektüre über den Anemas-Turm lehrte mich vieles, was mir vorher nicht bekannt gewesen war. Ich dachte mir: so viel Blut, Gewalt, Tod, so viele Verschwörungen, Staatsstreiche, Revolten, und alles für den Thron, alles für die Macht. Tod, Gewalt und Machtkampf steckten dieser Stadt im Blut.

In der Enzyklopädie steht, dass nach der Eroberung

Istanbuls der Palast, der Kerker und die Türme verlassen wurden und die Ruinen heute von Unkraut und Gestrüpp überwuchert sind. Auf alten Kupferstichen sind zwischen den Trümmern der Türme Zypressen dargestellt, aber warum sollte es nicht auch Judasbäume gegeben haben? Zahlreiche Pläne der Stadtmauern waren angefertigt worden, unzählige Wissenschaftler hatten das Gebiet inspiziert. Dennoch konnten viele Geheimnisse, die in den Tiefen des Kerkers stecken, bis heute nicht gelüftet werden, sind die Namen und genauen Standorte der Stadttore noch immer nicht bekannt. Im Eintrag über den Anemas-Kerker steht geschrieben, dass sich in den heute mit Schutt und Erde gefüllten Tonnengewölben des Turms und des Kerkers einst Gänge und Geheimtore zu einem byzantinischen Palast befunden haben. Wohin diese Gänge und Tore führten, war nicht bekannt. Im Kerker befanden sich zu beiden Seiten dunkle Zellen, in die nur durch winzige Schächte Licht und Luft gelangten.

Nun, tausend Jahre später ist meine Zelle etwas heller. Auch wenn man uns foltert, bevor man uns wegsperrt, werden wir doch nicht mehr geblendet. Allerdings werden die Menschen in den Kerkern immer noch eingepfercht, bei lebendigem Leib verbrannt oder erschossen. Die Anwälte informierten mich darüber, dass in den Zeitungen die gerichtsmedizinischen Befunde erschienen waren, die bewiesen, dass die »Operation Rückkehr zum Leben« keine Rettungsaktion, sondern ein Massaker gewesen war. Ich dachte, wir hätten gewonnen, dass es nun endlich mit dem Schweigen vorbei sein und jeder die Richtigkeit unseres Kampfes begreifen würde; schließlich konnte ja nicht das Gewissen einer ganzen Nation abgestumpft sein. Ich begann zu hoffen, doch vergebens. Nichts änderte sich. Die

Menschen schwiegen weiter, als wollten sie Gras über alles wachsen lassen. Diese Gleichgültigkeit brachte mich schier um. Während wir uns für die Zukunft und Freiheit der anderen opferten, begegnete das Land uns mit Schweigen, wurde das Volk zum Schweigen gebracht. Würde man uns auf ewig unterjochen? Würde es weitergehen wie seit Tausenden von Jahren? »Macht ist ein schmutziges Geschäft, im Machtkampf bleibt keine Seite sauber«, hatte Ülkü gesagt. Damals war ich wütend gewesen; heute denke ich, dass sie wahrscheinlich recht hatte. Zwei Jahre hat der Kampf gegen die Isolationshaft bislang gedauert. Drinnen kämpfen die Gefangenen, draußen kämpfen die, die sich selbst opfern – meist sind es Frauen. Unser Körper ist unsere einzige Waffe. Wir leisten Widerstand, indem wir uns zum Sterben hinlegen. Wie viele im Widerstand sind wohl bis heute gestorben, wohl an die achtzig von uns, ich weiß es nicht genau. In den Zeitungen, deren Lektüre uns gestattet wird, steht nichts von den Toten, höchstens unten auf der letzten Seite eine kurze Notiz: »Hungerstreik fordert weiteres Todesopfer«. Eine namenlose Person, ohne Identität, als hätte sie nie gelebt. Hatten Derin, Ülkü und dieser aufgeblasene Kolumnist etwa doch recht? Ist das Todesfasten mittlerweile eine Waffe, die sich gegen uns selbst richtet? Ich verwerfe den Gedanken sofort wieder; ich ertrage es einfach nicht, unsere Sache zu hinterfragen. Die schlimmste Isolation für einen Menschen besteht darin, von seinem Umfeld, seinen Genossen getrennt zu sein und einsam und allein in einem Loch wie diesem zu verrecken. Es ist besser, gemeinsam mit den Genossen zu sterben, unser Credo auf den Lippen, die Hand zum Siegeszeichen gereckt, anstatt mit verlorenem oder verratenem Glauben am Leben zu bleiben.

Ich habe noch nicht mit dem Todesfasten begonnen, mich aber auf der Liste der Freiwilligen an oberste Stelle setzen lassen. Derzeit werden keine neuen Opferbrigaden an die Front geschickt. Wir haben Nachricht erhalten, dass die Führung die Aktion neu überdenkt und eventuell zu einer anderen Aktionsform übergehen wird. Kein Kerker und keine Zelle ist hermetisch abgeriegelt. Kassiber werden zu uns hinein- und herausgeschmuggelt, und eines Tages werden wir Gefangenen an die Macht kommen. Wie die Kaiser, die aus dem Anemas-Kerker befreit wurden und auf den Thron zurückkehrten, oder die Kommandanten, die aus den Türmen entkamen und die Kaiser stürzten.

Ich versuche zu lesen. Es gibt hier nicht allzu viele Bücher. Nicht jede Publikation ist erlaubt, und ich lese, was ich bekommen kann, Romane, Erzählungen, Memoiren. Anfangs habe ich es gezwungenermaßen getan, weil man sonst verrückt wird in dieser Zelle, aber inzwischen macht mir das Lesen Spaß. Hin und wieder bekomme ich auch Besuch. Meine Mutter war hier, meine Schwester und einmal sogar Turgut Ersin. Nach seinem Besuch ist mein Ansehen hier drin mächtig gestiegen. Selbst die Genossen waren beeindruckt, obwohl sie ihn sonst immer als einen Lakaien der Bourgeoisie abtun. Immerhin ist er eine Berühmtheit, und er kennt eine Menge Leute. Derin wird ihn geschickt haben. Es ist schön, dass sie sich, wenn auch aus der Ferne, an mich erinnert. Beim Gedanken daran wird mir warm ums Herz. Wie schön, dass sie sich immer noch für mich interessiert. Wer kann schon wissen, was passieren wird, wenn ich eines Tages – und der Tag wird kommen – hier wieder herauskomme?

Der Journalist fragte mich, ob ich irgendetwas benötigen würde. »Bücher«, erwiderte ich. »Nachdem ich die Geschichte über den Anemas-Kerker gelesen habe, fesselt mich Byzanz«, sagte ich. Huschte da ein spöttisches Lächeln über sein Gesicht oder war dieser Eindruck auf meine Empfindlichkeit zurückzuführen? Wie dem auch sei … Er versprach, mir eine Reihe von Büchern zum Thema Byzanz zu schicken. Voller Scham fragte ich, wie es Derin ginge. Zuerst wollte ich sie gar nicht erwähnen, doch das gelang mir nicht. Es ginge ihr gut, antwortete er, sie sei im Ausland, und im Herbst würde sie ihr Studium wieder aufnehmen. Er fügte hinzu, dass er in Kürze verreisen und dabei auch Derin einen Besuch abstatten würde; ich bat ihn, ihr Grüße auszurichten. Als die Besuchszeit zu Ende war und er gehen musste, meinte ich: »Sagen Sie ihr, dass ich keine Schuld an Teos Tod trage. Es war ein Unfall. Ich würde mich freuen, wenn sie mir glaubt.«

Ich warte auf die Bücher. An einem Tag, als ich mit Derin in Sultanahmet unterwegs gewesen war, hatte sie mir erzählt: »Teo sagt immer, dass in Byzanz Wirklichkeit und Legende, Geschichte und Fiktion untrennbar miteinander verwoben sind.« Seit ich den Enzyklopädie-Eintrag gelesen habe, hat mich die Neugier auf diese Legende gepackt. Ich möchte mehr darüber erfahren. Ich weiß nicht, ob ich Zeit dazu haben werde. Wann werde ich an der Reihe sein? Wie soll ich allein in dieser Zelle das nötige Durchhaltevermögen aufbringen? Wir haben so viel Widerstand gegen die Isolationshaft geleistet, so viele Aktionen durchgeführt; Dutzende von Genossen haben den Tod in Kauf genommen. Die wahre Bedeutung von Isolation habe ich erst in dieser Einzelzelle begriffen. Wenn deine Überzeugungen nicht stark genug sind, bedeutet Isolation das Ende der Hoffnung. Ich bin überzeugt. Ich habe die Hoffnung nicht aufgegeben, weder auf das Leben noch auf den Tod. Ich habe die Kraft, diese Zellenmauern zu überwinden, ich habe meine Jugend und meine Hoffnung. Ich will leben.

Epilog oder Prolog

Nachdem nun alles vorbei ist, genießen das Kind, der Kater und ich unser Glück auf dieser friedlichen Insel.

Ich weiß nicht, was zu Ende geht und was beginnt. Genau an dem Punkt, an dem ich meine, dass es endet, fängt es wieder von vorne an. Wieder warte ich, warten wir, obwohl ich doch von einer Ruhe geträumt hatte, in der sogar das Warten ein Ende hätte … Ich warte auf Derins Rückkehr; der Junge wartet auf seine Mutter, an die er sich nicht mehr erinnern kann und die nur in meinen Märchen weiterlebt. Felix mit der weißen Brust und den weißen Pfoten lebt einfach nur. Solange man ihm pünktlich sein Futter hinstellt, ihn nicht stört, wenn er sich in einer Ecke zum Schlafen eingerollt hat, und ihn hinter den Ohren und am Kinn krault, ist er zufrieden mit seinem Leben und empfindet ein unbeschreibliches Glück, dessen Geheimnis nur Katzen kennen.

Wir warten auf eine Menge Dinge: darauf, dass die Oliven dunkel werden, die Wunderblumen ihren Samen fallen lassen, die Tagetes blüht, der wilde Wein austreibt, die Schildkröten aus ihrem Unterschlupf kriechen, die Delphine vorbeiziehen, die Robbe, die sich auf die Felsen neben dem Haus zurückgezogen hat, wieder gesund wird. Wir warten auf den Wegzug der Störche und auf das Postschiff, das die Zeitung, eine Zeitschrift oder eine Nachricht aus der Ferne mitbringt, vielleicht auch einen Gast, einen alten Bekannten. An der letzten Station eines Lebens, das begleitet war von Sinnfragen und dem Bestreben, die Welt zu verändern, mache ich Bekanntschaft mit dem Glück, nein, mit einer Seelenruhe, die überschattet ist von sanfter Melancholie und abgeklärter Trauer. Ein Zustand des Seins, und nur des Seins, in dem man sich der Zeit und dem Leben voll und ganz hingibt, ohne mit dem Leben abzurechnen oder Fragen nach dessen Sinn zu stellen.

In der Ferne fahren Schiffe hinaus aufs offene Meer, in den Wind verliebte Segelboote gleiten dahin, bunte Fischerkähne ziehen vorbei. Ich erzähle dem Jungen von fernen Märchenländern am anderen Ufer des Meeres, von den Heldentaten mutiger Kapitäne beim Kampf mit Piraten und von der Schönheit der Menschen mit dunkler und gelber Hautfarbe. Ich berichte ihm von Eisbären und Eskimos, den Ufern des Nils und russischen Steppen, von kirgisischen Kindern, Rentieren und den Kindern in Südostanatolien, die das Meer noch nie gesehen haben und im Müll nach Brot suchen – all mein Wissen, meine Erfahrungen und Träume versuche ich ihm nahezubringen, als würde ich Beichte ablegen, eine überfällige Schuld voller Scham, Reue und Verdruss begleichen … Der Junge hört mir mit weit aufgerissenen, schwarzen Augen zu. »Meere«, sagt er. »Große, große Meere. Mama wird aus den Meeren kommen.«

Sie hatte mir den Jungen in die Arme gedrückt, als wolle sie sagen: »Ich lasse die Tasche bei dir, bis ich wieder zurück bin.« Typisch Derin … Nach dreißig Jahren bin ich nun wieder hier, mit einem kleinen Umut und einem schwarzen Kater. Ausgerechnet auf einer Insel …

Als ich klein war, kamen wir immer hierher, um einen ruhigen und billigen Urlaub zu verbringen. Später hatte ich die Insel völlig vergessen. Während in meinem Kopf die Idee Gestalt annahm, das Kind zu schnappen, alles hinter mir zu lassen und ein neues Leben zu beginnen, tauchte sie aus den dunklen Tiefen meines Gedächtnisses wieder auf. Zunächst nur als Fragezeichen, doch allmählich verwandelte sie sich in eine Entscheidung.

Warum träumt man in einer bestimmten Phase seines Leben von einer einsamen Insel? Woher rührt ihr Zauber? Eine Insel bedeutet Ruhe, Einsamkeit, Unerreichbarkeit; ein Ort, an dem die Beziehungen des Menschen zur Außenwelt unterbrochen sind oder unterbrochen werden. Eine Insel ist ein Stück Erde, auf der sich Fluchtträume in die Hoffnung auf Unterschlupf verwandeln; sie ist die allerletzte Zufluchtsstätte. Dabei ist meine Insel nicht einmal abgelegen und einsam, und sie ähnelt auch nicht den Trauminseln, die man aus Filmen kennt. Sie besteht aus steilen Klippen, winzigen kristallklaren Buchten, Zwergsträuchern, Disteln, Terpentinpistazien, Salbei, Lavendel, verlassenen Weinbergen und schmächtigen Ölbäumen. Und aus zunehmend verödenden Dörfern, deren hübsche Stein- und Holzhäuser aufgrund von Profitgier und dem Traum vom Tourismus hässlichen, unpersönlichen Bauruinen weichen mussten. Aber das Meer ist immer noch strahlend blau, und die Sonnenuntergänge sind hinreißend.

Der kleine Umut, der Kater und ich haben einen schweren Winter hinter uns. Aber mit dem Frühling erwachte die Erde: die Schneeglöckchen, Krokusse und Mandelbäume blühten, der Hund, der uns zugelaufen war, hatte

Junge bekommen, die Störche waren zurück, das Meer beruhigte sich, die Fischerboote fuhren wieder hinaus, auf den Feldern standen kniehoch Margeriten, Klatschmohn und Ginster. Dann folgte der Sommer, ein Sommer so wie letztes Jahr, ein Sommer so wie nächstes Jahr.

Ich beobachte den Sonnenuntergang. Gleich hinter den Granitfelsen im Westen färbt sich der Horizont zunächst gelb, geht in Rot über und verwandelt sich zusehends in Purpurrosa, Flieder, Lavendelgrau. Über dem milchblauen Meer Lichtflüsse in Rosa und Flieder. Große und kleine Schiffe gehen auf Fischfang, Delphine gleiten vorbei. Je mehr die Farbe des Meeres verblasst, desto intensiver wird das Rot der Geranie, die in der Ecke der hoch oben, zum Meer hin gelegenen Steinveranda steht. Drüben geht der Mond auf. Nach dem Mondkalender ist es der zwölfte Tag des Monats: Es sind die Tage, an denen die untergehende Sonne mit dem aufgehenden Mond zusammentrifft ... Alles ist wie auf einem Gemälde, zu schön, um wahr zu sein, von geradezu entwaffnender Schönheit. Und immer sind es dieselben Dinge: die Sonne, der Mond, die Farben, das Meer, die Schiffe; die Delphine, die auf die immer gleiche Weise aus dem Wasser springen, die Vögel, die sich immer zur selben Zeit auf denselben Bäumen versammeln; die Ölbäume, der wilde Wein, die Lavendelsträucher, die Geranien, immer sind es dieselben Dinge ... Die Jahreszeiten: Stets wechseln sie und stets bleiben sie gleich. Die entsetzliche, monotone, wunderbare Selbsterneuerung der Natur ...

Ich wache morgens früh auf. Im Sommer ist es dann bereits hell. Ich beobachte, wie die Insel die Dämmerung abschüttelt und in den Tag eintaucht, die Sonne hinter den Felsen aufsteigt. Wenn nicht einer der vereinzelten Stürme herrscht, legt sich der Wind am Abend und frischt im Morgengrauen wieder auf. Ich liebe es, wenn der Wind meine Haare zerzaust, die Sträucher durcheinanderwirbelt, dann plötzlich innehält und auf einmal kein Lüftchen mehr weht.

Der Kater wacht gleichzeitig mit mir auf. Oder er ist längst wach, fixiert mit seinen Augen das Bett und wartet ungeduldig darauf, dass auch ich endlich wach werde. Bei meiner ersten Bewegung, dem ersten Knarren des Bettes oder einem unmerklichen Seufzen springt er auf mich. Mit unermüdlichem Miauen fordert er sein Recht auf Futter ein, erzürnt, weil er es nach seinem Dafürhalten immer zu spät bekommt. Hässlich und verfressen, wie es so gar nicht zur Grazie einer Katze passt, schlingt er seinen Brei aus Fisch, Nudeln, Karotten und hin und wieder Leber hinunter. Dann die immergleiche Zeremonie des Herumrennens, das gleiche Spiel, das wilde Drehen um die eigene Achse, um den eigenen Schwanz zu fangen, und nachdem er müde geworden ist, die minutenlange Prozedur des Leckens und Putzens. Danach zieht er sich bis zur nächsten Mahlzeit in eine Ecke zurück und schläft. Jeden Morgen … jeden Morgen … jeden Morgen …

Wenn sich der Kleine lachend in seinem Kinderbett aufsetzt, hat der Kater seine Mahlzeit, die Morgengymnastik und die Toilette bereits hinter sich und ist längst wieder eingeschlafen. Dass Klein Umut wach geworden ist, höre ich an seinem feinen Stimmchen: »Üykü, Üykü, Üykü!« Um Umut aus dem Bett zu bekommen, muss ich erst ein paar Spielchen mit ihm machen, mit Engelszungen reden, aus Spaß mit ihm raufen und ihn schließlich an seinen winzigen Füßen, unter dem Kinn und am Bauch kitzeln. Anschließend geht er pinkeln, stellt sich dann auf den kleinen Hocker vor dem Waschbecken und versucht sich Hände und Gesicht zu waschen. Ich streife die winzigen Pantoffeln über seine Füße, mache seine Milch warm und streiche ihm Butter auf das aufgebackene Bauernbrot. Er will seine Milch nicht trinken und wehrt sich. Ich muss ihm ein Märchen oder – noch besser – vom Wiedersehen mit seiner Mutter erzählen. Dieses Zeremoniell ändert sich nie, jeden Morgen wiederholt es sich auf dieselbe Weise.

Manchmal gibt es kleine Veränderungen, passieren Dinge, die für ein paar Tage Bewegung in unser ruhiges Leben bringen.

Zu Beginn des Sommers ankerte in der Nachbarbucht ein fremdes Boot, und kurz darauf traf Professor Ünsalan bei uns ein. Er blieb nicht lange; sie waren mit dem Boot eines Freundes unterwegs und hatten einen Abstecher auf unsere Insel gemacht. »Ich dachte, das gefällt dir vielleicht«, meinte er. »Einer meiner Artikel über Teos Tor wurde gleichzeitig in drei Sprachen veröffentlicht. Ich habe ihn Teo gewidmet und geschrieben, dass die Entdeckung, für die er mit seinem Leben bezahlt hat, einzig und allein ihm gehört. Von uns allen war er der Einzige, der fand, was er gesucht hat.«

An einem Samstag kam eine alte Schulfreundin mit dem Versorgungsschiff, um sich ein paar Tage bei uns zu erholen. In einer der Zeitungen, die sie mitgebracht hatte, stand eine kurze Notiz: Das 137. Opfer des Hungerstreiks. Mit Herzklopfen las ich den Namen. Nein, es war nicht Kerem Ali. In der Meldung hieß es weiter: »Die Organisation hat eine Unterbrechung des Todesfastens beschlossen, auch wenn bislang noch keine offizielle Erklärung abgegeben worden ist.« Ich atmete auf.

Dann passierte etwas Seltsames. Als ich eines Tages am

Westufer des Dorfes auf den Felsen saß und mit Klein Umut den Sonnenuntergang beobachtete, fiel mein Blick zwischen den längst verblühten Judasbäumen auf die Ruinen eines antiken Klosters. Die Strahlen der untergehenden Sonne hatten die Querstrebe über dem verfallenen Tor rötlich gefärbt. Wie von einer seltsamen Kraft angezogen, lief ich auf die Trümmer zu. Die geborstenen Überreste des Tors bestanden nicht aus dem grau geäderten, weißen Marmor der Insel, sondern aus Porphyr. Auf dem purpur leuchtenden Stein waren teilweise verwitterte Buchstaben zu erkennen. Von Erinnerung und Gefühlen übermannt, gelang es mir, ein Wort in kyrillischer Schrift zu entziffern: *Cercis* … Judasbaum. Alles andere konnte man nicht mehr lesen, jedenfalls konnte ich es nicht. Ich verharrte vor dem Stein und wandte mein Gesicht der Sonne zu. Judasbaumtor, flüsterte ich vor mich hin. Voller Sehnsucht und Liebe dachte ich an Teo.

Wer weiß, wie viele Judasbaumtore es noch gibt, die auf ihre Entdeckung warten. Nicht Trauer, sondern ein leises Glücksgefühl ergriff Besitz von mir. Ich lächelte in Richtung der untergehenden Sonne. Dann nahm ich Klein Umut an der Hand und lief mit ihm zum Meer.

Glossar

Abi, ağabey – großer Bruder, respektvolle, auch freundschaftliche Anrede für einen Mann, der älter ist als man selbst

Akatlar – moderner Stadtteil Istanbuls

Akmerkez – großes Einkaufszentrum in Istanbul

Amca – Onkel, auch Anrede für Männer im gleichen Alter wie der Vater

Ana – Mutter, auch Anrede für ältere Frauen

Bay – Herr, wird insbesondere bei Ausländern dem Vornamen vorangestellt

Bey – Anrede für Herren, dem Vornamen nachgestellt

Büyükada – die größte der Istanbul vorgelagerten Prinzeninseln

Çırağan-Palast – ehemaliger Sultanspalast, heute Luxushotel in Istanbul

Cemevi – Gebetsraum der Aleviten

Darağacında Üç Fidan – Buch von Nihat Behram über Deniz Gezmiş und seine beiden Freunde Hüseyin İnan und Yusuf Aslan

Deniz Gezmiş – Studentenführer der 68er-Generation, wurde 1972 mit seinen beiden Freunden hingerichtet

Derin – tief

Desaster vom 6.–7. September 1955 – Von der rechtskonservativen Regierung provozierte Übergriffe des Lumpenproletariats auf die nichtmoslemische Bevölkerung vorrangig in Istanbul

Ebu Saidül Hudri – islamischer Heiliger

Etiler – moderner Stadtteil Istanbuls

Gecekondu – illegal, meist auf staatlichen Grundstücken errichtetes Haus

Hanım – Anrede für Damen, dem Vornamen nachgestellt

Hemşin – Kleinstadt an der Schwarzmeerküste

Hoca/hocam – Geistlicher; hier respektvolle Anrede für den Gebildeten oder Erfahrenen

Ibo – Ibrahim Tatlıses, populärer Sänger, war Bauarbeiter, bevor er entdeckt und sehr berühmt wurde

İnşallah – so Gott will

Kazandibi – Süßspeise mit Reismehl

Köfte – Hackfleischbällchen

Lahmacun – eine Art türkische Pizza

Leyla und Mecnun – Liebespaar aus einem orientalischen Märchen

Meltemi – Sommerwind an der Ägäis

MİT Milli İstihbarat Teşkilatı – türkischer Geheimdienst

Mülkiye – Fakultät der Politischen Wissenschaften in Ankara; Universität, aus der lange Zeit die höheren Bürokraten des Landes hervorgingen

Palikarya – abwertend verwendeter Ausdruck für die Griechen in der Türkei, hier scherzhaft

Pide – Teigfladen

Saz – Langhalslaute

Sechs Pfeile – Sinnbild für die Prinzipien Atatürks, Emblem der Republikanischen Volkspartei CHP

Sucuk – türkische Knoblauchwurst

TC-Staat – von linken und kurdischen oppositionellen Gruppen abwertend verwendeter Ausdruck für die türkische Republik

Tiefer Staat – in der Türkei verwendeter Ausdruck für den Staat im Staat, gemeint sind die Verbindungen der staatlichen Institutionen zum organisierten Verbrechen bis hin zu Auftragsmorden

Tulum – in Schafsfell gereifter Schafs- oder Ziegenkäse

Türbe – islamischer Grabbau

Vermögenssteuer – Steuer, die von 1942–44 erhoben wurde und vor allem die wohlhabenden Minderheiten traf

Oskar Roehler
Herkunft

Roman.
592 Seiten. Gebunden mit Schutzumschlag
ISBN 978-3-550-08844-5
www.ullstein-verlag.de

»Es gab da etwas, außerhalb von mir, das Schutz und weit entfernte Sicherheit bot. Es hing mit dem Ursprung zusammen, mit der Landschaft, der Magie, dem Zusammenhalt. Es hing mit dem Puzzle der bruchstückhaften Erinnerungen und Zeugnisse meiner Familie zusammen, die in alle Himmelsrichtungen verstreut war. Ich würde die Teile auflesen, ausgraben auf meiner langen Wanderung. Und eines Tages zusammensetzen.«

Eine Familie, drei Generationen, die Geschichte der Bundesrepublik: Oskar Roehlers Roman ist ein persönliches Zeitdokument von großer poetischer Kraft.